Cara ou Coroa

Do Autor:

O Quarto Poder
O Décimo Primeiro Mandamento
O Crime Compensa
Filhos da Sorte
Falsa Impressão
O Evangelho Segundo Judas
Gato Escaldado Tem Duas Vidas
As Trilhas da Glória
Prisioneiro da Sorte
Cara ou Coroa

As Crônicas de Clifton:
Só o Tempo Dirá
Os Pecados do Pai
O Segredo mais Bem Guardado
Cuidado Com o Que Deseja
Mais Poderosa Que a Espada
É Chegada a Hora
Eis aqui um Homem

JEFFREY ARCHER

Cara ou Coroa

Tradução de
Maria Luiza Borges

1ª edição

BERTRAND BRASIL
Rio de Janeiro | 2021

CIP-BRASIL. CATALOGAÇÃO NA PUBLICAÇÃO
SINDICATO NACIONAL DOS EDITORES DE LIVROS, RJ

A712c

Archer, Jeffrey, 1940-
Cara ou coroa / Jeffrey Archer ; tradução Maria Luiza Borges. - 1. ed. - Rio de Janeiro : Bertrand Brasil, 2021.

Tradução de: Heads you win
ISBN 978-65-5838-029-0

1. Romance inglês. I. Borges, Maria Luiza. II. Título.

CDD: 823
21-71855 CDU: 82-31(410.1)

Leandra Felix da Cruz Candido - Bibliotecária - CRB-7/6135

Título original: *Heads you win*

Texto revisado segundo o novo Acordo Ortográfico da Língua Portuguesa

2021
Impresso no Brasil
Printed in Brazil

EDITORA BERTRAND BRASIL LTDA.
Rua Argentina, 171 — 3º andar — São Cristóvão
20921-380 — Rio de Janeiro — RJ
Tel.: (21) 2585-2000 — Fax: (21) 2585-2084,

Atendimento e venda direta ao leitor:
sac@record.com.br

Para Boris Nemtsov

Gostaria de ter a sua coragem

Meus agradecimentos pelo inestimável conselho e pesquisa de: Simon Bainbridge, sir Rodric Braithwaite, William Browder, Maria Teresa Burgoni, Jonathan Caplan QC, capitão Rod Fullerton, Moonpal Grewal, Vicki Mellor, sir Christopher e Lady Meyer, Andrey Palchevski, Melissa Pimentel, Alison Prince, Catherine Richards e Susan Watt.

LIVRO UM

1
ALEXANDER
Leningrado, 1968

— O QUE VOCÊ VAI fazer quando sair da escola? — perguntou Alexander.

— Eu quero entrar pra KGB — respondeu Vladimir —, mas eles não vão nem me considerar se eu não entrar pra universidade do Estado. E você?

— Eu quero ser o primeiro presidente democraticamente eleito da Rússia — disse Alexander, rindo.

— E, se você conseguir — disse Vladimir, sério —, pode me nomear como chefe da KGB.

— Eu não gosto de nepotismo — disse Alexander enquanto eles atravessavam o pátio da escola e iam em direção à rua.

— Nepotismo? — perguntou Vladimir quando começavam a rumar para casa.

— O termo deriva da palavra italiana pra sobrinho e é usado desde os papas do século XVII, que muitas vezes apadroavam os seus parentes e amigos próximos.

— O que tem de errado nisso? — indagou Vladimir. — É só trocar os papas pela KGB.

— Você vai no jogo sábado? — perguntou Alexander, querendo mudar de assunto.

— Não. Depois que o Zenit chegou às semifinais, as chances de alguém como eu conseguir um ingresso acabaram. Mas com certeza, como o seu pai é o supervisor das docas, você será automaticamente contemplado com um par de assentos na arquibancada reservada pros membros do partido, né?

— Não enquanto ele continuar se recusando a entrar pro Partido Comunista — disse Alexander. — E a última vez que eu perguntei do ingresso ele não pareceu nada otimista, por isso o tio Kolya é a minha única esperança agora.

Ainda caminhando, Alexander se deu conta de que estavam ambos evitando o único assunto que nunca fugia de suas cabeças.

— Quando você acha que vamos ficar sabendo?

— Não faço a menor ideia — respondeu Alexander. — Acho que os nossos professores gostam de ver a gente sofrendo, sabendo bem que é a última vez que eles têm algum poder sobre nós.

— Não tem por que você se preocupar — disse Vladimir. — A única questão no seu caso é se você vai ganhar a Bolsa Lênin pro Instituto de Línguas Estrangeiras em Moscou, ou se vão te oferecer uma vaga na universidade estatal pra Matemática. Agora eu, não sei se eu passo pra universidade, e aí as chances que eu tenho de entrar pra KGB estão arruinadas. — Ele suspirou. — Eu vou acabar trabalhando nas docas pelo resto da minha vida, e o seu pai vai ser o meu chefe.

Alexander não deu sua opinião enquanto os dois entravam no prédio onde moravam e começavam a subir os gastos degraus de pedra para seus apartamentos.

— Eu gostaria de morar no primeiro andar, e não no nono.

— Só os membros do partido moram nos três primeiros andares, Vladimir, você sabe disso. Mas tenho certeza de que, quando você entrar pra KGB, você descerá no mundo.

— Até amanhã de manhã — disse Vladimir, ignorando a zombaria do amigo enquanto continuava a subir os quatro andares que faltavam.

Quando abriu a porta do pequenino apartamento de sua família no quinto andar, Alexander se lembrou de um artigo que havia lido recentemente em uma revista estatal que relatava que nos Estados Unidos havia tantos criminosos que todos tinham pelo menos duas fechaduras na porta da frente. Talvez a única razão para que não fizessem isso na União Soviética, ele pensou, era porque ninguém tinha nada que valesse a pena ser roubado.

Ele foi direto para o quarto, ciente de que a mãe não voltaria antes de terminar o turno nas docas. Tirou várias folhas de papel pautado, um lápis e um livro muito manuseado de sua mochila e colocou-os sobre uma mesinha no canto de seu quarto antes de abrir *Guerra e paz* na página 179 e continuar a traduzir as palavras de Tolstói para o inglês. *Quando a família Rostov se sentou para a ceia naquela noite, Nikolai pareceu distraído, e não apenas porque...*

Alexander checava duas vezes cada linha à procura de erros de ortografia e para ver se conseguia pensar em uma palavra em inglês mais apropriada, e então ouviu a porta da frente abrir. Seu estômago começou a roncar, e ele se perguntou se a mãe tinha sido capaz de contrabandear algum petisco do clube dos oficiais, onde ela era a cozinheira. Ele fechou o livro e foi se juntar a ela na cozinha.

Elena lhe lançou um afetuoso sorriso quando ele se sentou à mesa em um banco de madeira.

— Alguma comida especial hoje à noite, mamãe? — perguntou Alexander, esperançoso.

Ela sorriu novamente e começou a esvaziar os bolsos, exibindo uma grande batata, duas pastinacas, meio pão e o prêmio da noite: um bife que provavelmente tinha sido deixado no prato de um oficial depois do almoço. Um verdadeiro banquete, pensou Alexander, comparado ao que seu amigo Vladimir comeria. Há sempre alguém em uma situação pior que você, a mãe lhe lembrava com frequência.

— Alguma novidade? — perguntou Elena quando começou a descascar a batata.

— Você me faz a mesma pergunta toda noite, mamãe, e eu sempre digo que não devo ter notícias por pelo menos um mês, talvez mais.

— É só que o seu pai ficaria tão orgulhoso se você ganhasse a Bolsa Lênin. — Ela pousou a batata e pôs a casca de lado. Nada seria desperdiçado. — Você sabe, se não tivesse sido pela guerra, o seu pai teria ido pra universidade.

Alexander sabia muito bem disso, mas ficava sempre feliz de ser lembrado de como o pai ficara estacionado no front oriental como um jovem cabo durante O Cerco a Leningrado, e, embora uma exímia divisão Panzer tivesse atacado sua seção continuamente durante noventa e três dias, ele nunca deixou seu posto até que os alemães desistiram e bateram em retirada para seu próprio país.

— Feito pelo qual ele foi agraciado com a medalha da Defesa de Leningrado — completou Alexander em um timing perfeito.

A mãe já devia ter lhe contado a história uma centena de vezes, mas Alexander não se cansava dela, embora o pai nunca puxasse o assunto. E agora, quase vinte e cinco anos mais tarde, depois de retornar às docas, ele havia sido promovido a camarada supervisor chefe, com três mil trabalhadores sob seu comando. Embora não fosse membro do partido, até a KGB reconhecia que ele era o único homem para o trabalho.

A porta da frente abriu e fechou com um baque, anunciando a chegada do pai. Alexander sorriu quando ele entrou a passos largos na cozinha. Alto e de constituição larga, Konstantin Karpenko era um homem bonito, ainda capaz de fazer uma moça se virar e dar uma segunda olhada. Seu rosto desgastado pelo tempo era dominado por um bigode luxuriantemente basto que Alexander se lembrava de acariciar quando criança; algo que não ousava fazer havia muitos anos. Konstantin desabou no banco em frente ao filho.

— Vai levar mais meia hora pro jantar ficar pronto — disse Elena enquanto cortava a batata.

— Devemos falar só inglês sempre que estivermos sozinhos — disse Konstantin.

— Por quê? — perguntou a mulher em sua língua nativa. — Nunca conheci um inglês na minha vida e suponho que nunca conhecerei.

— Porque, se o Alexander ganhar aquela bolsa e for pra Moscou, ele vai ter que ser fluente na língua dos nossos inimigos.

— Mas os britânicos e os americanos lutaram no mesmo lado que a gente na guerra, papai.

— No mesmo lado, sim — disse o seu pai —, mas só porque nos consideravam o menor dos dois males. — Alexander refletiu um pouco sobre isso enquanto seu pai se levantava. — Vamos jogar uma partida de xadrez enquanto esperamos? — perguntou ele. Alexander assentiu. Era sua hora favorita do dia. — Arrume o tabuleiro enquanto eu lavo as mãos.

Assim que Konstantin saiu da sala, Elena cochichou:

— Por que não deixa ele vencer, pra variar?

— Jamais — disse Alexander. — De qualquer forma, ele saberia se eu não estivesse tentando e me daria uma surra. — Ele abriu a gaveta debaixo da mesa da cozinha e tirou um velho tabuleiro de madeira e uma caixa contendo um conjunto de peças de xadrez, uma das quais estava faltando, de modo que, toda noite, um saleiro de plástico substituía um bispo.

Alexander moveu o peão do seu rei duas casas para a frente antes que seu pai voltasse. Konstantin reagiu imediatamente, movendo o peão de sua dama uma casa para a frente.

— Como foi o jogo? — perguntou ele.

— Ganhamos de três a zero — disse Alexander, movendo o cavalo de sua dama.

— Mais um jogo sem sofrer gols, parabéns — disse Konstantin. — Mesmo que você seja o melhor goleiro que a escola teve em anos, ganhar a bolsa continua sendo mais importante. Eu imagino que você não tenha tido notícias...

— Nada — interrompeu Alexander, enquanto fazia sua jogada seguinte. Passaram-se alguns segundos antes de o pai contra-atacar. — Papai, você conseguiu um ingresso pro jogo de sábado?

— Não — admitiu o pai, os olhos fixos no tabuleiro. — Eles estão mais raros que uma virgem na Avenida Nevsky.

— Konstantin! — repreendeu Elena. — Você pode se comportar como um estivador no trabalho, mas não em casa.

Konstantin sorriu para o filho.

— Mas prometeram pro seu tio Kolya um par de ingressos na arquibancada, e, como eu não tenho nenhum interesse em ir...

Alexander deu um salto no ar quando o pai, satisfeito por ter distraído o filho, fez a jogada seguinte.

— Você poderia ter quantos ingressos quisesse — disse Elena —, se entrasse pro Partido Comunista.

— Não é algo que eu esteja disposto a fazer, como você bem sabe. *Quid pro quo*. Uma expressão que você me ensinou — disse Konstantin, olhando para o filho à sua frente na mesa. — Nunca se esqueça, esse bando vai sempre esperar algo em troca, e eu não estou disposto a trair os meus amigos por um par de ingressos pra uma partida de futebol.

— Mas faz anos que não chegamos às semifinais da copa — disse Alexander.

— E provavelmente não vamos chegar de novo, não enquanto eu estiver vivo. Mas vai ser preciso muito mais que isso pra eu me juntar ao Partido Comunista.

— O Vladimir já é um sapador e se inscreveu pro Komsomol — disse Alexander depois de ter feito sua jogada.

— Não me surpreende — disse Konstantin. — Senão ele não teria nenhuma chance de entrar pra KGB, que é o habitat natural dessa espécie particular de gentinha.

De novo, Alexander se distraiu.

— Por que você é sempre tão duro com ele, papai?

— Porque ele é um filho da mãe desonesto, igualzinho ao pai dele. Trate de nunca contar um segredo pra ele; antes de você chegar em casa, a KGB já vai estar sabendo.

— Ele nem é tão inteligente — disse Alexander. — Sendo sincero, vai ser muita sorte se ele conseguir uma vaga pra universidade do Estado.

— Ele pode não ser inteligente, mas é astuto e não tem escrúpulos, uma combinação perigosa. Pode acreditar, ele delataria a própria mãe em troca de um ingresso pra final da copa, provavelmente até pra semifinal.

— O jantar está pronto — disse Elena.

— Podemos considerar isso um empate? — perguntou Konstantin.

— Claro que não, papai. Faltam seis jogadas pro meu xeque-mate, e você sabe disso.

— Parem de brigar, vocês dois — disse Elena —, e ponham a mesa.

— Quando foi a última vez que eu consegui ganhar de você? — perguntou Konstantin ao tombar seu rei.

— Dezenove de novembro de 1967 — disse Alexander, quando os dois se levantaram e trocaram um aperto de mão.

Alexander pôs o saleiro de volta na mesa e devolveu as peças de xadrez à caixa enquanto o pai pegava três pratos da prateleira sobre a pia. Alexander abriu a gaveta da cozinha e tirou três facas e três garfos de épocas diferentes. Ele se lembrou de um parágrafo de *Guerra e paz* que acabara de traduzir. Os Rostovs regularmente desfrutavam de um jantar de cinco pratos (palavra melhor que ceia — ele mudaria isso quando voltasse para o quarto), e um conjunto diferente de talheres de prata acompanhava cada um deles. A família tinha também meia dúzia de criados de libré que se postavam atrás de cada cadeira para servir as refeições preparadas por três cozinheiros que pareciam nunca deixar a cozinha. Mas Alexander tinha certeza de que os Rostovs não tinham uma cozinheira melhor que sua mãe, caso contrário ela não estaria trabalhando no clube dos oficiais.

Um dia... ele disse a si mesmo, enquanto terminava de pôr a mesa e voltava a se sentar no banco do lado oposto ao pai. Elena juntou-se a eles com a oferenda da noite, que dividiu entre os três, mas não igualmente. O bife alto que, junto com as pastinacas e as batatas, tinha sido "repatriado" — uma palavra que Alexander lhes ensinara — dos restos dos oficiais foi dividido em dois pedaços. "Quem guarda tem", ela conseguia dizer em ambas as línguas.

— Tenho uma reunião na igreja hoje à noite — disse Konstantin ao pegar o garfo. — Mas não devo voltar muito tarde.

Alexander cortou o pedaço do bife em vários outros menores, mastigando cada um deles devagar entre nacos de pão e goles de água. Deixou a pastinaca para o fim. O sabor suave do vegetal permaneceu em sua boca. Ele não sabia ao certo se sequer gostava dele. Em *Guerra e paz*, só os criados comiam pastinacas. Eles continuaram falando em inglês enquanto desfrutavam a refeição.

Konstantin bebeu toda a água de seu copo, limpou a boca na manga do casaco, levantou-se e saiu da sala sem mais uma palavra.

— Você pode voltar pros seus livros, Alexander. Isso não deve me tomar muito tempo — disse a mãe com um aceno de mão.

Alexander obedeceu-lhe alegremente. De volta a seu quarto, substituiu a palavra "ceia" por "jantar" antes de virar para a página seguinte e continuar sua tradução da obra-prima de Tolstói. *Os franceses estavam avançando sobre Moscou...*

Quando saiu do bloco de apartamentos e andou em direção à rua, Konstantin não percebeu que um par de olhos o fitava.

Vladimir estava olhando ao acaso pela janela, incapaz de se concentrar em suas tarefas escolares, quando avistou o camarada Karpenko saindo do prédio. Era a terceira vez naquela semana. Para onde ele ia àquela hora da noite? Talvez ele devesse descobrir. Saiu do quarto rapidamente e seguiu pelo corredor na ponta dos pés. Podia ouvir roncos altos que vinham da sala da frente e espiou, vendo o pai afundado em sua antiga cadeira de crina, uma garrafa vazia de vodca no chão a seu lado. Vladmir abriu e fechou a porta sem fazer barulho, depois desceu os degraus de pedra e saiu para a rua. Ao olhar para a esquerda, avistou o sr. Karpenko dobrando a esquina e correu atrás dele, só desacelerando quando chegou ao fim da rua.

Espreitou da esquina e viu quando o camarada Karpenko entrou na igreja do Apóstolo André. Que completo desperdício de tempo, pensou Vladimir. A Igreja Ortodoxa era reprovada pela KGB, mas não de fato proibida. Estava prestes a se virar e voltar para casa quando outro homem surgiu das sombras, um que ele nunca havia visto na missa aos domingos.

Vladimir tomou o cuidado de permanecer fora de vista ao passo que lentamente se aproximava da construção religiosa. Ele viu quando mais dois homens vieram da outra direção e ligeiros se juntaram aos dois homens e então congelou quando ouviu passos às suas costas. Escorregou contra a parede e se deitou no chão, esperando até que o homem tivesse passado, antes de rastejar entre as lápides dos túmulos até os fundos da igreja, para uma entrada que só os membros do coro usavam. Empurrou a pesada porta e praguejou quando ela não abriu.

Olhando em volta, avistou uma janela semiaberta acima de si. Como não podia alcançá-la, usou uma áspera lápide de pedra como degrau para impulsionar-se para cima. Na terceira tentativa, conseguiu agarrar o parapeito da janela e, com o máximo de esforço, puxou-se para cima e espremeu o corpo magro através da janela antes de cair no chão do outro lado.

Vladimir andou pé ante pé pelo fundo da igreja e quando chegou ao santuário se escondeu atrás do altar. Depois que seus batimentos cardíacos tinham voltado quase ao normal, espiou pela lateral e viu uma dúzia de homens sentados nos bancos do coro, extremamente envolvidos em uma conversa.

— Então, quando você vai compartilhar sua ideia com o resto dos trabalhadores? — Estava perguntando um deles.

— No próximo sábado, Stepan — disse Konstantin —, quando todos os nossos camaradas se reunirem pra reunião mensal do sindicato. Eu não terei uma oportunidade melhor de convencê-los a se unir a nós.

— Não vai dar nem mesmo uma dica pra alguns dos operários mais velhos sobre o que você tem em mente? — perguntou outro.

— Nossa única chance de sucesso é o efeito surpresa. Não precisamos alertar a KGB pro que estamos aprontando.

— Mas eles certamente têm espiões na sala, escutando cada palavra que você diz.

— Estou ciente disso, Mikhail. Mas até lá a única coisa que eles serão capazes de informar a seus chefes será a força de nosso apoio à formação de um sindicato independente.

— Embora eu não tenha nenhuma dúvida de que os homens vão apoiar você — disse uma quarta voz —, nenhuma quantidade de oratória estimulante pode impedir uma bomba de explodir. — Vários homens assentiram imperativamente.

— Quando eu tiver pronunciado meu discurso no sábado — disse Konstantin —, a KGB vai estar com medo de fazer algo tão estúpido, porque, se fizesse, os homens se rebelariam numa força única, e eles nunca seriam capazes de colocar o gênio de volta pra dentro da lâmpada. Mas o Yuri está certo — continuou ele. — Vocês estão todos correndo um risco considerável por uma causa em que eu acredito há muito tempo, por isso, se alguém mudar de ideia e quiser deixar o grupo, agora é a hora.

— Não tem nenhum judas entre nós — disse outra voz enquanto Vladimir sufocava uma tosse. Todos os homens estavam de pé, unidos, reconhecendo Karpenko como seu líder.

— Então nos encontramos de novo sábado de manhã. Até lá, devemos permanecer em silêncio e manter a discrição.

O coração de Vladimir batia com força enquanto os homens trocavam apertos de mão, um a um, antes de deixar a igreja. Ele não se moveu até que, finalmente, ouviu a grande porta do lado esquerdo bater e uma chave girar na fechadura. Então, correu de volta para a sacristia e, com a ajuda de um banco, contorceu-se para sair pela janela, agarrando-se ao parapeito antes de cair no chão como um pugilista experiente. A única disciplina em que Alexander não estava em sua classe.

Ciente de que não tinha um minuto a perder, Vladimir correu na direção oposta à do sr. Karpenko, rumo a uma rua que não precisava de um aviso de ENTRADA PROIBIDA, pois apenas oficiais do partido chegavam a cogitar entrar na Avenida Tereshkova. Ele sabia exatamente onde o major Polyakov morava, mas se perguntou se teria coragem de bater à porta dele àquela hora da noite. Aliás, em qualquer hora do dia ou da noite.

Quando chegou à rua com suas árvores frondosas e paralelepípedos bem-alinhados, Vladimir parou e olhou para a casa, perdendo sua coragem a cada segundo que passava. Finalmente, reuniu forças e se aproximou da porta da frente; estava prestes a bater quando a porta foi subitamente aberta por um homem que não parecia gostar de ser pego de surpresa.

— O que você quer, menino? — perguntou o major, agarrando o indesejado visitante pela orelha.

— Eu tenho uma informação — disse Vladimir —, e, quando você visitou a nossa escola ano passado, em busca de recrutas, disse que informação valia ouro.

— É melhor que isso seja bom — disse Polyakov, que não soltou a orelha do menino enquanto o arrastava para dentro. Ele bateu a porta de casa, fechando-a. — Desembucha.

Vladimir relatou fielmente tudo que tinha ouvido na igreja. Quando terminou, a pressão em sua orelha tinha sido substituída por um braço amigo em seu ombro.

— Você reconheceu alguém além de Karpenko? — indagou Polyakov.

— Não, senhor, mas ele mencionou os nomes Yuri, Mikhail e Stepan.

Polyakov anotou cada nome antes de perguntar:

— Você vai ao jogo no sábado?

— Não, senhor, os ingressos estão esgotados e meu pai não conseguiu...

Como um mágico, o chefe da KGB tirou um ingresso de um bolso interno e o entregou a seu mais recente recruta.

***

Konstantin fechou a porta do quarto sem fazer barulho, não querendo acordar a mulher. Tirou seus coturnos pesados, despiu-se e deitou na cama. Se saísse bem cedo de manhã, não precisaria explicar para Elena o que ele e seus discípulos estavam tramando e, ainda mais importante, o que ele tinha planejado para a reunião de sábado. Era melhor que ela pensasse que ele estivera bebendo, até mesmo que houvesse outra mulher, do que preocupá-la com a verdade. Ele sabia que Elena iria somente tentar convencê-lo a desistir de fazer o discurso que havia preparado.

Afinal, eles não tinham uma vida tão ruim assim, ele podia ouvi-la lembrando-lhe. Moravam num prédio com eletricidade e água encanada. Ela tinha o emprego como cozinheira no clube dos oficiais e Alexander estava esperando a notícia para ver se ganhara uma bolsa para o prestigioso Instituto de Línguas Estrangeiras em Moscou. O que mais poderiam pedir?

Que um dia, todo mundo pudesse ter esses privilégios como garantidos, Konstantin lhe teria dito.

Ele não dormiu durante a noite, ficou deitado compondo em sua mente um discurso que não podia correr o risco de confiar a um papel. Levantou às cinco e meia e, de novo, tomou cuidado para não despertar a mulher. Molhou o rosto com água gelada, mas não se barbeou; depois, vestiu um macacão e uma camisa de tecido áspero com o botão de cima desabotoado antes de finalmente enfiar suas botas com tachões devido aos solados gastos. Saiu silenciosamente do quarto e pegou sua marmita na cozinha: uma salsicha, um ovo cozido, uma cebola, duas fatias de pão e queijo. Só membros da KGB comeriam melhor.

Fechou a porta da frente com cuidado, desceu os degraus de pedra e saiu para a rua vazia. Ele sempre caminhava os seis quilômetros até o trabalho, evitando o ônibus superlotado que conduzia os trabalhadores para as docas e depois de volta para suas casas. Se esperava sobreviver além de sábado, precisava estar em forma, como um soldado extremamente treinado no campo.

Cada vez que passava por um colega trabalhador na rua, Konstantin o cumprimentava com uma saudação zombeteira. Alguns retribuíam sua saudação, outros acenavam, enquanto alguns, como maus samaritanos, olhavam para o outro lado. Era como se tivessem seus números no partido tatuados na testa.

Uma hora depois, Konstantin chegou aos portões das docas e bateu o ponto. Como supervisor, gostava de ser o primeiro a chegar e o último a sair. Foi andando ao longo das docas enquanto considerava seu primeiro serviço do dia. Um submarino destinado a Odessa, no Mar Negro, tinha acabado de atracar na doca 11 para reabastecer e buscar provisões antes de prosseguir em seu caminho, mas isso não aconteceria por pelo menos mais uma hora. Somente os homens de mais confiança tinham permissão para ir a qualquer lugar perto da doca 11 naquela manhã.

A mente de Konstantin vagou de volta para a reunião da noite anterior. Alguma coisa não parecia inteiramente certa, mas ele não conseguia identificar o quê. Seria alguém, e não alguma coisa, ele se perguntou, quando um grande guindaste no outro extremo da doca começou a erguer sua pesada carga e a balançar lentamente rumo ao submarino que esperava na doca 11.

O operador na cabine do guindaste fora escolhido a dedo. Ele era capaz de descarregar um tanque no porão de um navio com apenas alguns centímetros excedentes de ambos os lados. Mas não hoje. Hoje ele estava transferindo barris de petróleo para um submarino que precisava permanecer submerso por dias seguidos, mas a tarefa também exigia uma grande precisão. A sorte do dia: não estava ventando naquela manhã.

Konstantin tentou se concentrar enquanto ruminava seu discurso mais uma vez. Contanto que nenhum dos seus colegas abrisse a boca, ele estava confiante de que tudo daria certo. Sorriu para si mesmo.

O operador do guindaste estava satisfeito porque o tinha julgado com uma precisão de centímetro. A carga estava perfeitamente equilibrada e parada no ar. Ele esperou apenas um instante para então mover uma alavanca longa e pesada gentilmente para a frente. O grande grampo se abriu, e três barris de petróleo foram liberados. Eles desabaram na doca. Precisão total. Konstantin Karpenko olhou para cima, mas era tarde demais. Ele morreu na hora. Um pavoroso acidente pelo qual não se podia culpar ninguém. O homem na cabine sabia que precisava desaparecer antes que o turno da manhã terminasse. Ele levou o braço do guindaste de volta para o lugar, desligou o motor, saiu da cabine e começou a fazer seu caminho escada abaixo até o chão.

Três colegas trabalhadores esperavam por ele quando pisou na doca. Ele sorriu para seus camaradas, não percebendo a lâmina serrilhada de quinze centímetros até que ela fora enfiada profundamente em seu estômago e depois torcida várias vezes. Os outros dois homens o mantiveram deitado até que ele finalmente parou de se lamuriar. Eles amarraram seus braços e pernas antes de empurrá-lo sobre a borda da doca e para dentro da água. Ele reapareceu três vezes, antes de desaparecer por completo sob a superfície. Ele ainda não tinha batido o ponto naquela manhã, de modo que passaria algum tempo antes que alguém desse conta de seu desaparecimento.

***

O velório de Konstatin Karpenko foi realizado na igreja do Apóstolo André. Foram tantas as pessoas que compareceram que a congregação se estendeu até a rua, muito antes que o coro tivesse entrado na nave.

O bispo que pronunciou o elogio fúnebre descreveu a morte de Konstantin como um trágico acidente. Por outro lado, ele foi provavelmente uma das poucas pessoas que acreditaram no comunicado oficial publicado pelo comandante da doca, e só depois que ele tinha sido sancionado por Moscou.

De pé, perto da frente, estavam doze homens que sabiam que não havia sido um acidente. Eles tinham perdido seu líder, e a promessa de uma investigação rigorosa pela KGB não ajudaria sua causa porque inquéritos estatais levavam, em geral, pelo menos uns dois anos para relatar seus achados, tempo em que o momento de agirem teria passado. Somente a família e amigos chegados postaram-se perto da sepultura para prestar suas últimas homenagens. Elena jogou um pouco de terra sobre o caixão enquanto o corpo de seu marido era lentamente baixado no solo. Alexander forçou-se a conter as lágrimas. Elena chorou mas afastou-se e segurou a mão do filho, algo que não fazia havia anos. Ele ficou subitamente consciente de que, apesar de sua pouca idade, era agora o chefe da família.

Ele levantou o olhar e viu Vladimir, com quem não falava desde a morte do pai, semiescondido no fundo da multidão. Quando seus olhos se encontraram, o melhor amigo rapidamente desviou o olhar. As palavras do pai reverberaram na mente de Alexander. *Ele é astuto e não tem escrúpulos. Pode acreditar, ele delataria a própria mãe em troca de um ingresso pra final da copa, provavelmente até pra semifinal.*

Vladimir não fora capaz de resistir à vontade de contar para Alexander que tinha ganhado um assento na arquibancada para o jogo de sábado, embora não tenha contado quem lhe dera o ingresso ou o que tivera de fazer para ganhá-lo.

Alexander ficou apenas se perguntando até onde Vladimir iria para assegurar uma posição na KGB. Ele se deu conta naquele instante de que eles não eram mais amigos. Após alguns minutos, Vladimir saiu depressa, como Judas na noite. Ele tinha feito tudo, menos beijar o pai de Alexander no rosto.

Elena e Alexander permaneceram ajoelhados ao lado do túmulo por um longo tempo depois que todos os outros tinham ido embora. Quando finalmente se levantou, Elena não pôde deixar de se perguntar o que seu marido fizera para causar tamanha raiva. Somente os membros do partido que sofreram muita lavagem cerebral poderiam ter engolido a versão oficial de que após o trágico acidente o operador do guindaste cometera suicídio. Até Leonid Brejnev, o secretário geral do Partido, tinha participado da fraude, com um porta-voz do Kremlin anunciando que o camarada Konstantin Karpenko fora declarado um Herói da União Soviética, e sua viúva receberia uma pensão completa do Estado.

Elena já tinha voltado sua atenção para o outro homem em sua vida. Decidiu que se mudaria para Moscou, acharia um emprego e faria tudo que estivesse a seu alcance para fomentar a carreira do filho. Mas, depois de uma longa discussão com seu irmão Kolya, aceitou com relutância permanecer em Leningrado e tentar seguir em frente como se nada tivesse acontecido. Teria sorte se conseguisse se aferrar ao emprego atual, porque a KGB tinha tentáculos que se estendiam muito além de sua irrelevante existência.

No sábado, na semifinal da Copa Soviética, o Zenit derrotou o Odessa por 2 a 1 e se classificou para jogar contra o Torpedo Moscou na final.

Vladimir já estava tentando descobrir o que precisava fazer para conseguir um ingresso.

2
Alexander

Elena acordou cedo, ainda desacostumada a dormir sozinha. Logo depois de preparar o café da manhã de Alexander e o despachar para a escola, ela arrumou o apartamento, pôs seu casaco e saiu para o trabalho. Como Konstantin, ela preferia andar até as docas, e não ter de repetir mil vezes *que gentileza a sua*.

Ela pensou na morte do único homem que já amara. O que estavam escondendo dela? Por que ninguém lhe dizia a verdade? Ela teria de escolher o momento certo e perguntar ao irmão, o qual, ela tinha certeza, sabia muito mais do que estava disposto a admitir. E em seguida pensou no filho e nos resultados dos exames, que viriam a qualquer dia agora.

Finalmente, pensou em seu emprego, e como não podia perdê-lo enquanto Alexander ainda estava na escola. Seria a pensão do Estado um indício de que eles não a queriam mais por perto? Será que sua presença lembrava constantemente a todos como o marido havia morrido? Mas ela era boa em seu trabalho, razão pela qual trabalhava no clube dos oficiais, e não na cantina das docas.

— Bem-vinda de volta, sra. Karpenko — disse o guarda no portão quando ela bateu o ponto.

— Obrigada — respondeu Elena.

Enquanto ela ia andando pelas docas, vários trabalhadores tiraram seus quepes e a cumprimentaram com um "bom dia", lembrando-lhe o quanto Konstantin era popular.

Elena então entrou pela porta dos fundos do clube dos oficiais, pendurou seu casaco, vestiu um avental e atravessou a cozinha. Verificou o cardápio do almoço — a primeira coisa que fazia toda manhã. Sopa de legumes e torta de vitela. Devia ser sexta-feira. Ela começou a inspecionar a carne, e depois havia legumes a serem cortados e batatas a serem descascadas.

Uma mão delicada pousou em seu ombro. Elena se virou e viu o camarada Akimov com um sorriso simpático no rosto.

— Foi uma cerimônia maravilhosa — disse seu supervisor. — Nada menos do que Konstantin merecia. — Outra pessoa que obviamente sabia a verdade, mas não estava disposta a expressá-la. Elena lhe agradeceu, mas não parou de trabalhar até a sirene soar, anunciando o intervalo da manhã. Ela pendurou seu avental e foi ao encontro de Olga no pátio. Sua amiga estava desfrutando da outra metade do cigarro do dia anterior e passou a guimba para Elena.

— Foi uma semana infernal — disse Olga —, mas todos nós fizemos nossa parte pra que você não perdesse seu emprego. Eu fui pessoalmente responsável por tornar o almoço de ontem um desastre — acrescentou ela após inalar profundamente. — A sopa estava fria, a carne, cozida demais, os legumes estavam encharcados, e adivinha quem se esqueceu de fazer um molho pra carne. Os oficiais estavam todos perguntando quando você ia voltar.

— Obrigada — disse Elena, querendo abraçar sua amiga, mas a sirene soou de novo.

***

Alexander não tinha chorado no velório de seu pai. Então, quando Elena chegou em casa depois do trabalho naquela noite e o encontrou sentado na cozinha chorando, ela se deu conta de que só podia ser uma coisa.

Sentou-se no banco ao lado do filho e pôs um braço em volta de seu ombro.

— Ganhar a bolsa nunca foi tão importante — disse ela. — Só de te oferecerem uma vaga no Instituto de Línguas Estrangeiras já é uma grande honra.

— Mas não me ofereceram uma vaga em lugar nenhum — disse Alexander.

— Nem mesmo pra estudar matemática na universidade do Estado?

Alexander fez que não com a cabeça.

— Recebi ordens de me apresentar nas docas segunda-feira de manhã, quando serei alocado numa turma.

— Nunca! — disse Elena. — Vou reclamar disso.

— Isso vai cair em ouvidos moucos, mamãe. Eles deixaram claro que eu não tenho escolha.

— E o seu amigo Vladimir? Ele também vai ter que se apresentar nas docas?

— Não. Ofereceram uma vaga na universidade estatal para ele. Ele começa em setembro.

— Mas você é melhor que ele em todas as matérias.

— Menos traição — disse Alexander.

***

Quando entrou na cozinha pouco antes do almoço na segunda-feira seguinte, o major Polyakov olhou lascivamente para Elena, como se ela estivesse no cardápio. O major não era mais alto que ela, mas devia ter duas vezes seu peso, o que era, Olga brincava, um tributo à comida de Elena. Polyakov possuía o título de chefe de segurança, mas todo mundo sabia que ele era da KGB e respondia diretamente ao comandante da doca, por isso até seus colegas oficiais desconfiavam dele.

Não demorou para que o olhar lascivo se transformasse em uma atenta inspeção do prato mais recente de Elena. Enquanto outros oficiais entravam de vez em quando na cozinha para degustar um petisco, as mãos de Polyakov corriam pelas costas dela até repousarem em seu traseiro. Ele se apertou contra a cozinheira.

— Vejo você depois do almoço — sussurrou antes de se afastar e se unir aos colegas oficiais na sala de jantar. Elena ficou aliviada ao vê-lo sair às pressas do prédio uma hora mais tarde. Ele não voltou antes que ela batesse o ponto de saída, mas temia que fosse apenas uma questão de tempo.

***

Kolya passou na cozinha para ver a irmã no fim do dia. Elena abriu a água da pia antes de lhe fazer um relato detalhado do que tivera de suportar naquela tarde.

— Nem eu nem ninguém pode fazer nada em relação ao Polyakov — disse Kolya. — Não se quisermos continuar com os nossos empregos. Enquanto o Konstantin estava vivo ele não se atreveria a pôr a mão em você, mas agora... não tem nada impedindo ele de acrescentar você a uma longa lista de conquistas que nunca se queixarão. Pergunta à sua amiga Olga.

— Eu não preciso perguntar. Mas Olga deixou escapar hoje uma coisa que me fez perceber que ela deve saber por que Konstantin foi morto e quem matou ele. Óbvio que ela tem medo demais pra dizer qualquer coisa, mas acho que talvez esteja na hora de você me contar a verdade. Você estava naquela reunião?

— Foi um trágico acidente — disse Kolya.

Elena se inclinou para a frente e sussurrou:

— Você também está em perigo?

Seu irmão assentiu e saiu da cozinha sem mais uma palavra.

***

Naquela noite, Elena ficou deitada pensando no marido. Parte dela ainda relutava em aceitar que ele não estava vivo. Alexander ter uma adoração pelo pai e sempre tentar com tanto afinco corresponder a seus padrões impossíveis não ajudava nem um pouco. Padrões que deviam ter sido a razão pela qual Konstantin sacrificara a própria vida e, ao mesmo tempo, condenara o filho a passar o resto de seus dias como um estivador.

Elena acalentara a esperança de que Alexander ingressaria no Ministério das Relações Exteriores e que ela viveria para vê-lo se tornar um embaixador. Mas isso não iria acontecer. *Se homens corajosos não se dispuserem a correr riscos por aquilo em que acreditam,* Konstantin lhe dissera uma vez, *nada jamais irá mudar.* Elena só queria que o marido tivesse sido um pouco mais covarde.

Por outro lado, se ele tivesse sido, talvez ela não tivesse se apaixonado tão perdidamente por ele.

O irmão de Elena, Kolya, tinha sido o terceiro na hierarquia de comando de Konstantin nas docas, mas Polyakov claramente não o considerava uma ameaça, porque manteve seu emprego como principal carregador após o "trágico acidente" de Konstantin. O que Polyakov não sabia era que Kolya odiava a KGB ainda mais do que o cunhado, e, embora parecesse andar na linha, já estava planejando sua vingança, que não envolveria discursos ardorosos, embora fosse demandar o mesmo grau de coragem.

* * *

Elena ficou surpresa ao ver o irmão esperando por ela do lado de fora dos portões da doca quando bateu o ponto na tarde seguinte.

— Que surpresa agradável — disse ela, quando começaram a voltar para casa.

— Talvez você não pense isso quando ouvir o que tenho pra te dizer.

— Tem a ver com o Alexander? — perguntou Elena, ansiosa.

— Infelizmente, sim. Ele começou mal. Se recusa a receber ordens e desdenha abertamente da KGB. Hoje ele mandou um oficial júnior ir à merda. — Elena estremeceu. — Você tem que falar pra ele se empenhar mais porque eu não consigo acobertar ele por muito mais tempo.

— Acho que ele herdou o traço feroz de temperamento independente do pai — disse Elena —, mas nada da discrição ou sabedoria dele.

— E ele ser mais inteligente que todos os outros, os oficiais da KGB incluídos, não ajuda em nada — disse Kolya. — E todos eles sabem disso.

— Mas o que eu posso fazer? Ele não me escuta mais.

Continuaram em silêncio por algum tempo antes que Kolya falasse de novo, e só quando estava certo de que ninguém poderia ouvi-los.

— Talvez eu tenha achado uma solução. Mas, pra essa ideia dar certo, vou precisar da sua ajuda. — Ele fez uma pausa. — Do Alexander também.

* * *

Como se os problemas de Elena em casa não fossem graves o suficiente, as coisas no trabalho pioravam à medida que as investidas do major se tornavam cada vez menos sutis. Ela pensou em derramar água fervente sobre as mãos bobas dele, mas, pelas consequências, não valia a pena nem considerar.

Deve ter sido uma semana mais tarde, quando ela estava arrumando a cozinha antes de voltar para casa, que Polyakov entrou cambaleando, claramente bêbado, e começou a desabotoar a calça enquanto avançava em sua direção. Exatamente no momento em que ele estava prestes a colocar uma mão suada em seu seio, um oficial júnior entrou correndo e disse que o comandante precisava vê-lo com urgência. Polyakov não conseguiu esconder sua frustração e, ao sair, disse entre os dentes para Elena:

— Não sai daqui. Volto mais tarde. — Elena estava tão aterrorizada que não saiu da cozinha por mais de uma hora. Mas, assim que a sirene finalmente soou, ela pegou o casaco e foi uma das primeiras a bater o ponto na saída.

Quando Kolya se uniu a ela para jantar naquela noite, ela implorou que lhe contasse os detalhes de seu plano.

— Eu achei que você tinha dito que era um risco grande demais.

— Eu sei, mas isso foi antes de eu perceber que daqui a pouco não vou conseguir evitar as investidas do Polyakov.

— Você me disse que podia até suportar isso, contanto que Alexander nunca descobrisse.

— Mas, se ele descobrir — disse Elena calmamente —, sabe lá o que ele pode fazer! Por isso, me conta o que você tem em mente, porque eu estou considerando qualquer coisa.

Kolya inclinou-se para a frente e serviu-se de uma dose de vodca antes de começar a expor à irmã seu plano.

— Como você sabe, vários navios estrangeiros descarregam as cargas nas docas toda semana, e a gente tem que despachar eles o mais rápido possível, pros navios na fila tomarem o lugar deles. Eu sou o responsável por isso.

— Mas como isso ajuda a gente? — perguntou Elena.

— Depois que um navio é descarregado, o processo de carregamento começa. Como nem todo mundo quer sacos de sal ou caixotes de vodca, alguns navios saem do porto vazios. — Elena permaneceu em silêncio enquanto seu irmão continuava. — Dois navios estão com chegada prevista pra sexta-feira, e, depois de descarregarem, vão partir no sábado à tarde com os porões vazios. Você e Alexander poderiam estar escondidos em um deles.

— Mas, se formos pegos, podemos acabar num trem de transporte de gado pra Sibéria.

— É por isso que é importante aproveitar nossa chance nesse sábado, porque, pra variar, as probabilidades vão estar a nosso favor.

— Por quê? — perguntou Elena.

— O Zenit vai jogar contra o Torpedo Moscou na final da Copa Soviética, e quase todos os oficiais vão estar sentados num camarote do estádio apoiando o Moscou, enquanto a maioria dos trabalhadores vai estar nas arquibancadas torcendo pelo time da casa. Então a gente vai ter uma janela de três horas de que poderíamos tirar proveito, e, quando o apito final soar, você e Alexander poderiam estar a caminho de uma nova vida em Londres ou Nova York.

— Ou Sibéria?

3
Alexander

Kolya e Elena nunca saíam para as docas de manhã no mesmo horário e não voltavam juntos para casa à noite. Quando estavam no trabalho, não havia nenhuma razão para que seus caminhos se cruzassem, e eles tomavam o cuidado de assegurar que isso nunca acontecesse. Kolya descia de seu apartamento no sexto andar toda noite, mas eles não discutiam o que estavam planejando até Alexander ir para a cama, quando quase não falavam de outra coisa.

Na noite de sexta-feira, eles já tinham examinado tudo que achavam que podia dar errado muitas e muitas vezes, embora Elena estivesse convencida de que alguma coisa iria atrapalhá-los no último segundo. Ela não dormiu à noite, mas também ela não dormira mais que umas duas horas por noite durante todo o mês anterior.

Kolya disse que, por causa da final da copa, quase todos os estivadores tinham optado pelo primeiro turno na manhã de sábado — das seis ao meio-dia —, de modo que, quando a sirene do meio-dia tocasse, as docas estariam sendo manejadas apenas por uma tripulação mínima.

— E eu já disse pro Alexander que não consegui arranjar um ingresso pra ele, então ele se inscreveu relutantemente pro turno da tarde.

— Quando você vai contar pra ele? — perguntou Elena.

— Só no último instante. Pense como a KGB. Eles não falam nada nem entre eles mesmos.

O camarada Akimov já tinha dito a Elena que ela não precisava trabalhar no sábado, porque ele duvidava que algum dos oficiais fosse se dar ao trabalho de ir para almoçar, pois não gostariam de perder o pontapé inicial do jogo.

— Eu dou um pulinho aqui durante a manhã — ela lhe disse. — É possível que nem todos sejam fãs de futebol. Mas saio por volta do meio-dia se ninguém aparecer.

Tio Kolya tinha conseguido arranjar um par de ingressos sobressalentes nas arquibancadas, mas não contou a Alexander que os sacrificara para assegurar que seu carregador substituto e seu principal operador de guindaste não estariam por perto na tarde de sábado.

***

Quando Alexander chegou à cozinha para tomar o café da manhã no dia seguinte, ficou surpreso ao ver que o tio tinha se juntado a eles, e se perguntou se ele conseguira um ingresso extra de última hora.

Quando lhe perguntou, Alexander ficou intrigado com a resposta de Kolya.

— Talvez você jogue numa partida muito mais importante hoje à tarde — disse Kolya. — Ela também é contra Moscou, e é uma que você não pode perder de jeito nenhum.

O rapaz ficou sentado em silêncio enquanto o tio lhe expunha o que ele e a mãe vinham planejando na última semana. Elena já tinha dito ao irmão que, se Alexander não quisesse se envolver, por qualquer razão, todo o plano teria de ser cancelado. Ela precisava ter certeza de que o filho não abrigava nenhuma dúvida em relação aos riscos a que eles estavam se expondo. Kolya chegou até a oferecer-lhe um suborno para se assegurar de que o sobrinho estava completamente comprometido.

— Eu dei um jeito de conseguir um ingresso pro jogo — disse ele, agitando o papel no ar —, se você preferir...

Ele e Elena observaram o jovem atentamente para ver como ele reagiria.

— Que se dane o jogo. — Foi sua reação imediata.

— Mas isso quer dizer que você vai ter que deixar a Rússia, talvez pra sempre — disse Kolya.

— Isso não vai fazer com que eu deixe de ser russo. E talvez a gente nunca tenha uma chance melhor de escapar desses filhos da mãe que mataram o meu pai.

— Então está decidido — disse Kolya. — Mas você tem que saber que eu não vou com vocês.

— Então nós não vamos — disse Alexander, sobressaltando-se da velha cadeira do pai. — Eu não vou deixar você pra encarar as consequências.

— Você vai ter que fazer isso. Você e sua mãe só têm uma chance de escapar se eu ficar pra trás e encobrir o rastro de vocês. Vou fazer o mínimo que o seu pai teria esperado.

— Mas... — começou Alexander.

— Nada de "mas". Agora preciso me apressar pro turno da manhã e supervisionar o carregamento dos dois navios e fazer todo mundo supor que, como eles, eu vou pro jogo hoje à tarde.

— Mas eles não vão ficar desconfiados quando ninguém se lembrar de ter visto você lá? — perguntou Elena.

— Não se eu fizer tudo na hora certa — disse Kolya. — O segundo tempo deve começar por volta das quatro da tarde, hora em que já vou estar assistindo ao jogo com o resto dos rapazes, e, com um pouquinho de sorte, quando o apito final soar vocês já vão estar fora das águas territoriais. Vocês só têm que se apresentar pro turno da tarde pontualmente, e, pra variar, faça tudo o que seu supervisor lhe ordenar. — Alexander sorriu quando o tio se levantou e lhe deu um abraço de urso. — Deixe o seu pai orgulhoso — disse ele antes de sair.

Quando Kolya saiu do apartamento, encontrou-se com o amigo de Alexander descendo a escada.

— Tem um ingresso para o jogo, sr. Obolsky? — perguntou ele.

— Tenho — respondeu Kolya. — Na arquibancada norte, com o resto dos rapazes. Acho que nos vemos lá.

— Acho que não — disse Vladimir. — Estarei sentado na arquibancada oeste.

— Sortudo, hein — disse Kolya enquanto desciam os degraus juntos e, embora estivesse tentado, não perguntou o que Vladmir tivera de fazer em troca de seu ingresso. — E quanto a Alexander, vocês vão juntos?

— Infelizmente não. Ele vai ter que trabalhar no turno da tarde. Dá pra ver que ele está puto da vida. Diz pra ele que vou passar lá à noite e conto lance por lance.

— Isso é gentil da sua parte, Vladimir. Tenho certeza de que ele vai gostar. Divirta-se no jogo — acrescentou Kolya quando os dois seguiram seus caminhos.

***

Depois que Kolya saiu para as docas, Alexander ainda tinha meia dúzia de dúvidas para a mãe, algumas para as quais ela não tinha a resposta, inclusive para que país iriam.

— Dois navios vão sair na maré da tarde por volta das três horas — disse Elena —, mas não saberemos qual deles o tio Kolya escolheu até o último instante.

Estava claro para Elena que Alexander já tinha se esquecido da partida de futebol enquanto ele andava alvoroçado pela sala, preocupado com a ideia de fugir. Ela observava-o com ansiedade.

— Isso não é um jogo, Alexander — disse com firmeza. — Se formos pegos, o seu tio será morto, e nós seremos transportados para um campo de trabalhos forçados, onde você passará o resto da sua vida arrependido por não ter ido ao jogo. Não é tarde demais para você mudar de ideia.

— Eu sei o que o meu pai teria feito — disse Alexander.

— Então é melhor você se aprontar — aconselhou Elena.

Alexander voltou para o quarto enquanto sua mãe montava a marmita que ele levava para o trabalho toda manhã. Só que nessa ocasião ela não estava cheia de comida, e sim de todas as notas e moedas que ela e Konstantin haviam, com dificuldade, juntado ao longo dos anos, algumas joias de pouco valor, exceto pelo anel de noivado de sua mãe que ela pôs junto de sua aliança de casamento, e, finalmente, um dicionário russo-inglês. Como Elena desejava ter prestado mais atenção quando Konstantin e Alexander conversavam em inglês todas as noites. Depois ela fez sua própria malinha, esperando que esta não atraísse atenção quando ela aparecesse mais tarde para trabalhar naquela manhã. O problema era decidir o que levar e o que deixar para trás. As fotos de Konstantin e da família eram sua maior prioridade, seguida por uma muda de roupas e uma barra de sabão. Ela também conseguiu espremer uma escova de cabelo e um pente antes de forçar a tampa para fechá-la. Alexander queria levar seu exemplar de *Guerra e paz*, mas ela lhe assegurara que ele seria capaz de conseguir outro exemplar onde quer que desembarcassem.

Alexander estava desesperado para sair logo, mas a mãe não queria ir antes da hora combinada. Kolya os advertira de que eles não podiam chamar atenção chegando aos portões das docas antes que a sirene soasse às doze horas. Eles finalmente deixaram o apartamento logo depois das onze, tomando um caminho tortuoso para as docas, que fosse improvável que topassem com alguém que conhecessem. Chegaram em frente à entrada pouco antes do meio-dia e depararam com uma debandada de trabalhadores rumando na direção contrária.

Alexander lutou para abrir caminho através do exército que avançava, e sua mãe, de cabeça baixa, seguia em seu encalço. Depois que bateram o ponto, Elena lembrou-lhe:

— A sirene tocará às duas horas pro intervalo da tarde, depois teremos vinte minutos e nem um a mais, por isso trate de se encontrar comigo no clube dos oficiais o mais rápido possível.

Alexander assentiu e rumou para a doca 6 a fim de dar início ao seu turno, sua mãe indo na direção oposta. Depois que chegou à porta dos fundos do clube, Elena abriu-a cautelosamente, enfiou a cabeça e ouviu com atenção plena. Silêncio total.

Ela pendurou o seu casaco e percorreu a cozinha. Se surpreendeu ao ver Olga sentada à mesa fumando, algo que ela jamais faria se um oficial estivesse no local. Olga lhe contou que até o camarada Akimov tinha saído instantes depois que a sirene soara ao meio-dia. Ela soprou uma nuvem de fumaça; sua ideia de rebelião.

— Por que não preparo uma refeição pra nós duas? — disse Elena, pondo seu avental. — Depois podemos almoçar sentadas pra variar, como se fôssemos oficiais.

— E tem meia garrafa daquele tinto búlgaro que sobrou do almoço de ontem — disse Olga —, aí podemos até brindar à saúde dos filhos da mãe.

Elena riu pela primeira vez naquele dia, e depois começou a preparar o que esperava que fosse sua última refeição em Leningrado. À uma hora, Olga e Elena foram para a sala de jantar e arrumaram a mesa, usando o melhor faqueiro e guardanapos de linho. Olga serviu duas taças de vinho tinto, e estava prestes a tomar um gole quando a porta abriu de repente e o major Polyakov entrou.

— Seu almoço está pronto, camarada major — disse ela, sem titubear. Ele olhou para as duas taças de vinho com desconfiança. — Alguém vai acompanhar o senhor? — acrescentou rapidamente.

— Não, eles estão todos no jogo, por isso vou comer sozinho — disse Polyakov antes de se virar para Elena. — Não vá embora antes que eu tenha terminado meu almoço, camarada Karpenko.

— É claro que não, camarada major — respondeu Elena.

As duas mulheres apressaram-se de volta à cozinha.

— Isso só pode significar uma coisa — disse Olga enquanto Elena enchia uma tigela com sopa de peixe quente.

Olga levou o primeiro prato até Polyakov e colocou-o na mesa. Quando ela se virou para sair, ele disse:

— Depois que tiver servido o prato principal, pode tirar o resto do dia de folga.

— Obrigada, camarada major, mas uma das minhas obrigações depois que o senhor sair é limpar...

— Imediatamente depois que você tiver servido o prato principal — repetiu ele. — Fui claro?

— Sim, camarada major. — Olga voltou para a cozinha e, assim que a porta se fechou, contou para Elena o que Polyakov havia pedido. — Eu faria qualquer coisa que pudesse pra ajudar — acrescentou —, mas nem ouso contrariar o filho da mãe. — Elena não disse nada enquanto enchia um prato com ensopado de vitela, nabos e purê de batata. — Você poderia ir pra casa agora — disse Olga. — Eu digo a ele que você não estava se sentindo bem.

— Não posso — disse Elena, notando que Olga estava abrindo os dois primeiros botões de sua blusa. — Muito obrigada — disse. — Você é uma boa amiga, mas acredito que ele queira experimentar um prato novo. — Ela entregou o prato para Olga.

— Eu mataria ele feliz da vida — disse Olga antes de retornar à sala de jantar.

O major afastou sua tigela de sopa vazia para um lado enquanto Olga colocava o prato de ensopado quente diante dele.

— Se você ainda estiver no prédio na hora que eu terminar — disse ele —, vai voltar a servir aquela ralé na cantina dos trabalhadores segunda-feira.

Olga pegou a tigela de sopa e voltou à cozinha, surpresa com o quanto a amiga parecia estar calma, ainda que não tivesse nenhuma dúvida quanto ao que estava prestes a acontecer. Por outro lado, Elena não podia lhe contar por que estava disposta a suportar até mesmo as investidas de Polyakov se isso significasse que ela e seu filho iriam finalmente escapar das garras da KGB.

— Me desculpa — disse Olga, ao vestir seu casaco —, mas não posso arriscar perder meu emprego. Até segunda-feira — acrescentou, antes de abraçar Elena por um tempo mais longo que o usual.

— Espero que não — sussurrou Elena quando Olga fechou a porta. Estava prestes a desligar o fogão quando ouviu a porta da sala de jantar se abrir. Girou rapidamente e viu Polyakov andando devagar em direção a ela, ainda mastigando um último bocado de ensopado. Ele limpou a boca na manga antes de desabotoar uma jaqueta coberta de medalhas que não tinham sido ganhas no campo de batalha. Desafivelou o cinto e colocou-o sobre a mesa, ao lado de sua pistola, depois chutou fora suas botas antes de começar a abrir o zíper da calça, que caiu no chão. Ficou ali, não mais capaz de esconder a carne em excesso que geralmente ficava escondida sob uma farda bem-cortada.

— Podemos fazer isso de duas maneiras — disse o chefe da KGB enquanto continuava a andar em direção a ela até que seus corpos estavam quase se tocando. — Você é quem sabe.

Elena forçou um sorriso, querendo acabar com aquilo o mais rapidamente possível. Ela tirou o avental e começou a desabotoar a blusa.

Polyakov sorriu com malícia enquanto acariciava desajeitadamente os seios de Elena.

— Você é igualzinha às outras — disse, empurrando-a em direção à mesa enquanto tentava beijá-la ao mesmo tempo. Elena podia sentir o cheiro do hálito fétido dele, então virou a cabeça para evitar que seus lábios se tocassem. Ela sentiu os dedos atarracados do major fuçando debaixo de sua saia, mas dessa vez não resistiu, só olhou inexpressivamente por cima do ombro de Polyakov enquanto uma mão suada subia por dentro das suas coxas.

Ele a empurrou contra a mesa, levantou sua saia e separou à força suas pernas. Elena fechou os olhos e cerrou os dentes. Ela podia senti-lo resfolegando enquanto ele cambaleava para a frente, rezando para que aquilo terminasse logo.

A sirene das duas horas soou.

Elena olhou para cima quando ouviu a porta no outro extremo da sala se abrir e contemplou horrorizada Alexander avançando na direção deles. Polyakov se virou, empurrou Elena rapidamente para um lado e tentou pegar seu revólver, mas o rapaz estava agora a apenas um metro de distância. Alexander tirou a panela do fogão e jogou o resto do ensopado quente no rosto de Polyakov. O major cambaleou para trás e caiu no chão, pronunciando uma rajada de invectivas que Elena temeu que seriam ouvidas do outro lado das docas.

— Você vai morrer enforcado por isso! — gritou Polyakov enquanto agarrava a borda da mesa e tentava se levantar. Mas, antes que ele pudesse pronunciar outra palavra, Alexander golpeou sua cabeça com a pesada panela de ferro. Polyakov desabou no chão como uma marionete cujos cordões haviam sido cortados, o sangue fluindo de seu nariz e boca. Mãe e filho não se mexeram enquanto encaravam o adversário caído.

Alexander foi o primeiro a se recobrar. Ele pegou a gravata de Polyakov do chão e apressadamente amarrou as mãos do major atrás das costas, depois pegou um guardanapo da mesa e enfiou-o na boca do oficial. Elena ainda não havia se movido. Ela apenas olhava sem expressão para a frente, como se estivesse paralisada.

— Esteja pronta pra ir assim que eu voltar — disse Alexander, agarrando Polyakov pelos tornozelos. Ele o arrastou para fora da cozinha e pelo corredor, até que chegou ao banheiro, onde atochou o major no último cubículo.

Precisou de toda a sua força para erguê-lo sobre a privada e depois amarrá-lo à tubulação. Trancou a porta pelo lado de dentro do cubículo e, subindo nas pernas do major, conseguiu içar-se até em cima da divisória e descer para o chão. Correu de volta à cozinha e encontrou a mãe de joelhos, chorando.

Ele se ajoelhou ao lado dela.

— Não temos tempo pra ficar chorando, mamãe — disse gentilmente. — Temos de sair logo antes que o filho da mãe possa vir atrás de nós. — Ele ajudou-a a se levantar devagar e, enquanto ela vestia seu casaco e pegava sua maleta na despensa, ele recolheu a farda de Polyakov, o cinto e o revólver e jogou-os na lixeira mais próxima. Tomando Elena firmemente pela mão, ele a conduziu até a porta dos fundos. Abriu-a com hesitação, deu um passo para fora e olhou em todas as direções antes de se afastar e permitir que sua mãe se juntasse a ele.

— Onde você combinou de se encontrar com o tio Kolya? — perguntou ele, a responsabilidade mais uma vez mudando de mãos.

— Temos que ir na direção daqueles dois guindastes — disse Elena, apontando para o outro extremo da doca. — Seja o que for que fizer, Alexander, não mencione o que acabou de acontecer pro seu tio. É melhor que ele não saiba, porque, se todo mundo achar que ele estava no jogo, não vai ter nenhum meio de conectar ele com a gente.

Enquanto Alexander conduzia a mãe para a doca 3, as pernas dela pareciam tão fracas que mal conseguia pôr um pé diante do outro. Mesmo que tivesse pensado em mudar de ideia no último momento, ela se deu conta naquele instante de que eles não tinham nenhuma escolha a não ser tentar escapar. Não tinha nem como pensar nas consequências se não o fizessem. Ela mantinha os olhos nos dois guindastes parados que Kolya dissera que seria seu indicador, e, quando se aproximaram, viram uma figura solitária sair de trás de dois grandes caixotes de madeira junto à entrada de um armazém deserto.

— Por que se atrasaram? — perguntou Kolya ansiosamente, seus olhos disparando em todas as direções, como um animal encurralado.

— Viemos o mais depressa que pudemos — disse Elena sem mais explicações.

Alexander olhou para os caixotes e viu meia dúzia de caixas de vodca ordenadamente empilhadas. A tarifa combinada para uma viagem só de ida para...

— A única coisa que vocês têm de fazer agora — disse Kolya — é decidir se querem ir pros Estados Unidos ou pra Inglaterra.

— Por que não deixamos a sorte decidir? — sugeriu Alexander. Ele tirou uma moeda de cinco copeques do bolso e equilibrou-a na ponta de um polegar. — Cara, Estados Unidos; coroa, Inglaterra — disse, e atirou-a com força no ar. A moeda quicou na doca antes de vir repousar a seus pés. Alexander abaixou-se e olhou para a imagem por um instante; em seguida, pegou a maleta de sua mãe e sua marmita e as colocou no fundo do caixote escolhido. Elena foi para o interior do caixote e esperou que seu filho se juntasse a ela.

Eles se agacharam e se abraçaram enquanto Kolya colocou a tampa firmemente de volta no alto do caixote. Embora tenha levado apenas alguns instantes para martelar uma dúzia de pregos na tampa, Elena já estava atenta a outro som. O som de botas pesadas avançando na direção deles, a tampa do caixote sendo arrancada e eles dois sendo arrastados para encarar um triunfante major Polyakov.

Kolya bateu no lado do caixote com a palma da mão, e, de repente, eles se sentiram sendo arrancados do chão. O caixote balançou suavemente de um lado para o outro enquanto eles eram erguidos cada vez mais alto no ar, antes de começar a descer devagar em direção ao porão de um dos navios. Então, sem aviso, o caixote pousou com um baque.

Elena só se perguntava se eles passariam o resto de suas vidas se arrependendo por não terem escolhido outro caixote.

LIVRO DOIS

4
Sasha
A caminho de Southampton

Sasha ouviu uma firme batida no lado do caixote.

— Tem alguém aí dentro? — perguntou uma voz rouca.

— Sim — ambos disseram em línguas diferentes.

— Eu volto quando estivermos fora das águas territoriais — disse a voz.

— Obrigado — disse Sasha. Eles ouviram o som de botas pesadas diminuindo, seguido alguns momentos mais tarde por uma ruidosa pancada. — Eu tô pensando...

— Não fala — sussurrou Elena. — Precisamos conservar nossa energia.

Sasha assentiu, embora mal conseguisse vê-la na escuridão.

O barulho seguinte que ouviram foi o estrondo de um vasto pistão girando em algum lugar abaixo deles. Isso foi seguido por uma sensação de movimento quando o navio se afastou da doca e começou seu lento progresso para fora do porto. Sasha não tinha a menor ideia de quanto tempo se passaria antes que eles cruzassem a linha invisível que as leis marítimas reconheciam como águas internacionais.

— Doze milhas náuticas até que estejamos seguros — disse Elena, respondendo à sua pergunta não formulada. — Tio Kolya disse que isso deveria levar pouco mais de uma hora.

Sasha queria perguntar qual era a diferença entre uma milha terrestre e uma milha náutica, mas permaneceu em silêncio. Ele pensou em seu tio Kolya, que podia apenas torcer para que estivesse a salvo. Será que alguém já tinha encontrado Polyakov? Ele já estaria infligindo algum castigo? Sasha havia dito ao tio que iniciasse um rumor de que fora seu amigo Vladimir quem tinha planejado a fuga, coisa que Alexander esperava que iria arruinar as chances dele de ingressar na KGB. Ele pensou em sua pátria, e naquilo de que mais sentiria falta, e até se perguntou se o Zenit F.C. tinha derrotado o Torpedo Moscou e erguido a Copa Soviética.

Pareceu se passar muito mais de uma hora antes de ouvirem os passos pesados retornando. Outra batida do lado do caixote.

— Vamos tirar vocês daí já, já — disse a mesma voz rouca.

Sasha agarrou a mãe pelos braços, e eles ouviram o som de pregos sendo arrancados um por um. Finalmente a tampa foi levantada. Os dois respiraram fundo, olharam para cima e viram um homem baixo, desarrumado, vestindo um macacão sujo e sorrindo para eles.

— Bem-vindos a bordo — disse ele após verificar que as seis caixas de vodca estavam no lugar. — Meu nome é Matthews — acrescentou antes de oferecer o braço a Elena. Ela se alongou rigidamente por um momento, pegou no braço de Matthews e saiu com dificuldade do caixote. Sasha pegou a malinha e sua marmita e entregou-as a Matthews antes de se unir à mãe. — Disseram pra eu levar vocês dois até o passadiço pra vocês conhecerem o capitão Peterson — disse Matthews e conduziu-os a uma escada enferrujada presa ao lado do porão.

Sasha pegou a maleta da mãe e foi o último a subir a escada. A cada degrau, o sol brilhava com mais intensidade, até que ele estava olhando para um céu azul sem nuvens. Quando enfim pisou no deque, parou por um momento para olhar para trás, para sua cidade natal pelo que esperava e temia que fosse a última vez.

— Sigam-me — disse Matthew, enquanto dois de seus companheiros de tripulação começavam a descer ao porão decididos a reivindicar sua recompensa.

Elena e Sasha seguiram Matthews em direção a uma escada em espiral que ele começou a subir sem olhar para trás. Eles logo o seguiram como spaniels obedientes e, instantes depois, saíram para o passadiço, sentindo-se ligeiramente tontos.

O timoneiro atrás do leme não lhes lançou um segundo olhar, mas um homem mais velho em um uniforme azul-escuro, com quatro faixas douradas no braço de seu paletó trespassado, virou-se para encarar os passageiros clandestinos.

— Bem-vinda a bordo, sra. Karpenko — disse ele. — Qual é o nome do garoto?

— Sasha, senhor — respondeu ele.

— Não me chame de senhor. Sr. Peterson ou capitão basta. Agora, sra. Karpenko, seu irmão me contou que é uma ótima cozinheira; vamos ver se ele estava exagerando.

— Ela é a melhor cozinheira de Leningrado — disse Sasha.

— É mesmo? E o que você tem a oferecer, meu caro? Porque isso não é um cruzeiro de lazer... Todo mundo a bordo tem de fazer a sua parte.

— Ele pode servir à mesa — disse Elena antes que Sasha tivesse uma chance de responder.

— Primeira vez que vejo uma coisa dessas — disse o capitão.

De fato, pensou Sasha, que nunca estivera dentro de um restaurante em sua vida, e, além de limpar a mesa e lavar a louça depois do jantar, raramente era visto na cozinha.

— A cabine do lado da de Fergal está livre, Matthews? — perguntou o capitão.

— Sim, capitão, mas é pequena pros dois.

— Então põe o menino com o Fergal. Ele pode dormir no beliche de cima e a mãe pode ficar com a outra cabine pra ela. Depois que tiverem desfeito as malas — acrescentou, lançando um olhar para a maletinha —, leva ela até a cozinha e apresenta eles ao cozinheiro.

Sasha percebeu que a declaração fez brotar um sorriso nos lábios do timoneiro, embora seus olhos permanecessem fixos no oceano à frente.

— Entendido, capitão — disse Matthews. Sem outra palavra ele conduziu seus tutelados de volta pela escada em espiral até o deque principal. De novo, Sasha olhou para o horizonte distante, mas não havia mais nenhum sinal de Leningrado.

Eles seguiram Matthews de volta pelo deque e desceram uma escada ainda mais estreita até as profundezas do navio. Seu guia os conduziu por um corredor escassamente iluminado, até que parou em frente a duas cabines adjacentes.

— É aqui que vocês vão dormir durante a viagem.

Elena abriu a porta de sua cabine e, olhando para cima, viu uma lâmpada oscilante que lançava um pequeno facho de luz sobre um beliche estreito. O ruído seco e rítmico do motor do navio assegurava que, mesmo que ela não tivesse dormido durante a semana anterior, certamente não iria dormir nessa próxima.

Matthews abriu a porta da cabine ao lado. Sasha entrou no cômodo com um beliche de casal que ocupava quase todo o espaço.

— Você fica em cima — disse Matthews. — Eu volto dentro de meia hora e levo vocês até a cozinha.

— Obrigado — disse Sasha, que imediatamente subiu na cama de cima do beliche. Não era nada melhor que sua cama em Leningrado. Ele não podia deixar de se perguntar se tinha escolhido o caixote certo.

***

— Agora ouçam — gritou alguém —, porque só vou dizer isso uma vez.

Todo mundo parou o que estava fazendo e se virou para olhar para o cozinheiro, que estava de pé no centro da cozinha, as mãos na cintura.

— Temos uma senhora a bordo e ela vai trabalhar conosco. A sra. Karpenko é uma cozinheira formada, muito experiente, por isso vocês vão tratar ela com o respeito que ela merece. Se algum de vocês andar fora da linha, eu mato quem for e dou o corpo de comer às gaivotas. Fui claro? — A risada nervosa que se seguiu sugeriu que ele fora bem claro. — O filho dela, Sasha — continuou o cozinheiro—, que também vai viajar com a gente, vai auxiliar o Fergal no salão de jantar. Certo, vamos todos voltar ao trabalho. Temos que servir o jantar daqui a umas duas horas.

Um rapazinho magro, pálido, com um volumoso cabelo ruivo, atravessou a cozinha e parou em frente a Sasha.

— Eu sou Fergal — disse ele. Sasha assentiu, mas não falou nada. — Agora, escuta — acrescentou firmemente, pondo as mãos na cintura —, porque só vou dizer isso uma vez. Sou o garçom-chefe, e você pode me chamar de senhor.

— Sim, senhor — disse Sasha humildemente.

Fergal caiu na gargalhada, deu um forte aperto de mão em seu novo recruta e disse:

— Vem comigo, Sasha.

Sasha seguiu-o, saíram da cozinha e subiram a escada mais próxima.

— E aí, qual vai ser a minha função? — perguntou Sasha assim que se recuperou.

— Como te disseram — disse Fergal quando chegou ao último degrau —, nosso trabalho é servir os passageiros no salão de jantar.

— Esse navio tem passageiros?

— Só uma dúzia. Somos um navio de carga, mas, se tivermos mais de doze passageiros, somos registrados como um navio de cruzeiro. A companhia tem uns dois transatlânticos, mas nós somos parte da frota de carga — respondeu enquanto abria a porta e entrava em uma sala que continha três grandes mesas circulares, cada uma com seis cadeiras.

— Mas são dezoito lugares — disse Sasha. — Você disse...

— Já vi que você é esperto — disse Fergal com um grande sorriso. — Além dos doze passageiros, tem também seis oficiais que comem na sala de jantar, mas se sentam em uma mesa própria. Agora, nossa primeira tarefa — acrescentou, abrindo uma gaveta num grande aparador e tirando três toalhas de mesa — é arrumar tudo pro jantar.

Sasha nunca tinha visto uma toalha de mesa antes, e observou enquanto Fergal as estendia sobre cada uma das três mesas. Em seguida, ele retornou ao aparador, pegou talheres de um mesmo jogo e começou a arrumar cada lugar na mesa.

— Não fica aí olhando assustado. Você é meu assistente, não um dos passageiros.

Sasha pegou algumas facas, garfos e colheres e começou a imitar seu mentor, que olhava duas vezes cada arranjo, assegurando que tudo estava alinhado e em seu devido lugar.

— Agora, a tarefa mais importante pela qual você vai ficar responsável — disse Fergal depois de colocar dois copos em cada lugar na mesa e um saleiro e um moedor de pimenta no centro da mesa — é a de organizar o elevador de carga.

— O que é um elevador de carga? — Fergal se dirigiu ao outro extremo do cômodo e abriu uma portinhola na parede que dava para uma caixa quadrada com duas prateleiras e uma grossa corda de um lado.

— Isso aqui vai até a cozinha, lá embaixo — disse ele enquanto puxava a corda e a caixa desaparecia. — Quando o cozinheiro estiver com tudo pronto, ele vai mandar o primeiro prato, que você vai colocar no aparador antes de eu servir. Você não fala com ninguém a não ser que falem com você primeiro e, mesmo assim, só se te fizerem uma pergunta. O tempo todo, você vai se dirigir aos hóspedes como senhor ou senhora. — Sasha continuava assentindo. — Agora, a próxima coisa que temos de fazer é achar um paletó branco e uma calça que sirvam em você. Você não pode ficar parecendo um ouriço-do-mar que foi trazido à praia pela maré, não é?

— Posso fazer uma pergunta? — disse Sasha.

— Se for necessário.

— De onde você vem?

— Da Ilha Esmeralda, mas é claro — disse Fergal, mas isso não significou nada para Sasha.

***

O cozinheiro deu uma olhada em Elena, que estava fazendo um molho com algumas sobras.

— Você já fez isso antes — observou ele. — Quando você terminar aí, pode preparar os legumes enquanto eu foco no prato principal? — Ele olhou para o cardápio fixado na parede. — Costeletas de cordeiro.

— É claro, senhor — disse Elena.

— Pode me chamar de Eddie — acrescentou, antes de se dirigir à geladeira e retirar costelas.

Depois que Elena preparou os vegetais e os arranjou em pratos separados, Eddie os inspecionou.

— Ainda bem que você vai nos deixar quando chegarmos em Southampton — disse ele —, senão eu ia ter que procurar outro emprego.

Eu vou ter que procurar um emprego, Elena teve vontade de lhe contar, mas se satisfez com:

— O que você quer que eu faça agora?

— Tira o salmão defumado da geladeira e prepara dezoito porções. Depois que tiver feito isso, pode colocar elas no elevador de carga, tocar o sino e mandar pro Fergal.

— O elevador de carga? — perguntou Elena, perplexa.

— Pelo menos uma coisa que você não sabe. — Ele sorriu enquanto se dirigia a um grande buraco quadrado na parede.

***

Uma campainha tocou.

— Primeiro prato subindo — disse Fergal, e alguns instantes depois, seis pratos de salmão defumado apareceram. Sasha os colocou no aparador e fez o elevador descer. Ele estava tirando os três últimos pratos de salmão quando a porta se abriu e dois oficiais elegantemente vestidos entraram.

— O sr. Reynolds, o engenheiro-chefe — sussurrou Fergal —, e o comissário, sr. Hallett.

— E quem é esse? — perguntou o sr. Reynolds.

— Sasha, meu novo assistente — disse Fergal.

— Boa noite, Sasha. Acredito que temos de lhe agradecer por meia dúzia de caixas de vodca, que lhe asseguro que os marinheiros vão gostar muito.

— Sim, senhor — disse Sasha.

A porta abriu de novo e os passageiros começaram a chegar aos poucos, um a um, e tomar seus lugares.

Sasha não parou de puxar a corda para cima e para baixo, até pôr todo o conteúdo da caixa no aparador. Fergal serviu os quinze homens e as três mulheres com um charme relaxado que, segundo o cozinheiro assegurou a Elena, vinha de beijar regularmente a Pedra de Blarney. Outra coisa que ele teve de explicar ao seu novo assistente.

Uma hora mais tarde, depois que o último comensal se retirou, Sasha desabou na cadeira mais próxima e disse:

— Estou exausto.

— Não está não, ainda não — disse Fergal, rindo. — Agora temos de limpar tudo e pôr as mesas pro café da manhã. Você pode começar aspirando o tapete.

— Aspirando?

Fergal fez para ele uma breve demonstração da estranha máquina antes de voltar a pôr as mesas. Sasha ficou fascinado pelo aspirador de pó, mas não quis admitir que nunca vira um antes, embora isso não pudesse ter sido mais óbvio enquanto ele batia em pernas de cadeiras e mesas. Fergal deixou que ele se familiarizasse com o aparelho enquanto punha dezoito lugares para o café da manhã.

— Por hoje é só — declarou —, você pode cair fora agora.

Sasha dirigiu-se aos dormitórios e bateu na porta da cabine da mãe. Não entrou até ouvi-la dizer:

— Pode entrar. — A primeira coisa que percebeu quando entrou foi que ela tinha desfeito tanto a maleta dela quanto a marmita do filho. Ele também achou que o quarto parecia muito mais arrumado do que se lembrava.

— Como é ser um garçom? — foi a primeira pergunta da mãe.

— Eu não parei nem por um minuto — disse Sasha —, mas é muito divertido. Fergal parece ter tudo e todos sob controle, até o capitão.

Elena riu.

— Sim, o cozinheiro me contou que ele partiu muitos corações ao longo dos anos, e só se safa disso porque os passageiros raramente passam mais de uma quinzena a bordo.

— Como o cozinheiro é?

— Um velho profissional, e tão bom em seu trabalho que não consigo entender o que está fazendo num navio pequeno como esse. Eu achava que a Barrington Line poderia aproveitar mais ele num dos navios de cruzeiro. Tem que ter alguma razão para não fazerem isso.

— Se tiver — disse Sasha —, o Fergal com certeza sabe, então eu vou descobrir antes da gente chegar em Southampton.

5

Alex

A caminho de Nova York

Quando ouviu o porão se fechar e o navio se afastar de seu ancoradouro, Alex começou a martelar o lado do caixote com o punho fechado.

— Estamos aqui dentro! — gritava ele.

— Eles não conseguem te escutar — disse Elena. — Tio Kolya me disse que o porão não ia abrir até que estivéssemos fora das águas territoriais soviéticas.

— Mas... — começou Alex, depois simplesmente assentiu, embora estivesse começando a compreender como era ser enterrado vivo. Seus pensamentos foram interrompidos pelo estrépito instável de um motor em algum lugar embaixo deles, seguido por movimento. Supôs que eles deviam finalmente estar saindo do porto, mas não tinha a menor ideia de quanto tempo se passaria antes que fossem libertados de sua prisão autoimposta.

Alex pretendia ir a um jogo de futebol com seu tio naquela tarde, mas acabara num caixote com sua mãe. Ele rezava a quaisquer deuses que existissem para que seu tio estivesse em segurança. Ele imaginava que Polyakov tinha sido encontrado àquela altura. Estaria ele sequer tentando fazer o navio dar meia-volta? Alex dissera a seu tio que iniciasse um boato de que seu amigo Vladimir o ajudara a fugir, o que ele esperava que poria fim às suas chances de entrar para a KGB. Começou a pensar sobre o que deixara para trás. Não muita coisa, concluiu. Mas teria gostado de saber o resultado da partida entre o Zenit F.C. e o Torpedo Moscou, e se perguntava se algum dia saberia.

Finalmente deixou-se levar para um estado entre dormindo e acordado, mas foi despertado pela porta do porão sendo aberta com uma batida, seguida pelo que soou como as batidas de alguém no lado de um caixote próximo. Ele fechou seu punho de novo e socou o lado de sua cela de prisão, gritando:

— Estamos aqui! — Dessa vez a mãe não tentou impedi-lo.

Momentos mais tarde ele pôde ouvir duas, ou talvez três, vozes, e ficou grato por elas estarem falando uma língua que reconhecia. Esperou com impaciência, e, quando a tampa do caixote foi finalmente arrancada, viu três homens olhando para ele de cima.

— Vocês podem sair agora — disse um deles em russo.

Alex se levantou e ajudou sua mãe enquanto ela desenrolava lentamente o corpo rígido. Ele segurou a sua mão e ela pisou com cuidado fora do caixote. Em seguida, ele pegou a maleta e a marmita antes de sair para se juntar a Elena.

Os três ajudantes de convés, vestidos com macacões azul-marinho manchados de óleo, espiavam dentro do caixote para se certificar de que a recompensa que lhes havia sido prometida estava no lugar.

— Vocês dois, venham comigo — disse um deles, enquanto os outros dois começavam a remover as caixas de vodca. Alex e Elena seguiram obedientemente o homem que dera a ordem, enquanto ele se esquivava no meio de vários outros caixotes, até que chegaram a uma escada presa ao lado do porão. Alex olhou para cima e viu o céu aberto cumprimentando-o e começou a acreditar, pela primeira vez, que eles poderiam estar mesmo a salvo. Ele seguiu o ajudante de convés lentamente escada acima, a maleta na mão, enquanto sua mãe levava a marmita dele sob o braço.

Alex saiu para o deque e respirou profundamente o ar fresco do mar. Olhou para trás, na direção de Leningrado, que parecia uma pequenina aldeia derretendo ao sol do começo da tarde.

— Sem enrolação — ladrou o marinheiro, enquanto seus dois colegas passavam depressa, cada um carregando uma caixa de vodca. — O cozinheiro não gosta de ficar esperando. — Ele os conduziu através do deque, depois por uma escada em espiral até as partes mais profundas do navio. Alex e

Elena estavam um tanto tontos quando chegaram ao deque inferior, onde o guia deles parou diante de uma porta que exibia as palavras desbotadas "Sr. Strelnikov, chef de cozinha".

O marinheiro abriu a pesada porta, revelando a menor cozinha que Elena já vira. Eles entraram e foram cumprimentados por um homem gigantesco vestido com um paletó branco encardido que tinha vários botões faltando e calças listradas azuis que davam a impressão de que o dono dormira com elas fazia pouco tempo. Ele já estava desenroscando a tampa de uma garrafa de vodca. Tomou um gole antes de dizer numa voz rouca:

— Seu irmão me disse que você é uma boa cozinheira. É melhor que seja, ou será jogada ao mar e depois terá de ir nadando pra casa, onde imagino que encontrará algumas pessoas lhe esperando na doca pra dar as boas-vindas. — Elena teria rido, mas não tinha certeza de que o cozinheiro estava brincando. Depois de tomar outro gole, ele voltou sua atenção para Alex. — E você, o que sabe fazer? — perguntou.

— Ele é um garçom experiente — disse Elena, antes que Alex pudesse responder.

— Não precisamos de um garçom — disse o chef. — Ele pode lavar a louça e descascar as batatas. Se não abrir a boca, posso até deixar ele comer uns restos no fim do dia. — Alex estava prestes a protestar quando o cozinheiro acrescentou: — É claro, se isso não for conveniente, Vossa Senhoria, você pode sempre trabalhar na sala dos motores e passar o resto da vida jogando carvão num forno escaldante. Você que escolhe. — As palavras "o resto da vida" foram proclamadas com um tom perturbador de convicção. — Mostra onde eles vão dormir, Karl. E faça com que eles estejam de volta pra me ajudar a preparar o jantar.

O marinheiro assentiu e conduziu-os para fora da cozinha, de volta para a estreita escada e o deque. Não parou de andar até que chegou a um barco salva-vidas solitário balançando com a brisa.

— Essa é a suíte real — disse, sem nenhum indício de ironia. — Se não gostarem, temos sempre o deque.

Elena olhou para trás, na direção de sua terra natal, que estava quase desaparecendo de vista. Ela já sentia falta dos escassos confortos de seu pequenino apartamento na *Khrushchyovka*. Seus pensamentos foram interrompidos por Karl ladrando:

— Não deixem o cozinheiro esperando, senão vamos nos arrepender disso a vida toda.

***

A maioria dos cozinheiros saboreia ocasionalmente sua comida, enquanto outros provam cada prato, mas logo ficou claro para Elena que o cozinheiro do navio preferia devorar porções inteiras entre goladas de vodca. Surpreendeu-a que os oficiais, muito menos o restante da tripulação, fossem de fato alimentados.

A cozinha, a que Elena rapidamente aprenderia a se referir como a galera, era tão pequena que ficava quase impossível não esbarrar em alguém ou em alguma coisa se você se movesse em qualquer direção, e tão quente que Elena ficava ensopada de suor logo depois de vestir um paletó não muito branco que não lhe servia muito bem.

Strelnikov era um homem de poucas palavras, e aquelas que pronunciava eram em geral prefaciadas por um único adjetivo. Parecia ter cinquenta anos, mas Elena achava que tinha apenas cerca de quarenta. Devia pesar mais de 135 quilos, e claramente gastara uma porção considerável do salário em tatuagens. Elena observou enquanto ele supervisionava um vasto fogão, inspecionando sua obra enquanto seu assistente, um pequenino chinês de idade desconhecida, agachado, com a cabeça baixa no canto mais afastado, descascava batatas interminavelmente.

— Você — ladrou o cozinheiro-chefe, já tendo esquecido o nome de Alex — vai auxiliar o sr. Ling, enquanto você — disse ele, apontando para Elena — vai preparar a sopa. Logo vamos descobrir se é tão boa quanto seu irmão diz.

Elena começou a verificar os ingredientes. Era óbvio que algumas das sobras haviam sido raspadas dos pratos de refeições anteriores. Havia também o estranho osso de um animal que ela não conseguiu identificar de início boiando na panela engordurada, mas ela fez o possível para tirar a pouca carne que havia sido deixada nele. Jogou o que restava na lata de lixo, o que fez com que Strelnikov franzisse o cenho, pois ele não tinha o hábito de jogar nada fora.

— Alguns dos ajudantes de convés consideram ossos um luxo — disse ele.

— Só cães consideram ossos um luxo — resmungou Elena.

— E cães-do-mar — retrucou Strelnikov.

Strelnikov concentrou-se em preparar o prato do dia, que Elena mais tarde descobriu ser o prato de todos os dias: peixe e batatas fritas.

Três peixes estavam sendo fritados ao mesmo tempo numa panela enorme, redonda e queimada, enquanto o sr. Ling fatiava habilmente cada batata assim que Alex terminava de descascá-la. Elena notou que só três tigelas de sopa e três pratos rasos de diferentes tamanhos tinham sido postos no balcão, embora devesse haver pelo menos vinte tripulantes a bordo. Strelnikov interrompeu sua fritura para provar a sopa, e, como não disse nada, Elena supôs que tinha sido aprovada em seu primeiro teste. Em seguida, ele serviu uma grande porção em cada uma das três tigelas de sopa, então o sr. Ling as pôs numa bandeja e levou-as para o refeitório dos oficiais. Quando ele abriu a porta, Elena viu uma longa fila de figuras de aparência taciturna, panelinhas de metal na mão, esperando para serem servidas.

— Somente uma concha pra cada — resmungou Strelnikov quando o primeiro ajudante de convés levantou sua panelinha.

Elena cumpriu as ordens do cozinheiro-chefe e tentou não transparecer que ficou horrorizada quando Strelnikov jogou um peixe frito na mesma panelinha que a sopa. Apenas um membro da tripulação saudou-a com um sorriso afetuoso e até disse "obrigado" na língua nativa dela.

Quando Elena completou a tarefa, vinte e três homens ao todo, o cozinheiro-chefe voltou ao fogão e começou a fritar os três maiores pedaços de peixe, um por um, antes de servi-los nos pratos dos oficias. O sr. Ling escolheu somente as batatas mais finas para acompanhá-los, depois colocou os pratos em sua bandeja antes de sair outra vez da cozinha.

— Comecem a limpar! — ladrou Strelnikov ao cair na única cadeira do aposento enquanto bebericava uma garrafa de vodca quase vazia.

Depois de voltar com os pratos de sopa vazios, o sr. Ling logo começou a lavar as grandes panelas e as duas frigideiras. Quando ouviu que Strelnikov havia começado a roncar, sorriu para Alex e apontou para uma panela de batatas fritas intactas. Alex devorou até a última delas, enquanto Elena continuou a esfregar as panelas. Assim que terminou, ela lançou um olhar para Strelnikov. Ele estava em um sono profundo, por isso ela e Alex se retiraram discretamente da cozinha e subiram a escada em espiral e foram para o deque.

Elena começou a desfazer sua malinha e a colocar cada item de forma organizada no deque quando ouviu passos pesados atrás de si. Virou-se rapidamente e viu um homem alto e corpulento aproximando-se deles. Alex colocou seu dicionário no chão, levantou-se em um salto e se interpôs entre a mãe e o gigante. Embora soubesse que seria uma luta desigual, ele não pretendia desistir sem nem tentar. Mas a ação seguinte do homem pegou-os de surpresa. Ele se sentou de pernas cruzadas no deque e sorriu para os dois.

— Meu nome é Dimitri Balanchuk — disse ele — e, como vocês, sou um exilado russo.

Elena olhou com mais atenção para Dimitri, e então se lembrou que ele fora o homem que lhe agradecera na ceia. Ela devolveu o sorriso e sentou-se diante dele. Alex cruzou os braços e permaneceu de pé.

— A gente deve chegar em Nova York dentro de uns dez dias — disse Dimitri numa voz suave, gentil.

— Você já esteve em Nova York antes? — perguntou Elena.

— Eu moro lá, mas ainda considero Leningrado o meu lar. Eu estava no deque quando vocês entraram no caixote, eu vi vocês. Tentei avisar pra irem pro outro navio.

— Por quê? — disse Alex. — Eu li muito sobre Nova York, e, por mais que lá seja cheio de gângsteres, parece muito legal.

— É muito legal — disse Dimitri —, se bem que em Moscou tem tantos gângsteres quanto em Nova York — acrescentou com um sorriso sardônico. — Mas não sei se vocês conseguem sair desse navio sem a minha ajuda.

— Eles vão mandar a gente de volta pra Leningrado? — perguntou Elena, tremendo com a possibilidade.

— Não. Os ianques receberiam vocês de braços abertos, ainda mais porque são refugiados do comunismo.

— Mas não conhecemos ninguém nos Estados Unidos — disse Alex.

— Agora conhecem — disse Dimitri —, porque eu faria qualquer coisa para ajudar um compatriota a escapar daquele regime repressivo. Não, os americanos não são o problema de vocês. O Strelnikov que é. Vocês reduziram a carga de trabalho dele pela metade; ele vai fazer qualquer coisa para impedir que vocês saiam do navio.

— Mas como ele pode fazer isso?

— Da mesma forma que ele faz com o sr. Ling, que faz parte da tripulação desde quando saiu das Filipinas mais de seis anos atrás. Sempre que a gente se aproxima de um porto, o Strelnikov tranca ele na cozinha e não deixa ele sair até estarmos de volta ao mar. E eu suspeito que é exatamente isso o que ele planejou pra vocês.

— Então a gente devia contar pra um dos oficiais — disse Elena.

— Eles nem sabem que vocês estão no navio — disse Dimitri. — Mesmo que soubessem, a vida deles vale mais que se opor a Strelnikov. Mas não se preocupem, porque eu tenho uma ideia que espero que o cozinheiro acabe trancado em sua própria galera.

* * *

Embora estivesse exausta, Elena levou algum tempo para adormecer, pois não se acostumava às sacudidas e ao balanço do salva-vidas. Depois que tinha, enfim, conseguido dormir uma hora, talvez duas, ela abriu os olhos e ao seu lado estava o sr. Ling de pé. Elena saiu do bote desajeitadamente e sacudiu Alex, que estava em um sono profundo no deque. Eles acompanharam o sr. Ling de volta à galera tendo apenas a luz da lua para guiá-los. Estava claro que não veriam o sol nos dez dias seguintes.

O café da manhã consistia em dois ovos fritos e feijões em uma torrada para os oficiais, servidos nos mesmos três pratos que a refeição da noite anterior, com canecas de café para acompanhá-los, ao passo que a tripulação recebia duas fatias de pão e banha e uma caneca de chá sem nenhuma indicação de que colocavam açúcar nela. Mal tinham acabado de arrumar e limpar tudo após o café da manhã, Elena, Alex e o sr. Ling tiveram de começar os preparativos do almoço, enquanto Strelnikov fazia sua sesta matinal. Descansou mais do que Elena conseguira na noite anterior.

Elena e Alex puderam fazer uma breve pausa depois do almoço, mas não lhes foi permitido voltar ao deque, pois Strelnikov não queria que os oficiais descobrissem que eles estavam a bordo. Eles se sentaram sozinhos no corredor, encostados na parede, imaginando como as coisas poderiam ter sido diferentes se tivessem escolhido o outro caixote.

6
Sasha
A caminho de Southampton

Ao fim da primeira semana que passaram a bordo, Sasha havia dominado o elevador de carga tão bem que até tinha tempo para ajudar Fergal a servir os passageiros, embora não lhe fosse permitido chegar nem perto da mesa do comandante. Depois que eles punham a mesa para o café da manhã toda noite, Sasha voltava para a cabine de sua mãe e a entretinha com o que havia escutado das conversas dos passageiros e com o que ele lhes falava.

— Mas eu achei que você não tinha permissão pra falar com os passageiros.

— Eu não tenho, só falo se eles me perguntam alguma coisa. Então agora todos eles sabem que você está trabalhando na cozinha e que está procurando um emprego na Inglaterra, e, se você não tiver um quando a gente chegar em Southampton, não vão deixar a gente passar da imigração e vamos ter que permanecer a bordo. E é aí que está a má notícia: depois que eles tiverem recarregado e os novos passageiros tiverem embarcado, o navio volta direto pra Leningrado.

— A gente não pode correr esse risco. Algum dos passageiros mostrou o mais leve interesse pela nossa enrascada?

— Não.

— Tem algum passageiro inglês? — perguntou Elena.

— Só quatro, e quase nunca conversam entre si, que dirá com alguém tão humilde quanto um garçom. Eles são esquivos.

— Nunca ouvi essa palavra antes.

— Fergal fala muito isso, especialmente quando fala sobre os ingleses. Eu procurei no dicionário. Significa distante e frio, hostil.

— Talvez eles só sejam tímidos — sugeriu Elena.

***

Quando faltavam apenas três dias para a chegada prevista do navio à doca em Southampton, o cozinheiro-chefe informou a Elena que o sr. Hallett, o comissário, queria vê-la quando ela terminasse suas tarefas.

— O que eu fiz de errado? — perguntou ela ansiosamente.

— Nada. Na verdade, eu imagino que seja exatamente o contrário.

Assim que o cozinheiro liberou o pessoal à tarde, Elena foi à sala do comissário. Ela bateu à porta e, quando ouviu uma voz dizer "Pode abrir", entrou e viu dois homens sentados de cada lado de uma grande escrivaninha. Os dois se levantaram, e o comissário, vestindo um elegante uniforme branco com duas listras douradas nas mangas, esperou que ela se sentasse antes de lhe apresentar o sr. Moretti e explicar que ele era um passageiro que desejava conhecê-la.

Elena olhou com mais atenção para o cavalheiro idoso vestido com um terno de três peças. Ele se dirigiu a ela em inglês com um ligeiro sotaque que ela não conseguiu distinguir. Perguntou-lhe sobre seu trabalho em Leningrado e como tinha acabado a bordo do navio. Ela lhe contou quase tudo que tinha acontecido durante o mês anterior, inclusive como seu marido tinha morrido, mas não mencionou por que seu filho quase matou o chefe local da KGB. Quando o sr. Moretti chegou ao fim de suas perguntas, Elena não tinha a menor ideia da impressão que havia causado, embora ele lhe tenha dado um sorriso afetuoso.

— Obrigado, sra. Karpenko — disse o sr. Hallett —, isso é tudo por enquanto. — Ambos os homens voltaram a se levantar quando ela saiu da sala.

Elena voltou para sua cabine atordoada, e Sasha estava lá, esperando a mãe. Depois que ela lhe contou sobre sua entrevista com o sr. Moretti, ele disse:

— Ele deve ser o cavalheiro italiano que é dono de um restaurante num lugar chamado Fulham. Eu sei que ele também pediu pra ver o cozinheiro--chefe e o Fergal, então... cruze os dedos, mamãe.

— Por que Fergal?

— Ele quer saber como estou me saindo na sala de jantar. Acho que ele espera conseguir dois pelo preço de um. Por isso, Fergal vai dizer que eu sou o melhor assistente de garçom que ele já teve.

— Você é o único assistente que ele já teve.

— Um pequeno detalhe que Fergal não precisa contar.

***

Os encontros com o cozinheiro e Fergal provavelmente foram bem-sucedidos, porque o sr. Moretti pediu para ver Elena uma segunda vez e ofereceu-lhe um emprego em seu restaurante em Fulham.

— Dez libras por semana, com acomodações em cima do restaurante — disse ele.

Elena não tinha nenhuma ideia de onde ficava Fulham, ou se esse era um bom salário, mas aceitou de bom grado a única oferta que provavelmente receberia se eles não quisessem voltar direto para Leningrado.

O comissário de bordo passou então a lhe fazer muitas outras perguntas sobre por que ela estava buscando asilo enquanto preenchia um longo questionário oficial do Ministério do Interior. Depois de checar cada registro duas vezes, ele e o sr. Moretti assinaram na linha de baixo, tendo concordado em agir como seus fiadores.

— Boa sorte, sra. Karpenko — disse o comissário de bordo quando entregou o questionário preenchido ao sr. Moretti. — Todos nós vamos sentir a sua falta, e, se as coisas não derem certo, a senhora pode sempre contar com um emprego na Barrington Line.

— O senhor é muito gentil — respondeu Elena.

— Mas pro seu bem, vamos esperar que não, sra. Karpenko. Antes de ir embora, não se esqueça de receber seu salário.

— Vocês vão me pagar também? — perguntou Elena, incrédula.

— É claro. — O comissário de bordo lhe entregou dois envelopes de papel pardo. Em seguida, andou até a porta de sua sala, abriu-a e disse: — Vamos torcer pra nunca mais vermos a senhora, sra. Karpenko.

— Obrigada, sr. Hallett — disse Elena, que ficou na ponta dos pés e beijou-o em ambas as bochechas, deixando o comissário sem palavras.

Ela foi direto para a cabine, ávida para contar a Sasha sobre a oferta. Quando abriu a porta, ficou ao mesmo tempo surpresa e feliz. Feliz por encontrar seu filho esperando-a, mas surpresa por ver um grande pacote em cima da cama.

— O que é isso? — perguntou ela, examinando o pacote saliente envolto em papel pardo e amarrado com barbante.

— Não faço ideia — disse Sasha —, mas estava aí quando cheguei do trabalho.

Elena desamarrou o barbante e removeu lentamente o papel de embrulho. Arquejou quando viu todas as roupas, que se espalharam na cama, junto com um cartão que dizia: *Obrigado a vocês dois e boa sorte.* Estava assinado por todos os membros da tripulação, inclusive o capitão. Elena caiu em prantos.

— Como poderemos retribuir a eles?

— Sendo um exemplo de cidadãos, se eu me lembro das palavras exatas do capitão — disse Sasha.

— Mas ainda não somos cidadãos, e vamos permanecer apátridas até que as autoridades de imigração se convençam de que somos refugiados políticos de verdade e que temos empregos de verdade.

— Então vamos torcer pra que eles sejam um pouquinho mais amistosos que os passageiros ingleses no navio, porque, se não forem, estamos prestes a descobrir o verdadeiro significado da palavra "esquivo".

— O cozinheiro também é inglês — disse Elena — e não tinha como ser mais amável. Ele até se desculpou por não poder ser um dos meus fiadores.

— Ele não se arriscaria — disse Sasha. — Ele tem um mandado de prisão. Sempre que o navio atraca em Southampton, ele tem que ficar a bordo. Fergal me disse que ele se tranca na cozinha e não dá as caras até que eles tenham deixado o porto.

— Coitado — disse Elena.

Sasha decidiu não contar para a mãe a razão pela qual a polícia britânica queria prender Eddie.

***

Elena e Sasha encontraram-se com o sr. Moretti no deque de passageiros na manhã seguinte, mas não antes que Sasha tivesse passado aspirador na sala de jantar e Elena tivesse deixado a cozinha impecável.

— *Magnifico* — disse Moretti quando viu Elena em seu novo vestido. — Quando você teve tempo pra ir às compras? — provocou ele.

— A tripulação foi tão generosa — disse Elena. — Mas não diga nada sobre os jeans do Sasha — sussurrou. — Fergal não é tão alto quanto ele, e ele ainda está crescendo.

O sr. Moretti sorriu quando Sasha se inclinou sobre o parapeito e observou dois doqueiros enrolando uma das pesadas cordas do navio em torno de um poste de amarração e amarrando-a com firmeza.

— Vamos torcer pra que as autoridades de imigração sejam compreensivas também — disse Moretti enquanto pegava suas malas e se dirigia para a prancha de embarque, seguido por Elena e Sasha. — Mas vocês têm uma coisa a seu favor: os britânicos odeiam os comunistas tanto quanto vocês.

— Você acha que eles vão deixar a gente entrar? — perguntou Elena ansiosamente quando pararam na doca.

— Graças ao comissário de bordo, podemos ficar confiantes de que todos os questionários necessários foram preenchidos direitinho, e agora só nos resta cruzar os dedos.

— Cruzar os dedos? — repetiu Sasha.

— Torcer pra termos sorte — disse Moretti. — Agora lembre-se, Sasha, não fala nada a menos que falem com você, e, se o funcionário da imigração te fizer uma pergunta, responde apenas que sim, senhor, não, senhor, tudo que o senhor disser.

Elena caiu na gargalhada. Sasha não conseguia parar de olhar à sua volta enquanto eles andavam pela doca. Alguns prédios pareciam ter sido construídos muito recentemente, ao passo que outros tinham apenas mais ou menos sobrevivido à guerra. As pessoas pareciam relaxadas, e nenhuma delas olhava para o chão, enquanto as mulheres vestiam roupas coloridas e conversavam com os homens como se fossem seus iguais. Sasha já tinha decidido que queria viver nesse país.

O sr. Moretti rumou para um grande prédio de tijolos com a única palavra ESTRANGEIROS cinzelada na pedra acima da porta.

Quando eles entraram no prédio, foram saudados por duas placas: BRITÂNICOS e NÃO BRITÂNICOS. Elena cruzou os dedos quando eles entraram na fila mais longa, e não pôde deixar de se perguntar se eles estariam de volta no navio com destino a Leningrado muito antes que o sol se pusesse no que restava do Império Britânico.

Sasha observou como aqueles que possuíam passaportes britânicos recebiam uma inspeção rápida, seguida por um sorriso. Mesmo turistas não eram deixados esperando muito tempo. Os Karpenkos estavam prestes a descobrir como os britânicos tratavam as pessoas que não tinham um passaporte.

— Próximo! — disse uma voz.

O sr. Moretti deu um passo à frente e entregou seu passaporte ao oficial da imigração, que o examinou cuidadosamente antes de devolvê-lo. Em seguida, Moretti entregou várias folhas de papel junto com duas fotografias e se virou para apresentar seus protegidos. O oficial não sorriu enquanto virava lentamente cada página, e, por fim, verificava se as fotografias correspondiam aos dois solicitantes parados diante dele. Moretti sentia-se confiante de que tudo estava, para citar o comissário, "em ordem", mas não pôde deixar de se perguntar se isso seria suficiente.

Elena ficava mais nervosa a cada minuto, enquanto Sasha apenas parecia impaciente para descobrir o que havia atrás da linha divisória. Finalmente, o funcionário levantou o olhar e fez um sinal para que os possíveis futuros imigrantes dessem um passo à frente. Elena sentia-se agradecida por eles não estarem vestindo suas roupas velhas.

— Vocês falam inglês? — perguntou o funcionário a Elena.

— Um pouco, senhor — respondeu ela nervosamente.

— E está de posse de um passaporte, sra. Karpenko?

— Não, senhor. Os comunistas não permitem que ninguém viaje pra fora do país, nem pra visitar parentes, então meu filho e eu fugimos sem nenhum documento.

— Eu sinto dizer — começou o oficial. Elena começou a sentir a tristeza — que, dadas as circunstâncias, só posso autorizar um visto temporário, enquanto vocês enviam ao Ministério do Interior uma solicitação de status de refugiado, e não posso garantir que isso será concedido. — Elena abaixou a cabeça. — E — continuou o homem — vocês estarão sujeitos a várias condições enquanto sua solicitação de cidadania estiver sendo processada. Caso infrinjam qualquer uma delas, serão deportados de volta pra — ele olhou para o formulário — Leningrado.

— Onde eles ficariam trancafiados pelo resto de suas vidas — disse Moretti. — Ou pior.

— Pode ter certeza — disse o oficial — de que isso será levado em consideração quando as solicitações deles forem apresentadas ao Ministério do Interior. — Ele sorriu para Elena e Sasha pela primeira vez e disse: — Bem-vindos à Grã-Bretanha.

— Obrigado — disse o sr. Moretti antes que Elena pudesse responder. — Mas o senhor pode nos dizer que condições são essas?

— A sra. Karpenko e seu filho terão de se apresentar na delegacia de polícia mais próxima deles uma vez por semana pelos próximos seis meses. Se não fizerem isso, um mandado de prisão será expedido, e, quando eles forem apreendidos, serão colocados num centro de detenção. Eles podem então contar que suas solicitações de cidadania serão recusadas. Eu deveria acrescentar, sr. Moretti, que, como fiador, o senhor será responsável por eles o tempo todo, e, se qualquer um deles tentar foragir-se, o senhor teria não só de pagar uma pesada multa mas enfrentaria também a possibilidade de passar não menos que seis meses de prisão.

— Eu entendo perfeitamente — disse Moretti.

— E, se alguma coisa em seus formulários de solicitação vier a se provar espúria...

— Espúria? — perguntou Elena.

— Inexata. Se esse for o caso, sua solicitação será automaticamente negada.

— Mas eu só contei a verdade — protestou Elena.

— Então não tem nada a temer, sra. Karpenko. — Ele entregou um pequeno livreto a Moretti. — Tudo o que precisa saber está aí.

Elena tremia, e não deixava de se perguntar se eles tinham escolhido o caixote certo.

— Eu posso lhe assegurar, oficial — disse Moretti —, que a sra. Karpenko e seu filho serão cidadãos exemplares.

— O rapaz também vai trabalhar no seu restaurante, sr. Moretti? — perguntou o oficial, sem sequer olhar para Sasha.

— Não, senhor — disse Elena firmemente. — Quero que ele continue com os estudos.

— Então a senhora vai ter que matricular o menino na escola particular mais próxima. — Elena assentiu, ainda que não tivesse ideia do que ele estava falando. O oficial voltou sua atenção para Sasha pela primeira vez, olhando para os tornozelos do menino. — Vejo que você está crescendo depressa — disse. Sasha lembrou-se do conselho do sr. Moretti e continuou em silêncio. — Você terá de trabalhar com afinco quando for pra sua nova escola se espera ter sucesso nesse país — disse o oficial, dando ao jovem imigrante um sorriso afetuoso.

Sasha retribuiu o sorriso e disse:

— Sim, senhor, não, senhor, tudo o que o senhor disser.

7
Alex
A caminho de Nova York

Alex olhava fixamente para as intermináveis milhas de mar plano, ininterrupto, e se perguntava se algum dia veria terra de novo, enquanto sua mãe continuava apenas a fazer seu trabalho. O cardápio não variava de um dia para o outro, de modo que Elena rapidamente dominou a simples rotina e começou a assumir cada vez mais responsabilidades, ao passo que as sestas de Strelnikov tornavam-se cada vez mais demoradas.

Ela e Alex ansiavam por ser libertados todas as noites, quando Dimitri se juntava a eles no deque e lhes contava mais sobre a vida na "Big Apple" e seu pequeno apartamento em Brighton Beach, no Brooklyn.

Elena contou a Dimitri sobre seu marido e Kolya, e por que o major Polyakov tinha sido a razão pela qual tiveram de fugir. Alex observava Dimitri com atenção e não podia deixar de sentir que o russo amistoso sabia exatamente quem Polyakov era, e até se perguntava se eles haviam colocado seu tio em perigo. Mas o assunto que continuava a ocupá-los era como Elena e Alex iriam desembarcar do navio quando eles atracassem em Nova York. Alex reconhecia com relutância que sem a ajuda de Dimitri nunca conseguiriam fazê-lo.

— O que vamos fazer se o Strelnikov trancar nós dois na galera enquanto o navio estiver sendo descarregado? — perguntou Elena.

— Ainda tem umas duas garrafas de vodca que sobraram que ele não sabe — disse Dimitri —, e elas poderiam misteriosamente aparecer na galera um dia antes da nossa chegada em Nova York. Com um pouco de sorte, quando ele acordar vocês estarão a caminho do Brooklyn.

* * *

Durante a semana seguinte, Elena e Alex trabalharam intermináveis horas, sem nunca se queixar, ainda que o cozinheiro raramente deixasse sua cadeira.

Quando restavam apenas dois dias de viagem, a vodca de Strelnikov acabou, o que fez com que ele não caísse no sono tão facilmente, e os dois tiveram de sofrer com a ira do cozinheiro.

Como Dimitri tinha prometido, o outro par de garrafas apareceu enquanto Strelnikov fazia sua sesta na tarde anterior ao dia programado para a chegada a Nova York. Elena teve de assumir o controle do preparo do almoço, porque no momento em que Strelnikov acordou e viu as garrafas do seu lado, abriu uma delas imediatamente e tomou vários goles antes de perguntar:

— De onde vieram essas garrafas?

O sr. Ling deu de ombros e continuou a cortar batatas, enquanto Elena se encarregava da sopa. Strelnikov mostrou mais interesse em terminar a primeira garrafa do que em preparar o almoço. Elena ficou maravilhada com a quantidade que o homem conseguiu consumir antes de desabar, e foi só depois do jantar que ele finalmente afundou em sua cadeira e caiu num sono profundo.

Elena e Alex saíram de fininho da galera e seguiram até o deque, mas não conseguiram dormir enquanto contemplavam o mar aberto, desejando que Manhattan aparecesse na linha do horizonte, ficando a cada minuto mais confiantes de que o plano de Dimitri iria funcionar. Mas, assim que o sol despontou no horizonte, uma voz atrás deles berrou:

— Pensaram que iriam escapar, né?

Eles se viraram, e Strelnikov estava de pé acima deles brandindo uma faca de açougueiro. Alex deu um salto e olhou obstinadamente para ele.

— Fique à vontade — disse o cozinheiro. — Você não seria o primeiro, e, depois que as gaivotas tiverem lambiscado os seus ossos, pode ter certeza de que ninguém vai sentir a sua falta, além da sua mãe.

Alex não se moveu. Atrás deles, os arranha-céus de Nova York começavam a se mostrar no horizonte. Strelnikov estava distraído quando avistou a marmita de Alex. Ele se inclinou, abriu-a e embolsou as economias deles da vida inteira. Em seguida, pegou a maleta de Elena e, após uma breve inspeção, arremessou tudo o que tinha nela ao mar.

— Você não vai mais precisar daquelas coisas — rosnou.

Alex ainda se recusava a se mexer, até que Strelnikov agarrou Elena pelo braço, colocou a lâmina do cutelo em seu pescoço, e começou a arrastá-la para baixo, não dando a Alex outra opção senão segui-los.

Depois que chegaram ao deque inferior, Strelnikov ficou de lado e ordenou a Alex que abrisse a porta da cozinha, empurrando-o junto com Elena para dentro e fechando a porta com um baque. Elena caiu em prantos quando ouviu a chave girar na fechadura.

O sr. Ling estava relaxando na cadeira do cozinheiro, agarrado à garrafa de vodca que sobrara. Ele nem sequer olhou na direção dos dois enquanto exauria a última gota e rapidamente adormeceu.

O som das sirenes do navio reverberou na galera quando eles entraram no porto de Nova York, mas Elena e Alex estavam impotentes para fazer qualquer coisa a respeito disso. Eles podiam sentir o navio desacelerando, até que finalmente parou. Ling continuou a roncar pacificamente enquanto Elena e Alex sentavam no chão, incapazes, cientes de que, quando o navio voltasse para Leningrado, Strelnikov nem precisaria trancá-los.

Deve ter se passado uma hora, talvez duas, antes de o sr. Ling enfim se mexer. Ele esticou-se, levantou-se com calma da cadeira do cozinheiro e dirigiu-se à sua bancada de trabalho. Mas, em vez de começar a descascar outro balde de batatas, se ajoelhou, levantou uma das tábuas do assoalho e ficou remexendo por ali. Alguns instantes mais tarde, um grande sorriso apareceu em seu rosto. Sem pressa, ele atravessou a galera, pôs uma chave na fechadura, girou-a e abriu a porta.

Elena e Alex se levantaram e fitaram-no. Por fim, Alex disse:

— Você devia vir com a gente.

O sr. Ling curvou-se.

— Não, não possível. Essa minha casa. — As primeiras palavras que eles o ouviram falar. Ele fechou a porta e, de novo, eles ouviram a chave girando na fechadura.

Alex subiu a escada com atenção. Quando chegou ao último degrau olhou para fora, como se fosse um tripulante de submarino espiando através de um periscópio em busca do inimigo. Esperou por algum tempo até ter certeza de que Strelnikov e o restante da tripulação do navio tinham ido para a costa, deixando apenas uma tripulação mínima a bordo. Ele se inclinou e sussurrou para a mãe:

— Estou vendo a prancha de embarque que leva à doca. Quando eu disser "Agora", você vem comigo, e, independente de qualquer coisa, não para.

Alex esperou mais alguns segundos e, quando ninguém apareceu, subiu ao deque e começou a andar depressa, sem correr, em direção à prancha de embarque, só olhando para trás para se assegurar de que Elena estava perto dele. Assim que chegou ao alto da prancha de embarque, ele ouviu alguém berrar:

— Parem aqueles dois!

Elena passou correndo por ele.

Alex olhou para cima no passadiço e viu um oficial sinalizando freneticamente para dois ajudantes de convés que estavam descarregando um caixote do porão. Eles pararam o que estavam fazendo de imediato, mas Alex já estava na metade da prancha de embarque. Quando chegou à doca, olhou para trás e viu os dois membros da tripulação correndo em sua direção enquanto Elena permanecia congelada a seu lado. Ele ouviu então passos vindos de trás e cerrou os punhos, embora soubesse que não tinha nenhuma chance.

— Eles não vão dar nenhum trabalho — disse Dimitri calmamente quando parou ao lado de Alex. Os dois ajudantes de convés pararam de súbito quando viram Dimitri. Hesitaram por alguns segundos antes de recuar e subir de volta pela prancha de desembarque. — Dois bons rapazes — disse Dimitri. — A verdade é que eles preferem perder a paga por uns dias a alguns dentes.

— E agora? — perguntou Alex.

— Venham comigo — disse Dimitri e imediatamente foi andando, sabendo muito bem para onde estava indo. Elena agarrou a mão de Alex. O filho não conseguia esconder sua empolgação com a perspectiva de viver nos Estados Unidos.

Alex notou que vários passageiros de outros navios estavam rumando na direção oposta. Alguns carregavam malas de couro enquanto outros empurravam carrinhos carregados, e um ou dois tinham até carregadores para ajudá-los. Elena e Alex não tinham nenhuma bagagem. Tudo o que possuíam havia sido ou roubado ou jogado no mar por Strelnikov.

Eles seguiram no encalço de Dimitri enquanto ele rumava para um imponente prédio de pedra que anunciava em cima de sua entrada em nítidas letras brancas: ESTRANGEIROS.

Quando entrou no prédio, Elena ficou congelada no lugar, olhando incrédula para as longas filas de pessoas apátridas balbuciando em tantas línguas diferentes, enquanto todas esperavam por uma única coisa: conseguir passar além da linha divisória e entrar num novo mundo.

Dimitri entrou na fila mais curta e acenou chamando Alex e Elena para se juntarem a ele. Alex não hesitou, mas Elena permaneceu enraizada no lugar, imóvel como uma estátua.

— Guarda o nosso lugar — disse Dimitri — enquanto eu vou buscar a sua mãe. Elena — disse ele quando chegou ao lado dela —, você quer voltar pra Rússia?

— Não, mas...

— Então entra na fila — disse Dimitri, elevando a voz pela primeira vez. Elena ainda parecia não convencida, como se ponderasse o menor de dois males. Finalmente Dimitri disse: — Se não for pra fila, você nunca mais verá o seu filho de novo, porque ele com certeza não vai voltar pra Leningrado. — Relutantemente, ela se juntou a Alex no fim da fila.

Alex não via a hora de sair logo dali, mas teve de olhar um grande ponteiro de minutos preto dar a volta em um enorme relógio três vezes antes de finalmente chegarem à frente da fila.

Ele passou o tempo bombardeando Dimitri com perguntas sobre o que eles poderiam esperar uma vez que tivessem transposto a linha branca. Dimitri estava mais interessado em assegurar que eles tivessem sua história em ordem antes de serem questionados por um funcionário da imigração que já teria escutado de tudo. Elena estava convencida de que, quando eles ouvissem sua história improvável, ela seria mandada direto de volta para o navio e entregue a Strelnikov antes de fazer a viagem só de ida para Leningrado, onde encontraria o major Polyakov de pé na doca.

— Sejam fiéis à história que combinamos — cochichou Dimitri.

— Próximo! — gritou uma voz.

Elena deu um passo à frente com hesitação, seus olhos nunca desgrudando do homem sentado num banco alto atrás de uma escrivaninha de madeira, vestindo uma farda azul-escura com três estrelas na lapela. Fardas significavam apenas uma única coisa para Elena: problema. E, quanto mais estrelas, mais problemas.

Quando ela se aproximava da mesa, Alex passou à sua frente e deu um sorriso largo para o funcionário, que retribuiu com uma careta. Dimitri puxou-o para trás.

— Vocês são uma família? — perguntou o oficial.

— Não, senhor — respondeu Dimitri. — Mas eu sou um cidadão americano — disse, entregando seu passaporte.

O funcionário virou as páginas lentamente, checando as datas e os carimbos de entrada antes de devolver-lhe o documento. Em seguida, ele abriu uma gaveta em sua mesa, tirou um longo questionário, colocou-o no guichê e pegou uma caneta. Voltou sua atenção para a mulher à sua frente, que parecia estar tremendo.

— Qual é seu nome completo?

— Alexander Konstantinovitch Karpenko.

— Você não — disse ele com a voz firme e apontou a caneta para Elena.

— Elena Ivanova Karpenko.

— Fala inglês?

— Um pouco, senhor.

— De onde você é?

— Leningrado, na União Soviética.

O oficial preencheu duas casas do questionário antes de continuar:

— Você é o marido desta senhora?

— Não. A sra. Karpenko é minha prima, e seu filho Alex é meu sobrinho.

Elena obedeceu às instruções de Dimitri e não disse nada porque não estava disposta a mentir.

— Então onde está o seu marido? — perguntou o oficial, sua caneta preparada.

— Ele foi... — começou Dimitri, mas foi interrompido pelo oficial.

— A pergunta foi dirigida à sra. Karpenko, não a você — disse o funcionário com igual firmeza.

— A KGB matou o meu marido — disse Elena, incapaz de conter as lágrimas.

— Por quê? — perguntou o oficial. — Ele era um criminoso?

— Não! — disse Elena, erguendo a cabeça em desafio. — Konstantin era um bom homem. Ele era o supervisor dos trabalhos nas docas de Leningrado e eles o mataram quando ele tentou fundar um sindicato.

— Eles matam as pessoas por isso na União Soviética? — perguntou o funcionário, incrédulo.

— Sim — disse Elena, abaixando a cabeça novamente.

— Como você e seu filho conseguiram escapar?

— Meu irmão, que também trabalhava nas docas, ajudou a nos esconder num navio com destino aos Estados Unidos.

— Com a ajuda de seu primo, sem dúvida — disse o oficial, arqueando uma sobrancelha.

— Sim — disse Dimitri. — O irmão dela, Kolya, é um homem corajoso, e com a ajuda de Deus nós vamos tirar ele de lá também, porque ele odeia os comunistas tanto quanto nós.

A menção da ajuda de Deus e do ódio aos comunistas trouxe um sorriso ao rosto do funcionário. Ele preencheu várias outras casas.

— Você está disposto a agir como fiador para a sra. Karpenko e seu filho? — perguntou o funcionário a Dimitri.

— Sim, senhor — respondeu Dimitri sem hesitação. — Eles vão morar na minha casa em Brighton Beach, e, como Elena é uma excelente cozinheira, não será difícil pra ela encontrar um emprego.

— E o menino?

— Quero que ele continue sua educação — disse Elena.

— Que bom — disse o oficial, que finalmente voltou sua atenção para Alex. — Qual é o seu nome?

— Alexander Konstantinovitch Karpenko — anunciou orgulhosamente.

— E você tem se dedicado à escola?

— Sim, senhor, eu era o primeiro da classe.

— Então você deve saber me dizer o nome do presidente dos Estados Unidos.

Elena e Dimitri pareceram ansiosos.

— Lyndon B. Johnson — disse Alex, sem hesitar. Como poderia esquecer o nome do homem que Vladimir qualificara como o maior inimigo da União Soviética, o que só fizera Alex supor que ele devia ser um bom homem?

O oficial assentiu, preencheu a última casa e acrescentou sua assinatura no fim do formulário. Ele levantou o olhar, sorriu para o menino e disse:

— Eu tenho a impressão, Alex, de que você vai se sair bem aqui nos Estados Unidos.

8

Sasha

A caminho de Londres

Sasha estava esperando no canto do vagão de trem quando o das 3h35 mudou de linha férrea para sair da estação de Southampton com destino a Londres. Ele ficou encarando pela janela, mas não falou nada porque sua cabeça estava muito longe, pensando em sua terra natal. Começava a se perguntar se tinham cometido um erro terrível.

Ele não tinha dito uma palavra desde que tinham embarcado no trem; Elena, por outro lado, não tinha parado de conversar com o sr. Moretti sobre seu restaurante enquanto o trem chocalhava pela zona rural em direção à capital.

Sasha não sabia ao certo quanto tempo tinha se passado antes que eles finalmente começaram a desacelerar e o trem parou em uma estação chamada Waterloo. Ele imediatamente pensou em Wellington e se perguntou se havia uma estação Trafalgar. Quando pararam, Sasha pegou as malas do sr. Moretti no bagageiro e seguiu sua mãe em direção à plataforma.

A primeira coisa que Sasha notou foi o número de homens que usavam chapéus: boinas, chapéus Homburg e chapéus-coco, o que seu professor em Leningrado havia dito que lembrava a todos de suas posições na sociedade. Ele também ficou impressionado com o número de mulheres que perambulavam pela plataforma desacompanhadas. Só mulheres fáceis andavam sozinhas em Leningrado, ele ouvira sua mãe dizer uma vez. Ele tivera de perguntar depois ao pai o que era uma mulher fácil.

O sr. Moretti entregou três passagens ao bilheteiro, antes de conduzir seus tutelados para fora da estação, onde entraram no fim de uma longa fila. Mais uma coisa pela qual os britânicos eram famosos. Sasha ficou boquiaberto quando avistou seu primeiro ônibus panorâmico vermelho. Ele subiu correndo a escada em espiral até o andar de cima e tomou um assento na frente antes que o sr. Moretti pudesse detê-lo. Ficou cativado pela visão panorâmica que se estendia até onde os olhos podiam enxergar. Tantos carros de diferentes formatos, tamanhos e cores que paravam sempre que um semáforo ficava vermelho. Não havia muitos semáforos em Leningrado, mas também não havia muitos carros.

O ônibus parava a toda hora para recolher e deixar passageiros, mas houve ainda várias outras paradas até que o sr. Moretti se levantou e desceu pela escada. Já na calçada, Sasha continuou parando a toda hora para contemplar o interior das vitrines das lojas. Um vendedor de fumo que vendia tantas marcas diferentes de cigarros e charutos, bem como cachimbos, trouxe de volta lembranças de seu pai. Em outra, um homem estava sentado em uma grande cadeira de couro tendo o seu cabelo cortado. A mãe de Sasha era quem cortava o cabelo dele. Esse homem não tinha mãe? Uma loja de bolos que ele teria gostado de dar uma olhada melhor, mas teve de acompanhar o sr. Moretti. Uma outra loja que exibia somente relógios. Por que alguém precisaria de relógio quando havia tantos relógios de igreja por toda parte? Uma butique feminina, onde Sasha ficou hipnotizado quando viu sua primeira minissaia. Elena agarrou-o firmemente pelo braço e puxou-o. Ele não teve tempo para parar de novo até que viu um letreiro oscilando na brisa, proclamando MORETTI'S.

Dessa vez foi Elena quem espiou o interior para admirar as mesas postas com esmero com suas impecáveis toalhas xadrez vermelho e branco, guardanapos dobrados e fina porcelana. Garçons em elegantes paletós brancos se alvoroçavam entre as mesas, servindo seus fregueses com atenção. Mas o sr. Moretti continuou andando até chegar a uma porta lateral, que destrancou e acenou-lhes para que o seguissem. Eles subiram uma escada debilmente iluminada até o primeiro andar, onde Moretti abriu outra porta.

— O apartamento é bem pequeno — admitiu ele, ficando de lado para lhes dar passagem. — Minha mulher e eu moramos aqui logo depois que nos casamos.

Elena não mencionou que era maior que a unidade deles em Leningrado e muito mais bem mobiliado. Ela andou até a sala da frente, que dava para a rua principal, no momento exato em que uma motocicleta acelerava o motor. Ela nunca tinha vivenciado o barulho do tráfego ou engarrafamentos antes. Inspecionou a pequena cozinha, banheiro e dois quartos. Sasha imediatamente se apossou do menor. Ele desabou na cama, fechou os olhos e adormeceu.

— Hora de você conhecer o cozinheiro — sussurrou Moretti.

Os dois deixaram Sasha dormindo e voltaram para o andar de baixo. Moretti entrou no restaurante e levou-a à cozinha. Elena pensou que tinha chegado ao céu. Tudo que tinha pedido quando estava em Leningrado, e muito mais, estava lá, diante dela.

Moretti apresentou-a ao cozinheiro e explicou como a conhecera durante sua viagem de volta para a Inglaterra. O cozinheiro ouviu seu patrão atentamente, mas não parecia convencido.

— Por que você não tira uns dois dias pra se acostumar com o jeito que fazemos as coisas aqui, sra. Karpenko — sugeriu o cozinheiro —, e aí eu vejo onde você pode se encaixar.

Elena só precisou de um par de horas e já estava ajudando o auxiliar do cozinheiro, e muito antes de o último cliente ir embora a expressão de condescendência do cozinheiro se transformara em respeito pela senhora vinda de Leningrado.

Elena voltou ao apartamento logo depois da meia-noite, completamente exausta. Deu uma rápida olhada em Sasha, que ainda estava deitado em sua cama, com as mesmas roupas e em um sono profundo. Ela tirou os sapatos do filho e puxou um cobertor sobre ele. A primeira coisa que deveria fazer de manhã era encontrar a escola adequada para ele.

O sr. Moretti até tinha ideias sobre essa questão.

***

Elena tentou se concentrar, e não pensar sobre o que estava acontecendo no salão do restaurante, ainda que o futuro de Sasha pudesse depender disso. Ela começou a preparar o prato favorito do sr. Quilter muito antes que ele chegasse.

O sr. Moretti guiou o cavalheiro e sua esposa a uma mesa de canto geralmente reservada para clientes fiéis ou importantes. O sr. e a sra. Quilter não eram fiéis. Eles recaíam na categoria de aniversários e ocasiões especiais. Contudo, o sr. Moretti instruíra sua equipe a tratá-los como VIPs.

Ele entregou a ambos um cardápio.

— Gostariam de beber alguma coisa? — perguntou ao sr. Quilter.

— Um copo de água por enquanto. Vou escolher uma garrafa de vinho depois que tivermos decidido o que vamos comer.

— É claro, senhor — disse Moretti. Ele os deixou para estudar o cardápio e foi até a cozinha. — Eles chegaram. Coloquei eles na mesa onze — anunciou.

O cozinheiro assentiu. Ele raramente falava, a menos que fosse para repreender um de seus auxiliares, embora, tinha de admitir, sua vida tivesse se tornado muito mais fácil desde a chegada de sua última recruta. A sra. Karpenko também não era de falar muito enquanto tratava de preparar cada prato com habilidade e orgulho. Tinha levado menos de uma semana para que o cozinheiro normalmente cético admitisse que um raro talento aparecera no Moretti's, e advertiu o patrão de que temia que não demoraria para ela querer seguir adiante e comandar sua própria cozinha.

O sr. Moretti voltou à sala de jantar e cochichou para o maître:

— Eu é que vou anotar o pedido da mesa onze, Gino. — Quando viu o cliente especial fechar seu cardápio, ele se aproximou rapidamente de sua mesa. — Decidiu do que gostaria, senhora? — perguntou à sra. Quilter, retirando um bloquinho e uma caneta do bolso do paletó.

— Sim, obrigada. Vou começar com a salada de abacate, e, como hoje é uma ocasião especial, vou comer o linguado de Dover.

— Uma excelente escolha, senhora. E pro senhor?

— Presunto de parma e melão, e também vou querer o linguado de Dover. E talvez o senhor possa recomendar um vinho que complementasse o peixe.

— Talvez o Pouilly-Fuissé? — disse Moretti, apontando para o terceiro vinho numa longa lista.

— Pode ser esse — disse Quilter depois de verificar o preço.

Moretti afastou-se com a mesma rapidez que se aproximou e disse ao seu *sommelier* que a mesa onze tomaria o Pouilly-Fuissé.

— Premier Cru — acrescentou.

— Premier Cru? — repetiu o garçom, apenas para receber um seco sinal de sim.

Moretti afastou-se para um canto e observou o *sommelier* desarrolhar uma garrafa e servir um pouco de vinho para o cliente provar. O sr. Quilter bebericou-o.

— Magnífico — disse, parecendo um pouco confuso. — Acho que você vai gostar disso, minha querida — acrescentou enquanto o *sommelier* enchia a taça de sua mulher.

Embora o restaurante estivesse cheio aquela noite, os olhos do sr. Moretti raramente deixavam os clientes da mesa onze, e, assim que os pratos principais foram retirados, ele voltou para perguntar se eles gostariam de uma sobremesa.

O sorriso que surgiu nos lábios do sr. Quilter assim que ele provou o primeiro bocado do *crème brûlée* de Elena não deixava ninguém em dúvida do quanto ele o apreciara. "Digno de Trinity", ele balbuciou quando os pratos vazios foram retirados, deixando o sr. Moretti um tanto confuso.

O sr. Moretti surgiu num canto do restaurante até que o convidado especial pediu a conta a um garçom que passava, momento no qual ele se dirigiu de volta à mesa onze.

— Que refeição maravilhosa — disse o sr. Quilter enquanto corria um dedo pela conta. Ele pegou seu talão de cheques, preencheu os números e acrescentou uma generosa gorjeta. Entregou o cheque ao sr. Moretti, que o rasgou ao meio.

O sr. e a sra. Quilter foram incapazes de esconder sua surpresa.

— Eu não entendi — finalmente conseguiu dizer o sr. Quilter.

— Preciso de um favor, senhor — disse Moretti.

***

Elena endireitou a gravata de Sasha e deu um passo para trás para dar uma olhada atenta em seu filho. Ele estava com sua roupa de domingo, uma aquisição recente de um bazar de uma igreja local. O terno talvez fosse um pouco grande, mas nada em que uma agulha e uma linha não puderam dar um jeito.

O sr. Moretti tinha dado a manhã de folga para Elena, embora ele estivesse tão nervoso com o resultado quanto ela. Um ônibus panorâmico transportou mãe e filho ao bairro vizinho, e eles saltaram em frente a um imenso portão de ferro forjado. Entraram em um pátio, onde Elena perguntou a um dos meninos como chegar à sala do diretor.

— Que prazer ver vocês — disse o sr. Quilter, quando seu secretário os introduziu em seu gabinete. — Agora, sei que o sr. Sutton está nos aguardando, por isso não vamos fazê-lo esperar.

Elena e Sasha seguiram obedientemente o sr. Quilter para fora da sala e por um corredor lotado, cheio de garotos exuberantes, elegantemente vestidos, que abriam caminho quando o diretor vinha em sua direção. Elena admirou seus uniformes azuis com monograma, desalentada.

O diretor parou diante de uma sala de aula com as palavras SR. SUTTON Dr. (Universidade de Oxford) pintadas no vidro granulado. Ele bateu, abriu a porta e guiou o candidato adentro.

Um homem usando uma bata acadêmica longa e preta sobre o terno levantou-se de sua escrivaninha quando eles entraram em sua sala de aula.

— Bom dia, sra. Karpenko — disse o professor sênior de matemática. — Meu nome é Arnold Sutton. Estou encantado por vocês dois terem conseguido vir ao nosso encontro hoje. Eu é que vou conduzir o teste.

— É um prazer conhecê-lo, sr. Sutton — disse Elena quando trocaram um aperto de mão.

— Você deve ser o Sasha — disse ele, dando ao menino um sorriso afetuoso. — Por favor, sente-se e explicarei o que planejamos.

— Enquanto isso, sra. Karpenko — disse o diretor —, talvez devêssemos voltar à minha sala e aguardar o fim do teste.

Depois que o diretor e Elena deixaram a sala, o sr. Sutton voltou sua atenção para o jovem candidato.

— Sasha — disse ele, abrindo uma pasta e extraindo três folhas de papel —, esse é o teste de matemática que foi feito pelos alunos que queriam entrar pro primeiro e segundo anos do ensino médio da Latymer Upper. — Ele pôs três páginas de papel na carteira em frente a Sasha. — O tempo destinado ao teste é de uma hora, e sugiro que você leia cada questão cuidadosamente antes de responder. Tem alguma dúvida?

— Não, senhor.

— Bom. — O professor checou seu relógio. — Vou avisá-lo quando estiver faltando quinze minutos pro fim.

***

— Você compreende, sra. Karpenko — disse o sr. Quilter quando eles voltavam pelo corredor —, que o exame que seu filho está fazendo não é só pros alunos que desejam entrar no primeiro e segundo anos do ensino médio aqui na Latymer mas também para aqueles que estão se preparando pra ir pra universidade.

— Isso não é mais do que aquilo que eu desejaria para Sasha — disse Elena.

— Sim, é claro, sra. Karpenko. Mas devo avisar que ele tem de obter sessenta e cinco por cento pra passar. Se for o caso, ficaremos felizes em oferecer uma vaga pro Sasha na Latymer Upper.

— Nesse caso, eu devo avisá-lo, sr. Quilter, que eu não teria meios pra comprar o uniforme escolar, muito menos de pagar as mensalidades.

O diretor hesitou.

— Oferecemos vagas para alunos em, digamos, circunstâncias difíceis. E, é claro — acrescentou —, concedemos bolsas acadêmicas pra crianças excepcionalmente dotadas. — Elena não pareceu convencida. — Posso lhe oferecer um café?

— Não, obrigada, sr. Quilter. Tenho certeza de que deve ser muito ocupado por isso, por favor, volte ao trabalho. Fico satisfeita lendo uma revista enquanto espero.

— Isso é muito atencioso da sua parte — disse o diretor —, pois eu tenho um bocado de papelada com que lidar. Mas voltarei assim que...

A porta abriu de supetão e o sr. Sutton irrompeu antes mesmo que o diretor pudesse concluir sua frase. Ele andou depressa até o sr. Quilter e sussurrou em seu ouvido.

— Teria a bondade de esperar aqui, sra. Karpenko? — disse o diretor. — Eu volto logo.

— Algum problema? — perguntou Elena, ansiosa, mas os dois homens já tinham saído da sala.

— Você diz que ele terminou o teste em vinte minutos? Isso mal parece possível.

— O que é ainda mais incrível — disse Sutton, quase correndo — é que ele acertou cem por cento e pareceu sinceramente entediado. — Ele abriu a porta de sua sala de aula para permitir que o diretor entrasse.

— Karpenko — disse Quilter, após dar uma olhada numa grande fileira de sinais de visto —, posso perguntar se você algum dia viu essa prova antes?

— Não, senhor.

O diretor estudou as respostas do aluno mais atentamente antes de perguntar:

— Você estaria disposto a responder a uma ou duas questões orais?

— Sim, é claro, senhor.

O diretor assentiu para o sr. Sutton.

— Karpenko, se eu lançar três dados — disse Sutton —, qual é a probabilidade de que o resultado seja um total de dez?

O aspirante a estudante pegou sua caneta e começou a escrever várias combinações de três números. Quatro minutos depois, ele pousou sua caneta e disse:

— Uma em oito, senhor.

— Notável — disse Sutton. Ele sorriu para o diretor, que, como um classicista, não estava entendo muito bem. — Minha segunda questão é: se lhe oferecessem probabilidades de dez para um de que você não poderia conseguir dez com três dados, você aceitaria a aposta?

— É claro, senhor — disse Sasha sem hesitação —, porque em média eu venceria a cada oito jogadas. Mas eu iria querer colocar pelo menos cem apostas antes de considerar isso estatisticamente confiável.

O sr. Sutton se virou para o sr. Quilter e disse:

— Diretor, por favor, não deixe que esse menino vá pra nenhuma outra escola.

9

ALEX

A caminho do Brooklyn

ALEX FITOU UM BURACO ESCURO para dentro do qual massas de pessoas estavam correndo.

— Venham comigo — disse Dimitri enquanto conduzia seus relutantes tutelados por um estreito lance de escada, antes de parar de repente diante de uma catraca. Ele comprou três tíquetes, e, em seguida, eles se dirigiram até uma longa e suja plataforma.

Alex ouviu um som estrondoso à distância, como o prelúdio de uma tempestade, e, depois de uma vasta caverna no outro extremo da plataforma, apareceu um trem diferente de qualquer outro que ele jamais vira antes. Em Leningrado as estações eram entalhadas em mármore verde, os vagões eram limpos e só os passageiros eram cinza.

— Você vai se acostumar com isso — disse Dimitri quando as portas deslizaram. — Dez paradas, e nós estaremos no Brooklyn. — Mas nenhum dos dois estava ouvindo, ambos absortos em seus próprios pensamentos.

Alex inspecionou o vagão e notou que não havia duas pessoas parecidas, e estavam todas tagarelando em línguas diferentes. Em Leningrado os passageiros raramente falavam uns com os outros, e, quando o faziam, era sempre em russo. Ele estava fascinado. Elena parecia perplexa.

Alex acompanhava os nomes das estações num pequeno mapa acima da porta do vagão: Bowling Green, Borough Hall, Atlantic Avenue, Prospect Park, vinham e iam, e ele nunca parava de observar os passageiros enquanto eles embarcavam e desembarcavam. Quando o trem finalmente parou em Brighton Beach, Dimitri conduziu seus dois tutelados para a plataforma. Outra escada rolante os levou para cima, e, depois que eles chegaram ao topo, Dimitri lhes mostrou como enfiar suas pequenas fichas em uma outra catraca. Eles emergiram para a luz do dia, e Alex ficou impressionado com o grande número de pessoas que andavam para cá e para lá na calçada, todas em uma velocidade que ele nunca havia visto antes. Todo mundo parecia estar com muita pressa. A rua era igualmente movimentada, com carros do tamanho de tanques buzinando para quem quer que ousasse pisar em seu caminho. Dimitri não parecia estar consciente do barulho. Alex estava também desconcertado pelas cores exageradamente berrantes emplastradas nas paredes, até mesmo em portais. Graffiti, explicou Dimitri, mais uma coisa que Alex nunca havia visto em Leningrado. Um zumbido o fez olhar para cima, onde avistou um avião que parecia estar caindo do céu. Ele ficou parado, horrorizado, até que Dimitri caiu na risada.

— É um avião — disse ele. — Ele vai pousar no JFK, que fica a poucos quilômetros daqui. — Surgiu um segundo avião, que pareceu a Alex estar perseguindo o da frente. — Você verá um a cada dois minutos — disse Dimitri.

Elena estava mais interessada em olhar cada café e restaurante pelos quais passavam. Ela não podia acreditar na quantidade de pessoas que estavam tomando café da manhã. Como poderiam bancar tudo isso? Ela se perguntava o que era um hambúrguer e quem poderia ser Coronel Sanders. O único coronel que ela conhecera era o comandante da doca, e ele certamente não possuía um restaurante. E Coca? Não era uma coisa que você punha no fogo à noite para se manter aquecido?

Após alguns quarteirões eles chegaram a uma feira, onde Dimitri parou para conversar com uns dois feirantes conhecidos dele. Ele escolheu algumas batatas, cenouras e um repolho, pelos quais pagou com dinheiro vivo. Elena pegou algumas frutas e legumes exibidos na prateleira vizinha, que ela nunca vira antes. Cheirou-os e tentou memorizar seus nomes.

— De quantas gostaria? — perguntou o feirante.

Elena deixou cair o abacate e voltou a andar rapidamente.

Dimitri deslocou-se para outra barraca e seguiu o conselho de Elena de bom grado antes de escolher um frango, que o dono da barraca jogou num saco de papel pardo.

Enquanto deixavam a feira, Dimitri deu uma moeda a um garoto que gritava a plenos pulmões alguma coisa que Alex não conseguiu entender.

— Mais ianques mortos no Vietnã!

Alex ficou surpreso porque o menino que vendia jornais era mais novo que ele e tinha permissão não só para manusear dinheiro mas para trabalhar sozinho.

Eles viraram em uma esquina entrando numa rua secundária, não tão movimentada, não tão barulhenta, com fileiras de casas grandes de ambos os lados. Seria possível que Dimitri morasse sozinho numa delas?

— Eu moro no número quarenta e sete — disse ele. Alex estava impressionado, até que Dimitri acrescentou: — Eu alugo o porão. — Depois de mais alguns metros, ele os conduziu por um curto lance de degraus. Pôs uma chave na porta, destrancou-a e entrou.

Elena seguiu-o para dentro de uma sala esparsamente mobiliada e não teve nenhuma dúvida de que Dimitri era solteiro.

— Onde vamos morar? — perguntou Elena, depois que Dimitri lhe mostrara a casa.

— Talvez vocês possam ficar comigo até que encontrem sua própria casa — disse Dimitri. Elena não pareceu convencida. — Tenho um colchão extra, de modo que você pode ficar com o quarto sobressalente, enquanto Alex dorme no sofá. Contanto que ele tire as botas.

— Obrigado — disse Alex, que achava que quase qualquer coisa seria uma melhoria em relação a um deque de madeira que nunca parava de balançar.

Finalmente Dimitri levou Elena à cozinha. Ela pôs o frango e os vegetais que eles tinham comprado na feira sobre a mesa da cozinha e começou a preparar a refeição. A pia tinha duas torneiras, e ela se queimou quando abriu a primeira. Ficou ainda mais surpresa quando Alex abriu uma caixinha branca e espiou lá dentro.

— É uma geladeira — explicou Dimitri. — Ela deixa a gente guardar comida por vários dias e ela continua boa.

— Eu já vi uma geladeira antes — disse Elena —, mas nunca na casa de alguém.

Elena arregaçou as mangas e, uma hora depois, colocou três pratos cheios na mesa da cozinha, como se ainda estivesse servindo oficiais. Depois que estava sentada, não conseguiu parar de falar sobre a vida deles na Rússia. Logo ficou claro o quanto sentia falta de sua pátria.

— Essa foi a melhor refeição que fiz em anos — disse Dimitri ao lamber os lábios. — Não vai ser difícil para você conseguir um emprego nessa cidade.

— Mas por onde eu começo? — perguntou Elena enquanto Alex enchia a pia de água morna e começava a lavar os pratos.

— Com o *Post* — disse Dimitri, voltando ao inglês.

— O post? — perguntou Elena. — Mas eu não estou esperando nenhuma carta.

— O *Brighton Beach Post* — disse Dimitri, pegando o jornal que tinha comprado do garoto na rua. — Todo dia ele tem uma seção de empregos — informou, virando as páginas até chegar aos classificados. Ignorou contabilidade, oportunidades de negócios, vendas de carro, parando apenas quando chegou a bufê. Seu dedo moveu-se para baixo na coluna até que ele chegou a "Cozinheiros". — Precisa-se de cozinheiro em restaurante chinês — leu. — Deve falar mandarim. — Todos eles caíram na risada. — Precisa-se de cozinheiro de massas em restaurante italiano. — Este soou mais promissor até que ele acrescentou: — Deve ser um auxiliar de cozinha plenamente treinado. De preferência, que seja italiano. — Ele seguiu em frente. — Pizzaiolo.

— O que é um pizzaiolo? — perguntou Elena enquanto Alex esvaziava a pia e se juntava a eles na mesa.

— Eles fazem pizza, a última novidade — disse Dimitri. — Uma base de massa com diferentes recheios, pra ter variedade. — Ele verificou a localização. — E fica só a uns dois quarteirões daqui; poderíamos passar lá amanhã de manhã. Eles estão oferecendo um dólar por hora, de modo que você poderia ganhar até quarenta dólares por semana enquanto procura alguma coisa melhor. Será uma sorte para eles ter você — acrescentou.

Elena não respondeu porque sua cabeça estava descansando numa mesa que não se mexia. Dormia profundamente.

***

— A primeira coisa que vamos ter de fazer — disse Dimitri depois que eles terminaram o café da manhã — é conseguir algumas roupas novas pra você. Ninguém vai te dar um emprego vestida desse jeito.

— Mas não temos nenhum dinheiro — protestou Elena.

— Isso não será um problema. A maioria dos feirantes fica feliz em dar crédito.

— Crédito? — perguntou Elena.

— Compre agora, pague mais tarde. Todo mundo aqui nos Estados Unidos faz isso.

— Eu não faço — disse Elena firmemente, pondo as mãos na cintura. — Ganhe agora e só compre quando puder pagar.

— Então teremos de tentar a loja de caridade em Hudson. Talvez eles estejam dispostos a te dar alguma coisa por nada.

— Caridade é para aqueles em verdadeira necessidade, não pros que são capazes de trabalhar por um dia — disse Elena, voltando à sua língua nativa.

— Eu não acho que você vai ter muita chance de receber uma oferta de trabalho, mesmo numa pizzaria, se tiver esse aspecto de uma refugiada russa que acabou de sair do navio — disse Dimitri.

Alex fez sinal de assentimento.

Elena foi finalmente silenciada.

Dimitri tirou uma nota de cinco dólares do bolso e entregou-a a Elena.

— Obrigada — disse ela, aceitando-a com relutância. — Vou pagar de volta assim que arranjar um emprego.

— A loja de caridade abre às nove — disse Dimitri. — Devemos estar esperando do lado de fora quando estiver faltando um minuto.

— Por que tão cedo? — perguntou Alex, determinado a só falar inglês.

— Muita gente faz uma limpeza em seus guarda-roupas no fim de semana, por isso as melhores roupas sempre aparecem na segunda-feira de manhã.

— Então vamos indo — disse Alex, que estava doido para voltar para a rua. Ele queria ver se o menino ainda estava parado na esquina vendendo jornais, porque esperava que sua mãe lhe permitisse procurar um emprego, talvez até como vendedor numa das barracas.

— E depois devemos procurar uma boa escola que aceite o Alex — disse Elena, arruinando as esperanças do filho.

— Mas eu quero começar a trabalhar — implorou Alex —, para que nós dois possamos ganhar algum dinheiro.

— Se você espera acabar em um trabalho que valha a pena, e finalmente ganhar um salário adequado — disse Elena —, terá de voltar para a escola e garantir uma vaga na universidade.

Alex não pôde esconder sua decepção, mas sabia que essa era a única coisa da qual sua mãe não iria abrir mão.

— Então você terá de marcar uma hora com o secretário de Educação na Prefeitura — disse Dimitri. — Mas antes vocês dois precisam arranjar algumas roupas novas e Elena precisa ser aceita naquele emprego na pizzaria. Vamos logo.

De volta à rua, Alex tentou absorver tudo que estava acontecendo à sua volta. Ele se perguntava quanto tempo iria se passar até que, como Dimitri, ele também pertencesse à paisagem.

Uma das primeiras coisas que Alex notou foi que nem todos os homens usavam terno e chapéu, ao passo que muitas das mulheres estavam vestidas com cores vibrantes, algumas delas com vestidos que não cobriam nem os joelhos. O jornaleiro estava parado na mesma esquina, gritando uma manchete diferente.

— Bobby Kennedy assassinado!

Alex se perguntou se Bobby Kennedy era parente do ex-presidente, que ele sabia ter sido também assassinado. Se tivesse uma moeda de dez centavos, teria comprado um jornal. Depois que estavam de volta à feira, Elena teria gostado de parar e inspecionar o pão recém-assado, as laranjas, as maçãs e tantas outras verduras, e perguntar sobre aquelas que não conhecia. Que gosto tinha um abacate, ela se perguntava, e dava para comer a casca?

Alex não podia resistir a parar a todo momento para contemplar as vitrines das lojas que ofereciam relógios, rádios, televisões e gramofones. Ele estava sempre se distraindo e depois tendo de correr para alcançar Dimitri e Elena.

Eles chegaram em frente à loja de caridade em Hudson, exatamente na hora em que uma moça virava o cartaz de FECHADO para que se lesse ABERTO. Dimitri conduziu-os para dentro, ainda muito responsável pelos dois.

Elena passou seu tempo revolvendo as estantes e as prateleiras antes de escolher uma camisa branca e uma gravata azul-escura para Alex. Depois ela voltou sua atenção para uma fileira de ternos pendurados em uma longa arara, enquanto Alex tagarelava com a vendedora. Alex ficou desapontado quando sua mãe escolheu um terno liso cinza, que segurou contra ele para verificar o tamanho. Estava um pouco grande, mas ela sabia que não demoraria muito para que se ajustasse ao filho. Elena lhe disse que o experimentasse. Quando Alex saiu do provador vestindo seu novo terno, a mãe não pôde deixar de notar que a moça atrás do balcão estava olhando para ele com mais atenção. Ele se virou, envergonhado. A mãe fingiu não notar enquanto começava a escolher algumas roupas para si mesma: um simples vestido azul e uma saia preta pregueada. Ela começava a temer que seu dinheiro estivesse acabando quando avistou um par de sapatos de couro que combinaria perfeitamente com o terno novo de Alex.

— Um homem deixou eles aqui sábado à tarde — disse a moça. — Ele me disse que ninguém mais usa sapatos com cadarços.

— Perfeito — disse Elena depois que Alex os experimentara e andara pela loja um par de vezes. — Quanto? — perguntou, reunindo todas as mercadorias e colocando-as no balcão.

— Cinco dólares — respondeu a moça.

Elena entregou o dinheiro, afastou-se e admirou o filho, não mais uma criança. Ela não viu Dimitri entregar à moça outros dez dólares, dar uma piscadela para Alex e dizer: "Obrigado, srta. Marshall", quando a moça lhe entregou um saco cheio com as roupas velhas deles.

— Espero que voltem logo — disse Addie. — Recebemos coisas novas todos os dias.

— Agora temos que encontrar a pizzaria o mais rápido possível — disse Dimitri, quando saiu da loja e jogou o saco de roupas velhas na lata de lixo mais próxima. — Não podemos chegar atrasados e deixar que outra pessoa consiga aquele emprego.

Elena estava prestes a resgatar o saco, quando Alex disse:

— Não, mãe. — Ela se juntou com relutância ao filho e eles partiram novamente num passo que todos os outros na calçada pareciam considerar normal, e não desaceleraram até que Dimitri avistou um cartaz vermelho e branco balançando na brisa. Ele atravessou a rua, esquivando-se do tráfego, enquanto Elena e Alex o seguiam, não mostrando nada da mesma confiança ao passarem pelo meio dos carros, as buzinas ressoando.

— Deixem que eu falo — disse Dimitri enquanto empurrava a porta e entrava. Dirigiu-se diretamente a um homem parado atrás do balcão e disse: — Eu quero falar com o gerente.

— Sou eu — disse o homem, tirando os olhos de sua folha de reservas.

— Eu vim por causa da vaga de emprego que você anunciou no *Post*, procurando um pizzaiolo — disse Dimitri. — Não é pra mim, mas pra essa senhora, e seria sorte sua ter ela no restaurante.

— Você já trabalhou numa pizzaria antes? — perguntou o homem, dirigindo sua atenção para Elena.

— Não, senhor.

— Então só posso oferecer um emprego como lavadora de pratos.

— Mas ela é uma cozinheira plenamente qualificada — disse Dimitri.

— Qual foi seu último emprego? — perguntou o gerente.

— Eu era chefe de cozinha num clube de oficiais em Leningrado.

— No Queens?

— Não, na Rússia.

— Não empregamos comunas — disse o gerente, cuspindo as palavras.

— Não sou uma comunista — protestou Elena. — Na verdade, odeio comunistas. Eu ainda estaria lá se... mas eu não tive escolha.

— Mas eu tenho — disse o gerente. — O único emprego adequado para uma comuna é o de lavadora de pratos. O salário é cinquenta centavos a hora.

— Setenta e cinco — disse Dimitri.

— Vocês não estão em condições de barganhar — disse o gerente. — Ela pode pegar ou largar.

— Vamos largar — disse Dimitri. Ele começou a andar em direção à porta, mas, dessa vez, Elena não o seguiu.

— Onde fica a cozinha? — foi tudo o que disse, arregaçando as mangas.

* * *

Como não tinha de bater ponto na pizzaria antes das dez, Elena foi direto para a Prefeitura na manhã seguinte. Após verificar o quadro no lobby, tomou o elevador para o terceiro andar. Quando saiu, umas duas horas depois, Elena sabia qual era a única escola que queria que Alex frequentasse.

Ela não marcou uma hora para ver o diretor; em seu intervalo da tarde sentou-se no corredor em frente à sala dele e lá ficou até que ele finalmente se rendeu e concordou em atendê-la.

Alex ingressou com relutância no terceiro ano do ensino médio da Franklin High na segunda-feira seguinte e não demorou para que o diretor tivesse de admitir que a sra. Karpenko não exagerara ao sugerir que ele seria o primeiro da classe em matemática e russo. Essas não eram as únicas matérias nas quais ele se distinguia, embora Alex estivesse muito mais interessado em várias outras atividades lucrativas que não estavam arroladas no currículo oficial da escola.

10
Sasha
Londres

Passou-se pelo menos uma semana antes que os outros meninos parassem de encarar Sasha. Embora o ensino médio já tivesse tido contato com uma justa cota de alunos estrangeiros, ele era o primeiro russo em que os meninos haviam pousado os olhos. O que imaginavam que ele teria de diferente, Sasha se perguntava.

Como inglês era sua segunda língua, supôs-se que ele teria dificuldade em acompanhar o restante da classe. Mas dentro de um mês vários de seus colegas tinham desistido de acompanhar "o Russki", e, em se tratando de matemática, sua terceira língua, o sr. Sutton admitiu para o diretor:

— Não vai demorar muito pra que ele perceba que não há muito mais que eu possa ensinar a ele.

Embora suas proezas acadêmicas fossem admiradas por muitos, o que tornava Sasha particularmente benquisto junto aos outros meninos era o fato de ele ser uma muralha.

— Uma muralha? — perguntou Elena. — Mas você nem é tão alto assim.

— Não, mãe, é que eu acabei de virar o goleiro do time titular da escola e já faz três partidas que não levamos gols. — O que ele não lhe contou foi que Maurice Tremlett, o menino que ele substituíra como goleiro, não conseguira esconder sua raiva quando fora rebaixado para o time reserva —, e o fato de Tremlett ser o representante dos alunos não ajudou em nada.

Perto do fim de seu primeiro período letivo, Sasha sentiu que estava começando a ser aceito pela maioria de seus colegas. Mas isso foi antes do incidente, quando da noite para o dia ele se tornou o menino mais popular da escola e também fez um amigo para o resto da vida.

Foi durante uma pelada no pátio no recreio do meio da manhã que o episódio aconteceu. Ben Cohen, um menino do ensino médio, que jogava como centroavante no time da reserva, estava correndo em direção ao gol e parecia estar certo de marcar, quando Tremlett saiu à toda do gol, de modo que Cohen passou a bola para outro menino, que a lançou na rede.

Cohen levantou os braços em triunfo, mas Tremlett não desacelerou e correu direto para ele, derrubando-o no chão.

— Faz isso de novo — gritou ele —, e eu quebro o seu pescoço.

Quando eles recomeçaram a jogar, Cohen estava prestes a fazer um outro lance quando viu Tremlett avançando em sua direção outra vez. Ele decidiu não continuar, e a bola rolou para os pés de Tremlett, que correu deliberadamente rumo a Sasha no gol adversário, com todo mundo saindo de seu caminho. Sasha saiu de seu gol de modo a poder reduzir o ângulo, e, quando Tremlett entrou na grande área, Sasha jogou-se no chão e segurou a bola com firmeza contra o peito. Tremlett não reduziu sua marcha e chutou Sasha em cheio nas costas, como se ele fosse a bola.

Sasha continuou deitado imóvel no chão quando a bola saiu devagar de suas mãos. Tremlett pulou por cima dele e chutou a bola com força rumo ao gol aberto. Ele ergueu os braços em triunfo, mas ninguém estava comemorando. Cohen correu para ajudar Sasha a se levantar e viu que Tremlett estava em cima dele.

— Você não é tão bom quanto pensou que fosse, hein, Russki?

— Talvez não — disse Sasha —, mas, se você checar a escalação do time da próxima semana, é você que ainda está na reserva. — Tremlett tentou lhe dar um soco, mas Sasha desviou e o golpe apenas roçou seu ombro. — E não acho que você tampouco vá fazer parte do time de boxe — disse Sasha.

Tremlett ficou vermelho e levantou seu punho uma segunda vez, mas Sasha foi rápido demais para ele e acertou em seu nariz um golpe que o fez cambalear para trás e cair no chão. Sasha estava prestes a dar outro soco quando Tremlett foi salvo pela sineta, chamando todos de volta para a sala de aula.

— Obrigado — disse Cohen quando eles deixavam o pátio. — Mas fica de olho, porque o Tremlett gosta de causar problemas.

— Ele não será um problema — disse Sasha. — Problema é quando um oficial da KGB está apontando uma arma pra sua cabeça.

***

Quando Sasha chegou em casa naquela tarde, não contou para sua mãe sobre o incidente, pois não o tinha considerado assim tão importante. Estava devorando um prato de espaguete quando houve uma batida à porta.

Elena pousou o garfo, mas não se moveu. Batidas na porta significavam apenas uma coisa. Sasha deu um pulo e deixou a mesa antes que ela pudesse detê-lo. Abriu a porta e à sua frente encontrava-se um homem alto e magro, elegantemente vestido num longo casaco preto com gola de veludo com um chapéu de feltro, de pé no corredor.

— Boa noite, Sasha — disse o homem, entregando-lhe um cartão.

— Boa noite, senhor — disse Sasha, perguntando-se como o estranho sabia seu nome. Ele olhou o cartão e pensou reconhecer o nome. Ele certamente conhecia o endereço.

— Eu estava querendo trocar algumas palavras com a sua mãe — disse o sr. Agnelli, seu sotaque revelando sua ascendência.

— Por favor, entre — disse Sasha e conduziu o sr. Agnelli para a cozinha.

— Boa noite, sra. Karpenko — disse ele, tirando o chapéu. — Meu nome é Matteo Agnelli, e eu...

— Eu sei quem você é, sr. Agnelli.

Ele sorriu.

— Desculpe perturbá-la no jantar, irei diretamente ao ponto. Meu cozinheiro pediu demissão porque deseja voltar pra família dele em Nápoles, e não consegui encontrar um substituto adequado. Então gostaria de lhe oferecer a vaga.

Elena não conseguiu esconder sua surpresa. Havia apenas alguns meses que estava trabalhando para o sr. Moretti e não fazia ideia de que o maior rival dele tinha sequer conhecimento de sua existência. Antes que ela pudesse responder, o sr. Agnelli solucionou o mistério.

— Um de meus clientes habituais foi jantar há pouco tempo no Moretti's e me contou que a comida estava irreconhecivelmente melhor, por isso decidi descobrir por quê. Seguindo minhas instruções, nosso maître almoçou no seu restaurante na semana passada, e em seguida me advertiu de que tínhamos agora um rival genuíno em nossa soleira. Diante disso, eu gostaria de oferecer o cargo de chefe de cozinha na Osteria Roma.

— Mas... — começou Elena.

— Não posso lhe dar um apartamento em cima do restaurante, mas estaria disposto a dobrar o seu salário, o que lhe permitiria alugar uma moradia própria. — Sasha começou a ouvir com mais interesse. — Claro que o desafio seria considerável, pois temos o dobro do número de *couverts* que o Moretti's, mas, pelo que ouvi, a senhora parece gostar de um desafio.

— Fico lisonjeada, sr. Agnelli, mas receio estar em dívida para com o sr. Moretti, que...

— E se eu estivesse disposto a cobrir essa dívida, sra. Karpenko?

— Não é uma dívida financeira — disse Elena —, é pessoal. Foi o sr. Moretti que tornou possível que Sasha e eu viéssemos pra esse país. Não é algo que eu possa retribuir com facilidade.

— É claro, eu compreendo. E como gostaria que tivesse sido eu que estivesse viajando naquele navio que vinha de Leningrado. — O sr. Agnelli entregou a Elena o seu cartão. — Mas, caso em algum momento mude de ideia...

— Não enquanto o sr. Moretti estiver vivo — disse Elena.

— Apesar da reputação dos meus compatriotas, eu não tinha pensado em ir tão longe assim — disse Agnelli. — Mas, se a senhora insiste... — Todos os três caíram na risada.

— Foi um prazer conhecê-lo — disse Elena, levantando-se de seu lugar e acompanhando o sr. Agnelli até a porta.

— Você vai contar ao sr. Moretti sobre a oferta? — perguntou Sasha, quando ela voltou para a cozinha.

— Claro que não. Ele já tem problemas suficientes no momento, sem que eu ameace ir embora.

— Mas, se ele soubesse da oferta, poderia te oferecer um aumento, quem sabe até uma porcentagem dos lucros.

— Não tem lucros — disse Elena. — O restaurante quase não está cobrindo os gastos.

— Uma razão a mais pra levar a sério a proposta do sr. Agnelli. Afinal, você poderia não ter outra oportunidade como essa novamente.

— É bem possível que você esteja certo, Sasha, mas lealdade não tem preço. Ela tem de ser ganha. E, de todo modo, o sr. Moretti merece mais do que isso. — Sasha ainda não parecia convencido. — Se você algum dia tiver de enfrentar um dilema semelhante — disse Elena —, pense apenas no que seu pai faria e não se equivocará muito.

***

— O diretor quer vê-lo, Karpenko — disse o sr. Sutton ao entrar na sala de aula na manhã seguinte. — Você deve se apresentar à sala dele imediatamente.

O tom da voz de seu professor não sugeria que fosse outra coisa senão uma ordem. Sasha se levantou e saiu da sala de aula, penosamente ciente de que todos os outros meninos olhavam para ele. Enquanto andava pelo corredor, perguntava-se o que o velho queria. Ele bateu à porta do diretor.

— Entre — disse uma voz inconfundível.

Sasha entrou na sala do sr. Quilter, que estava sentado atrás de sua escrivaninha, carrancudo.

Em frente a ele estava sentado um outro homem, que não se virou.

— Karpenko, este é o sr. Tremlett — disse o diretor. Um homem gordo com um cabelo ruivo rarefeito, cuja considerável pança indicava que ele não conseguia abotoar seu paletó trespassado, virou-se e olhou para Sasha presunçosamente, o que teria comunicado a qualquer jogador de pôquer que ele tinha um *full house*. — O sr. Tremlett está dizendo que você socou o filho dele ontem durante um jogo de futebol e quebrou o nariz dele. Isso é verdade?

— Sim, senhor.

— O sr. Tremlett me assegurou de que o filho dele não fez nada pra te provocar, a não ser marcar um gol. Foi isso que aconteceu?

O significado da palavra "delator" havia sido explicado para Sasha em sua primeira semana na Latymer Upper, juntamente com as consequências.

— Isso é chamado de "colaboração" na União Soviética — Sasha tinha contado para seu amigo Ben Cohen. — Mas as consequências lá tendem a ser um pouco mais sérias que apenas se tornar um excluído.

O diretor esperou uma explicação, a expressão clara em seu rosto sugerindo que ele esperava que haveria uma, mas Sasha não fez nenhuma tentativa de se defender.

— Nas atuais circunstâncias — disse o sr. Quilter finalmente —, eu não tenho nenhuma escolha senão administrar um castigo apropriado. —Sasha estava preparado para detenção, trabalho de casa extra, até palmatória, mas ficou chocado com a punição que o diretor lhe imputou, especialmente porque ela significava que a escola iria sofrer tanto quanto ele. Mas ele suspeitava que isso não preocuparia Tremlett. Pai ou filho. — E, caso um incidente como esse algum dia se repita, Karpenko, não terei escolha senão retirar sua bolsa. — Sasha sabia que isso significaria que ele teria de deixar a Latymer Upper, porque sua mãe não teria como pagar as mensalidades escolares. — Esperemos que esse seja o fim do problema — foram as últimas palavras do sr. Quilter.

***

— Por que você não contou a verdade? — perguntou Ben Cohen quando Sasha explicou por que tinha sido rebaixado para o time reserva pelo resto da temporada.

— O pai de Tremlett é um conselheiro escolar e conselheiro local. Então em quem você acha que o Quilter tende a acreditar?

— Não estamos na União Soviética — disse Ben. — E o sr. Quilter é um homem justo. Eu sei muito bem.

— O que você quer dizer?

— Meu pai é um imigrante judeu, e várias outras escolas me recusaram antes que a Latymer me oferecesse uma vaga.

— Sempre penso em você como inglês — disse Sasha.

— Eu acredito em você — disse Ben. — Mas os Tremletts do mundo não, e nunca irão.

***

Sasha não contou para a mãe a razão pela qual não estava mais jogando no gol do time titular. No entanto, o restante da escola estava penosamente consciente de quem era responsável pelo fato de o time não ter mais o gol intacto, ao passo que o da reserva estava desfrutando uma boa temporada.

Quando o diretor pediu para ver Sasha no fim do semestre, ele não sabia o que havia feito de errado dessa vez, mas teve certeza de que estava prestes a descobrir. Bateu com hesitação à porta do sr. Quilter e esperou pelo "Entre" familiar. Quando entrou em sua sala, foi saudado com um sorriso.

— Sente-se. — Sasha ficou aliviado. Se você permanecesse em pé, estava em apuros; se era convidado a sentar, tudo ia bem. — Eu queria ter uma conversa em particular com você, Sasha. — Aquela era a primeira vez que o diretor o chamava por seu nome. — Eu estive examinando o resultado nas provas dos vestibulares, e acho que você deveria pensar em se inscrever pro Prêmio Isaac Barrow para Matemática em Cambridge.

Sasha permaneceu em silêncio. Ele não tinha ideia sobre o que o diretor estava falando.

— O Isaac Barrow é um dos prêmios mais prestigiosos de Cambridge, e é oferecida ao vencedor uma bolsa para Trinity — continuou o sr. Quilter. A neblina estava se dissipando pouco a pouco, mas ainda não estava claro. — Como Trinity é minha *alma mater*, eu ficaria particularmente muito feliz se você viesse a ganhar o prêmio. No entanto, devo te avisar, você enfrentaria alunos de todas as escolas no país, por isso a competição vai ser brutal. Você teria de sacrificar quase todas as outras coisas para poder ter uma chance.

— Até jogar no time principal na próxima temporada?

— Eu tinha uma intuição de que você poderia me perguntar isso — disse Quilter —, por isso discuti o problema com o sr. Sutton, e sentimos que poderia gozar de apenas uma indulgência, especialmente já que o críquete lamentavelmente não conseguiu capturar sua imaginação, e capitanear a equipe de xadrez da escola não se provou demasiado exigente.

— Tenho certeza de que sabe, diretor — disse Sasha —, que já me ofereceram uma vaga na Escola de Economia e Ciência Política de Londres, por causa dos meus resultados.

— Uma oferta que você ainda poderá aceitar caso não consiga ganhar a Bolsa Isaac Barrow. Por que você não discute a ideia com a sua mãe e me diz o que ela acha?

— Posso te falar exatamente o que ela vai dizer — disse Sasha. O diretor arqueou uma sobrancelha. — Ela vai querer que eu me inscreva pro prêmio. Mas ela sempre teve mais ambição pra mim do que pra si mesma.

— Bem, você não precisa tomar uma decisão antes do início do próximo período letivo. Contudo, seria prudente dedicar à questão alguma reflexão séria antes que você faça sua escolha. Nunca se esqueça do lema da escola: *"paulatim ergo certe"*.

— Tentarei não fazer isso — disse Sasha, ousando caçoar do diretor.

— E, enquanto você está pensando nisso, por favor, avise à sua mãe que vou levar minha esposa ao Moretti para jantar sábado à noite para celebrar nosso aniversário de casamento e eu estou torcendo que não seja a noite de folga dela.

Sasha sorriu, levantou da cadeira e disse:

— Vou avisar a ela, senhor.

Ele decidiu fazer um passeio pelo terreno da escola antes de ir para casa contar por que o diretor quisera vê-lo. Deu uma volta até o pátio e viu que uma partida de críquete estava ocorrendo na praça. A escola marcara 146 pontos contra 3. Apesar de seu fascínio por números, Sasha ainda não tinha dominado as nuances sutis do jogo. Somente os ingleses podiam inventar um jogo em que a lógica não podia determinar que lado estava ganhando.

Continuou a andar em torno da linha, levantando o olhar ocasionalmente quando ouvia o estalo de couro no bastão. Ao chegar ao outro lado do terreno, decidiu ir para trás do pavilhão de modo a não distrair os jogadores. Tinha andado apenas alguns metros quando seu devaneio foi interrompido pelo som da voz de uma menina vindo de um matagal próximo. Ele parou para ouvir com mais atenção. A voz que ouviu em seguida foi uma que ele reconheceu de imediato.

— Você sabe que você quer, então por que tá se fazendo de difícil?

— Eu não queria isso — protestou a menina, que estava claramente chorando.

— É um pouco tarde pra me dizer isso.

— Sai de cima de mim, senão eu vou gritar.

— Fique à vontade. Ninguém vai te escutar.

O que Sasha ouviu em seguida foi um grito alto que fez os estorninhos empoeirados no topo do pavilhão saírem em revoada no ar. Ele correu para dentro do matagal e viu Tremlett deitado em cima de uma menina em dificuldades, cuja saia estava levantada em volta de sua cintura, a blusa e a calcinha no chão ao seu lado.

— Cuida da sua vida, Russki — disse Tremlett, ao olhar para cima. — Ela é só uma puta local, cai fora.

Sasha agarrou Tremlett pelos ombros e o arrastou para longe da menina, que soltou um berro ainda mais alto. Tremlett xingou Sasha enquanto pegava seus sapatos e, lembrando-se do nariz quebrado, saiu caminhando calmamente pelo bosque.

Sasha estava ajoelhado ao lado da menina, entregando-lhe sua blusa, quando o professor de críquete e três meninos saíram correndo de trás do pavilhão.

— Não fui eu — protestou Sasha. Mas, quando ele deu meia-volta, esperando que a menina confirmasse sua história, ela já estava correndo descalça pela grama, sem nem olhar para trás.

***

— Não fui eu — repetiu Sasha depois que o professor de críquete o tinha conduzido direto à sala do diretor e relatado o que testemunhara.

— Então quem mais poderia ter sido? — perguntou o diretor. — O sr. Leigh encontrou você sozinho com a menina, que estava gritando antes de fugir. Não tinha mais ninguém lá.

— Tinha, sim — disse Sasha —, mas eu não o reconheci.

— Karpenko, parece que você não compreende o quanto este assunto é sério. No pé em que estão as coisas, não tenho escolha senão suspendê-lo e colocar o assunto nas mãos da polícia.

Sasha olhou desafiadoramente para o diretor e repetiu:

— Ele fugiu.

— Quem fugiu?

— Eu não reconheci.

— Então você deveria voltar pra casa agora. Aconselho-o a contar para sua mãe exatamente o que aconteceu, e vamos esperar que ela possa fazê-lo criar juízo.

Sasha deixou a sala do diretor e foi para casa lentamente, quaisquer pensamentos de Trinity ou LSE agora longe de sua mente.

— Parece que você viu um fantasma — disse a mãe quando ele entrou na cozinha.

Ele se sentou à mesa, a cabeça nas mãos, e começou a contar por que viera para casa cedo naquela tarde. Ele chegou a "eu estava ajoelhado ao lado dela..." quando houve uma batida forte à porta da frente.

Elena abriu-a e se deparou com dois policiais fardados muito mais altos que ela.

— É a sra. Karpenko? — perguntou o primeiro oficial.

— Sim.

— Seu filho Sasha está com você?

— Sim, está.

— Preciso que ele me acompanhe até a delegacia, senhora.

— Por quê? — perguntou Elena, bloqueando a entrada. — Ele não fez nada de errado.

— Se esse for o caso, senhora, ele não tem nada a temer — disse o segundo oficial. — E é claro que a senhora é bem-vinda para vir conosco.

Elena e Sasha sentaram-se silenciosamente no banco detrás do carro de patrulha enquanto eram levados para a delegacia de polícia local. Depois que Sasha foi registrado pelo sargento de plantão, eles foram acompanhados até uma pequena sala de interrogatório no subsolo e solicitados a esperar.

— Não diga uma palavra — disse Elena depois que a porta tinha se fechado. — Ser suspenso da escola é uma coisa, ser enviado pra União Soviética é outra muito diferente.

— Mas isso não é a União Soviética, mãe. Na Inglaterra, você é inocente até que se prove o contrário.

A porta se abriu e um homem de meia-idade num terno cinza-escuro entrou na sala e sentou em frente a eles.

— Boa tarde, sra. Karpenko. Sou o detetive inspetor Maddox. Sou o oficial encarregado deste caso.

— Meu filho é inocente, e...

— E vamos lhe dar uma chance de provar isso — disse Maddox. — Nós gostaríamos que seu filho fizesse parte de um reconhecimento pessoal, mas, como ele é menor, não o podemos fazer sem a sua permissão escrita.

— E se eu me recusar?

— Então ele será detido e permanecerá em custódia durante a noite enquanto continuamos nossos inquéritos. Mas, se a senhora está convencida de que ele nada tem a esconder...

— Eu não tenho nada a esconder — disse Sasha —, então, por favor, assina o documento, mamãe.

O inspetor colocou um formulário de duas páginas na mesa em frente a Elena e entregou-lhe uma caneta esferográfica. Ela leu cada palavra antes de finalmente adicionar sua assinatura.

— Por favor, venha comigo, rapaz — disse o inspetor. Ele se levantou de seu lugar e acompanhou Sasha para fora da sala até o outro extremo do corredor. Depois o detetive ficou de lado para permitir que Sasha entrasse numa sala longa e estreita com uma plataforma elevada de um lado. De pé na plataforma estavam oito rapazes, aproximadamente da mesma idade que Sasha, que estavam esperando por ele.

— Você pode escolher onde preferir ficar — disse o inspetor.

Sasha subiu na plataforma e tomou seu lugar entre dois garotos que nunca vira antes, ficando em segundo à esquerda.

— Todos vocês agora queiram, por favor, se virar e olhar pro espelho à sua frente.

O inspetor saiu da sala e foi para a sala vizinha, onde uma moça amedrontada, sua mãe e uma policial estavam à espera dele.

— Agora, srta. Allen — disse o detetive inspetor Maddox ao puxar a cortina ao longo de uma parede da sala —, lembre-se, você pode vê-los, mas eles não podem vê-la. — A menina não pareceu convencida, mas, quando sua mãe assentiu, ela fitou atentamente os nove rapazes. Só precisou de alguns segundos antes de apontar para aquele que era o segundo à direita. — Pode confirmar que esse é o rapaz que a atacou, srta. Allen? — perguntou Maddox.

— Não — disse a moça, no que era pouco mais que um sussurro. — Esse é o rapaz que me ajudou.

***

Ela tocou a campainha duas vezes. Sabia que ele estava em casa, porque tinha passado as duas últimas horas sentada em seu carro esperando que ele voltasse. Quando atendeu à porta, ele olhou para ela e disse:

— O que você quer?

— Vim falar sobre o seu filho.

— O que tem o meu filho? — perguntou ele, sem se mover um centímetro.

— Talvez fosse mais prudente se discutíssemos isso dentro de casa, conselheiro — disse ela, lançando um olhar para uma senhora idosa que estava espiando através da cortina de renda na casa ao lado.

— Está certo — disse com relutância, e levou-a até seu escritório. — Então do que se trata? — perguntou assim que fechou a porta.

— Seu filho tentou estuprar a minha filha — disse ela.

— Eu estou sabendo de tudo isso — disse o homem —, mas você pegou o rapaz errado. Acho que você vai ver que a polícia já prendeu o culpado.

— E acho que você vai ver que eles já soltaram o menino sem acusações.

— Então o que a faz pensar que meu filho estava envolvido?

A sra. Allen abriu sua bolsa, tirou uma meia cinza e entregou-a ao conselheiro.

— Isso poderia ser de qualquer pessoa — disse ele, devolvendo a meia para ela.

— Mas não é de qualquer pessoa. Uma mãe cuidadosa se deu ao trabalho de costurar uma etiqueta com o nome do dono no interior. Talvez você queira dar mais uma olhadinha?

Relutantemente, ele pegou a meia de volta e verificou o interior, onde encontrou o nome TREMLETT costurado em vermelho num pequenino pedaço de fita branca.

— Eu presumo que tenha a outra.

— É claro que eu tenho. Mas não consegui decidir se devia entregá-la à polícia ou...

— Uma meia não é uma prova.

— Talvez não. Mas, se seu filho for inocente, minha filha não será capaz de identificá-lo num reconhecimento pessoal, né? A menos, é claro, que todos os outros sejam ruivos.

— Quanto você quer? — disse Tremlett.

11
Alex
Brooklyn

Uma batida à porta àquela hora da noite significava somente uma coisa para Elena.

— Quem pode ser? — disse Dimitri, levantando-se de seu assento.

Alex não tirou os olhos da tela da televisão enquanto Dimitri deixava a sala, de modo que nenhum dos dois percebeu que Elena estava tremendo.

Dimitri olhou através do olho mágico na porta da frente; dois homens elegantemente vestidos, em seus ternos cinza idênticos, camisas brancas com botões no colarinho e gravatas azuis, cada um carregando um chapéu, estavam de pé do lado de fora. Ele destrancou a porta, abriu-a e disse:

— Boa noite. Como posso ajudá-los?

— Boa noite, senhor — disse o mais velho dos dois homens. — Meu nome é Hammond e trabalho na Guarda de Fronteira dos Estados Unidos. Esse é o meu colega Ross Travis. — Ele pegou a identificação e segurou-a para que Dimitri a visse. Dimitri não disse nada. — Nós entendemos que uma sra. Karpenko mora nesse endereço.

— Ela está registrada aqui — disse Dimitri, anuindo.

— Estamos cientes disso — disse Travis. — Acreditamos que ela possa ter algumas informações que poderiam se provar úteis para nós.

— Nesse caso é melhor vocês entrarem — disse Dimitri. Ele os conduziu à sala, foi até a televisão e desligou-a.

Alex franziu o cenho para os intrusos. Ele estava doido para saber se James Cagney ia escapar da casa com a ajuda da mãe sem ser preso pelo FBI. Por que ele não tinha uma mãe assim?

— Esses senhores são da Guarda de Fronteira dos EUA — disse Dimitri para Elena em russo. — Você não precisa falar inglês se não quiser.

— Eu não tenho nada a esconder — disse Elena. — O que vocês querem? — perguntou, voltando-se para os dois homens e esperando ter soado relaxada.

— Você é a sra. Elena Karpenko? — perguntou Hammond.

— Sou — disse Elena, um ligeiro tremor em sua voz.

Os homens se apresentaram mais uma vez, e Alex não conseguia tirar os olhos deles. Era como se tivessem saído da tela da televisão direto para a sala deles.

— Você não tem nada com que se preocupar, sra. Karpenko — disse Hammond, sorrindo. Elena não pareceu convencida. — Gostaríamos apenas de lhe fazer algumas perguntas.

— Por favor, sentem-se — disse Elena, em particular porque não lhe agradava vê-los tão altos ao lado dela.

— Entendemos que você e seu filho fugiram de Leningrado. Perguntamo-nos como isso foi possível, dado que a União Soviética tem uma guarda de fronteira tão rigorosa.

— Ele pensa que você pode ser uma espiã — disse Dimitri em russo.

Elena riu, o que intrigou os dois homens.

— Meu marido foi assassinado pela KGB — disse ela enquanto Travis abria um caderno e começava a anotar cada palavra. Depois Hammond lhe fez uma série de perguntas que claramente haviam sido bem preparadas.

— Você consegue se lembrar dos nomes e das patentes de alguns dos oficiais da KGB para quem cozinhava e suas responsabilidades? — perguntou Hammond.

— Eu nunca vou me esquecer deles — disse Elena —, especialmente o major Polyakov, que era o chefe de segurança das docas, embora meu marido tenha me contado que ele respondia a ordens diretas do comandante da doca.

Travis virou a página após sublinhar "comandante da doca". Em seguida, anotou o nome e a patente de cada oficial de que Elena se lembrou.

— Só mais umas perguntas — disse Hammond. Ele abriu sua pasta e tirou um mapa das docas que colocou na mesa diante dela. — Pode nos mostrar onde você trabalhava?

Elena pôs um dedo em cima do clube dos oficiais.

— Então você não estava nem perto da base de submarinos — disse Hammond, apontando para a outra extremidade das docas.

— Não. Era preciso ter uma autorização de segurança especial para trabalhar nessa parte das docas.

— Obrigado — disse Hammond. — A senhora nos ajudou muito. — Travis fechou seu caderno, e Elena supôs que o interrogatório estava encerrado. — E esse é o seu filho? — perguntou Hammond, virando-se para Alex. Elena assentiu. — Soube que você está se saindo bem na escola e queria frequentar o Instituto de Línguas Estrangeiras em Moscou.

— Sim, eu queria — disse Alex em russo, esperando soar como James Cagney.

— Eu gostaria de saber se você estaria disposto a ser interrogado por um oficial especialista de Langley — respondeu Hammond em russo.

— Claro — disse Alex, gostando de toda a experiência tanto quanto sua mãe a estava detestando. — Especialmente se isso for ajudar a pegar os homens que mataram meu pai.

— Eu gostaria que fosse assim tão fácil — disse Hammond. — Sinto dizer que não é como na televisão, onde eles parecem ser capazes de resolver todos os problemas do mundo toda noite em pouco menos de uma hora, entre comerciais.

Elena sorriu.

— Vamos fazer tudo que pudermos para ajudar.

— Algum de vocês tem alguma pergunta pra nós? — perguntou Hammond

— Sim — disse Alex. — Como eu me torno um agente do governo?

— Eles trabalham para o FBI; se quiser se juntar a nós na Guarda de Fronteira, você vai ter de estudar muito na escola e tratar de passar nos seus exames.

Hammond levantou-se e trocou um aperto de mão com Elena.

— Obrigado de novo por sua cooperação, sra. Karpenko. Entraremos em contato com seu filho novamente no devido momento.

Alex imediatamente voltou a ligar a televisão, enquanto Dimitri, que mal pronunciara uma palavra, acompanhou os dois homens para fora da sala e pelo corredor. Alex achou estranho que Dimitri não os tivesse questionado, mas estava mais interessado no filme.

— Você estava certo, Dimitri — disse Travis depois que eles estavam fora de casa, na calçada. — Ela é uma joia. E, mais importante, mesmo jovem, o menino poderia ser um candidato ideal.

— Concordo — disse Hammond. — Talvez seja a hora de contar pra ele sobre a Praça dos Jogadores.

— Já contei — disse Dimitri. — Então vocês deveriam ter um homem a postos lá no sábado de manhã.

— Pode deixar — disse Hammond. — Depois teremos apenas de esperar que eles se encontrem.

— Acredite em mim, eles não vão ter como não se encontrar. Serão como um magneto e limalhas de ferro.

Hammond sorriu.

— Quando você vai voltar pra Leningrado?

— Assim que eu conseguir encontrar um navio que precise de um terceiro suboficial. Não se preocupa. Eu vou te falando. Agora é melhor eu voltar antes que eles comecem a ficar desconfiados. — Dimitri trocou apertos de mão com os dois homens, fechou a porta e voltou à sala e viu que Elena fora se deitar e Alex não conseguia tirar os olhos de James Cagney.

Ele olhou atentamente para o jovem e se perguntou se era um risco grande demais.

***

Elena e Dimitri estavam de pé às seis horas da manhã seguinte, e logo estavam discutindo sobre seus visitantes noturnos.

— Podemos confiar neles? — perguntou Elena, tirando dois ovos quentes de uma caçarola de água fervente.

— Comparados à KGB, eles são uns anjos. Mas não se esqueça de que podem construir ou destruir suas chances de se tornar uma cidadã americana — disse Dimitri no momento em que Alex irrompeu no cômodo.

— Ok, galera, meu nome é agente Karpenko e estou prendendo os dois.

— Sob que acusação? — quis saber Dimitri.

— Fabricar cerveja ilegal no subsolo deste estabelecimento.

Os dois caíram na gargalhada.

— Então o melhor que você faz é tomar seu leite, Alex, antes de ir pra escola. E eu tenho de me apressar também, se quiser manter o meu emprego.

— Esse emprego não é bom o bastante pra você, mamãe. Você deveria estar trabalhando num restaurante de verdade, não num boteco de pizzas.

— Está bom por enquanto — disse Elena. — E não é um boteco. O salário não é ruim, e ontem me deixaram fazer a minha primeira pizza.

— Cozinheiros de verdade não fazem pizzas.

— Fazem, quando esse é o único trabalho disponível na cidade.

***

Alex não via a hora para ser interrogado por um agente especial da CIA. Na manhã seguinte, tirou um livro emprestado da biblioteca intitulado *The CIA and its Role in the Modern World*, e o leu de cabo a rabo, duas vezes. Tinha tantas perguntas que gostaria de fazer a um agente de verdade.

Ele estava a caminho da feira no sábado seguinte quando os viu pela primeira vez. Um grupo variado de homens e mulheres de diferentes idades e nacionalidades, todos com uma coisa em comum: o amor pelo xadrez. Ele se lembrou de Dimitri lhe contando sobre a Praça dos Jogadores, de modo que decidiu descobrir por si mesmo. As cabeças estavam abaixadas enquanto eles estudavam os tabuleiros. Devia haver uma dúzia deles, talvez mais, esperando a próxima jogada de seu adversário.

Alex não jogava xadrez desde que chegara aos Estados Unidos, e, como um viciado em drogas privado de sua próxima dose, ele se juntou aos curiosos, movendo-se rapidamente de um jogo para outro até que se deparou com um homem de meia-idade e corpulento, vestido com um jeans e um suéter, sentado sozinho. Nenhum dos outros jogadores parecia disposto a ocupar o assento em frente a ele. Alex decidiu que só havia uma maneira de descobrir por quê.

— Olá — disse ele —, meu nome é Alex.

— Ivan — respondeu o homem. — Mas, antes que você se sente, tem um dólar pra perder? Porque isso é o que vai te custar quando eu te vencer.

Alex tinha um dólar, dois para falar a verdade, que Elena lhe dera junto com uma lista de mantimentos de que ela precisava para o fim de semana.

Ele se sentou, extraiu uma nota do bolso e mostrou-a.

— Agora vamos ver a sua.

O homem riu.

— Você só verá a minha se ganhar de mim. — Ele moveu o peão do rei duas casas para a frente. Alex reconheceu imediatamente uma abertura frequentemente usada por Boris Spassky e contra-atacou movendo o peão da dama uma casa para a frente.

O inconteste campeão de Brighton Beach lançou-lhe um segundo olhar antes de mover o cavalo do rei para a frente de seus peões. Só foram necessárias mais algumas jogadas para Ivan se dar conta de que teria de se concentrar se quisesse derrotar seu jovem rival.

Nenhum dos dois notou que uma pequena multidão começara a se reunir em torno deles, perguntando-se se seria possível que "o campeão" estivesse prestes a ser derrotado pela primeira vez em meses. Passaram-se mais quarenta minutos antes que uma salva de palmas irrompesse quando Alex pronunciou a palavra xeque-mate.

— Melhor de três? — sugeriu o homem mais velho, entregando um dólar.

— Desculpe, senhor — respondeu Alex —, mas tenho que ir. Tenho que fazer algumas coisas pra minha mãe.

Foi a maneira como ele pronunciou a palavra "mãe" que levou Ivan a lhe fazer a pergunta seguinte em russo.

— Então por que você não volta amanhã, por volta do meio-dia, e me dá uma chance de eu recuperar o meu dólar.

— Mal posso esperar — disse Alex, que se levantou e trocou um aperto de mão com um homem que ele sabia que não seria pego de surpresa uma segunda vez.

Alex não sabia ao certo que horas eram, mas não tinha dúvida de que sua mãe já estaria em casa. Ele saiu às pressas da praça e foi direto para a feira, onde comprou os legumes e as costeletas de porco que a mãe pedira. Ele aprendera rapidamente a que barracas ir para os melhores cortes de carne e as verduras mais frescas, mas sobretudo gostava de pechinchar com os feirantes antes de entregar qualquer dinheiro: algo que todo russo fazia desde o dia em que nascia, com exceção de sua mãe.

Depois que tinha pago por uns dois quilos de batatas, o último item da lista de sua mãe, ele se pôs a caminho de casa. Não teria parado se não a tivesse visto olhando para ele pela vitrine. Ele hesitou por um momento, depois entrou na loja como se sempre tivesse pretendido fazê-lo.

— Eu preciso de um cinto — disse, nomeando o primeiro item de vestuário que surgiu em sua cabeça.

— Essa não é a única coisa de que você precisa — disse a moça enquanto escolhia um cinto de couro marrom quase novo e o entregava a ele. Ele tentou lhe dar seus ganhos. — Guarda esse dinheiro — disse. — Você pode me levar pra ver um filme amanhã à noite.

Alex ficou sem saber o que dizer. Ele nunca havia convidado uma menina para sair em um encontro e agora a dama estava fazendo o convite. Cagney não teria aprovado.

— Henry Fonda em *Era uma vez no Oeste* — disse ela. Ele nunca tinha ouvido falar em Henry Fonda.

— Ah, sim — disse Alex —, eu estava doido pra ver esse filme.

— Bem, agora você vai assistir. Encontro você no Roxy às seis e meia. Não se atrase.

— Não me atrasarei — disse ele, perguntando-se onde ficava o Roxy. Quando Alex estava se virando para sair da loja, ela disse:

— Não se esquece do seu cinto.

Alex agarrou-o, jogou-o em uma das sacolas e saiu despreocupadamente da loja. Depois que dobrou a esquina, correu até chegar em casa.

— Onde você esteve? — perguntou sua mãe quando ele entrou na cozinha. — Passa da seis.

Ele se perguntou se devia lhe contar sobre Ivan e o jogo de xadrez (ela aprovaria), o dólar que ele ganhara (ela não aprovaria), seu segundo encontro com a moça do bazar beneficente (ele não sabia ao certo) e ir a um cinema (ele tinha certeza). Elena abriu o saco de papel pardo, puxou o cinto de couro e perguntou:

— Onde você arranjou isso?

Alex teria lhe contado, mas não conseguiu se lembrar do nome da moça.

***

Alex voltou à Praça dos Jogadores na manhã seguinte, mas só depois que sua mãe tinha saído para o trabalho.

Ivan já estava sentado junto a um dos tabuleiros, batendo os dedos na mesa com impaciência. Ele levantou dois punhos fechados antes mesmo que Alex se sentasse. Alex bateu no punho direito, e Ivan abriu-o e revelou um peão branco. Ele girou o tabuleiro e esperou que Alex fizesse a primeira jogada.

Depois de uma hora, estava claro para aqueles que tinham se reunido em volta do tabuleiro para assistir à partida que não havia muito que escolher entre os dois jogadores. Ivan venceu o primeiro jogo, e Alex teve de devolver seu dólar arduamente ganho antes que o tabuleiro fosse reposicionado para a disputa decisiva. O jogo final foi de longe o mais longo. Finalmente Ivan e Alex concordaram com um empate. Eles se levantaram e trocaram um aperto de mão, o que foi saudado por uma espontânea salva de palmas dos mortais inferiores que os cercavam.

— Quer ganhar um pouco de dinheiro de verdade, garoto? — perguntou Ivan quando a multidão se dispersou.

— Só se for legal — respondeu Alex. — Minha cidadania americana ainda é provisória; se eu for considerado culpado de um crime, serei mandado de volta pra União Soviética.

— Nós não queremos isso, não é? — disse Ivan, sorrindo. — Vamos tomar um café, e te explico o que tenho em mente.

Ivan guiou seu protegido até a outra extremidade da praça e para uma pequena lanchonete do outro lado da rua. Ele entrou e disse "Olá, Lou" para o homem atrás do balcão e se dirigiu para o que era, evidentemente, sua cabine usual. Alex escorregou para o assento em frente a ele.

— O que você vai querer? — perguntou Ivan.

— O mesmo que você — disse Alex, esperando que não estivesse óbvio demais que ele nunca estivera numa lanchonete antes.

— Dois cafés — pediu Ivan à garçonete. Em seguida, ele levou algum tempo explicando a Alex como eles poderiam ganhar um dinheiro extra no fim de semana seguinte.

— E que papel eu faria? — perguntou Alex.

— Você vai ficar vendado, e eu te direi as jogadas que seu adversário faz.

— Mas você é um jogador tão bom quanto eu, provavelmente melhor.

— Não serei quando tiver terminado com você. De todo modo, você só tem dezessete anos.

— Quase dezoito.

— Mas parece ter cerca de quinze, o que vai fazer com que os jogadores se sintam ainda mais confiantes de que conseguem ganhar de você.

— Quando começamos? — perguntou Alex.

— No próximo sábado de manhã, às onze em ponto.

— Posso pedir um favor?

— É claro. Somos sócios agora.

— Posso ter meu dólar de volta?

— Por quê?

— Vou levar uma garota ao cinema hoje à noite e esse dólar ia pagar as nossas entradas.

***

Alex estava parado em frente ao cinema quinze minutos antes da hora em que tinham combinado de se encontrar. Ele andava nervosamente de um lado para o outro na calçada, parando de tempos em tempos para estudar o cartaz que anunciava o filme.

Estava se perguntando como alguém algum dia conhecia uma pessoa tão bonita quanto Claudia Cardinale quando sentiu uma mão em seu ombro.

Deu meia-volta e viu Addie sorrindo para ele. Ela tomou sua mão e conduziu-o à bilheteria.

— Duas entradas pro *Era uma vez no Oeste* — disse ela e ficou de lado para que Alex pagasse. Lição número um no manual da corte. Em seguida ela agarrou sua mão de novo e levou-o para dentro do cinema pouco iluminado.

Embora o filme não parecesse prioridade para o que Addie tinha em mente, foi de Henry Fonda, não de Claudia Cardinale, que Alex não conseguiu tirar os olhos. Ele queria falar como ele, andar como ele, até se vestir como ele. Decidiu que teria de ver o filme de novo durante a semana quando não fosse distraído, porque não queria mais ser James Cagney.

Alex não queria que Addie percebesse que era sua primeira vez em um cinema, por isso, quando o homem no assento à sua frente pôs o braço em volta de sua namorada, ele o copiou. Addie aconchegou-se mais perto. Ele estava desfrutando o filme, quando uma mão estendeu-se, puxou-o em direção a ela, e ele experimentou seu primeiro beijo. Não houve tempo para um segundo, porque poucos instantes depois a palavra FIM apareceu na tela e as luzes se acenderam.

— Vamos tomar uma Coca-Cola — sugeriu Alex. — Conheço uma lanchonetezinha ótima aqui perto.

— Tá bem — disse Addie.

Dessa vez Alex segurou a mão dela e conduziu Addie através da praça até a lanchonete para a qual Ivan o levara mais cedo naquele dia. Alex entrou, acenou para o homem atrás do balcão e disse: "Olá, Lou", antes de se encaminhar diretamente para a mesa de Ivan, como se fosse um cliente habitual.

— Duas Coca-Colas, por favor — disse Alex quando a garçonete apareceu. Durante a meia hora seguinte, Alex aprendeu muito mais sobre Addie que ela sobre ele. De fato, ele sabia toda a história de vida da moça quando a garçonete perguntou se eles queriam mais uma Coca. Ele teria dito sim, mas seu dinheiro tinha acabado.

Addie não parou de falar enquanto Alex a levava para casa. Quando chegaram à porta da casa dela, ela ficou na ponta dos pés, pôs os braços em torno do pescoço dele e beijou-o. Um segundo beijo. Um beijo muito diferente.

Ele foi andando até em casa atordoado, entrou furtivamente e foi direto para a cama, não querendo acordar a mãe.

* * *

— O restaurante me deu outro aumento — disse Elena triunfantemente quando Alex se juntou a ela para o café da manhã no dia seguinte. — Estou ganhando agora um dólar e cinquenta a hora. Vou sugerir pro Dimitri que está na hora de nós começarmos a contribuir com o aluguel.

— Nós? — disse Alex. — Eu não contribuo com nada, mamãe, como você bem sabe. Mas isso poderia mudar se você me permitisse ganhar um dinheiro extra no fim de semana.

— Fazendo o quê?

— Tem sempre uns bicos aparecendo na feira — disse Alex —, especialmente nos fins de semana.

— Eu só deixaria você procurar um trabalho de fim de semana se você puder me assegurar de que ele não vai interferir com a escola. Eu nunca me perdoaria se você não conseguisse uma vaga na NYU.

— Isso não impediu que meu pai...

— Seu pai queria que você fosse pra faculdade tanto quanto eu — disse, ignorando a interrupção. — E, se você viesse a conseguir um diploma, quem sabe o que poderia conquistar, especialmente nos Estados Unidos?

Alex decidiu que não era a hora de deixar sua mãe saber exatamente o que ele tinha em mente para quando deixasse a escola.

***

Embora desse duro na escola durante a semana, Alex mal podia esperar pelos sábados e a chance de ganhar dinheiro de verdade.

— Você pode limpar a cozinha? — perguntou Elena ao vestir seu casaco. — Não quero chegar atrasada pro trabalho.

Quando terminou de enxugar os pratos, Alex deixou a casa rapidamente e começou a correr pela rua. Ao se aproximar da Praça dos Jogadores naquela manhã de sábado, ele pôde ouvir o bate-papo e os gritos dos jogadores de basquetebol nas quadras próximas. Ele parou e observou-os por alguns minutos, admirando sua habilidade. Gostaria que os americanos jogassem futebol, outra coisa em que não tinha pensado desde que subira no caixote. Ele não se dera conta de que não havia goleiros no futebol americano. Tirou isso da cabeça enquanto atravessava o trecho de grama reservado para os jogadores de xadrez.

A primeira coisa que viu foi Ivan de pé com as pernas abertas, mãos na cintura, usando um suéter desleixado e jeans desbotados, com um cachecol preto em volta do pescoço.

— Você está atrasado — ele disse em russo olhando furiosamente para ele.

— É só um jogo — disse Alex —, então por que não deixar eles esperando?

— Não é um jogo — sibilou Ivan. — São negócios. Nunca se atrase quando se tratar de negócios. Isso dá uma vantagem aos seus adversários. — Sem outra palavra ele se dirigiu para uma fileira de seis tabuleiros de xadrez que tinham sido alinhados juntos uns dos outros com uma cadeira vazia atrás de cada um.

Ivan bateu palma e, quando viu que tinha atraído a atenção do público, anunciou em alto e bom som:

— Este jovem está querendo desafiar quaisquer seis de vocês para um jogo. — Um ou dois adversários potenciais pareceram interessados. — E, para tornar isso mais interessante, ele vai ter os olhos vendados. Eu vou narrar pra ele cada movimento que seus adversários fazem, e depois esperar por suas instruções.

— Que chances você está oferecendo? — perguntou uma voz do público.

— Três para um. Você põe um dólar, e, se você ganhar dele, eu te dou três.

Vários desafiadores deram um passo à frente imediatamente. Ivan recolheu o dinheiro deles e registrou seus nomes num caderninho antes de alocar uma cadeira para cada um dos competidores. Várias pessoas pareceram desapontadas por não terem sido escolhidas, e uma delas gritou:

— Alguma aposta paralela?

— É claro. Mesmas chances, três para um. Apenas me digam para qual jogador vocês vão torcer. — Vários outros nomes entraram em seu caderninho. — O livro está fechado — disse Ivan depois que a última pessoa fez sua aposta. Ele foi até Alex, que estava contemplando os seis tabuleiros, removeu o cachecol que envolvia seu pescoço e colocou-o sobre os olhos de Alex, amarrando-o com um nó firme.

— Vira ele de costas pro tabuleiro — pediu um incrédulo.

Alex virou antes mesmo que Ivan tivesse uma oportunidade de responder.

— Você primeiro — disse Ivan, apontando para um jovem que parecia nervoso sentado junto do tabuleiro número um. — Peão pra bispo 3 da dama — disse Ivan em inglês, e esperou pela instrução de Alex.

— Peão pra dama 3 — respondeu ele.

Ivan assentiu para um homem mais velho que estava observando o tabuleiro número dois através de óculos de armação grossa.

— Peão pra rei 3 — disse ele e passou para o terceiro tabuleiro depois que Alex tinha respondido.

O público agrupava-se em volta dos jogadores e estudava todos os seis tabuleiros atentamente, enquanto cochichavam entre si. O tabuleiro número quatro admitiu derrota dentro de trinta minutos, e depois de uma hora somente um tabuleiro ainda continuava no jogo.

Uma explosão de aplausos irrompeu quando o tabuleiro número três derrubou seu rei. Ivan tirou o cachecol que estava em volta dos olhos de Alex antes que ele se virasse para encarar a multidão e fizesse uma reverência.

— Vamos ter uma chance de ganhar nosso dinheiro de volta? — perguntou um dos jogadores derrotados.

— É claro — disse Ivan. — Voltem dentro de umas duas horas, e, pra coisa ficar ainda mais interessante, meu parceiro vai enfrentar dez tabuleiros. — Alex tentou não demonstrar a ansiedade que sentia. — Vamos, garoto — disse Ivan depois que a multidão tinha se dispersado. — Vamos comer aquela pizza que a sua mãe prometeu.

Quando eles entraram no Mario's, ficou claro que Elena não cuidava mais de lavar a louça. Ela estava de pé junto a uma grande mesa de madeira, amassando um bocado de massa fresca até deixá-la chata e lisa. Era tão habilidosa que preparava uma nova base a cada noventa segundos.

Um outro cozinheiro então se aproximava e verificava o pedido, antes de cobrir a massa com os ingredientes escolhidos pelo próximo cliente. Ela era então acomodada no que Alex achava que parecia uma espada chata de madeira e colocada num forno aberto alimentado com madeira por um terceiro cozinheiro, que a retirava três minutos depois e a removia com uma pá e colocava-a em um prato. Alex calculava que eles estavam produzindo uma pizza pelando a cada seis minutos. Os americanos claramente não gostavam de esperar pela sua comida.

Elena sorriu ao ver o filho.

— Esse é o Ivan — disse Alex. — Trabalhamos juntos na feira. — Elena apontou para uma das poucas mesas desocupadas. — Quanto ganhamos? — perguntou Alex depois que estavam sentados.

Ivan verificou seu caderno.

— Dezenove dólares — sussurrou ele.

— Então você tem que me dar nove dólares e cinquenta centavos — disse Alex, estendendo sua mão.

— Não tão depressa, garoto. Não se esqueça de que temos um desafio maior hoje à tarde, por isso vamos acertar as coisas no fim do dia.

— Se algum deles for tão bom quanto o cara no tabuleiro três, poderíamos até perder uma partida ocasional.

— O que não seria uma coisa ruim — disse Ivan enquanto uma garçonete punha duas pizzas e duas Coca-Colas diante deles.

— Como assim?

— Se você perde um jogo, os trouxas ficam mais interessados. É uma fraqueza do jogador. Se eles veem uma outra pessoa vencer, isso os convence de que logo será a sua vez — disse Ivan, antes de devorar uma grande fatia de pizza. — Tenho de me lembrar de agradecer à sua mãe — disse ele, olhando para seu relógio.

Alex lançou um olhar para Elena, que não tinha parado de aprontar bases de pizza perfeitas desde que eles tinham chegado. Ele se perguntou quanto tempo se passaria antes que ela estivesse dando ordens.

— Certo — disse Ivan —, vamos voltar ao trabalho.

***

Quando Alex voltou para casa para o jantar naquela noite, ficou surpreso ao ver que Dimitri não estava sentado em seu lugar de sempre.

— Ofereceram um emprego num navio mercante com destino a Leningrado — explicou Elena. — Ele teve de partir cedinho.

— Você não se pergunta às vezes se Dimitri é bom demais pra ser verdade?

— Eu julgo as pessoas pelas ações delas — disse Elena, erguendo uma sobrancelha —, e ele não poderia ter sido mais bondoso conosco.

— Eu reconheço isso. Mas por que ele se interessou tanto por dois russos que não conhecia e que poderiam muito bem ser criminosos?

— Mas nós não somos criminosos.

— Ele não tinha como saber isso. Ou tinha? E teria sido por pura coincidência que ele se juntou a nós no deque na nossa primeira noite no navio?

— Mas ele é um russo, que nem a gente — protestou Elena.

— Não que nem a gente, mamãe. Ele não nasceu na Rússia, mas em Nova York. E posso te contar mais uma coisa. Os pais dele estão vivinhos da silva.

Elena se virou para encarar Alex.

— Por que você diz isso?

— Porque, quando ele te ajuda a lavar a louça, às vezes tira o relógio, e atrás dele tem gravado: "Feliz 30, amor, mamãe e papai", datadas de 14-2-68. Ano passado. Então talvez...

— Talvez você deva se lembrar de que sem a ajuda de Dimitri nós não teríamos um teto sobre nossas cabeças, e você não teria nenhuma possibilidade de ir pra universidade — disse ela, sua voz se elevando a cada palavra. — Então vou dizer isso uma vez, e apenas uma vez. Você vai parar de espionar o Dimitri, senão vai acabar igualzinho ao seu amigo Vladimir, um indivíduo solitário, doente, sem nenhuma moral e sem amigos.

Alex ficou tão chocado com as palavras da mãe que passou algum tempo sem falar. Abaixou a cabeça e se desculpou, dizendo-lhe que nunca mais puxaria o assunto. Depois que ela saiu para o trabalho, ele voltou a pensar sobre a explosão de raiva da mãe. Ela estava certa. Dimitri não teria como ter feito mais por eles, mas o que ele não tinha contado para sua mãe era que temia que Dimitri estivesse trabalhando para a KGB.

12
Sasha
Londres

Embora Sasha tenha dado duro quando voltou para a escola para o último ano, quando jogou o último jogo de futebol, ele pendurou suas luvas de goleiro e iniciou um regime rigoroso que até a mãe ficou impressionada.

Levantava-se às seis horas da manhã todos os dias e estudava duas horas antes do café da manhã. Corria de casa para a escola e da escola para casa — quase o único exercício que fazia —, e, enquanto os outros meninos estavam no pátio curtindo críquete francês, ele permanecia na sala de aula virando outra página de outro livro.

Depois que o sinal soava no fim do dia, e de todos os demais irem para suas casas, Sasha permanecia em sua carteira e, com a ajuda do sr. Sutton, enfrentava mais um simulado do Isaac Barrow. Finalmente, ele corria para casa e fazia uma ceia leve antes de ir para seu quarto fazer o dever de casa, quase sempre caindo sobre a escrivaninha, adormecido.

À medida que o dia do exame se aproximava, ele, de alguma maneira, conseguiu se dedicar com mais afinco ainda, achando horas no dia que até sua mãe desconhecia.

— O exame será realizado no Grande Salão em Trinity — disse-lhe o diretor. — Talvez seja bom que você viaje pra Cambridge na noite anterior, pra não se sentir sob qualquer pressão desnecessária.

— Mas onde eu ficaria? — perguntou Sasha. — Eu não conheço ninguém em Cambridge.

— Providenciei para que você passe a noite na minha antiga faculdade.

***

— Talvez eu devesse tirar o dia de folga e ir pra Cambridge com você — sugeriu Elena.

Sasha conseguiu demover sua mãe da ideia, mas não conseguiu impedi-la de lhe comprar um novo terno com um custo ele sabia que ela não podia arcar.

— Quero que você fique tão elegante quanto os outros meninos — disse ela.

— Só estou interessado em ser mais inteligente que eles — respondeu.

Ben Cohen, que acabara de ser aprovado em seu teste de direção, levou Sasha de carro a King's Cross. No caminho, ele lhe contou sobre sua mais recente namorada. Foi a palavra "recente" que fez Sasha se dar conta do quanto tinha perdido durante o ano anterior.

— E o meu pai vai comprar um TR6 pra mim se eu passar pra Cambridge.

— Sorte a sua.

— Eu trocaria pelo seu cérebro — disse Ben quando saiu da Rodovia Euston e estacionou numa linha amarela. — Boa sorte — disse ele, quando Sasha saiu do carro. — E não volte sem ter gabaritado a prova.

Sasha sentou no canto de um ônibus lotado, olhando pela janela enquanto a zona rural passava, não querendo admitir que gostaria de ter concordado que sua mãe fosse com ele. Era sua primeira viagem para fora de Londres, a menos que se incluíssem as partidas de xadrez que jogavam fora, e ele estava ficando mais nervoso a cada minuto.

Elena lhe dera uma nota de uma libra para cobrir quaisquer despesas, mas, como fazia um dia bonito e sem nuvens quando o trem parou na estação de Cambridge, ele decidiu caminhar até Trinity. Aprendeu rapidamente a só fazer perguntas para pessoas usando becas no trajeto para a faculdade. Parava para admirar outros prédios pelos quais passava no caminho, mas, quando viu pela primeira vez os grandes portões acima dos quais erguia-

-se Henrique VIII, ele foi transportado para outro mundo, um mundo do qual compreendeu de repente o quanto queria fazer parte. Desejou ter se dedicado com mais afinco.

Um idoso porteiro acompanhou-o pelo pátio e por um lance de degraus de pedra desgastados pelo tempo. Quando chegaram ao último andar ele disse:

— Esse era o quarto do sr. Quilter, sr. Karpenko. Talvez você seja seu próximo ocupante. — Sasha sorriu para si mesmo. Era a primeira pessoa que o chamavam de sr. Karpenko. — O jantar será servido às sete na sala de jantar no outro extremo do pátio — disse o porteiro, deixando Sasha num pequeno estúdio que não era muito maior que seu quarto acima do restaurante. Mas, quando ele olhou para fora pela janela de mainel, contemplou um mundo que parecia ter ignorado a passagem de quase quatrocentos anos. Poderia um menino das ruelas de Leningrado realmente acabar num lugar como esse?

Ele sentou à escrivaninha e examinou mais uma vez uma das questões que o sr. Sutton achava que poderia cair no exame. Tinha acabado de começar mais uma quando o relógio no pátio bateu sete vezes. Ele deixou seus livros, correu escada abaixo, atravessou o pátio e se juntou ao fluxo de rapazes que tagarelavam e riam enquanto contornavam uma praça de grama bem-cuidada, na qual nenhum deles pisava.

Ao chegar à entrada da sala de jantar, Sasha espiou o interior, se deparando com fileiras de longas mesas de madeira servidas de comida e bancos ocupados por alunos da graduação que obviamente se sentiam muito em casa. Temeroso de repente de se juntar a uma tal reunião de elite, ele deu meia-volta e passou pelos portões da faculdade indo até King's Parade. Não parou de andar até ver uma fila em frente a uma lanchonete de *fish and chips*.

Ele comeu o jantar enrolado em uma página de jornal, ciente de que sua mãe não teria aprovado, o que o fez apenas sorrir. Quando as luzes das ruas começaram a tremeluzir, voltou ao quartinho para revisar duas ou três outras questões possíveis e só foi se deitar pouco depois da meia-noite. Dormiu apenas intermitentemente, e ficou horrorizado quando acordou ao som do relógio no pátio batendo oito vezes. Ficou apenas grato por não serem nove. Pulou da cama, lavou-se e vestiu-se e correu todo o caminho até o refeitório.

Estava de volta ao seu quarto vinte minutos mais tarde. Foi até o lavatório no fim do corredor quatro vezes durante a hora seguinte, mas ainda estava de pé em frente à sala de exame com trinta minutos de antecedência. Enquanto os minutos se passavam, um grupo de candidatos se juntava à fila, alguns falando demais, outros, de jeito nenhum, cada um exibindo seu próprio nível particular de nervosismo. Às 9h45, dois mestres vestindo longas becas pretas apareceram. Sasha ficou sabendo mais tarde que eles não eram mestres, mas professores, e que o título de mestre era reservado para o diretor da instituição. Tantas palavras novas para aprender — ele se perguntou se a faculdade tinha um dicionário próprio.

Um dos professores destrancou a porta e o rebanho bem disciplinado seguiu o pastor rumo ao salão de exame.

— Vocês verão seus nomes nas carteiras — disse ele. — Eles estão em ordem alfabética. — Em seguida ele tomou seu lugar atrás da mesa no estrado na extremidade do salão. Sasha encontrou KARPENKO no meio da quinta fileira.

— Meu colega e eu vamos distribuir os cadernos do exame agora — disse o fiscal de prova. — São doze questões, das quais vocês devem responder apenas três. Terão noventa minutos. Se não souberem calcular quanto tempo precisam dedicar a cada questão, não deveriam estar aqui. — Um sussurro de riso nervoso se espalhou pela sala. — Vocês só começarão quando eu assoprar o meu apito. — Sasha imediatamente lembrou a primeira lei dos exames do sr. Sutton: a pessoa que termina primeiro não é *necessariamente o vencedor.*

Depois que um caderno de exame foi colocado voltado para baixo em frente a cada candidato, Sasha esperou com impaciência que o apito soasse. O som estridente e agudo provocou um arrepio por sua espinha quando ele virou a prova. Ele leu as doze questões com atenção, colocando de imediato um tique ao lado de cinco delas. Após considerá-las uma segunda vez, conseguiu chegar a três. Uma era similar a uma questão que tinha caído sete anos antes, enquanto outra era sobre seu assunto favorito. Mas o verdadeiro triunfo era a questão 11, que agora tinha dois tiques junto dela, porque era uma que ele tinha feito na noite anterior. Hora da segunda lei dos exames do sr. Sutton: *Concentre-se.*

Sasha começou a escrever. Passados vinte e quatro minutos ele pousou a caneta e leu sua resposta com calma. Podia ouvir a voz do sr. Quilter:

lembre-se de deixar tempo suficiente para verificar suas respostas de modo a poder corrigir quaisquer erros. Ele fez um par de pequenas emendas e em seguida passou à questão 6. Dessa vez, vinte e cinco minutos, seguidos por outra leitura prévia de sua apresentação antes que ele passasse para a questão 11, o duplo tique. Estava escrevendo o parágrafo final quando o apito soou, e ele conseguiu apenas terminar antes que os exames fossem recolhidos. Estava penosamente ciente de que não havia sobrado nenhum tempo para verificar novamente essa resposta. Xingou.

Depois que os candidatos foram dispensados, Sasha voltou a seu quarto, fez sua malinha, dirigiu-se para o andar de baixo e rumou direto para a estação. Não olhou para trás, temendo que nunca mais entrasse no campus da faculdade.

Na viagem para Londres, tentou se convencer de que não podia ter feito nada mais, mas, quando o trem parou em King Cross, estava convencido de que não poderia ter ido tão mal.

— Como você acha que foi? — perguntou Elena antes mesmo que ele tivesse fechado a porta da frente.

— Não poderia ter sido melhor — disse ele, querendo tranquilizá-la. Entregou à mãe onze xelins e seis pence, que ela pôs em sua bolsa.

Quando Sasha retornou à escola na manhã seguinte, o sr. Sutton estava mais interessado em estudar o exame que em descobrir como seu aluno tinha ido, e, embora tenha sorrido quando viu os tiques, não apontou para Sasha que ele tinha deixado passar uma questão sobre um teorema que eles tinham analisado detalhadamente apenas alguns dias antes.

— Por quanto tempo tenho que esperar os resultados? — perguntou Sasha.

— Não mais que umas duas semanas — respondeu Sutton. — Mas não se esqueça de que você ainda tem que fazer as provas do vestibular, e o modo como você se sai nelas pode ser tão importante quanto.

Sasha não gostou das palavras "pode ser tão importante quanto", mas retornou à sua rotina de escravo. Preocupava-o que achasse os questionários da prova do vestibular um pouco fáceis demais, como um corredor de maratona numa corrida de nove quilômetros e meio. Ele não admitiu isso para Ben, que achava que o vestibular tinha sido muito mais difícil que qualquer maratona, e não esperava mais ser o orgulhoso proprietário de um TR6.

— Você sempre pode ser um motorista de ônibus — disse Sasha. — Afinal de contas, o salário é bastante bom, e as folgas, também.

— Você teria férias mais longas se fosse para Cambridge — disse Ben, revelando seus verdadeiros sentimentos. — Aliás, vou dar uma festa de fim dos exames na minha casa sábado à noite. Mamãe e papai vão passar o fim de semana fora, então faz favor e aparece lá.

***

Sasha vestiu uma camisa branca recém-passada, gravata da escola e seu terno novo. Assim que chegou à casa de Ben se deu conta de que tinha cometido um erro terrível. Ele tinha suposto que a festa consistiria em apenas alguns de seus colegas de classe, que entornariam quartilhos de cerveja até caírem, adormecerem, ou ambas as coisas.

Descobriu seu erro no dia seguinte quando entrou num salão que era maior que seu apartamento. Havia tantas meninas quanto meninos na festa, e nenhum deles usava uniforme escolar, por isso ele tinha tirado a gravata e desabotoado a camisa muito antes de chegar à sala de estar. Olhou em volta e sorriu, sem notar que todo mundo parecia saber quem ele era. Mas ele não falou com uma menina até que mais de uma hora tinha transcorrido, e ela evaporou quase tão depressa quanto tinha aparecido.

— Ele é de outro planeta. — Sasha ouviu-a dizer para Ben.

— Eu gostaria de viver nesse planeta — respondeu seu amigo.

Sasha desejou ter a habilidade de Ben para conversar casualmente com uma menina e fazê-la sentir que era a única mulher na sala. Ele se instalou numa poltrona confortável, da qual podia observar a cena como se fosse um espectador assistindo a um jogo cujas regras desconhecesse.

Ele congelou quando viu uma menina particularmente atraente vindo em sua direção. Quanto tempo ela iria ficar antes que evaporasse também?

— Oi — disse ela. — Meu nome é Charlotte Dangerfield, mas meus amigos me chamam de Charlie. — Ela tinha quebrado o gelo, mas ele continuava travado. Ela tentou mais uma vez. — Estou doida pra ir pra Cambridge em setembro.

— Pra estudar matemática? — perguntou Sasha esperançosamente.

Ela riu, um riso gentil seguido por um sorriso cativante.

— Não, eu sou uma historiadora da arte. Ou pelo menos é isso que eu gostaria de ser.

Qual é a minha próxima fala, pensou Sasha, tentando não deixar demasiado óbvio que ele estava olhando para as pernas dela, que estava empoleirada no braço de sua cadeira.

— Todo mundo diz que você vai ganhar o Prêmio Isaac Barrow. Estou com tudo cruzado, inclusive meus dedos do pé.

Sasha estava desesperado para manter a conversa fluindo, mas, como nunca tinha visitado uma galeria de arte em sua vida, tudo o que conseguiu dizer foi:

— Quem é seu artista favorito?

— Rubens — disse ela sem hesitação. — Particularmente as primeiras pinturas que ele fez na Antuérpia, que a gente tem certeza de que só ele era responsável por toda a tela.

— Você quer dizer que uma outra pessoa pintou as pinturas posteriores dele?

— Não — disse ela. — Mas, depois que ele ficou tão famoso que até o papa queria fazer encomendas, ele deixou os seus discípulos mais talentosos o ajudarem. Qual é seu artista favorito?

— O meu?

— É.

— Leonardo da Vinci. — O primeiro nome que veio à sua cabeça.

Ela sorriu.

— Isso não é nada surpreendente, pois, como você, ele era um matemático. De qual pinturas você mais gosta?

— A *Mona Lisa* — disse Sasha. Era a única que ele conhecia.

— Vou visitar Paris com os meus pais no verão — disse Charlie —, e estou ansiosa pra ver o original.

— O original?

— No Louvre.

Sasha estava pensando o que dizer em seguida quando ela escorregou no assento ao lado dele, debruçou-se e beijou-o gentilmente. Nenhum dos dois falou muita coisa durante a hora seguinte, e, embora Sasha fosse claramente mal instruído, ela não o tratou como se ele tivesse vindo de outro planeta.

Quando alguns de seus amigos começaram a ir embora logo após a meia-noite, Sasha reuniu coragem para perguntar:

— Posso levá-la até em casa? — Sua mãe lhe dissera que era isso que um cavalheiro fazia quando realmente gostava de uma moça. *Você pode segurar a mão dela enquanto andam, mas, quando vocês chegarem à porta da frente dela, deve apenas beijá-la no rosto e dizer "Espero que nos encontremos novamente", assim ela saberá que você gosta dela. Se as coisas tiverem se passado realmente bem, você pode pedir o número de telefone dela.*

— Obrigada — disse ela.

***

Quando Charlie tirou uma chave de sua bolsa, ele se inclinou sobre ela, com o intuito de seguir o conselho de sua mãe. Os lábios dela se abriram, e ele pensou que iria explodir.

— Por que você não me busca no próximo sábado de manhã por volta das nove? — disse Charlie ao girar a chave na fechadura. — Então eu podia te levar à Galeria Nacional e te apresentar ao Rubens — acrescentou antes de desaparecer dentro de casa.

Enquanto andava para casa, Sasha estava certamente em um outro planeta, e, para variar, Newton não o estava ocupando.

***

Charlie se encarregou da maior parte da conversa na viagem de metrô de Fulham Broadway a Trafalgar Square e de quase todo o papo depois que eles tinham subido os degraus para a Galeria Nacional.

O que Sasha havia originalmente considerado não mais que uma desculpa para passar algum tempo com Charlie acabou sendo o início de um caso de amor. Ele foi cortejado pelos holandeses, seduzido pelos espanhóis, hipnotizado pelos italianos e encantado por Charlie.

— E há outras galerias em Londres? — perguntou ele quando desciam os degraus e se juntavam aos pombos em Trafalgar Square.

Charlie não riu, pois já sabia que não demoraria muito antes que Sasha começasse a fazer perguntas que ela não conseguiria responder. Quando chegaram de volta a Fulham, Sasha queria levá-la para almoçar no Moretti's, mas o fato de que ele não tinha recursos para tanto não foi a única razão para que acabassem numa cafeteria local. Charlie precisaria de um pouco mais de tempo antes de ser apresentada à mãe de Sasha.

***

Charlie ainda ocupava os pensamentos de Sasha na segunda-feira de manhã quando o diretor telefonou para ele em casa e pediu que passasse lá para vê-lo. "Passar lá" o fez rir.

Ele pensou que suas pernas poderiam fraquejar enquanto ele atravessava os portões da escola e percorria o corredor em direção ao gabinete do diretor, como um boxeador atordoado prestes a encarar o último round.

O sr. Quilter respondeu à sua batida com o familiar "Entre!". Sasha abriu a porta, mas não apreendeu nada com a expressão no rosto do diretor. Declinou a oferta de se sentar, preferindo permanecer de pé até ouvir o veredicto.

— *Proxime accessit* — disse Quilter. — Meus parabéns. — Sasha ficou desapontado. Ele não considerava que obter um segundo lugar era algo digno de elogio. — Você foi derrotado por um rapaz da Manchester Grammar School que obteve cem por cento, ao passo que você conseguiu noventa e oito por cento. É claro — continuou o diretor — que você ficará desapontado, e isso é compreensível. Mas a boa notícia é que, após avaliar suas notas nas provas para o vestibular, a Trinity continua disposta a lhe oferecer uma bolsa de estudos.

— Mas o senhor acabou de falar que eu fiquei em segundo lugar.

— Em matemática, sim. Mas ninguém chegou nem perto de você no russo.

Seu primeiro pensamento foi: eu espero que Charlie...

13
Alex
Brooklyn

Ivan entregou vinte e três dólares para Alex e disse:

— Outro dia bom. Não vejo nenhuma razão pra gente não continuar pegando dessa fonte. Então a gente se vê sábado que vem às onze em ponto.

— Por que esperar até lá — disse Alex — se a gente podia ganhar dinheiro assim todos os dias?

— Porque aí secaríamos o poço. E, independente disso, se sua mãe descobrisse o que você está aprontando, ela certamente poria um fim nisso.

Alex enfiou as notas amassadas no bolso detrás de seu jeans, apertou a mão de seu parceiro e disse:

— Até sábado que vem.

— E tenta chegar na hora, pra variar — disse Ivan.

Quando andava em direção à feira, Alex começou a assobiar. Ele se sentia um milionário — o que havia dito à sua mãe que seria aos trinta anos. Ele entregava dez dólares para ela toda noite de sábado, explicando que vinham dos bicos que fazia na feira durante o fim de semana. A verdade era que a feira se tornara sua segunda casa, e, nas tardes depois da escola, ele fazia hora nas barracas observando os comerciantes, aprendendo rapidamente quem era de confiança e, mais importante, quem não era. Ele sempre comprava suas frutas e legumes de Bernie Kaufman, que nunca enganava um freguês no troco ou lhe vendia uma mercadoria passada.

— Preciso de um quilo de batata, Bernie, algumas vagens e duas laranjas — disse Alex, checando a lista de compras de sua mãe. — Ah é, e uma beterraba.

— Três dólares, sr. Rockefeller — disse Bernie, entregando dois sacos de papel pardo a Alex. — E eu gostaria de dizer, Alex, o quanto gosto de ter você como um freguês; não tenho dúvida nenhuma de que você vai se sair bem se for pra NYU.

— Por que eu compraria minhas frutas e verduras em qualquer outro lugar?

— Você vai ter que fazer isso no futuro, porque eu vou entregar a minha barraca dentro de uns quinze dias.

— Por quê? — perguntou Alex, que supusera que Bernie fazia parte da paisagem da feira.

— Minha licença vai ser renovada no fim do mês, e o dono está pedindo oitenta dólares por semana. Por esse preço, eu teria sorte se conseguisse pagar a barraca. Mas enfim, estou com quase sessenta anos, e não gosto mais de longas horas de trabalho, especialmente no inverno. — Alex sabia que Bernie se levantava às quatro horas da manhã todos os dias para ir para a feira, e raramente ia para casa antes das cinco da tarde.

Alex não podia aceitar que seu amigo fosse desaparecer da noite para o dia. Havia uma dúzia de perguntas que ele queria fazer a Bernie, mas precisava de algum tempo para pensar. Agradeceu-lhe e começou a andar para casa.

Ele estava passando pelo bazar beneficente, imerso em pensamentos, quando Addie abriu a porta e gritou-lhe:

— Volta aqui, Alex, tenho uma coisa especial pra você.

Quando Alex se juntou a ela na loja, ela pegou o que parecia um terno novo em folha da arara e disse:

— Por que você não o experimenta?

— Como você conseguiu isso? — perguntou Alex ao enfiar o paletó.

— Um freguês habitual que passa por fases de compras compulsivas e alguns dias depois nos dá alguma coisa que não quer mais.

Alex tentou imaginar como seria ser tão rico.

— Que material é esse? — perguntou ele, sentindo o tecido.

— Cashmere. Você gostou?

— Como é que eu não vou gostar disso! Mas eu tenho como comprar?

— É seu por dez dólares — sussurrou ela.

— Como é que pode?

— O meu chefe não vai nem ver ele se você comprar agora.

Alex tirou seus jeans, vestiu a calça — ela tinha até um zíper — e estudou-se no espelho de corpo inteiro. Bege não teria sido sua primeira escolha, mas ele ainda parecia um terno de cem dólares.

— Exatamente como eu tinha imaginado — disse Addie. — Ficou perfeito. Poderia ter sido feito pra você.

— Obrigado — disse Alex, entregando os dez dólares.

— Ainda vamos ao cinema sábado que vem? — perguntou Addie enquanto ele voltava a vestir seu jeans.

— John Wayne em *Bravura indômita*. Estou ansioso — disse ele enquanto ela dobrava o terno e o enfiava numa sacola. — Não sei como agradecer — disse.

— Eu vou pensar em alguma coisa — disse Addie, quando ele saía da loja.

Enquanto ia para casa, os pensamentos de Alex se voltaram para como ele poderia pôr as mãos nos oitenta dólares por semana de que precisava para alugar a barraca de Bernie. Ele estava ganhando cerca de vinte dólares com jogos de xadrez nos fins de semana, mas não tinha a menor ideia de como poderia compensar o déficit. Ele sabia que sua mãe não tinha esse tipo de dinheiro economizado, ainda que tivesse acabado de ter mais um aumento. Mas e Dimitri, que acabara de chegar de sua viagem mais recente a Moscou? Ele certamente tinha algum dinheiro guardado.

Alex tinha preparado seu papo muito antes de voltar para casa, e, quando abriu a porta, pôde ouvir Dimitri cantando desafinado. Juntou-se a ele na cozinha e ouviu o que ele andara fazendo em sua viagem a Moscou.

— Uma cidade fascinante — disse Dimitri. — A Praça Vermelha, o Kremlin, o túmulo de Lênin. Você deveria visitar Moscou um dia, Alex.

— Nunca — disse Alex com firmeza. — Não estou interessado no túmulo de Lênin. Sou um americano agora, e vou ser um milionário. — Dimitri não pareceu surpreso, afinal ele já tinha ouvido a afirmação várias vezes antes.

Nessa ocasião, porém, Alex acrescentou uma outra frase, que de fato o pegou de surpresa. — E você poderia ser meu sócio.

— O que você quer dizer? — perguntou Dimitri.

— Quanto dinheiro guardado você tem?

Dimitri não respondeu imediatamente.

— Cerca de trezentos dólares — disse por fim. — Não dá muito pra gastar dinheiro quando você está no mar.

— O que você acha de investir ele?

— Em quê?

— Não em quê, mas em quem — disse Alex. Ele encheu a pia de água morna, e, quando eles tinham acabado de lavar a louça, ele já havia explicado por que precisava de trezentos e vinte dólares, e por que passaria a acordar às quatro da manhã.

— O que ela acha disso? — foi o único comentário de Dimitri.

— Ainda não contei pra ela.

***

Alex achou difícil se concentrar nas aulas na segunda-feira seguinte, mas, como havia somente meia dúzia de meninos que conseguiam acompanhá-lo quando estava semiacordado, ninguém notou exceto seu professor. Quando a sineta tocou às quatro horas, Alex foi o primeiro a sair da sala de aula e correu todo o caminho até a feira. Dirigiu-se para a barraca de Bernie. Depois de recuperar o fôlego, começou a metralhar o velho comerciante com perguntas, enquanto este atendia os seus fregueses.

— Se eu alugasse a barraca — disse Alex —, você estaria disposto a continuar trabalhando?

— Estou tentando me aposentar, e você tá começando. — Bernie sorriu.

— Mas, se eu sempre fosse pra feira de manhã, você não teria de começar a trabalhar até às oito, e eu poderia assumir o controle depois da escola. — Bernie não respondeu. — Eu pagaria quarenta dólares por semana — disse Alex enquanto Bernie entregava um saco de uvas para um freguês.

— Tenho de pensar sobre isso — disse Bernie. — Mas, mesmo que eu concordasse, você ainda teria um problema.

— Qual? — disse Alex.

— Não qual, mas quem. Porque tem mais alguém que terá de aprovar seu plano.

— Quem? — perguntou Alex. — Porque eu só vou contar pra minha mãe se e quando você concordar.

— Não era com a sua mãe que eu estava preocupado.

— Então quem?

— O homem que é dono da minha barraca e da maioria das outras na feira. Você vai ter de convencer o sr. Wolfe de que você consegue pagar o aluguel, porque só ele pode te conceder uma licença.

— E onde eu posso encontrar esse sr. Wolfe?

— O escritório dele é no número 3.049 da Ocean Parkway. Ele começa a trabalhar às seis horas todos os dias, e nunca vai pra casa antes das oito da noite. E só um aviso, Alex, ele é um filho de uma puta do mal.

— Vejo você nessa mesma hora amanhã à tarde — disse Alex, antes de partir para casa. — A essa altura eu serei dono da sua barraca.

Dimitri piscou quando Alex entrou rapidamente e se juntou a ele na mesa da cozinha. Eles conversaram sobre tudo, menos o que de fato tinham em mente, enquanto Alex esperava com impaciência que sua mãe saísse para o trabalho.

— Você quase não comeu — disse Elena, checando seu relógio.

— Eu só não estou com muita fome, mamãe.

— Você tem muito trabalho hoje à noite? — perguntou ela. Por um momento Alex pensou que tinha sido pego, mas depois percebeu o que ela queria dizer.

— Vou, eu tenho que escrever um ensaio sobre os Pais Fundadores. Estou aprendendo sobre Hamilton e Jefferson e como eles se juntaram para escrever a Constituição.

— Parece interessante. Se você deixar o trabalho na mesa da cozinha, eu leio quando chegar em casa hoje à noite — disse Elena enquanto vestia o casaco.

— Não é nada boba essa sua mãe — disse Dimitri quando ouviu a porta da frente se fechar. — Se ela descobrir que você está mais interessado em Rockefeller e Ford do que em Hamilton e Jefferson, você pode estar em maus lençóis.

— Então é melhor que ela não descubra.

***

Enquanto caminhava ao longo da Ocean Parkway, Alex mais uma vez examinou o que diria ao sr. Wolfe, ao mesmo tempo que tentava antecipar as perguntas que ele lhe faria. Estava usando seu terno novo e só queria estar parecendo alguém que podia dispor de oitenta dólares por semana. Ele estava tão preocupado que passou direto pelo número 3.049 e teve de voltar. Quando chegou à porta do escritório do sr. Wolfe, respirou fundo e entrou, deparando-se com uma mulher empertigada de meia-idade sentada atrás de uma escrivaninha. Ela não foi capaz de esconder sua surpresa quando viu o rapaz.

— Eu quero ver o sr. Wolfe — disse Alex antes que ela pudesse falar.

— Tem hora marcada?

— Não, mas ele vai querer me ver.

— Qual é o seu nome?

— Alex Karpenko.

— Vou ver se ele está. — Ela se levantou de sua escrivaninha e entrou na sala ao lado.

— Claro que ele está — resmungou Alex —, de outro modo você teria dito que ele não estava. — Ele ficou andando de um lado para o outro na sala como um tigre enjaulado à espera que o diretor do circo volte.

Finalmente a porta se abriu e a recepcionista reapareceu.

— Ele pode dispor de dez minutos, sr. Karpenko — disse ela. A primeira pessoa a chamá-lo de sr. Karpenko, seria isso um bom sinal? — Nem um minuto a mais — acrescentou ela com firmeza, ficando de lado para lhe dar passagem.

Alex endireitou a gravata e entrou no escritório do sr. Wolfe, torcendo para parecer mais velho do que era. O proprietário desviou os olhos de sua mesa atulhada. Ele usava um terno de três peças verde-oliva e uma camisa marrom com o botão de cima desabotoado. Alguns finos fios de cabelo tinham sido penteados em sua cabeça numa tentativa de disfarçar a calvície, e um excesso de papo sugeria que ele raramente saía do escritório, exceto para comer.

— O que posso fazer por você, garoto? — perguntou ele, um charuto semifumado indo para cima e para baixo em sua boca.

— Eu quero cuidar da barraca do Bernie Kaufman quando a licença dele expirar.

— E onde você conseguiria esse tipo de dinheiro? — perguntou Wolfe. — As minhas barracas não são baratas.

— Meu sócio vai entrar com o dinheiro, isto é, se pudermos concordar quanto a um preço.

— Eu já estabeleci um preço — disse Wolfe. — Portanto, a única questão é: vocês podem pagá-lo?

— Por quanto tempo se estenderia a licença? — perguntou Alex, tentando recuperar a iniciativa.

— Cinco anos. E o contrato teria de ser assinado por alguém maior de idade.

— Duzentos e cinquenta dólares por mês, dinheiro adiantado — disse Alex —, e fechamos esse negócio.

— Trezentos e vinte por mês, garoto. — O charuto que balançava nunca deixava a boca de Wolfe. — E somente então quando eu vir o dinheiro vivo.

Alex sabia que não tinha como arcar com essa quantia e deveria ter ido embora, mas, como um jogador imprudente, ele acreditava que de alguma maneira conseguiria o dinheiro, por isso assentiu. Wolfe tirou o charuto da boca, abriu uma gaveta e puxou um contrato, que entregou a Alex.

— Leia isso com atenção antes de assinar, garoto, porque até agora nenhum advogado espertalhão conseguiu quebrar esse contrato, e você vai descobrir que as cláusulas de sanção são todas a meu favor. — O charuto voltou para a boca de Wolfe. Ele inalou profundamente, soprou uma nuvem de fumaça e disse: — Trate de chegar aqui bem cedo amanhã de manhã e com o dinheiro na mão, garoto. Eu não quero que chegue atrasado na escola.

Se isso fosse um filme de gângsteres, James Cagney teria crivado Wolfe de balas e assumido seu império. Mas, no mundo real, Alex escapuliu do escritório e foi para casa sem pressa, perguntando-se onde conseguiria o valor do aluguel do segundo mês se a barraca não gerasse um lucro suficientemente alto.

Embora Dimitri já tivesse entregado mais de 320 dólares para cobrir o aluguel do primeiro mês, Alex ainda precisava da bênção de sua mãe, e ele sabia exatamente o que ela pediria em troca. Estava ciente de que não estivera se esforçando na escola nos últimos tempos e estivera improvisando durante os meses anteriores, embora ainda conseguisse ficar entre a meia dúzia de melhores alunos em sua classe. Mas, enquanto a maior parte das tardes era passada com Bernie aprendendo o negócio, e todos os fins de semana tomados com a tentativa de ganhar dinheiro extra com Ivan para sobreviver, ele não ficou surpreso quando, umas duas semanas depois, o diretor pediu para vê-lo sábado de manhã com relação a um assunto privado.

Alex estava de pé em frente à sala do diretor quando faltava um minuto para as dez, já tendo estado na feira às quatro horas naquela manhã e feito uma hora de trabalho na barraca antes que Bernie assumisse o controle às oito. Ele bateu à porta e esperou ser convidado para entrar.

— Você ainda espera entrar pra NYU, Karpenko? — perguntou o diretor depois que ele tinha sentado.

Alex teve vontade de dizer: *Não, eu quero construir um império que vai rivalizar com a Sears, por isso não terei tempo de ir para a universidade,* mas respondeu simplesmente:

— Sim, senhor. — Alex tinha prometido à sua mãe que iria se dedicar mais arduamente à escola e assegurar que alcançasse as notas de que precisava para chegar à universidade.

— Então você terá de dedicar muito mais do seu tempo para a escola — disse o diretor —, porque seus esforços recentes foram menos do que impressionantes e não preciso lembrá-lo de que seu exame de ingresso é dentro de menos de seis meses, e o examinador não estará interessado no preço de meio quilo de maçãs.

— Vou me esforçar mais — disse Alex.

O diretor não pareceu convencido, mas assentiu para indicar que ele podia sair.

— Obrigado, senhor — disse Alex. Assim que saiu da sala do diretor, não parou de correr até chegar à Praça dos Jogadores. Percebeu que devia estar alguns minutos atrasado quando viu Ivan andando de um lado para o outro olhando para seu relógio. Doze jogadores já estavam sentados junto a seus tabuleiros, esperando com impaciência para fazer seu primeiro movimento.

— Qual é a sua desculpa dessa vez? — perguntou Ivan.

* * *

Sempre que um dos barcos escolhidos por Dimitri atracava em Leningrado, ele se dirigia direto para o pub próximo à doca onde Kolya podia ser encontrado na maioria das noites.

Depois que o contato visual tinha sido feito, Dimitri partia e se dirigia à estação Moskovsky do outro lado da cidade, onde comprava uma passagem para um trem local, depois ia para a sala de espera entre as plataformas 16 e 17. Quando Kolya aparecia, ele estaria em um assento no canto, bem distante da janela e de quaisquer olhos intrometidos. Poucas pessoas além de um vagabundo ocasional faziam hora na sala de espera por mais de quinze minutos, tempo em que já teriam sido postos para fora.

Kolya e Dimitri também se limitavam a quinze minutos para o caso de algum carregador atento, ou pior, um oficial da KGB fora do expediente — eles nunca estavam realmente de folga — avistá-los e ficar desconfiado. As regras dos encontros tinham sido estabelecidas durante o primeiro encontro. Ambos teriam suas perguntas prontas, e com frequência várias das respostas também. Dessa vez, Dimitri sabia que, em seu primeiro encontro depois da fuga de Elena e Alex, Kolya estaria desesperado para saber como a irmã e o sobrinho estavam indo no Novo Mundo.

Assim que chegou, Kolya sentou ao lado de Dimitri e abriu seu jornal. Eles nunca trocavam um aperto de mão, recorriam à conversa fiada nem se preocupavam com cortesias.

— Elena continua trabalhando numa pizzaria chamada Mario's — disse Dimitri. — Ela já foi promovida três vezes e agora é subgerente. Até o Mario está ficando nervoso. O único problema dela é que pensa que está engordando. Parece que ela nunca teve de se preocupar com isso quando trabalhava no clube dos oficiais.

— Tem algum homem na vida dela?

— Além de Alex, nenhum que eu saiba.

— Alex?

— Alexander. Agora ele insiste em ser chamado de Alex. Mais americano, ele diz.

— E como ele está se saindo na escola?

— Bastante bem, mas não tão bem quanto poderia. A Universidade de Nova York já ofereceu uma vaga pra ele no outono pra estudar economia. Mas, se pudesse escolher, ele largaria a faculdade e começaria a trabalhar imediatamente. Ele se vê como o próximo John D. Rockefeller.

— Rockefeller?

— É um magnata americano; até batizaram um prédio com o nome dele — disse Dimitri.

Kolya sorriu enquanto virava uma página de seu jornal.

— Mas, se eu conheço a Elena, ela ainda vai querer que o menino vá pra faculdade, e depois consiga o que ela chamaria de um emprego respeitável.

— Nenhuma dúvida quanto a isso — disse Dimitri. — Mas ele está decidido a se tornar um milionário. Até me convenceu a investir trezentos e vinte dólares na última aventura dele.

— Ele sabe por que você tem condições pra isso?

— Não, eu só disse que não tem muita coisa com que eu possa gastar meu salário enquanto estou no mar.

— É só uma questão de tempo antes que ele descubra. Mas tenho de admitir que eu mesmo investiria no garoto, se tivesse dinheiro — disse Kolya. — Ele tem a autoconfiança do pai e o bom senso da mãe. Seja quem for esse Rockefeller, é melhor ele tomar cuidado.

Dimitri riu.

— Eu vou te informando dos resultados de meu investimento.

— Ficarei esperando ansioso — disse Kolya. — Diz pros dois que eu amo eles.

— É claro. Mais alguma coisa que você gostaria que eu transmitisse pros meus amigos?

— Sim, parece que eu posso ser o próximo coordenador do sindicato dos estivadores e, portanto, seguir os passos de Konstantin.

— Ele estaria orgulhoso de você.

— Ainda não. Ainda tenho alguns problemas para superar, em particular Polyakov, que tem seu próprio candidato para o cargo. Um perfeito membro do partido que prestaria contas direto pra ele.

— Então mesmo estando nas docas quando Elena e Alex fugiram o Polyakov conseguiu o emprego?

— Ele usou o desastre a favor dele, na verdade — disse Kolya. — Disse ao comandante que não foi à final da copa porque o tinham avisado de que alguém poderia estar tentando fugir.

— Então por que não prendeu ambos?

— Disse que estava sozinho quando uma dúzia de homens o pegou de surpresa e que, se não tivesse sido por ele, muito mais dissidentes teriam embarcado naquele navio.

— E acreditaram nele?

— Devem ter acreditado. Mas o que eu tenho escutado é que é improvável que ele seja promovido no futuro.

— Ele tentou culpar você por alguma coisa?

— Não, ele não teve como. Eu estava de volta ao estádio antes do segundo tempo. Perambulei pela arquibancada norte durante uma hora depois, assim, quando o apito final soou, mais de mil dos meus colegas de trabalho eram capazes de confirmar que tinham me visto, assim eu não virei um suspeito.

— Isso é um alívio.

— Não completamente — disse Kolya. — O Polyakov ainda não está convencido, o que é outra razão para que ele esteja tão determinado a me impedir de me tornar coordenador do sindicato.

— E quem ganhou?

— Ganhou o quê?

— A final da copa. Alex não para de me pedir pra descobrir.

— Nós ganhamos do Moscou por dois a um, embora o árbitro fosse um oficial da KGB.

Dimitri riu.

— Mais alguma coisa que você queira me contar? — perguntou ele, ciente de que o tempo deles estava se esgotando.

— Sim — disse Kolya, virando mais uma página de seu jornal. — Talvez o Alexander goste de saber que o velho amigo de escola dele, Vladimir, foi eleito para o comitê do Komsomol da universidade. Eu não me surpreenderia se ele fosse presidente da próxima vez que nos encontrarmos.

— Uma última coisa — disse Dimitri. — Elena quer saber: se eu conseguisse arranjar um visto pra você, cogitaria ir pra Nova York e morar com a gente?

— Agradece a Elena por sua bondade, mas Polyakov iria assegurar que eu nunca obtivesse um visto. Talvez você possa tentar explicar à minha querida irmã que eu ainda tenho coisas importantes para fazer aqui.

Ele dobrou seu jornal, o sinal de que não tinha mais nada a dizer, exatamente no momento em que um trem ia para a plataforma 17 e guinchava para parar.

Dimitri levantou-se de seu lugar, juntou-se aos passageiros que agora apinhavam a plataforma aos empurrões e começou a fazer o longo caminho de volta ao navio, pegando o desvio ocasional para se assegurar que ninguém o estava seguindo. Ele não conseguia deixar de se preocupar com Kolya e com os riscos que ele estava disposto a correr por detestar o regime comunista. Diferentemente de outros contatos de Dimitri, Kolya nunca pedia dinheiro. Alguns homens não podem ser comprados.

14
Sasha
Universidade de Cambridge

Depois de revisar seu ensaio e fazer algumas alterações, Sasha deu uma olhada no relógio, depois tirou às pressas sua longa beca escolar preta, correu para o primeiro andar e atravessou o pátio. Subiu correndo outra escada, parando no terceiro andar exatamente quando ouviu a primeira de dez badaladas.

Ele não podia chegar nem um minuto atrasado à sala do dr. Streator, que começava seu estudo dirigido quando o grande relógio do pátio soava e terminava-as uma hora mais tarde, quando o som vinha de novo. Sasha recuperou o fôlego, bateu à porta e entrou ao som da décima badalada vendo dois outros estudantes já sentados em frente ao fogo apreciando panquecas gordinhas e tostadas.

— Bom dia, dr. Streator — disse Sasha, entregando o trabalho.

— Bom dia, Karpenko — disse Streator em russo. — Você perdeu as panquecas, mas pelo jeito pontualidade não parece ser um de seus pontos fortes. De qualquer forma, ainda posso te oferecer uma xícara de chá.

— Obrigado, senhor.

Streator serviu-se uma quarta xícara antes de começar.

— Hoje, eu quero considerar o relacionamento entre Lênin e Stálin. Lênin não só não tinha nenhum respeito por Stálin; ele desprezava ativamente o homem. No entanto, reconhecia que, para que a revolução fosse um sucesso, ele precisava de dinheiro para assegurar que seus opositores políticos fossem removidos de uma maneira ou de outra. Aí entra um jovem brutamontes da Geórgia que estava mais do que feliz em levar a cabo ambas as tarefas. Ele saqueava bancos e não pensava duas vezes antes de assassinar qualquer um que entrasse em seu caminho, inclusive espectadores inocentes.

Sasha tomava notas enquanto o dr. Streator continuava seu discurso. Ele não demorou muito a se dar conta de quão pouco ele realmente sabia sobre a história da Rússia e que seus professores em Leningrado tinham papagaiado palavras de um livro que tinha sido checado pela KGB numa tentativa descarada de reescrever a história.

— Só estou interessado em fatos comprovados — disse Streator —, com evidências confiáveis que os respaldem; não mera propaganda, repetida inúmeras vezes até que os crédulos a tenham aceitado como a verdade. Stálin, por exemplo, foi capaz de convencer uma nação inteira de que estava em Moscou em 1941, liderando a partir do front num momento em que o exército alemão estava trinta quilômetros dentro da cidade. Entretanto, é muito mais provável que ele tenha na verdade fugido para Kuybyshev e só retornado a Moscou depois que os alemães estavam em retirada. Por que eu digo muito mais provável? Porque não tenho prova irrefutável, e, para um historiador, probabilidades de noventa por cento não deveriam ser o bastante.

Sasha gostava dos seus estudos dirigidos bissemanais, nunca perdia uma aula, embora Ben Cohen continuasse tentando convencê-lo de que havia vida além da academia. Ben havia ingressado recentemente no Grêmio e começado a desenvolver um interesse por política. Após muita pressão, Sasha concordou em assistir ao próximo debate com ele. Sasha quase nunca se aventurava além das paredes de Trinity, a menos que fosse para passar um tempo com Charlie em Newnham. Mas o dr. Streator tinha deixado claro em seu primeiro encontro que ele esperava que todos os três atingissem a mais alta distinção em matemática. Nada menos seria aceitável. Enquanto outros se sobressaíam nas quadras de jogos, Streator considerava sua missão aquecer as mentes dos estudantes, não seus músculos. Sasha, contudo, achava que uma ida ao Grêmio não poderia fazer mal nenhum.

A hora passou tão depressa que, quando o relógio bateu de novo, Sasha fechou seu caderno e reuniu com relutância seus papéis. Estava prestes a sair quando Streator disse:

— Pode me ceder um momento, Karpenko?

— Sim, é claro, senhor.

— Eu queria saber se você tinha alguma coisa planejada pra essa noite?

— Eu vou ao Grêmio.

— Esta casa não lutaria pela rainha e pelo país.

— Sim, senhor. O senhor também vai?

— Não, já vi muita guerra — disse Streator sem explicação. — Mas, quando você tiver uma noite livre, talvez queira se juntar a mim após o jantar para um jogo de xadrez, em que reis, damas e cavalos não são aprisionados, executados ou assassinados, mas simplesmente movidos por um tabuleiro e ocasionalmente removidos. — Sasha sorriu. — Mas devo avisar, Karpenko, que tenho segundas intenções. Sou o tutor encarregado do time de xadrez da universidade, e queria ver se você é bom o bastante pra ser escolhido pra partida contra Oxford.

***

— Você dormiu com ela?

— Ben, você é o indivíduo mais grosseiro com quem eu já topei.

— É só porque você levou uma vida tão resguardada. Agora responde à pergunta. Você dormiu com ela?

— Não, não dormi. Francamente, eu nem sei ao certo como ela se sente em relação a mim.

— Como você pode ser tão inteligente e tão burro ao mesmo tempo, Sasha? A Charlie te adora, e você deve ser provavelmente a única pessoa que não vê isso.

— Mas mesmo assim não seria fácil — disse Sasha. — Newnham não permite que as alunas de graduação tenham um homem em seu quarto depois das seis, e, mesmo então, se eu me lembro das regras, ele tem que manter ambos os pés no chão o tempo todo.

— Isso pode ser uma surpresa para você, Sasha, mas as pessoas fazem sexo antes das seis horas, e até com os dois pés no chão. — Sasha ainda não pareceu convencido. — Mas essa não é a razão da visita. Você ainda vai ao debate hoje à noite?

— Esta casa não lutaria pela rainha e pelo país — disse Sasha. — Sim, ainda que seja um movimento ridículo que eu suponho que será esmagadoramente derrotado.

— Eu não estaria tão seguro disso. Há uma enorme quantidade de bolcheviques por aí que apoiariam feliz da vida a ideia da Rainha vivendo nas casas sociais do governo. Mas quero que você vá por causa de outra coisa também. Conhecer a minha namorada mais recente.

— Você já dormiu com ela? — perguntou Sasha com um largo sorriso.

— Não, mas não deve demorar muito agora, porque sei que ela tem tesão por mim.

— Ben — disse Sasha, enojado —, inglês é a língua de Keats, Shelley e Shakespeare, caso você não tenha notado.

— Você claramente não leu Harold Robbins.

— Não, não li — disse Sasha, soltando um suspiro exagerado. — No entanto, ainda que por nenhuma outra razão senão conhecer essa infeliz dama que tem o que você tão elegantemente descreve como tesão por você, eu irei.

— Na verdade, ela é muito inteligente.

— Ela não pode ser tão inteligente, Ben. Pensa bem.

— E ela é a única mulher no comitê do Grêmio — disse Ben, ignorando a zombaria.

— Então ela deve ser boa demais pra você.

— Não existe isso de ser boa demais depois que a gente dorme com elas.

— Ben, você tem uma mente muito limitada.

— Por que você não convida Charlie pra vir também, e aí jantamos todos juntos depois?

— Ok, eu me rendo. Agora vai embora. Tenho estudo dirigido dentro de uma hora e preciso revisar o meu trabalho.

— Eu nem escrevi o meu.

— Eu não sabia que escrever era um pré-requisito pra alguém que estuda economia agrária.

***

Foi a primeira visita de Sasha ao Grêmio, e, assim que eles dois entraram na câmara de debate, ficou claro que Ben já pertencia àquele lugar. Ele se apossou de dois lugares livres num banco perto da frente da sala e imediatamente se pôs a participar da conversa ruidosa que emanava dos bancos em volta deles. Ela só cessou quando os membros da diretoria do Grêmio entraram e tomaram seus lugares nas três cadeiras de espaldar alto numa plataforma elevada na frente do salão.

— O que está sentado no centro — sussurrou Ben — é o Carey. Ele é o atual presidente do Grêmio. Vou sentar naquela cadeira um dia. — Sasha sorriu, enquanto Carey se levantou e disse:

— Vou agora convidar o vice-presidente para ler as minutas da última reunião.

Enquanto Chris Smith lia as minutas, Sasha olhou em volta do salão abarrotado e a galeria que ficava em cima, lotada de estudantes ansiosos debruçados sobre o parapeito, esperando o início do debate. Quando as minutas foram lidas e o vice-presidente sentou-se, o presidente levantou-se de novo.

— Senhoras e senhores, irei agora chamar o muito honorável sr. Anthony Wedgwood Benn, membro do Parlamento, para propor a moção de que esta casa não lutaria por Rainha e país.

Quando o sr. Benn se pôs de pé, foi saudado por altas e entusiásticas aclamações. Sasha pôde ver, ao correr os olhos pelo salão, que ele parecia ser apoiado pela maioria dos estudantes presentes.

— Sr. presidente, estou encantado por ter sido convidado para propor esta moção — começou Benn. — Em particular porque todos nós sabemos que a Grã-Bretanha não é uma democracia. Como poderia alguém afirmar tal coisa quando a nossa chefe de Estado não é nem mesmo eleita? Como podemos considerar que nossos semelhantes são iguais perante a lei quando nossa segunda câmara é dominada por setecentos colegas que estão ali por herança, a maioria dos quais nunca trabalhou um dia em suas vidas, e cuja única contribuição é apresentar-se e votar sempre que o direito de nascimento deles está ameaçado? No entanto, essas são exatamente as pessoas que podem decidir se devemos entrar em guerra com quem elas consideram ser seu inimigo.

O discurso de Benn foi repetidamente interrompido por exclamações de "Isso! Isso!" e "Vergonha!" gritados com igual veemência, e, embora Sasha não concordasse com uma palavra que ele disse, era inegável que Benn havia atraído a atenção de toda a casa. Quando ele retornou ao seu lugar, a sala reverberou com aclamações e gritos de vergonha ainda mais ruidosos que antes.

O almirante sir Hugh Munro, um membro conservador do Parlamento, levantou-se para se opor à moção. O valente cavalheiro salientou que, se a Grã-Bretanha não tivesse lutado pelo rei e pelo país na Segunda Guerra Mundial, seria Adolf Hitler que estaria sentado no trono no Palácio de Buckingham, e não a rainha Elizabeth II. Sua fala foi saudada por gritos de "Isso! Isso!" da parte daquela seção da audiência que permanecera silenciosa durante todo o discurso do sr. Benn. Depois que o almirante se sentou, os dois que secundavam a moção falaram com igual paixão, mas Sasha ainda tinha a impressão de que aqueles em favor da moção iriam levar a melhor.

Ele tinha ouvido atentamente todos os quatro discursos, ainda maravilhado ao ver que opiniões tão diversas pudessem ser expressas sem medo de quaisquer repercussões. Em Leningrado, metade dos estudantes teria sido presa a essa altura e pelo menos dois dos oradores teriam sido enviados para a cadeia, se não fuzilados.

O presidente se levantou de seu assento mais uma vez e convidou os membros a falarem do assoalho, antes que uma votação fosse realizada.

— Apenas dois minutos — disse ele firmemente.

Um depois do outro, uma sucessão de alunos da graduação declarou que eles nunca lutariam pela rainha e pelo país, enquanto outros afirmaram que prefeririam morrer no campo de batalha a ficar sujeitados ao domínio estrangeiro. Foi depois de um discurso de um sr. Tariq Ali, ex-presidente da Oxford Union, que Sasha sentiu que não podia mais se conter. Sem pensar, ele pulou quando o presidente chamou o próximo orador e ficou surpreso quando o sr. Carey apontou em sua direção.

Sasha já estava se arrependendo de sua decisão ao andar lentamente para a frente do salão. A casa fez silêncio, sem saber ao certo que lado ele iria apoiar. Sasha agarrou a pasta de despachos para parar de tremer.

— Senhoras e senhores — começou Sasha quase num sussurro. — Meu nome é Sasha Karpenko. Eu nasci em Leningrado, onde passei os primeiros dezesseis anos de minha vida, até que os comunistas assassinaram meu pai. — Pela primeira vez, um silêncio caiu sobre a reunião, e todos os olhos na sala permaneceram fixos em Sasha. — O crime dele — continuou — foi querer formar um sindicato para que seus companheiros estivadores pudessem gozar de direitos que vocês na Grã-Bretanha têm garantidos. Esse é um dos privilégios de se viver numa democracia. Como Winston Churchill nos lembrou, *a democracia é a pior forma de governo, exceto todas as outras*. Eu me recuso a pedir desculpas por não ter nascido neste país, mas estou grato por ter escapado da tirania do comunismo e poder assistir a esse debate, um que jamais poderia acontecer na Rússia. Porque, se esse debate acontecesse lá, o sr. Wedgwood Benn teria sido fuzilado, e o sr. Tariq Ali, enviado para as minas de sal na Sibéria. — Alguns berros de isso! isso! boa ideia! foram seguidos por estrepitosas gargalhadas. Sasha esperou que o silêncio voltasse antes de continuar. — Vocês podem rir, mas, se estivéssemos na União Soviética, todos os que falaram em favor dessa moção hoje à noite teriam sido presos e todos os estudantes que apenas assistiram ao debate, expulsos e colocados pra trabalhar nas docas. Eu sei, porque foi o que aconteceu comigo. — Sasha estava completamente inconsciente do efeito que suas palavras estavam tendo sobre seus colegas estudantes.

"Minha mãe e eu conseguimos escapar do Estado totalitário e tivemos a sorte de acabar na Inglaterra, onde fomos muito bem recebidos como refugiados. Mas devo dizer a esta casa que eu voltaria à União Soviética amanhã pra lutar contra aquele regime despótico e estaria disposto a morrer se achasse que existisse a menor chance de que os comunistas pudessem ser expulsos e substituídos por um Estado democrático em que cada um de meus compatriotas tivessem um voto. — A aclamação que se seguiu deu a Sasha uma chance para organizar seus pensamentos. Só quando houve completo silêncio ele continuou. — Foi divertido debater esta moção sem medo ou favor, ter um voto, e depois poder se reunir com amigos no bar. Mas, se eu tivesse feito esse mesmo discurso no meu país, eu teria acabado *atrás* das grades e passado muitos anos, talvez o resto da minha vida, num campo de trabalho forçado. Eu peço pra derrotarem essa moção, porque apoiá-la só vai ajudar aqueles déspotas funestos no mundo todo que consideram a ditadura um sistema melhor que a democracia, desde que eles sejam o ditador.

Enviemos uma mensagem dessa casa hoje, de que preferimos morrer em defesa de nosso país e seus valores a ficarmos sujeitos à tirania."

Quando Sasha voltou para o seu assento, toda a casa se levantou para reconhecê-lo. Ele ficou tocado ao ver tanto o sr. Wedgwood quanto o sr. Ali de pé, participando da ovação. Quando todos finalmente se acomodaram, o presidente se levantou de novo e convidou a casa a votar.

Passados vinte minutos, o vice-presidente se levantou de seu lugar e declarou que a moção tinha sido derrotada por 312 votos a 297. Sasha foi imediatamente cercado por um grupo de estudantes que o parabenizavam e que queriam apertar a sua mão, enquanto Ben se recostava e desfrutava de seu triunfo. Um membro do comitê inclinou-se e cochichou em seu ouvido:

— O presidente gostaria de saber se você e o seu amigo gostariam de se juntar a ele para uma bebida na sala do comitê.

— Mas é claro que sim! — disse Ben, que conduziu Sasha para fora do salão e por uma ampla escada acima para se juntar à festa presidencial.

A primeira pessoa a se aproximar e congratulá-lo foi o sr. Wedgwood Benn.

— Uma magnífica contribuição — disse ele. — Eu estou torcendo para que você esteja considerando uma carreira na política. Tem muito a oferecer.

— Mas eu poderia não sentar no seu lado da casa, senhor — disse Sasha.

— Nesse caso, eu o consideraria um adversário digno.

Sasha estava prestes a responder quando se aproximou deles uma moça que também queria oferecer seus cumprimentos.

— Essa é a Fiona — disse Ben. — A única mulher no comitê no Grêmio.

Sasha ficou impressionado, não só com o feito mas também com sua radiante beleza, que não requeria nenhum anúncio.

— Estou surpresa por não o termos visto antes, Sasha — disse ela, tocando seu braço.

— Ele raramente abandona os livros pra se juntar a nós, meros mortais — disse Ben, que não notou que Sasha não tirava os olhos de Fiona.

— Eu estava torcendo pra que conseguisse convencê-lo a ingressar no CUCA.

— CUCA? — repetiu Sasha.

— A Associação Conservadora da Universidade de Cambridge — explicou Ben. — Foi a Fiona que me recrutou.

***

— Ouvi dizer que o seu discurso no Grêmio foi muito bom — disse Streator, movendo uma torre para proteger sua dama.

— Os britânicos são um povo muito civilizado — disse Sasha, enquanto estudava o tabuleiro. — Eles deixam qualquer pessoa expressar suas ideias, por mais ridículas ou desinformadas que elas sejam. Tenho certeza de que não será uma surpresa pro senhor que na minha escola em Leningrado não tínhamos um clube de debate.

— Ditadores não se importam muito com as opiniões das outras pessoas. Entretanto, mesmo o duque de Wellington, depois de presidir a primeira reunião de gabinete dele como primeiro-ministro, ficou surpreso quando viu que seus colegas não pareciam dispostos a simplesmente executar suas ordens, mas queriam de fato discutir as alternativas. Demorou algum tempo para que o Duque de Ferro aceitasse que seus colegas ministros do gabinete poderiam ter opiniões próprias.

Sasha riu e moveu seu bispo.

— Mas esteja avisado, Sasha, por mais civilizados que os britânicos sejam, você não deveria supor que, só porque é inteligente, eles vão aceitar você como um deles. Muitos são desconfiados de uma mente de primeira classe, ao passo que outros farão um julgamento baseado não nas palavras que você diz, mas no sotaque com que elas são pronunciadas, e alguns irão contra você no momento em que ouvirem seu nome. No entanto, caso você escolha continuar na Trinity depois que tiver o diploma, você só vai se deparar com tal preconceito se for estúpido o bastante para se aventurar fora destas paredes sagradas.

Nunca tinha passado pela cabeça de Sasha que ele poderia continuar em Trinity e lecionar para a próxima geração. Apenas alguns dias atrás um ministro do gabinete o estimulara a considerar uma carreira política, e hoje seu professor estava sugerindo que ele deveria permanecer em Cambridge. Ele moveu um peão.

— Você tem um dom natural — disse Streator —, e tenho certeza de que meus colegas vão querer que você fique. — Ele moveu a torre de novo. — Mas eu suponho que talvez você nos considere uma gente bastante enfadonha em comparação ao mundo muito mais excitante lá fora para você conquistar.

— Me sinto honrado só de o senhor pensar sobre o meu futuro — disse Sasha, ao retirar sua dama.

— Mantenha-me informado de quaisquer planos que possa ter — disse Streator —, de qualquer maneira.

— No momento só tenho um plano, senhor. Xeque-mate.

***

O telefone na escrivaninha do sr. Streator começou a tocar, mas ele o ignorou.

— A decisão de dividir Berlim em quatro setores aliados depois da Segunda Guerra Mundial não foi nada mais que um acordo político. — O telefone parou de tocar. — E, quando aquelas pessoas que viviam no que em 1949 virou a Alemanha Oriental começaram a fugir para o Ocidente aos bandos, a reação do governo foi entrar em pânico e construir uma barreira de mais de três metros de altura que se tornou conhecida como o Muro de Berlim. Essa monstruosidade de concreto com trechos de arame farpado estendia-se por mais de cento e quarenta e cinco quilômetros com o único objetivo de impedir os cidadãos da Alemanha Oriental de fugir pro Ocidente.

O telefone começou a tocar de novo.

— Mais de cem pessoas perderam a vida tentando escalar esse muro. Como um monumento às virtudes do comunismo, ele se provou um desastre de relações públicas.

O telefone parou de tocar.

— Espero que em minha vida e certamente na de vocês — continuou Streator — nós o vejamos derrubado e a Alemanha mais uma vez unida como uma única nação.

Houve uma ruidosa batida à porta. Streator levantou-se com relutância de seu lugar e atravessou a sala devagar. Ele já tinha preparado sua primeira frase para o intruso. Abriu a porta e avistou o velho porteiro parado lá, corado e claramente envergonhado.

— Perkins, estou no meio de um estudo dirigido, e, a menos que a faculdade esteja pegando fogo, ou prestes a ser invadida por marcianos, eu agradeceria...

— Pior do que marcianos, senhor, muito pior.

— E o que, por favor, poderia ser pior do que marcianos, Perkins?

— Nove homens de Oxford estão à espreita na guarita do porteiro, decididos a travar batalha.

— Com quem?

— Com o senhor e os membros do time de xadrez de Cambridge.

— É típico desse pessoal aparecer no dia errado — disse Streator. Ele voltou para sua escrivaninha, abriu seu diário e disse: — Porra.

Sasha nunca tinha ouvido o idoso professor falar um palavrão antes, e certamente nunca o vira sem saber o que dizer.

— Porra — repetiu Streator alguns instantes depois. — Peço desculpas, cavalheiros — disse ele, fechando seu diário de classe com uma batida —, mas vou ter de abreviar o encontro de hoje. Eu lhes devo — consultou seu relógio — dezenove minutos. O trabalho de vocês dessa semana será sobre o papel que Konrad Adenauer desempenhou como o primeiro chanceler na Alemanha Ocidental após a Segunda Guerra Mundial. Recomendo que leiam A. J. P. Taylor e Richard Hiscocks, que têm opiniões diferentes sobre o assunto. Acredito que nenhum dos dois está inteiramente correto, mas não deixem que isso os influencie — disse ele enquanto saía da sala. — Karpenko — acrescentou, quase como que por acaso —, como você é membro da equipe de Cambridge, sugiro que venha comigo.

O porteiro apressou-se escada abaixo a uma velocidade que ele só considerava em graves emergências, seguido pelo idoso tutor, e com Sasha seguindo na retaguarda. Quando Streator entrou na guarita do porteiro, foi saudado com um caloroso sorriso por seu homólogo, Gareth Jenkins, um galês que ele realmente nunca estimara, e oito alunos de graduação de Oxford que faziam um grande esforço para não sorrir maliciosamente.

— Sinto muito, Gareth — disse Streator. — Pensei que a partida fosse na semana que vem.

— Acho que você vai descobrir que ela está marcada para as quatro horas da tarde de hoje, Edward — disse Jenkins, entregando a carta de confirmação com a inconfundível assinatura do idoso tutor rabiscada embaixo.

— Poderia me dar cerca de uma hora, meu velho amigo, para eu poder preparar o resto da minha equipe?

— Infelizmente, não, Edward. O jogo está na lista de competições marcadas para às quatro horas desta tarde, o que nos deixa — disse ele, checando seu relógio — dezesseis minutos antes que o jogo comece. Senão ele será registrado como uma vitória sem que o adversário faça pontos. — O time de Oxford já está comemorando.

— Mas eu não tenho como juntar o meu time inteiro em dezesseis minutos. Seja razoável, Gareth.

— Você pode imaginar que reação teria havido se Montgomery dissesse para Rommel: pode atrasar a batalha de El Alamein por cerca de uma hora, meu velho, eu anotei o dia errado e meus homens não estão prontos?

— Isso não é El Alamein — respondeu Streator.

— Claramente não para você — foi a resposta de Jenkins.

— Mas eu só tenho um membro do meu time aqui comigo — disse Streator, parecendo ainda mais frustrado.

— Então ele terá de enfrentar todos os oito de nós — disse Jenkins, que fez uma pausa antes de acrescentar —, ao mesmo tempo.

— Mas... — protestou Streator.

— Por mim, tudo bem — disse Sasha.

— Isso vai ser divertido — disse Jenkins. — Menos El Alamein que a carga da cavalaria ligeira.

Streator conduziu com relutância o time de Oxford para fora da guarita e através do pátio até a Sala de Combinação Júnior, onde dois serventes da faculdade arrumavam rapidamente uma fileira de tabuleiros de xadrez na mesa do refeitório. Streator continuou olhando para o relógio e depois lançando olhares para o portal na esperança de que pelo menos outro membro do time aparecesse. Mas a única coisa que viu foi uma massa de alunos de graduação chegando para testemunhar a aniquilação por vir.

Os oito jogadores de Oxford tomaram seus lugares às mesas, prontos para o combate. Sasha, como Horácio, postou-se sozinho na ponte, enquanto Streator e Jenkins, como árbitros de jogo, tomaram suas posições em ambas as extremidades da mesa.

Quando o relógio na parede bateu quatro horas, Jenkins declarou:

— É hora. Que as partidas comecem.

O tabuleiro mais alto de Oxford moveu o peão da dama duas casas para a frente. Sasha respondeu avançando uma casa com o peão do rei, exatamente quando o capitão de Cambridge entrava correndo no hall.

— Sinto muito, senhor — disse ele, recuperando o fôlego. — Pensei que a partida fosse na semana que vem.

— Mea culpa — admitiu Streator. — Por que você não toma o segundo tabuleiro, já que a partida acabou de começar?

— Infelizmente, isso não vai ser possível — disse Jenkins. — Nosso homem já fez seu primeiro movimento, portanto a partida está em curso. Logo, seu capitão não é mais elegível para participar.

Streator teria se queixado se não achasse que o nome do marechal de campo Montgomery teria sido usado em vão mais uma vez.

O segundo tabuleiro de Oxford fez seu movimento de abertura. Sasha contra-atacou imediatamente, enquanto mais alunos de graduação vagavam pelo hall a fim de olhar o desafiante quando ele se movia para o próximo tabuleiro. Dentro de alguns minutos, mais dois membros do time de Cambridge tinham aparecido, mas também foram obrigados a somente observar o confronto de escanteio.

Sasha derrotou seu primeiro adversário em vinte minutos, o que o fez ser saudado com uma entusiástica rodada de aplausos. O rei azul-escuro seguinte caiu onze minutos depois, momento em que todo o time de Cambridge estava presente, mas o hall estava tão lotado que eles tiveram de acompanhar os acontecimentos da galeria acima.

O terceiro e o quarto homens de Oxford levaram um tempo um pouco maior para se render às habilidades particulares de Sasha, mas foram derrotados em menos de uma hora, já quando não havia mais lugar para ficar de pé no hall e a galeria estava apinhada de alunos de graduação e até alguns professores idosos.

Os três jogadores de Oxford seguintes mantiveram Sasha ocupado por mais meia hora, mas finalmente eles também sucumbiram, restando somente seus capitães no campo de batalha. *Seja paciente,* Sasha podia se lembrar de seu pai dizendo. *Em algum momento eles cometerão um erro.* E ele o fez, vinte minutos mais tarde, quando Sasha sacrificou uma torre e o capitão de Oxford deixou uma abertura de que iria se arrepender nos sete minutos seguintes, Sasha declarou pela oitava vez:

— Xeque-Mate.

O capitão de Oxford se levantou de seu lugar, trocou um aperto de mão com Sasha e curvou-se para o adversário.

— Somos indignos — disse ele, o que foi saudado com aplauso espontâneo.

— Eu acredito que foi um banho — disse Streator depois que os aplausos esmoreceram. — E penso que é apenas justo avisar a você, Gareth, que o jovem Karpenko é um calouro e eu vou tratar de registrar a data certa da visita que faremos a você no ano que vem.

***

Sasha se perguntou se ele algum dia se acostumaria com uma mulher pagando uma rodada de bebidas.

— Você pensou em se candidatar pro comitê do Grêmio? — perguntou Fiona ao lhe entregar uma cerveja. Ele tomou um gole, o que lhe deu tempo para pensar em sua resposta.

— Qual seria o sentido? — respondeu finalmente. — Eu não consigo nem decidir o partido que eu apoio, então quem pensaria em votar em mim?

— Muito mais gente do que você acha — disse Ben antes de tomar um longo gole. — Depois do estimulante discurso no debate sobre pela rainha e pelo país e da derrota do time de xadrez de Oxford inteiro sozinho, eles votariam em você mesmo se você se posicionasse como um separatista russo.

— Você vai se candidatar, Ben? — perguntou Sasha.

— Claro que eu vou! E Fiona inscreveu o nome dela pra vice-presidente.

— Bem, você tem garantidos pelo menos dois votos de um par dos seus mais devotados admiradores — disse Sasha.

— Obrigada — disse Fiona. — Mas muitos homens, inclusive alguns de meu próprio partido, ainda pensam que lugar de mulher é na cozinha.

— Eles deveriam se envergonhar — disse Ben, levantando seu copo.

— Pra não mencionar aqueles membros do Partido Trabalhista que acham que estou em algum lugar à direita de Átila, o Huno.

Ben colocou o copo vazio na mesa.

— Mais uma rodada?

— Não, obrigado — disse Sasha. — Preciso dormir cedo se vou explicar para o dr. Streator por que penso que ele está errado quando diz que um regime totalitário, até um tsar, é mais apropriado pro povo soviético.

— Assunto emocionante — disse Ben. — Eu não me atreveria a discordar do meu professor.

— Será que ele ao menos o reconheceria se você algum dia aparecesse pra um estudo dirigido? — perguntou Sasha.

Ben ignorou o comentário.

— E você, Fiona? Quer me acompanhar em outra rodada?

— Por mais que eu queira, Ben, eu também preciso ir. Não quero dormir no meio da aula de Tort amanhã.

— Eu me juntaria a você — disse Ben —, mas acabo de avistar um grupo de liberais que preciso elogiar se quiser ter alguma chance de ser eleito pro comitê.

— Lembra de falar bem de mim — disse Fiona. — E não se esqueça de que você pode ser desqualificado pra se candidatar se pagar uma bebida para eles tão perto assim da eleição.

Quando saíam do bar do Grêmio e percorriam o caminho de paralelepípedos para King's Parade, ela disse:

— Ben está certo, você sabe.

— Certo sobre o quê?

— Você deveria se candidatar pro comitê — disse Fiona. — Você poderia não ser eleito na primeira vez, mas estaria estabelecendo um marcador.

— Um marcador para quê?

— Pra um cargo mais elevado.

— Acho que não. Vou deixar isso pra você.

— Você deveria ao menos considerar isso porque, depois que decidir que partido apoia, você poderia até terminar como presidente do Grêmio.

— Esse não é o cargo que você quer?

— É. Mas, como tem um novo presidente a cada mandato, por que não poderíamos nós dois ocupar o cargo?

— Eu não tinha pensado em me candidatar pro comitê — disse Sasha —, muito menos pra presidente.

— Então é hora de fazê-lo. Você vai me acompanhar até a minha faculdade?

— É claro.

— Você é tão maravilhosamente antiquado — zombou Fiona enquanto pegava a mão dele.

Mais uma vez, Sasha foi tomado pela surpresa ao ver que era uma mulher que havia feito o primeiro gesto. O peão da dama avança uma casa. Enquanto eles iam de mãos dadas para a faculdade de Fiona, ele não podia se impedir de pensar em Charlie. Ele sabia que ela não se importava muito com o Grêmio, e nem com Fiona em particular.

— Você consegue achar o caminho de volta pra sua casa, Sasha? — perguntou Fiona quando eles chegaram à entrada da Newnham. Mas, antes que ele pudesse responder, ela acrescentou: — Talvez você queira subir ao meu quarto pra uma bebida?

— Como eu passaria pela guarita do porteiro? — disse Sasha, procurando uma saída.

Fiona riu.

— Vem comigo. — Mais uma vez ela tomou a sua mão e levou-o até a parte detrás do prédio. — Está vendo a saída de emergência? A janela do terceiro andar é o meu quarto. Quando você vir a luz se acender, pode subir. — Sem mais uma palavra, deixou-o parado lá.

Sasha tentou colocar seus pensamentos em ordem. Estava cogitando voltar direto para Trinity quando a luz no terceiro andar se acendeu. Ela abriu a janela e sorriu para seu involuntário Romeu.

Sasha subiu na escada de emergência e foi até o terceiro andar. Ele entrou no quarto com dificuldade, e Fiona estava de pé junto da cama, desabotoando a blusa. Ela atravessou o cômodo para se juntar a ele, tirou o paletó dos ombros dele e começou a beijar seu pescoço, seu rosto, seus lábios. Quando ele se afastou, ela já estava sem a blusa.

— Mas eu pensei que você e Ben fossem um casal — disse Sasha.

— É conveniente pro meu objetivo que ele pense assim — disse Fiona, puxando-o para a cama. — Mas meu único interesse no Ben é que ele consegue atrair o voto judaico.

Sasha imediatamente se levantou e empurrou-a.

— O que eu disse?

— Se você não sabe, Fiona, não tem como eu explicar. — Ele pegou o paletó do chão e se dirigiu para a janela. Olhou para trás e teve de admitir que, embora Fiona não conseguisse esconder sua raiva, ela ainda estava bonita. Só depois que desceu a escada de emergência e caminhava de volta para Trinity foi que ele decidiu que iria se candidatar para o comitê do Grêmio.

15

Alex

Universidade de Nova York

Quando ficou sem dinheiro, Alex não sabia ao certo a quem podia recorrer para socorrê-lo.

A maioria dos rapazes que frequentam a universidade como calouros tira algumas semanas para se acostumar com a rotina antes de se estabelecer, mas Alex não tinha algumas semanas. A barraca do Bernie, como os moradores ainda pensavam nela, mal estava se mantendo. Embora Alex tivesse encontrado meios de cortar os custos, Wolfe continuava exigindo seus 320 dólares por mês e, como ele lembrava regularmente a Alex, adiantados, tal como acordado no contrato. Mas Alex não tinha 320 dólares, e, se não pudesse entregar o dinheiro até segunda-feira de manhã, não teria mais a barraca. Como poderia ele pedir outro empréstimo a curto prazo?

Estava sentado no fundo do anfiteatro rabiscando em um caderno. Aqueles alunos de graduação à sua volta julgavam que ele estava anotando o que o professor dizia, mas Alex estava preocupado demais pensando em como continuar com a barraca. Tinha garantido para Elena no café da manhã que suas notas continuavam boas o bastante para pô-lo entre os melhores de sua turma, mas sabia que não podia compartilhar suas outras preocupações com ela.

"A quebra de Wall Street poderia ter sido evitada, e será que os especialistas financeiros deveriam ter detectado os sinais muito antes, ou eram todos eles apenas..."

Alex olhou para suas anotações e cogitou suas opções: mamãe, Dimitri, Ivan. Considerou cada uma delas alternadamente. Sua mãe só sabia da metade da história, e era a melhor metade. Ela nunca estivera com o sr. Wolfe e só vira Ivan a distância, quando ele se juntou a Alex para almoçar no Mario's. Uma figura suspeita de cuja aparência ela não gostara, ela dissera ao filho em mais de uma ocasião.

Recentemente, Alex começou a se perguntar se ela poderia estar certa. Elena supusera que Ivan trabalhava na feira, embora nunca o tivesse visto lá. Ela quase sempre deixava claro que esperava que seu filho não acabasse como um feirante, mas se tornasse um advogado, ou um contador, com um escritório refrigerado em Manhattan e que voltaria para casa todas as noites para sua mulher e três filhos e residisse no Upper East Side e não no Brooklyn.

Vá sonhando, Alex lhe teria dito. Mas ele sabia que ela nunca aceitaria que ele fosse um dos feirantes da vida que, quando usavam um terno, virava um empresário. Ele riscou uma linha no nome dela.

Dimitri? Ele havia se provado um doador, não um tomador. Um homem cuja confiança e generosidade pareciam não conhecer limites. Ele era o responsável por Alex e sua mãe terem um teto sobre suas cabeças e foi quem forneceu o empréstimo original para a barraca de Alex, que ainda não pagara. Para piorar as coisas, Dimitri estava de novo em alto-mar e a previsão de sua chegada era dentro de dez dias.

Alex ainda suspeitava que Dimitri escondia um segredo. Mas talvez sua mãe estivesse certa e ele fosse simplesmente um cara legal. Alex riscou com relutância seu nome com uma linha, restando somente uma pessoa na lista.

Ivan. A relação dos dois se tornara cada vez mais tensa. Seu sócio quase sempre tinha um acesso de raiva se Alex chegasse mesmo que alguns minutos atrasado para uma partida de xadrez, e recentemente Alex começara a suspeitar de que não estava recebendo sua parte total dos lucros das partidas dos fins de semana. Ivan nunca o deixava ver quanto tinha entrado em seu caderno, e, enquanto as apostas paralelas estavam sendo registradas, os olhos de Alex estavam sempre cobertos com uma venda.

Durante o ano anterior, Alex aprendera muito pouco sobre Ivan. Não sabia qual era seu trabalho durante o dia, além do fato de que ele dirigia um pequeno negócio de importação e exportação paralelamente. Mesmo assim, Ivan estava parecendo a única perspectiva de manter seu acordo com o sr. Wolfe.

Alex circulou devagar o nome de Ivan e decidiu que, como no xadrez, a melhor forma de defesa era o ataque. Ele puxaria o assunto de um empréstimo durante seu intervalo de almoço no sábado.

— Quero que vocês escrevam uma redação no fim de semana — disse o professor — sobre se os primeiros cem dias no cargo do presidente Roosevelt foram o ponto crucial...

Não era assim que Alex planejava passar seu fim de semana.

***

— Deixa eu entender o seu problema — disse Ivan em russo quando um grande pedaço de pizza foi posto na sua frente. — Você está atualmente alugando uma barraca...

— Tenho uma licença de cinco anos.

— Por trezentos e vinte dólares por mês, e está tendo apenas um pequeno lucro.

— Não o suficiente pra cobrir o aluguel do próximo mês.

— Mas você acha que o problema seria resolvido se tivesse tempo suficiente?

— Ajudaria se eu pudesse conseguir uma segunda barraca.

— Ainda que você não esteja podendo arcar com a que você já tem?

— É verdade, mas, se você e eu nos tornássemos sócios, tenho certeza...

— Esquece isso — disse Ivan, interrompendo-o. — Se você alugasse uma segunda barraca, a única coisa que iria dobrar seriam seus prejuízos.

Alex abaixou a cabeça e olhou para sua pizza intacta.

— Mas — disse Ivan, depois de pegar uma segunda fatia —, se for simplesmente um problema de fluxo de caixa, talvez eu possa ajudar.

— Eu faço qualquer coisa.

— Semana passada eu tive de despedir um dos meus mensageiros, e estou procurando um substituto confiável.

— Mas isso iria significar que eu teria de abandonar a NYU. Se eu fizesse isso, minha mãe iria me renegar.

— Talvez você possa ter o melhor de ambos os mundos — disse Ivan — porque eu só precisaria de você duas ou três vezes por semana, e mesmo assim só por umas duas horas.

— Mas não tem como eu ganhar o suficiente pra cobrir...

— Contanto que você esteja sempre de plantão, eu te pagaria cem dólares por semana, o que o deixaria com alguns dólares excedentes.

— O que você quer que eu faça, hein?

— Nada de muito complicado. Não se esqueça, sou imigrante, tal como você — disse Ivan. — Posso não ter saído do último navio que atracou, mas não estou aqui há tanto tempo assim. Apesar disso, consegui construir um pequeno negócio de importação e exportação que está indo muito bem, e estou sempre à procura de bons substitutos.

— Eu não quero ter nada a ver com drogas — disse Alex firmemente. — Eu estaria pedindo pra voltar pra União Soviética.

— E eu tampouco — disse Ivan. — Devo confessar que o negócio não é exatamente o que os judeus chamariam de kosher, por isso é melhor que você não saiba muito.

— As mercadorias são roubadas?

— Não exatamente, mas de vez em quando alguns pacotes de cigarros podem cair da traseira de um caminhão indo pras docas, ou uma caixa ocasional de uísque poderia não aparecer na lista de embarque depois de ser descarregada de um navio.

— Mas eu não estaria disposto...

— E não se esperaria que estivesse. Esse não é o lado do negócio em que você estaria envolvido. O que estou procurando é um mensageiro pra entregar mensagens pros meus trabalhadores nas ruas. Isso não deve ser demasiado difícil pra alguém com a sua inteligência.

— Mas como que com isso eu ganho cem dólares por semana? — perguntou Alex.

— Você é bilíngue, e a maior parte de meus mensageiros só fala russo — disse Ivan. Ele tirou um maço de notas de cem dólares de seu bolso detrás, separou quatro e entregou-as a Alex, que parou de lhe fazer mais perguntas.

Elena observou de trás do balcão quando o dinheiro mudou de mãos. Ninguém desembolsava esse tipo de dinheiro se ele fosse legítimo. O que a deixou ainda mais desconfiada foi que Alex não tinha tocado em sua pizza favorita.

* * *

Para começar, Ivan não era muito exigente. Era como se ele estivesse pondo à prova seu novo recruta, pedindo-lhe somente que entregasse mensagens inócuas para vários contatos espalhados pela cidade. Alex poucas vezes obtinha mais que um grunhido em retorno de seus compatriotas, e, quando eles falavam, era sempre em russo. Mas Ivan explicou que eles eram todos imigrantes que, como ele, haviam escapado das garras tirânicas da KGB e não confiavam em ninguém. Alex não podia fingir que gostava das pessoas com quem lidava, mas odiava a KGB mais ainda, e, igualmente importante, Ivan nunca deixava de pagar seu salário em dia. A maior parte do dinheiro era passada na manhã seguinte para o sr. Wolfe, que parecia ser a única pessoa que estava lucrando.

Alex deixava a NYU por volta das quatro da tarde e estava de volta à feira a tempo de substituir Bernie às cinco. Ele raramente fechava a barraca antes das sete, quando ia andando até o Mario's e se juntava à sua mãe para a ceia. Sempre carregava livros e livros debaixo do braço, dando a impressão de ser um estudante aplicado que acabava de voltar da aula. Não se importava, contudo, de admitir para Elena que estava gostando do curso de economia muito mais do que esperava.

Durante o jantar, ele lia um capítulo de Galbraith ou Smith, e, quando voltava para casa, escrevia extensas anotações antes de se deitar. Uma rotina que um jesuíta aprovaria, por mais que reprovasse o objetivo final de Alex.

* * *

Quando retornou à universidade para seu segundo ano, Alex já alugava três barracas. Frutas e legumes, joias (três vezes o preço de custo) e roupas, que ele comprava de Addie — ela punha de lado tudo que não parecia de segunda mão — e colocava na barraca na manhã seguinte pelo dobro do preço. Ele passava todas as noites de sábado com Addie, ocasionalmente virando a noite, o que nem sempre era apreciado, pois ele precisava estar de volta à feira às quatro da madrugada para se assegurar de que não ficasse em segundo lugar. Cinco horas, e você acabava com os restos.

No fim de seu segundo ano, Alex já tinha quitado cada centavo de sua dívida para com Dimitri e comprara para a mãe um casaco de pele para os invernos de Nova York; uma pechincha de bazar beneficente por sessenta dólares. Ele estava até pensando em comprar para si mesmo um furgão de entrega de segunda mão de modo a poder acelerar entregas e poupar tempo, mas não antes de se formar.

Embora estivesse trabalhando dezesseis horas por dia, Alex gostava de um estilo de vida que nenhum outro aluno de graduação da NYU teria considerado possível. Mas o verdadeiro bônus era que suas três barracas estavam gerando um lucro grande o bastante para permitir que ele comprasse uma quarta (vidro lapidado, a última febre).

Tudo estava correndo conforme o planejado, até que ele foi preso.

16
SASHA
Universidade de Cambridge

— QUANDO VOCÊ ACHA QUE vamos saber do resultado? — perguntou Sasha.

— A votação terminou às seis horas — disse Ben. — O presidente da mesa deve estar contando os votos agora. Acredito que vamos saber em cerca de meia hora, talvez antes.

— Mas como vamos descobrir? — perguntou Sasha, não querendo admitir o quanto estava nervoso.

— O presidente que está de saída vai anunciar os nomes dos novos funcionários junto com aqueles que foram eleitos pro comitê, e depois vamos celebrar ou afogar as nossas mágoas.

— Vamos torcer pra que nós dois entremos no comitê.

— Pra você vai ser uma barbada — disse Ben. — Eu só quero entrar de raspão no quarto lugar.

— Se você conseguir, como vai comemorar?

— Farei uma última tentativa de levar Fiona pra cama comigo. Se ela for eleita vice-presidente, devo ter uma chance de entrar.

Sasha tomou um gole de cerveja.

— E o que você planejou? — perguntou Ben.

— De uma maneira ou de outra, vou ver a Charlie e tentar compensar todo o tempo que tenho desperdiçado neste lugar.

— Ela mesma está bastante preocupada desde que entrou pro teatro — disse Ben. — Talvez você devesse ter se tornado um ator, não um político. Nesse caso você poderia ter representado Oberon em oposição à Titânia dela.

— Sorte do Oberon.

Um súbito silêncio caiu sobre a sala quando o presidente que estava deixando o Grêmio entrou. Ele parou no centro, tossiu e esperou até que tivesse a atenção de todos.

— O resultado da votação para os funcionários do Grêmio no mandato da Festa de São Miguel é o seguinte: presidente, com setecentos e doze votos, sr. Chris Smith da Faculdade Pembroke. — Uma ruidosa aclamação se seguiu quando os apoiadores de Smith levantaram seus copos. Carey não voltou a falar até que o silêncio tinha sido restaurado. — O tesoureiro será o sr. R. C. Andrews da Caius, com seiscentos e noventa e um votos. — O que permitiu aos membros do Clube Trabalhista se juntarem à aclamação. — E a vice-presidência, com quatrocentos e onze votos — continuou Carey, para uma audiência silenciada —, vai para — ele fez uma pausa — a srta. Fiona Hunter, da Faculdade Newnham. — Metade da sala pulou, enquanto a outra metade continuou sentada.

— Ela será a próxima presidente — disse Ben.

— Eleitos como membros do comitê — disse Carey, virando para uma folha de papel separada —, sr. Sasha Karpenko, com oitocentos e onze votos; sr. Norman Davis, com quinhentos e quarenta e dois votos; Jules Huxley, com quinhentos e dezesseis votos; e sr. Ben Cohen, com quatrocentos e quarenta e um votos.

— Parabéns — disse Ben apertando cordialmente a mão de Sasha. — Pode ser uma questão de tempo antes que você se torne presidente. Mas, por enquanto, vamos cair aos pés de nossa nova vice.

Sasha seguiu com relutância seu amigo para o outro extremo da sala, onde Fiona estava cercada por admiradores. Ela deu em Ben um abraço afetuoso, mas, quando viu Sasha, deu-lhe as costas.

— Deveríamos comemorar — disse Ben. — Quer se juntar a nós pro jantar?

— Não, obrigada — disse Sasha. — Estou indo ver a Charlie. Espero que ela me dê uma segunda chance.

— Boa sorte — disse Ben —, e parabéns.

Sasha abriu caminho lentamente através da sala lotada, tendo de parar várias vezes para trocar apertos de mão com admiradores, embora já estivesse pensando em Charlie e esperando que ela estivesse desejosa de compartilhar de seu triunfo. Ele sabia como ela gostaria de comemorar. A última vez que a vira fora para tomar um chá no quarto dela um pouco mais de uma semana antes. Ele ficara horrorizado ao descobrir que o quarto de Charlie ficava no segundo andar, logo abaixo do de Fiona. Ela andara preocupada — talvez fosse a ideia de representar Titânia, com a noite da estreia a apenas alguns dias. Ou talvez ele tivesse se dedicado só um pouquinho demais ao Grêmio.

Sasha começou a correr quando passou de Trinity e correu todo o caminho até Newnham, onde foi até os fundos do edifício.

Embora as cortinas estivessem fechadas, pôde ver uma luz brilhando no quarto de Charlie. Ele agarrou o degrau inferior da escada de incêndio e subiu rapidamente até o segundo andar. Estava prestes a bater na janela quando notou uma brecha nas cortinas. Mas viu que Titânia estava na cama com Oberon.

***

O som intermitente de uma sirene aguda acompanhado por luzes azuis piscando fez o tráfego da Fulham Road parar e permitir à ambulância seguir seu caminho.

Elena saíra correndo da cozinha no momento em que ouviu que o sr. Moretti tinha caído. Ela instruiu imediatamente o chefe dos garçons a telefonar para uma ambulância, enquanto se ajoelhava ao lado dele e checava seu pulso. Estava fraco, mas ainda estava vivo. Gino pediu o telefone mais próximo.

— Eles vão chegar aqui a qualquer minuto — disse Elena, segurando a mão dele com firmeza. Ela não sabia ao certo se ele podia ouvi-la, mas seus olhos se abriram e ele tentou dar um sorriso.

Pareceu que haviam se passado horas antes que ela ouvisse o som aliviante de uma ambulância que se aproximava, embora de fato tivessem sido apenas sete minutos.

Um instante depois, dois jovens paramédicos estavam se ajoelhando ao lado de Moretti. Enquanto um checava seu pulso, o outro colocava uma máscara de oxigênio sobre seu rosto. Em seguida, ergueram o velho senhor de rosto acinzentado numa maca e o carregaram para fora do restaurante enquanto clientes preocupados se afastavam para deixá-los passar.

— Telefona pra mulher dele, Gino — disse Elena enquanto os acompanhava até a rua, ainda segurando a mão do sr. Moretti. Ele foi erguido à ambulância e preso com cintos de segurança. Alguns segundos depois seguiam a toda a velocidade para o hospital.

Elena tentou permanecer calma enquanto rezava para um deus de cuja existência já não estava certa. O paramédico do fundo da ambulância desenvolvia uma rotina que tinha executado inúmeras vezes: primeiro, envolver o braço direito do paciente com uma almofada e prender um chumbo a uma pequena tela que traçava uma linha mostrando pequenas montanhas e vales subindo e descendo. De repente, sem aviso, as montanhas e vales se transformaram em um deserto plano e ininterrupto. O paramédico imediatamente passou para o modo de emergência, socando o peito do paciente em intervalos de poucos segundos, pausando por vezes para verificar o monitor. Depois de vários minutos, quando ainda não havia resposta, ele finalmente desistiu.

— Nós o perdemos — disse ele calmamente, e recostou-se, ciente de que qualquer outra tentativa de ressuscitação não serviria para nada.

— Não! — exclamou Elena, não querendo aceitar suas palavras. Algo que o paramédico experimentara muitas vezes.

— Ele era seu pai? — perguntou compassivamente o paramédico ao pôr um lençol sobre o rosto do sr. Moretti.

— Não. Mas nenhum pai poderia ter feito mais por uma filha.

***

— Você viu a Charlie em *Sonho*? — perguntou Ben quando eles se sentaram no bar.

— Todas as oito apresentações — admitiu Sasha. — Até as matinês.

— Está tão ruim assim?

— Infelizmente, sim.

— Então o que você vai fazer sobre isso?

— Não tem muito o que eu possa fazer enquanto o Oberon continua sua performance amorosa nos bastidores bem como no palco. Parece que fui escalado no papel de Bottom.

— Eu acho que você vai ver que ele já trocou de papel.

— Mas eu os vi...

Sasha se deteve no meio da frase.

— Isso foi antes que os críticos aclamassem Rory como um futuro astro, ao passo que Charlie mal recebeu uma menção.

— Mas eu achei ela maravilhosa — disse Sasha. — Tão boa quanto ele. Melhor, na verdade.

— É uma pena que os críticos não concordem com você — disse Ben. — Mas, afinal, eles não podiam saber que ela estava apaixonada por outra pessoa.

— Tem uma outra pessoa?

— Não, idiota. Francamente, às vezes eu me pergunto como um homem tão inteligente pode ser tão burro. Cada vez que vejo Charlie, ela só fala sobre você. Então vai lá e faz ela feliz. Começa dizendo o quão maravilhosa você achou que ela foi como Titânia.

— Eu não acho que ela receberia isso bem da minha parte.

— Sasha, pelo amor de Deus, acorda, levanta essa bunda e faz alguma coisa a respeito disso.

Passaram-se mais 24 horas antes que Sasha levantasse a bunda e fizesse alguma coisa com relação a Charlie.

***

Sasha descobriu que não conseguia se concentrar durante seu estudo dirigido matinal. Ele não almoçou e pulou sua aula da tarde, antes de finalmente seguir o conselho de Ben e partir na direção de Newnham.

Dessa vez, ao chegar à faculdade, ele não foi furtivamente até os fundos e subiu na escada de incêndio, mas atravessou o portão da frente. Registrou seu nome com o porteiro antes de subir lentamente a escada até o segundo andar. Várias vezes quase voltou atrás, e poderia ter feito isso, se não tivesse escutado a voz de Ben repetindo em seu ouvido: "Idiota patético." Hesitou mais uma vez quando chegou à porta de Charlie, em seguida respirou fundo e bateu.

Estava prestes a desistir quando a porta abriu. Por alguns instantes os dois apenas olharam um para o outro.

— Et tu, Brute — finalmente conseguiu Charlie dizer.

— Peça errada — disse Sasha. — Eu vim para lhe dizer que não há nada tão belo em toda Verona.

— Mas você subiu até a varanda de outra pessoa antes da minha.

— Você me viu? — perguntou Sasha, ruborizando.

— Nas duas vezes. E não melhorou minha vida amorosa quando eu pulei fora da cama e corri à janela só para descobrir que você já tinha desaparecido.

Sasha caiu na gargalhada.

— Rory foi embora quase tão rápido quanto você. Mas entra — disse ela, tomando-lhe a mão —, porque isso é apenas um ensaio geral.

***

Quando Sasha voltou à faculdade umas duas horas mais tarde, ninguém poderia ter deixado de notar o sorriso satisfeito em seu rosto, exceto talvez o porteiro.

— Mensagem telefônica para você, sr. Karpenko — disse ele, entregando--lhe um bilhete.

Sasha desdobrou-o e, depois de ler a única frase, perguntou quando ela havia telefonado.

— Faz mais ou menos uma hora, senhor. Eu tentei o seu quarto, mas o senhor não estava, e ninguém parecia saber onde o senhor estava, já que tinha faltado à sua aula da tarde.

— Não, eu estava... Se alguém perguntar, por favor, diga que tive de ir a Londres de repente, e não espero estar de volta por pelo menos uns dois dias.

— É claro, senhor.

Menos de uma hora depois, Sasha estava desembarcando na plataforma em King's Cross. Quando chegou ao pequeno apartamento em cima do restaurante em Fulham, encontrou sua mãe mais consternada do que a vira desde a morte de seu pai. Ela tirara a noite de folga, algo que ele nunca a havia visto fazer antes.

***

A quantidade de pessoas no velório realizado em St. Mary's, Fulham, na semana seguinte, comprovou o quanto o sr. Moretti era benquisto, muito além dos limites da comunidade local. O comovente panegírico de Sasha levou o sr. Quilter a comentar:

— Como eles dizem em Yorkshire, rapaz, você o deixou orgulhoso.

Depois que a cerimônia tinha terminado e o caixão baixado na terra, Sasha acompanhou a mãe de volta ao restaurante, onde parentes, amigos e clientes foram apresentar seus respeitos. Muitos deles trocaram histórias de gentileza pessoal que tinham experimentado, nenhuma mais tocante que a de Elena. Quando o último convidado foi embora, Elena acompanhou a viúva enlutada até em casa.

— Você deve voltar ao trabalho, Elena — disse a sra. Moretti quando a luz começou a declinar. — Salvatore não esperaria nada menos.

Elena se levantou com relutância de sua cadeira, deu à velha senhora um último abraço antes de vestir seu casaco. Estava prestes a sair quando a sra. Moretti disse:

— Você poderia fazer a gentileza de passar aqui em algum momento amanhã, minha querida? Penso que devemos discutir o que eu planejei pro restaurante.

***

Sasha não voltou para Cambridge no dia seguinte, mas rumou na direção oposta, chegando a Oxford a tempo de se juntar a seus companheiros de equipe em Merton, que tinham todos voltado a verificar a data, a hora e o lugar.

Mas o time de Oxford tinha lambido suas feridas e os esperava de emboscada. Quando Sasha descobriu o que eles estavam aprontando, era tarde demais, e Cambridge perdeu a partida por 4½ a 3½. Sasha explicou ao dr.

Streator na viagem de volta aos Fens como Jenkins os derrotara antes mesmo que eles fizessem suas jogadas de abertura.

— Quem fez o quê? — perguntou Streator.

— O sr. Jenkins rompeu a convenção de pôr o melhor jogador deles contra o nosso melhor jogador. Ele pôs seu jogador mais fraco contra mim, claramente disposto a sacrificar aquele jogo. Assim, o jogador mais forte dele jogou contra o nosso segundo tabuleiro, e eles ficaram com uma vantagem para os outros sete jogos.

— Aquele galês filho da mãe — disse Streator.

— Não se preocupa, senhor. Eles não vão se safar com essas táticas no próximo ano, porque vou garantir que a gente esteja esperando eles em uma emboscada.

— Que bom. E, Sasha, pretendo torná-lo capitão no próximo ano, por isso essa será sua última chance de vingança. Mas eu desconfio que esse não será seu maior desafio, se você ainda estiver planejando se candidatar a presidente do Grêmio e ficar em primeiro lugar.

— Eu me pergunto às vezes se posso fazer ambas as coisas — disse Sasha. — Charlie nunca diz nada, mas eu sei que ela preferiria que eu desistisse do Grêmio e me concentrasse no meu trabalho.

— Soube que ela desistiu do teatro pela mesma razão — disse Streator. Sasha não fez nenhum comentário. — Se você se candidatar à presidência, quem pensa que será seu maior rival?

— Fiona Hunter, a atual vice-presidente.

— Se ela for filha do pai dela, será uma opositora formidável.

— Conhece o sir Max Hunter?

— Conheci seria mais preciso. Max e eu fomos contemporâneos em Keble. Eu nunca gostei dele. Estava sempre procurando um atalho. Um homem corrupto, corrupto na política.

— Ele conseguiu chegar ao Gabinete.

— Não por muito tempo — disse Streator. — Ele pisoteou pessoas demais em sua ascensão, por isso, quando finalmente caiu em desgraça, nenhuma delas estava lá para apoiá-lo. Só posso repetir, se Fiona for filha do pai dela, fique de olhos bem abertos, porque ela vai fazer Gareth Jenkins parecer um cavalheiro.

— Não acredito que ela seja tão ruim assim — disse Sasha.

***

— Leite e açúcar, minha querida?

— Obrigada — disse Elena. — Só leite.

— Quis vê-la porque recebi um telefonema inesperado do meu contador semana passada — disse a sra. Moretti. — Ele recebeu uma oferta pelo restaurante que considera justa. Mais do que justa, se me lembro de suas palavras exatas.

Elena pousou sua xícara e ouviu atentamente.

— Por isso concordei em ter uma reunião com o possível comprador, que me assegurou de que era um grande admirador seu. Ele me garantiu que iria mantê-la em sua atual posição, e não tinha nenhuma objeção a que você continuasse morando no apartamento do segundo andar.

Elena não conseguiu esconder seu alívio. Ela não tinha admitido nem mesmo para Sasha que estava ansiosa com relação ao que aconteceria com o restaurante, agora que o sr. Moretti não estava mais por perto para cuidar de sua família extensa.

— Posso perguntar o nome do novo proprietário? — perguntou Elena, na esperança de que pudesse ser um cliente que ela conhecesse, ou talvez alguém com quem ela tivesse trabalhado no passado.

A sra. Moretti voltou a pôr os óculos, pegou o contrato recém-assinado e checou o nome na última linha.

— Um sr. Maurice Tremlett — disse ela, jogando mais um cubo de açúcar em seu chá. — Ele pareceu um rapaz simpático.

O chá de Elena ficou frio.

***

Maurice Tremlett entrou na cozinha e gritou acima da agitação e do barulho:

— Qual de vocês é Elena Karpenko?

Elena pousou sua faca de trinchar e surgiu de trás do longo balcão de aço. Tremlett olhou para ela durante algum tempo antes de dizer:

— Quero que você saia daqui agora, e quero dizer nesse instante. Você tem vinte e quatro horas pra tirar todos os seus pertences do meu apartamento.

— Isso não é justo — disse Betty, tirando suas luvas de borracha e dando um passo à frente para apoiar sua amiga.

— Ah, não, é? — disse Tremlett. — Então você está despedida também. E, se mais alguém quiser se juntar a elas, fique à vontade. — Embora um ou dois outros membros do pessoal da cozinha tenha arrastado os pés nervosamente, ninguém falou nada. — Bom, então isso está resolvido. Mas estejam avisados, caso qualquer um de vocês fale com uma dessas duas novamente — disse ele, apontando para Elena e Betty como se elas fossem criminosas —, vocês também podem começar a procurar outro emprego. — Ele se virou e saiu sem mais nenhuma palavra. Elena tirou suas roupas brancas, saiu da cozinha e rumou para o apartamento do andar superior sem falar com ninguém. A primeira coisa que fez, depois de fechar a porta da frente, foi procurar o número da guarita do porteiro em Trinity. Por apenas uma segunda vez, ela ia quebrar sua regra de ouro de jamais perturbar Sasha durante períodos letivos. Apesar disso, decidiu que essa era, indubitavelmente, uma emergência. Pegou o telefone e estava prestes a discar o número quando ouviu um longo zumbido. A linha telefônica já tinha sido cortada.

***

Uma batida firme fez o dr. Streator parar no meio da frase.

— Ou a faculdade está pegando fogo — disse ele —, ou mais uma vez eu me enganei com relação ao dia da partida contra Oxford.

Os três alunos de graduação riram diligentemente quando seu supervisor se levantou de seu lugar junto à lareira, atravessou a sala devagar e abriu a porta, para achar um homem de aparência severa e um policial fardado de pé no corredor.

— Desculpa por perturbá-lo, professor Streator — (ele ficou lisonjeado com a promoção) disse o rapaz num terno cinza e uma gravata de faculdade que o tutor sênior teve a impressão de conhecer. — Sou o sargento detetive Warwick — disse ele, apresentando sua identificação. — O sr. Sasha Karpenko está com você?

— Sim, está. Mas posso perguntar por que deseja vê-lo?

Warwick ignorou a pergunta e, passando pelo tutor, entrou em seu gabinete seguido pelo policial. Ele não precisou perguntar qual dos três alunos era Karpenko, porque Sasha imediatamente se levantou.

— Preciso lhe fazer algumas perguntas, sr. Karpenko — disse Warwick.
— Dadas as circunstâncias, poderia ser mais conveniente que me acompanhasse à delegacia.

— Quais são as circunstâncias? — perguntou Streator.

— Não tenho permissão pra dizer, senhor — respondeu Warwick enquanto o policial pegava Sasha firmemente pelo braço e o levava para fora da sala.

Streator deixou seus perplexos alunos e seguiu Sasha e os dois policiais para fora de seu gabinete, escada abaixo, através do pátio e até a rua. Vários alunos de graduação olharam com curiosidade quando Sasha subiu no banco detrás de uma viatura e foi levado a toda pressa.

LIVRO TRÊS

17
ALEX
Brooklyn

ALEX FOI DEIXADO SOZINHO NUMA salinha escura debaixo de uma lâmpada nua que mal iluminava a mesa onde ele estava sentado. Duas cadeiras vazias colocadas no lado oposto da mesa eram os dois únicos outros móveis na sala. Um grande espelho cobria a parede em frente a ele, que se perguntou quantas pessoas estavam de pé do outro lado, observando-o.

Seu cérebro começou a trabalhar sem parar. Por que havia sido preso? Que acusação estavam lhe fazendo? Que lei tinha infringido? Alex não podia acreditar que a polícia estava interessada nos pequenos lucros que ele obtinha jogando xadrez nos fins de semana, e, embora agora possuísse quatro barracas e estivesse ganhando uma quantia razoável, isso com certeza não teria sido suficiente para interessar mesmo o mais humilde inspetor de impostos. E eles não teriam nenhuma maneira de ter conhecimento dos cem dólares por semana que Ivan estava lhe pagando, porque era sempre em dinheiro vivo. Não podia ser nada relacionado com a universidade, porque eles tinham a sua própria segurança e, de todo modo, o reitor havia sugerido recentemente que ele pleiteasse uma vaga na Harvard Business School. Embora tivesse ficado lisonjeado com a ideia, Alex preferiria acabar como um objeto de estudo, não como um aluno.

Seus pensamentos foram interrompidos quando a porta foi subitamente aberta e dois homens bem-vestidos entraram. Ele reconheceu os dois de imediato, mas não disse nada. Eles se sentaram em frente a ele. Ele nunca esquecera o primeiro encontro que tivera com eles, e se perguntou qual dos dois iria fazer o papel do policial bonzinho. Pelo menos não tinha como ser pior do que na União Soviética, onde eles só tinham uma rotina de policial mau, policial mau. Ele esperou que um deles falasse.

— Meu nome é Matt Hammond — disse o homem mais velho —, e este é meu colega, Ross Travis. Você talvez se lembre de que nos encontramos em sua casa algum tempo atrás.

— Quando vocês afirmaram trabalhar para a Guarda de Fronteira — disse Alex mais calmamente do que se sentia.

— Trabalhamos na CIA — disse Hammond, mostrando seu distintivo — e esperávamos que você pudesse nos ajudar com uma tarefa em que estamos trabalhando atualmente.

Tarefa, não investigação, pensou Alex. *Preciso falar com meu advogado* não era sempre a primeira frase pronunciada por criminosos quando se viam diante dessa situação nos filmes? Mas ele não era um criminoso, por isso permaneceu em silêncio. A frase seguinte que Hammond pronunciou o pegou completamente de surpresa.

— Estamos esperançosos de que se sinta capaz de trabalhar conosco, sr. Karpenko. — Alex rememorou seu primeiro encontro. — Durante os últimos seis meses — continuou Hammond —, dois de nossos agentes vigiaram o senhor dia e noite enquanto você trabalha como mensageiro para um homem conhecido como Ivan Donokov, que tivemos sob vigilância por algum tempo.

— Mas Ivan me assegurou que não estava traficando drogas — disse Alex.

— E não está — disse Hammond.

— E então? — perguntou Alex, sentindo-se nervoso pela primeira vez.

— Donokov é um agente sênior da KGB, que é responsável por uma rede de agentes espalhados por todo o país.

Seguiu-se um longo silêncio, até que Alex disse:

— Mas ele odeia os comunistas, mais que eu.

— Ele sabia que isso era exatamente o que você queria ouvir.

— Mas ele me conheceu jogando xadrez...

— Não foi por coincidência — disse Travis — que Donokov estava sentado em um tabuleiro de xadrez com um assento vazio diante dele a primeira vez que você entrou na Praça dos Jogadores.

— Ele não teria tido como saber que...

— Pensamos que o major Polyakov o avisou depois que você e sua mãe fugiram de Leningrado.

— Mas ele não sabia que eu jogava xadrez, e... — Alex parou no meio da frase.

— Não, provavelmente foi seu amigo Vladimir que forneceu essa informação a Polyakov — disse Hammond.

Mais um longo silêncio, e nem Hammond nem Travis o interromperam.

— Eu sou um completo imbecil — disse Alex.

— Pra ser justo, Donokov é um profissional das antigas, que está em ação há muito tempo, e, depois que você se viu endividado, você estava disposto a acreditar em qualquer coisa que ele te falasse.

— Vou ser mandado de volta para Leningrado?

— Não, esse é o último lugar onde precisamos que você esteja — disse Hammond.

— Então o que vocês querem que eu faça?

— Nada muito complicado de início. Afinal, não queremos deixar seu amigo Donokov saber que estamos cientes do que ele anda fazendo. Continua entregando as mensagens dele, e de vez em quando um dos meus agentes fará um contato discreto com você. Apenas deixe-o saber qual é a mensagem daquele dia e depois siga como sempre.

— Mas Ivan não tem nada de bobo. Não vai levar muito tempo pra ele descobrir o que vocês estão aprontando, e então ele vai se livrar de mim.

— Ou pior ainda — disse Hammond. — Porque eu tenho de deixar claro que sua vida estaria em perigo se Donokov viesse a descobrir que você estava trabalhando para a CIA.

— Mas, por outro lado — acrescentou Travis —, com a sua ajuda, nós poderíamos ser capazes de quebrar o esquema dele e pôr Donokov e sua gangue atrás das grades por um bom tempo.

— Mas por que vocês acham que eu iria sequer pensar em correr tal risco?

— Porque foi Ivan Donokov quem ordenou a morte de seu pai.

— Não, vocês estão errados — disse Alex. — Posso provar que foi o Polyakov.

— Polyakov não passa de um peão no tabuleiro de xadrez da KGB. Donokov é quem move as peças.

Alex ficou sem palavras, depois disse, quase que para si mesmo:

— Isso explicaria por que ele está sempre tão bem informado. — Passou-se algum tempo antes que ele perguntasse: — Como vocês desmascararam o disfarce dele?

— Temos um agente trabalhando para nós em Leningrado que detesta a KGB ainda mais do que você.

***

Alex voltou para casa mais tarde naquela noite. Agora ele tinha mais um segredo que não podia compartilhar com a mãe, ou mesmo com Dimitri. Poderia ser possível que Dimitri também estivesse trabalhando para Donokov? Ele tinha, afinal de contas, lhe recomendado que visitasse a Praça dos Jogadores. Ou seria ele um agente da CIA? De uma coisa Alex tinha certeza: não podia correr o risco de lhe perguntar.

Tentou continuar trabalhando para Ivan como se nada tivesse acontecido, mas é claro que tinha, e ele não tinha dúvida de que só era uma questão de tempo antes que fosse descoberto.

Foi cerca de uma quinzena depois de seu encontro com os dois agentes da CIA que a primeira interceptação aconteceu. Alex estava parado na plataforma em Queenboro Plaza, esperando um trem para Lexington Avenue, quando uma voz atrás dele disse:

— Não vira. — Alex obedeceu à ordem simples, embora todo o seu corpo estivesse tremendo. Alguns instantes depois a voz sussurrou: — Qual é a mensagem de hoje?

— Um pacote chegará de Odessa na quinta-feira, doca sete. Não deixe de ir buscá-lo.

O homem foi embora sem outra palavra. Alex transmitiu a mensagem de Donokov como de hábito.

Nas semanas seguintes, agentes apareceriam no metrô, em ônibus e, uma vez, quando ele estava atravessando um cruzamento movimentado. Ele sempre passava adiante qualquer mensagem que Ivan lhe tivesse dado naquele dia, e depois, como a névoa da manhã, eles evaporavam no nada, para nunca mais serem vistos.

Alex podia apenas imaginar quanto tempo se passaria antes que Ivan descobrisse que ele estava servindo a dois senhores. Mas ele tinha de admitir, ainda que só para si mesmo, que gostava do desafio de tentar convencer o homem da KGB de que não fazia a menor ideia do que ele era realmente capaz, embora admitisse que Ivan era um jogador de xadrez tão bom quanto ele mesmo, e sua dama estava exposta.

***

Ele não poderia ter deixado de percebê-lo. Na verdade, Alex ficou preocupado com o quanto ele era óbvio, parado na plataforma do metrô usando um elegante terno cinza-escuro, camisa branca e gravata azul. Ele até cheirava a CIA.

Talvez fosse apenas uma coincidência. Nunca acredite em coincidências, Hammond o advertira. Ele sorriu para Alex, algo que outro agente jamais fizera, o que só o deixou mais desconfiado. Talvez ele estivesse enganado, e fosse apenas alguém que pensara reconhecê-lo.

Alex se afastou, mas o homem o seguiu pela plataforma. O primeiro erro. Se ele fosse um agente da CIA, teria desaparecido, supondo ter sido descoberto. Alex olhou para baixo e notou seu segundo erro. Embora seus sapatos fossem muito polidos, eram mocassins, desdenhados pela CIA, que insistia em cadarços. Um erro tão trivial.

Alex ouviu o ruído do trem que se aproximava e decidiu tentar a rotina de pular dentro/pular fora, para ver se podia se livrar de sua sombra. Quando o trem emergiu do túnel, ele se moveu para a borda da plataforma e esperou. De repente, sem aviso, sentiu duas enormes mãos no meio de suas costas e, com um tremendo empurrão foi arremessado em direção aos trilhos.

Ele não teve nenhum meio de impedir que caísse diante do trem. Se alguma coisa passou por sua cabeça naquele momento, foi que estava prestes a morrer, e uma morte nada agradável. Não percebeu um jovem negro correndo em sua direção, que o derrubou no último instante, como se estivesse tentando impedir um touchdown.

O jovem agente da CIA deixou Alex de braços e pernas abertos na plataforma enquanto partia em busca do agressor. Mais uma derrubada, quando ele jogou o homem da metade da escada. Um instante depois, um segundo agente prendeu-o no chão e algemou-o. O agressor se virou e olhou para Alex, que estava se forçando a sair da plataforma. Apesar do barulho e do estrépito das portas do trem se abrindo e dos passageiros saindo, Alex não precisou traduzir as palavras que ele pronunciou:

— Você está morto.

18
Sasha
Cambridge

Sasha ficou sentado em uma sala pequena e mal iluminada no porão sobre a qual ele só tinha lido num romance de Harry Clifton. Queria virar a página e descobrir o que iria acontecer em seguida.

A porta se abriu e D. S. Warwick, acompanhado por um oficial, entrou na sala, e ambos tomaram seus lugares no lado oposto da mesa.

— Preciso lhe fazer algumas perguntas — disse Warwick, ligando um gravador a seu lado. — Uma séria alegação foi feita contra você, mas eu quero ouvir o seu lado da história antes de decidir como proceder.

A única coisa de que Sasha se lembrava dos romances de Harry Clifton era que Derek Matthews, o advogado corrupto cujos clientes regulares eram todos extremamente familiarizados com esse apuro, sempre os instruía a não dizer nada até que ele chegasse. Mas Sasha não era um criminoso, e não tinha nada a esconder. Ele esperou impacientemente para descobrir qual era a "séria alegação", ciente de que, ao ocultar essa peça vital de informação, o detetive estava tentando fazê-lo se sentir inquieto e nervoso. E estava conseguindo.

— Uma srta. Fiona Hunter — disse Warwick finalmente — fez uma declaração de que na quinta-feira, 16 de novembro, quinta-feira passada, você subiu a escada de incêndio até o quarto dela na Faculdade Newnham por volta das dez horas, entrou em seu escritório no terceiro andar e roubou uma pasta confidencial. — Ele olhou diretamente para Sasha. — O que tem a dizer sobre essa acusação?

— O que tem na pasta?

O detetive ignorou a pergunta.

— A srta. Hunter diz ter provas de que você entrou no país ilegalmente após fugir da prisão, tendo assassinado um policial.

— Eu fugi — disse Sasha — da maior prisão na face da Terra. Não matei o policial da KGB, mas gostaria.

— Tudo isso pode ser verdade, sr. Karpenko, mas, como a srta. Hunter fez uma acusação tão séria, somos obrigados a investigá-la. Assim, para começar, onde o senhor estava na quinta-feira por volta das dez horas?

Sasha sabia exatamente onde estivera na noite de quinta-feira. Após assistir a um debate no Grêmio, ele tinha acompanhado Charlie de volta a Newnham e, enquanto ela entrava na faculdade pela porta da frente e seguia direto para o seu quarto, ele dera a volta até os fundos do prédio, subira pela escada de incêndio até o segundo andar e passara a noite com ela.

Ele tinha acordado pouco antes das cinco na manhã seguinte, e, depois que tinham feito amor de novo, ele se vestiu, desceu pela escada de incêndio e foi de volta para Trinity. Estava em seu quarto pouco antes das seis, e passou as duas horas seguintes fazendo um trabalho que precisava ser polido a tempo de seu estudo dirigido da manhã.

O único problema do forte álibi de Sasha era que, se Charlie confirmasse sua história, sob o regulamento da Faculdade Newnham, ela seria automaticamente suspensa e enviada para casa pelo resto do período letivo, tornando impossível para ela fazer seus exames finais até que uma investigação exaustiva fosse levada a cabo, a qual estava fadada a concluir que ela tinha de fato quebrado as regras. Em particular porque Fiona ficaria feliz de relatar o que vira, caso sua outra artimanha fracassasse.

— Na quinta-feira passada — disse Sasha —, eu assisti a um debate no Grêmio e, depois de acompanhar o sr. Anthony Barber ao University Arms, onde ele passou a noite, voltei pra minha faculdade pouco antes das onze. Desci pro café da manhã por volta das oito da manhã seguinte.

— Então nenhuma das impressões digitais que encontrarmos na escada de incêndio na Faculdade Newnham vai corresponder às suas? — indagou Warwick, levantando uma sobrancelha.

Sasha de repente desejou ter obedecido à norma de ouro de Derek Matthews e ficado calado. Ele franziu os lábios e disse:

— Não tenho mais nada a dizer até que tenha conversado com um advogado.

Warwick fechou a sua pasta.

— Nesse caso, sr. Karpenko, vou precisar de um conjunto de suas impressões digitais antes que vá embora. O senhor se apresentará nesta delegacia com ou sem seu advogado amanhã de manhã às nove.

Sasha ficou surpreso quando, após desligar o gravador, Warwick acrescentou:

— Isso deverá lhe dar tempo mais do que suficiente para planejar isso.

A surpresa seguinte veio quando Sasha saiu da sala de interrogatório e viu o dr. Streator sentado no estreito banco de madeira no corredor à sua espera.

— Não diga nada — disse ele — até estarmos dentro do carro. — Ele conduziu seu aluno para fora da delegacia de polícia e através da rua, onde um velho Volvo estava estacionado. — Agora — disse ele, depois que Sasha tinha fechado a porta do passageiro —, me conte o que está acontecendo e não me poupe dos detalhes sórdidos.

Sasha tinha quase chegado ao fim da sua história quando eles chegaram ao estacionamento dos adjuntos em Trinity.

— Claramente o sargento detetive não acredita em uma palavra da história da srta. Hunter, do contrário não o teria soltado. Suspeito que a srta. Hunter o avistou subindo pro quarto da srta. Dangerfield e viu uma oportunidade de arruinar as suas chances de se tornar presidente do Grêmio — disse Streator, enquanto subiam os degraus para seu gabinete.

— Poderia Fiona realmente ser tão sem escrúpulos? — indagou Sasha.

— Não pense nela como Fiona, mas como filha de sir Max Hunter, e então você tem a resposta pra sua pergunta. Mas nem tudo está perdido. Sem dúvida a srta. Dangerfield vai corroborar sua história, o que fará a srta. Hunter parecer extremamente tola. — Estava óbvio que Streator gostava da possibilidade.

— Mas eu já menti pra Warwick pra proteger a Charlie — disse Sasha. — Por que ele iria acreditar em mim se eu subitamente mudar a minha história?

— Ele é um homem bem experiente que vai compreender por que você fez isso — disse Streator ao abrir a porta de seu gabinete.

— Mas eu não quero que Charlie seja suspensa e depois não consiga prestar seus exames.

— Eu suponho que Fiona estava bem ciente disso, mas, se não contar a verdade a Warwick, você é que será suspenso, o que significa que Fiona Hunter terá nocauteado seu único rival para a presidência. E, mesmo quando você tiver finalmente se provado inocente, haverá sempre aqueles que acreditam que não há fumaça sem fogo, especialmente se você estiver considerando uma carreira na política.

— Mas eu tenho que proteger a Charlie.

— Você disse que saiu do quarto dela por volta das cinco e meia? — perguntou Streator ignorando o comentário. — E retornou à faculdade imediatamente? — Sasha assentiu. — Você viu alguém que conhecesse no caminho?

— Não. Não tinha muita gente circulando aquela hora da manhã.

— O sr. Perkins não viu você quando entrou sorrateiramente de volta na faculdade?

— Acho que não. Ele estava apagado, o que eu achei bom naquele momento.

— Estava mesmo? — O telefone na mesa de Streator começou a tocar. Ele atendeu e ouviu por alguns minutos antes de dizer: — É Perkins. Ele diz que quer trocar algumas palavras com você.

Sasha agarrou o telefone, como se fosse uma tábua de salvação.

— Desculpe perturbá-lo, sr. Karpenko — disse Perkins. — Mas a sua mãe acaba de telefonar e diz que precisa falar urgentemente com você.

***

— Todos no Grêmio estão comentando — disse Ben, quando se sentou na beirada da cama no quarto de Sasha.

— Conta todos os detalhes.

— Você foi preso durante um estudo dirigido hoje de manhã, algemado, arrastado do gabinete do dr. Streator, jogado em um carro de polícia, conduzido ao xilindró mais próximo, acusado de arrombar e invadir o quarto de uma aluna de graduação e de roubar uma pasta confidencial, e aí foi deixado pra apodrecer numa cela de prisão enquanto espera o julgamento.

— Então essa deve ser a cela — disse Sasha.

— Tem razão. É por isso que precisamos ir direto pro Grêmio e ser vistos tomando uma cerveja juntos no bar, como se você não tivesse nenhuma preocupação neste mundo.

— Não acho que isso seja possível.

— Tem de ser, se você quiser ter alguma chance de se tornar presidente do Grêmio.

— Me desculpa — disse Sasha —, mas eu tenho de ir pra Londres. Minha mãe precisa me ver com urgência.

— O que poderia ser mais urgente que reunir evidências pra provar que você é inocente de todas as acusações?

— Eu nem sei qual é o problema — admitiu Sasha —, mas a última vez que a minha mãe usou a palavra "urgente", foi quando o sr. Moretti morreu.

— Então pelo menos deixa eu contar pra Charlie o que aconteceu pra que eu possa desmascarar Fiona pelo que ela é e limpar o seu nome.

— Agora me escuta com atenção, Ben. Você não deve chegar em nenhum lugar perto de Charlie a menos que queira descobrir o quanto aquele oficial da KGB chegou perto de ter seu pescoço cortado.

Ben ficou congelado, e passou-se algum tempo antes que conseguisse dizer:

— Trata apenas de estar de volta antes das nove horas amanhã, porque você não pode se permitir perder seu compromisso com o sargento Warwick. De outro modo, você poderia ser o primeiro presidente do Grêmio a ser eleito enquanto está na prisão.

***

Quando ouviu a batida à porta, Elena supôs que devia ser Sasha. Já estava se arrependendo de ter telefonado durante o período letivo e tê-lo incomodado com seus problemas. Seria de seu feitio deixar tudo de lado e tentar ajudar. Ela parou de empacotar suas coisas e abriu a porta, dando de cara com Gino ali parado.

— Eu sinto muito — disse ele enquanto a abraçava. — Eu só queria que você soubesse que pedi demissão, junto com outros cinco ou seis do pessoal da cozinha e três dos meus garçons.

— Vocês não deveriam ter feito isso, Gino. Não quero ser responsável por todos vocês ficarem sem trabalho.

— A maioria de nós percebeu que não teria sobrevivido muito com aquele filho da mãe do Tremlett. E, de qualquer jeito, já me ofereceram um outro emprego.

— Com quem?

— Matteo Agnelli.

— O inimigo! — exclamou Elena, rindo.

— Não mais. Existe um velho ditado italiano: *O inimigo de meu inimigo é meu amigo.* Mas o sr. Agnelli só me ofereceu o emprego sob uma condição.

— Qual?

— Que você vá comigo.

— E a Betty?

— Tenho certeza de que ela vai concordar com isso.

— Mas onde eu moraria? — perguntou Elena. — Porque não tem um apartamento em cima do restaurante do sr. Agnelli.

— Você pode sempre vir morar comigo até que encontre seu próprio lugar.

— Mas e o seu parceiro?

— Ele só faria objeção se você fosse um homem — disse Gino. — Portanto, você está disposta a atravessar a rua e se juntar a mim na Osteria Roma?

— Você deveria ter sido batizado de Coriolano — disse Elena.

— Corio... quem?

***

Sasha teve de admitir que perder tanto o próprio emprego quanto o teto sobre a própria cabeça podia certamente ser descrito como uma emergência. Ele só queria ter sabido da proposta de Gino antes de entrar no trem. Mas não lhe fora deixada nenhuma escolha depois que a telefonista lhe disse que a linha de telefone de sua mãe tinha sido cortada. Ele passou uma noite insone no sofá de Gino e pegou o primeiro trem de volta para Cambridge na manhã seguinte. Teve de gastar uma libra num táxi para assegurar que chegasse à delegacia de polícia às 8h54. Um jovem policial levou-o diretamente à sala do sargento detetive Warwick, e não a uma sala de interrogatório.

— A srta. Hunter retirou a acusação — disse Warwick assim que Sasha sentou.

— Por favor, me diz que a Charlie não veio vê-lo.

— Quem é Charlie? — perguntou Warwick inocentemente. — Não, foi um simples trabalho de detetive que fez a srta. Hunter pensar duas vezes. Fomos capazes de mostrar a ela que suas impressões digitais na escada de incêndio paravam no segundo andar, e, como ela também alegou que você deixou o quarto dela cerca de vinte minutos após roubar o arquivo, é difícil explicar como você precisou de cinco horas e meia para voltar à sua faculdade, a menos, é claro, que estivesse enfiado na cama no andar abaixo.

— Mas o porteiro da faculdade, o sr. Perkins, não tinha como confirmar a hora em que voltei, porque estava dormindo.

— Podemos dizer que ele escolheu não ver o senhor chegando — disse Warwick. — Se você tivesse sido visto voltando às cinco e meia de manhã, ele teria tido de registrar seu nome no diário por violar o regulamento da faculdade, e depois você teria precisado explicar pros chefes de disciplina onde estivera a noite toda.

— Então Fiona se safou sem punição?

— Não inteiramente. A srta. Hunter foi advertida por desperdiçar tempo da polícia. Francamente, eu a teria trancafiado por uma noite se seu pai não tivesse conversado com o chefe de polícia. Ainda assim, é melhor você cair fora, pois, pelo que sei, tem um dia movimentado pela frente.

***

— Como você sabe, Elena, fazia algum tempo que eu queria que você se juntasse a mim — disse o sr. Agnelli —, mas você deixou claro que era inútil convidá-la enquanto ainda trabalhava pro sr. Moretti.

— E ainda pode ser — disse Elena.

— Minha oferta anterior continua de pé. Eu colocarei você como chefe de cozinha, e posso prometer a você que nunca me verá na cozinha. Pagarei o dobro que ganhava com o sr. Moretti, e você receberá também dez por cento dos lucros do restaurante. Mas você teria que encontrar sua própria acomodação.

— E a Betty pode se juntar a mim? — perguntou Elena. Agnelli assentiu.

— E Gino será o maître?

— Sim. Já acertei isso com ele. Há mais alguma coisa que você queira?

Depois de ouvir o último pedido de Elena, o sr. Agnelli disse:

— Precisarei pensar sobre isso.

— É um empecilho — disse Elena, repetindo a palavra exata de Sasha.

***

Quando saiu da delegacia de polícia, Sasha correu por todo o caminho até o Grêmio, onde encontrou o coordenador de sua campanha tentando explicar para um eleitor onde seu candidato estivera nas últimas quarenta e oito horas.

— A votação já começou — disse Ben depois que Sasha se juntou a ele no bar e lhe contou as últimas novidades. — Não temos nem um segundo a perder, porque Fiona andou dizendo pra todo mundo que você passou os dois últimos dias numa cela. O quanto ela é descarada é admirável, fala sério.

— Pra não falar do timing dela.

— É uma pena que o Warwick não tenha deixado ela passar o dia trancada. Isso teria certamente ajudado as nossas chances. Mas ainda podemos vencer.

Eles começaram a examinar o ambiente. Vários membros apertavam a mão de Sasha com simpatia, ao passo que outros lhe davam as costas — um ou dois dos quais ele considerava apoiadores, até amigos. Ele tentou falar com todos que ainda não tinham votado, mesmo que soubesse que não tinham intenção de apoiá-lo. Estava claro que algumas pessoas acreditavam na história de Fiona, ou queriam acreditar, enquanto outros admitiam para ele que suas próprias impressões digitais poderiam sem dúvida estar naquela escada de incêndio. Sasha não parou até que o último voto fosse contabilizado às seis horas, quando ele se juntou a Ben e Charlie no bar. Os apoiadores de Fiona ocupavam um lado da sala, enquanto os de Sasha enchiam o outro.

— Quando vocês vão ficar sabendo do resultado? — perguntou Charlie enquanto bebericava uma cerveja.

— Por volta das sete — disse Ben. — Não é um tempo tão longo assim pra esperar.

As previsões de Ben revelaram-se erradas, porque eram quase oito horas quando o presidente atual, Chris Smith, entrou no bar e foi até o centro da sala, uma folha de papel na mão. Esperou por um silêncio completo antes de falar.

— Eu gostaria de começar explicando por que levamos tanto tempo para anunciar o resultado. Três recontagens foram necessárias antes que os apuradores fossem capazes de concordar com relação ao resultado. Por isso posso agora lhes dizer que, por uma maioria de três votos, a próxima pessoa a ocupar a presidência do Grêmio de Cambridge é...

19
Alex
Vietnã, 1972

Alex leu a carta uma segunda vez, antes de mostrá-la para a mãe. Elena chorou, porque sabia exatamente o que seu filho faria.

— Se a gente tivesse ido pra Inglaterra, isso nunca teria acontecido — disse ela e ficou se perguntando se tinham escolhido o caixote errado.

Muitos rapazes que estavam lendo a mesma carta naquela manhã já estariam ao telefone com os advogados de seus pais ou fazendo uma visita ao médico da família, enquanto outros iriam simplesmente rasgar a convocação, esperando que o problema desaparecesse. Mas não Alex.

Elena não foi a única pessoa que chorou. Addie lhe suplicou que pelo menos conseguisse um adiamento, mostrando-lhe que, como estava em seu último ano na NYU, eles certamente lhe permitiriam completar a graduação. Embora ela tenha chorado a noite toda, Alex não foi convencido.

Ele ainda tinha um problema premente que precisava ser resolvido antes de fazer suas malas e sair de casa. Suas onze barracas estavam agora obtendo um belo lucro, e ele certamente não queria vender nenhuma delas. Mas quem poderia dirigir seu império próspero enquanto ele ficasse fora? Para sua surpresa, foi sua mãe quem propôs uma solução.

— Vou largar o meu emprego no Mario's, e o Dimitri e eu vamos tomar conta delas até que você volte.

Ninguém levantou a questão do que aconteceria se ele não voltasse.

Alex aceitou a oferta feliz da vida, e no dia 11 de fevereiro de 1972 embarcou em um trem para Fort Bragg, na Carolina do Norte, para começar um curso de treinamento básico de oito semanas, antes de ser mandado para o Vietnã.

***

As luzes se acenderam.

— De pé, de pé, de pé! — gritou um sargento o mais alto que conseguia enquanto marchava pelo corredor entre os recrutas adormecidos, seu bastão batendo na extremidade de cada beliche. Um a um, os jovens eram rudemente despertados e, não acostumados com a hora, piscavam e esfregavam os olhos, com uma exceção. Às quatro da manhã, Alex já estaria a caminho da feira.

— Os vietcongues estão atacando vocês — berrou o instrutor —, e eles vão matar o último homem que puser o pé no chão!

Alex já estava a caminho dos chuveiros, toalha na mão. Ele abriu uma torneira que não oferecia nenhuma escolha entre frio e frio.

— Quem não tiver tomado banho, se barbeado e se vestido em quinze minutos não comerá nada antes do almoço. — De repente corpos estavam correndo para os chuveiros.

Alex foi o primeiro a sentar em um dos longos bancos de madeira no rancho. Ele rapidamente percebeu como a mãe o mimara ao longo dos anos. Foi só na terceira manhã, num ponto em que se tornara tão desesperado que aceitou um café da manhã de mingau empelotado, bacon ensebado, torrada queimada e um líquido preto que o exército chamava de café.

Quando ele foi apresentado à praça-d'armas, seguida pela ginástica, marchas de treinamento e passagem a vau através de um rio gelado segurando um fuzil acima da cabeça, ele descobriu que não estava tão em forma quanto imaginava. Entretanto, conseguia permanecer um metro ou dois à frente da maioria dos demais recrutas, que até então pensavam que as noites de sábado eram para beber e as manhãs de domingo, para curtir a ressaca. O sargento gentilmente os lembrava de que os vietcongues não folgavam nos fins de semana.

Enquanto Alex continuava a se virar na academia, no estande de tiro e nos morros durante as operações noturnas, ele se sobressaía na sala de aula, onde o oficial de educação tentava explicar por que os Estados Unidos se envolveram numa guerra no Extremo Oriente.

Alex ficou fascinado pela história do Vietnã e como o norte e o sul tinham sido unificados desde 939 a.C., mas estavam em guerra um contra o outro.

— Mas por que estamos sacrificando as vidas de nossos soldados por um paisinho do outro lado do mundo? — perguntou Alex.

— Porque, se os comunistas do norte assumirem o controle de todo o Vietnã, quem seria o próximo? — respondeu o oficial de educação. — Laos? Camboja? E será que o inimigo iria parar quando chegassem à Austrália? É o efeito dominó. Deixe que um tombe, e outros se seguirão.

— Mas o Vietnã ainda está do outro lado do mundo — disse Alex.

— Você não pode ter certeza disso. Com Cuba nas mãos de Fidel Castro, só falta aos comunistas poucos quilômetros até chegarem à costa dos Estados Unidos, e, se eles quisessem pôr as mãos em qualquer outra coisa que não arcos e flechas, a Flórida poderia ser a próxima na fila.

Alex não fez mais perguntas, pois estava bem ciente de que o Exército Vermelho tinha ocupado toda a Europa Oriental enquanto os aliados sentaram e observaram.

Alex não demorou a fazer amizades entre seus colegas recrutas, alguns dos quais eram, como ele, imigrantes de primeira geração. Ele os ajudava a escrever cartas para suas famílias e namoradas, preencher formulários e até ensinou a um deles como amarrar os cadarços dos sapatos. No entanto, havia um — sempre há um — que desenvolveu uma antipatia por Alex desde o primeiro toque de clarim.

Big Sam, também conhecido como o Tank, tinha 1,93 metro, e o ponteiro da balança não parava até chegar a 102,5 quilos, a maior parte disso músculo firme. Ele certamente não considerava o soldado Karpenko o líder natural da unidade. A maior parte dos outros recrutas evitava Big Sam, e até um ou dois dos sargentos tomavam cuidado com ele. Alex também se mantinha a distância, mas não conseguiu evitar Big Sam quando, durante uma sessão de exercícios, os dois receberam ordem de ir para o ringue de boxe para uma luta amistosa. Big Sam não agiu amistosamente. Todos os outros recrutas se amontoaram em volta para testemunhar o massacre inevitável.

— Eu sou o maior — sussurrou Alex sem convicção enquanto pulava as cordas, esperando que as palavras de Cassius Clay o inspirassem e ele pudesse pelo menos sobreviver aos três rounds de três minutos.

No primeiro round, Alex dançou nervosamente pelo ringue enquanto seu adversário desferiu soco após soco, nenhum dos quais atingiu o alvo. Alex, de alguma maneira, conseguiu chegar ao fim do segundo round, inclusive atingindo Big Sam um par de vezes; não que ele notasse. Mas as pernas de Alex estavam rapidamente se transformando em chumbo. Isso não era uma valsa lenta num salão de baile local tendo uma moça como sua parceira.

Por volta da metade do terceiro round, Sam conseguiu desferir um golpe de viés no lado da cabeça de Alex, que, abatido pelo golpe, oscilou por tempo suficiente para que Sam o atingisse uma segunda vez, no queixo, quando ele caiu estatelado na lona. Um homem mais sábio poderia ter ficado imóvel. Mas não Alex. Ele tentou se pôr de pé enquanto o árbitro contava:

— Cinco, seis, sete... — Ainda estava apenas descansando sobre um joelho quando o soco seguinte aterrissou em cheio no seu nariz. Tudo o que conseguiu ver em frente aos seus olhos foram estrelas e listras, e muito mais do que cinquenta. Big Sam teria sido desqualificado se fosse uma luta no campeonato, mas, como o sargento ressaltou, ninguém teria tempo para explicar as Regras de Queensberry para os vietcongues. Quando voltou a si um tempo depois, Alex ficou horrorizado ao ver Big Sam em pé sobre ele. Preparou-se para o próximo golpe, mas Big Sam tirou a sua luva e ajudou Alex a se levantar; seu novo melhor amigo.

* * *

Na semana dois, eles foram introduzidos ao polígono de tiro e alvos estacionários.

— Amanhã os alvos vão se mover — disse o sargento. — E, quando vocês tiverem se acostumado com isso, eles vão atirar de volta.

Durante a semana três, o dia virou noite. Nenhuma comida, nenhum sono, e, se você não estivesse morto, desejaria estar. A semana quatro foi de combate corpo a corpo, mas só depois de terem comido ou dormido por catorze horas. Quando eles finalmente tinham permissão para desabar em seus beliches, não tinham sequer adormecido antes de receberem ordens para se levantarem de novo e eram informados de que os vietcongues tinham lançado um contra-ataque.

— E não se esqueçam de que eles estão jogando em casa.

Ninguém ficou surpreso quando, na semana cinco, Alex foi promovido a cabo e encarregado de uma dúzia de seus colegas recrutas. Ele imediatamente escolheu Big Sam como seu segundo em comando.

No final da semana seis, o esquadrão de Alex superava com frequência seus rivais. Cada um deles o teria seguido por um precipício.

Na sétima semana, o comandante do pelotão de Alex, tenente Lowell, levou-o para um canto após a parada da manhã.

— Karpenko, você já considerou pleitear uma transferência pra escola de treinamento de oficiais? Porque, se sim, eu ficaria feliz em apoiar sua solicitação. — Ele ficou desapontado com a resposta de Alex.

— Sou um feirante, senhor. Não tenho a menor vontade de ser um oficial. Vou ficar e lutar com a minha unidade, se estiver tudo bem pro senhor.

Durante as semanas seguintes o tenente Lowell fez várias tentativas de levar Karpenko a mudar de ideia, mas sempre recebeu a mesma resposta inflexível.

Em seu último dia de Fort Bragg, o pelotão de Alex recebeu um elogio do oficial comandante. Big Sam aceitou o prêmio em nome deles.

— Vocês são uma das melhores unidades que já tive sob meu comando — disse o general quando entregou a flâmula.

— Mostra as outras — disse Big Sam. O general caiu na gargalhada.

No dia 5 de julho de 1972, o tenente Lowell, o cabo Karpenko e os homens alistados da 116ª Divisão de Infantaria subiram a bordo de um dos doze caminhões no meio da noite e foram removidos do Fort Bragg e conduzidos a um aeroporto que não aparecia em nenhum mapa. Catorze horas mais tarde, após três breves escalas, quando o avião foi reabastecido e eles não, as tropas enfim aterrissaram numa pista fortemente guardada em algum lugar do Vietnã do Sul. Eles não eram mais recrutas, e sim soldados de infantaria treinados e prontos para a guerra.

Nem todos retornariam.

***

A 116ª levou aproximadamente duas semanas acomodando-se em suas barracas improvisadas e outra quinzena preparando-se para a primeira missão. Nessa altura, cada um deles estava mais do que preparado. Mas preparado para o quê?

— Nossas ordens são claras — disse o tenente Lowell em sua instrução matinal. — Recebemos a incumbência de patrulhar a área em torno de Long Bihn. Os vietcongues por vezes se aproximam muito na esperança de encontrar um ponto fraco em nossas defesas. Se eles forem burros o bastante para fazê-lo, é nossa função nos assegurarmos de que se arrependam disso, e expulsá-los.

— E vamos ter a chance de confrontá-los diretamente? — perguntou Alex.

— É improvável — disse Lowell. — Vamos deixar isso pros profissionais, os Fuzileiros Navais e os Rangers. Só em circunstâncias excepcionais nós somos chamados para ajudar eles.

— Então não passamos de guardas de trânsito — disse Tank.

— Mais ou menos isso — admitiu Lowell. — *Eles também servem àqueles que somente param e esperam.* — Alex teria de procurar essa citação da próxima vez que estivesse numa biblioteca, o que poderia levar alguns anos. — A boa notícia — continuou Lowell — é que a cada seis semanas vocês terão uma folga de alguns dias, pra descansarem e se divertirem, quando poderão visitar Saigon.

Seguiu-se uma pequena comemoração.

— Mas vocês não podem se permitir relaxar mesmo então. Terão de supor que qualquer pessoa que se aproxime de vocês é um agente vietcongue. Desconfiem principalmente de mulheres atraentes, que oferecerão sexo na esperança de extrair o que vocês poderiam considerar uma informação trivial.

— Não poderíamos apenas ter o sexo e ficar de boca fechada? — sugeriu um soldado.

Lowell esperou que a risada se dissipasse.

— Não, Boyle — disse ele com firmeza. — Sempre que você estiver tentado, lembre-se apenas de que isso poderia causar a morte de um de seus camaradas.

— Não tenho certeza de que posso ficar seis semanas sem uma mulher — disse Boyle. Embora o restante da unidade tenha caído na risada, eles claramente concordavam com ele.

— Não se preocupa — disse Lowell. — O Exército tomou uma providência pra soldados como você. Temos nosso próprio bordel designado na periferia do acampamento. É dirigido por uma senhora chamada Lilly, e todas as meninas foram examinadas com o devido cuidado. Na única ocasião em que Lilly descobriu que uma de suas meninas estava trabalhando pros vietcongues, ela foi encontrada boiando no rio na manhã seguinte. Pra cada unidade no acampamento foi designada uma noite por semana em que seus homens podem visitar o estabelecimento de Lilly. A nossa noite é a de quarta-feira.

Ninguém precisou tomar nota.

* * *

Alex achava patrulhar chato, na melhor das hipóteses, e inútil, na pior. Passaram-se cinco semanas antes que eles avistassem uma patrulha vietcongue. O tenente Lowell imediatamente deu a ordem para avançar e atirar à vontade, mas eles não acertaram nada além de uma árvore ocasional, e, dentro de segundos, o inimigo tinha voltado para as profundezas da floresta.

Quando descreveu o incidente numa longa carta para sua mãe, Alex tentou tranquilizá-la, dizendo que tinha mais probabilidade de ser morto atravessando a Avenida Brighton Beach que numa patrulha. Essa observação foi apagada pelos censuradores.

Alex recebia cartas regulares da mãe. Bernie tinha finalmente se aposentado, e Elena confessou que, desde que ele se afastara, eles estavam apenas mantendo as barracas, mas sem muitos lucros. Alex não precisava ler nas entrelinhas para entender que nem sua mãe nem Dimitri eram comerciantes natos. Elena lhe disse que eles estavam ansiosos para que ele voltasse, embora Alex tivesse de aceitar que isso não aconteceria por pelo menos mais um ano. À medida que as longas semanas transformavam-se em meses ainda mais longos, ele se perguntava se não devia ter seguido o conselho de Addie e solicitado um adiamento. Ele teria completado seu último ano na NYU e, mais importante, pedido Addie em casamento. Tinha até o anel.

20

Sasha

Londres, 1972

— Eu gostaria de pedir a sua permissão, senhor, pra pedir a mão da sua filha em casamento.

— Quão gloriosamente antiquado — disse o sr. Dangerfield. — Mas, Sasha, não acha que os dois são um pouco jovens pra pensar em casamento? Você não deveria esperar um pouco mais antes de tomar uma decisão tão irrevogável?

— Por que esperar, senhor, quando você encontrou a única mulher com quem quer passar o resto da sua vida?

— Eu perguntaria se você está confiante de que minha filha se sente da mesma maneira em relação a você se eu já não soubesse a resposta. — Sasha sorriu, sabendo muito bem que Charlie estava sentada na sala ao lado. — Assim, como seu futuro sogro, penso que se espera que eu pergunte sobre as chances de um futuro bem-sucedido, não é?

— Recebi três ofertas de emprego quando deixei Cambridge, senhor. Meu problema é que não consigo decidir qual deles escolher.

— Dificuldade por excesso de riquezas — disse o sr. Dangerfield.

— Sem nenhuma garantia de riquezas — admitiu Sasha. — E, o que torna as coisas piores, nenhuma delas é o que eu realmente quero fazer.

— Agora você me deixou intrigado.

— Trinity me ofereceu uma bolsa de estudos, contanto que eu fique em primeiro lugar.

— Parabéns.

— Obrigado, senhor. Mas não acho que fui moldado para ser um professor. Prefiro o campo de batalha à sala de aula.

— Algum campo de batalha em particular?

— Um mandachuva do Ministério das Relações Exteriores sugeriu que eu faça a prova de ingresso para lá. Mas não sei ao certo se querem que eu seja um diplomata ou um espião.

— Eu não sabia que tinha diferença — disse Dangerfield. — Mas não tenho dúvida de que você faria ambas as coisas. E o terceiro emprego?

— O sr. Agnelli, o dono do restaurante Elena's, onde minha mãe é chef de cozinha, me convidou pra me juntar a ele. Ele não tem filhos e sugeriu que, no devido tempo, eu poderia assumir o controle.

— Professor de Cambridge, espião mestre ou dono de restaurante. Você não poderia ter escolhas mais ecléticas, embora um dono de restaurante estaria mais próximo do campo de batalha e seria provavelmente o mais bem remunerado.

— Além de ser o mais bem remunerado, eu estou muito bem qualificado pro trabalho. Durante os últimos cinco anos trabalhei num restaurante durante as minhas férias. Comecei lavando pratos, passei a arrumador de mesas, antes de ter períodos como barman e garçom. Às vezes parecia que eu estava fazendo duas faculdades ao mesmo tempo.

— Mas você disse que nenhum dos três empregos é o que realmente quer fazer.

— Não, senhor. Como meu pai, no fundo sou um político, e Cambridge me fez ainda mais determinado a me tornar um membro do Parlamento.

— E você já decidiu qual partido você está defendendo?

— Não, ainda não decidi, senhor. A verdade é que nunca me importei com nenhum dos extremos. Prefiro o terreno central, pois sempre me vejo concordando com o ponto de vista da outra pessoa.

— Mas você terá finalmente de saltar para um lado ou para outro se espera desenvolver uma carreira política — sugeriu Dangerfield. — A menos, é claro, que decida se juntar aos liberais.

— Não, senhor. — Sasha riu. — Eu não acredito em causas perdidas.

— Nem eu, e votei nos liberais a minha vida toda.

Sasha ficou vermelho de vergonha e disse:

— Peço desculpa, senhor.

— Não tem necessidade, caro rapaz. Acho que você vai ver que minha mulher concorda com você.

— Antes que eu faça papel de tolo, senhor...

— Susan sempre foi conservadora, embora às vezes ela tenha que tapar o nariz quando vai votar. Então ela é ainda pior do que você. Mas a Charlie me contou que, depois que você não conseguiu se eleger presidente do Grêmio, você prometeu que nunca mais se candidataria.

— Nunca durou por cerca de uma semana, senhor. Muito pro desânimo dela, vou me candidatar para presidente novamente no próximo período letivo.

— Mas, sendo prático por um momento — disse Dangerfield —, caso você aceitasse a proposta do sr. Agnelli, onde você e Charlie morariam?

— Minha mãe comprou recentemente um grande apartamento em Fulham com espaço mais do que suficiente pra nós três.

— Suficiente pra quatro, possivelmente cinco — disse Dangerfield, levantando uma sobrancelha.

— Nós dois provavelmente estaremos estabelecidos em nossas carreiras antes de pensar em começar uma família. Uma vez que Charlie tenha seu doutorado, ela espera encontrar um emprego que tornará possível pra gente ganhar o suficiente pra dois, até três ou quatro de nós. Só que minha mãe discorda de mim.

— Estou ansioso pra conhecê-la. Ela parece de fato formidável. Mas me conta: como ela se sente ao ver seu filho se casar em idade tão precoce?

— Ela adora a Charlie, e não aprova que vivamos em pecado.

— Ah, então foi por aí que você herdou aqueles valores antiquados.

***

— Ajudaria se você soubesse a que partido pertence — disse Ben. — Embora eu tenha certeza de que ainda consegue vencer como um independente, minha vida se tornaria muito mais fácil se você se juntasse ao partido conservador ou ao trabalhista. Preferivelmente aos conservadores.

— Esse é o problema — disse Sasha. — Ainda não sei que partido apoiar. Por natureza, acredito na privatização das empresas, e menos intervenção do Estado. Mas, como um imigrante, me identifico mais com a filosofia do Partido Trabalhista. A única coisa de que estou certo é que não sou um liberal.

— Bom, não conta isso pra ninguém, até que o último voto tenha sido computado. Como um independente, você vai precisar do apoio de eleitores de todos os três partidos.

— Você tem *alguma* crença ou convicção? — perguntou Sasha.

— Não podemos nos dar a esse luxo até depois que você tenha vencido a eleição.

— Falou como um verdadeiro conservador — disse Sasha.

***

— Estou contente por você ir passar o fim de semana com os meus pais — disse Charlie —, porque eu sei que o meu pai quer pedir seu conselho sobre alguma coisa.

— Sobre o que eu poderia aconselhá-lo? Não sei nada de antiguidades, e ele é considerado um líder no ramo.

— Estou tão interessada em descobrir quanto você. Mas eu avisei a ele que você não sabe a diferença entre Chippendale e Conran.

— Sei qual dos dois eu consigo pagar — disse Sasha.

— Você deveria ler mais Oscar Wilde — disse Charlie —, e menos Maynard Keynes. Falando nisso, sua mãe vai se juntar a nós? Você sabe como os meus pais estão ansiosos pra conhecê-la.

— Ela está planejando vir no sábado de manhã. O que deve me dar tempo suficiente pra deixar seus pais cientes de que ela já escolheu o nome dos nossos três primeiros filhos.

— Você já contou a ela que isso pode demorar um pouco?

***

Quando Ted Heath sentou no fim do debate, Sasha não estava nem um pouco mais perto de decidir com que partido simpatizava mais. O discurso do primeiro-ministro tinha sido competente e bem-feito, mas carecia de paixão, ainda que ele estivesse falando sobre um assunto pelo qual era apaixonado. Apesar do recente sucesso de sua campanha para assegurar a permanência da Grã-Bretanha no Mercado Comum, algumas pessoas foram incapazes de reprimir o ocasional bocejo, inclusive um ou dois de seus apoiadores.

Michael Foot, que se opôs à moção em favor do Partido Trabalhista, estava em um nível completamente diferente. Sua oratória brilhante hipnotizou os alunos de graduação, embora ele claramente não tivesse o mesmo conhecimento detalhado do assunto que o proponente da moção.

Sasha, como Heath, acreditava em uma Europa mais forte como uma contraforça ao bloco comunista, por isso ele ignorou o conselho de Ben e votou pela moção, e não pelo homem.

— Eu achei que Heath foi brilhante — disse Ben quando eles saíram do prédio logo após o jantar que seguiu o debate.

— Não, você não achou — disse Sasha. — Ele podia conhecer o assunto de trás para a frente, mas Foot foi de longe o mais persuasivo dos dois.

— Mas quem você preferiria ter na administração do país? — perguntou Ben. — Um orador brilhante ou um...

— Um merceeiro? — disse Sasha. — Ainda não chegamos a uma decisão sobre esse assunto controverso, por isso vou me candidatar como um independente.

— Então temos uma semana cheia pela frente.

— Fazendo o quê?

— Entregando seu manifesto pra todas as faculdades, pregando cartazes em todos os quadros de aviso e, quando ninguém estiver olhando, acabando com os seus rivais.

— Pode esquecer isso, Ben. Como você bem sabe, é contra as regras do Grêmio remover ou desfigurar os cartazes de seus adversários. Se você fosse estúpido o bastante pra fazer isso, eu poderia ser desqualificado. E eu não consideraria Fiona incapaz de produzir uma fotografia de você sendo apanhado em flagrante, porque nada daria a ela mais prazer do que me ver derrotado.

— Então teremos de nos contentar com pôr seus cartazes em cima daqueles dos seus adversários.

— Ben, você não está escutando, e o que é pior: eu não vou estar por perto pra ficar de olho em você.

— Por que não?

— Charlie e eu vamos passar o fim de semana com os pais dela pra comemorar o nosso noivado e minha mãe vai conhecer eles.

— Onde esse encontro histórico vai acontecer?

— Por que você pergunta?

— Porque eu só experimentei a comida da sua mãe uma vez e não vejo a hora de ser convidado pra degustá-la uma segunda vez.

— Você não vai ter que esperar por muito tempo, porque vai ser o padrinho no nosso casamento.

Sasha desfrutou da rara experiência de ver seu amigo mais chegado ficar sem palavras.

***

— Pode me chamar de Mike — disse o sr. Dangerfield.

— Talvez eu demore um pouco pra me acostumar com isso, senhor — disse Sasha, quando seu anfitrião fechou a porta do escritório e o conduziu a um assento perto da lareira.

— Estou contente por poder ter um momento a sós com você, Sasha, porque preciso de seu conselho.

— Espero que não seja nada relacionado a antiguidades, senhor, porque só fui aprender há pouco tempo que idade uma peça precisa ter antes que possa sequer ser descrita como antiga.

— Não, não diz respeito a uma antiguidade, mas a uma cliente minha que pode estar de posse do que nós no ramo chamamos de uma descoberta das que ocorrem apenas uma vez na vida. — Sasha ficou intrigado, mas não disse nada. — Recentemente, eu recebi a visita de uma condessa russa que se ofereceu pra me vender uma relíquia que, se genuína, agitaria o mundo das antiguidades. — O sr. Dangerfield se levantou de sua cadeira, cruzou a sala e curvou-se diante de um grande cofre. Girou o disco primeiro para um lado e depois para o outro antes de abrir sua pesada porta, enfiar a mão no interior e extrair uma caixa de veludo vermelho que pôs na mesa entre eles. — Abra a caixa, Sasha, porque posso garantir que você não precisa de nenhum conhecimento de antiguidades para se dar conta de que está na presença de uma raridade.

Sasha deu um piparote no fecho com hesitação e abriu a caixa para revelar um grande ovo de ouro incrustado com diamantes e pérolas. Ficou boquiaberto, mas não disse uma palavra.

— E isso é somente o invólucro — disse o sr. Dangerfield. Ele se inclinou para a frente e abriu o ovo para revelar um primoroso palácio de jade cercado por um fosso de diamantes azuis.

— Uau — conseguiu dizer Sasha.

— Concordo. Mas será ele, como a condessa afirma, um Fabergé original, ou uma cópia perfeita?

— Eu não faço a menor ideia.

— Eu não achei que iria saber. Mas, após conhecê-la, talvez você possa me dizer se a condessa é original ou uma falsificação.

— O problema de Anastásia e Anna Anderson — disse Sasha.

— Tal e qual. Visitei o Museu Britânico, o Museu de Arte e Design e a embaixada soviética, e não há dúvida de que o ovo original pertenceu a um conde Molenski. Mas a condessa é realmente filha dele, ou apenas uma atriz experiente tentando me impingir uma cópia?

— Estou ansioso para conhecê-la — disse Sasha, incapaz de tirar os olhos do ovo.

— E, mesmo que ela o convença de que é autêntica — disse Dangerfield —, por que ela teria me escolhido, um pequeno negociante de Guildford, quando poderia ter se dirigido a incontáveis especialistas no West End?

— Eu imagino que você já tenha perguntado isso a ela, senhor.

— Perguntei, e ela me respondeu que os negociantes de Londres não eram merecedores de confiança, e ela temia que eles formassem um cartel e agissem contra ela.

— Não sei se compreendo o que ela está sugerindo — disse Sasha.

— Um cartel é a união de um pequeno grupo de negociantes num leilão com o único objetivo de manter o preço de um objeto valioso baixo para que um deles possa comprá-lo por um valor menor que o real. Depois eles revendem a peça com um belo lucro e dividem o lucro entre eles. É por vezes chamado de grupo em conluio.

— Mas isso é contra a lei, não?

— Com certeza é. Mas esses casos raramente acabam nos tribunais, porque se não tem testemunhas é quase impossível provar.

— Se esse for o original — disse Sasha, seus olhos retornando ao ovo —, você é capaz de atribuir um valor a ele?

— O último ovo Fabergé no mercado foi leiloado na Sotheby Parke Bernett em Nova York, e o valor foi pouco mais de um milhão de dólares. E isso foi uma década atrás.

— E se for uma falsificação?

— Então ela terá sorte se conseguir mais de umas duas mil libras por ele, talvez três.

— Quando vou conhecê-la?

— Ela vem pro chá amanhã à tarde. — O sr. Dangerfield olhou para o ovo novamente. — Se ela for autêntica, pode ter chegado a hora de eu fazer algo completamente incomum para mim.

— E o que poderia ser isso, senhor?

— Me arriscar — disse o sr. Dangerfield.

***

Ben passou o fim de semana pendurando cartazes VOTE EM KARPENKO em todos os 29 quadros de aviso das faculdades, e até em uma cerca ocasional ao longo do caminho, embora estivesse ciente de que opositores de Sasha poderiam legalmente destruir quaisquer cartazes tremulantes.

À medida que se deslocava de faculdade em faculdade, ele ficou mais confiante de que Sasha iria vencer, porque, sempre que alguém parava para conversar, eles ou levantavam o polegar, ou lhe asseguravam que dessa vez iriam apoiar seu candidato. Ninguém suscitou a questão das falsas acusações de Fiona na eleição anterior, e um ou dois admitiram que se arrependiam agora de não ter votado em Sasha da última vez. Apenas dois de vocês teriam sido suficientes, Ben queria lhes lembrar.

Ele teve de admitir com relutância, para todo mundo exceto Sasha, que Fiona acabou se revelando uma presidente do Grêmio bastante boa. Graças às conexões de seu pai na Câmara dos Comuns, a lista de conferencistas convidados tinha sido impressionante, e sua firme presidência do comitê, aliada a algumas ideias inovadoras, tinha sido reconhecida igualmente por amigos e adversários.

Embora ela e Sasha raramente se falassem, Fiona sugerira recentemente a Ben que os três deviam se reunir para jantar e se reconciliar, esquecendo conflitos passados.

— Um ramo de oliveira? — sugeriu Ben.

— Algo mais parecido com uma folha de figueira — disse Sasha. — De modo que você pode dizer a ela que não até que eu esteja sentado na cadeira do presidente.

21
ALEX
Vietnã, 1972

— O QUE VOCÊ PLANEJA fazer quando voltar pra casa? — perguntou o tenente Lowell quando ele e Alex sentaram numa casamata e compartilharam o que seria o almoço deles.

— Completar meu curso de economia na NYU e depois construir um império pra rivalizar com o do Rockefeller.

— Meu padrinho — disse Lowell com simplicidade. — Acho que você gostaria dele, e sei que ele gostaria de você.

— Você trabalha pro grande homem? — perguntou Alex.

— Não, sou presidente de um pequeno banco em Boston que tem o nome da minha família. Mas, pra falar a verdade, sou presidente apenas nominalmente. Prefiro me concentrar em meu primeiro amor, a política.

— Você quer ser presidente um dia? — perguntou Alex.

— Não, obrigado — disse Lowell. — Não sou tão ambicioso quanto você, cabo, e sei muito bem as minhas limitações. Mas, quando eu voltar a Boston, planejo concorrer ao Congresso, e possivelmente um dia pro Senado.

— Igual a seu avô? — Lowell foi pego de surpresa e certamente não estava preparado para a pergunta seguinte de Alex. — Por que você não tentou adiar o serviço militar? Você tem todas as conexões certas pra que não acabasse nesse inferno.

— É verdade, mas o meu outro avô era um general, e ele me convenceu de que um período no Vietnã não faria nenhum mal à minha carreira política, especialmente quando a maioria de meus rivais terão achado uma forma de escapar do recrutamento. Mas você está certo, todos os outros alunos de meu ano em Harvard encontraram alguma justificativa pra não serem chamados.

Alex cavou o último feijão do fundo da lata e devorou-o lentamente, como se fosse um dos mais deliciosos bocados de sua mãe.

— Bem, acho que está na hora de ir à procura do inimigo — disse Lowell.

— Duvido que a gente encontre alguém — disse Alex.

***

Nas noites de quarta-feira, enquanto o restante da unidade ia para a casa de Lilly, Alex podia ser encontrado na cantina, tendo um livro como única companhia. Ele já tinha esgotado Tolstói, Dickens e Dumas no original e tinha recentemente voltado sua atenção para Hemingway, Bellow e Cheever.

Addie escrevia toda semana, e Alex não tinha se dado conta do quanto sentiria a sua falta. Ele teria pedido a sua mão, mas não numa carta. Contudo, uma vez que estivesse de volta...

Big Sam não parava de pressioná-lo para se juntar aos rapazes no ônibus do bordel, mas Alex continuava a resistir, chegando a mostrar a Tank uma foto de Addie.

— Você não precisaria contar pra ela — disse Sam, com um enorme sorriso.

— Mas eu precisaria sim — disse Alex enquanto Presley cantava na jukebox da cantina *You were always on my mind.*

— Acho que você gostaria de Kim — disse Big Sam, recusando-se a desistir.

— Eu não fazia a menor ideia de que você gostava de Kipling — disse Alex, retribuindo o sorriso do amigo.

***

— Alguma vez você pensa sobre o quão fútil a guerra é? — perguntou Alex.

— Não se eu puder evitar — disse Lowell. — Isso poderia enfraquecer minha determinação, o que não ajudaria os homens sob meu comando, se algum dia tivéssemos de enfrentar uma batalha real.

— Mas deve ter jovens norte-vietnamitas sentados em casamatas nas proximidades que, como nós, querem apenas ir pra casa e ficar com suas famílias. Será que a história não nos ensina nada?

— Somente que os políticos deveriam pensar muito mais cuidadosamente antes de submeter a próxima geração à guerra. Como a sua mãe está se virando sem você? — perguntou Lowell, querendo mudar de assunto.

— Tão bem quanto se pode esperar — disse Alex. — As minhas onze barracas estão se segurando, mas a verdade é que ela não vê a hora de eu voltar pra casa. Está quase na época de renovar as minhas licenças, e minha mãe não vai ser páreo pro sr. Wolfe.

— Quem é ele?

— O proprietário das barracas.

— Dimitri não consegue lidar com ele? Ele parece ser um sujeito bastante forte.

— Francamente, é um assunto difícil demais pra ele. Dimitri fica muito mais feliz quando está em alto-mar.

— Bem, faltam apenas mais alguns meses antes que sejamos todos desmobilizados, o que agradará a todos, exceto o Tank.

— Por quê? Ele não quer voltar pra casa?

— Não. Ele solicitou uma transferência pros Fuzileiros Navais, que ficarei feliz em apoiar. Ele quer permanecer nas Forças Armadas quando seu ano tiver terminado. Se ele tivesse a sua inteligência, iria acabar um general.

— Se tivéssemos de entrar em batalha — disse Alex —, eu preferiria tê-lo ao meu lado que qualquer general.

***

O pelotão estava numa patrulha de rotina quando a ordem foi dada. Eles só tinham dezessete dias para servir antes de serem despachados de volta para os Estados Unidos, tendo completado seu serviço militar.

O tenente Lowell pediu ao quartel-general que repetisse a ordem antes de pousar o telefone e reunir seus homens à sua volta.

— Houve uma escaramuça aqui perto. Uma de nossas patrulhas foi atacada de tocaia, e eu recebi ordem de ir apoiá-la.

— Finalmente — disse Tank. Seus camaradas não pareceram tão convencidos. Como Alex, eles vinham contando os dias para saírem dali.

— Três helicópteros Huey já estão a caminho da área de combate com ordens de evacuar os feridos e transportar os mortos de volta pro quartel-general. — A palavra "mortos" aguçou a consciência de Alex de que a 116ª estava prestes a participar de sua primeira missão séria.

Tank era o primeiro, com o cabo Karpenko somente um metro atrás, enquanto o resto do pelotão formou rapidamente uma fila, com o soldado Baker na retaguarda.

— Ninguém fala exceto eu — disse Lowell quando eles entraram na terra de ninguém. — Até uma tosse poder alertar o inimigo e pôr toda a unidade em perigo.

Por uma hora eles esgueiraram-se lenta e cuidadosamente através da vegetação rasteira, entrando no território inimigo. O tenente Lowell verificava sua bússola contra a malha de referência em seu mapa a intervalos de minutos. De repente, o som de disparos tornou o mapa redundante. Eles caíram no chão e se arrastaram de barriga em direção ao campo de batalha.

Alex olhou para cima e viu o primeiro dos três Hueys fazendo círculos acima, vasculhando a densa floresta tropical em busca de um trecho de terreno plano onde pudessem pousar.

Adiante, eles rastejavam. Nunca em sua vida Alex se sentira tão alerta. Mesmo assim, ele não podia deixar de se perguntar onde poderia estar dentro de uma hora. Pelo menos ele já não sentia que havia desperdiçado um ano de sua vida.

De repente, avistou o inimigo cerca de noventa metros à sua frente. Eles não tinham visto o pelotão americano que se aproximava posto que sua atenção estava voltada ao helicóptero para o qual os primeiros feridos estavam sendo carregados em macas pela equipe de evacuação médica, esta completamente alheia ao fato de que os vietcongues estavam escondidos na vegetação rasteira a apenas alguns metros deles.

Lowell levantou a mão para indicar que o pelotão devia mudar de direção e rodear o inimigo. Cada um deles sabia que a surpresa era sua melhor arma. Mas, quando eles estavam se aproximando, Baker caiu sobre um galho tombado. Ele estalou, produzindo um som que se assemelhava ao de uma bombinha. O soldado que ia na retaguarda da unidade vietcongue virou e olhou nos olhos de Lowell.

— *Kẻ thù!* — exclamou ele.

O tenente ficou de pé e começou a disparar seu M16 enquanto avançava em direção ao inimigo, com a unidade seguindo logo atrás. Quase metade dos vietcongues foi morta antes que pudessem atirar de volta, mas o tenente foi atingido e caiu de cara no pântano. Alex imediatamente assumiu o lugar dele, com Tank a seu lado.

A batalha, se é assim que você poderia descrever o acontecimento, durou apenas alguns minutos, e a unidade vietcongue tinha sido aniquilada quando o primeiro helicóptero subia lentamente no ar e rumava de volta para a base. O segundo estava ainda pairando no alto, esperando para tomar o seu lugar.

Alex lembrou-se de seu treinamento. Primeiro, certifique-se de que o inimigo não é mais uma ameaça. Ele e o Tank examinaram os dezesseis corpos. Quinze estavam mortos, mas um jazia contorcendo-se em agonia, sangue brotando da boca e estômago, ciente de que a morte chegaria dali a apenas alguns instantes. Alex lembrou-se da segunda ordem: levantou sua arma e apontou-a diretamente para a testa do jovem, mas, embora isso pudesse ter sido descrito no manual como uma eutanásia, ele não conseguiu puxar o gatilho.

A terceira ordem era examinar seus próprios homens e evacuar os feridos, seguidos pelos mortos, que deviam ser devolvidos à sua terra natal e enterrados com todas as honras, e não deixados para apodrecer em um campo estrangeiro. E então a ordem final. O oficial no comando e quaisquer suboficiais deviam ser os últimos a deixar o campo de batalha.

Alex deixou o soldado norte-vietnamita agonizante e correu para o lado de Lowell. O tenente estava inconsciente. Alex verificou seu pulso, uma batida fraca. Tank levantou-o delicadamente sobre seu ombro e carregou-o pela vegetação rasteira até o helicóptero que aguardava, antes de voltar para ajudar a reconduzir à segurança os feridos capazes de andar. Quando ele retornou à cena da batalha, encontrou Alex ajoelhado sobre os corpos de Baker e Boyle. Eles foram os últimos a ser postos a bordo do segundo helicóptero antes que ele ascendesse no ar.

O restante da unidade esforçou-se para subir a colina até um pequeno espaço aberto enquanto o terceiro helicóptero baixava a terra. Alex esperou até que todos estivessem a bordo antes de se virar para trás e fazer uma última análise do campo de batalha.

Foi quando ele o viu. De alguma maneira, o único vietcongue sobrevivente tinha conseguido se arrastar sobre seus joelhos e estava apontando seu fuzil diretamente para Alex.

Tank saltou para fora do helicóptero e correu morro abaixo em direção a ele, atirando ao mesmo tempo. Só restou a Alex assistir enquanto o vietcongue isolado era sacudido para trás, um pente de balas inteiro atingindo-o, mas ele ainda conseguiu puxar o gatilho uma vez.

Como se estivesse assistindo a um filme em câmera lenta, Alex viu Tank cair de joelhos e desabar no chão perto do soldado vietcongue morto. Logo depois, Alex estava debruçado sobre seu amigo.

— Não! — gritou ele. — Não, não, não!

Foram necessários quatro homens para carregar o corpo sem vida colina acima e colocá-lo no terceiro helicóptero. Alex foi o último a subir a bordo e sentia-se envergonhado por ter deixado seu amigo mais próximo morrer.

22
Sasha
Londres

Quando a senhora entrou na sala de visitas, poucos teriam duvidado de que a condessa Molenski era uma aristocrata genuína. Sua longa saia-lápis preta e seu casaco de gola alta pertenciam a uma outra época, mas sua maneira de se portar e atitude não poderiam ser ensinadas, mesmo numa escola de arte dramática. Ela era simplesmente da velha guarda, e tanto Sasha quanto Mike se levantaram assim que ela entrou no aposento. Como fez Elena.

O sr. Dangerfield tinha coreografado a reunião de modo que nada fosse deixado ao acaso. A condessa foi guiada para o único lugar vazio no sofá ao lado de Sasha, ao passo que Elena e o restante da família estavam sentados do outro lado de uma mesa em que o ovo aparecia em exibição. Depois que o sr. Dangerfield tinha servido para a condessa uma xícara de chá e lhe oferecido uma fatia de bolo Madeira, que ela recusou, Sasha iniciou a conversa perguntando a ela em sua língua nativa:

— Há quanto tempo está vivendo na Inglaterra, condessa?

— Há mais anos que tenho vontade de lembrar — respondeu ela. — Mas é sempre uma alegria encontrar um compatriota. Posso lhe perguntar de onde é?

— Leningrado. E a senhora?

— Nasci em São Petersburgo — respondeu a condessa —, o que certamente revela a minha idade.

— Morou num daqueles magníficos palacetes na colina?

— Não há colinas em Leningrado, sr. Karpenko, como bem sabe.

— Que tolice a minha — disse Sasha. — Peço desculpas.

— Não há necessidade. Mas, como o senhor claramente foi enviado numa expedição de busca, há mais armadilhas das quais o senhor quer me ver evitar?

Sasha ficou tão embaraçado que não conseguiu pensar numa resposta.

— Devo começar falando-lhe sobre meu querido pai, conde Molenski? Ele era um grande amigo do falecido tsar Nicolau II. Não só eles compartilharam professores particulares em sua juventude, mas várias amantes em anos posteriores. — Mais uma vez, Sasha foi silenciado. — Mas o que estou certa de que você realmente quer saber — continuou a condessa — é como obtive a obra-prima que vocês veem na sua frente e, ainda mais importante, como estou convencida de que ela foi criada pela mão de Carl Fabergé, e não de um impostor.

— A senhora tem razão, condessa, eu ficaria fascinado em saber essa história.

— Não há nenhuma necessidade de que o senhor se dirija a mim de maneira tão formal, sr. Karpenko. Aceitei há muito tempo que aqueles dias ficaram no passado, e que devo viver no mundo real, e, como todos os demais que se veem em circunstâncias empobrecidas, reconhecer que não tenho escolha senão me separar de algumas das relíquias da minha família se desejo sobreviver. — Sasha abaixou a cabeça. — A coleção de arte privada de meu pai era reconhecida como só perdendo para a do tsar, embora papai só possuísse um ovo Fabergé, pois teria sido considerado desrespeitoso tentar suplantar o tsar.

— Mas como pode ter certeza de que esse ovo em particular foi executado pelo próprio Fabergé, e não é, como creio que vários especialistas afirmam, uma falsificação?

— Vários especialistas com um motivo — disse a condessa. — A verdade é que não posso provar que ele é original, mas posso lhe dizer que a primeira vez que vi o ovo foi quando eu tinha doze anos. Na verdade, foi minha falta de jeito juvenil responsável por um pequenino arranhão na base, quase invisível a olho nu.

— Supondo que ele seja original — disse Sasha, olhando para o ovo —, sou obrigado a perguntar por que ofereceu a peça ao sr. Dangerfield, cuja expertise não poderia ser mais inglesa: Sheraton, Hepplewhite e Chippendale são seus artistas rotineiros, não Fabergé.

— Reputação não é algo facilmente adquirido, sr. Karpenko, mas tem de ser conquistada ao longo de muitos anos, e a honestidade não pode mais ser dada por garantida, razão pela qual permiti que o ovo saísse das minhas mãos pela primeira vez em vinte anos. Se eu o tivesse confiado a um de nossos compatriotas, seria uma questão de dias para que substituíssem minha obra-prima por uma falsificação. Eu me dei conta de que tal pensamento jamais passaria pela mente do sr. Dangerfield. Por isso é o seu conselho que estou buscando.

Sasha cruzou os braços, o sinal combinado de que sua mãe devia tomar o seu lugar e continuar a conversa em russo. Ele se levantou, fez uma pequena vênia para a condessa e atravessou a sala para sentar entre Charlie e o pai dela.

— Bem? — disse o sr. Dangerfield, depois que a condessa estava profundamente mergulhada na conversa com Elena. — O que você acha?

— Eu não tenho dúvida de que ela é exatamente quem afirma ser — foram as primeiras palavras de Sasha.

— Como pode ter tanta certeza? — perguntou o sr. Dangerfield, cujo chá tinha esfriado há tempos.

— Ela fala de uma maneira específica da corte russa, que é realmente de outra era e que raras vezes se encontra hoje em dia fora das páginas de um Pasternak.

— E o ovo, isso também saiu das páginas de um Pasternak?

***

Sasha pareceu ser a única pessoa que ficou surpresa quando foi eleito — por uma vitória esmagadora — o próximo presidente do Grêmio.

Foi evidente que Fiona não gostou de ter de ler o resultado para uma plateia lotada. Ben enfim ganhou como tesoureiro, e ele e Sasha passaram o feriado de Natal planejando os debates do próximo período letivo. Eles ficaram encantados quando a secretária de Educação, sra. Thatcher, concordou em falar em defesa das políticas do governo para o debate de abertura, porque havia vários políticos eminentes mais do que satisfeitos em se opor à "vilã do leite".

Períodos letivos completos em Cambridge têm oito semanas de duração, e, embora Sasha tenha tentado sobreviver dormindo o menos possível, ele ainda não conseguia acreditar quão rapidamente cinquenta e seis dias no cargo como presidente se passaram. Mal ele tinha descido da cadeira alta, seu professor lhe lembrou que os exames finais estavam chegando.

— E, se você ainda quiser ser o melhor — lembrou o dr. Streator —, eu sugiro que dedique aos seus estudos a mesma quantidade de energia que dedicou pra se tornar presidente do Grêmio.

Sasha prestou atenção ao conselho do dr. Streator e continuou a viver num regime de seis horas de sono por noite enquanto passava cada hora de vigília revisando, estudando matérias de provas passadas, traduzindo longas passagens de Tolstói e relendo seus velhos trabalhos até o momento em que subiu os degraus da sala de exames para fazer sua primeira avaliação.

Charlie e Ben se juntavam a ele para um jantar rápido todas as noites para discutirem seus próprios esforços e o que pensavam que poderia cair no dia seguinte. Depois Sasha voltava para o quarto e continuava revisando, muitas vezes adormecendo sobre sua mesa e se sentindo menos confiante a cada dia que passava.

— Quanto mais eu estudo — disse a Ben —, mais eu vejo o quão pouco eu sei.

— É por isso que eu nem me dou o trabalho — disse Ben.

Quando Sasha entregou sua prova final para os examinadores na tarde de sexta-feira, os três abriram uma garrafa de champanhe e celebraram até altas horas da madrugada. Sasha acabou na cama com Charlie, embora tenha se provado um esforço considerável subir a escada de incêndio e ele tivesse adormecido antes mesmo que ela tivesse apagado a luz.

Seguiu-se então aquele período angustiante em que estudantes de graduação têm de esperar que os examinadores decidam de que classe de grau eles os consideram dignos. Uma quinzena depois, os três atravessaram a Câmara do Senado para conhecer seu destino.

Quando bateram dez horas, o inspetor de provas sênior, em sua longa beca preta e capelo, caminhou calmamente ao longo do corredor, carregando os resultados em sua mão. Um silêncio desceu sobre os alunos de graduação, que se separaram para lhe dar passagem, como se ele fosse Moisés no mar Vermelho.

Com considerável cerimônia, ele pendurou várias folhas de papel no quadro de notícias, antes de se virar e avançar tão devagar quanto antes na direção oposta, apenas evitando ser pisoteado na correria que se seguiu.

Sasha protegeu Charlie enquanto eles abriam caminho rumo ao front. Ben não se moveu, permanecendo fora do tumulto, sem nenhuma convicção de que queria saber a opinião dos examinadores sobre seus esforços.

Muito antes que Sasha tivesse chegado à frente, vários novos graduandos que passavam por ele em seu caminho de volta tiraram seus capelos enquanto alguns chegaram a aplaudir. Acertar mais de 85% era bastante raro em qualquer disciplina, e apenas um nome aparecia no topo da lista dos exames Tripos para Línguas Modernas e Medievais.

Charlie abraçou Sasha, tendo verificado o resultado dele antes de olhar o seu próprio.

— Estou tão orgulhosa de você — disse ela.

— E você? — perguntou ele.

— Acertei 65%, que é mais ou menos tanto quanto eu poderia ter esperado. Significa que ainda tenho uma chance de entrar pra um cargo de pesquisa no Courtauld.

Eles olharam em volta e viram que Ben não tinha se mexido. Charlie se virou e correu um dedo pela lista de economia agrária. Demorou algum tempo até que ela chegasse ao nome Cohen.

— Você conta pra ele — disse ela —, ou eu conto? — Sasha foi ao encontro de seu amigo, deu-lhe um firme aperto de mão e disse: — Você acertou 55%. — Alex não mencionou o fato de que o amigo tinha passado raspando.

Ben soltou um suspiro de alívio.

— Se alguém perguntar algum dia — disse ele, agarrando as lapelas de seu casaco —, eu vou dizer que me formei com honras e que estarei me unindo ao meu pai na Cohen e Filho.

A gargalhada deles foi interrompida por ruidosas aclamações vindas de um grupinho do outro lado da sala, cujos membros estavam jogando seus capelos para o alto e brindando à sua heroína com champanhe.

— Fiona claramente acertou mais de 70% — disse Ben. — Tenho a impressão de que vocês dois continuarão a ser rivais muito depois de deixarem Cambridge.

— Ainda mais agora que decidi ingressar no Partido Trabalhista — disse Sasha.

23
Alex
Brooklyn

Alex olhou pela janela da cabine quando o avião começou sua lenta descida sobre Manhattan. Uma brecha nas nuvens lhe permitiu olhar de relance para a Estátua da Liberdade, e, como eles nunca tinham sido apropriadamente apresentados, ele lhe fez uma saudação de brincadeira.

Quando navegara pela primeira vez pelo Hudson, ele tinha sido incapaz de apresentar seus cumprimentos à dama porque ele e a mãe estavam trancados na galera do navio. Mas, graças a um engenhoso chinês e à coragem e determinação de Dimitri, eles escaparam e conseguiram começar uma nova vida nos Estados Unidos.

O sargento Karpenko tinha se sentado no fundo do avião e passado a maior parte do voo de volta pensando no que faria uma vez que estivesse em solo americano. Ainda que apenas para agradar à sua mãe, ele completaria seus estudos na NYU. Ela fizera tantos sacrifícios para assegurar que ele se graduasse. Embora, na verdade, ele soubesse que o caminho que desejava trilhar não requeresse nenhum título junto ao seu nome, algo que jamais conseguiria explicar à sua mãe.

Ele teria de dedicar cada momento livre às suas onze barracas da feira, assegurar que elas ficassem rapidamente em condições razoáveis e depois descobrir se havia mais alguma disponível. Quando partiu para o Vietnã, estava tendo um belo lucro, e a expansão era prioridade em sua cabeça. Talvez um dia ele comprasse tudo que o sr. Wolfe tinha e fosse o dono de toda a Praça da Feira.

Depois havia Addie. Teria ela sentido tanta falta dele quanto ele sentira dela?

***

Avião de transporte de tropas após avião de transporte de tropas aterrissava numa pista que nem os nova-iorquinos sabiam que existia.

A 116ª Divisão de Infantaria, junto com mil de seus camaradas, desembarcou e se reuniu na pista de asfalto para sua parada final. Assim como muitos de seus colegas soldados, ao pisar na pista, Alex caiu de joelhos e beijou o chão, aliviado por estar em casa.

Foi a primeira vez que ele pensou nos Estados Unidos como seu lar.

Todos esperaram para ser dispensados de modo a poder voltar a seus lares espalhados pelo país, novamente civis. Mas haveria uma surpresa naquela manhã que Alex não previra.

Depois de terminar seu discurso de boas-vindas, o coronel Haskins chamou um nome. O sargento Karpenko avançou, parou em frente a seu oficial comandante e prestou continência.

— Congratulações, sargento — disse o coronel, ao prender a Estrela de Prata em sua farda.

Antes que Alex pudesse perguntar o porquê da estrela, o coronel anunciou aos soldados reunidos que no ápice da batalha de Bacon Hill o sargento Karpenko tinha assumido o lugar do comandante de sua unidade depois que ele caíra, liderara um ataque que aniquilara uma patrulha inimiga e fora responsável por salvar a vida de vários de seus camaradas.

E causara a morte de meu melhor amigo, foi seu único pensamento quando ele caminhava de volta para se juntar à sua unidade.

Ele queria ter protestado, alegando que a recompensa devia ter sido dada postumamente a Tank, que tinha feito o supremo sacrifício. Alex iria visitar o Cemitério Nacional de Arlington na Virgínia e colocar uma coroa no túmulo de seu amigo, o soldado de primeira classe Samuel T. Burrows.

Depois que a parada foi se dispersando, Alex foi cercado por seus camaradas, que o cumprimentaram, enquanto todos celebravam as amizades forjadas pela guerra. Ele se perguntou se algum dia voltaria a ver algum deles, depois que desapareceram em cinquenta direções diferentes.

Quando se separaram, os homens foram em busca de suas famílias e amigos que esperavam pacientemente atrás de uma barreira na outra extremidade do aeródromo. Alex esperava que Addie estivesse entre eles. Suas cartas não tinham sido tão assíduas recentemente, mas Alex não tinha dúvida de que, junto com sua mãe, elas estariam ambas entre aqueles que acenavam e davam vivas. Sua mãe lhe escrevera diligentemente toda semana, e, embora Elena jamais se queixasse, estava claro que ela e Dimitri não estavam gostando de suas funções como empresários temporários. Agora Elena poderia retornar ao que fazia melhor e Dimitri poderia se inscrever para o próximo navio com destino a Leningrado.

Alex se juntou a um alvoroçado grupo de rapazes exuberantes quando a multidão impaciente se desagregou e começou a correr em direção a eles. Ele vasculhou a vasta multidão à procura de Addie e de sua mãe. Mas, com tanta gente dando saltos de alegria, acenando bandeiras e apontando, ele levou algum tempo antes de avistar Elena abrindo caminho através da densa multidão. Dimitri estava um passo atrás, mas não havia nenhum sinal de Addie.

Elena abraçou o filho e se agarrou a ele, como se estivesse querendo se certificar de que ele era real. Quando ela finalmente o soltou, ele trocou um aperto de mão com Dimitri, que não conseguia tirar os olhos da Estrela de Prata.

— Bem-vindo de volta — disse ele. — Estamos todos tão orgulhosos de você.

Havia tantas perguntas que Alex queria fazer, e tantas coisas que ele precisava lhes contar, que ele não sabia por onde começar. Enquanto se afastavam da pista apinhada, era difícil ouvir alguma coisa acima do ruído alegre e exuberante que estava vindo de todas as direções.

Só depois que eles tinham se instalado no fundo de um ônibus com destino ao Brooklyn foi que Alex notou que toda a alegria tinha desaparecido do rosto de sua mãe, e a cabeça de Dimitri estava baixa, como a de um estudante indisciplinado que tivesse sido encontrado fazendo gazeta.

— Não pode ser tão ruim — disse Alex, numa tentativa de alegrá-los.

— Pior — disse Elena —, muito pior do que você pode imaginar. Enquanto você estava longe lutando pelo país, perdemos quase tudo que conseguiu construir.

Alex segurou a mão dela.

— Não pode ser pior do que ver seu melhor amigo ser morto na sua frente. Por isso diga-me, o que devo esperar quando chegar em casa?

Elena ofereceu um débil sorriso.

— Só nos resta uma barraca, e ela mal dá algum lucro.

— Como isso é possível? — disse Alex. Ele sabia pelas cartas dela que Elena e Dimitri vinham enfrentando dificuldades, mas não tinha se dado conta de que as coisas iam tão mal.

— A culpa é minha — disse Dimitri. — Eu nem sempre estava por perto quando sua mãe mais precisava de mim.

— Não, ele estava sim — disse Elena. — Eu não teria sobrevivido sem o salário dele enquanto você estava fora.

— Mas certamente isso foi suficiente para conseguir sobreviver até...

— Nem de longe suficiente para o sr. Wolfe.

— Então o que o velho bandido andou aprontando na minha ausência?

— Cada vez que uma das licenças expirava, ele duplicava o aluguel — disse Elena. — Nós simplesmente não tínhamos como pagar o que ele estava exigindo, por isso acabamos perdendo todas as barracas, exceto uma. A licença final terá de ser renovada dentro de uns dois meses, e ultimamente ele tem triplicado o preço por uma nova.

— Tem sido a mesma coisa para todo mundo — disse Dimitri. — Quando você chegar em casa, verá que o mercado tornou-se uma cidade fantasma.

— Mas isso não faz nenhum sentido — disse Alex. — Essas barracas são a principal fonte de renda de Wolfe, então por que... — Mas ele não terminou a frase.

— O que torna isso ainda mais estranho — disse Elena — é que ele concordou em estender a licença para a pizzaria Mario's com um aumento do aluguel razoável.

— Essa é a primeira pista — disse Alex.

— Não entendi — disse Elena.

— O Mario's não está na Praça da Feira.

***

Depois de tirar sua farda, tomar um banho e vestir seu único terno, Alex deixou a casa e rumou direto para o bazar. Addie não pôde esconder sua empolgação quando ele entrou, embora estivesse chocada com seu corte à escovinha.

— Você começa ou eu começo? — disse Alex ao abraçá-la.

— Eu. A sua mãe me manteve bem informada do que você andava fazendo. Estou realmente aliviada por você ter voltado vivo.

— Não era pra ter sido assim... — disse Alex sem explicação.

— Vem comigo — disse ela, tomando-lhe a mão. — Tenho uma surpresa pra você. — Ela o guiou pelo depósito no fundo da loja. Alex ficou sem saber o que dizer quando seus olhos caíram em uma arara de ternos, paletós e um blazer bem como um elegante sobretudo preto. — Já mandei ajustar as calças, de modo que elas devem servir perfeitamente. — Embora — acrescentou ela, submetendo-o a um exame mais atento — você tenha perdido algum peso.

— Como posso começar a te agradecer? — perguntou ele. Gostaria de também ter uma surpresa para ela, se bem que isso teria de esperar até que sua mãe concordasse.

— Isso é só o começo — disse Addie, apontando para uma prateleira atrás da arara de roupas que sustentava uma alta pilha de uma dúzia de camisas que não haviam sido tiradas de suas caixas, um suéter de cashmere verde-escuro, três pares de sapatos de couro e meia dúzia de gravatas que pareciam nunca ter sido usadas.

— O que mais um homem pode pedir? — disse Alex.

— Espera, ainda não acabou — disse Addie, pegando uma maleta de couro nova em folha. — Exatamente o que um homem de negócios emergente precisa ao comparecer a reuniões importantes.

— De onde veio tudo isso?

— Tudo veio da mesma fonte, um homem que, sinceramente, tem mais do que o bastante.

— Quanto eu te devo?

— Nem um centavo. Não é nada além do que um herói conquistador merece. Estamos muito orgulhosos por você ter sido contemplado com a Estrela de Prata.

— Bem, o mínimo que posso fazer é levar você pra jantar hoje à noite — disse Alex, inclinando-se para beijá-la. Mas, no exato momento em que os lábios dos dois estavam prestes a se tocar, Addie se virou, e ele acabou roçando a sua bochecha.

— Infelizmente, eu não estou livre hoje à noite — disse ela.

— Amanhã à noite então?

— Nem amanhã nem em qualquer outra noite. — Ela começou a dobrar as roupas e guardá-las em sacos.

— Por que não?

— Porque vou me casar com o homem que tem ternos demais — disse Addie, mostrando a mão esquerda.

***

Alex estava saindo de uma aula na NYU quando os viu parados no corredor, destoando conspicuamente do ambiente. Teria sido difícil deixar de vê-los, vestidos com seus ternos escuros e bem-cortados e sapatos engraxados em meio a um grupo de estudantes que usavam jeans desbotados, camisetas mal-ajambradas e tênis surrados.

Alex reconheceu um deles de imediato. Não era um homem de quem ele poderia se esquecer facilmente.

— Bom dia, sr. Karpenko — disse o agente Hammond. — Deve se lembrar de meu colega, agente Travis. Poderíamos ter uma conversa com o senhor em particular?

— Eu tenho escolha?

— Sim, é claro — disse Hammond.

Alex pôs as mãos atrás das costas e sussurrou:

— Por favor, me prendam e me algemem e leiam os meus direitos.

— O que você está falando? — disse Travis.

— Isso iria pelo menos me dar alguma credibilidade com esse pessoal — reclamou Alex enquanto vários estudantes paravam para fitá-los.

— Se não cooperar, sr. Karpenko, terá de vir conosco — disse Travis o mais alto que podia. Em seguida ele agarrou Alex pelo braço e conduziu-o pelo corredor ao som de zombarias e torcida. Pararam diante de uma porta com a palavra reitor escrita com estêncil preto na janela de vidro granulado. Travis abriu a porta e empurrou Alex para dentro da sala.

Não havia nenhum sinal do reitor nem do secretário. A CIA parecia ter o dom de fazer as pessoas desaparecerem, pensou Alex. Travis o soltou no instante em que a porta tinha se fechado atrás deles, e eles se sentaram a uma pequena mesa quadrada no centro da sala.

— Obrigado — disse Alex. — Agora pelo menos um ou dois deles podem ainda falar comigo.

— Qual é o problema deles? — perguntou Hammond.

— Se você serviu no Vietnã, não usa drogas, nunca fica bêbado e realmente espera sair desse lugar com um diploma, não muitos deles querem conhecê-lo. Então o que posso fazer pelos senhores, cavalheiros?

— Primeiro — disse Hammond, extraindo as inevitáveis pastas de sua maleta —, nós gostaríamos de atualizá-lo sobre o que aconteceu com o seu antigo parceiro de xadrez, Ivan Donokov, enquanto você estava no Vietnã.

À menção do nome de Donokov Alex sentiu-se nauseado e tentou se impedir de tremer.

— Graças a você, fomos capazes de prendê-lo, junto com vários de seus associados. Eles estão agora todos atrás das grades.

— Por quanto tempo?

— Noventa e nove anos no caso de Donokov — disse Travis —, sem liberdade condicional.

— Vamos torcer pra que o companheiro de cela dele seja um grão-mestre, de outro modo, ele vai ficar muito entediado — disse Alex. Os três homens riram pela primeira vez. — Essa não pode ser a única razão pela qual queriam me ver.

— Não, não é — disse Hammond. — Sentimos que lhe devemos uma. Sabemos que você está agora reduzido à sua única barraca no mercado, e a licença dela terá de ser renovada no próximo mês. Sabemos também que o proprietário, sr. Wolfe, vai tentar pedir um preço que você não vai conseguir arcar.

— Porém, mais importante — disse Alex —, vocês sabem por quê?

— Sabemos — disse Hammond. — Nossos colegas no FBI têm um armário cheio de pastas dedicadas ao sr. Wolfe, mas nunca foram capazes de pôr um dedo nele. Porém eles passaram adiante uma informação que poderia te interessar. — Ele fez um aceno para seu colega, que passou a explicar exatamente por que Wolfe precisava estar de posse das licenças de todas as barracas na Praça da Feira até meio-dia de 17 de junho. — E a sua é a única que falta agora.

— Obrigado — disse Alex. — Embora eu poderia ter resolver isso por mim mesmo.

— E, falando nisso — disse Travis —, há mais alguma coisa que você a essa altura provavelmente já sabe.

— Dimitri é um cara legal — disse Alex.

***

Alex vestiu um dos ternos que Addie lhe dera, junto com uma camisa branca e uma gravata de seda azul que ele nunca conseguiria comprar. Abriu a maleta e verificou se tudo estava no lugar, antes de dar uma olhada em seu relógio. Essa era uma reunião à qual ele não chegaria atrasado.

Ele não conseguiu resistir a assobiar quando andava sem pressa ao longo da Avenida Brighton Beach. Chegou ao número 3.049 da Ocean Parkway alguns minutos antes das nove, abriu a porta e se dirigiu à área de recepção e foi saudado por Molly, a recepcionista paciente, conhecida entre os feirantes como a guardiã do demônio.

— Sente-se, sr. Karpenko. Vou avisar ao sr. Wolfe que o senhor chegou.

— Não precisa — disse Alex, sem alterar seu passo ou parar para bater antes de entrar no escritório.

Wolfe levantou o olhar de sua mesa. Não tentou esconder seu aborrecimento por ser pego de surpresa.

— Vou ter que te ligar de volta — disse ele, batendo o telefone. — Bom dia, sr. Karpenko — disse, apontando para a cadeira na sua frente. Alex permaneceu de pé. Wolfe deu de ombros. — Elaborei a nova licença pra sua barraca.

— Quanto?

— Mil dólares por semana pelos próximos três anos — disse Wolfe com displicência. — E é claro que espero o pagamento adiantado por um mês. Caso deixe em algum momento de pagar a quantia completa, a licença volta direto pra mim. — Ele sorriu, confiante de que sabia exatamente qual seria a resposta de Alex.

— Isso é um grande roubo — disse Alex. — Não preciso lembrá-lo da cláusula em nosso contrato que diz que qualquer aumento do aluguel deve refletir condições atuais de mercado.

— Fico satisfeito que tenha mencionado essa cláusula em particular — disse Wolfe, permitindo-se um sorriso amargo —, porque um outro feirante levou-me recentemente ao tribunal afirmando que eu estava cobrando em excesso e citou essa cláusula como prova. Fico feliz em dizer que o juiz manifestou-se a meu favor. Portanto, o precedente está estabelecido, sr. Karpenko.

— Quanto isso lhe custou?

Wolfe ignorou o comentário enquanto empurrava o conhecido documento pela mesa e, apontando para a linha pontilhada, disse:

— Assina aqui, e a barraca é sua por mais três anos.

Mais uma vez, ele pareceu saber qual seria a reação de Alex. Mas, para sua surpresa, Alex se sentou e começou a ler lentamente o contrato, cláusula por cláusula. Wolfe reclinou-se, escolheu um charuto da caixa à sua frente, acendeu-o e tinha dado várias baforadas antes que Alex pegasse a caneta em sua mesa e assinasse o acordo.

O charuto caiu da boca de Wolfe e aterrissou no chão. Ele rapidamente o apanhou e limpou algumas cinzas de sua calça antes de dizer:

— Não se esqueça de que serão quatro mil dólares adiantados.

— Como eu poderia esquecer — disse Alex. Ele abriu sua maleta e extraiu quarenta notas de cem dólares. Todo dinheiro que ele, sua mãe e Dimitri possuíam. Ele pôs o dinheiro vivo sobre o mata-borrão em frente ao sr. Wolfe, depois guardou o contrato em sua maleta, levantou-se e se virou para sair. Estava prestes a abrir a porta quando Wolfe gaguejou:

— Não se apresse tanto, Alex. Vamos conversar como pessoas razoáveis.

— Não há nada sobre o que conversar, sr. Wolfe — disse Alex. — Não vejo a hora de operar minha barraca pelos próximos três anos, e não importa o preço do aluguel, quando minha licença expirar, eu vou pagá-lo. — Ele tocou na maçaneta da porta.

— Tenho certeza de que podemos chegar a um acordo, Alex. E se eu oferecer cinquenta mil dólares para rasgar o contrato? Isso é muito mais do que aquilo que você poderia esperar ganhar mesmo que estivesse dirigindo doze barracas.

— Mas nada próximo do aluguel de um milhão de dólares por ano que você estaria acumulando se eu rasgasse o contrato. — Alex abriu a porta.

— Como você descobriu? — perguntou Wolf, fulminando suas costas com os olhos.

— Não é importante como eu descobri que o conselho vai lhe conceder permissão pro planejamento de um novo shopping center em 17 de junho, mas só que eu descobri. No último minuto, eu poderia acrescentar.

— Quanto você quer?

— Não chego a um acordo por nada menos que um milhão — disse Alex. — De outro modo, as escavadeiras não estarão abrindo caminho no seu terreno por pelo menos mais três anos.

— Meio milhão — disse Wolfe.

— Setecentos e cinquenta mil.

— Seiscentos.

— Setecentos.

— Seiscentos e cinquenta mil — deixou escapar Wolfe.

— Fechado.

Wolfe conseguiu forçar um meio sorriso, sentindo que ainda tinha levado a melhor na barganha.

— Mas só se você incluir a propriedade vitalícia da Mario's Pizzaria na esquina da Praça dos Jogadores — acrescentou Alex.

— Mas isso é roubo à luz do dia — protestou Wolfe.

— Também acho — disse Alex. Ele sentou, abriu sua maleta e retirou dois contratos. — Se você assinar aqui e aqui — disse ele, apontando para a linha pontilhada —, os construtores podem começar a trabalhar no shopping mês que vem. Se não...

24

Alex

Brooklyn

— Você acha que eu sou capaz disso? — perguntou Elena.

— Claro que é, mamãe. Seu problema é que você passou a sua vida inteira se subestimando.

— Esse certamente nunca foi um dos seus problemas.

— De verdade, você é boa demais pra estar trabalhando numa pizzaria — disse Alex, ignorando a reprimenda da mãe. — Mas com a minha ajuda nós poderíamos construir a marca, transformá-la, vendê-la e depois instalar você no seu próprio restaurante.

— Restaurantes excelentes não são dirigidos por cozinheiros, Alex, mas por administradores de primeira classe, por isso, antes de arriscar um centavo do seu dinheiro em mim, você precisa encontrar um gerente experiente.

— Bons gerentes custam dois por um centavo, mamãe. Cozinheiros excelentes são uma mercadoria muito mais rara.

— O que faz você pensar que sou uma cozinheira excelente?

— Assim que você arranjou o emprego no Mario's, eu sempre conseguia uma mesa em qualquer hora do dia. Agora é fila do lado de fora a partir das onze horas da manhã. E eu posso te garantir, mamãe, eles não estão fazendo fila pra se encontrar com o gerente.

— Mas seria um risco tão grande — disse Elena. — Talvez fosse mais prudente depositar seu dinheiro num banco.

— Se eu fizesse isso, mamãe, o único a ter lucro seria o banco. Não, acho que vou arriscar um pouco da minha nova riqueza em você.

— Mas não antes que você encontre um gerente.

— Na realidade, já tenho alguém em mente.

— Quem?

— Eu.

***

Elena olhou o convite com relevo dourado que Alex tinha posto no consolo da lareira para todos verem.

— Quem é Lawrence Lowell? — perguntou ela quando ele sentou para tomar o café da manhã.

— Você se lembra do tenente Lowell. Ele foi o oficial no comando de minha unidade no Vietnã. Sinceramente, estou surpreso por ele sequer se lembrar do meu nome, que dirá descobrir onde moro.

— Nosso status não está se elevando? — provocou Elena enquanto servia uma xícara de café para o filho.

— Eu não imagino que terão muitos gerentes de pizzaria entre os convidados.

— Vai aceitar?

— É claro. Sou o gerente do Elena's, a mais exclusiva pizzaria de Nova York.

— Exclusiva nesse caso significa que há apenas uma.

Alex riu.

— Não por muito tempo. Estou de olho num segundo local a algumas quadras de distância.

— Mas ainda não estamos lucrando com a primeira — lembrou Elena enquanto punha dois ovos para cozinhar.

— Estamos quase, o que me diz que é hora de expandir.

— Mas...

— Mas — continuou Alex — o meu único problema é o que comprar pra um homem que tem tudo pelo seu trigésimo aniversário: um Rolls-Royce, um jato privado.

— Um par de abotoaduras — disse Elena. — Seu pai sempre quis um par de abotoaduras.

— Tenho a impressão de que o tenente Lowell poderia realmente ter vários pares de abotoaduras.

— Então deixe as suas pessoais.

— Como assim?

— Manda fazer um par com o brasão da família dele, ou o emblema do clube ou do antigo regimento dele.

— Boa ideia, mamãe. Vou gravar um burro num par.

— Um burro? — perguntou Elena quando seu temporizador de ovo soou indicando quatro minutos.

***

— Tem certeza? — perguntou Alex quando se olhou no espelho de corpo inteiro.

— Eu não poderia estar mais segura — disse Addie. — É a última moda. Nessa mesma época no ano que vem todo mundo estará usando lapelas largas e calças boca de sino. Você será a celebridade da Broadway.

— Não é com a Broadway que você está preocupada, mas com Boston, onde isso não estará na moda depois do ano que vem.

— Caso em que será melhor que você seja um lançador de modas e todos os outros convidados o invejem.

Alex não estava convencido, mas mesmo assim comprou o terno e uma rebuscada camisa azul-celeste que Addie insistiu em que combinava com ele.

***

Na manhã seguinte Alex levantou cedo, mas, em vez de se dirigir direto para a feira e escolher os recheios para as pizzas do dia, foi à Penn Station, onde comprou uma passagem de volta para Boston. Depois que achou um assento no trem, colocou sua pequena maleta no bagageiro acima da cabeça e se acomodou para ler o *New York Times*. A severa manchete gritava: "NIXON RENUNCIA".

Quando o trem parou na South Station quatro horas mais tarde, Alex estava se perguntando se o presidente Ford perdoaria o ex-presidente. Ele pegou um táxi e pediu ao motorista que o levasse a um hotel de preço razoável. Apesar de sua fortuna recente, Alex ainda considerava um desperdício de dinheiro pagar por uma suíte quando poderia dormir igualmente bem em um quarto com uma cama de solteiro.

Depois de fazer o check-in no Langham, Alex tomou um banho de chuveiro antes de experimentar os dois ternos que trouxera consigo. Em um, ele se sentiu como Jack Kennedy; no outro, ficou muito parecido com Elvis Presley. Mas na capa da *Vogue* na sua mesa de cabeceira havia uma foto de Joan Kennedy usando um vestido de baile azul-celeste, que a revista previa como a cor do ano seguinte. Alex mudou de ideia mais uma vez. Uma última verificação na hora no convite, 19h30 às 20h. Ele deixou o hotel pouco depois das sete, chamou um táxi e deu o endereço ao motorista.

Após dirigir em volta do Common, Alex notou que, à medida que eles subiam mais em direção a Beacon Hill, as casas se tornavam mais luxuosas. Eles estacionaram na entrada de uma casa magnífica, onde ele foi recebido por dois seguranças, que o examinaram detida e severamente antes de pedir para ver seu convite.

— Talvez ele faça parte do cabaré — disse um deles, alto o bastante para que Alex ouvisse enquanto o táxi entrava no longo caminho de acesso às garagens e prosseguia em sua viagem até a frente da casa.

Alex soube que tinha cometido um erro assim que pisou no hall com painéis de carvalho e entrou numa longa fila de convidados que esperavam para ser saudados por seu anfitrião. Teve vontade de dar meia-volta, voltar ao hotel e vestir seu terno mais conservador, mas nesse caso chegaria atrasado. Ele não sabia ao certo o que causaria maior ofensa. Não pôde deixar de notar que vários dos convidados estavam se virando para lhe dirigir um segundo olhar.

— É maravilhoso vê-lo novamente, Alex — disse Lowell, quando ele finalmente chegou à frente da fila. — Estou tão feliz por você ter vindo.

— Foi gentil de sua parte convidar-me, senhor.

— Lawrence, Lawrence — sussurrou seu anfitrião, antes de se virar para cumprimentar seu convidado seguinte. — Boa noite, senador.

Alex abriu caminho através de uma grande sala de estar repleta de convidados, quase todos usando smokings. Ele pegou uma taça de champanhe com um garçom que passava antes de desaparecer atrás de uma grande coluna de mármore num canto da sala, de onde fitou uma pintura de um sujeito chamado Pollock. Não se moveu nem tentou falar com ninguém até que um gongo soou, quando ele se assegurou de que estava entre os últimos a entrar na sala de jantar. Ficou surpreso ao ver que tinha sido colocado à mesa principal, entre uma Evelyn à sua esquerda e um Todd à direita. Sentou-se rapidamente, aliviado porque pelo menos agora ninguém podia ver sua calça boca de sino.

— Como você conhece Lawrence? — perguntou a jovem à sua esquerda, depois que o cardeal arcebispo de Boston pronunciara a ação de graças.

Alex se viu gaguejando pela primeira vez na vida.

— Eu servi... Eu servi sob o tenente Lowell no Vietnã.

— Ah, sim, o Lawrence mencionou que o convidara, mas não tinha certeza de que viria.

Alex já estava desejando não o ter feito.

— E o que você faz agora, Alex?

— Possuo uma rede de pizzarias — disse num impulso, para se arrepender de suas palavras imediatamente.

— Eu nunca comi uma pizza — disse ela, o que Alex não achou difícil acreditar. Após um longo silêncio, ele perguntou:

— E como você conhece o tenente Lowell?

— Ele é meu irmão. — Outro longo silêncio se seguiu antes que Evelyn se voltasse para a pessoa à sua esquerda e começasse a lhe dizer quando iria retornar à sua vila no sul da França.

Quando o primeiro prato foi servido, Alex não sabia bem que faca e garfo pegar da grande variedade à sua frente. Ele seguiu o exemplo de Evelyn, antes de se voltar para o homem à sua direita, que disse:

— Prazer, Todd Halliday. — E lhe deu um aperto de mão.

— Como você conhece Lawrence? — perguntou Alex, esperando que ele não fosse seu irmão.

— Estivemos em Choate juntos — disse Todd.

— E você também está no negócio bancário? — perguntou Alex, pois não tinha a menor ideia de quem ou o que fosse Choate.

— Não. Eu administro uma pequena companhia de investimento especializada em start-ups. E você?

— Sou dono de duas pizzarias, e estou de olho num terceiro local. Ainda não somos a Pizza Hut, mas pode ser apenas uma questão de tempo.

— Está à procura de algum capital?

— Não — disse Alex. — Acabo de vender minha antiga companhia por mais de um milhão, de modo que não vou precisar de nenhum financiamento externo.

— Mas, se você espera rivalizar com a Pizza Hut, o parceiro certo poderia acelerar todo o processo, e, se você estivesse interessado...

Todd não conseguiu completar sua frase porque foi interrompido por uma figura que Alex reconheceu imediatamente, que se levantou de sua cadeira para propor um brinde a Lawrence. Alex admirou a maneira tranquila como o senador de Massachusetts se dirigiu à reunião, sem consultar nenhuma vez uma anotação, mas não pôde tirar os olhos da mulher sentada ao lado do senador, que ele acabara de ver na capa de uma revista ilustrada em seu hotel. Ele só desejava ficar igualmente bem em azul-celeste.

Quando o senador se sentou para receber uma salva de palmas calorosa, Lawrence se levantou para responder.

— Estou encantado — começou ele — por tantos de meus parentes e amigos se juntarem a mim na noite de hoje pra celebrar meu trigésimo aniversário. Estou particularmente honrado por Teddy ter sido capaz de escapar de sua movimentada agenda e brindar à minha saúde. Espero que um dia, e não num futuro muito distante ele vá considerar se apresentar como o candidato democrata a presidente.

Vários dos convidados participaram dos aplausos, o que deu a Lawrence a chance de virar para a página seguinte de seu discurso.

— Estou igualmente encantado por receber em minha casa o homem que tornou a noite de hoje possível, porque, se ele não tivesse salvado a minha vida, uma coisa é certa: essa festa não estaria acontecendo. Como todos vocês sabem, quando eu estava servindo no Vietnã, fui ferido e poderia ter sido abandonado pra morrer, mas felizmente o meu segundo em comando não hesitou em assumir o meu lugar e, graças à sua liderança e coragem, não só uma unidade vietcongue inteira foi eliminada, mas ele não deixou o campo de batalha até que todos os soldados americanos fossem salvos. Como resultado de sua ação naquele dia, o sargento Alex Karpenko não só foi contemplado com a Estrela de Prata mas fez com que eu pudesse pronunciar esse discurso hoje.

Lawrence virou-se para Alex, levantando a taça num sinal de brinde, e todas as pessoas na sala se levantaram e aderiram ao aplauso, embora o pensamento imediato de Alex tenha sido sobre Tank e o fato de que ainda não visitara seu túmulo na Virgínia.

Houve um regozijo ainda mais ruidoso quando Lawrence anunciou que iria concorrer a uma cadeira no Congresso como candidato democrata nas próximas eleições. Quando ele finalmente sentou, os convidados reunidos iniciaram uma estridente e desafinada execução de "Parabéns pra você".

Quando os risos e os aplausos tinham finalmente enfraquecido, Todd virou-se para Alex e continuou de onde tinham parado:

— Se você decidir expandir um dia, pode me ligar. A sua empresa é o tipo de negócio que gosto de patrocinar. — Ele tirou um cartão de visita da carteira e entregou-o a Alex, que estava prestes a perguntar que soma ele tinha em mente quando foi distraído por uma mão em sua coxa.

— Conta mais sobre o seu pequeno império, Alex — disse Evelyn, deixando sua mão no lugar.

Por uma segunda vez ele se viu lutando para encontrar palavras enquanto fitava os olhos verdes dela.

— Acabo de vendê-lo.

— Espero que tenha sido por um bom preço.

— Um pouco mais de um milhão — disse ele, gostando da atenção.

— Você vai me apresentar, Evelyn? — disse uma voz atrás dele.

Alex saltou da cadeira quando viu o senador de pé junto a ele. Evelyn os apresentou, e Teddy Kennedy imediatamente o deixou à vontade enquanto eles conversavam sobre o Vietnã.

— Você sabe, Alex — sussurrou Kennedy —, se você pudesse dispor de um pouco de tempo pra ajudar Lawrence durante sua campanha, isso faria toda a diferença, e eu sei que ele ficaria grato.

Nunca tinha passado pela cabeça de Alex que ele podia realmente ajudar Lawrence a fazer alguma coisa.

— Eu ficaria muito feliz em fazer qualquer coisa que possa, senador — ele se ouviu dizendo.

— Isso é gentil da sua parte, Alex. Vamos nos manter em contato.

As palavras de Kennedy deram a Alex um pouco mais de confiança e o deixaram mais determinado a pressionar Todd sobre o quanto ele poderia pensar em investir no Elena's, e o que ele esperaria em troca. Mas, quando olhou em volta, viu Todd de pé a seu lado, mergulhado em conversa com Evelyn. Alex sentiu que não podia interrompê-los.

Quando se sentou de novo, teve a surpresa de ver que uma fila de convidados tinha se formado, todos querendo falar com ele e apertar sua mão. Ele respondeu cada uma de suas perguntas, em particular porque não teria de se aventurar na pista de dança e fazer papel de bobo. Quando notou o primeiro convidado se retirando pouco antes da meia-noite, Alex decidiu que, depois de falar com Todd, ele também sairia à francesa, mas antes perguntou a um garçom que passava onde ficava o banheiro.

— Vem comigo — disse Evelyn, que surgira do nada.

Alex obedeceu de bom grado. Ela tomou-lhe a mão e o conduziu por uma ampla escada de mármore até o primeiro andar e abriu um par de portas duplas para um quarto que era maior que o apartamento de Alex em Brighton Beach.

— Usa o meu banheiro privativo — disse ela, apontando para uma porta no outro extremo do quarto.

— Obrigado — disse Alex enquanto desaparecia num aposento que tinha uma banheira e um chuveiro. Ele sorriu enquanto lavava as mãos e endireitava sua gravata, confiante agora para perguntar a Evelyn se ela podia chamar um táxi para levá-lo de volta a seu hotel. Mas, quando voltou ao cômodo, não a encontrou. Supôs que tinha voltado para a festa no térreo, até que ouviu uma voz:

— Estou aqui, Alex. — Ele girou e a viu sentada na cama, seu magnífico vestido de baile jogado no chão. — Vem aqui comigo — disse Evelyn, dando tapinhas nas cobertas.

Alex não acreditava no que estava acontecendo, mas, depois de hesitar por um instante, ele descartou nervosamente seu terno e a camisa e subiu na cama ao lado dela. Ela logo o abraçou e começou a beijá-lo. Ele se perguntou se era óbvio que ela era apenas a segunda mulher com quem ele já dormira. Finalmente ela se reclinou, soltou um ruidoso suspiro e disse:

— Posso ver por que o inimigo não teve chance.

Instantes mais tarde ela adormeceu em seus braços.

***

Quando Alex acordou e olhou para Evelyn deitada a seu lado, ainda estava incrédulo que aquela mulher bonita e sofisticada tinha lhe lançado um segundo olhar. Ele temeu que, no momento em que ela acordasse, a bolha estouraria e ele teria de voltar à realidade.

Ele começou a afagar com delicadeza o longo cabelo ruivo de Evelyn. Ela despertou devagar e esticou os braços preguiçosamente, antes de puxá-lo para si. Depois que tinham feito amor uma segunda vez, Evelyn repousou a cabeça no ombro dele.

— Posso perguntar uma coisa? — disse Alex.

— Qualquer coisa, meu querido — respondeu ela.

— O que você pode me contar sobre Todd Halliday, o rapaz que estava sentado no meu outro lado ontem à noite?

— Extremamente rico, dinheiro antigo, mas ele gosta de investir em novas empresas.

— Você acha que ele poderia estar interessado...

— Eu suspeito que foi por isso que Lawrence o sentou ao seu lado — disse Evelyn.

— Mas minha empresa é tão pequena...

— Todd gosta de entrar no início. Ele diz que é assim que o dinheiro de verdade é feito. Eu só gostaria de ter lhe dado ouvidos quando ele me disse pra investir na Coca-Cola, no McDonald's e na Walt Disney.

— Que tipo de soma ele costuma investir?

— Dez, quinze milhões, e já tive notícia de ele colocar até vinte e cinco se realmente acredita na pessoa, e pude ver que ele ficou impressionado com você.

— Mas o que ele esperaria em troca?

— Eu não faço ideia — disse Evelyn —, mas não vou perder a oportunidade desta vez.

— O que você quer dizer?

— Estarei entre os primeiros a apostar.

— Você estaria disposta a investir na minha empresa?

— Não na sua empresa — disse Evelyn. — Em você. Todd sempre diz que há mentirosos e especuladores, e ele não tinha nenhuma dúvida quanto ao grupo a que você pertencia, por isso eu lhe pedi que me registrasse pra meio milhão. De fato — acrescentou ao sair da cama e vestir um robe de seda —, se Todd está disposto a investir em você, vou ter de vender o Warhol que meu avô me deixou em seu testamento. — Evelyn postou-se diante de um retrato pendurado na parede. — É conhecido como Jackie Azul, e captura o momento pungente em que ela se deu conta de que seu marido estava morto.

— Eu não poderia deixá-la fazer isso — disse Alex seguindo-a até o banheiro.

— Faço isso sem nenhuma preocupação — disse Evelyn enquanto seu robe caía no chão e ela entrava no chuveiro. — Ele vale mais de um milhão e há vários marchands que ficariam muito felizes em me dar meio milhão, e talvez até mais. E vou lhe contar um pequenino segredo: na verdade, eu nunca gostei dele.

Alex não conseguiu se concentrar quando ela se virou no chuveiro e lhe entregou o sabonete. Mais uma primeira vez. E foi só quando estava se enxugando que ele disse:

— Eu não poderia deixá-la vender o Warhol, principalmente porque o Lawrence nunca me perdoaria.

— Eu não conto se você não contar — disse Evelyn, enquanto voltava tranquilamente para o quarto e abria um closet revelando fileiras e fileiras de vestidos, saias, blusas e sapatos. Ela escolheu uma roupa sem pressa. Alex não gostou de vestir as mesmas roupas velhas enquanto a via se vestir.

— Por que não eliminamos os marchands?

— Pode fechar o meu zíper, querido?

Alex atravessou o quarto, fechou o zíper do vestido e inclinou-se para beijá-la no ombro enquanto o fazia.

— Não sei se entendi — disse Evelyn, virando-se para encará-lo.

— Vou agir como o marchand, mas com uma diferença. Eu compro o quadro por meio milhão, que você pode investir em minha empresa, e te devolvo o Warhol quando você me reembolsar.

— Mas por que correr o risco? — perguntou Evelyn.

— Não existe nenhum risco enquanto o valor do quadro for um milhão — disse Alex.

— E você não contaria pro Lawrence?

— Nem uma palavra.

— Então temos um trato — disse Evelyn enquanto removia a pequena pintura da parede.

— Não, não preciso dele até que o negócio esteja fechado.

— Então ficaremos sem um negócio porque estarei no sul da França por seis semanas, e, se conheço o Todd, ele terá fechado um negócio com você muito antes que eu volte. — Evelyn entregou a pintura. — Confio em você o suficiente para manter sua parte do acordo. — Alex pegou a pintura com relutância, sentou-se, preencheu um cheque de quinhentos mil dólares e o entregou a Evelyn. — Obrigada — disse ela, deixando-o sobre a mesa de cabeceira. — Por que você não vem a Boston no próximo fim de semana? Podemos velejar e comemorar nossa nova parceria — acrescentou, antes de beijá-lo gentilmente nos lábios.

Alex não podia acreditar que ela queria vê-lo de novo, e apenas disse:

— Eu gostaria disso.

— Acho que está na hora do café da manhã — disse Evelyn. — Mas nem uma palavra pro Lawrence do nosso pequeno acordo.

— Não acho uma boa ideia, vestido como estou — disse Alex. — Ontem à noite já foi embaraçoso o bastante e seria ainda pior no café da manhã. De qualquer forma, você tem certeza de que quer que seu irmão saiba que eu passei a noite aqui?

— Não acho que ele ligue.

— Mas eu ligo.

— Você é tão lindamente antiquado — disse Evelyn. — Mas, se você insiste, pode escapulir descendo a escada dos fundos e sair pela porta de serviço. Desse modo ninguém o verá.

— Eu insisto.

Evelyn deu de ombros e foi até a porta do quarto. Abriu-a, olhou para um lado e para o outro do corredor e acenou para que Alex se juntasse a ela. Apontou para uma escada no final do corredor.

— Não se esquece da pintura — disse ela, entregando o Warhol. Ele a pegou com relutância e rumou para o fim do corredor. — Até o fim de semana que vem, querido — disse Evelyn quando eles tomaram direções opostas.

Depois que ele estava fora de vista, Evelyn desceu a ampla escada para a sala de jantar e se juntou a Lawrence para o café da manhã.

— Bom dia, Evelyn — disse ele quando ela entrou. — Espero que você tenha dormido bem.

* * *

No trem de volta para Nova York, Alex não resistiu a uma olhadela ocasional na pintura. É claro que já ouvira falar de Warhol, mas nunca imaginara que possuiria um, mesmo que fosse apenas por um curto período de tempo. Ele já se sentia culpado por se aferrar a uma pintura que o avô de Evelyn tinha deixado para ela em seu testamento. Não via a hora de devolver a ela quando recebesse seu meio milhão.

Já na Penn Station, ele pegou um táxi para Brighton Beach, pois certamente não iria pegar o metrô com um Warhol. Antes mesmo de mostrar a pintura à sua mãe ele lhe disse:

— Conheci a mulher com quem vou me casar.

* * *

Evelyn chegou ao Hotel Mayflower pouco depois das onze. Todd imediatamente se levantou de seu lugar na alcova e acenou. Ela atravessou o recinto depressa para se juntar a ele. Como o gato da Alice, não parava de sorrir.

— Pela expressão de seu rosto, minha querida, suponho que você tenha degustado o creme — disse Todd quando ela se sentou à sua frente.

— Uma grande colherada — disse Evelyn, entregando-lhe um cheque de 500 mil dólares.

— Bravo — disse ele após enfiá-lo no bolso. — Algum problema?

— Nenhum. Você armou direitinho pra ele. Mas não podemos perder tempo, porque, se meu irmão descobrir...

— Tenho uma reserva pra um voo que parte de Logan às duas e quarenta e cinco e aterrissa em Genebra pouco antes das sete de amanhã de manhã. Apresentarei o cheque no instante em que o banco abrir as portas.

— Só não se esquece de pedir compensação imediata e me liga assim que o dinheiro tiver sido transferido pra minha conta. Então eu pegarei um avião e vou a seu encontro em Monte Carlo, e nós vamos comemorar.

— O que você vai fazer durante os próximos dois dias enquanto eu estiver fora?

— Ficar disponível sempre que Alex ligar. Pelo menos até que o cheque seja compensado.

Todd inclinou-se e beijou sua mulher.

— Você é tão inteligente — ele disse.

***

Naquela tarde, Alex telefonou para Evelyn, e eles conversaram por quase uma hora. Ele teve de lhe assegurar várias vezes que nada o impediria de ir ao encontro dela em Boston no fim de semana.

Na terça-feira de manhã, ele a pegou pouco antes de ela sair de casa para fazer compras. Ela prometeu ligar de volta e só mais tarde ele se deu conta de que ela não tinha o seu número. Na quarta-feira, a primeira coisa que ele fez de manhã foi ligar para ela — primeira coisa na manhã para ela, pelo menos, porque ele já tivera de ir ao mercado e escolher as verduras mais frescas e os melhores cortes de carne antes de entregá-los no Elena's.

Ela estava cheia de novidades. Todd estava pensando em investir pelo menos dez milhões, possivelmente quinze, na empresa dele, e entraria em contato como ele mais para a frente. Evelyn queria saber se ele gostaria de ir velejar no fim de semana.

— Poderíamos visitar meu tio Nelson em Chappaquiddick e comer a melhor sopa de mariscos do planeta.

— Parece esplêndido. O que eu deveria vestir? — perguntou ele, não querendo admitir que nunca estivera num iate.

— Não se preocupa. Andei fazendo compras e já escolhi algumas roupas pra você.

Mais tarde naquela manhã, o gerente do banco de Alex telefonou para dizer que eles tinham recebido um cheque preenchido ao portador no valor de 500 mil dólares, com um pedido de transferência imediata. Como era um valor tão grande, disse o gerente, ele estava verificando para assegurar que Alex queria que ele fosse compensado.

— Imediatamente — disse Alex sem hesitação.

— Isso deixará sua conta corrente com um saldo de 17.269 mil dólares — disse o gerente.

Que logo serão vários milhões, Alex teve vontade de lhe dizer, mas se satisfez com:

— Por favor, compense o cheque imediatamente.

***

Evelyn pegou o telefone.

— O dinheiro foi transferido e eu vou pegar o próximo avião pra Nice. Quando você acha que será capaz de se juntar a mim?

— Com um pouco de sorte estarei em Monte Carlo a tempo pro jantar de amanhã — disse Evelyn. — Mas primeiro tenho de inteirar meu irmão das tristes notícias.

— Temos de ter alguma piedade pelo sr. Karpenko — disse Todd.

— Mas não piedade demais. Eu tenho a impressão de que ele se sairá muito bem na prisão, e depois podemos esquecê-lo. A propósito, Todd, não se esquece de reservar a nossa mesa de sempre.

***

O mordomo não via Evelyn correndo escada abaixo desde que ela era uma menininha.

— Você viu o meu irmão? — gritou ela muito antes de chegar ao degrau mais baixo.

— Ele acaba de ir tomar o café da manhã, srta. Evelyn — disse Caxton, atravessando o salão às pressas para abrir a porta da sala de jantar para ela.

— Qual é o problema, Eve? — perguntou Lawrence quando a irmã irrompeu na sala.

— Você tirou o Warhol do cômodo Jefferson? — perguntou ela, ainda sem fôlego.

— Do que você está falando? — disse Lawrence, pousando seu café.

— O Warhol desapareceu. Ele não está lá.

Lawrence saltou de seu lugar e saiu da sala depressa. Subiu a escada até o primeiro andar de dois em dois degraus e entrou no cômodo Jefferson. Encontrou um prego à mostra na parede onde o Warhol estava outrora pendurado.

— Quando você viu o quadro pela última vez? — perguntou, enquanto Evelyn fitava o débil contorno do lugar onde a pintura estivera.

— Não tenho certeza. Eu realmente fiquei tão acostumada com a presença dele ali. Mas lembro-me de tê-lo visto na noite da sua festa. — Um longo silêncio se seguiu antes que ela acrescentasse: — Sinto-me envergonhada, Lawrence, porque acho que pode ter sido culpa minha.

— Não sei se estou entendendo.

— Fiquei um pouco bêbada na noite da sua festa e permiti que alguém se juntasse a mim no meu quarto.

— Quem?

— Seu amigo Alex Karpenko.

— Ele passou a noite aqui?

— Certamente, não. Ele já tinha saído na hora em que acordei de manhã. Eu simplesmente não penso...

— Você nunca pensa — disse Lawrence. — Mas, se alguém deve ser culpado, sou eu.

— Talvez eu devesse entrar em contato com ele e ver se posso conseguir a pintura de volta.

— Essa é a última coisa que você deveria fazer. Se alguém vai falar com Alex, sou eu.

— Você terá de informar à polícia?

— Não tenho nenhuma escolha — disse Lawrence. — Como você bem sabe, a pintura não pertence a mim, é parte da herança de nosso avô, e vale um milhão, talvez mais. Terei de comunicar o roubo à polícia e à companhia de seguros.

— Mas ele salvou a sua vida.

— Verdade. Por isso, se ele devolver a pintura imediatamente, talvez eu não preste queixa.

— Sinto muito — disse Evelyn. — Ele parecia um rapaz tão agradável.

— É impossível conhecer alguém de verdade, não é?

***

Naquela tarde, Alex ligou para Evelyn e o telefone foi atendido pelo mordomo, que lhe disse que a srta. Lowell tinha saído de casa por volta das onze horas, e ele não sabia ao certo quando ela iria retornar. Como ela não retornou, Alex ligou de novo à noite. Dessa vez Lawrence atendeu o telefone.

— Que festa maravilhosa, Lawrence. Você é um excelente anfitrião e estou ansioso para ver você e Evelyn amanhã.

— Eu não sabia que você viria para Boston pro fim de semana.

— Evelyn não contou?

— Evelyn partiu hoje de manhã pra casa no sul da França e eu vou visitar a minha mãe em Nantucket.

— Mas tínhamos combinado que eu iria me juntar a vocês dois pro jantar na sexta-feira e velejar no sábado. — Houve um silêncio tão longo que Alex pensou que a ligação tinha caído. — Você ainda está aí, Lawrence?

— Peço desculpas por lhe perguntar isto, Alex, mas, quando você saiu da minha casa na manhã de domingo, o mordomo disse que você estava carregando um pequeno pacote debaixo do seu braço.

— Um Warhol — disse Alex sem hesitação. — Com alguma relutância, eu poderia acrescentar. Mas Evelyn insistiu em que eu o levasse como uma segurança.

— Segurança pra quê?

— Eu emprestei pra ela meio milhão para investir com Todd Halliday, que pretende apoiar minha empresa.

— Todd Halliday é o marido dela e não tem um centavo em seu nome.

— A Evelyn é casada?

— Há muitos anos — disse Lawrence.

— Mas ela me disse que Todd é especializado em start-ups.

— Todd só se especializa em falências que sempre envolvem o dinheiro de outras pessoas — disse Lawrence. — O seu dessa vez.

— Mas a Evelyn me assegurou de que ele estava pensando em investir dez, possivelmente quinze milhões no Elena's.

— Não estou certo de que Todd teria condições de investir dez dólares, muito menos dez milhões, no que quer que seja. Espero que você não tenha dado nenhum dinheiro pra ele.

— Pra ela — disse Alex. — Meu cheque foi compensado hoje de manhã. — Lawrence ficou satisfeito porque Alex não pôde ver a expressão em seu rosto. — Mas não se preocupe, eu ainda tenho o Warhol como segurança — acrescentou.

Outro longo silêncio se seguiu antes de Lawrence dizer:

— Aquela pintura não pertencia a ela. Ela é parte da coleção da família Lowell, que é mantida em confiança e sempre deixada pro filho mais velho, que depois a passa pra próxima geração. Eu herdei a coleção quando meu pai morreu uns dois anos atrás e, por mais que a Evelyn seja a segunda na linha de sucessão, até que eu tenha um filho, meu pai deixou claro em seu testamento que, se eu viesse a morrer no Vietnã, a coleção deveria ser legada à Boston Fine Arts Society, e nem uma única obra deveria ir pra Evelyn.

— Devolverei a pintura imediatamente — disse Alex.

— E eu lhe restituirei seu meio milhão de dólares — disse Lawrence.

— Não, você não vai não — disse Alex com firmeza. — Meu acordo era com Evelyn, não com você. Vamos dar a ela o benefício da dúvida e supor que ela investiu o meu dinheiro numa empresa de ponta.

— As únicas ações de primeira linha em que essa mulher investe são encontradas em cassinos. No futuro, sempre que ela vier para passar alguns dias, vou ter que prender cada pintura com pregos na parede. Mas isso não nos impede de trabalhar como uma equipe tal como fizemos no passado e ver se podemos encontrar uma maneira de recuperar o seu dinheiro.

— Eu faço qualquer coisa pra ajudar — disse Alex. — E claro que devolverei a pintura. Só lamento ter lhe causado tamanho transtorno.

— Você deveria ter me deixado morrer no campo de batalha, Alex. Nesse caso você nunca teria conhecido a minha irmã.

— Mea culpa — disse Alex. — Jezebel, Lucrécia Borgia, Mata Hari e agora Evelyn Lowell. Ela reconhece um otário quando vê um.

— Você não é o primeiro e provavelmente não será o último. Mais ainda, receio que eu vá passar o próximo mês fora, pois minha mãe e eu sempre passamos o mês de agosto na Europa. Por que eu não lhe envio um cheque agora, e você pode devolver a pintura assim que eu voltar? Assim nós podemos velejar e deixar Evelyn num aperto.

— Não — disse Alex. — Você pode me dar o cheque, mas só quando eu devolver a pintura.

— Se você insiste. Só tenta não perder o quadro, porque, se o fizer, Evelyn negará que o tenha dado pra você.

— Lawrence, posso perguntar por que você supôs que eu era a parte inocente e não tomou imediatamente o lado de sua irmã?

— Prática. Quando eu tinha nove anos, Evelyn costumava roubar a minha mesada e, quando era apanhada com a boca na botija, jogava a culpa na nossa babá, que era despedida. E, após uma série de incidentes similares na escola, meu querido pai teve de construir uma nova biblioteca pra evitar que ela fosse expulsa.

— Mas isso não prova que sou inocente. Não se esqueça de que ainda estou com uma pintura que vale mais de um milhão.

— É verdade, mas Evelyn cometeu um erro ao escolher você pro papel da babá nesta ocasião.

— Como assim?

— Ela me disse que você tinha deixado a casa antes que ela acordasse na manhã após a festa, apesar do fato de que ela se juntou a mim pro café da manhã por volta das oito e meia.

— Não sei aonde você quer chegar.

— Mas você não tinha ido embora, porque pediu a Caxton que chamasse um táxi por volta dessa hora pra levá-lo de volta ao seu hotel. Por mais que eu admire sua audácia, coragem, ousadia, chame isso do que você quiser, Alex, você não teria o atrevimento de sair da casa com um Warhol debaixo do braço e esperar que o mordomo mantivesse a porta de um táxi aberta para você.

Alex riu.

— Então, o que vai fazer em relação à sua irmã?

— Vou esperar que ela cometa seu próximo erro — disse Lawrence —, o que, tendo em vista seu histórico, não deve demorar muito.

25
Sasha
Londres

— Eu agora, os declaro marido e mulher — disse o vigário. — Você pode beijar a noiva.

Sasha tomou Charlie nos braços e beijou-a como se estivessem em um primeiro encontro. As quase cem pessoas que compareceram irromperam em aplausos.

A noiva e o noivo avançaram lentamente pela nave e saíram para o adro, onde um fotógrafo, com o tripé já armado, os esperava. A primeira foto que ele fez foi dos novos sr. e sra. Karpenko, seguida por fotos em grupo com seus pais, os familiares da noiva, e, finalmente, com o padrinho e os mestres de cerimônia.

Os recém-casados foram então conduzidos de volta a Barn Cottage em um Rolls-Royce. No caminho, Sasha admitiu para a esposa que estava um pouco nervoso com relação a seu discurso.

— Se eu fosse você, estaria muito mais nervoso com relação ao discurso de Ben — disse Charlie. — Quando escutei ele ensaiando na cozinha antes do jantar ontem à noite, tive muita pena de você.

— Tão ruim assim? — perguntou Sasha. Quando chegaram de volta à casa tiveram a surpresa de encontrar Elena já verificando os canapés.

— Como ela chegou aqui antes de nós? — sussurrou Charlie enquanto endireitava a gravata do marido e removia um fio de cabelo de seu paletó.

— Essa foi uma pergunta boba — disse Sasha enquanto os convidados começavam a chegar pouco a pouco antes de se encaminhar para a tenda onde seria servido o almoço.

Sasha se esqueceu completamente dos discursos até que os pratos tinham sido retirados, o café servido e Ben se levantado para pronunciar seu discurso.

— Senhoras e senhores, damas e cavalheiros — começou ele.

— Onde estão os senhores, não vejo nenhum aqui? — gritou um dos mestres de cerimônia.

— Apenas pensando à frente — disse Ben, pondo uma mão no ombro de Sasha.

—Isso! — exclamaram alguns de seus contemporâneos no Grêmio de Cambridge.

— Vocês podem perguntar — disse Ben — como um patético imigrante ilegal de Leningrado pode ter roubado o coração de uma linda moça inglesa. Bem, Sasha não fez nada disso. A verdade é que Charlie, como a menina bondosa que é, teve pena dele a primeira vez que os dois se encontraram numa festa na minha casa pra comemorar o fim dos nossos dias de aula. Porque Charlie é uma liberal e, por isso, uma apoiadora de causas perdidas, Sasha tinha a possibilidade de vencer. Mas nem mesmo eu pensava que ele teria tanta sorte e acabaria se casando com uma criatura tão brilhante e bonita.

"Mas tenho uma coisa pra te contar, Sasha, que você não vai gostar de saber. Charlie foi campeã de hóquei na Fulham High School, e tenho informações seguras de que com um bastão na mão ela não via problema em massacrar qualquer adversário a seu alcance. Por isso atenha-se ao xadrez, velho amigo. E não se esqueça de que, enquanto a dama pode se movimentar livremente pelo tabuleiro, o rei só pode se mover uma casa de cada vez."

Ben esperou que os risos e os aplausos diminuíssem antes de continuar:

— Falar que eu fiquei honrado de ser convidado pra ser o padrinho de Sasha seria dizer pouco, porque sei há algum tempo que eu estava destinado a caminhar na sombra desse homem, e só de vez em quando poder desfrutar de sua notoriedade. Eu contemplei com assombro quando ele ganhou uma bolsa de estudos pra Cambridge, tornou-se presidente do Grêmio, foi o capitão do time de xadrez da universidade e se formou na Trinity com honras. Mas ponha todas essas coisas juntas e elas ainda não são nada comparadas à conquista do coração de Charlie Dangerfield. Porque, com ela ao seu lado, Sasha vai conseguir escalar montanhas ainda mais altas. Mas, afinal, por trás de todo grande homem... há uma sogra surpresa.

De novo, Ben esperou que os risos morressem antes de dizer:

— Mas não perdi inteiramente a esperança pra mim mesmo, pois nenhum de vocês pode ter deixado de notar as quatro lindas damas de honra que acompanharam Charlie ao longo da nave. Já convidei três delas pra sair.

— E todas as três recusaram! — gritou outro escudeiro.

— É verdade — disse Ben —, mas não se esqueça de que elas são quatro, assim eu ainda vivo na esperança.

— Não se ela tiver algum juízo!

— Apesar disso, eu lhes peço que se levantem e bebam à saúde de Sasha e Charlie.

Todos ficaram de pé, levantaram as taças e gritaram:

— Ao Sasha e à Charlie!

— Queiram fazer a gentileza de continuar de pé — continuou Ben —, assim eu posso sempre lembrar a Sasha no futuro que, quando fiz o discurso de padrinho em seu casamento, fui aplaudido de pé.

O aplauso que se seguiu fez Sasha perceber quão arduamente seu velho amigo tinha trabalhado no discurso que se esperava que ele agora seguisse. Ele compreendeu por que Charlie o advertira de que devia estar nervoso.

Ele se levantou lentamente, ciente de que seu amigo tinha elevado o padrão.

— Eu gostaria de começar agradecendo ao sr. e à sra. Dangerfield não só pela generosidade em serem anfitriões tão maravilhosos, mas mais ainda por acolherem esse patético refugiado em sua tradicional família inglesa. Isso, apesar do fato de que ainda devo uma visita a Wimbledon, Lord's e Twickenham, e não sei o que são uma falta de pé ou *leg-before-wicket* e muito menos *hooker.* Não só isso, ainda não sei ao certo se você deve pôr o leite numa xícara antes ou depois do chá. E será que algum dia me acostumarei com cerveja morna, esperar pacientemente em filas e com a dança do mastro? Lembrando tudo isso, vocês podem certamente perguntar como fui tão sortudo de casar com a rosa inglesa quintessencial, que floresce em todas as estações.

"A resposta é que houve sempre outra mulher, igualmente notável, em minha vida. Estou me referindo, é claro, a minha mãe, Elena, sem quem nada disso teria sido possível."

Os prolongados aplausos permitiram a Sasha organizar seus pensamentos.

— Sem ela eu não teria nenhuma bússola moral, nenhuma estrela guia, nenhum caminho a seguir. Nunca pensei que iria encontrar sua igual, mas os deuses — ele olhou para o céu — provariam que eu estava errado e superariam a si mesmos quando me apresentaram a Charlie.

— Não foram os deuses — interrompeu Ben —, fui eu! — O que foi recebido com uma estridente risada.

— O que me lembra — continuou Sasha — de advertir a quarta dama de honra, que parece ser uma sensata e encantadora jovem senhorita, a emular suas três colegas e rejeitar o sr. Cohen sem pensar duas vezes. Ela pode encontrar coisa melhor. — Gritos de isso, isso! ecoaram pela sala. — Mas eu não posso — concluiu Sasha, levantando seu copo —, por isso convido todos vocês a se juntarem a mim num brinde às damas de honra.

— Às damas de honra!

Demorou algum tempo para que todos retornassem a seus lugares. Ben inclinou-se para Sasha.

— Bom trabalho — disse ele. — Especialmente quando você tinha uma performance tão impossível pra superar. — Sasha riu e ergueu um copo para seu amigo. — Assim que você voltar de sua lua de mel — continuou Ben, subitamente soando mais sóbrio —, temos de começar a planejar o próximo passo em sua jornada pra Câmara dos Comuns.

— Isso pode não ser tão fácil pra um refugiado patético — disse Sasha.

— É claro que é, especialmente se você me aceitar como gerente de campanha.

— Mas você é um membro do Partido Conservador, Ben, só te lembrando, caso tenha esquecido.

— E continuarei sendo em todos os outros distritos eleitorais, exceto naquele onde você está se candidatando. Com Charlie do seu lado, nada vai segurar você. E eu tenho uma outra pequena informação pra compartilhar com você antes que você suma em Veneza. Sei que a Charlie não vai gostar de eu estar discutindo negócios no dia do seu casamento, mas ontem apareceu na minha mesa um pacote surpresa que poderia vir a ser um inesperado presente de casamento. — Sasha pousou os seus óculos. — A propriedade livre e alodial do número 154 de Fulham Road chegou ao mercado.

— O restaurante Tremlett's? Por quanto?

— Como você sabe, ele veio perdendo dinheiro nos últimos dois anos. Eu suspeito que seu velho dono finalmente se cansou e decidiu cortar seus custos e vender.

— Quanto?

— Quatrocentos mil.

Sasha tomou mais um gole de champanhe.

— Isso é demais pra gente — finalmente conseguiu dizer Sasha.

— É uma pena, porque eu não tenho dúvida de que sua mãe precisaria apenas atravessar a rua para transformar o lugar numa questão de segundos.

— Concordo, mas ainda é muito cedo pra gente.

— Bem, pelo menos você pode ficar grato pelo fato de que seu maior rival bateu as botas. E por aquele preço é improvável que ele vá ser substituído por outro restaurante. Socorro — disse ele —, vejo uma mulher formidável avançando sobre mim, claramente não satisfeita por eu estar monopolizando o noivo. Com licença, enquanto eu desapareço!

Sasha riu enquanto seu amigo dava um pulo e desaparecia na multidão. Ele se levantou quando a senhora idosa se aproximou.

— Que ocasião magnífica — disse a condessa, sentando na cadeira vazia de Ben. — Você é de fato um homem de sorte. Obrigada por me convidar.

— Ficamos encantados pela senhora conseguir vir — disse Sasha. — Minha mãe ficou particularmente contente.

— Ela é ainda mais antiquada do que eu — sussurrou a condessa. — Mas há outra razão pela qual eu queria falar com você. — Sasha não voltou a encher sua taça. — Como você sabe, meu Fabergé vai a leilão na Sotheby's em setembro. Eu me pergunto se você poderia ter a gentileza de me fazer uma visita quando retornar de sua lua de mel, pois tenho algo que preciso discutir com você.

— Claro — disse Sasha. — Alguma pista?

— Eu acho — disse a condessa —, aqui entre nós, poderiam ser os russos ou os ingleses. Mas só se você se sentisse capaz de...

— Discurso bom pra caramba, Sasha. Mas, afinal, eu não teria esperado menos — disse uma voz atrás dele, que claramente não deixara seu copo ficar vazio.

— Obrigado — disse Sasha, tentando lembrar o nome do tio de Charlie. Quando o homem se afastou, a condessa também já havia se afastado. Mas suas instruções não podiam ter sido mais claras.

***

Sasha se misturou aos convidados enquanto sua esposa — ele se perguntava quanto tempo levaria para se acostumar com isso — subiu ao quarto para vestir sua roupa de viagem. Quando ela reapareceu na escada quarenta minutos depois, ele se lembrou da primeira vez em que a vira na festa de Ben quase quatro anos antes. Teria ela alguma ideia de como ele tinha rezado para que ela estivesse vindo em sua direção? Só recentemente ela confessara a Ben que alimentara a esperança de que ele não aparecesse na festa com outra menina.

Passou-se outra meia hora até que eles pudessem fazer suas despedidas finais e subir na velha MG de Sasha, tendo abandonado o Rolls-Royce. Eles chegaram à estação Victoria na hora exata do embarque do Expresso Oriente para Veneza.

Ambos caíram na gargalhada quando descobriram que seu compartimento num vagão-leito tinha somente duas estreitas camas de solteiro.

— Deveríamos pedir nosso dinheiro de volta — disse Sasha, enquanto se espremia ao lado de sua mulher e apagava a luz.

***

— Há uma única coisa em que insisto — disse Tremlett depois que seu filho lhe tinha dado informações completas sobre a venda de Fulham Road, número 154.

— E qual é ela, papai?

— Sob nenhuma circunstância você permitirá que a propriedade caia nas mãos dos Karpenkos.

— É improvável que isso aconteça com o preço de quatrocentos mil.

— Agnelli poderia arcar com ele.

— Em sua idade, Agnelli é um vendedor, não um comprador — disse Maurice. — Além disso, sei que ele não tem andado bem ultimamente.

— Fico feliz em ouvir isso — disse Tremlett. — Porque preciso que você cuide da venda enquanto eu me concentro em obter permissão de planejamento para o edifício de apartamentos em Stamford Place.

— Mais alguma novidade nesse front?

— O conselheiro Mason me diz que haverá um anúncio na próxima semana, razão pela qual eu o convidei a se juntar a nós no nosso iate em Cannes pro fim de semana.

— Aí o acordo está garantido — disse Maurice.

— Especialmente porque o coitado está passando por um divórcio incomumente complicado. Pela segunda vez.

***

O sr. e a sra. Karpenko voltaram de Veneza uma semana depois, e uma das primeiras coisas que Sasha fez ao retornar a Londres foi telefonar para a condessa. Ela o convidou para o chá na tarde seguinte.

Ele bateu à porta do apartamento dela no subsolo em Pimlico pouco antes das três, sem saber ao certo o que esperar. A porta foi aberta por uma criada que era quase tão idosa quanto sua patroa. Ela o conduziu à sala de estar, onde a velha senhora estava sentada numa poltrona com abas, um cobertor grosso sobre o colo.

O apartamento era impecável, e todas as superfícies estavam cheias de fotografias sépia com molduras de prata de uma família que jamais teria pensado em morar num porão. Ela apontou para Sasha a cadeira em frente à sua e perguntou:

— Como foi Veneza?

— Maravilhoso. Mas, se tivéssemos ficado um pouco mais, eu teria falido.

— Eu já fui lá várias vezes quando criança — disse a condessa. — E muitas vezes saboreei um bolo de chocolate e um copo de limonada na Praça de São Marcos, a sala de estar da Europa, como Napoleão certa vez a descreveu.

— Agora ela está tão lotada de turistas como eu que tenho certeza de que Napoleão não teria aprovado — disse Sasha enquanto a criada reaparecia, carregando uma bandeja com chá e biscoitos.

— Mais um homem que subestimou os russos e viveu para se arrepender disso.

Depois que a criada serviu o chá e se retirou, a condessa passou ao objetivo do encontro.

Sasha ouviu atentamente cada palavra que ela tinha a dizer, e não pôde deixar de sentir que, se essa mulher formidável tivesse nascido no século XX, ela teria sido líder em qualquer campo que tivesse escolhido. Quando ela chegou ao fim de sua audaciosa proposta, ele não tinha nenhuma dúvida de que a aliança russa tinha encontrado seu rival.

— Bem, jovem — disse ela. — Você está disposto a me ajudar em meu pequeno subterfúgio?

— Sim, estou — disse Sasha sem hesitação. — Mas não considera que o sr. Dangerfield é muito mais qualificado pra ter êxito?

— Possivelmente. Mas ele tem a fraqueza britânica de acreditar em *fair play*, um conceito que nós russos nunca entendemos de verdade.

— Meu timing precisará ser preciso — disse Sasha.

— Certamente — disse a condessa. — E, mais importante, saber quando parar será a maior decisão. Então vamos repassar os detalhes de novo, e não hesite em me interromper se houver alguma coisa que você não compreenda inteiramente, ou julgue que pode aperfeiçoar. Antes que eu comece, Sasha, você tem alguma pergunta?

— Sim. Onde fica a cabine telefônica mais próxima?

***

A casa de leilão estava quase cheia quando o sr. Dangerfield e a condessa tomaram seus assentos reservados na terceira fila.

— Seu ovo está no lote dezoito — disse Dangerfield após virar várias páginas do catálogo. — Por isso não chegará antes de pelo menos meia hora.

Mas então deverão se passar apenas alguns momentos antes que descubramos se os experts o consideram uma falsificação ou uma obra-prima. — Ele se virou e olhou para um grupo de homens que estava parado num grupo no fundo da sala. — Eles já decidiram qual é a resposta pra essa pergunta — acrescentou. — Afinal, ela serve a seu objetivo.

— Não ajuda que o embaixador soviético tenha emitido um comunicado de imprensa hoje cedo afirmando que o ovo é uma falsificação e o original está em exibição no Hermitage — disse a condessa.

— Uma propaganda que não teria deixado nem Goebbels envergonhado — disse o sr. Dangerfield. — E vai ver que, apesar de suas palavras, Sua Excelência está sentada um par de fileiras atrás de nós. Não se surpreenda se ele tentar obter seu ovo por um preço reduzido, e depois da noite pro dia reconhecer subitamente que ele é uma obra-prima há muito perdida.

— A revolução pode ter matado meu pai — disse a condessa, virando-se para lançar um olhar furioso ao embaixador —, mas seus herdeiros não vão roubar meu ovo.

O embaixador não reconheceu a presença dela.

— O que significa PPS? — perguntou a condessa, olhando de volta para seu catálogo.

— "Preço por solicitação" — explicou Dangerfield. — Como a Sotheby's não está disposta a apresentar uma opinião sobre seu valor, eles vão deixar que o mercado decida. Temo que a intervenção do embaixador não tenha ajudado.

— Bando de covardes — disse a condessa. — Vamos esperar que eles todos acabem com um ovo em suas caras. — O sr. Dangerfield teria rido, mas não tinha certeza de que o trocadilho tinha sido proposital. — Então o que acontece em seguida? — perguntou ela.

— Às sete horas em ponto, o leiloeiro subirá os degraus do pódio e abrirá os procedimentos oferecendo o lote número um. Depois eu temo que a senhora vá ter uma longa e ansiosa espera até que ele chegue ao lote dezoito. Nessa altura, ele estará nas mãos dos deuses. Ou possivelmente — acrescentou, lançando um olhar pelo círculo — dos infiéis.

— Quem são aqueles homens vestidos informalmente atrás daquela corda perto do púlpito?

— Os cavalheiros da imprensa. Lápis preparados, esperando uma notícia. Você ou ganhará as capas dos jornais ou será relegada a uma nota de rodapé na coluna de artes.

— Esperemos que seja nas capas. E os elegantemente vestidos na plataforma à nossa direita?

— Essa é a equipe da casa. É função deles ajudar o leiloeiro a localizar os licitantes. Isso se aplica também àqueles assistentes operando os telefones à sua direita, que estarão fazendo lances em nome de clientes que estão ou ligando de outros países, ou desejam permanecer anônimos.

Precisamente às sete horas, um homem alto, elegantemente vestido com um smoking e gravata-borboleta, entrou na sala de leilão por uma porta atrás do púlpito. Ele subiu lentamente os degraus e sorriu ao inspecionar a audiência lotada.

— Boa noite, senhoras e senhores. Bem-vindos à venda russa. Começarei os procedimentos com o lote número um em seu catálogo. *Uma noite de inverno em Moscou*, de Savrasov. Abrirei os lances em dez mil libras. Estou vendo doze? — Embora a condessa considerasse a obra inferior ao Savrasov que estivera pendurado na biblioteca de seu pai, ela ainda assim ficou feliz quando o martelo foi batido a 24 mil libras, bem acima de sua elevada estimativa.

— Lote número dois — declarou o leiloeiro. — Uma aquarela de...

— Eu estava desejando que Sasha pudesse se juntar a nós — disse o sr. Dangerfield —, mas ele me advertiu de que tinha reserva pra uma festa no restaurante e não estava seguro de que poderia sair a tempo.

A condessa não fez nenhum comentário enquanto virava a página de seu catálogo para o lote três, que não alcançou a baixa estimativa. O sr. Dangerfield olhou em volta, para ver que o círculo estava comemorando sua primeira vitória. Ele olhou para trás e notou que a condessa estava batendo os dedos agitadamente em seu catálogo, o que o surpreendeu, porque nunca a vira manifestar nenhuma emoção.

— Essa pintura pertenceu a um velho amigo da família — explicou ela. — Ele precisava do dinheiro.

Quando o leiloeiro ofereceu a pintura seguinte, o sr. Dangerfield notou que a condessa estava ficando cada vez mais nervosa à medida que cada lote era oferecido para venda. Ele chegou até a pensar que tinha visto uma gota de suor na testa dela quando o leiloeiro tinha chegado ao lote dezesseis.

— Um par de bonecas russas. Posso abrir a licitação em dez mil?

Ninguém respondeu. O leiloeiro olhou para o impassível mar de rostos e sugeriu:

— Doze mil. — Mas o sr. Dangerfield sabia que eles estavam inventando lances para chegar aonde queria. — Catorze mil — disse ele, tentando não soar desesperado. Mas continuou não havendo resposta, por isso ele bateu o martelo e resmungou: — Vendido.

— O que isso significa? — sussurrou a condessa.

— Nunca houve um licitante, para começar — disse o sr. Dangerfield.

— Lote número dezessete — disse o leiloeiro. — Um importante retrato do eminente pintor russo Vladimir Borovikovski. Estou vendo um lance de vinte mil?

Ninguém respondeu até que um membro do círculo gritou:

— Dez mil!

— Estou vendo doze mil? — perguntou o leiloeiro, mas ninguém mostrou nenhum interesse, de modo que ele relutantemente bateu o martelo e disse: — Vendido por dez mil libras para o cavalheiro no fundo. — Embora não estivesse inteiramente seguro de qual cavalheiro.

Dangerfield sentiu que isso não era um bom prenúncio para sua cliente, mas não expôs uma opinião.

— Lote número dezoito. — O leiloeiro fez uma pausa para permitir que um carregador entrasse na sala carregando o ovo numa almofada de veludo. Ele o colocou num atril ao lado do púlpito e se retirou. O leiloeiro sorriu benevolentemente para sua atenta audiência e estava prestes a sugerir um preço inicial de 50 mil libras quando uma voz vinda do fundo da sala gritou:

— Mil libras. — O que foi seguido por risos e um suspiro de incredulidade.

— Duas mil — disse uma outra voz, antes que o leiloeiro pudesse se recuperar.

— Dez mil — disse alguém duas filas atrás da condessa. O leiloeiro confuso percorreu a sala com os olhos, e estava prestes a bater o martelo e dizer "Vendido para o embaixador russo" quando pelo canto do olho pôde ver um dos assistentes na plataforma à sua esquerda gritar. Ele se virou para encarar uma moça ao telefone, que disse com firmeza:

— Vinte mil.

— Vinte e uma mil — disse a primeira voz do fundo da sala. O leiloeiro voltou a olhar para a jovem que parecia estar imersa em conversa com seu cliente pelo telefone.

— Trinta mil — disse ela após alguns segundos, que tinham parecido uma vida inteira para a condessa.

— Trinta e uma mil. — A mesma voz do fundo.

— Quarenta mil — disse a assistente ao telefone.

— Quarenta e uma mil — veio a resposta imediata.

— Cinquenta mil. — A assistente.

— Cinquenta e uma mil. — O homem no fundo.

Houve mais um longo silêncio, durante o qual todos os que estavam na sala se voltaram para a jovem ao telefone.

— Cem mil — disse ela, causando um ruidoso burburinho, que o leiloeiro ignorou deliberadamente.

— Eu tenho um lance de cem mil libras — disse ele. — Estou vendo cento e vinte e cinco mil libras? — indagou o leiloeiro.

Seus olhos se voltavam para o líder do círculo, que olhava para ele em soturno silêncio.

— Estou vendo cento e vinte e cinco mil? — perguntou o leiloeiro uma segunda vez. — Então vou deixá-lo à licitante do telefone por cem mil libras. — Ele estava prestes a bater o martelo quando uma mão na quinta fila se levantou com relutância. Claramente o embaixador russo aceitava agora que sua declaração à imprensa não tinha alcançado o objetivo desejado.

Uma enxurrada de lances se seguiu depois que o embaixador reconheceu que o ovo tinha sido de fato criado por Carl Fabergé, e não era uma falsificação. Quando o preço chegou a meio milhão, o sr. Dangerfield notou que a jovem ao telefone estava tendo uma intensa conversa com seu cliente.

— O próximo lance será de seiscentas mil — sussurrou ela. — Quer que eu continue fazendo lances em seu nome, senhor?

— Quantos licitantes restam? — perguntou ele.

— O embaixador russo ainda está fazendo lances e estou bastante segura de que o representante do Museu Metropolitan em Nova York está mostrando interesse. E um antiquário da Asprey está batendo seu pé direito, sempre um sinal de que está prestes a se juntar a nós.

— Ótimo, então vamos esperar até que você pense que chegamos ao último licitante.

Quando a licitação chegou a um milhão, a jovem sussurrou ao telefone:

— Estamos reduzidos aos dois últimos, o embaixador russo e o representante do Met.

— Um milhão e cem mil libras — disse o leiloeiro, voltando sua atenção de volta para o embaixador russo, que de repente cruzou os braços e abaixou a cabeça.

— Estamos reduzidos a um — ela sussurrou ao telefone.

— Qual foi o último lance?

— Um milhão e cem.

— Então oferece um milhão e duzentos. — A mão direita dela disparou.

— Tenho um milhão e duzentas mil pelo telefone — disse o leiloeiro, olhando de volta para o representante do Met.

— O que está acontecendo? — perguntou a voz do outro lado da linha. Ele parecia bastante ansioso.

— O senhor conseguiu. Meus parabéns.

Mas ela estava errada, porque a mão do representante do Met se levantou de novo, ainda que com certa hesitação.

— Não, espere. Há um lance de um e trezentas. Estou confiante de que ele seria seu se oferecesse um e quatrocentas.

— Tenho certeza de que você está certa — disse a voz do outro lado da linha —, mas receio ter chegado ao meu limite. Muito obrigado de qualquer maneira — disse ele, antes de desligar o telefone. Ele saiu da cabine telefônica e se esquivou do tráfego ao atravessar a Bond Street.

O leiloeiro continuou a olhar esperançosamente para a jovem assistente, mas ela sacudiu a cabeça e desligou o telefone. O leiloeiro bateu seu martelo com um golpe seco e disse:

— Vendido por um milhão e trezentas mil libras para o Museu Metropolitan em Nova York.

A audiência irrompeu num aplauso espontâneo, e até a condessa se permitiu abrir um sorriso quando Sasha entrou correndo na sala. Ele entrou rapidamente pelo corredor e tomou o único lugar vago, próximo do seu sogro.

— Uma pena, mas acho que você perdeu todo o drama — disse o sr. Dangerfield.

— Sim, eu sei, desculpe, eu fui retido.

Sasha inclinou-se e cumprimentou a condessa. Ela lhe deu um gentil aperto de mão:

— Muito obrigada, Sasha — disse enquanto voltava para a página seguinte do seu catálogo.

— Lote número dezenove — disse o leiloeiro depois que a audiência tinha se acalmado. — Um belo busto de mármore do tsar Nicolau II. Tenho um lance inicial de dez mil libras.

— Onze — disse uma voz conhecida vinda do fundo da sala. A condessa não se deu ao trabalho de se virar, mas apenas levantou lentamente sua mão enluvada. Quando atraiu a atenção do leiloeiro ela disse, quase num sussurro:

— Cinquenta mil — que foi seguido por um arquejo de todos à sua volta. Mas em seguida ela considerou isso um preço pequeno a pagar por uma obra-prima que vira pela última vez na mesa do gabinete de seu pai. Ela sabia também qual membro da família o tinha posto à venda, e aceitou que ele precisava de dinheiro, ainda mais do que ela.

26

Sasha

Londres

— Você está muito elegante, mamãe — disse Sasha. — É um tailleur novo?

Elena não tirou os olhos do livro de reservas.

— E como são três horas da tarde, ou você vai se encontrar com uma amiga pro chá ou vai para uma entrevista de emprego.

Elena calçou um par de luvas enquanto continuava a ignorar o seu filho.

— Espero que não seja uma entrevista de emprego — zombou Sasha —, porque francamente não conseguiríamos dirigir o lugar sem você.

— Estarei de volta muito antes de abrirmos à noite — disse Elena concisamente. — O primeiro horário de funcionamento está todo reservado?

— Exceto as mesas doze e catorze.

Elena assentiu. Embora o restaurante muitas vezes ficasse todo reservado com dias de antecipação, o sr. Agnelli tinha ensinado Elena a sempre guardar duas das melhores mesas para clientes habituais, e não liberá-las antes das sete horas.

— Divirta-se, mamãe, seja pra onde for que você esteja indo. — De fato, ele já tinha descoberto exatamente para onde ela ia.

Elena saiu do restaurante sem dizer mais nada. Andou uns cem metros pela rua antes de virar à direita na esquina e chamar um táxi. Não queria que Sasha a visse sendo extravagante. Normalmente ela teria pegado um ônibus, mas não em sua elegante roupa nova Armani, e de todo modo não havia pontos de ônibus em Lowndes Square Street.

— Lowndes Square, 43 — disse ela ao motorista.

Elena tinha ficado tocada quando a condessa lhe enviara um bilhete manuscrito convidando-a para o chá, o que lhe daria oportunidade de ver o novo apartamento. O ovo Fabergé tinha mudado a vida de todos eles. Mike Dangerfield dividira sua comissão com Sasha e Charlie, o que lhes permitira comprar um apartamento quase na esquina da rua do restaurante. Elena ficou triste por eles não morarem mais com ela, mas compreendeu que um jovem casal recém-casado quereria sua própria casa, especialmente se estivessem planejando começar uma família.

Sasha trabalhava todas as horas do dia e várias da noite em sua tentativa de conciliar o trabalho no restaurante com a frequência no curso em que se inscrevera na Universidade de Londres, para não mencionar, pelo menos não para Charlie ou Elena, que ele ingressara recentemente no Clube Trabalhista local. As noites jogando xadrez tinham desaparecido.

Elena estava indo de sucesso em sucesso, em particular porque, quando o restaurante Tremlett's fechou, ela pudera escolher seus melhores garçons e o pessoal de cozinha. Os Tremletts, père et fils, tinham se mudado para Maiorca e aberto uma agência imobiliária logo depois que o conselheiro Tremlett tinha se demitido, alegando problemas de saúde, após um inquérito sobre a decisão do conselho de conceder permissão para um novo bloco de apartamentos proposto em Stamford Place. Sasha não precisou ler nas entrelinhas do jornal local para entender que eles não voltariam.

Enquanto Elena supervisionava a cozinha e Gino dirigia a atenção aos clientes, Sasha controlava o faturamento, uma área em que sua mãe ficava completamente perdida, embora ele tivesse tentado explicar para ela a diferença entre evasão fiscal e eficiência fiscal. Ele investia a maior parte dos lucros de volta no negócio, e eles tinham adquirido recentemente freezers com dois andares, uma lavadora de pratos industrial, sessenta novas toalhas de mesa e guardanapos de linho. Ele planejava construir um bar na frente do restaurante, mas só depois que pudessem arcar com os custos.

Ao se sentar no banco detrás do táxi, Elena pensou na condessa, que ela não vira recentemente. Seus horários antissociais no restaurante significavam que tinha pouco tempo para uma vida privada, por isso o convite para o chá era uma agradável quebra em sua rotina. E ela estava ansiosa para ver o novo apartamento.

Quando o táxi estacionou em frente a Lowndes Square, 43, Elena deu ao motorista uma generosa gorjeta. Ela nunca se esquecera do sr. Agnelli dizendo a ela: *você não pode de fato receber gorjetas se não for generosa com aqueles que lhe prestam serviços.*

Ela verificou os quatro nomes esmeradamente impressos ao lado das campainhas, antes de apertar o botão para o andar superior.

— Por favor, suba — disse uma voz que obviamente a estava esperando. Uma campainha soou, e Elena empurrou a porta aberta e dirigiu-se ao elevador. Quando pisou no quarto andar, viu uma criada esperando junto a uma porta aberta.

— Boa tarde, sra. Karpenko. Deixe-me levá-la até a condessa.

Elena tentou não encarar as fotografias do tsar e da tsarina em férias com a família da condessa no Mar Negro, enquanto era conduzida através de uma sala de estar cheia dos mais belos móveis antigos. Um busto de mármore do tsar Nicolau II repousava no centro do consolo da lareira.

— Que delicadeza a sua de dedicar parte do tempo de sua vida agitada pra me visitar — disse a condessa, apontando para a sua convidada uma ampla e confortável poltrona em frente a ela. — Temos tanta coisa para conversar. Mas, primeiro, um pouco de chá.

Elena ficou feliz por ver que a condessa estava agora vivendo com luxo, comparado com o apartamento no porão abarrotado em Pimlico.

— E como vai Sasha? — foi a primeira pergunta da condessa.

— Quando ele não está trabalhando no restaurante, está estudando contabilidade e administração de empresas na faculdade, o que só pode beneficiar nosso negócio crescente.

— Não por muito mais tempo, pelo que eu soube. A última vez que vi Sasha, ele mencionou rumores de que...

— Mas só rumores, condessa — disse Elena —, embora Gino esteja seguro de que viu dois juízes almoçando no restaurante muito recentemente. Mas não ouvimos nada definitivo.

— Estou torcendo pra que não sejam apenas rumores — disse a condessa enquanto a criada voltava carregando uma grande bandeja de prata cheia de chá, biscoitos e um bolo de chocolate que ela pôs no centro da mesa. — Leite, sem açúcar, se eu me lembro corretamente — disse a condessa quando começou a servir o chá.

— Obrigada.

— Sasha também me conta que ele está pensando em se candidatar pro conselho local. Soube que surgiu uma vaga há pouco.

— Sim, ele está na lista de finalistas para a cadeira, mas não está confiante de que vão escolhê-lo.

— Fique tranquila, Elena, o Conselho de Fulham não será nada mais que um trampolim em seu caminho inevitável para a Câmara dos Comuns.

— Pensa realmente assim?

— Ah, sim. Sasha tem todas as qualidades e defeitos necessários para fazer um excelente parlamentar. Ele é inteligente, talentoso, esperto e não avesso a correr um risco ocasional se acredita que a causa o merece.

— Mas não se esqueça de que ele é um imigrante — disse Elena.

— O que pode ser até uma vantagem no moderno Partido Trabalhista.

— Não o deixe saber — disse Elena —, mas eu sempre votei com os conservadores.

— Eu também — admitiu a condessa. — Mas no meu caso eu acho que isso não seria uma grande surpresa. Já falamos o bastante de Sasha, como Charlie está se saindo no Courtauld?

— Ela está terminando sua tese sobre "Krøyer: o mestre desconhecido". Portanto não vai demorar até que ela se torne dra. Karpenko.

— E há algum sinal de...

— Infelizmente não. Parece que a geração moderna pensa que é mais importante estabelecer uma carreira antes de ter filhos. Em meu tempo...

— Eu acredito, Elena, você é mais antiquada que eu.

— Sasha certamente pensa isso.

— Minha cara, posso lhe assegurar, ele a admira acima de todas as mulheres — disse a condessa, oferecendo à convidada uma fatia de bolo Floresta Negra. Ela fez uma pausa e tomou um gole de chá antes de dizer: — Agora, devo confessar, Elena, que eu tinha segundas intenções pra pedir para vê-la.

Elena pousou seu garfo e ouviu atentamente.

— A verdade é que eu tenho um segredo que quero compartilhar com você. — Fez uma pausa aguardando o efeito. — Graças à diligência e expertise do sr. Dangerfield e da engenhosidade de seu filho, eu recebi muito mais pelo meu ovo do que originalmente julguei possível.

— Eu não tinha nenhuma ideia de que Sasha estava envolvido — disse Elena.

— Ah, sim, ele desempenhou um papel decisivo, pelo qual serei eternamente grata. Não só o leilão me permitiu fazer um contrato de arrendamento por curto prazo sobre este charmoso apartamento, mas também pude comprar vários móveis de um certo antiquário de Guildford. — Elena sorriu. — No entanto, eu ainda tenho o problema de como investir o resto do dinheiro, porque sobrou uma quantia considerável. Meu pai costumava dizer: "Invista em pessoas em quem você pode confiar, e não se enganará muito." Por isso decidi investir em você.

— Não sei se estou entendendo — disse Elena.

— Durante o mês passado, estive negociando a compra de uma propriedade na Fulham Road.

A mão de Elena tremia tanto que ela derramou seu chá.

— Sinto muito — disse ela.

— Não tem importância — disse a condessa —, comparado com ficar sabendo se você se sentiria confortável com a ideia de dirigir dois restaurantes ao mesmo tempo.

— Eu teria de falar com Sasha antes de tomar uma decisão.

— Não, temo que não seja possível — disse a condessa firmemente. — De fato, você nunca deve mencionar nossa conversa para Sasha, por razões que vou explicar. O vendedor com que tive de negociar é um sr. Maurice Tremlett, de modo que você não pode dizer nada para o Sasha porque tenho forte impressão de que ele e seu filho não estão em bons termos. Ele certamente inveja o sucesso que você fez no Elena's.

— Isso remonta há muito mais tempo — disse Elena —, aos dias em que eles estudavam juntos, e Sasha era o goleiro do time titular da escola.

— Sem dúvida Tremlett foi relegado ao time da reserva, o que não me surpreende, e isso é exatamente o que pretendo fazer com ele, uma vez que o contrato for assinado. Durante nossas negociações, Tremlett perguntou-me duas, se não três vezes, se eu era fachada pro sr. Karpenko, e fui capaz de dizer não sem faltar com a verdade. Por isso, por favor, não diga nada ao Sasha até que eu tenha efetuado o depósito. Se Tremlett viesse a descobrir o que eu estava tramando, não tenho dúvida de que o negócio estaria cancelado. Agora, eu tenho de perguntar de novo, Elena, você acha que pode dirigir dois restaurantes ao mesmo tempo?

— Já dirigi aquele restaurante, de modo que não seria difícil deixá-lo de novo bastante bem, em especial porque já estou empregando a única equipe de cozinha e os garçons bons que eles já tiveram.

— E você está confiante de que poderia fazer isso ao mesmo tempo que administra o Elena's?

— Terão de ser apenas cento e trinta couverts em vez de cento e setenta. É óbvio que posso ter de construir uma ponte ou cavar um túnel sob Fulham Road entre o Elena 1 e o Elena 2.

— Então está combinado — disse a condessa.

— Posso lhe perguntar o que espera em retorno por seu investimento?

— Eu me tornaria uma sócia meio a meio do novo restaurante e teria permissão para jantar em qualquer um dos dois estabelecimentos sempre que desejar, gratuitamente. Há vários emigrados russos em Londres que apreciam boa comida, mas não a experimentam mais tão regularmente quanto costumavam. Contudo, você tem a minha palavra de que só os levarei um de cada vez.

— Nesse caso, você deve ter sua própria mesa nos dois restaurantes — disse Elena —, que mais ninguém poderá reservar. Então, quando posso contar para Sasha?

— Não antes que o contrato esteja assinado e a tinta esteja seca, porque devo lhe contar, Elena, se o sr. Maurice Tremlett tivesse nascido na União Soviética, ele estaria sem dúvida trabalhando pra KGB.

Elena estremeceu, mas não pôde discordar.

— Obrigada pelo chá — disse ela —, e, mais importante, obrigada pela sua confiança em mim. Agora devo retornar ao restaurante, pois gosto de estar na cozinha uma hora inteira antes que os primeiros clientes comecem a chegar.

— Que bom investimento estou prestes a fazer — disse a condessa. — E tenho mais um pedido antes que você vá embora.

— Qualquer coisa, condessa.

— No futuro, você deve me chamar de Natasha. — Elena pareceu incerta. — Se não o fizer, transformarei isso numa condição do contrato.

27

Sasha

Londres

— Sabemos alguma coisa sobre eles? — perguntou Elena. — O nome Rycroft não significa nada pra mim.

— Só que a senhora que ligou, uma sra. Audrey Campion, me disse que seriam três deles que estão vindo de Surrey para discutir um assunto privado.

— Então provavelmente é uma comemoração ou uma festa de aniversário especial de algum tipo que eles querem celebrar. A que horas vocês os estão esperando?

— Dentro de dez minutos — disse Sasha, dando uma olhada em seu relógio. — Você quer se juntar a nós pra reunião, mamãe?

— Não, obrigada — disse Elena. — Vocês são melhores nessas coisas do que eu. Apenas não deixem de verificar as duas listas de reserva.

— Já fiz isso — disse Sasha. — O Elena 1 está com reserva esgotada no dia 13 de março.

— E o Elena 2?

— Se for para vinte ou menos nós poderíamos mais ou menos lidar com isso.

— Parece que vocês têm tudo sob controle, por isso vou voltar ao trabalho. Preciso discutir os pratos especiais de hoje com o auxiliar de cozinha.

Sasha sorriu, sabendo bem que sua mãe faria quase qualquer coisa para evitar lidar diretamente com clientes, mas se transformava a partir do momento em que entrava na cozinha. Como ela era diferente dele. Ele evitava a cozinha a todo custo, de modo que a divisão do trabalho convinha a eles dois idealmente.

Sasha estava considerando que opções do cardápio deveria oferecer quando a campainha da porta soou.

Ele sentou à apreciada mesa de alcova no fundo da sala quando Gino abriu a porta e deixou os três entrarem. Enquanto ele os acompanhava até a mesa, Sasha tentou, como sempre fazia, avaliar seus clientes potenciais.

A julgar pelas suas idades, poderiam ser pai, mãe e filho, mas não a partir de seus pedigrees. Ele se levantou para cumprimentá-los, dando uma olhada mais atenta no rapaz, que poderia jurar já ter visto antes em algum lugar.

— Bom dia. Sou Sasha Karpenko.

— Alf Rycroft — respondeu o homem mais velho, sacudindo-o firmemente pela mão.

— E eu sou a sra. Campion — disse a mulher. — Você deve se lembrar de que eu lhe telefonei — acrescentou, soando como se estivesse acostumada a fazer o que bem entende.

— De fato eu me lembro.

— Olá — disse o homem mais jovem. — Eu sou...

E então Sasha lembrou.

— É um prazer vê-lo de novo, Michael. Como vai você?

— Estou bem, obrigado. E tocado por ter se lembrado de mim. Por outro lado, contei a Alf e Audrey na viagem para Londres como você demoliu toda a equipe de xadrez de Oxford sem ajuda de ninguém, assim talvez eu não devesse estar surpreso por você poder lembrar meu nome.

— Então, o que você anda fazendo agora? — perguntou Sasha. — Você não estudou jurisprudência?

Um garçom apareceu, e, depois que eles tinham pedido café, Michael respondeu à pergunta de Sasha.

— Sou um advogado em Merrifield. Mas essa não é a razão pela qual queríamos vê-lo.

— É claro que não. Por isso deixe-me começar perguntando que tipo de partido você tinha em mente.

— O Partido Trabalhista — disse Alf.

Sasha pareceu perplexo.

— Permita-me explicar — disse Audrey Campion, com a mesma voz pragmática. — Como estou certa de que você sabe, até recentemente o membro do Parlamento para Merrifield era sir Max Hunter.

— O pai de Fiona — disse Sasha. — Como eu poderia esquecer? Soube que ele morreu de um ataque cardíaco.

— Isso mesmo. Mas o que você não sabe é que ontem à noite a Associação Conservadora local escolheu a filha dele pra disputar a eleição extraordinária.

Sasha permaneceu em silêncio por algum tempo antes de murmurar:

— Então Fiona será a primeira de meus contemporâneos a sentar nos bancos verdes.

— Você dificilmente pode se surpreender com isso — disse Michael —, porque todos nós supúnhamos que ou você ou ela seriam os primeiros a chegar nessa posição.

— Mas eu ainda não compreendo por que vocês fizeram toda essa viagem para me contar alguma coisa sobre a qual poderei ler nos jornais de amanhã.

— Sou o presidente da associação do Partido Trabalhista de Merrifield — disse Alf Rycroft. — E Audrey é a agente do partido.

— Não remunerada, eu poderia acrescentar — disse ela firmemente.

— E meu comitê — continuou Alf — não pôde pensar em ninguém mais bem qualificado para competir contra a srta. Hunter.

— Mas com certeza seria mais prudente escolher alguém com mais experiência, que tenha pelo menos algum conhecimento do eleitorado.

— Não temos tempo pra passar pelo procedimento de seleção normal — disse Alf. — Supusemos que os conservadores iriam ao menos ter a decência de esperar que sir Max fosse enterrado antes que anunciassem a data da eleição extraordinária, mas eles tiraram proveito do fato de não termos um candidato pronto.

— Como isso é típico de Fiona — disse Sasha quando o garçom voltou com o café, o que lhe concedeu alguns momentos para organizar seus pensamentos. — Estou lisonjeado — disse ele assim que o garçom tinha se afastado —, mas meu problema é que eu simplesmente não tenho tempo...

— A eleição extraordinária será realizada daqui a três semanas, na quinta-feira, 13 de março — disse Alf. — E, como sir Max teve uma maioria de 12.214, você não tem absolutamente nenhuma chance de vencer.

— Então por que eu deveria perder meu tempo?

— Porque — disse a sra. Campion —, se você reduzisse a maioria numa fortaleza conservadora, isso teria boa aparência no seu CV quando você finalmente pleitear um assento que pode realmente vencer.

— Mas você é um homem local, Michael, por que não se candidata?

— Porque Fiona sempre me aterrorizou, mas, se ela descobrir que você é o candidato trabalhista, será ela que estará na defensiva pra variar. Além do que você sabe mais sobre ela que qualquer um de nós.

— Vou precisar de um pouco de tempo pra pensar sobre isso — disse Sasha. — Quanto tempo eu tenho?

— Dez minutos — disse Alf.

***

— A moção perante a associação é que Sasha Konstantinovitch Karpenko seja escolhido como candidato do Partido Trabalhista para o distrito eleitoral de Merrifield. Aqueles a favor? — perguntou o presidente, percorrendo a reunião com os olhos. Vinte e três mãos se levantaram. — Aqueles contra? — Nem uma única mão se levantou. — Então eu declaro que a moção foi aprovada por unanimidade — anunciou Alf Rycroft para a mais ruidosa ovação que vinte e três pessoas conseguiriam produzir.

Quando embarcou no último trem de volta para Londres, Sasha conhecia todos os vinte e três pelo nome, e nenhum deles pensava que ele tinha uma chance de vencer.

— Outra mulher? — perguntou Charlie quando ele entrou furtivamente no quarto logo após a meia-noite, determinado a não acordá-la.

— Só um pouco mais de vinte e oito mil delas — disse Sasha, enquanto punha a cabeça no travesseiro e explicava por que viajara para Merrifield naquela manhã e voltara à noite como candidato trabalhista para uma eleição extraordinária. — De modo que você não me verá muito durante as próximas semanas.

— Parabéns, querido — disse Charlie. Ela acendeu a luz da mesa de cabeceira e abraçou-o. — O que você sabe sobre seu adversário?

— Tudo.

— Como assim?

— É Fiona Hunter.

Charlie perdeu o fôlego e sentou-se empertigada antes de dizer:

— Você tem de derrotá-la desta vez.

— Temo que não seja possível. Eles não contam os votos conservadores em Merrifield, eles os pesam.

— Não desta vez, não farão isso — disse Charlie —, porque estarei no trem com você amanhã de manhã, de modo que ela terá de derrotar nós dois.

— Mas você tem a sua tese pra terminar.

— Eu a terminei semana passada.

— E não me contou?

— Quis esperar até ouvir o resultado. — Ela se inclinou e beijou o marido. — Durma bem, meu querido — disse, antes de pôr sua cabeça de novo no travesseiro. — Você deve estar exausto. — Mas Sasha não conseguiu dormir, enquanto sua cabeça disparava com tudo o que acontecera num espaço tão curto de tempo. Ele pensava estar se preparando para recrutar um partido e acabara sendo recrutado por um partido.

***

Sasha e Charlie pegaram o trem das 6h52 de Victoria para Merrifield na manhã seguinte e chegaram ao QG local do Partido Trabalhista pouco antes das 8h.

O presidente estava sentado do lado de fora em seu Ford Allegro à espera deles.

— Subam — disse ele depois que Sasha tinha apresentado sua mulher. — Prazer em conhecê-la, Charlie, mas não temos tempo a perder. — Ele pôs o carro na primeira marcha, partiu sem pressa e fez um rápido comentário enquanto eles desciam a rua principal e seguiam para a zona rural. — Há vinte e seis lugarejos no distrito eleitoral de Merrifield. São pessoas que dão aos conservadores sua maioria e Fiona Hunter tem uma filial em cada um deles.

— E quanto a nós? — perguntou Charlie.

— Nós temos uma filial — disse Alf —, e o sujeito que a dirige tem setenta e nove anos. Mas a vila de Roxton, com sua população de dezesseis mil e uma fábrica de papel, assegura que nunca percamos nosso depósito.

— Alguma boa notícia?

— Não muitas — admitiu Alf. — Embora sir Max não fosse universalmente apreciado no distrito eleitoral, ele construiu uma reputação por ter o ouvido do ministro e ser capaz de conseguir que as coisas fossem feitas. Ele tinha um dom para descobrir o que estava prestes a acontecer, e depois tomar o crédito por isso. Um exemplo clássico foi a construção de um novo hospital, que foi parte do último programa de infraestrutura de longo prazo do Partido Trabalhista, mas por acaso veio a ser encerrado durante uma administração conservadora. Quando o ministro da Saúde inaugurou o hospital, você teria pensado que ele fora uma ideia de sir Max em primeiro lugar, e que ele pessoalmente assentara o primeiro tijolo.

— Um dom que a filha dele herdou — disse Charlie com alguma irritação. — Como ela está se saindo?

— Eles gostam dela — admitiu Alf —, mas afinal eles a conhecem desde os dias em que era conduzida pelo distrito eleitoral num carrinho de bebê. Correm rumores de que suas primeiras palavras foram "Vote em Hunter!", e eu não me surpreenderia se sir Max lhe tivesse deixado o distrito eleitoral em seu testamento. Não ajuda nossa causa que o mesmo nome vá aparecer na cédula de votação.

— Então qual é o meu recado quando os moradores me acusam de ser um oportunista?

— Os trabalhistas nunca tiveram uma chance melhor de ganhar a cadeira — disse Alf.

— Mas você já admitiu que nós não temos nenhuma chance — disse Sasha.

— Bem-vindo ao mundo da realpolitik — disse Alf —, ou pelo menos a versão de Merrifield dela.

***

— Então qual é a sua primeira impressão? — perguntou Michael quando Sasha e Charlie se juntaram ao restante da equipe para o almoço no Roxton Arms.

— Os conservadores podem ter todos os melhores distritos eleitorais, mas os trabalhistas ainda têm as melhores pessoas — disse ele enquanto comia um sanduíche de presunto a que sua mãe não teria dado espaço no prato.

— Certo — disse a sra. Campion depois que Sasha tinha devorado uma torta de porco, acompanhada por meio quartilho de Farley's. — Chegou a hora de empurrar vocês sobre um público inocente. Nossos cartazes e panfletos ainda não foram impressos, de modo que vamos ter de improvisar nos primeiros dias. E lembre-se, Sasha, há somente uma frase que você tem de repetir muitas e muitas vezes, até que a esteja repetindo em seu sono — acrescentou Audrey, enquanto espetava uma grande roseta vermelha na lapela dele.

Sasha, acompanhado por seu presidente, agente e um par de trabalhadores do partido, aventurou-se na rua principal. Quando encontrou seu primeiro eleitor, Sasha disse:

— Meu nome é Sasha Karpenko, e sou o candidato trabalhista para a eleição extraordinária na quinta-feira, 13 de março. Espero poder contar com o seu voto. — Ele estendeu a mão, mas o homem o ignorou e continuou andando. — Encantador — murmurou Sasha.

— Shh! — disse a sra. Campion. — Isso não significa necessariamente que ele não vai votar em você. Ele pode ser surdo, ou estar com pressa.

Sua segunda tentativa foi um pouco mais bem-sucedida, porque uma mulher que carregava um saco de compras pelo menos parou para um aperto de mão.

— O que vai fazer em relação ao fechamento do hospital do distrito? — perguntou ela.

Sasha não tinha a menor ideia de que Roxton tinha um hospital.

— Ele fará tudo que estiver em seu poder pra levar o conselho a reverter sua decisão — disse Alf, correndo para socorrê-lo. — Por isso certifique-se de votar nos trabalhistas no dia treze.

— Mas você não tem uma esperança no inferno — disse a mulher. — Um burro usando uma roseta azul venceria Merrifield.

— Os trabalhistas nunca tiveram uma chance melhor de ganhar a cadeira — disse Sasha, procurando soar confiante, mas a mulher não pareceu convencida enquanto pegava seu saco de compras e ia embora.

— Olá, sou Sasha Karpenko, sou o candidato trabalhista...

— Lamento, sr. Karpenko, vou votar em Hunter. Sempre voto.

— Mas ele morreu na semana passada — protestou Sasha.

— Tem certeza? — perguntou o homem. — Porque minha mulher me disse para votar em Hunter de novo.

— É verdade que você nasceu na Rússia? — perguntou o homem de quem Sasha se aproximou em seguida.

— Sim — disse Sasha —, mas...

— Então vou votar nos conservadores pela primeira vez — disse o homem sem sair do passo.

— Olá, sou Sasha Karpenko...

— Vou votar nos liberais — disse uma mulher empurrando um carrinho de bebê —, e até nós vamos derrotar vocês desta vez.

— Olá, sou Sasha...

— Boa sorte, Sasha, eu vou votar em você, ainda que não tenha nenhuma chance!

— Obrigado — disse Sasha. Virando-se para Alf ele disse: — É sempre tão ruim assim?

— Na verdade, você está se saindo muito bem comparado ao nosso último candidato.

— O que aconteceu com ele?

— Com ela. Ela teve um colapso nervoso uma semana antes da eleição e não se recuperou a tempo para votar. — Sasha teve um acesso de riso. — Não, é verdade — disse Alf. — Nós nunca estivemos com ela desde então.

— E pensar que eu era o único homem que você queria! — disse Sasha.

— Você será grato a nós quando encontrar um assento seguro e se tornar um ministro — disse Audrey, ignorando o sarcasmo. Era a primeira vez que Sasha considerava que poderia um dia se tornar um ministro.

— Olhe quem eu estou vendo do outro lado da rua — disse Charlie, com um cutucão nas costelas de Sasha.

Sasha olhou para o outro lado e viu Fiona, cercada por uma equipe de apoiadores que estavam distribuindo panfletos e levantando cartazes que declaravam VOTE EM HUNTER PARA MERRIFIELD.

— Eles não precisam nem imprimir novos cartazes — disse Alf amargamente.

— Está na hora de confrontar o inimigo de frente — disse Sasha e logo foi para o outro lado da rua principal, esquivando-se do tráfego.

— Meu nome é Fiona Hunter, e eu...

— O que vocês vão fazer com relação ao campo de jogos de Roxton serem transformados num supermercado, isso é o que eu quero saber.

— Já conversei com o líder do conselho sobre a questão — disse Fiona —, e ele prometeu me manter informada.

— Exatamente como seu pai, cheia de promessas, com resultados insignificantes.

Fiona sorriu e seguiu em frente, deixando um conselheiro local para lidar com o problema.

— Os conservadores vão aumentar minha pensão? — disse uma velha apontando um dedo para ela. — É isso que eu quero saber.

— Eles sempre fizeram isso no passado — disse Fiona efusivamente —, por isso você pode ter certeza de que farão de novo, mas somente se ganharmos as próximas eleições.

— "Amanhã você se vira" deveria ser o seu slogan — disse a mulher.

Fiona sorriu quando viu Sasha indo em sua direção, mão esticada.

— Que prazer vê-lo, Sasha — disse ela. — O que está fazendo em Merrifield?

— Meu nome é Sasha Karpenko — respondeu ele — e eu sou o candidato trabalhista pra eleição extraordinária em 13 de março. Posso contar com o seu voto?

O sorriso foi apagado do rosto de Fiona pela primeira vez aquele dia.

28
Alex
Brooklyn

— Quando você devolver o Warhol pro Lawrence e ele restituir seu dinheiro, ainda vai acreditar que deve investir ainda mais no Elena's?

— Sim, ainda, mãe — disse Alex. — Mas após fazer tamanho papel de bobo decidi voltar à escola.

— Mas você já tem um diploma.

— Em economia — disse Alex —, que é ótimo se você quer ser um gerente de banco, mas não um empresário. Assim eu me matriculei numa escola noturna. Vou fazer um MBA na Columbia, de modo que, quando eu topar com outra Evelyn, não vou cometer o mesmo erro. Nesse meio-tempo, vou arranjar um emprego no Lombardi's em Manhattan.

— Mas por que apoiar a competição?

— Porque Lawrence me disse que eles fazem as melhores pizzas nos Estados Unidos, e pretendo descobrir por quê.

Setembro foi um mês agitado para Alex. Ele se matriculou na escola noturna para fazer seu MBA, e, apesar de trabalhar durante o dia no Lombardi's, nunca perdeu uma única aula. Seus trabalhos eram sempre entregues a tempo e ele lia cada livro na lista de textos obrigatórios, e muitos que não estavam nela. Ironicamente, Evelyn conseguira fazer o que sua mãe não tinha conseguido.

Seu aprendizado também progredia durante o dia, porque Paolo, o gerente do Lombardi's, lhe mostrava como o restaurante adquirira sua reputação. Com Paolo para aconselhá-lo, Alex começou a fazer algumas pequenas mudanças no Elena's e mais tarde algumas maiores. Ele gostaria de ter comprado um forno *rollover* da Antonelli em Milão, que teria tornado possível preparar uma dúzia de pizzas a cada quatro minutos, mas não tinha condições para isso até que tivesse devolvido a pintura e Lawrence tivesse devolvido o meio milhão. Ele sentiria falta dela. Da tela de Warhol, não de Evelyn.

***

Alex estava a caminho da escola noturna quando a viu pela primeira vez.

Ela estava parada na plataforma na Rua 51 usando um elegante tailleur azul e carregando uma maleta de couro. Foram seu cabelo ruivo bem cortado e os profundos olhos castanhos que o cativaram. Ele tentou não olhar para ela, e quando ela dava uma olhadinha em sua direção ele desviava o olhar rapidamente.

Quando o trem parou na estação, ele se viu seguindo a visão e se sentando no assento vazio ao lado dela, muito embora ela estivesse seguindo na direção errada. Ela abriu sua maleta, tirou uma revista e começou a ler. Alex deu uma espiada na capa e viu uma pintura de um artista chamado de Kooning. Ele podia jurar que tinha visto um similar na casa de Lawrence, mas decidiu que *eu tenho um Warhol* não seria uma boa cantada.

— De Kooning pintou o mesmo tema muitas e muitas vezes? — perguntou ele, seus olhos permanecendo fixos na pintura.

Ela olhou para Alex, depois para a capa da revista, antes de dizer:

— Sim, pintou. Este é de sua série *Mulher.* — Seu sotaque encurtado lhe lembrava Evelyn, embora nada mais o fizesse.

Ele hesitou antes de dizer:

— Poderia eu ter visto um numa coleção privada?

— É possível. Embora haja poucos em mãos privadas. Há vários exemplos de sua obra no MoMA, portanto há uma chance de que você tenha visto uma lá.

— É claro — disse Alex, embora nunca tivesse entrado no Museu de Arte Moderna e tivesse apenas uma vaga ideia de onde ficava. — Você está certa, é lá que devo tê-lo visto. — Quando o trem parou na estação seguinte, ele teve esperança de que ela não saísse. Ela não saiu.

— Qual é seu artista favorito? — aventurou-se ele quando as portas se fecharam. Ela não respondeu imediatamente.

— Não estou certa de que tenho um favorito entre os expressionistas abstratos, mas penso que Motherwell é subestimado e Rothko é superestimado.

— Eu sempre admirei *Mulher da Lua*, de Pollock — disse Alex, bastante desesperado. A pintura para a qual ele tivera de olhar por meia hora enquanto se escondia atrás de uma coluna na festa de aniversário de Lawrence.

— É considerada uma de suas melhores, mas até hoje só vi uma fotografia dela. Pouca gente teve sorte o bastante pra ver a Coleção Lowell.

O trem parou na estação seguinte, e mais uma vez, ela não saltou. *Lawrence é meu amigo, por isso, se você gostaria de ver sua coleção...*, ele quis dizer, mas temeu que ela pensasse que estava sentada ao lado de um lunático.

— Você trabalha no mundo da arte? — ousou perguntar.

— Sim, sou uma assistente muito júnior numa galeria do West Side — respondeu ela, fechando sua revista.

— Isso deve ser divertido.

— É. — Ela pôs a revista de volta na maleta e se levantou quando o trem parou na estação seguinte.

Ele se levantou de pronto.

— Meu nome é Alex.

— Anna. Foi um prazer conhecê-lo, Alex.

Ele ficou lá parado como uma estátua enquanto ela saía do trem. Acenou quando ela andou pela plataforma, mas ela não olhou para trás.

— Droga, droga, droga — disse ele quando as portas se fecharam e ela desapareceu de vista. Ele teria de saltar na próxima parada, dar meia-volta e retornar à Rua 51. Seria a primeira vez que ele perderia uma aula.

***

— Paolo, preciso de um conselho.

— Se é sobre como dirigir uma pizzaria, não há muito mais que eu possa lhe ensinar.

— Não, tenho um problema com uma mulher. Só a encontrei uma vez e depois a perdi.

— Você está se adiantando. É melhor você começar do início.

— Eu a conheci no metrô. Bem, conhecer seria um exagero porque minha tentativa de iniciar uma conversa com ela foi patética. E, exatamente quando eu estava começando, ela me deixou lá plantado. Eu não sei nada além do seu primeiro nome e que ela é assistente numa galeria de arte no West Side.

— Ok, vamos começar com a estação onde você a viu pela primeira vez.

— Rua 51.

— Lojas caras, muitas galerias. Vamos tentar estreitar o campo. Você sabe em que período a galeria se especializa?

— Expressionismo abstrato, eu acho. Pelo menos é o que estava escrito na capa da revista.

— Deve haver pelo menos uma dúzia de galerias que se especializam nesse período. O que mais você pode me dizer sobre ela?

— É bonita, inteligente...

— Idade?

— Vinte e poucos.

— Compleição?

— Esbelta, elegante, sofisticada.

— Então o que o faz pensar que ela teria algum interesse em você?

— Concordo. Mas, se houvesse a menor chance, eu...

— Você é um partido muito melhor do que avalia — disse Paolo. — Você é inteligente, charmoso, bem educado e eu suponho que algumas mulheres poderiam até achá-lo bonito.

— Então o que devo fazer em seguida? — perguntou Alex, ignorando o sarcasmo.

— Primeiro você tem de compreender que o mundo da arte é uma comunidade pequena, especialmente no nível mais alto. Eu sugiro que você visite o Marlborough na Rua 57 e converse com uma assistente mais ou menos da mesma idade. Há uma chance de que elas se conheçam ou tenham pelo menos se encontrado em alguma inauguração.

— Como você ficou sabendo tanto sobre arte?

— Nós, italianos — disse Paolo —, sabemos sobre arte, comida, ópera, carros e mulheres porque temos os melhores exemplos de todos os cinco.

— Se você diz isso — disse Alex. — Vou começar logo de manhã.

— Não logo de manhã, isso seria uma perda de tempo. Galerias de arte em geral não abrem antes das dez. O tipo de cliente que pode se dar ao luxo de pagar meio milhão de dólares por uma pintura não costuma acordar cedo como você e eu. E, outra coisa, se aparecer com esse aspecto, eles vão pensar que você foi recolher o lixo. Você terá de se vestir e soar como possível cliente se quiser que eles o levem a sério.

— Como você aprendeu tudo isso?

— Meu pai é porteiro no Plaza, minha mãe trabalha na Bloomingdale's, por isso fui educado na universidade da vida. E mais uma coisa: se você realmente quer impressioná-la, talvez deva...

***

Alex já estava acordado, vestido e negociando na feira de verduras às quatro e meia do dia seguinte. Depois de entregar as compras no restaurante, ele voltou para casa e tomou o café da manhã com a mãe.

Não contou a ela o que tinha planejado para o restante da manhã, e esperou que ela saísse para o trabalho antes de tomar um segundo banho e escolher um terno cinza-escuro não trespassado, camisa branca e uma gravata que sua mãe lhe dera de Natal. Em seguida, tirou o Warhol da parede com extremo cuidado e embrulhou-o em um papel pardo antes de colocá-lo numa sacola de compras.

Ele pegou um táxi para Manhattan — uma despesa necessária porque não podia correr o risco de transportar uma pintura tão valiosa no metrô — e pediu ao motorista que o levasse à West 57th Street.

Quando chegou à Galeria Marlborough, as luzes ainda estavam sendo acesas. Ele estudou a pintura exibida na vitrine, que era de um artista chamado Hockney. Quando uma jovem sentou-se atrás da mesa da recepção, ele respirou fundo e entrou.

Não se apresse, Paolo lhe dissera. *Os ricos nunca têm pressa de se separar de seu dinheiro.* Alex percorreu lentamente a galeria, admirando as pinturas. Era como estar de volta à casa de Lawrence.

— Posso ajudá-lo, senhor? — Ele se virou, e a assistente estava de pé ao seu lado.

— Não, obrigado. Eu estava só olhando.

— É claro. Se eu puder ajudá-lo com alguma coisa, estou aqui.

Alex se apaixonou pela segunda vez, não pela assistente, mas por uma dúzia de mulheres que ele desejaria poder levar para casa e pendurar na parede de seu quarto. Depois de ser enfeitiçado por uma pequena tela de Renoir, ele se lembrou de que viera originalmente por uma razão. Foi até a mesa da assistente.

— Recentemente eu conheci uma moça chamada Anna que trabalha numa galeria no West Side especializada em expressionismo abstrato e estou me perguntando: será que você cruzou com ela?

A jovem sorriu e fez que não com a cabeça.

— Só comecei a trabalhar aqui uma semana atrás. Sinto muito.

Alex agradeceu-lhe, mas não deixou a galeria antes de lançar mais um olhar para o Renoir. Não perdeu seu tempo nem o dela perguntando o preço. Sabia que não podia pagar a pintura.

Em seguida, foi a uma segunda galeria, e depois a uma terceira, e passou a manhã entrando infrutiferamente numa dúzia de outros estabelecimentos e fazendo a mesma pergunta para uma dúzia de jovens assistentes, mas com o mesmo resultado. Quando os sinos da Catedral de St. Patrick soaram uma vez, ele decidiu fazer uma pausa para o almoço antes de continuar sua busca. Avistou uma pequena fila do lado de fora de um bar de sanduíches, e rumou para ela, ainda com seu Warhol. E então ele a viu através de uma vitrine de restaurante.

Ela estava sentada num reservado de canto, conversando com um homem bonito que parecia conhecê-la bem. Ele ficou desalentado quando o acompanhante inclinou-se sobre a mesa e tomou-lhe a mão. Alex se retirou para um banco próximo, onde se sentou sem esperança, não mais sentindo fome. Ele estava prestes a voltar para casa quando eles saíram do restaurante juntos. O homem se inclinou para beijá-la, mas Anna desviou o rosto, sem sorrir. Depois saiu, deixando-o plantado lá, sem mais uma palavra.

Alex saltou do banco e começou a segui-la ao longo da Avenida Lexington, mantendo distância até que ela desapareceu dentro de uma elegante galeria de arte. Quando passou pela N. Rosenthal & Co., ele olhou para dentro e viu-a sentando-se a uma mesa. Ele esperou um tempinho antes de voltar para a galeria e adentrá-la, sem sequer dar uma olhada na direção da mulher. Uma cliente estava falando com ela, então Alex fingiu estar interessado em uma das pinturas. Finalmente a cliente tagarela foi embora e Alex foi até a mesa. Anna levantou o olhar e sorriu.

— Posso ajudá-lo, senhor?

— Espero que sim. — Ele tirou o Warhol do saco de compras, tirou-o da embalagem e colocou-o na mesa. Anna olhou atentamente para a pintura e depois para Alex. Uma centelha de reconhecimento cruzou seu rosto. — Eu estava querendo que você pudesse avaliar essa pintura pra mim.

Ela estudou a obra mais uma vez antes de perguntar:

— É sua?

— Não, é de um amigo meu. Ele pediu que mandasse avaliá-la.

Ela lançou um segundo olhar para ele antes de dizer:

— Eu não tenho experiência o suficiente pra dar uma avaliação realista pro senhor, mas, se me permitir, posso mostrar a pintura pro sr. Rosenthal, tenho certeza de que ele pode ajudar.

— É claro.

Anna pegou a pintura, andou até a extremidade da galeria e desapareceu dentro de outra sala. Alex estava admirando um Lee Krasner chamado *The Eye Is the First Circle* quando um cavalheiro grisalho de aparência distinta usando um terno azul-escuro trespassado, camisa cor-de-rosa e gravata-borboleta vermelha de poá emergiu de seu escritório carregando a pintura. Ele a pôs de volta na mesa de Anna.

— Perguntou à minha assistente se eu podia avaliar essa pintura para o senhor? — disse ele, olhando detidamente para Alex. As palavras "lento" e "comedido" vinham à mente. Este não era um homem apressado. — Sinto muito ter de lhe dizer, senhor, mas isso aqui é uma cópia. O original pertence a um sr. Lawrence Lowell de Boston e faz parte da Coleção Lowell.

Sei perfeitamente disso, Alex teve vontade de lhe dizer.

— O que o faz pensar que é uma cópia? — perguntou ele.

— Não é a pintura em si — disse Rosenthal —, que eu confesso que me enganou por um momento. Foi a tela que a traiu. — Ele virou a pintura para o outro lado e disse: — Warhol não conseguiria pagar por uma tela tão cara no início de carreira; além disso, o tamanho está errado.

— O senhor tem certeza? — perguntou Alex, de repente sentindo-se primeiro irritado e depois nauseado.

— Ah, sim. A tela é 2,5 centímetros maior que a original na Coleção Lowell.

— Então é uma falsificação?

— Não, senhor. Uma falsificação é quando alguém tenta enganar o mundo da arte afirmando ter topado com uma obra original que não está registrada no *catalogue raisonné* do artista. Isso — disse ele — é uma cópia, embora uma cópia muito boa.

— Posso perguntar quanto a pintura valeria se fosse a original? — perguntou Alex, hesitante.

— Um milhão, talvez um milhão e meio — disse Rosenthal. — Sua proveniência é impecável. Acredito que o avô do sr. Lowell comprou-o diretamente do artista no início dos anos 1960, quando ele não conseguia nem pagar o aluguel.

— Obrigado — disse Alex, tendo quase esquecido por que viera originalmente à galeria.

— Se o senhor me der licença — disse Rosenthal —, eu tenho que voltar pro meu escritório.

— Sim, é claro. Obrigado.

Rosenthal os deixou, e um momento depois Alex se deu conta de que Anna estava encarando-o.

— Nós nos conhecemos no metrô, não foi? — disse ela.

— Sim — admitiu ele. — Por que você não disse alguma coisa logo que eu mostrei a pintura?

— Porque, por um momento, eu me perguntei se você não era um ladrão de arte.

— Nada tão glamoroso — disse Alex. — Durante o dia eu trabalho no Lombardi's e passo a maior parte das noites na escola de administração.

— As margueritas do Lombardi's eram minha dieta básica antes de eu me formar.

— Minha mãe faz um calzone maravilhoso — disse Alex —, se você quiser experimentar.

— Eu gostaria, sim — disse Anna. — Depois você pode me contar como se apossou de uma cópia tão esplêndida de Jackie Kennedy Azul.

— Foi só uma desculpa pra ver você de novo.

29
Alex
Brooklyn

— Agora me conta — disse Anna —, você me seguiu naquele trem?

— É, segui — admitiu Alex —, mesmo ele indo na direção errada.

Ela riu.

— Que romântico. Então o que você fez quando eu saí?

— Fui até a estação seguinte, e, como eu estava muito atrasado pra minha aula da noite, fui pra casa.

Um garçom apareceu e deu um cardápio para ambos.

— O que você recomenda? — perguntou Ana. — Afinal, você é o dono do boteco.

— Minha favorita é a pizza capricciosa, mas você escolhe, porque elas são muito grandes; acho que podemos dividir.

— Então vamos pedir uma. Mas você ainda não está liberado, Alex. Logo depois do seu lamentável fracasso na tentativa de me pegar, você decidiu como Antony vir à minha procura.

— Passei a manhã indo na metade das galerias de Manhattan. Depois avistei você por acaso almoçando num restaurante caro com um homem mais velho elegante.

— Não tão mais velho assim — disse Anna, provocando-o. — Depois você me seguiu até a galeria com a desculpa de que queria avaliar sua pintura, quando certamente devia saber que ela era uma cópia.

Alex não disse nada enquanto o garçom colocava uma grande pizza entre os dois no centro da mesa.

— Uau, está com uma cara ótima.

— Tenho certeza de que a minha mãe que fez essa — disse Alex, cortando uma fatia e pondo-a no prato de Anna. — Devo avisar que ela não vai conseguir resistir a vir aqui te conhecer. Você vai ter que dizer que ela é simplesmente a melhor.

— Mas é mesmo — disse Anna após comer um pedaço. — Na verdade, eu acho que vou trazer o meu namorado aqui. — Alex não pôde esconder seu desapontamento, mas então Anna sorriu. — Ex-namorado. Você viu no restaurante. — Alex quis saber mais sobre ele, mas Anna mudou de assunto. — Alex, quando o sr. Rosenthal disse que sua pintura era uma cópia, ficou óbvio que você ficou surpreso. Por isso estou curiosa para saber como ela foi parar com você.

Alex contou-lhe com toda calma toda a história, bem, quase toda a história, feliz de ter alguém com quem compartilhar seu segredo. Quando ele chegou à parte em que se encontraram na galeria, Anna tinha quase terminado sua metade da pizza enquanto a dele continuava intocada.

— E por que o seu amigo te daria meio milhão por uma pintura que não pode valer mais do que algumas centenas de dólares?

— Porque ele não sabe que é uma cópia. Agora eu vou ter que contar a verdade, e o que é pior: não vejo a Evelyn devolvendo um centavo do meu dinheiro.

Anna debruçou-se sobre a mesa, tocou sua mão e disse:

— Sinto muito, Alex. Isso significa que vocês não vão conseguir abrir o segundo Elena's?

— São poucos os empresários que não sofrem reveses ao longo do caminho — disse Alex. — Segundo Galbraith, os sábios marcam isso no quadro de giz da experiência e seguem em frente

— É possível que seu amigo Lawrence fizesse parte do golpe e tenha posto você deliberadamente ao lado da irmã dele na festa?

— Não — disse Alex firmemente. — Nunca conheci um homem mais decente e honesto na vida.

— Sinto muito — disse Anna —, isso foi rude da minha parte. Eu nem conheço o seu amigo. Mas, devo confessar, eu amaria ver a Coleção Lowell.

— Isso seria bastante fácil — disse Alex —, se você pudesse...

— Você deve ser a Anna — disse uma voz. Alex levantou o olhar e viu sua mãe de pé junto deles.

— Você tem um dom para timing, mãe, de que os Irmãos Marx iriam se orgulhar.

— E ele nunca para de falar de você — disse Elena, ignorando-o.

— Mãe, agora você está me deixando envergonhado.

— Estou tão feliz por ele ter te encontrado por acaso. Mas ele não foi burro por não a ter seguido na saída do trem pra início de conversa?

— Mãe!

Anna caiu na gargalhada,

— Como estava a pizza? — perguntou Elena.

— Simplesmente a melhor — disse Anna.

— Eu falei pra ela dizer isso — disse Alex.

— É, ele disse — admitiu Anna, inclinando-se sobre a mesa e pegando a mão dele. — Mas ele não teria precisado se dar ao trabalho porque é a melhor.

— Então podemos ter esperança de ver você de novo?

— Mãe, você é pior que a sra. Bennet.

— E por que você não comeu praticamente nada? — perguntou ela, como se ele ainda fosse um jovem estudante.

— Mãe, vai embora.

— Alex contou sobre os planos dele pra um segundo restaurante?

— Sim, ele contou. — Alex estava desconfortavelmente consciente de que não tinha contado à sua mãe toda a história. — Parece muito empolgante, sra. Karpenko.

— Elena, por favor — disse ela enquanto Alex se levantava, agarrando sua faca. — Bem, é melhor eu voltar pra cozinha, ou o chefe pode me demitir — acrescentou, sorrindo para eles. — Mas eu espero ver você de novo, e então posso contar como o Alex ganhou a Estrela de Prata.

Alex levantou a faca acima de sua cabeça, mas ela já tinha corrido.

— Desculpa, ela normalmente não é assim...

— Não tem por que se desculpar. Ela é igual às pizzas dela, simplesmente maravilhosa. Mas me conta como você ganhou a Estrela de Prata — disse ela, repentinamente séria.

— A verdade é que ela devia ter sido concedida ao Tank, não a mim.

— O Tank?

Alex lhe contou tudo o que acontecera quando sua unidade topara com a patrulha vietcongue em Bacon Hill. Como o Tank tinha não só salvado a vida de Lawrence mas a sua também.

— Eu teria gostado demais de conhecer ele — disse Anna em voz baixa.

— Será que você consideraria...

— Consideraria o quê?

— Ir à Virgínia comigo? Faz tanto tempo que quero visitar o túmulo dele e...

— Que garota poderia recusar uma oferta dessas? — Alex pareceu envergonhado. — É claro que vou com você. — Ela caiu na gargalhada. — Por que não vamos no domingo?

— Lawrence acabou de chegar da Europa, por isso tenho que ir até Boston nesse fim de semana e contar o que o sr. Rosenthal disse sobre o Warhol. Mas estou livre no fim de semana seguinte.

— Então está marcado.

***

Alex saiu do trem em Boston carregando uma maleta para um pernoite e uma grande sacola de compras. Chamou um táxi e deu ao motorista o endereço de Lawrence.

A cada quilômetro que passava ele ficava mais ansioso. Sabia que não tinha nenhuma escolha senão contar a verdade ao amigo.

Lawrence estava de pé no degrau mais alto para cumprimentar seu convidado quando o táxi subiu pelo longo caminho de acesso à garagem e parou diante da casa.

— Vejo que você trouxe a pintura de volta — disse ele quando trocaram um aperto de mão. — Vamos ao meu escritório concretizar a troca e depois podemos relaxar pelo resto do fim de semana.

Alex não disse nada enquanto o seguia através do saguão. Quando entrou no escritório de Lawrence, continuou mudo.

Quase cada centímetro das paredes cobertas com painéis de carvalho estava cheio de pinturas e fotografias de seus parentes e amigos. Os olhos de Alex se fixaram em Nelson Rockefeller, o que fez Lawrence sorrir quando ele tomou seu lugar à escrivaninha e convidou Alex a se sentar na cadeira à sua frente.

Quando Lawrence desembrulhou a pintura, um grande sorriso apareceu em seu rosto.

— Seja bem-vinda, Jackie — disse, e imediatamente abriu uma gaveta na escrivaninha e tirou um talão de cheques.

— Você não vai precisar disso — disse Alex.

— Por que não? Nós fizemos um trato.

— Porque isso não é um Warhol. É uma cópia.

— Uma cópia? — repetiu Lawrence estupefato enquanto olhava com mais atenção para a pintura.

— Sinto dizer que sim. E essa não é minha impressão, mas a opinião de uma autoridade do calibre de Nathanial Rosenthal.

Lawrence permaneceu calmo, mas disse quase para si mesmo:

— Como ela conseguiu isso?

— Eu não sei, mas posso imaginar — disse Alex.

Lawrence olhou para a pintura.

— Ela deve ter sabido o tempo todo, como das outras vezes. — Ele abriu seu talão de cheques, destampou sua caneta e escreveu a cifra de 500 mil dólares.

— Não tem a menor possibilidade de eu vir a descontar esse cheque — disse Alex. — Então nem precisa se dar ao trabalho de assinar ele.

— Você deve — disse Lawrence. — Está claro que minha irmã enganou a nós dois.

— Mas você não sabia — disse Alex —, e isso é a única coisa que importa.

— Mas sem o dinheiro você não vai abrir o Elena 2.

— Então ele terá de esperar. De todo modo, aprendi mais num fim de semana com sua irmã do que teria aprendido em um ano na escola de administração.

— Talvez devêssemos considerar um plano alternativo — sugeriu Lawrence.

— O que você tem em mente?

— Em troca de meus quinhentos mil, posso adquirir uma participação de dez por cento da sua empresa. Ela vai acabar sendo maior que a de meu padrinho.

— Cinquenta por cento seria mais justo.

— Então vamos chegar a um acordo. Vou adquirir cinquenta por cento de sua empresa, que vai vir a prosperar, mas, no momento em que você devolver meu meio milhão, essa participação cai pra dez por cento.

— Vinte e cinco por cento — disse Alex.

— Isso é mais do que generoso da sua parte — disse Lawrence enquanto assinava o cheque.

— É supergeneroso da sua parte — disse Alex. Quando Lawrence lhe entregou o cheque, eles trocaram um aperto de mão pela segunda vez.

— Agora eu entendi — disse Lawrence ao guardar seu talão de cheques de volta na gaveta — por que o Todd Halliday escapuliu tão depressa depois do jantar no meu aniversário. Segundo o plano original, ele passaria a noite aqui.

— A própria imperadora Catarina teria se orgulhado de sua irmã — disse Alex. — Ela sabia que a única maneira pela qual eu veria o Warhol seria se passasse a noite com ela.

— Quinhentos mil — disse Lawrence. — Um caso de uma noite nada barato. Contudo, já estive trabalhando num plano pra que ela devolva cada centavo. Vamos jantar.

***

Lawrence esperou até que Alex tivesse revisado as perguntas uma segunda vez. Ele apenas acrescentou as palavras *companhia de seguros?* antes de entregar a folha de anotações de volta. Lawrence assentiu, respirou fundo, pegou o telefone e discou um número no exterior.

Ele estudou mais uma vez a lista enquanto esperava que um deles atendesse o telefone. Ele tinha escolhido a hora cuidadosamente: meio-dia em

Boston, seis da tarde em Nice. Eles já deveriam ter voltado do almoço do La Colombe d'Or, mas ainda não ter saído para o cassino em Monte Carlo.

— Alô? — Atendeu uma voz conhecida.

— Oi, Eve, sou eu. Pensei que seria bom te atualizar sobre o Warhol.

— A polícia encontrou ele?

— Sim, estava pendurado em cima da cornija da lareira no apartamento dos Karpenkos em Brighton Beach. Teria sido difícil não encontrá-lo.

— Então ele agora está em segurança de volta no cômodo Jefferson?

— Infelizmente, não. O departamento de polícia de Boston decidiu mandar avaliar a pintura antes de fazer acusações, e, aqui está a surpresa, acabou que ele é uma cópia.

— Por que você está surpreso? — perguntou Evelyn, um pouco rápido demais.

— O que você quer dizer? — perguntou Lawrence inocentemente.

— Ele substituiu a original por uma cópia, é óbvio. Aposto que a original deve ter sido contrabandeada pra fora do país. Provavelmente está em algum lugar na Rússia a essa altura.

Em algum lugar no sul da França é mais provável, pensou Lawrence.

— A companhia de seguros concorda com você, Eve — disse Lawrence, checando a sua lista —, e eles queriam saber quando você volta pra Boston, já que você foi a última pessoa a ver o Karpenko quando ele partiu pra Nova York.

— Eu não estava planejando retornar por alguns meses — disse Evelyn. — Suponho que a polícia tenha prendido seu amigo Karpenko.

— Eles prenderam, mas ele saiu sob fiança. Diz que te deu um cheque de quinhentos mil dólares para investir com Todd numa start-up e você lhe ofereceu a pintura como garantia.

— A verdade é justamente o contrário — disse Evelyn. — Ele me implorou pra investir algum dinheiro no negócio de pizzas, e eu me recusei e mandei ele zarpar dali.

— Mas ele apresentou o cheque — disse Lawrence. — Por isso seria útil se você pudesse vir e contar à polícia a sua versão da história.

— Minha versão da história? — disse Evelyn, elevando a voz. — De que lado você está, Lawrence?

— Do seu, é claro, Eve, mas a polícia se recusa a fazer acusações até que tenham interrogado você.

— Então eles vão ter de esperar, não é? — disse Evelyn, batendo o telefone.

Lawrence pôs o telefone de volta no gancho, virou-se para Alex e disse:

— Tenho a impressão de que ela não vai voltar tão cedo. — Um largo sorriso estampado em seu rosto.

— Mas você perdeu o seu Warhol — disse Alex.

— Confesso que sentirei falta de Jackie — disse Lawrence —, mas não de Evelyn.

***

— Eu só escutei um lado da conversa — disse Todd Halliday, entregando à sua mulher um copo de uísque assim que ela desligou o telefone. — Estou certo ao pensar que Lawrence se deu conta agora de que o Warhol é uma cópia e Karpenko apresentou o cheque?

— Sim — disse Evelyn, esvaziando o copo. — Eu esqueci que os cheques são devolvidos ao banco emissor.

— Mas ele foi feito ao portador, de modo que eles não poderão identificá-la como a origem.

— É verdade, mas, se Lawrence algum dia descobrir...

— Se ele descobrir — disse Todd —, só vamos ter de retornar ao plano B.

***

Quando Alex voltou a Nova York, teve de explicar à mãe por que voltara com um cheque de quinhentos mil dólares, ainda que tivesse dito a Lawrence que o Warhol era uma cópia. Ficou surpreendido com sua única pergunta.

— Você já pediu a Anna em casamento?

— Mamãe, só faz uma semana que a conheço.

— Seu pai pediu a minha mão doze dias depois que nos conhecemos.

— Então eu ainda tenho mais cinco dias — disse Alex sorrindo.

***

Alex saltou do trem na Rua 14 logo após o meio-dia e foi direto para o Lombardi's. Sentou-se, mas não pediu nada. Quando o gerente apareceu, ele lhe entregou o contrato. Paolo sentou e, com calma, verificou cada cláusula. Não houve surpresas. Tudo o que Alex lhe prometera tinha sido incluído, então ele assinou a linha pontilhada feliz da vida.

— Bem-vindo a bordo, sócio — disse Alex quando eles trocaram um aperto de mão. — Você vai administrar o Elena 1, enquanto eu me concentro em deixar o Elena 2 pronto para funcionamento.

— Não vejo a hora de trabalhar com você — disse Paolo.

— Vejo você às cinco pras oito na segunda-feira de manhã, porque está mais do que na hora de você conhecer a minha mãe. Talvez tenha sido bom você não conhecer ela antes de assinar o contrato. Tenho que ir. Tenho um almoço com uma pessoa para o qual não posso me atrasar.

— Então você a encontrou?

— Mas é claro.

Alex chegou ao Le Bernardin apenas instantes antes que Anna aparecesse.

— Como foram as coisas em Boston? — foi a primeira pergunta dela depois que fizeram seus pedidos.

— Não poderiam ter sido melhores — disse ele, e explicou por que ainda iria conseguir abrir o Elena 2 no prazo previsto.

— Que amigo extraordinário você tem, esse Lawrence — disse Anna. — Então onde está o Warhol?

— O verdadeiro ou a cópia?

— A cópia, para começar.

— De volta no cômodo de Jefferson.

— E o original?

— O Lawrence acha que deve estar no sul da França. O que é outro motivo pra Evelyn não voltar a Boston tão cedo.

— Não conte com isso — disse Anna. — O homem que você descreveu jamais deixaria a irmã ir pra cadeia.

— Você sabe disso, e eu sei disso, mas a Evelyn pode correr esse risco? De todo modo, o que você andou aprontando enquanto eu estava fora?

— Eu almocei no Lombardi's.

— Traidora.

— E, mesmo que a sua mãe faça uma pizza tão maravilhosa, o cardápio deles não corresponde à qualidade da comida — disse ela enquanto a comida era servida.

— Eu nunca reparei nisso.

— Lembre-se, o cliente vê o cardápio muito antes de ver a comida. Como design foi parte da minha formação, pensei que poderia elaborar algo um pouco mais tentador pro Elena's. — Ela tirou meia dúzia de folhas de papel de sua bolsa e as pôs sobre a mesa.

Alex estudou os diferentes designs por algum tempo antes de dizer:

— Uau, agora estou te entendendo.

— Eles são apenas esboços preliminares — disse Anna. — Terei uma versão mais polida quando formos à Virgínia.

— Já quero ver isso! — disse Alex enquanto o garçom retirava seus pratos vazios.

— Mas vai ter de esperar — disse Anna, checando seu relógio. — Tenho que ir. O sr. Rosenthal vai me repreender com sua refinada sobrancelha se eu me atrasar por um minuto.

Enquanto Anna voltava à galeria, Alex tomou o metrô para Brighton Beach e passou no Elena's e comunicaou à mãe que Paolo se uniria a eles na segunda-feira.

— E Anna? — perguntou Elena.

— Ela está bem — disse Alex, e retornou rapidamente para seu outro mundo, antes que ela pudesse lembrá-lo de que só lhe restavam três dias para quebrar o recorde de seu pai.

Ele estava sentado na primeira fileira do anfiteatro em Columbia pouco tempo antes de o professor Donovan adentrar.

— Hoje vamos considerar a importância do Plano Marshall — disse Donovan — e o papel que o presidente Truman desempenhou ajudando os europeus a se reerguerem após a Segunda Guerra Mundial. A instabilidade financeira que a Europa enfrentava em 1945 era tal que...

Quando voltou para casa, pouco depois das dez horas, Alex estava exausto. Encontrou a mãe na cozinha, conversando com Dimitri, que acabara de voltar de Leningrado.

Desabou na cadeira mais próxima.

— Dimitri está me contando que o tio Kolya foi nomeado coordenador do sindicato dos estivadores há pouco tempo — disse Elena. — Não é uma notícia maravilhosa?

Alex não fez nenhum comentário. Ele dormia profundamente e roncava baixinho.

30
Alex
Boston

— Eu gostaria muito de saber mais sobre a sua vida na União Soviética e como você acabou vindo pra cá — disse Anna quando o trem saiu da Penn Station.

— A versão floreada, ou você quer todos os detalhes sórdidos?

— A verdade.

Alex começou com a morte de seu pai e tudo que tinha acontecido com ele entre aquele momento e o dia em que a encontrara no metrô da Rua 51. Só deixou de fora a razão real pela qual ele quase matara o major Polyakov e o fato de que Dimitri trabalhava para a CIA. Quando chegou ao fim, a primeira pergunta de Anna o pegou de surpresa.

— Você acha que o seu amigo de escola pode ter sido responsável pela morte do seu pai?

— Eu já pensei sobre isso muitas vezes — admitiu Alex. — Não tenho dúvida de que o Vladimir seria capaz de tal ato de traição, e espero apenas pelo seu bem que a gente nunca mais se encontre.

— Quão diferente poderia ter sido, se você e sua mãe tivessem entrado no outro caixote.

— Eu não ia ter te conhecido, para começar — disse Alex, tomando-lhe a mão. — Então agora você ouviu a história da minha vida. É sua vez.

— Eu nasci num campo de prisioneiros na Sibéria. Nunca conheci meu pai e minha mãe morreu antes que eu pudesse sequer...

— Inventa outra — disse Alex, pondo um braço em volta de seu ombro. Ela se virou e beijou-o pela primeira vez. Ele precisou de alguns segundos para se recuperar antes de murmurar: — Agora me conta a história de verdade.

— Eu não escapei da Sibéria, e sim da Dakota do Sul, quando me ofereceram uma vaga em Georgetown. Eu sempre quis fazer belas-artes, mas não era boa o bastante, por isso me contentei com história da arte e acabei conseguindo uma oferta de trabalho na Rosenthal's.

— Você deve ter tido um bom desempenho na Georgetown — disse Alex —, porque o sr. Rosenthal não me parece alguém que tem paciência pra pessoas limitadas.

— Ele é muito exigente — disse Anna —, mas muito inteligente. É não apenas estudioso, mas um negociante muito perspicaz, e é por isso que é tão respeitado no nosso meio profissional. Estou aprendendo com ele tão mais do que aprendi na universidade. Agora que conheci sua incansável mãe, me fala alguma coisa sobre o seu pai.

— Ele foi o homem mais extraordinário que eu já conheci. Se estivesse vivo, não tenho dúvida de que teria sido o primeiro presidente de uma Rússia independente.

— Ao passo que seu filho vai acabar como presidente de um negócio de pizzas no Brooklyn — zombou ela.

— Não se minha mãe puder evitar. Ela gostaria que eu fosse um professor, um advogado ou um médico. Qualquer coisa menos um homem de negócios. Mas eu ainda não tenho a menor ideia do que eu vou fazer depois que eu terminar a faculdade de administração. Tenho de admitir, porém, que você e Lawrence mudaram a minha vida.

— Como?

— Enquanto eu estava te procurando, dei uma passada em várias outras galerias. Foi como descobrir um mundo novo onde eu não parava de encontrar tantas mulheres bonitas. Espero que quando voltarmos pra Nova York você possa me apresentar a muito mais.

— Então teremos de começar no MoMA e passar pra Frick. Se sua paixão continuar, eu vou te apresentar a várias mulheres reclinadas no Metropolitan. E eu, que pensei que tinha sido por mim que você tinha se apaixonado.

— Anna, eu me apaixonei por você no instante em que eu te vi. Se você tivesse apenas virado para trás depois que saltou do trem e me dado ao menos uma insinuação de um sorriso, eu teria derrubado as portas e ido correndo atrás de você.

— Minha mãe me ensinou a nunca olhar pra trás.

— Sua mãe parece tão ruim quanto a minha, mas ela consegue fazer um calzone?

— Nem em sonho. Ela é professora. Segundo ano do fundamental.

— E o seu pai?

— Ele é o diretor na mesma escola, mas ninguém tem dúvida de quem realmente comanda o lugar.

— Estou louco para conhecê-los — disse Alex enquanto Anna repousava a cabeça em seu ombro.

Alex nunca tinha sentido uma viagem passar tão depressa. Eles trocaram histórias sobre a criação de cada um, e ela o apresentou a Fra Angelico, Bellini e Caravaggio, enquanto ele lhe falava sobre Tolstói, Púschkin e Lermontov.

Tinham acabado de chegar ao século XVII na hora em que o trem parou na Union Station pouco depois das onze e meia.

Alex não falou nada enquanto o táxi os conduziu ao Cemitério Nacional. Quando ele e Anna foram andando ao longo dos gramados bem-cuidados e aparados, passando por filas após filas de lápides brancas sem adornos, ele se lembrou de sua conversa com o tenente Lowell numa casamata e a palavra "futilidade" ressoou em seus ouvidos. Não se passava um dia sem que ele se lembrasse do Tank. Não se passava um dia sem que ele agradecesse ao deus que pudesse existir pela sorte que tivera por sobreviver.

Eles pararam quando chegaram à lápide do soldado de primeira classe Samuel T. Burrows. Anna ficou em silêncio ao lado de Alex enquanto ele chorava despudoradamente. Algum tempo se passou antes que ele puxasse um lenço do bolso, o abrisse, se ajoelhasse e colocasse a Estrela de Prata sobre o túmulo do amigo.

Alex não soube por quanto tempo ficou lá.

— Até logo, velho amigo — disse ele quando enfim se virou para ir embora. — Eu voltarei. — Anna lhe deu um sorriso tão terno que ele começou a chorar de novo.

— Obrigado, Anna — disse ele quando ela o tomou em seus braços. — O Tank teria amado você, e você aprovaria que ele fosse meu padrinho.

— Se isso foi uma proposta de casamento — disse Anna, enrubescendo--se —, minha mãe observaria que só nos conhecemos há duas semanas.

— Doze dias foram o bastante pro meu pai — disse Alex, enquanto ficava em um joelho só e tirava uma caixinha de veludo do bolso. Ele a abriu, revelando o anel de noivado de sua avó. Quando ele pôs o anel no terceiro dedo da mão esquerda de Anna, ela pronunciou uma frase de que ele se lembraria pelo resto de sua vida.

— Devo ser a única moça que foi pedida em casamento num cemitério.

***

— O que você achou dos novos cardápios?

— Cheios de classe — respondeu Lawrence —, igual à sua mãe. Foi ela quem fez isso?

— Não, foi a Anna, no tempo livre dela.

— Estou doido pra conhecer essa moça. Talvez eu devesse convidar ela pra ir a Boston no fim de semana e ver minha coleção de arte.

Alex riu.

— E eu posso dizer que ela aceitaria, porque Anna também está doida para conhecer você e ver a sua coleção. Portanto, Lawrence, como suspeito que você não voou a Nova York apenas para me lisonjear, só posso torcer para que você não queira seu dinheiro de volta, porque eu já o gastei.

— Mas você está pronto pra que eu invista ainda mais?

— Por que você faria isso?

— Porque, se você quer que o Elena se expanda, a única coisa sobre a qual Todd estava certo é que você vai precisar de uma injeção de capital.

— E você estaria disposto a fornecê-la?

— É claro! É do meu interesse fazer isso, uma vez que possuo cinquenta por cento do negócio.

— Só até que eu te devolva o dinheiro.

— O que poderia tomar um tempo considerável se você concordar com minha proposta.

Alex riu.

— Seu padrinho não iria aprovar.

— Não imagino por quê. Um de seus primeiros investimentos foi no McDonald's, embora ele nunca tenha comido um hambúrguer na vida. Mas nós temos um problema.

— Qual? — perguntou Alex quando Paolo retornava com o prato do dia.

— Eu acho que posso ter encontrado o local perfeito pro Elena 3 em Boston, mas como iríamos duplicar a sua mãe?

— Seriam sempre as receitas dela no cardápio — disse Alex. — E Deus ajude qualquer cozinheiro que não atender os elevados padrões dela.

— Como você acha que ela se sentiria com relação a passar o primeiro mês na cidade que a gente for abrir um novo Elena's?

— Se ela estiver convencida de que a ideia é dela — disse Alex —, ela pode aceitar.

— O que vocês estão achando dos pratos do dia? — perguntou uma voz conhecida.

Lawrence se levantou para cumprimentar Elena.

— Soberbos — disse ele, dois dedos tocando seus lábios. Alex reconheceu o sorriso especial que sua mãe reservava para os clientes favoritos. — E eu fiquei me perguntando, Elena, se você e eu poderíamos trocar algumas palavras em particular mais tarde, preferivelmente quando Alex não estiver por perto?

***

Quando o Elena 3 abriu as portas para o público de Boston pela primeira vez, Alex ficou surpreso com o interesse manifestado pela imprensa local e nacional. Afinal, ele não era um político.

Ted Kennedy, que presidiu a cerimônia de inauguração, disse ao grupo reunido que no passado ele havia inaugurado hospitais, escolas, estádios de futebol e até mesmo um aeroporto, mas nunca uma pizzaria.

— Mas vamos falar a verdade — continuou ele —, estamos em ano de eleição. — Ele esperou que a risada fosse se esvanecendo antes de acrescentar: — De qualquer maneira, o Elena's não é uma pizzaria comum. Meu bom amigo, Lawrence Lowell, seu candidato para o Congresso, esteve por trás desse empreendimento desde o início. Você vê que ele acredita em Elena Karpenko e em seu filho Alex, que escaparam da tirania do comunismo na crença de que poderiam construir uma nova vida nos Estados Unidos. Eles são a personificação do sonho americano.

Alex olhou em volta para ver sua mãe se escondendo atrás da geladeira, com Anna de pé a seu lado. Ele se perguntou se ela já lhe teria contado.

— Senhoras e senhores — disse Kennedy —, é com grande prazer que oficialmente declaro o Elena 3 aberto.

Depois que a ovação tinha esmorecido, Lawrence deu um passo à frente para agradecer ao senador, acrescentando:

— Depois que eu tiver comido o especial do dia, a pizza congressista, de queijo, muito presunto e uma pitada de sal, estarei preparado pra dar início à campanha eleitoral. — Ele esperou que os aplausos diminuíssem antes de seguir em frente para dizer: — Tenho também um anúncio importante a fazer. Convidei Alex Karpenko pra se juntar à minha equipe como assessor de imprensa.

— Mas ele nunca participou de uma campanha antes — gritou um dos jornalistas.

— E eu nunca tinha comido uma pizza antes de vir pros Estados Unidos — retrucou Alex e foi saudado com mais aplausos.

Depois que Lawrence terminou seu discurso, Alex olhou em volta à procura do senador Kennedy, a fim de lhe agradecer. Mas ele já tinha partido para seu compromisso seguinte, dando a Alex um insight imediato de como seriam as próximas doze semanas.

***

— Você acha que o seu irmão denunciou o roubo da pintura à polícia? — perguntou Todd depois que o mordomo saiu da sala.

— O que te faz pensar que ele não denunciou? — disse Evelyn, tomando um gole de vinho.

— A capa do *Globe* sugere que ele não fez isso — disse Todd, passando o jornal para a mulher.

Os olhos dela fixaram-se numa foto de um Ted Kennedy sorridente de pé entre Lawrence Lowell e Alex Karpenko.

— Aquele filho da mãe — disse ela enquanto lia a transcrição do discurso do senador Kennedy na inauguração do Elena 3.

— Talvez seja hora de voltarmos pra Boston e deixarmos todo mundo saber que esse ano você vai votar nos republicanos pela primeira vez — disse Todd.

— Seria sorte se isso obtivesse uma menção na página dezesseis do *Herald*, e não seria uma surpresa para muita gente. Não — disse Evelyn —, o que eu tenho em mente pro meu irmão vai sair na capa do *New York Times*.

***

Alex ficou surpreso com o quanto ele ficou fascinado por todo o processo eleitoral e com o quanto gostou de cada aspecto da campanha. Pela primeira vez compreendeu por que seu pai quisera ser um líder sindical.

Ele gostava do contato direto com os eleitores que trabalhavam nas terras, nas fábricas e nas suas casas. Deleitava-se em reuniões públicas e estava sempre feliz em ocupar o lugar de Lawrence quando o candidato não podia estar em dois eventos ao mesmo tempo.

Acima de tudo, gostava das visitas semanais à capital para ser informado pelos líderes do partido sobre o andamento da campanha nacional e qual seria a próxima declaração política. Na verdade, Washington se tornou sua segunda casa. Ele até começou a pensar, embora não tenha mencionado isso para Anna, se um dia poderia se unir a Lawrence em Washington como o representante do Oitavo Distrito Congressional de Nova York.

A única coisa de que não gostava era dos longos períodos que passava longe de sua noiva, e ele se via esperando com impaciência que ela se juntasse a ele em Boston todo fim de semana. E, embora a campanha parecesse se eternizar, ela nunca se queixou.

Eles já tinham marcado a data para o casamento — para três dias depois que o último voto fosse contabilizado — embora ele ainda não tivesse contado para sua mãe que Anna estava grávida. Dimitri seria o padrinho;

Lawrence, o mestre de cerimônias; e não haveria prêmios para quem adivinhasse quem estaria a cargo do bufê.

***

— Você tem prova fotográfica? — perguntou Evelyn.

— Uma dúzia de fotos ou mais — disse uma voz na outra ponta da linha.

— E a certidão de nascimento dele?

— Nós tínhamos isso antes de a gente inscrever ele.

— Então qual é o próximo passo?

— Pode se sentar, relaxar e esperar o seu irmão sair da corrida.

***

— O único problema de ter você na minha equipe — disse Lawrence — é o número de eleitores que estão dizendo que você seria um candidato muito melhor que eu. Mais pessoas estão comparecendo para ouvir você falar do que aquelas que assistem aos meus comícios.

— Mas a família Lowell tem um representante em Washington há mais de cem anos — disse Alex. — Eu sou só um imigrante de primeira geração, recém-saído do navio.

— Assim como a maioria de meus apoiadores, por isso você seria o candidato ideal. Se você algum dia decidir se candidatar a alguma coisa, de funcionário da carrocinha a senador, eu ficaria feliz em te apoiar.

***

Evelyn e Todd embarcaram num voo de volta a Nice naquela tarde, pois não queriam estar em Boston quando as primeiras edições dos jornais chegassem às bancas no dia seguinte.

— Você enviou o pacote pro Hawksley? — perguntou Todd enquanto afivelava seu cinto de segurança.

— Entreguei em mãos no QG dele — disse Evelyn. — Não podia arriscar enviar pelo correio depois do que eles me cobraram por aquelas fotografias. — Ela sorriu quando a comissária lhe ofereceu uma taça de champanhe.

— E se o Lawrence descobrir a verdade?

— A essa altura já vai ser tarde demais.

* * *

— Mas você deve receber uma centena de trotes todo dia — disse Blake Hawksley. — Por que levar este a sério? — perguntou ele, apontando para uma dúzia de fotografias espalhadas sobre sua mesa.

— Não recebo muitos trotes entregues em mãos por uma mulher elegantemente vestida e com um sotaque brâmane — disse o administrador de sua campanha.

— Então o que você me aconselha a fazer a respeito dele? — perguntou o candidato republicano.

— Deixa eu compartilhar a informação com um ótimo contato que tenho no *Boston Globe* e ver a opinião dele sobre isso.

— Mas o *Globe* sempre apoia os democratas.

— Talvez não apoiem mais depois que virem essas fotos — disse Steiner, reunindo as fotografias e guardando-as no envelope. — Não se esqueça de que o interesse principal deles é vender jornais, e isso pode duplicar a circulação deles.

— Quando eles virem as fotos, vão ligar para mim primeiro. Então o que devo dizer?

— Sem comentários.

* * *

Alex leu a matéria na capa do *Globe* uma segunda vez antes de passar o jornal para Anna. Quando ela terminou o artigo, ele perguntou:

— Você sabia que o Lawrence é gay?

— É claro — disse Anna. — Todo mundo sabia. Bem, todo mundo, menos você, ao que parece.

— Você acha que ele vai ter de retirar a candidatura? — perguntou Alex, olhando para as fotografias espalhadas nas páginas centrais.

— Por que deveria? Ser gay não é um crime. Isso pode até aumentar o número de eleitores que votarão nele.

— Mas sexo com menor é crime.

— Claramente isso foi uma armação — disse Anna. — Um prostituto de rua de quinze anos, mas com cara de trinta, coloca o Lawrence numa armadilha, tendo sem dúvida sido generosamente pago pelo papel que desempenhou. Não me surpreenderia nem um pouco se os republicanos estiverem por trás disso.

— Você viu o que o Hawksley disse quando o *Globe* ligou pra ele? — perguntou Alex.

— Sem comentários. E você deveria falar pro Lawrence responder no mesmo tom.

— Não acho que os eleitores vão deixá-lo se safar dessa. Seria bom se eu fosse pra Beacon Hill agora mesmo, antes que ele diga alguma coisa pra imprensa de que vá se arrepender mais tarde. — Quando Alex se levantou da mesa de café da manhã, sorriu pesarosamente. — O discurso dele pras Filhas da Revolução Americana que vai fazer hoje no almoço não ajuda muito.

— Transmita minhas forças a ele — disse Anna —, e diz pra ele aguentar firme. Talvez ele se surpreenda com o quanto as pessoas são solidárias. Não vivemos todos dentro dos limites e interesses de Washington.

Alex tomou Anna em seus braços e beijou-a.

— Eu fui muito sortudo de ter pegado o trem errado.

Apressado por Alex, o motorista do táxi ultrapassou o limite de velocidade várias vezes numa tentativa de chegar à casa de Lawrence antes da imprensa. Mas seus esforços foram em vão porque, quando chegaram a Beacon Hill, um bando saqueador de jornalistas e fotógrafos já tinha armado suas tendas na calçada em frente à mansão de Lawrence e claramente não tinha nenhuma intenção de sair de lá até que o candidato emergisse de seu castelo e fizesse um pronunciamento.

Durante o mês anterior, Alex estivera tentando levar pelo menos um deles a comparecer a um dos comícios de Lawrence e dar-lhe alguma cobertura, só para ser recebido com:

— Por que deveríamos nos dar ao trabalho, quando o resultado já está decidido?

Agora eles não mais acreditavam que esse era o caso, estavam pairando como abutres que tinham avistado um animal ferido tentando se esconder na vegetação rasteira.

— O sr. Lowell vai retirar sua candidatura? — gritou um dos repórteres quando Alex saiu do táxi.

— O senhor vai ocupar o lugar dele? — gritou outro.

— Você sabia que ele tinha feito sexo com um menor? — Um terceiro.

Alex não disse nada enquanto empurrava para abrir caminho pelos uivos da alcateia, quase cego pelos flashes dos fotógrafos. Ficou aliviado quando Caxton abriu a porta da frente antes mesmo que ele batesse.

— Onde ele está? — perguntou, enquanto o mordomo fechava a porta.

— O sr. Lowell ainda está no quarto, senhor. Não dá as caras desde que levei o café da manhã lá pra cima mais de uma hora atrás, junto com os jornais da manhã.

Alex subiu a escada de dois em dois degraus, não parando até chegar à suíte principal. Fez uma pausa por um instante para recuperar o fôlego, depois bateu suavemente à porta. Não houve resposta. Ele bateu uma segunda vez, um pouco mais forte, mas ainda nada. Hesitante, girou a maçaneta, empurrou a porta e pisou dentro do quarto.

Lawrence estava pendendo de uma viga. Uma gravata de Harvard era seu nó.

31
Sasha
Merrifield

— Essa é do açougueiro — disse Charlie. — É o acerto mensal deles.

— Pague imediatamente — disse Elena. — Sasha insiste em pagar todos os nossos fornecedores pelo retorno do correio; assim, temos a garantia de obter os melhores cortes, verduras mais frescas e a primeira fornada de pão do dia. Uma semana de atraso e você fica com o que sobrou da véspera. Duas semanas de atraso, eles lhe impingem qualquer coisa que não tenham conseguido vender pros fregueses regulares. Um mês de atraso e eles param de abastecê-lo.

— Vou preencher um cheque agora — disse Charlie —, Sasha pode assinar quando voltar do distrito eleitoral, e podemos deixá-lo no açougue a caminho da estação amanhã de manhã.

— Foi bondade sua tirar um dia de folga e me dar uma ajuda com tudo isto — disse Elena, olhando desconsoladamente para a pilha de correspondência na mesa em sua frente.

— O Sasha sente muito não estar aqui pra ele mesmo lidar com isso, mas no momento não pode tirar nem mesmo um par de horas de folga.

— Isso significa que ele vai vencer? — perguntou Elena.

— Não, não significa — disse Charlie firmemente. — Em Merrifield, a presença do Partido Conservador é muito forte. Madre Teresa nunca esperava vencer, mesmo que estivesse enfrentando o demônio pessoalmente.

— Mas o Sasha está enfrentando o demônio — disse Elena.

— A Fiona não é tão ruim assim.

— Mas, se ele não tem chance — disse Elena enquanto Charlie abria a carta seguinte —, por que ele está se dando ao trabalho, quando ainda tem tanto trabalho a ser feito aqui?

— Porque ele sente que tem que provar a si mesmo e ainda mais no campo de batalha, se um dia quiser ocupar um assento seguro.

— Mas o povo de Merrifield deve ver que o Sasha seria um parlamentar melhor do que a Fiona Hunter?

— Eu não tenho nenhuma dúvida de que Sasha venceria se fosse uma cadeira marginal — disse Charlie —, mas não é, por isso temos só que aceitar que ele vai perder essa.

— Não sei se algum dia vou entender a política inglesa. Na Rússia, eles sabem exatamente quem vai ganhar e não se dão nem ao trabalho de contar os votos.

— Só agradeça que a cozinha é uma linguagem internacional — disse Charlie —, que não requer tradução. Agora, essa aqui — disse ela ao ler a carta seguinte — é um lembrete de que a lavadora de pratos do Elena 2 já tem três anos, e a companhia lançou recentemente um novo modelo que tem o dobro da capacidade da máquina antiga e pode lavar tudo numa velocidade duas vezes maior.

— Então quando a eleição extraordinária vai acontecer? — perguntou Elena.

— Daqui a onze dias, e depois nós todos vamos poder voltar ao normal.

— Não, você não pode. Porque aí o Sasha vai ser um parlamentar e sua vida será ainda mais agitada.

— Elena, quantas vezes eu tenho de te dizer que não tem como ele ganhar — disse Charlie, tentando não soar exasperada.

— Nunca subestime o Sasha — disse Elena baixinho, mas, embora a tenha ouvido, Charlie não respondeu porque teve de ler a carta seguinte uma segunda vez. — O que foi? — perguntou Elena assim que viu a expressão no rosto de Charlie.

Charlie jogou os braços na sogra, envolvendo-a em um abraço, entregou--lhe a carta e disse:

— Parabéns! Por que você não lê a carta enquanto eu vou abrir uma garrafa de champanhe.

***

SASHA
"COVARDE!"

gritava a manchete na capa do *Merrifield Gazette*.

— Mas eu nunca disse isso — protestou Sasha.

— Eu sei que não — disse Alf —, mas isso foi o que o jornalista supôs que você queria dizer quando você falou que estava decepcionado porque Fiona não concordaria em participar de um debate público.

— Será que eu devo me queixar com o editor?

— Claro que não — disse Alf. — Essa é a melhor propaganda gratuita que tivemos em anos, e o que é melhor, ela vai ter que responder, o que nos dará uma outra manchete amanhã.

— Eu concordo — disse Charlie. — Deixa ela se preocupar com você, pra variar.

— E eu vejo que sua mãe também está saindo nas manchetes — disse Alf, virando a página.

— Ela com certeza está — disse Sasha —, não é mais do que ela merece, embora até eu tenha ficado surpreso de os dois restaurantes ganharem uma estrela no Michelin.

— Quando tudo isso estiver terminado — disse Alf —, pretendo levar todo o time a Londres pra que eles possam provar a comida da sua mãe.

— É uma boa ideia — disse Charlie. — Mas já vou avisando, Alf, a única coisa que ela vai querer saber é por que o filho dela não é o representante no Parlamento.

— Então do que temos de tratar hoje? — perguntou Sasha, impaciente para voltar ao trabalho.

— Ainda faltam alguns povoados no distrito eleitoral que você não visitou. Você só tem que andar pra cima e pra baixo na rua principal e trocar apertos de mão com pelo menos um residente local, de modo que ninguém possa dizer que você nem se deu ao trabalho de visitá-los.

— Isso não é um pouco cínico?

— E você precisa almoçar num pub local — continuou Alf, ignorando o comentário — e dizer pro proprietário que está pensando em comprar uma casa no distrito.

— Mas eu não estou pensando nisso.

— E depois quero que você volte a Roxton pra fazer campanha entre cinco e meia e sete e meia, quando a maioria das pessoas estará chegando em casa, voltando do trabalho. Mas você pode fazer uma pausa entre sete e meia e oito horas.

— Por que nessa hora, exatamente?

— Porque você só perderá votos se interromper alguém enquanto eles estiverem assistindo à novela *Coronation Street*. — Sasha e Charlie caíram na gargalhada. — Eu não estou brincando — disse Alf.

— E depois disso continuo fazendo campanha?

— Não, nunca bata à porta de ninguém depois das oito. Organizei pra que você discursasse em outra reunião pública, desta vez na Associação Cristã de Moços de Roxton.

— Mas só doze pessoas foram na última. E estou contando com você, Charlie e o cachorro da sra. Campion.

— Eu sei — disse Alf —, mas isso ainda é cinco a mais do que o último candidato conseguiu. E, pelo menos, quando você se sentou, o cachorro estava abanando o rabo.

***

Sasha ficou surpreso com a recepção acolhedora que teve nas portas das casas e nas ruas durante a última semana da campanha. Várias pessoas comentaram o fato de Fiona ter recusado o desafio de Sasha para um debate público sob a alegação de que ela não podia entrar num acordo em relação à data com todos os candidatos, o que produziu mais uma manchete favorável: "'QUALQUER HORA ESTÁ BOM PARA MIM', DIZ CANDIDATO TRABALHISTA."

— Você vai saber que chegou lá — disse Alf — quando eles substituírem as palavras "candidato trabalhista" pelo seu nome.

— Ainda mais se eles escreverem seu nome certo — disse a sra. Campion.

Alf fez um aceno para Charlie, que estava conversando com um rapaz fora da agência de emprego governamental local.

— Mais que isso — disse Alf —, se a sua mulher fosse a candidata e sua mãe concordasse em abrir um restaurante em Merrifield, teríamos uma chance muito maior.

Durante as últimas semanas antes da votação, Sasha nem se deu ao trabalho de ir para casa; acabou dormindo no quarto de hóspedes de Alf para estar sempre a tempo de cumprimentar quem se deslocava para o trabalho de manhã.

***

O dia da eleição foi um grande borrão enquanto Sasha corria pelo distrito eleitoral, batendo em portas que tinham um tique nas sondagens internas do partido para lembrar seus apoiadores de votar. Ele chegou até a levar alguns dos idosos, inválidos e preguiçosos à seção de votação mais próxima, embora não tivesse certeza de que todos iriam realmente votar nele.

Quando as urnas foram fechadas às dez horas da noite de quinta-feira, Alf lhe disse:

— Você não poderia ter feito mais. De fato, eu diria que você é o melhor candidato que já tivemos.

— Obrigado — respondeu Sasha, depois cochichou para Charlie: — Foi uma corrida de um só cavalo.

Depois de meio quartilho de cerveja preta e um pacote compartilhado de batata chips no Rexton Arms, Alf sugeriu que eles voltassem passando pela prefeitura, onde a contagem de votos já estava em curso.

Quando Alf, Sasha e Charlie entraram na sala principal, foram saudados por filas e filas de longas mesas, onde voluntários estavam pondo cédulas de votos em pilhas separadas, enquanto outros os contavam, primeiro em dezenas, depois em centenas e finalmente em milhares.

Eles passaram as duas horas seguintes andando pela sala, examinando discretamente as pilhas. Alf disse a Sasha mais de uma vez que não estava acreditando no que estava vendo. Quando o secretário do município, como responsável oficial pelas eleições, anunciou o resultado pouco depois das três horas da madrugada, as fileiras conservadoras soltaram um arquejo, enquanto os trabalhadores do Partido Trabalhista começaram a aplaudir e dar tapas nas costas de Sasha. Alf anotou os números nas costas de um maço de cigarros e fitou-os com incredulidade.

Roger Gilchrist (Lib) 2.709
Fiona Hunter (Con) 14.146
Screaming Lord Sutch (Ind) 728
Sasha Karpenko (Trab) 11.365
Janet Brealey (Ind) 37

— Eu declaro, portanto, que Fiona Hunter foi devidamente eleita como o membro do Parlamento pro distrito eleitoral de Merrifield — anunciou o secretário do município.

Fiona pegou o microfone para fazer seu discurso de posse. Ela começou agradecendo aos trabalhadores de seu partido e prosseguiu dizendo como não via a hora de representar os cidadãos de Merrifield na Câmara dos Comuns, mas não mencionou nem uma vez o nome de seus opositores. Quando se afastou para dar lugar a Sasha, recebeu um aplauso menos do que entusiástico.

Sasha falou em seguida e aceitou a derrota com benevolência, cumprimentando sua oponente por sua campanha bem-feita e desejando-lhe sucesso como membro do Parlamento. Depois que todos os cinco candidatos pronunciaram seus discursos, Sasha deixou o palco para se juntar à sua equipe, que estava festejando como se tivesse ganhado de goleada.

— Você reduziu a maioria deles de 12.214 pra menos de 3 mil — disse Alf. — Isso vai ficar muito bonito no seu currículo, e, Deus queira, vai ajudar quem quer que seja o seu sucessor como nosso candidato nas eleições gerais.

— Você não vai querer que eu me candidate de novo? — perguntou Sasha.

— Não, não esperamos que você faça isso — disse Alf. — Até porque eu estou com a impressão de que vão te oferecer vários assentos alcançáveis antes disso, talvez até um assento trabalhista seguro.

— Eu amei cada momento dessas últimas três semanas — disse Sasha.

— Bem, você não precisa ser pirado pra ser o candidato trabalhista num lugar como Merrifield — disse Alf —, mas isso certamente ajuda. Minha responsabilidade final como presidente é assegurar que você pegue o último trem de volta para Victoria.

— Acho que você vai ver que é o primeiro trem pra Victoria — disse Charlie.

Enquanto eles andavam em direção à plataforma pela última vez, Alf beijou Charlie em ambas as bochechas, depois trocou um firme aperto de mão com Sasha.

— Você foi um candidato excelente, senhor — disse ele. — Espero viver o suficiente para vê-lo tomar seu assento à mesa do Gabinete.

* * *

Os quatro se encontravam uma vez a cada quinze dias. Não era formal o suficiente para ser descrito como uma reunião de conselho, nem informal o suficiente para ser visto como uma reunião familiar. A reunião sempre sucedia em torno de uma mesa na alcova do Elena 1 às quatro horas de uma tarde de segunda-feira. Tarde de forma que todos os clientes do almoço tivessem ido embora, e cedo o bastante para encerrarem antes da chegada do primeiro cliente com reserva para o jantar. Sasha presidia a reunião, enquanto Charlie atuava como secretária, preparando a agenda e redigindo as atas. Elena, como cozinheira-chefe, e a condessa, acionista com cinquenta por cento das ações, completavam o quarteto.

Todos eles se viam regularmente, então era raro que alguma coisa na agenda os pegasse de surpresa. Um barman havia roubado uma garrafa de uísque e tivera de ser demitido. Elena tivera de mudar relutantemente seu padeiro quando um número excessivo de clientes rejeitou os conteúdos da cesta de pães. Ela dissera uma vez a *Catering Monthly* que pode-se preparar uma refeição premiada só para ela ser arruinada por um pãozinho amanhecido ou uma xícara de café morno.

Em qualquer outro dia o último item na agenda consistiria em concordar quanto a uma data para a próxima reunião. Mas não hoje.

— Fiquei sabendo de uma coisa ontem — disse Sasha — que eu acho que deveria compartilhar com vocês. — Os outros três ficaram atipicamente atentos. — O Luini's está prestes a anunciar que eles vão fechar as portas depois de quarenta e sete anos. Parece que o jovem Tony Luini não puxou ao pai, e, desde a morte dele, eles vêm perdendo clientes sem parar. Por isso a família está pondo o restaurante à venda. O Tony me procurou e perguntou se nos interessava.

— O que ele está vendendo, exatamente? — perguntou Elena. — Porque o restaurante deve estar com uma reputação baixa, senão péssima.

— Um contrato de catorze anos com opção pra renovação.

— Aluguel e taxas? — perguntou Charlie.

— O aluguel é trinta e duas mil libras por ano, pagáveis ao Patrimônio Grosvenor, e as taxas são em torno de vinte mil libras.

— A que distância ele fica do Elena 1 e 2? — perguntou a condessa, sempre prática.

— Pouco mais de um quilômetro e meio — disse Sasha. — Cerca de dez minutos de táxi.

— Se não estiver chovendo — disse Charlie.

— Meu pai — disse a condessa — sempre dizia que não devemos espalhar demais os nossos bens. E, como temos apenas um bem insubstituível, penso que é a opinião de Elena que importa. Ainda mais se você estiver pensando em chamar o restaurante de Elena 3.

— Concordo — disse Charlie. — E a gente devia levar outro fato em consideração. Se Sasha se tornasse um membro do Parlamento na próxima eleição, ele acharia difícil ficar de olho em dois restaurantes, que dirá três.

— Especialmente se eu fosse escolhido para um assento do norte — disse Sasha. — Eu teria que passar metade da minha vida num trem ou num carro. Eu acabei de ser convidado pra dar uma entrevista com vistas a Wandsworth Central, mas é um assento trabalhista tão seguro que seria uma sorte ir pra lista de finalistas.

— Eu sugiro — disse a condessa — que todos nós almocemos no Luini's durante a semana, e depois Elena nos diz se a ideia merece ser considerada.

Porque sem sua marca particular de mágica, estaríamos perdendo o nosso tempo.

— Concordo — disse Sasha. — E, com isto, declaro a reunião encerrada.

* * *

Os dois desceram os degraus da prefeitura de mãos dadas.

— Apenas sorria — disse Sasha. — Não diga nada até a gente chegar no carro.

Ele abriu a porta do carro e esperou que Charlie entrasse.

— Tem algum tempo que você não faz isso — zombou Charlie, enquanto ele sentava no banco do motorista.

Sasha acenou para Bill Samuel, o presidente do partido local, antes de dar partida no carro. Ele só voltou a falar depois de ter se afastado da calçada e ingressado no tráfego do entardecer.

— Bem, como você acha que foi? — perguntou ele enquanto se dirigiam para o rio.

— Não tinha como você ter se saído muito melhor — disse Charlie. — Estou confiante de que você será o candidato deles na próxima semana.

— Uma semana é um longo tempo na política, como Harold Wilson nos lembrou uma vez — disse Sasha. — Por isso não vou dar nada como certo.

— Eles praticamente escolheram você hoje — disse Charlie.

— Mas como você pode saber isso?

— A mulher do presidente, Jackie, me contou que você recebeu 149 votos, e os outros candidatos finalistas receberam 151 entre eles. Se você tivesse conseguido apenas mais dois votos, ela disse que eles o teriam escolhido hoje mesmo. Então, na próxima semana, a essa altura, você vai ser o candidato deles!

— Um dos assentos mais seguros no país — disse Sasha. — A menos de vinte minutos da Câmara dos Comuns e a apenas quinze da nossa casa em Fulham. O que mais um homem pode pedir?

— Eu estou grávida — disse Charlie.

Sasha pisou fundo nos freios. Houve uma cacofonia de buzinas irritadas vinda de trás, mas ele as ignorou enquanto abraçava Charlie e dizia:

— É uma notícia maravilhosa, querida, mas temos que contar pro comitê antes que ele se reúna na próxima semana. Talvez você deva dar um telefonema pra sua nova amiga Jackie Samuel.

— Essa não era exatamente a reação que eu estava esperando — disse Charlie.

***

— Parabéns, meu bem — disse Elena quando soube da notícia.

— Obrigado — disse Sasha. — Mas eles ainda não me escolheram realmente.

— Não você, seu bobo. Eu estava falando com a Charlie. Você está torcendo para que seja o quê, uma menina ou um menino?

— Uma menina, é claro — disse Sasha. — Afinal, não houve uma na família Karpenko nas últimas quatro gerações.

— Eu não me importo — disse Charlie —, contanto que ele ou ela não queira ser um político.

— Mas ela poderia acabar sendo a primeira-ministra do Partido Trabalhista — disse Sasha.

— Não é natural pra uma mulher ser primeira-ministra — disse Elena.

— Não deixa a Fiona Hunter ouvir você dizer isso — disse Sasha —, a não ser que você queira ser banida para a Torre.

— Se essa mulher algum dia se tornar primeira-ministra, eu pensaria seriamente em voltar pra Rússia — disse Elena. — Nesse meio-tempo, alguns de nós deveríamos voltar ao trabalho, especialmente se vamos ter um membro do Parlamento na família. Ouvi dizer que eles não são muito bem pagos.

— E eles também não recebem nenhuma gorjeta — disse Charlie.

— Só recebem dicas de todo mundo, dizendo-lhes como deveriam governar o país — disse Sasha enquanto corria um dedo pelas reservas da noite, parando subitamente quando notou um nome conhecido.

— Eu não sabia que Alf Rycroft tinha uma reserva pra hoje à noite.

— É — disse Elena. — Ele telefonou hoje de manhã, disse que esperava que vocês dois pudessem se juntar a ele pro jantar, pois queria falar uma coisa importante com vocês.

— Ele provavelmente está esperando que você concorde em competir por Merrifield de novo na eleição geral — disse Charlie. — Mas é claro que ele não sabe que você está prestes a ser escolhido para uma cadeira segura.

— Ele vai adorar quando souber das novidades — disse Elena — e vai ficar tão orgulhoso porque seu protegido será em breve um parlamentar. Como essa tal de Hunter está se saindo?

— Bastante bem, na verdade — disse Sasha. — Após apenas dois anos nos assentos verdes, ela já está sendo nomeada secretária particular parlamentar do ministro pros negócios rurais na oposição.

— Isso é importante? — perguntou Charlie.

— É importante; isso é o primeiro passo na escada de carreira pra membros do Parlamento considerados como tendo uma carreira promissora pela frente.

— Será interessante ver qual de vocês chegará primeiro ao Gabinete — disse Elena.

— Não vamos nos precipitar — disse Charlie.

— Concordo — disse Sasha. — Eu ainda tenho que garantir que eu seja escolhido pra Wandsworth Central, e, como ainda tenho que preparar um discurso completamente novo pra rodada final, vocês não vão me ver muito antes da próxima quinta-feira. Aliás, mãe, você já pensou se quer administrar um terceiro restaurante?

— Pensei, sim — disse Elena, antes de desaparecer na cozinha.

***

Sasha abriu uma garrafa de champanhe e serviu uma taça para Charlie e outra para si.

— Vou ter que escolher o momento certo — disse ele. — De preferência, antes que Alf tenha sequer uma chance de levantar o assunto de Merrifield.

— E como você pretende fazer isso?

— Vou me comportar como um inglês, pra variar. Falar sobre qualquer outra coisa, até sobre o tempo, antes de tocar no assunto que precisa ser discutido.

— Ele acabou de passar pela porta — sussurrou Charlie.

Sasha pulou de seu banco no bar e atravessou o restaurante com pressa para cumprimentar o presidente de seu antigo distrito eleitoral.

— Junte-se a nós, Alf. Abri uma garrafa de champanhe em sua honra.

— Estamos celebrando alguma coisa em particular?

— Estou prestes a ser pai.

— Eu acho que eu sou a mãe — disse Charlie com um largo sorriso.

— Que notícia maravilhosa — disse Alf, beijando-a em ambas as bochechas.

— Obrigada — disse Charlie assim que o garçom lhes entregou os cardápios.

— O que vocês recomendam? — perguntou Alf, sem nem mesmo abrir o cardápio.

— A mussaca de Elena é a especialidade da casa — disse Sasha. — Clientes viajam quilômetros só pra prová-la, e estou citando o *Spectator*.

— Não é uma revista que eu leia regularmente — admitiu Alf —, mas vou confiar na palavra deles. De todo modo, sou um enorme fã da sua mãe, uma mulher incrível.

— Eu sou cercado por mulheres incríveis — disse Sasha —, e torço muito por uma criança que irá me adorar.

— Tenho quase certeza de que será o contrário — disse Alf.

Depois que tinham feito seus pedidos e Sasha tinha servido mais três taças de champanhe, eles discutiram o televisionamento do Parlamento, os problemas da Irlanda do Norte e, por fim, o tempo, antes que Sasha sugerisse que fossem jantar.

— Quero muito saber o que Fiona aprontou — disse Sasha depois que eles tomaram seus assentos.

— Tudo em seu tempo — disse Alf. — Mas, primeiro, quero saber como você está indo no Courtauld, Charlie?

— Você está sentado ao lado da dra. Karpenko — disse Sasha, fazendo um aceno de cabeça para sua mulher.

— Meus parabéns. Você deve estar muito orgulhosa.

— Não tão orgulhosa quanto eu estou de Sasha, que poderá possivelmente ser um membro do Parlamento depois da próxima eleição — disse Charlie, soltando a bomba no momento exato.

Alf não pôde esconder seu desapontamento. Algum tempo se passou antes que ele conseguisse dizer:

— Então você foi escolhido para um outro assento?

— Ainda não — disse Charlie enquanto Gino servia o primeiro prato deles. — Mas ele está na lista de finalistas pra Wandsworth Central, e como saiu vitorioso na primeira rodada por uma boa margem estamos bastante confiantes.

— Parabéns mais uma vez — disse Alf. — Não posso fingir que estou surpreso porque eu realmente acreditava nas minhas palavras quando disse que esperava viver o bastante para vê-lo tomar seu lugar no Gabinete, embora eu confesse que teria preferido que pudesse ser como membro para Merrifield.

— Mas você me disse que não esperaria que eu me candidatasse por Merrifield novamente. De todo modo, agora que Fiona começou a se estabelecer na Câmara, podemos supor que o distrito voltará a ser um assento conservador seguro na próxima eleição geral.

— Normalmente eu concordaria com você — disse Alf —, se não fosse pelas recomendações da comissão de limites que acabam de ser publicadas.

— Estou perdendo alguma coisa aqui? — perguntou Charlie. — Estou me sentindo como Alice na festa do chá do Chapeleiro Maluco.

— Isso não é tão surpreendente porque não são muitas pessoas fora da bolha de Westminster que já ouviram falar da comissão de limites. Trata-se de um corpo independente que se reúne quando e se necessário pra revisar o cenário parlamentar, de modo que quaisquer anomalias que tenham surgido ao longo dos anos possam ser sanadas. Inteligente como é, a comissão decidiu que os limites de Merrifield devem ser redesenhados para incluir Blandford, alguns quilômetros adiante na estrada, e formar um novo distrito eleitoral que conservará o nome de Merrifield.

— Isso significa que Merrifield vai se tornar um distrito trabalhista seguro? — perguntou Sasha.

— Não, não posso fingir que vai — disse Alf —, mas fizemos os cálculos e ele certamente será um marginal decisivo. Na verdade, o *Guardian* listou ele entre os assentos decisivos pra ver quem vence a próxima eleição.

Os garçons retiraram os pratos da entrada, embora a sopa de Sasha tivesse esfriado.

— E qual foi a reação da Fiona a essa bomba? — perguntou ele.

— Ela apelou, é claro, e lutou contra a decisão da comissão com unhas e dentes, mas perdeu, e teve de decidir se procura um assento mais seguro ou fica quieta e contesta Merrifield. Eu soube que o presidente do Partido Conservador não deixou que Fiona tivesse nenhuma dúvida quanto ao que era esperado dela, de modo que ela acaba de anunciar que vai defender o assento.

Os pratos principais foram servidos, mas a faca e o garfo de Sasha continuavam intocados.

— Diante das circunstâncias alteradas — disse Alf —, eu convoquei uma reunião do comitê ontem à noite, e eles concordaram por unanimidade que, se você estivesse disposto a se apresentar como nosso candidato, nós não procuraríamos em nenhum outro lugar.

— Quanto tempo ele tem pra tomar uma decisão? — perguntou Charlie.

— Prometi dar uma resposta ao comitê até o fim dessa semana.

— Antes que Wandsworth Central escolha seu candidato? — perguntou Sasha.

— Você sabe perfeitamente bem, Sasha, que quem quer que Wandsworth Central escolha vai vencer de lavada, ao passo que estou convencido de que você é nossa melhor esperança para capturar Merrifield, e, portanto, dar ao Partido Trabalhista uma chance de se aferrar ao poder.

— Isso me parece uma tentativa não muito sutil de persuasão por pura pressão — disse Charlie.

— Também conhecido como política de bastidores — disse Alf, quando Elena veio de repente da cozinha.

Alf imediatamente se levantou.

— A mussaca estava de dar água na boca, minha cara — disse ele. — E ainda há sua famosa *banoffee* pra experimentar.

— Sim, mas não antes que todos nós tenhamos tomado mais uma taça de champanhe — disse Elena. — Imagino que Sasha tenha contado a boa nova?

— Estivemos discutindo pouca coisa além disso — disse Alf.

— E acho que você vai ver que ele já tomou sua decisão.

Alf pareceu desapontado, Charlie, surpresa, e Sasha, perplexo.

— Ah, sim — disse Elena. — Konstantin, se for menino; Natasha, se for menina.

Sasha, Charlie e Alf caíram na gargalhada.

— O que eu disse de tão engraçado? — perguntou Elena.

***

Caro presidente,

É com considerável pesar, e depois de muita consideração, que decidi não deixar que meu nome siga adiante como o futuro candidato parlamentar trabalhista para o distrito eleitoral de...

Sasha colocou sua caneta na escrivaninha, reclinou-se na cadeira e pensou, mais uma vez, sobre a decisão a que ele e Charlie tinham finalmente chegado.

Mesmo nesse último instante ele considerou mudar de ideia. Afinal, era uma decisão que podia mudar toda a sua vida. E depois ele pensou em Fiona. Pegou sua caneta e escreveu as palavras "Wandsworth Central".

32
Alex
Boston

A catedral da Santa Cruz estava lotada para o velório de Lawrence Lowell. Esse homem gentil, modesto e decente teria ficado emocionado com o grande número de pessoas que claramente o admirava.

Alex sentiu-se honrado quando a mãe de Lawrence, sra. Rose Lowell, convidou-o para pronunciar um dos três elogios fúnebres, especialmente porque os outros dois oradores eram o senador Ted Kennedy e o bispo Lomax. A sra. Evelyn Lowell-Halliday sentou-se na fileira da frente, mas nem uma vez cumprimentou Alex.

Depois que o bispo deu a bênção final e os enlutados tinham se retirado, dois homens se aproximaram de Alex; um deles ele conhecia bem, e o outro ele jamais vira antes.

Bob Brookes, o presidente da diretriz de Boston do Partido Democrático, disse que precisava falar com ele sobre um assunto particular. Alex pretendia voltar a Nova York aquela tarde, mas concordou em adiar sua partida por vinte e quatro horas, e eles combinaram se encontrar em seu hotel às dez horas da manhã seguinte. O segundo homem vinha a ser o advogado da família Lowell, e ele tinha uma solicitação semelhante. Entretanto, o sr. Harbottle estava relutante em discutir um assunto tão delicado fora de seu escritório, de modo que Alex marcou uma hora para vê-lo após sua reunião com Brookes.

Alex voltou ao Mayflower Hotel e telefonou para Anna na galeria para lhe dizer que só estaria de volta no dia seguinte. Ela pareceu desapontada, mas confessou que mal podia esperar para saber por que os dois homens queriam vê-lo.

— Falando nisso — disse ela —, você já contou pra sua mãe?

***

— A votação foi unânime — disse Brookes.

— Estou lisonjeado — disse Alex —, mas infelizmente a resposta continua sendo não. Abrimos recentemente duas novas pizzarias Elena's em Denver e em Seattle e os funcionários ainda não conheceram a patroa deles, de modo que você terá de procurar outra pessoa.

— Você foi o único candidato que o comitê considerou — disse Brookes.

— Mas eu sou de Nova York. Minha única conexão com Boston era o Lawrence.

— Alex, eu observei você trabalhando com o Lawrence durante as últimas seis semanas e, depois de uma vida na política, posso te dizer isso: você tem um talento inato.

— Por que você mesmo não se candidata, Bob? Você é nascido e criado em Boston e todos te conhecem e te respeitam.

— Eu poderia apresentá-lo a uma dúzia de pessoas que podem presidir seu comitê partidário local — disse Brookes —, mas é raro quando aparece alguém que nasceu para ser candidato.

— Tenho de admitir — disse Alex — que considerei a política uma carreira, mas faria muito mais sentido para mim começar no governo local em Brighton Beach, onde frequentei a escola e fundei minha empresa, e talvez, se eu tiver sorte, um dia eu os representarei no Congresso. Não, Bob, você vai ter de encontrar um candidato local pra ir contra o Blake Hawksley.

— Mas não tem nem comparação entre você e o Hawksley, e a maioria democrática é grande o bastante pra você colocar ele pra correr. Quando entrar pro Congresso, ninguém mais te tira de lá, pelo menos não até que você queira se tornar senador.

Alex hesitou.

— Eu queria que fosse tão fácil, mas não é. Então, por favor, agradeça ao seu comitê e diga que talvez daqui a quatro ou cinco anos...

— O assento não vai estar disponível dentro de quatro ou cinco anos, Alex. Política é uma questão de timing e oportunidade, e essas duas estrelas não estão alinhadas frequentemente.

— Eu sei que você está certo, Bob, mas a resposta ainda é não. Tenho que ir. Tenho uma hora marcada com o executor testamentário de Lawrence. Ele me pediu pra passar no escritório dele quando eu estivesse indo pro aeroporto.

— Se você mudar de ideia...

***

— Meu nome é Ed Harbottle. Eu sou o sócio sênior de Harbottle, Harbottle e McDowell. Essa firma teve o privilégio de representar a família Lowell por mais de cem anos. Meu avô — disse Harbottle, direcionando o olhar para uma pintura a óleo de um cavalheiro idoso usando um terno trespassado azul-escuro de listras com um relógio de bolso de ouro — administrou o patrimônio do sr. Ernest Lowell, o eminente banqueiro e famoso colecionador de arte. Meu pai foi conselheiro legal do senador James Lowell e, durante os últimos onze anos, eu fui o advogado do sr. Lawrence Lowell e, gosto de pensar, seu amigo.

Alex olhou para o homem sentado à sua frente na mesa, que também estava vestindo um terno trespassado azul-escuro de listras e usando um relógio de bolso de ouro, sem dúvida o mesmo da pintura. Alex não conseguiu dizer ao certo quanto ao terno.

— Nós nos conhecemos em tristes circunstâncias, sr. Karpenko.

— Circunstâncias trágicas e desnecessárias — disse Alex com sentimento. Harbottle ergueu uma sobrancelha. — Eu espero viver pra ver o dia em que as preferências sexuais das pessoas serão consideradas irrelevantes, inclusive para aqueles que desejam trabalhar em cargos públicos.

— Essa não foi a razão pela qual o sr. Lowell cometeu suicídio — disse Harbottle —, mas eu já volto a esse ponto — acrescentou, reajustando seus óculos com formato de meia-lua. — O sr. Lowell instruiu esta firma a ser o único executor de sua última vontade e testamento, e nessa condição é meu dever informá-lo de que ele deixou uma certa herança para o senhor.

Alex permaneceu em silêncio, tentando não antecipar...

— Farei referência apenas à única cláusula no testamento que se aplica ao senhor, pois não tenho permissão pra revelar nenhum outro detalhe. Alguma dúvida, sr. Karpenko?

— Nenhuma — disse Alex, que tinha uma dúzia de dúvidas, mas tinha a impressão de que todas seriam reveladas em seu devido tempo. No tempo do sr. Harbottle.

Mais uma vez, o idoso advogado ajustou os óculos antes de virar várias páginas do grosso documento de pergaminho que tinha diante de si.

— Vou ler a cláusula quarenta e três do testamento — anunciou ele, finalmente chegando a seu objetivo. — Deixo para Alexander Konstantinovitch Karpenko toda a minha participação de cinquenta por cento na Pizzas Elena, da qual somos sócios conjuntos.

Alex ficou instantaneamente assombrado pela generosidade de seu velho amigo.

— Não acredito que a irmã dele vá aceitar isso sem reivindicar nada.

— Não acho que a sra. Evelyn Lowell-Halliday vá lhe causar problema algum, ou a qualquer outra pessoa. Muito pelo contrário.

— O que não está me contando, sr. Harbottle? — disse Alex, olhos fixos no outro lado da mesa.

O advogado hesitou por um momento, antes de tirar os óculos e apoiá-los sobre a mesa.

— As razões para o suicídio dele são mais complexas do que o público entende, sr. Karpenko. Lawrence não cometeu suicídio por causa das revelações da imprensa.

— Então por quê?

— Lawrence tinha muitas qualidades valiosas, inclusive generosidade de coração e bolso, bem como um desejo genuíno de servir, que faziam dele um candidato ideal para um cargo público. Não tenho dúvida de que teria sido um excelente congressista.

— Mas...

— Mas — repetiu Harbottle — é necessário um diferente conjunto de habilidades e expertise pra administrar uma instituição financeira moderna, e, embora Lawrence fosse presidente da Lowell Bank and Trust Company, ocupava esse cargo apenas nominalmente, e permitia que outros conduzissem os negócios cotidianos do banco. Outros que não eram da mesma fibra moral.

— É grave? — perguntou Alex, inclinando-se para a frente.

— Não estou a par dos detalhes mais minuciosos da posição financeira atual do banco, mas posso dizer que Douglas Ackroyd, o diretor-executivo, vai anunciar sua renúncia hoje à tarde. Estou apenas aliviado porque essa firma não vai representar esse cavalheiro em particular em nenhuma próxima ação legal que possa surgir.

— Eu posso fazer alguma coisa pra ajudar? — perguntou Alex.

— Não cabe a mim aconselhasse sobre esse assunto, sr. Karpenko, mas Lawrence me pediu que lhe entregasse essa carta. — Ele abriu a gaveta de sua mesa, retirou um fino envelope branco e o entregou a Alex.

Alex rasgou-o e extraiu uma única folha de papel, escrita com a letra clara e inconfundível de Lawrence.

Meu caro Alex,

A esta altura você já deverá saber que agi como um tolo completo e, o que é mais importante, arruinei o bom nome de minha família, conquistado ao longo de mais de cem anos e desperdiçado em uma geração.

Peço desculpas por sobrecarregá-lo com meus problemas, mas, dias depois de minha morte, a Lowell Bank and Trust Company estará sujeita a uma investigação pela Receita Federal. Alguém será deixado com a inevitável tarefa de encerrar os ativos do banco, ao mesmo tempo que faz tudo que está a seu alcance para assegurar que seus leais acionistas e clientes sofram a mínima perda.

Para esse fim, deixei todos os bens da família, inclusive minhas residências em Boston, Southampton e no sul da França, juntamente com a coleção de arte Lowell, para que o novo presidente da companhia disponha deles como considerar adequado.

No entanto, isso nos leva à questão de quem deveria ser esse presidente. Eu não consigo pensar em ninguém mais em quem eu confiasse para assumir essa onerosa responsabilidade que você, e, se você se dispuser a fazê-lo, eu lhe deixaria também minha participação acionária de cinquenta por cento no banco. De qualquer forma, eu iria compreender se você se sentisse incapaz de assumir tal função, especialmente na medida em que não seria a primeira vez que você viria a meu socorro.

Por tudo que você fez no passado, meus sinceros agradecimentos.

Até logo,

Lawrence

Alex olhou para o advogado do outro lado da mesa e perguntou:

— Mais alguém leu essa carta, sr. Harbottle?

— Nem eu li a carta, senhor.

* * *

Depois de sair do escritório do sr. Harbottle, Alex voltou diretamente para seu hotel e disse ao recepcionista que partiria naquela manhã. Mas primeiro precisava dar alguns telefonemas antes mesmo de pensar em ir ao banco. O primeiro foi para Anna, para lhe dizer que ele não voltaria para Nova York por algum tempo. Depois ele a informou sobre os detalhes do testamento de Lawrence, antes de perguntar:

— Você acha que você e o sr. Rosenthal poderiam vir a Boston assim que possível para avaliar a Coleção Lowell?

— Vou ver se ele está livre e depois ligo pra você. Vai ficar acampando no Mayflower nos próximos dias?

— Não, o sr. Harbottle me aconselhou a me mudar para Beacon Hill o mais rápido que puder pra que a Evelyn não se instale lá e reivindique a propriedade por ser a parente mais próxima.

— Foi muito generoso da parte de Lawrence te deixar os cinquenta por cento do Elena's, até porque ele não sabia se você concordaria em se tornar presidente.

— E ele fez a minha tarefa de tentar manter o banco solvente um pouco mais fácil ao me deixar também sua participação acionária de cinquenta por cento se eu concordasse em ser presidente. Isso significa que ninguém pode me desautorizar exceto Evelyn, que possui os outros cinquenta por cento.

— Evelyn? Isso não vai fazer seu trabalho ficar ainda mais difícil?

— Certamente, se eu estivesse aconselhando o pai de Lawrence, eu teria dito a ele que os tribunais estão cheios de irmãos em guerra, cada um com cinquenta por cento do patrimônio do pai. Mas Harbottle está convencido de que enquanto as ações não valerem nada é improvável que elas causem algum problema. Estou com saudades — disse ele, mudando de repente de assunto. — Quando você acha que pode vir me encontrar?

— Era você que deveria estar voltando pra Nova York, caso tenha esquecido. Vou pegar um voo na manhã de sexta-feira pra gente passar o fim de semana juntos. Vou ter que catalogar a coleção antes que o sr. Rosenthal se junte a nós.

— Você tem uma maneira de fazer um homem se sentir desejado — disse Alex, rindo.

Seu segundo telefonema foi para um agente imobiliário local com instruções para avaliar as propriedades de Lawrence em Boston, em Southampton e no sul da França.

O terceiro telefonema foi para Paolo, para adverti-lo de que ele iria comandar a empresa por um tempo um pouco maior do que o originalmente previsto.

***

— Dois ovos, gemas para cima, bacon e bolinhos fritos de batata rosti — disse Alex enquanto a garçonete servia sua xícara com um café fumegante. Ele estava contente porque sua mãe se encontrava a quilômetros de distância, no Brooklyn, e não podia vê-lo.

Ele tomou um gole de café antes de recorrer à seção financeira do *Globe*. Na primeira página havia uma fotografia de Douglas Ackroyd, em cima de uma declaração interessada que ele soltara na véspera.

> Sinto que chegou a hora de eu me afastar como diretor-executivo da Lowell Bank and Trust Company, à qual servi durante os últimos vinte anos. Após a trágica morte de nosso distinto presidente, Lawrence Lowell, acredito que o banco deveria buscar uma nova liderança ao passo que entramos no século XXI. Terei prazer em permanecer no conselho e servir ao novo presidente em qualquer capacidade que lhe pareça adequada.

Tenho certeza de que vai, pensou Alex. Mas por que Ackroyd iria querer continuar no conselho? Talvez porque precisasse assegurar-se de que era Lawrence que iria arcar com a culpa quando o banco fosse a pique, permitindo-lhe sair da catástrofe com a reputação ilibada. Alex estava começando a sentir que conhecia o homem, ainda que nunca tivesse estado com ele.

Tão logo tivesse tempo para estudar os livros contábeis, Alex pretendia emitir sua própria declaração à imprensa, assim ninguém ficaria com nenhuma dúvida quanto onde a culpa realmente se encontrava. Ele dobrou o jornal e olhou com admiração para o magnífico edifício georgiano que dominava o outro lado da State Street, perguntando-se se o banco ainda podia ser vendido como uma empresa solvente. Afinal, ele estivera negociando por mais de cem anos, com uma reputação impecável. Mas questões como essa não podiam ser resolvidas até que ele estudasse os livros, o que poderia levar dias.

Alex verificou as horas quando a garçonete voltou com seu pedido: 8h24. Ele planejava entrar no prédio pela primeira vez às 8h55. Correu os olhos pela lanchonete e se perguntou quantos dos outros clientes ali trabalhavam no banco e se estavam cientes de que seu novo presidente estava sentado em um dos reservados.

Entre as opções que já tinha considerado estava convidar um dos maiores bancos de Boston para participar de uma fusão, com a explicação de que, como Lawrence não tinha um herdeiro, não havia sucessor direto. Mas, se a pindaíba financeira do banco tornasse isso impossível, não lhe restaria outra escolha senão recorrer ao plano B, uma queima de estoque. Fosse esse o caso, ele estaria de volta a Nova York servindo pizzas até o fim do mês.

Às 8h30 ele olhou para o outro lado da rua e viu um homem elegantemente vestido com um longo sobretudo verde e uma boina com aba emergir do banco e tomar seu lugar junto à porta da frente. Os funcionários começavam a entrar devagar no prédio: moças com blusas brancas apropriadas e saias escuras que chegavam abaixo do joelho, rapazes com ternos cinza, camisas brancas e gravatas escuras, seguidos um pouco depois por homens mais velhos em ternos trespassados bem-cortados e gravatas com estampas mais tradicionais, com um ar de confiança e pertencimento. Por quanto tempo essa confiança duraria quando eles descobrissem a verdade? Será que ele saberia a resposta para essa pergunta na hora em que o banco fechasse naquela tarde? E iriam aquelas mesmas portas sequer abrir para negócios na manhã seguinte?

Às 8h50 Alex pagou sua conta, deixou o calor da lanchonete e atravessou a praça lentamente. Quando se aproximou da entrada principal, o porteiro tocou a ponta de seu boné e disse:

— Bom dia, senhor. Ainda faltam alguns minutos pro banco abrir.

— Eu sou o novo presidente — disse Alex, estendendo a mão. O porteiro hesitou, antes de responder o cumprimento e dizer:

— Eu sou o Errol, senhor.

— E há quanto tempo você trabalha aqui no banco, Errol?

— Seis anos, senhor. O sr. Lawrence me arranjou o emprego.

— É mesmo? — disse Alex. Ele deixou o porteiro com uma expressão ansiosa no rosto, pisou dentro do banco e atravessou o saguão até a recepção.

— Como posso ajudá-lo, senhor? — perguntou uma moça elegantemente vestida.

— Sou o novo presidente do banco — disse Alex. — Você poderia me dizer onde fica a minha sala?

— Sim, sr. Karpenko, ela fica no último andar. Gostaria que eu o acompanhasse?

— Não, por favor, não precisa.

Ele atravessou o saguão até os elevadores e se juntou a alguns funcionários que conversavam entre si sobre todos os assuntos, desde a terceira derrota seguida do Red Sox de Boston à designação de seu novo presidente. Ambos perdedores na opinião deles.

— Ouvi dizer que o Karpenko nunca administrou nada exceto uma pizzaria — disse um deles — e não tem absolutamente nenhuma experiência com bancos.

— Escutem o que estou dizendo, o Ackroyd vai estar de volta como presidente antes do fim da semana — disse outro.

— Vou registrar as apostas em quanto tempo ele vai durar — disse um terceiro.

— Você seria sensato se esperasse pra ver como ele realmente vai se sair antes de fazer as apostas — sugeriu uma voz solitária. Alex sorriu para si mesmo, mas não comentou nada.

O elevador parou várias vezes para despachar seus passageiros em diferentes andares. Quando as portas finalmente abriram no vigésimo quarto andar, Alex estava sozinho. Ele saiu para um corredor deserto e abriu a primeira porta com que se deparou, descobrindo um armário. A segunda era o banheiro, e a terceira, uma sala de secretária, mas sem nenhum sinal de secretária. No final do corredor ele achou uma porta com os dizeres "Presidente" pintado em letras douradas desbotadas. Ele entrou e precisou apenas de uma olhadela para saber que a sala fora outrora ocupada por Lawrence. Mas não com tanta frequência assim. O escritório era bem mobiliado e confortável, com uma bela exposição de pinturas, inclusive retratos do pai e do avô de Lawrence, mas não parecia conter vida. Alex fechou a porta, foi até a janela e se deparou com uma vista magnifica da baía.

Ele desabou na confortável cadeira de couro vermelha atrás de uma mesa de teca, sobre a qual repousava um mata-borrão, um telefone e uma fotografia com moldura de prata de um rapaz que ele não reconheceu, mas pensou que poderia ter visto no velório. Pegou o telefone, apertou um botão que indicava Recepção e, quando uma voz surgiu na linha, disse:

— Por favor, peça ao Errol que venha à sala do presidente.

— O porteiro, senhor?

— Isso, o porteiro.

Enquanto esperava que Errol subisse, Alex escreveu uma lista de perguntas numa folha de papel. Ainda não tinha acabado inteiramente quando ouviu uma batida suave à porta.

— Pode entrar — disse ele. A porta abriu devagar e revelou a silhueta de Errol na entrada, mas ele não fez nenhuma tentativa de entrar. — Entre — repetiu Alex. — Tire seu chapéu e o casaco e sente-se — acrescentou, apontando para a cadeira do lado oposto. Errol tirou o chapéu, mas não o casaco, e sentou-se. — Agora, Errol, você me disse antes que trabalha pro banco há seis anos. Isso significa que está de posse de algo de que preciso desesperadamente. — Errol pareceu intrigado. — Informação — disse Alex. — Vou fazer algumas perguntas que podem embaraçá-lo, mas vão me ajudar a fazer o meu trabalho, por isso espero que você possa me ajudar. — Errol reclinou-se em sua cadeira, não dando a impressão de que queria ajudar o novo presidente. Alex mudou de tática. — Você me contou também que foi o sr. Lowell que lhe arranjou o seu emprego.

— Isso mesmo. O tenente Lowell falou na reunião da Associação dos Veteranos, e, quando ficou sabendo que servi no Vietnã...

— Que divisão?

— Vigésima quinta, senhor.

— Eu estava com a 116ª.

— A divisão do sr. Lawrence.

— Sim, foi assim que nos conhecemos. E foi o sr. Lowell que me arranjou esse emprego também.

Errol sorriu pela primeira vez.

— Se o senhor serviu ao lado do tenente Lowell — disse ele —, eu vou fazer tudo que puder pra ajudar.

— Fico feliz por ouvir isso porque, como eu, você se dava bem com o sr. Lowell. E quanto ao sr. Ackroyd?

Errol abaixou a cabeça.

— Tão mal assim?

— Eu abro a porta do carro do sr. Ackroyd todo dia útil nos últimos doze anos e ainda não sei ao certo se ele sabe o meu nome.

— E a secretária dele? — perguntou Alex, baixando os olhos para sua lista de perguntas.

— Srta. Bowers. Ela se demitiu com ele. Mas não se preocupa, senhor, ninguém vai sentir falta dela. — Alex levantou uma sobrancelha. — Ela era um pouco mais do que sua secretária, se é que o senhor me entende. — Alex permaneceu em silêncio. — E, francamente, ninguém culpou a sra. Ackroyd quando ela finalmente se divorciou dele.

— Você conhece a sra. Ackroyd?

— Não muito, senhor, ela não visitava o banco com muita frequência, mas, quando vinha, sempre se lembrava do meu nome.

— Uma última pergunta, Errol. O sr. Lowell tinha uma secretária?

— Sim, senhor, a srta. Robbins. Uma joia rara. Mas o sr. Ackroyd demitiu ela na semana passada, depois de vinte anos de serviço.

* * *

— Entre.

— O senhor pediu pra me ver, presidente?

— Sim, sr. Jardine. Preciso ver as contas auditadas do banco dos últimos cinco anos.

— Alguma versão particular, presidente? — perguntou Jardine, incapaz de resistir a um sorriso malicioso.

— O que você quer dizer com "alguma versão particular"?

— É só que o sr. Lowell preferia que lhe mostrassem uma versão abreviada, que eu usava para orientá-lo uma vez por ano.

— Estou certo de que você o fazia. Mas eu não sou o sr. Lowell e vou precisar de um pouco mais de detalhes.

— O sumário no relatório anual se estende por três páginas, e acho que o senhor o considerará bastante abrangente.

— E se eu não considerar?

— Suponho que o senhor poderia estudar as contas detalhadas que preparamos para a Receita Federal todos os anos, mas elas se estendem por centenas de páginas, e eu precisaria de dois, possivelmente três dias para juntar todas elas.

— Eu disse que queria ver as contas dos últimos cinco anos, sr. Jardine, não as do próximo ano. Portanto assegure que a versão completa pra Receita Federal — disse Alex, enfatizando a palavra "completa" — esteja em minha mesa dentro de uma hora.

— Talvez isso demande um tempo um pouco maior, senhor.

— Então eu poderia ter de encontrar alguém que compreenda quantos minutos há em uma hora, sr. Jardine.

Alex nunca tinha visto ninguém sair de um escritório tão depressa. Ele estava prestes a ligar para o sr. Harbottle quando o telefone em sua mesa soou.

— Consegui localizar a srta. Robbins, presidente — disse a telefonista —, e estou com ela na linha. Devo conectá-la com o senhor?

— Por favor, faça isso. Bom dia, srta. Robbins. Meu nome é Alex Karpenko, e sou o novo presidente do Lowell's.

— Sim, eu sei, sr. Karpenko. Li sobre sua designação no *Globe* hoje de manhã, e é claro que ouvi seu comovente panegírico no velório do sr. Lowell. Como posso ajudar?

— Pelo que fiquei sabendo, o sr. Ackroyd a demitiu na sexta-feira passada.

— Sim, isso mesmo, e ordenou que eu limpasse minha mesa até o fim do expediente.

— Bem, ele não tinha nenhuma autoridade para fazer isso, pois a senhora era assistente pessoal de Lawrence, não dele. Por isso eu gostaria de saber: consideraria voltar e fazer o mesmo trabalho para mim?

— Isso é extremamente generoso da sua parte, sr. Karpenko, mas tem certeza de que não preferiria ter uma pessoa mais jovem para anunciar uma nova era para o banco?

— Essa é a última coisa de que preciso. Estou naufragando sob um mar de papelada e tenho a impressão de que a senhora poderia ser a única pessoa que sabe onde está o salva-vidas.

A srta. Robbins sufocou uma risada.

— Quando gostaria que eu começasse, presidente?

— Às nove horas da manhã, srta. Robbins.

— Amanhã de manhã?

— Não, às nove de hoje de manhã.

— Mas já são 11h35, presidente.

— São?

***

— Olá, Alex, sou Ray Fowler, secretário da companhia. O que posso fazer por você? — disse ele, estendendo a mão.

— Bom dia, sr. Fowler — disse Alex, sem fazer nenhuma tentativa de se levantar de trás de sua mesa ou de apertar a mão estendida. — Eu quero uma cópia das minutas de cada reunião do conselho realizada durante os últimos cinco anos.

— Sem problema, senhor. Vou enviá-las imediatamente.

— Não, o senhor mesmo as trará, sr. Fowler, juntamente com quaisquer anotações que tenha feito quando as redigiu.

— Mas elas podem ter sido extraviadas ou destruídas depois de todo esse tempo.

— Estou certo de que não tenho de lembrá-lo, sr. Fowler, de que é contra a lei das companhias destruir qualquer material que poderia mais tarde se provar relevante num inquérito criminal.

— Farei o possível para encontrá-las, presidente.

— Acho que me lembro de que o presidente Nixon disse algo parecido quando lhe ordenaram que apresentasse as gravações de Watergate.

— Não me parece que seja uma comparação justa, presidente.

— Eu o deixarei saber como me sinto em relação a isso, sr. Fowler, mas só depois que eu tiver lido as minutas.

***

— Ele fez o quê? — perguntou Ackroyd.

— Pediu pra ver as contas auditadas do banco dos últimos cinco anos e todas as minutas do conselho com quaisquer anotações escritas a mão anexadas — disse Ray Fowler.

— Fez isso mesmo? Então teremos de nos livrar dele antes que ele se sinta confortável no novo emprego e comece a causar problemas reais.

— Talvez seja mais fácil dizer isso do que fazer — disse Fowler. — Não estamos mais lidando com Lawrence Lowell. O cara é esperto, duro e implacável. E não se esqueça de que agora controla cinquenta por cento das ações do banco.

— Enquanto a Evelyn possui os outros cinquenta por cento — disse Ackroyd. — Então ele não pode fazer nada sem nosso apoio, certamente, não enquanto temos maioria no conselho.

— Mas e se ele viesse a descobrir...

— Deixe-me lembrá-lo, Ray, se a Receita Federal viesse a descobrir o que você andou aprontando nos últimos dez anos, posso lhe dizer exatamente de quem é a responsabilidade, e, como eu não sou o presidente Truman, ela não será minha.

***

Houve uma batida à porta.

Alex checou seu relógio: cinquenta e oito minutos e vinte segundos.

Ele sorriu e disse:

— Entre, sr. Jardine.

A porta se abriu e o diretor financeiro do banco entrou na sala do presidente à frente de seis de seus funcionários, todos carregando caixas.

— Aqui estão algumas pra começar, presidente — disse Jardine, não fazendo nenhuma tentativa de ocultar seu sarcasmo.

— Pode colocá-las ali — disse Alex, apontando uma mesa comprida contra a parede oposta.

Os seis assistentes imediatamente cumpriram suas ordens enquanto Jardine ficou parado observando.

— Isso é tudo, presidente? — perguntou ele confiantemente.

— Não, sr. Jardine. O senhor disse que essas eram algumas pra começar, então quando posso esperar o resto?

— Receio que o comentário tenha sido minha débil maneira de fazer um pouco de graça, presidente.

— Ela caiu em ouvidos moucos, sr. Jardine. Por favor, não deixe que ninguém do seu departamento deixe o prédio antes que eu o faça, e isso inclui o senhor. Tenho a impressão — disse ele, olhando para a pilha de pastas — de que vou precisar de respostas pra muitas perguntas antes de ir pra casa.

***

— Evelyn, nós temos um problema.

— Douglas, eu espero que você cuide de quaisquer problemas no banco, especialmente agora que é o novo presidente.

— Mas eu não sou o presidente — disse Ackroyd. — Pouco antes de morrer, Lawrence designou um sujeito chamado Alex Karpenko pra tomar o seu lugar.

— Ele de novo, não.

— Você conhece o homem?

— Nossos caminhos já se cruzaram — disse Evelyn —, posso dizer que ele não tem nada a ver com crime e prisões. Mas, como agora eu possuo cem por cento das ações do banco, posso removê-lo a qualquer hora...

— Lawrence também deixou a parcela de cinquenta por cento no banco dele pro Karpenko. O cara já começou a cavoucar, e, se ele vier a descobrir...

— Ainda temos maioria no conselho? — perguntou Evelyn.

— Contanto que você apareça para votar, temos.

— Então eu terei de voltar pra próxima reunião, não é? E, Douglas, o primeiro item na pauta será remover Karpenko da presidência e substituí-lo por você. Tudo que eu espero que você faça é organizar a reunião sem que ele descubra o que estamos tramando.

— Pode não ser assim tão fácil — disse Ackroyd. — Ele já se apossou da casa do seu irmão, e eu suspeito que sua villa no sul da França será a próxima na lista dele.

— Só por cima do meu cadáver.

— E ele também deu ordens pra que toda a Coleção Lowell seja transferida para o banco como segurança caso a Receita Federal queira avaliá-la.

— Isso poderia ser um problema — admitiu Evelyn.

— Eu tenho que dizer: Karpenko é osso duro de roer — disse Ackroyd. — Você claramente não conhece o homem.

***

Alex passou o restante da semana estudando folhas de balanço, rendimentos de dividendos, pagamentos de impostos e até salários de funcionários de baixo escalão. Mas foi só na quarta-feira à tarde que ele se deparou com uma entrada que precisou ser checada uma terceira vez antes que ele tivesse certeza de que nenhum conselho responsável a teria aprovado.

Olhou para o item de novo, pensando que ele deveria ter um zero a mais. Ele estava cuidadosamente encaixado entre dois outros números de uma quantia similar de modo a não chamar atenção para a entrada. Ele voltou a revisar a soma e anotou a cifra num bloco a seu lado. Alex se perguntou quantas entradas semelhantes iria encontrar antes de chegar ao dia presente.

Na manhã seguinte, Alex encontrou uma retirada similarmente grande aparecendo na folha de balanço sem explicação. Mais uma vez ele anotou a cifra. Já estava escuro quando ele deparou com a terceira entrada, que era de uma quantia muito maior. Ele acrescentou a cifra à sua lista crescente e se perguntou como lhe fora permitido escapar ilesa.

Na sexta-feira, Alex concluiu que o Lowell's, por quaisquer padrões, operava enquanto estava insolvente, mas decidiu não informar o comissário bancário até que o sr. Rosenthal tivesse avaliado a coleção de arte e ele tivesse sido capaz de avaliar quaisquer outros bens que o banco pudesse possuir.

Quando as luzes na rua se acenderam, Alex decidiu que era hora de deixar o escritório e ir para casa. Não via a hora de estar com Anna novamente. Olhou para a pilha cada vez menor de folhas de balanço que ainda precisavam ser estudadas e se perguntou se algum dia conseguiria chegar ao fim delas.

Não tinha ajudado que Lawrence estivera servindo no Vietnã por dois anos quando Douglas Ackroyd dera um novo sentido às palavras *quando o gato sai.* Ele não só pagou a si mesmo 500 mil dólares por ano, mas reivindicara outros 300 mil dólares em despesas, enquanto seus dois comparsas, Jardine e Fowler, só viajavam de primeira classe sempre que embarcavam no trem da alegria. Mas o condutor era claramente Evelyn, que, com seus cinquenta por cento das ações do banco, parecia ter dado carta branca para Akcroyd fazer o que bem lhe agradasse. Agora ele descobrira o quanto ela esperara em troca.

Alex estava ansioso para passar o fim de semana com Anna, que estava viajando de Nova York para Boston naquela tarde, mas isso não o impediu de pegar mais meia dúzia de pastas antes de deixar o escritório. Quando passou pela sala da srta. Robbins, notou que a lâmpada ainda estava acesa. Enfiou a cabeça na sala e disse:

— Obrigado, e tenha um bom fim de semana.

— Eu o verei às seis horas da manhã na segunda-feira, presidente — disse ela, sem desviar os olhos de uma pilha de correspondência.

Alex tinha descoberto rapidamente por que Doug Ackroyd a demitira. Ela era aquela pessoa que sabia onde todos os cadáveres tinham sido enterrados.

Quando saiu do edifício, Alex teve a incômoda sensação de que estava sendo observado; um flashback de seus dias em Leningrado. Isso trouxe de volta lembranças de Vladimir, e ele se perguntou o quanto ele já teria ascendido na escada da KGB. *Preciso telefonar pra ele e ver se ele gostaria de ingressar no conselho do Lowell*, ele pensou. Ele tinha certeza de que Vladimir teria maneiras de fazer Ackroyd, Fowler e Jardine revelarem que entradas ele deveria estar checando com mais cuidado.

Alex deu seu endereço ao motorista antes de afundar no banco detrás de um táxi e abrir mais uma pasta. Se ele não tivesse lido cada débito com extrema atenção, poderia ter deixado escapar mais uma retirada que só poderia ter sido sancionada por um homem. Ele checou as cifras três vezes, mas ainda não conseguia acreditar naquilo. O último cheque tinha sido descontado dois dias após a morte de Lawrence, e um dia antes da demissão de Akcroyd, e era de longe a maior quantia até aquele momento.

Alex acrescentou a última cifra à sua longa lista, antes de totalizar todas as retiradas que Evelyn tinha feito desde que seu pai morrera e seu irmão assumira o cargo de presidente do Lowell's. A cifra final foi um pouco superior a 21 milhões de dólares, sem nenhuma sugestão de qualquer reembolso. Se você somasse o esbanjamento dela ao salário ultrajante que Ackroyd havia pago a si mesmo e a seus quatro homens de confiança, mais as incontáveis despesas, não era de admirar que o Lowell's estivesse à beira da falência. Alex começou a se perguntar se teria de liquidar a Coleção Lowell para assegurar que o banco fosse solvente o bastante para reduzir suas dívidas e continuar operando. Ele estava considerando as consequências quando o táxi parou diante da casa de Lawrence. Ele sempre pensaria nela como a casa de Lawrence.

Ele saltou do carro e um enorme sorriso apareceu em seu rosto quando avistou Anna de pé na entrada. Ele evaporou com igual rapidez quando viu a expressão no rosto dela.

— O que aconteceu, minha querida? — perguntou quando a tomou em seus braços.

— Seria melhor você tomar uma grande dose de vodca antes de eu te contar. — Ela lhe tomou a mão e sem outra palavra o levou para dentro da casa. Serviu um drinque para ambos e esperou que ele sentasse antes de dizer: — Não é só o Warhol que é uma cópia.

Alex virou o copo antes de perguntar:

— Quantos?

— Não posso ter certeza até que o sr. Rosenthal tenha dado sua opinião, mas eu suspeito que pelo menos metade da coleção seja constituída de cópias.

Alex não disse nada enquanto ela voltava a encher seu copo. Depois de um longo gole, ele admitiu:

— O valor da Coleção Lowell é a única coisa que está impedindo o banco de ir à falência. Não acredito que eu seja capaz de dormir até que o sr. Rosenthal chegue.

— Eu liguei pra ele umas duas horas atrás e ele já está a caminho.

— E minha mãe? — perguntou Alex. — Como ela está?

— Sua mãe não para de me perguntar por que estamos mudando constantemente a data do nosso casamento.

— E o que você respondeu?

— Que ainda estamos tentando encaixar entre a salvação de um banco e a inauguração do mais recente Elena, de preferência numa data em que estejamos ambos no mesmo lugar ao mesmo tempo.

— Poderíamos ter netos a essa altura — disse Alex.

33
Sasha
Merrifield

Sasha sempre tinha conseguido sobreviver com seis horas de sono por noite, mas, depois que o primeiro-ministro tinha visitado o Palácio de Buckingham e buscado uma dissolução do Parlamento, ele teve de aprender a se virar com quatro.

Mais uma vez ele adotou uma rotina diária que teria impressionado um professor do balé Bolshoi, mesmo que tenha sido apenas por três semanas. Ele levantava toda manhã às cinco horas e estava de pé em frente à estação de Roxton com um pequeno grupo de voluntários muito antes que as pessoas que viajavam para o trabalho chegassem. Ele as saudava com:

— Olá, eu sou Sasha Karpenko, e...

Às oito horas ele fazia uma pausa para o café da manhã, um bolo diferente a cada manhã, e vinte minutos mais tarde caminhava até o QG do partido na rua principal — três salas alugadas por um mês — e checava os jornais matinais. O *Merrifield Gazette* tinha encontrado várias maneiras diferentes de dizer que era uma disputa apertada, cabeça a cabeça, em que tudo podia acontecer, mas a manchete da manhã o pegou de surpresa: HUNTER DESAFIA KARPENKO PARA DEBATE.

— Essa foi uma jogada astuta — disse Alf. — Ela não esperou que você fizesse a divulgação dessa vez. Você tem de aceitar imediatamente, e depois vamos concordar mais adiante quanto a uma data, hora e lugar.

— Qualquer hora, qualquer lugar — disse Sasha.

— Não, não! — protestou Alf. — Nós não estamos com pressa. Precisamos que o debate seja em Roxton e tão perto da eleição quanto possível.

— Por que Roxton?

— Porque é mais provável que um número maior de apoiadores nossos apareça lá do que em qualquer outro lugar do distrito eleitoral.

— Mas por que adiar até o último momento?

— Assim você tem mais tempo pra se preparar. Não se esqueça de que você não está mais contra uma universitária, mas uma parlamentar que viveu nesse distrito eleitoral sua vida toda. Mas, por ora, você deveria voltar à rua e deixar para nós a preocupação com os detalhes.

Depois que ligou para o editor do *Gazette* para dizer que ficaria encantado em aceitar o desafio da srta. Hunter, e não podia esperar para debater com ela, Sasha deixou o QG para se encontrar com os compradores do início da manhã, sobretudo mulheres e crianças pequenas, e alguns aposentados idosos. Durante as três horas seguintes ele trocou apertos de mão com o maior número possível de eleitores, sempre transmitindo a mesma mensagem simples: seu nome, seu partido, a data da eleição e um lembrete de que Merrifield era agora um assento marginal decisivo.

Depois vinha uma pausa de quarenta minutos para o almoço à uma da tarde, quando Alf se juntava a ele num pub local e o atualizava com relação ao que Fiona andava fazendo. Sasha sempre conversava com o dono do pub sobre o horário autorizado de funcionamento e o imposto sobre o álcool, ao mesmo tempo que pedia apenas um prato e meio quartilho da cerveja local.

— Sempre pague a sua própria comida e bebida — disse Alf. — E não pague nada pra ninguém se a pessoa tiver um voto no distrito eleitoral.

— Por que não? — perguntou uma Charlie gravidíssima enquanto bebericava um suco de laranja.

— Porque você pode apostar que os conservadores iriam alegar que ele estava tentando subornar um eleitor, e, portanto, transgredindo a lei eleitoral.

Depois de apertar a mão de todo mundo no pub, eles saíam para a visita a uma fábrica, em que Sasha geralmente recebia mais "olás" que "caia fora", seguida pela corrida às escolas das três e meia às quatro e meia — escola primária, secundária, e finalmente a escola de ensino médio local. Era nesse momento que Charlie ficava mais à vontade, e muitas mães lhe confidenciavam que, diferentemente de seus maridos, elas votariam em Sasha.

— Ela é nossa arma secreta — dizia o presidente frequentemente ao candidato —, especialmente porque a Fiona afirma estar noiva, mas nunca vimos o noivo. Não que eu vá mencionar isso pra alguém, é claro — acrescentava ele com um largo sorriso.

Voltaram ao QG por volta das cinco da tarde para um relatório, antes de partir para discursar para duas, possivelmente três reuniões noturnas.

— Mas tão pouca gente se dá ao trabalho de comparecer — dizia Sasha.

— Não se preocupa com isso — dizia Alf. — Isso te dá uma chance de ensaiar alguns dos pontos essenciais e frases que precisarão soar improvisados durante o debate.

Retornaram à casa por volta da meia-noite e com sorte dormiram por volta de uma hora. O que nem sempre era possível, porque, tal como ocorre com um ator pisando nas tábuas do palco, a adrenalina não cessa no momento em que a cortina baixa. Quatro horas de sono antes que o despertador disparasse, quando ele começava todo o processo de novo, apenas agradecido porque faltava um dia a menos para a eleição.

***

Na manhã do debate, uma pesquisa local deu a Fiona uma vantagem de dois pontos, ao passo que outra mostrou os dois candidatos empatados. A estação local de TV não ajudou a acalmar os nervos de Sasha quando anunciou que houvera tanto interesse no debate que eles o exibiriam ao vivo no horário nobre.

Charlie escolheu o terno (cinza, não trespassado), a camisa (branca) e a gravata (verde) que Sasha usaria para o embate aquela noite. Ela não o interrompia enquanto ele ensaiava trechos importantes e frases bem afiadas sempre que eles estavam sozinhos. Mas, se ele pedia sua opinião, ela não hesitava em responder francamente, mesmo que nem sempre fosse o que ele queria ouvir.

— Hora de ir — disse Charlie, checando seu relógio.

Sasha saiu do QG do partido e ambos se sentaram no banco detrás de um carro que os esperava.

— Você está tão bonito — disse ela, quando o carro se pôs em movimento. Sasha não respondeu. — Lembre-se, ela não está à sua altura. — Ainda nenhuma resposta. — Semana que vem a esta hora será você, não ela, que estará sentado na Câmara dos Comuns. — Ainda nada. — E, a propósito — acrescentou ela —, talvez esta não seja a melhor hora de te contar isso, mas estou pensando em votar nos conservadores.

— Então vamos ser agradecidos pelo fato de você não ter um voto neste distrito eleitoral — disse Sasha quando o carro parou em frente à prefeitura de Roxton.

***

— Se você vencer no cara ou coroa — disse Alf, que estava postado no alto dos degraus, esperando para cumprimentá-los —, você será o segundo a falar. Então poderá responder a qualquer coisa que Fiona suscite em suas observações iniciais.

— Não — disse Sasha. — Se eu vencer no cara ou coroa, eu falarei primeiro, e depois ela terá de responder ao que tenho a dizer.

— Mas isso daria a ela uma vantagem imediata.

— Não se eu já tiver feito o discurso dela por ela. Acho que descobri qual será a linha de ataque dela. Não se esqueça, eu conheço ela melhor do que ninguém.

— É um risco enorme — disse Alf.

— O tipo de risco que você tem de correr quando as pesquisas estão tão apertadas.

Alf deu de ombros.

— Espero que você saiba o que está fazendo — disse ele quando caminhavam para os bastidores e o moderador vinha ao seu encontro.

— Hora de jogar a moeda — disse Chester Munro, o âncora veterano da Southern News.

Sasha e Fiona trocaram um aperto de mão para os fotógrafos, embora ela não o tenha olhado nos olhos nem uma vez.

— Sua vez, srta. Hunter.

— Cara — disse Fiona quando Munro arremessou uma moeda de prata para o alto. Ela quicou no chão antes de pousar e revelar a imagem da mulher mais conhecida na Terra.

— Você escolhe, srta. Hunter — disse Munro. — Prefere abrir o debate, ou ceder o primeiro lugar ao sr. Karpenko?

Sasha conteve a respiração.

— Vou permitir que meu adversário fale primeiro — disse Fiona, claramente feliz por ter vencido.

Uma jovem saiu dos bastidores e empoou a testa de Munro e a ponta de seu nariz, antes que ele se dirigisse ao centro do palco para ser calorosamente aplaudido.

***

— Boa noite, senhoras e senhores — disse Munro, olhando para o auditório abarrotado. — Sejam bem-vindos ao debate entre os dois principais candidatos para o assento parlamentar de Merrifield. Fiona Hunter, o membro atual, está representando o Partido Conservador, e seu oponente, Sasha Karpenko, é o candidato do Partido Trabalhista.

"Cada candidato fará uma declaração inicial de três minutos, que será seguida por perguntas da plateia, e depois encerraremos os procedimentos com ambos fazendo uma declaração final de dois minutos. Convidarei agora os dois candidatos a se juntarem a nós."

Sasha e Fiona apareceram de alas opostas do palco, cada um deles saudado com aplausos entusiásticos de seus próprios apoiadores. Sasha desejou estar de volta à Fulham Road saboreando a mussaca de sua mãe e uma taça de vinho tinto, mas então avistou Charlie e sua mãe sorrindo para ele na primeira fila. Ele sorriu para elas enquanto Munro dizia:

— Chamarei agora o sr. Karpenko para fazer sua declaração de abertura.

Sasha avançou devagar, colocou suas anotações no atril e esperou que a audiência se acalmasse. Baixou os olhos para a frase inicial, embora soubesse todo o discurso de cor. Olhou para a plateia, ciente de que tinha apenas três minutos para deixar uma impressão duradoura. Não, Alf lhe dissera para pensar nisso como 180 segundos, desse modo você fará cada segundo contar. Pela primeira vez, Sasha se perguntou se Alf poderia estar certo quando sugeriu que quem quer que falasse primeiro estaria em desvantagem.

— Senhoras e senhores — começou Sasha, fixando os olhos na décima fila da audiência. — Estão vendo, diante de vocês, um aventureiro político. — Um arquejo palpável ascendeu no salão. Somente Charlie não pareceu surpresa. Pois afinal, ela já ouvira o discurso várias vezes. — Se isso não for ruim o bastante — continuou Sasha — eu sou também um imigrante de primeira geração. E, se vocês ainda estão procurando uma desculpa para não votar em mim, nasci em Leningrado, não em Merrifield.

Alf espiou ansiosamente dos bastidores para ver que a audiência estava estupefata.

— Mas, por favor, permitam que eu conte a vocês alguma coisa sobre este aventureiro político particular. Como eu disse, nasci em Leningrado. Meu falecido pai era um homem corajoso que ganhou a medalha de Defesa de Leningrado por defender sua terra natal contra os nazistas durante o sítio daquela cidade na Segunda Guerra Mundial. Depois da guerra, ele avançou desde a posição de estivador nas docas até a de supervisor de obras encarregado por oitocentos homens. Uma posição que ocupou até que cometeu um crime pelo qual foi morto. — A audiência estava presa a cada uma de suas palavras. — Claro que vocês vão querer saber qual foi esse crime. Assassinato, talvez? Roubo a mão armada? Fraude ou, ainda pior, era ele um traidor da pátria? Não, o crime do meu pai foi querer formar um sindicato entre seus companheiros estivadores de modo que seus camaradas pudessem gozar dos mesmos benefícios que todos neste país dão por certos. Mas a KGB não queria isso, então ele foi eliminado.

"Minha corajosa mãe, que está sentada entre vocês esta noite, arriscou a vida pra que ela e eu pudéssemos escapar da tirania do comunismo e começar uma nova vida nesse país magnífico. Frequentei a escola em Londres e, como a srta. Hunter, ganhei uma bolsa para Cambridge, onde, de novo como a srta. Hunter, tornei-me presidente do Grêmio e fui agraciado com um grau de honras de primeira classe. — Seguiu-se a primeira salva de palmas, dando a Sasha um momento para relaxar, dar uma olhada em seu discurso e checar a frase seguinte. — Depois de sair de Cambridge, fui trabalhar no restaurante da minha mãe, ao mesmo tempo que fazia faculdade à noite, cursando contabilidade e administração de empresas. Minha mãe pode ter ganhado duas estrelas Michelin como uma das melhores cozinheiras deste país, mas é um desastre quando se trata de finanças. — Risos e cálidos aplausos saudaram estas palavras. — Eu me apaixonei e casei com uma moça inglesa, que agora trabalha com pesquisa na Courtauld Gallery. Nosso primeiro filho deve nascer no dia da eleição. — Sasha olhou para o céu e disse: — Poderia, se possível, fazer com que seja um dia depois? — Desta vez o aplauso foi espontâneo e Sasha sorriu para sua mulher. Uma campainha soou para indicar que só lhe restavam trinta segundos. Ele não previra um aplauso tão prolongado, e teve de se apressar. — Quando vim pela primeira vez a Merrifield para disputar a eleição extraordinária três anos atrás, apaixonei-me pela segunda vez. Mas vocês rejeitaram este pretendente e deram a vitória à minha rival, embora a margem fosse estreita o suficiente para que eu esperasse que vocês talvez estivessem sugerindo que eu devesse tentar de novo. Agora estou lhes pedindo que mudem de opinião. — Ele abaixou sua voz a quase um sussurro. — Quero compartilhar com vocês um segredo que espero que prove quanto carinho eu tenho por Merrifield. Antes que esta eleição fosse convocada, tive a oportunidade de disputar uma cadeira em Londres com uma maioria trabalhista de mais de dez mil. Mas recusei essa oportunidade porque tenho mais uma coisa em comum com a srta. Hunter. Como ela, quero ser membro do Parlamento por Merrifield. Eu posso ser um aventureiro político, mas quero ser o aventureiro político de vocês."

Metade da audiência se levantou para aclamar seu porta-estandarte, enquanto a outra permaneceu sentada, mas mesmo alguns deles se juntaram aos aplausos.

Munro esperou que Sasha voltasse ao seu lugar e que o aplauso diminuísse antes de dizer:

— Chamo a srta. Hunter para responder.

Sasha olhou para Fiona e viu que ela estava riscando furiosamente parágrafos inteiros do discurso que preparara. Por fim ela se levantou e andou devagar até o atril. Sorriu nervosamente para a audiência.

— Meu nome é Fiona Hunter, e tive o privilégio de representá-los no Parlamento durante os últimos três anos. Espero que vocês sintam que eu me provei digna de seu apoio. — Ela olhou para a plateia e recebeu um punhado de aplausos de seus apoiadores mais ardorosos. — Nasci e fui criada em Merrifield. A Inglaterra é a minha terra natal, sempre foi e sempre será. — Uma frase que ela se deu conta imediatamente que deveria ter deixado de fora. Rapidamente virou página, e depois outra. Sasha só podia se perguntar quantas vezes as palavras aventureiro político, intruso, outsider e até imigrante tinham sido removidas do seu roteiro.

Fiona se enrolou, falando sobre seu pai, Cambridge e o Grêmio, percebendo perfeitamente que, ao permitir que seu rival falasse primeiro, tinha lhe dado a oportunidade de lhe roubar suas melhores frases. Quando a campainha soou para advertir Fiona de que lhe restavam trinta segundos, ela virou para a última página de seu discurso e disse:

— Posso apenas torcer para que vocês deem a esta moça aqui uma segunda chance de continuar lhes servindo.

Ela voltou rapidamente para seu lugar, mas os aplausos tinham esmorecido muito antes que ela sentasse.

Ninguém tinha dúvidas sobre quem vencera a primeira rodada, mas o sino estava prestes a tocar para a segunda, e Sasha sabia que não podia perder a concentração por um momento sequer.

— Os candidatos agora vão responder às perguntas dos senhores — disse Munro. — Por favor, mantenham-nas breves e objetivas.

Uma dúzia de mãos se levantaram imediatamente. Munro apontou para uma mulher sentada na quinta fila.

— Como os dois candidatos se sentem com relação à venda pelo conselho das quadras esportivas de Roxton para serem substituídas por um supermercado?

Fiona estava de pé antes mesmo que Munro pudesse dizer quem deveria responder primeiro.

— Eu aprendi a jogar hóquei e tênis naquelas quadras esportivas — começou ela —, razão pela qual levantei a questão na Câmara, nas Questões do Primeiro-Ministro. Condenei a proposta então e continuarei a condená-la se for reeleita. Esperemos que isso seja mais uma coisa que o sr. Karpenko e eu temos em comum, embora pareça improvável, uma vez que foi o conselho trabalhista que concedeu permissão para o planejamento do supermercado para começar.

Dessa vez ela foi recompensada com um aplauso prolongado. Sasha esperou completo silêncio antes de responder.

— O que a srta. Hunter falou contra a proposta do conselho de construir um supermercado no lugar das quadras esportivas de Roxton está correto, quando ela levantou a questão na Câmara dos Comuns. Mas o que ela não mencionou é que ela é a secretária particular parlamentar do ministro-sombra para Assuntos Rurais, que nunca a apoiou. Por que não? Talvez porque o ministro-sombra teria mostrado para a srta. Hunter que um centro esportivo ainda maior está sendo construído cinco quilômetros adiante na estrada em Blandford, com instalações para futebol, rugby, críquete, hóquei, tênis e uma piscina, graças a um governo trabalhista. Se eu for eleito como membro dos senhores, apoiarei o conselho nessa questão, pois eles tiveram o bom senso de não permitir que limites políticos arbitrários influenciem seu julgamento. Tenham certeza de que sempre apoiarei o que acredito ser o melhor para os cidadãos de Merrifield. Talvez a srta. Hunter deva ser eleita não para o Parlamento, mas como presidente da sociedade Não no Meu Quintal. Perdoem-me se eu tento considerar o quadro mais amplo.

Quando Sasha sentou, a audiência ainda estava aplaudindo. Em seguida Munro escolheu um homem alto, elegante, vestido em tweed e usando uma gravata listrada.

— Como os conservadores se sentem com relação a cortes pra defesa propostos pelo sr. Healey quando ele visitou o distrito eleitoral duas semanas atrás?

Fiona sorriu, afinal o major Bennett tinha sido bem preparado antes de fazer sua pergunta.

— Talvez deva responder a esta primeiro, sr. Karpenko — sugeriu Munro.

— Cortes para a defesa são uma questão polêmica para qualquer governo — disse Sasha. — Contudo, se quisermos construir mais escolas, universidades, hospitais e, sim, até instalações esportivas, é preciso ou fazer cortes, ou elevar os impostos, o que nunca é uma escolha fácil. Mas é uma escolha que não pode ser evitada. Eu posso apenas prometer que, como seu representante, iria sempre sopesar os argumentos em prol de quaisquer cortes no orçamento de defesa antes de chegar a uma decisão. — Ele sentou-se para um aplauso tíbio.

— Se fosse possível vencer uma batalha simplesmente soprando ar quente em seus adversários, claramente o sr. Karpenko seria o comandante em chefe das Forças Armadas — disse Fiona. Ela teve de esperar que os risos e os aplausos diminuíssem antes que pudesse continuar. — Será que duas guerras mundiais não nos ensinaram que jamais podemos nos permitir baixar a guarda? Não, a defesa do reino deveria sempre ser a prioridade para qualquer membro do Parlamento e será sempre pra mim se os senhores me enviarem de volta a Westminster.

Fiona desfrutou de prolongados aplausos antes de retornar a seu assento, deixando Sasha sem nenhuma dúvida quanto a quem tinha ganhado aquela rodada. A questão seguinte veio de uma mulher sentada perto do fundo.

— Quanto tempo teremos de esperar para que seja dada luz verde ao anel rodoviário de Roxton?

Sasha se deu conta de que esta era mais uma pergunta plantada, quando um sorriso apareceu no rosto de Fiona e ela sequer precisou consultar suas anotações.

— O anel rodoviário receberia a autorização amanhã — disse Fiona — se a permissão pro planejamento não estivesse sendo adiada pelo atual governo trabalhista, que, como eu não preciso lhes lembrar, está sob controle socialista. Eu me pergunto por quê. Talvez o sr. Karpenko possa nos esclarecer. Mas, se os conservadores forem eleitos, posso garantir que o anel rodoviário será uma prioridade.

Fiona sorriu triunfantemente para Sasha ao sentar ao som de um aplauso ainda mais caloroso que antes. Afinal, ela sabia que, se o anel rodoviário fosse em frente, o patrimônio do conselho local seria aplainado para dar lugar a ele, o que transformaria Merrifield num assento conservador seguro mais uma vez. Sabia também que Sasha não podia admitir que essa era a razão real pela qual ele estava apoiando o conselho nessa questão.

— Não tenho dúvida nenhuma — começou ele — de que Roxton precisa de um anel rodoviário. A única coisa sob discussão é onde a estrada deveria ser aberta.

— Contanto que não seja no seu bairro, né? — gritou Fiona, para vivas e assobios.

— Posso prometer — disse Sasha — que, como seu representante, eu faria tudo que estivesse em meu poder pra acelerar o processo.

O aplauso, ou a falta dele, deixou claro para todos no salão que Fiona vencera mais um round.

Munro finalmente se rendeu e apontou para uma mulher idosa que tinha pulado e erguido a mão em cada oportunidade.

— Que planos os candidatos têm para elevar a aposentadoria por idade?

— Todas as administrações conservadoras elevaram a aposentadoria por idade em conformidade com a inflação — disse Fiona. — O governo trabalhista sempre deixou de fazer isso, quem sabe porque sob sua administração a inflação subiu em média catorze por cento ao ano. Por isso eu digo a todos que têm idade pra se aposentar: se você espera manter, ou melhorar seu padrão de vida, vote nos conservadores. Na verdade, eu diria o mesmo pra qualquer pessoa abaixo da idade para se aposentar também, porque ao fim e ao cabo, todos chegaremos lá. — Essa sugestão provocou uma ruidosa ovação dos apoiadores dos conservadores, que sentiam claramente que sua candidata começara a contra-atacar depois de seus reveses anteriores e agora estava à frente em pontos.

— Às vezes eu desejo — disse Sasha quando se levantou para responder — que a srta. Hunter, só por uma vez, adotasse uma visão de longo prazo e olhasse pra além da eleição da próxima semana. A atual expectativa de vida média neste país é de 73 anos. No ano 2000, será de 81, e em 2020, quando eu terei 68 anos, e serei eu mesmo elegível para uma pensão do Estado, está prevista para ser de 87 anos. Nenhum governo, de qualquer cor, terá os recursos pra continuar elevando a aposentadoria por idade ano a ano. Será que não chegou a hora de os membros do Parlamento dizerem a verdade sobre uma questão tão difícil e importante como esta, e não esguichar platitudes, na esperança de vencer por uma margem mínima na próxima eleição? Sou um economista por profissão, não um advogado como a srta. Hunter. Sempre lhes contarei os fatos, enquanto ela lhes dirá sempre o que supõe que desejam ouvir.

Quando ele se sentou, o aplauso sugeriu que não havia nenhum vencedor nítido naquela rodada.

— Só há tempo para mais uma pergunta — disse Munro, apontando para um rapaz sentado no corredor.

— Algum de vocês acha que o Merrifield United irá algum dia vencer a Copa da Inglaterra?

A sala inteira caiu na gargalhada.

— Sou uma torcedora dos "The Merries" desde que era criança — disse Fiona —, e meu pai deixou para mim seu passe de temporada no seu testamento. Mas por medo de ouvir de meus adversários que estou só buscando votos baratos, vou admitir que acho improvável que vençamos a copa, mas vivo na ilusão.

Sasha tomou o lugar dela.

— Foi uma façanha magnífica para o Merrifield chegar à terceira rodada da copa ano passado — disse ele. — Foi uma alegria contemplar o gol de Joey Butler contra o Arsenal, e ninguém poderia ter ficado surpreso quando os Gunners lhe ofereceram um contrato. Fiquei igualmente maravilhado quando o conselho decidiu usar o dinheiro inesperado da Copa pra construir uma nova arquibancada propícia para todos os climas. Mas, se eu tiver a sorte me tornar seu representante, não se surpreendam se ainda me encontrarem nas arquibancadas torcendo pelo time da casa.

O rapaz que fizera a pergunta não escondeu em quem ele votaria, e Sasha sentiu que a competição voltara a ficar em pé de igualdade. Agora tudo dependia das considerações finais.

— Como o sr. Karpenko foi o primeiro a falar na abertura deste debate — disse Munro —, chamarei a srta. Hunter para fazer sua declaração final.

Fiona pôs de lado suas anotações e olhou diretamente para a audiência.

— Parece que não me é permitido mencionar o fato de que eu sou uma moça daqui e meu adversário não vem desta localidade particular. Eu também não devo lembrá-los de que eu derrotei o sr. Karpenko para a presidência do Grêmio de Cambridge e derrotei-o de novo na eleição extraordinária após a morte de meu pai. E, quando conquistar este distrito eleitoral tornou-se uma proposição mais firme para o meu partido, eu não fugi. Mas posso lhes dizer que, se o sr. Karpenko perder essa eleição, vocês nunca mais o verão. Ele partirá em busca de um assento seguro, ao passo que vocês têm a certeza de que estarei aqui pelo resto da minha vida. A escolha é de vocês.

Metade da audiência se levantou para aplaudir, enquanto a outra metade permaneceu sentada, esperando para ver se seu campeão ainda tinha flechas sobrando em sua aljava.

Sasha teve apenas alguns instantes para considerar como rebater uma mensagem tão brilhante e simples, embora ele não tivesse nenhuma dúvida de que, se Fiona perdesse, ela também sairia em busca de um assento seguro em outro lugar. Mas ele não podia dizer isso, porque não podia prová-lo.

O salão abarrotado aguardava em antecipação, uma metade querendo que ele vencesse, a outra metade esperando que ele tropeçasse.

— Como meu pai — começou —, sempre acreditei em democracia, apesar de ter sido criado num Estado totalitário. Por isso estou feliz de deixar que os eleitores de Merrifield decidam qual de nós dois eles consideram mais bem qualificado pra representá-los na Câmara dos Comuns. Eu só peço que vocês façam essa escolha com base em qual candidato consideram que fará o melhor trabalho, e não simplesmente com base em quem viveu aqui por mais tempo. Naturalmente eu acredito que essa pessoa sou eu. Mas, se morar em Merrifield for uma prova de compromisso, quero que todos vocês saibam que na semana passada concluí a aquisição de uma casa na Farndale Avenue, e que, como a srta. Hunter, espero passar o resto de minha vida neste distrito eleitoral.

Chester Munro esperou que os aplausos diminuíssem antes de agradecer aos dois candidatos.

— E eu gostaria também de agradecer aos senhores, à audiência — disse ele, mas foi interrompido por uma jovem que saiu dos bastidores e lhe entregou uma tira de papel. Ele a desdobrou e considerou o conteúdo antes de anunciar: — Sei que todos os senhores ficarão fascinados em saber que uma pesquisa pela TV feita imediatamente depois deste debate mostra apoio à srta. Hunter em quarenta e dois por cento e o sr. Karpenko também com quarenta e dois por cento. Os dezesseis por cento restantes são ou indecisos ou votarão em outros partidos.

Os dois candidatos se levantaram de seus lugares, caminharam lentamente um em direção ao outro e trocaram um aperto de mão. Ambos aceitaram que o debate tinha terminado num empate, e agora só lhes sobrava uma semana para nocautear o adversário.

***

Sasha pareceu não ficar parado por um só momento durante os sete dias restantes, ao passo que Alf o lembrava continuamente de que o resultado final poderia ser decidido por apenas um punhado de votos. Ele não duvidava que Fiona devia estar sendo submetida à mesma mensagem.

No dia da eleição, Sasha se levantou às duas da madrugada, completamente incapaz de dormir. Tinha lido todos os jornais na hora em que desceu para o café da manhã. Às seis horas estava de volta na frente da estação de Merrifield, implorando aos que viajavam para trabalhar: VOTE EM KARPENKO HOJE.

Depois que as urnas foram abertas às sete horas, ele correu de sala em sala do comitê numa galante tentativa de agradecer à sua legião de trabalhadores dedicados, que estavam se recusando a descansar um minuto até que o último voto tivesse sido depositado.

— Vamos sair e tomar uma bebida com o restante da equipe — disse ele a Charlie às dez horas da noite, depois que a BBC anunciou que a votação tinha sido encerrada, e a contagem dos votos estava prestes a ser iniciada em todo o país. Eles subiram devagar a rua principal sob gritos de boa sorte, até logo, e até eu não vi você antes em algum lugar? Quando chegaram ao Roxton Arms, Alf e a equipe já estavam de pé no balcão fazendo seus pedidos.

— E, pra variar, você paga os drinques — disse Alf —, agora que é insubornável.

O resto da equipe aplaudiu.

— Vocês dois não poderiam ter feito mais — disse Audrey Campion ao entregar um suco de tomate a Charlie e um quartilho de cerveja a Sasha, seu primeiro em três semanas.

— Concordo — disse Alf. — Mas sugiro que todos comamos alguma coisa antes de voltar pra prefeitura e acompanhar a contagem, já que é improvável que haja um resultado muito antes das duas.

— Gostariam de adivinhar o resultado? — perguntou Sasha.

— Isso é pra jogadores e tolos — disse Alf. — O eleitorado tomou sua decisão. Tudo que podemos fazer é descobrir se eles tomaram a decisão correta. Por isso o que quer que você diga agora não fará a mínima diferença.

— Eu fecharia o hospital local, começaria a construir o anel rodoviário e faria um corte de pelo menos dez por cento nos gastos com defesa — disse Sasha.

Todo mundo riu, exceto Charlie, que tropeçou para a frente e se agarrou ao balcão.

— O que foi? — perguntou Sasha, pondo o braço em volta dela.

— O que você pensa que é, seu bobo? — disse Audrey.

— E você não pode culpar ninguém, exceto a si mesmo — disse Alf —, porque implorou ao Todo-Poderoso que esperasse até depois da eleição.

— Para de tagarelar, Alf — disse Audrey —, e liga pro hospital. Diz que tem uma mulher a caminho que está prestes a dar à luz. Michael, vai chamar um táxi.

Alf correu para o telefone na outra ponta do balcão enquanto Sasha e Audrey sustentavam Charlie quando ela saía lentamente do pub. Michael já tinha feito sinal para um táxi que passava e dito ao motorista exatamente para onde ele devia ir muito antes que Charlie escalasse o banco detrás.

— Aguenta firme, querida — disse Sasha quando o táxi se pôs em movimento. — Não temos um longo caminho a percorrer — acrescentou ele, subitamente agradecido porque o hospital do distrito ainda não tinha sido fechado.

Faróis altos ligados, o motorista avançou dando voltas pelo tráfego noturno. Alf devia ter feito o que lhe pediram, porque, quando o táxi parou diante da entrada do hospital, dois atendentes e um médico estavam à espera deles. O médico ajudou Charlie a sair do carro enquanto Sasha puxava a carteira para pagar a corrida.

— Deixa essa por minha conta, meu chapa — disse o motorista. — Vai compensar o fato de que me esqueci de votar.

Sasha lhe agradeceu, mas o amaldiçoou ao mesmo tempo que Charlie era instalada numa cadeira de rodas. Se ele perdesse por um voto... Ele segurou a mão de sua mulher enquanto o médico fazia calmamente uma série de perguntas a ela. Um dos atendentes conduziu-a por um corredor vazio até a sala de parto, onde uma equipe de obstetrícia esperava. Sasha só soltou a mão de Charlie quando ela desapareceu lá dentro.

Ele começou a andar de um lado para o outro no corredor, censurando-se por ter exigido tanto de Charlie nos últimos dias da campanha. Alf estava certo, a vida de uma criança era mais importante do que qualquer maldita eleição.

Ele não podia saber ao certo quanto tempo tinha transcorrido antes que uma enfermeira finalmente emergisse da sala de parto, lhe lançasse um afetuoso sorriso e dissesse:

— Parabéns, sr. Karpenko. É uma menina.

— E minha mulher?

— Ela está ótima. Exausta, e precisa descansar, mas o senhor pode ir vê-las por alguns minutos. — Sasha seguiu-a para dentro do quarto, onde Charlie abraçava ternamente a filha recém-nascida. Uma coisinha enrugada de olhos azuis desfocados o contemplava. Ele abraçou Charlie, agradeceu a todos os deuses que pudessem existir por esse milagre e fitou a sua filha como se ela fosse a primeira criança que havia nascido.

— É uma pena que isso não tenha acontecido uma semana atrás — disse Charlie.

— Por que, minha querida?

— Imagine quantos votos a mais você poderia ter ganhado se tivesse dito à audiência no debate que sua filha nascera no distrito eleitoral.

Sasha riu enquanto uma enfermeira pôs a mão em seu ombro e disse:

— Vamos deixar sua esposa descansar.

— É claro — disse Sasha, enquanto uma outra enfermeira tirava gentilmente o bebê dos braços dela e o punha num berço.

Sasha deixou o quarto com relutância, embora Charlie já tivesse adormecido. Uma vez que estava de volta ao corredor, parou para contemplar sua filha pela janela na porta. Acenou para ela; estúpido, realmente, porque sabia que ela não podia vê-lo. Virou-se e começou a andar em direção à escada e, pela primeira vez em horas, seus pensamentos voltaram para o que estava acontecendo na prefeitura. Apressou-se ao longo do corredor e escada abaixo, perguntando-se se conseguiria encontrar um táxi àquela hora da noite. Atravessou o saguão e estava prestes a abrir a porta quando uma voz atrás dele disse:

— Sr. Karpenko?

Ele deu meia-volta e viu uma enfermeira postada atrás da recepção.

— Parabéns — disse ela.

— Obrigado. Eu não poderia estar mais feliz por ser uma menina.

— Não é por isso que eu o estou parabenizando, sr. Karpenko.

Sasha pareceu intrigado.

— Eu só queria dizer como estou feliz por que vai ser nosso próximo parlamentar.

— Você já sabe o resultado?

— Anunciaram no rádio há uns minutos. Depois de três recontagens, o senhor ganhou por vinte e sete votos.

34
Alex
Boston

— Lamento dizer que Anna foi certeira — disse Rosenthal. — Mais de cinquenta das pinturas são cópias, e, lembrando sua experiência com o Warhol, não é difícil descobrir quem está com os originais.

— E ela provavelmente já vendeu todos a essa altura — disse Alex. — O que quer dizer que o banco não pode ter nenhuma esperança de recuperar suas perdas.

— Eu não teria tanta certeza disso — disse Rosenthal. — O mundo da arte é uma comunidade pequena, coesa, por isso, se uma pintura da Coleção Lowell viesse a aparecer no mercado, ela seria quase certamente reconhecida de imediato. E não estamos falando de uma pintura, mas, sim, de cinquenta. Contudo, agora que o sr. Lowell está morto, a irmã dele pode se sentir confiante o bastante pra dispor delas, sobretudo se ela acredita que sua única outra fonte de renda está prestes a secar.

— O que ela com toda certeza está — disse Alex com considerável convicção.

— Portanto a primeira coisa que temos de fazer é descobrir onde se encontram as pinturas.

— Seguramente guardadas na villa de Evelyn no sul da França seria minha aposta — disse Alex.

— Eu concordo — disse Anna. — Porque se estivessem no apartamento dela em Nova York, Lawrence não teria deixado de vê-las.

A pergunta seguinte de Rosenthal pegou ambos de surpresa:

— Quão bem vocês conhecem o mordomo do sr. Lowell?

— Não tão bem assim — admitiu Alex. — Por que pergunta?

— Vocês têm alguma ideia a quem ele é leal?

— Quando se trata da família Lowell — disse Alex —, você tem de apoiar uma facção ou a outra, como eu descobri bastante cedo. Mas não tenho nenhuma razão pra acreditar que ele não seja um membro do time da casa.

— Então, com a sua permissão — disse Rosenthal —, eu gostaria de fazer a ele umas duas perguntas.

— Não vejo por que não — disse Alex, tocando a sineta.

Caxton apareceu alguns instantes depois.

— Chamou, senhor?

— Na realidade, eu que quero trocar algumas palavras com você, Caxton — disse Rosenthal. — Eu estava curioso pra saber se a irmã do sr. Lowell alguma vez se hospedou na casa enquanto ele estava servindo no Vietnã.

— Regularmente — disse Caxton. — Ela a tratava como sua segunda casa.

— E você estava sempre aqui durante essas visitas?

— Não, senhor, nem sempre. Uma vez por mês minha mulher e eu gostamos de visitar nossa filha e neto em Chicago por uma semana. Às vezes, quando retornávamos numa noite de domingo, ficava claro que o sr. e a sra. Lowell-Halliday tinham visitado a casa em nossa ausência.

— Como você podia ter tanta certeza? — perguntou Alex.

— Havia camas a fazer, mesas a tirar, taças a lavar e muitos cinzeiros a esvaziar.

— Então eles teriam podido ficar aqui sozinhos por pelo menos quarenta e oito horas?

— Em várias ocasiões.

— Isso está sendo muito útil, Caxton — disse Rosenthal. — Obrigado.

— É também de extrema importância, Caxton — disse Alex—, que esta conversa permaneça confidencial. Entendido?

— Nos doze anos em que servi ao sr. Lowell — disse Caxton —, ele nunca achou necessário questionar minha discrição.

— Peço desculpas — disse Alex. — Foi uma falta de tato de minha parte.

Ninguém falou até que o mordomo tinha deixado a sala, quando Anna disse:

— Bem, isso certamente o pôs no seu lugar, meu querido.

— Na realidade, isso é bastante tranquilizador — disse Rosenthal. — Ele nunca pensaria em fazer uma repreensão como essa se tivesse alguma intenção de entrar em contato com a sra. Lowell-Halliday.

— Eu concordo — disse Anna. — Mas, se Evelyn de fato levou várias das pinturas para o sul da França, como podemos provar isso?

— Isso não deveria ser excessivamente difícil — disse Rosenthal. — Uma das pinturas que ela roubou era um Rothko que media cerca de dois metros. Isso não é uma coisa que ela poderia carregar como bagagem de mão.

Rosenthal se levantou de sua cadeira e começou a andar de um lado para o outro lentamente em torno da sala. Anna, que ficara muito acostumada com esse hábito, lançou um olhar para Alex e pôs um dedo sobre os lábios.

— Na minha opinião — disse Rosenthal por fim —, você não poderia transportar uma pintura desse tamanho sem a ajuda de um profissional do transporte de obras de arte, em especial se você estivesse enviando a pintura para o exterior, pois teria de haver documentos de exportação e outras papeladas para preencher. Existe somente um punhado desses especialistas na Costa Leste, e só um deles mora em Boston.

— Você conhece ele? — perguntou Alex, esperançoso.

— Eu conheço, sim, mas não tenho nenhuma intenção de entrar em contato com ele, porque, assim que ele desligasse o telefone, ele ligaria pra cliente dele pra informá-la de que eu tinha feito perguntas.

— Mas ele pode ser a nossa única pista — disse Alex.

— Não necessariamente, porque outra companhia teria tido de buscar os pacotes, quando eles chegassem a Nice, e depois entregá-los na villa da sra. Lowell-Halliday em Saint-Paul-de-Vence. Não me surpreenderia que quem quer que fosse não tinha nenhuma ideia dos conteúdos uma vez que esse é um segredo que a sra. Lowell-Halliday não teria desejado compartilhar com ninguém, inclusive com a Receita Federal.

— Mas como podemos descobrir quem estava buscando as pinturas sem alertar metade do mundo da arte?

— Assegurando que permaneçamos à distância de um braço esticado — disse Rosenthal. — E acho que eu sei exatamente quem é o marchand certo em Paris capaz de nos ajudar. Posso usar o telefone do estúdio?

— Sim, é claro — disse Alex, enquanto Rosenthal servia para si mesmo uma grande dose de uísque e saía da sala sem outra palavra.

— O que ele está aprontando? — perguntou Alex.

— Não tenho certeza — disse Anna. — Mas tenho a impressão de que ele vai torcer alguns braços, o que é a razão pela qual não quer ser ouvido.

Rosenthal não reapareceu por mais quarenta minutos, e, quando o fez, embora precisasse de um refil, Anna teve a impressão de ter detectado em seu rosto a sugestão de um sorriso.

— Pierre Gerand vai me ligar de volta assim que tiver localizado o mensageiro em Nice. Ele diz que é provável que seja um dos três, e todos eles iriam querer preservar seu negócio. Nesse meio-tempo, Monty Kessler vai partir de Nova York amanhã bem cedo e prevê estar conosco por volta do meio-dia.

Alex assentiu. Ele teria gostado de perguntar quem era Monty Kessler, mas já tinha aprendido quando questionar e quando não questionar Rosenthal.

* * *

Quando Alex desceu para o café da manhã no dia seguinte, encontrou Rosenthal na metade da escada, colocando pequenos adesivos vermelhos ou amarelos em cada pintura na parede.

— Você ficará feliz em ouvir, Alex, que ainda restam setenta e um originais na coleção, inclusive alguns dos melhores exemplos do expressionismo abstrato que já encontrei. No entanto, não tenho dúvida nenhuma de que cinquenta e três são cópias — disse ele enquanto o telefone tocava.

— Ligação de Paris para o sr. Rosenthal — avisou Caxton.

Rosenthal desceu a escada rapidamente e pegou o telefone.

— Boa tarde, Pierre. — Ele falou muito pouco nos minutos seguintes, mas não parou nem um instante de rabiscar num bloco junto do telefone. — Estou extremamente agradecido — disse ele finalmente. — Estou te devendo uma. — Ele riu. — Está bem, duas. E te direi o momento em que nossa remessa tiver deixado Nova York — acrescentou antes de pousar o fone. — Tenho o nome do mensageiro francês — anunciou ele. — Um monsieur Dominic Duval, que ao longo dos últimos cinco anos entregou um grande número de caixotes de diferentes tamanhos à residência da sra. Lowell-Halliday em Saint-Paul-de-Vence.

— Mas, se o Pierre ligar para esse monsieur Duval — disse Alex —, ele não vai entrar em contato com Evelyn imediatamente?

— Não. Se ele quiser continuar trabalhando pra Pierre ele não o fará. De todo modo, Pierre já disse que tem uma remessa ainda maior reservada para ele, contanto que ele consiga manter sua boca calada.

***

— Tem uma van branca grande e sem marcas de uso subindo pela entrada da garagem — disse Anna, enquanto olhava pela janela da frente.

— Deve ser o Monty — disse Rosenthal. — Caxton, você poderia fazer a gentileza de abrir a porta da frente para o sr. Kessler? E esteja preparado para uma invasão de ladrões profissionais de obras de arte.

— É claro, senhor.

Pouco depois, um homem baixinho, gordo e careca entrou no saguão, seguido pelos seus seis associados, todos vestindo moletons pretos sem logomarca, nenhum dos quais teria parecido deslocado num ringue de boxe. Cada um carregava uma bolsa cheia do equipamento requerido por qualquer ladrão que se respeite.

— Bom dia, Monty — disse Rosenthal. — Obrigado por atender a um chamado feito tão de última hora.

— Nenhum problema, sr. Rosenthal. Mas devo lembrá-lo de que, como hoje é sábado, estamos todos ganhando hora extra. Por onde você quer que eu comece? — perguntou ele enquanto se postava, mãos na cintura, no meio do saguão, e olhava para as pinturas à sua volta com a ternura de um pai babão.

— Eu quero apenas que vocês embalem aquelas com adesivos amarelos em suas molduras. Depois eu digo onde elas devem ser entregues.

Alex olhou com admiração quando os sete homens se espalharam e se dedicaram à sua tarefa com eficiência e habilidade. Enquanto um deles removia uma pintura da parede, outro a cobria com plástico bolha e um terceiro a colocava num caixote pronto para ser empilhados na van. O sr. Rosenthal tinha enviado por fax as medidas exatas na tarde anterior, e uma outra equipe tinha trabalhado durante a noite para ter os caixotes prontos a tempo. Todos eles fazendo hora extra.

— Parece que eles já fizeram isso antes — disse Alex.

— Sim, o Monty se especializa em divórcio e morte. Esposas que precisam remover preciosidades depois que seus maridos saem pro trabalho e antes que eles retornem à tarde.

Alex riu.

— E morte?

— Filhos que querem remover pinturas e móveis que combinaram com seus pais que não seriam mencionados no testamento. É um negócio em ascensão, e Monty trabalha quase sempre em regime de horas extras.

— Tem alguma coisa que eu possa fazer pra ajudar?

— Preciso que vá ao banco e garanta que tudo esteja pronto quando Monty e sua equipe aparecerem, o que deve acontecer por volta das quatro horas da tarde. Vamos precisar de alguém à espera na porta dos fundos pra acompanhar Monty a um cofre de segurança que seja grande o suficiente para abrigar setenta e uma pinturas. Quando fizerem isso, por favor, volta direto pra casa.

— E a van também volta pra Beacon Hill?

— Ah, sim. Afinal de contas, eles terão feito apenas metade do trabalho.

— Então é melhor que eu vá indo. — Havia várias questões que Alex teria gostado de fazer ao sr. Rosenthal, mas ele aceitou que "preciso saber" devia ser seu lema de família. Quando Alex deixou a casa, a primeira pintura estava sendo carregada na van.

— E o que gostaria que eu fizesse, sr. Rosenthal? — perguntou Anna.

— Dá outra olhada no inventário e certifique-se de que eles só embalem as pinturas com adesivos amarelos. Nosso trabalho real só vai começar depois que eles voltarem do banco, quando as cinquenta e três pinturas restantes serão carregadas na van e levadas para Nova York.

— Mas elas são apenas cópias — disse Anna.

— É verdade — respondeu Rosenthal. — Mas ainda têm de ser devolvidas para seu devido dono.

***

— O Warhol está guardado em segurança no porão — disse Anna quando o avião decolou. — O resto da coleção chegou a Nice?

— Sim — disse Rosenthal. — Eu liguei pro Pierre Gerand outra vez assim que cheguei em Nova York no domingo à noite. Ele é um dos principais marchands de pinturas abstratas em Paris e um velho amigo que conhece bem a coleção Lowell, pois seu avô vendeu três pinturas pro pai do sr. Lowell quando ele percorria a Europa em 1947. Eu disse a ele que uma grande remessa de pinturas estava a caminho de Nice e pedi que providenciasse para que monsieur Duval as buscasse e armazenasse até que chegássemos. Ele me ligou de volta ontem e disse que a Evelyn e o sr. Halliday tinham sido vistos entrando num avião da Air France pra Boston hoje de manhã. Foi quando eu liguei pra lembrá-lo de não se esquecer do Warhol. Assim, quando aterrissarmos em Nice tudo deve estar preparado. Pierre e monsieur Duval irão nos encontrar quando sairmos do avião.

— Então agora a única coisa que temos de fazer é recuperar o resto da coleção — disse Anna.

— O que não será uma empreitada fácil. Pelo menos, estamos nas mãos de profissionais. Mas, se a gente fracassar...

— Alex me diz que o banco perderá todo o seu dinheiro e nós estaremos falidos.

— Sem pressão então — disse Rosenthal. — Porém eu sempre posso oferecer a Alex um emprego como estafeta na galeria. Ele é bastante bom nisso.

— Ou ele poderia ficar com o meu emprego, já que você vai precisar de alguém pra me substituir quando o bebê nascer.

— Não, ele não é tão bom — disse Rosenthal quando o avião alcançou 40 mil pés e se inclinou em direção ao leste.

***

— Quantos dias de aviso prévio você tem de dar? — perguntou Akcroyd.

— Os estatutos do banco exigem catorze dias — disse Fowler —, por isso eu estava pensando em enviar cartas a todos os diretores hoje de manhã.

— Mas assim que a srta. Robbins abrir a correspondência ela será alertada e falará com o Karpenko sobre a reunião de emergência do conselho, e, se ele tiver metade da inteligência que você diz que ele tem, não vai levar muito tempo pra descobrir o que estamos aprontando.

— Eu pensei nisso — disse Fowler — e pretendo enviar a carta do Karpenko pro apartamento dele no Brooklyn. Agora que ele passou a residir em Boston, vou ficar deitado no seu capacho até ele voltar.

— E a moção pra substituí-lo como presidente terá sido aprovada antes que ele tenha uma chance de fazer qualquer coisa a respeito dela. Então por que você não posta essa carta, Ray?

***

Anna emergiu do avião logo depois que ele pousou em Nice e foi saudada por uma cálida brisa vespertina. Ela teria gostado que Alex estivesse junto para compartilhar sua primeira visita à França, mas sabia que ele não podia correr o risco de estar fora de sua mesa mesmo por algumas horas.

Depois que passaram pela alfândega e entraram no saguão de chegada, um homem vestindo uma camisa floral com o botão de cima desabotoado e um elegante terno azul-claro então na moda correu na direção de Rosenthal e o beijou em ambas as bochechas.

— Seja bem-vindo, *mon ami*. Deixa eu lhe apresentar a Dominic Duval, que escolhi pra organizar a operação.

Quando seu Citroën se juntou ao tráfego do início da noite rumando para Nice, Duval começou a instruir seus companheiros de conspiração.

— Assim que o sr. e a sra. Lowell-Halliday deixaram a villa, eu liguei pro Pierre em Paris para informá-lo de que eles estavam a caminho de Boston.

— Como você podia ter certeza de que eles estavam indo pro aeroporto? — perguntou Anna.

— Três malas foram uma pequena pista — disse Duval.

— Isso sugere também — disse Rosenthal — que Evelyn pretende permanecer em Boston por algum tempo.

— Eu telefonei então pro Nathanial em Nova York — disse Pierre, a primeira vez que Anna ouvia alguém chamar o sr. Rosenthal pelo nome — pra dizer que eles estavam a caminho e que viessem pra Nice imediatamente para assegurar que estejamos prontos pra troca de amanhã.

— Por que tão cedo? — perguntou Rosenthal.

— Temos de tirar proveito do fato de que quinta-feira é o dia de folga do mordomo. De outro modo, teríamos de esperar mais uma semana. E a essa altura a sra. Lowell-Halliday poderia muito bem ter retornado.

— Sua equipe está preparada?

— Pronta e à espera — disse Duval. — Amanhã de manhã antes de tudo eu vou telefonar para a villa e dizer à criada que tenho um importante pacote pra entregar.

— Sabemos alguma coisa sobre a criada? — perguntou Rosenthal.

— O nome dela é Maria — disse Duval. — Ela trabalha lá há muitos anos e é a única pessoa que está por perto no dia de folga do mordomo. Ela não é particularmente inteligente, mas tem um coração de ouro.

— E como temos uma lista abrangente das pinturas que têm de ser trocadas, talvez a gente consiga acabar tudo em menos de uma hora — disse Pierre.

— Mas vocês não vão conseguir embalar cinquenta e três pinturas valiosas em menos de uma hora — disse Rosenthal. — Elas não são latas de feijão cozido. Talvez isso demande pelo menos três ou quatro horas.

— Não podemos arriscar nem uma hora — respondeu Duval. — Nós as removeremos o mais rápido que a gente conseguir da villa, depois as levaremos de carro pro nosso depósito, que fica a apenas sete quilômetros de distância, onde poderemos embalá-las apropriadamente pro voo. Não se esqueça, já temos os caixotes com as cópias.

— Impressionante — disse Rosenthal —, mas eu ainda temo que a criada possa ser um problema.

— Eu tenho uma ideia — disse Anna.

***

— Ao que parece, não posso sequer me hospedar na minha própria casa — disse Evelyn. — Tivemos de ocupar uma suíte no Fairmont, que não sai barato, por isso eu espero, Douglas, que você tenha tudo organizado para a reunião da próxima segunda-feira.

— Está tudo pronto — disse Akcroyd. — Embora o conselho esteja dividido, com seu voto ainda temos maioria; portanto, a essa altura na semana que vem o Karpenko deverá estar em seu caminho de volta para Nova York preocupando-se com pizzas, e eu serei presidente do banco.

— E eu poderei me mudar de volta para Beacon Hill e remover o resto das pinturas antes que a Receita Federal descubra que o Lowell's não é nem um cofre de porquinho.

* * *

Ele telefonou para a villa às oito e dez da manhã seguinte.

— Olá, Maria, aqui é Dominic Duval — disse ele. — Tenho uma entrega pra sra. Lowell que precisa ser deixada na villa.

— Mas a sra. Lowell não está aqui, e é o dia de folga do mordomo.

— Minhas instruções são muito claras — disse Duval. — Madame insistiu que o pacote deveria ser entregue antes que ela volte dos Estados Unidos, mas, se você tem alguma dúvida, por favor, ligue pra ela em Boston, embora eu deva adverti-la de que são duas horas da manhã lá. — Seu primeiro risco.

— Não, não — disse a criada. — Quando devo esperá-lo?

— Dentro de uma hora. — Duval pousou o fone e se juntou ao restante de sua equipe, que estava à sua espera na van.

— E como está a minha esposa? — disse ele ao se sentar ao lado de Anne. Ela lhe deu um débil sorriso.

Duval saiu do depósito com a van e pegou a estrada principal. Manteve-se na pista do meio e não excedeu o limite de velocidade hora alguma. Durante a viagem, ele explicou a cada membro da equipe os seus papéis uma última vez, especialmente Anna, Pierre e Rosenthal.

— E não se esqueçam — disse ele —, somente Anna e eu devemos sair da van quando chegarmos.

Quarenta minutos mais tarde, eles atravessaram os portões da frente, entraram na garagem, e pararam diante de uma magnífica villa. Anna teria gostado de passear pelos jardins coloridos e bem-cuidados, mas não hoje.

Ela e Duval se dirigiram para a porta da frente de mãos dadas. Duval tocou a campainha e instantes depois, a criada apareceu. Ela sorriu quando reconheceu a van.

— Um pacote pra ser entregue à sra. Lowell — disse Duval. — Você precisa apenas assinar aqui, Maria, e eu vou buscar o caixote na van.

Maria sorriu, mas sua expressão se transformou em uma de ansiedade quando Anna caiu no chão a seus pés, as mãos na barriga.

— Ah, *ma pauvre femme* — disse Duval. — Minha esposa está grávida, Maria. Você tem algum lugar onde ela pode se deitar por alguns minutos?

— É claro, *monsieur*. Venham comigo.

Duval ajudou Anna a se levantar e eles seguiram a criada para dentro da casa e por uma escada acima até um quarto de hóspede no primeiro andar, enquanto ele estudava as pinturas pelo caminho.

— Desculpa o incômodo — disse Anna, enquanto Duval a ajudava a se deitar.

— Não é um problema, senhora — disse Maria. — Devo chamar um médico?

— Não, tenho certeza de que estarei bem se puder apenas descansar por alguns minutos. Mas, querido — disse ela para Duval —, você pode buscar minha bolsa na van, por favor? Tenho que tomar uns comprimidos.

— É claro, querida, volto num instante — disse ele, olhando com mais atenção a pintura acima da cama.

— Você é tão gentil — disse Anna, agarrando-se à mão de Maria.

— Não, não, senhora, eu também tenho quatro filhos. E os homens são inúteis nessas situações — acrescentou ela enquanto Duval saía de fininho do quarto.

Ele desceu a escada correndo e viu que sua equipe estava a pleno vapor, com Rosenthal atuando como diretor de circo enquanto Pierre descia o chicote. Uma por uma as obras-primas eram removidas das paredes para serem substituídas por cópias.

— Você vai ver o Matisse em cima da lareira na sala de estar — disse Rosenthal a um dos mensageiros. — O Picasso fica no quarto principal — indicou a um outro —, e o Rauschenberg fica exatamente ali — disse ele, apontando para um grande espaço vazio na parede em frente a ele.

— Estou procurando um Dalí — disse Duval. — Ele fica no quarto de hóspedes — acrescentou enquanto um de Kooning desaparecia pela porta da frente.

— Tem três Dalís — disse Pierre após checar o inventário. — Qual é o tema?

— Um relógio amarelo derretendo sobre uma mesa.

— Óleo ou aquarela? — perguntou Pierre.

— Óleo — disse Duval enquanto voltava a subir a escada.

— Achei. E não se esquece da bolsa da sua esposa — disse Rosenthal.

— *Merde!* — disse Duval, que saiu correndo da casa, quase esbarrando com dois mensageiros que vinham na outra direção.

Ele abriu a porta do passageiro da van, agarrou a bolsa de Anna e correu de volta para a casa e escada acima, dois degraus por vez. Pierre estava apenas um passo atrás, agarrado ao Dalí. Duval recuperou o fôlego, abriu a porta e entrou no quarto, assumindo uma expressão de preocupação, enquanto Pierre esperava no corredor.

— E o problema com Béatrice — estava dizendo a criada — é que ela tem catorze anos, mas tá mais pra vinte e três.

Anna sorriu quando Duval lhe devolveu sua bolsa.

— Obrigada, querido — disse ela ao abrir o fecho e retirar um frasco de comprimidos.

— Sinto muito, estou sendo um incômodo, Maria, mas você poderia me dar um copo com água?

— É claro — disse a criada, entrando afobada no banheiro.

Anna deu um salto, ficou de pé sobre a cama e rapidamente ergueu o Dalí de seu gancho. Entregou-o a Duval, que correu para a porta e trocou-o com Pierre pela cópia, a qual ele passou para Anna segundos mais tarde. Seu segundo risco. Ela mal teve tempo de pendurá-lo no gancho e cair deitada na cama antes que Maria reaparecesse, trazendo um copo de água. Ela encontrou os dois de mãos dadas. Anna engoliu os dois comprimidos com toda calma, depois disse:

— Lamento tanto estar sendo um estorvo pra você. — Seu bem treinado marido veio em seu socorro no momento exato.

— Maria, onde eu coloco o pacote pra sra. Lowell?

— Pode deixar no saguão; o mordomo vê isso quando voltar amanhã.

— É claro — disse Duval —, e, quando eu voltar, querida, talvez tenha melhorado um pouco pra que eu possa levá-la pra casa.

— É o que espero — disse Anna.

— Não se preocupe — disse Maria —, eu ficarei com a madame até o senhor voltar.

— Você é muito gentil — disse Duval ao sair do quarto. Ele estava correndo escada abaixo quando avistou Pierre entregando um Dalí a um mensageiro. — Quanto tempo ainda temos? — perguntou ele ao se juntar a Rosenthal no saguão.

— Cinco minutos, dez no máximo — disse Rosenthal, no momento em que um mensageiro lhe mostrava um Pollock. — No outro lado da sala de estar — disse ele sem hesitação.

Os olhos de Duval nunca deixavam a porta do quarto. Ele disse:

— Algum problema?

— Não estou achando o Warhol azul de Jackie. Ele é importante demais pra não estar num dos quartos principais. Mas é melhor você voltar pro segundo andar antes que a criada fique desconfiada.

Duval subiu para o segundo andar e voltou ao quarto onde a criada ainda estava regalando Anna com casos sobre seus filhos.

Ele mostrou cinco dedos. Quando ela assentiu, ele notou que o Dalí estava torto na parede.

— Maria estava me contando, querido, sobre o trabalho que ela está tendo com a filha Béatrice.

— Ela não pode ser pior do que o Marcel — disse Duval, sentando na beirada da cama.

— Mas eu pensei que você tinha me dito que esse seria seu primeiro filho? — disse Maria, parecendo intrigada.

— Dominic tem um filho com sua primeira esposa — disse Anna rapidamente —, que tragicamente morreu de câncer, o que eu penso ser uma das razões para os problemas de Marcel.

— Ah, sinto muito — disse Maria.

— Acho que estou me sentindo um pouco melhor agora — disse Anna, sentando-se lentamente e colocando os pés sobre o tapete. — Você foi tão bondosa. Não sei como agradecer. — Ela se levantou com dificuldade e, com o apoio de Maria, começou a andar devagar em direção à porta enquanto Duval se ajoelhava na cama e endireitava o Dalí. Seu terceiro risco.

Ele as alcançou na hora exata para abrir a porta.

— Eu vou na frente e vejo se a porta da van está aberta — disse ele, o que não fazia parte do script bem ensaiado, e estava apenas na metade da escada quando viu Rosenthal e Pierre ainda no saguão.

— Onde está o Warhol? — perguntou Pierre.

— Que se dane o Warhol — disse Duval. — Vamos cair fora.

Pierre saiu rapidamente, seguido por Rosenthal, xingando baixinho.

Quando Anna e Maria chegaram ao saguão alguns instantes depois, elas encontraram Duval parado junto à porta da frente, uma mão pousada num caixote.

— Obrigado pela gentileza com a minha mulher — disse ele. — Aqui está o pacote que me pediram pra entregar e uma carta pra sra. Lowell.

— Pode deixar, quando ela voltar, garanto que dou a ela — disse Maria.

Duval tomou Anna gentilmente pelo braço e conduziu-a para fora da casa para encontrar a porta do passageiro já aberta. Era nos pequenos detalhes que Rosenthal era tão bom.

Quando a van se moveu lentamente pela entrada da garagem, Duval se perguntou se Maria iria achar estranho que eles tivessem usado uma van tão grande para entregar uma só pintura.

— Algum problema Anna? — perguntou Rosenthal do fundo da van.

— Além de estar grávida, ter dois maridos sem ser casada com nenhum deles e um enteado que nunca vi, nada em particular.

— Vai devagar, Dominic — disse Rosenthal. — Não devemos esquecer que temos uma carga preciosa a bordo.

— Como você é atencioso — disse Anna, acariciando a barriga. Rosenthal teve a elegância de sorrir, enquanto Anna se debruçava para fora da janela e acenava para Maria. Ela acenou em resposta, uma expressão perplexa em seu rosto.

35
Alex
Boston

Alex chegou ao banco tão cedo na manhã seguinte que Errol ainda não tinha assumido seu posto e o segurança da noite teve de abrir a porta para ele. Mais um que precisou ser convencido de que ele era o novo presidente.

Alex subiu sozinho pelo elevador e, quando pisou no corredor do vigésimo quarto andar, achou divertido ver que a srta. Robbins tinha deixado sua luz acesa. Desperdício de energia, ele iria zombar dela. Abriu a porta, pretendendo apagar a luz, mas foi saudado com um:

— Bom dia, presidente.

— Bom dia — disse Alex, sem titubear. — Você passou a noite aqui?

— Não, mas quis organizar a correspondência antes que o senhor chegasse.

— Alguma coisa interessante?

— Tem uma carta e um pacote que pensei que o senhor deveria ver imediatamente. Eles estão no alto da pilha na sua mesa.

— Obrigado — disse Alex, curioso para descobrir o que a srta. Robbins considerava interessante. Ele foi até seu escritório e se deparou com a prometida montanha de correspondência à sua espera.

Pegou a carta do alto da pilha e leu-a com calma e atenção. Depois abriu o pacote e olhou incrédulo para a coisa real. Suas mãos ainda estavam trêmulas quando ele a pôs de volta no pacote. Ele tinha de concordar com a srta. Robbins, a carta era interessante, e ela oferecera sua opinião sem saber o que estava no pacote.

A segunda carta era de Bob Underwood, um diretor do banco que sentia que chegara a hora de se demitir, em particular porque tinha setenta anos. Ele sugeriu que a reunião de emergência do conselho na segunda-feira de manhã seria um momento ideal para informar sua decisão ao conselho. Alex praguejou, porque Underwood era uma das poucas pessoas que ele esperara que permanecessem no conselho. Ele parecia perfeitamente satisfeito com os dez mil dólares por ano que recebia como diretor não executivo, raramente reivindicava alguma despesa, e não era preciso ler as entrelinhas das minutas para compreender que ele era um dos poucos membros do conselho que estava disposto a fazer frente a Akcroyd e seus comparsas. Alex teria de tentar fazê-lo mudar de ideia.

E depois seus olhos retornaram às palavras *reunião de emergência do conselho na segunda-feira de manhã*. Por que a srta. Robbins não o informara sobre isso mais cedo?

Houve uma suave batida à porta e a srta. Robbins apareceu trazendo uma xícara de café preto sem açúcar e um prato de biscoitos digestivos. Como ela havia descoberto quais eram seus biscoitos favoritos?

— Obrigado — disse Alex quando ela pôs uma bandeja de prata que devia ter sido uma das relíquias da família de Lawrence na mesa em frente a ele. — Posso lhe fazer uma pergunta, srta. Robbins? Qual é o seu primeiro nome?

— Pamela.

— E eu sou Alex.

— Estou ciente disso, presidente.

— Eu concordo com você, Pamela, que a carta da sra. Ackroyd é interessante. Mas, como eu não conheço a senhora, como você me aconselharia a responder à oferta dela?

— Eu a aceitaria de boa-fé, presidente. Afinal, todos sabem que o divórcio recente deles foi acrimonioso... — A srta. Robbins hesitou.

— Eu não acho que temos tempo para observar as cortesias sociais, Pamela, então desembucha.

— Eu só fiquei surpresa com o pequeno número de mulheres que foram citadas como correspondentes.

— Isso é certamente desembuchar — disse Alex. — Continue.

— A última de suas secretárias, uma srta. Bowers, podia certamente ter atributos ocultos que ignoro, mas ela certamente não sabia soletrar.

— Então você acha que eu deveria tomar as palavras da sra. Ackroyd por seu valor nominal?

— Eu acho que sim, presidente, e gostei particularmente do último parágrafo da carta dela.

Alex leu-a de novo, e de fato isso trouxe um sorriso a seu rosto.

— Mais alguma coisa, presidente?

— Sim — disse Alex —, antes de você sair, Pamela, eu li também a carta do sr. Underwood e ele tem a impressão de que há uma reunião do conselho de emergência marcada para segunda-feira. Se esse for o caso, isso é novidade para mim.

— Como foi para mim — disse a srta. Robbins. — Por isso fiz algumas indagações discretas e descobri que o sr. Fowler enviou a notícia da reunião alguns dias atrás.

— Pra mim ele não enviou.

— Sim, enviou. Mas enviou a pauta pro seu apartamento em Nova York, que está registrado junto à companhia como seu endereço residencial.

— Mas Fowler sabe perfeitamente bem que estou hospedado na residência do sr. Lowell por enquanto. O que ele está aprontando?

— Não faço a menor ideia, presidente, mas eu posso tentar descobrir.

— Por favor. E veja se consegue uma cópia da pauta sem que Fowler descubra.

— É claro, presidente.

— Nesse meio-tempo, vou seguir em frente com estas pastas até que o sr. Harbottle chegue para sua hora marcada às onze. — Quando ela se virou para sair, Alex não pôde resistir a perguntar: — O que acha do sr. Harbottle, Pamela?

— Ele é um velho gavião enfadonho saído diretamente das páginas de Dickens, mas vamos pelo menos ser gratos porque está jogando pelo nosso time, porque o inimigo está aterrorizado com ele, e, talvez ainda mais importante, ele é como a mulher de César.

— A mulher de César?

— Quando o senhor tiver mais tempo, presidente.

— Antes de você ir, Pamela, se eu lhe pedisse um conselho pra manter este navio flutuando, qual seria?

— Não o que, mas quem. Eu teria uma reunião privada, muito privada, com Jake Coleman, que até seis meses atrás era o diretor financeiro do banco.

— Por que eu me lembro desse nome? — disse Alex. — Alguma coisa que eu vi nas minutas?

— Ele pediu demissão depois de uma briga violenta com o sr. Ackroyd, e, como eu, recebeu ordem de limpar sua mesa até o fim do dia.

— Qual foi o motivo da briga?

— Não faço ideia. O sr. Coleman é profissional demais pra ter discutido o assunto com algum outro funcionário.

— Para quem ele está trabalhando agora?

— Ele não conseguiu encontrar outro emprego, presidente, porque sempre que está na lista de selecionados pra uma posição importante eles telefonam pro sr. Ackroyd e ele acaba com as chances do sr. Coleman.

— Marque uma reunião com ele o mais depressa possível.

— Vou ligar pra ele imediatamente, presidente — disse a srta. Robbins antes de fechar a porta.

Enquanto Alex revisava as minutas das reuniões do conselho do ano anterior, tornou-se cada vez mais evidente que, embora Lawrence pudesse certamente ter comparecido, e até presidido a cada uma delas, a nefasta trindade de Ackroyd, Jardine e Fowler tinha simplesmente passado por cima dele. Ele tinha chegado a setembro, quando houve uma batida à porta. Seria possível que já fossem onze horas? A porta se abriu e entrou a inconfundível figura do sr. Harbottle.

— Bom dia, presidente — disse o idoso advogado.

— Bom dia, senhor — respondeu Alex, levantando-se e esperando que o sr. Harbottle sentasse. Ele fez uma pausa para permitir que o sr. Harbottle sugerisse que talvez eles pudessem se chamar pelos seus nomes, mas nenhuma proposta nesse sentido foi feita.

— Posso começar agradecendo-lhe seu excelente conselho ontem? — disse Alex. — Ele me ajudou a ficar na dianteira de Ackroyd e Jardine, mas somente um pouco, porque acabei de descobrir que o Fowler convocou uma reunião de emergência do conselho pra próxima segunda-feira.

— Ele fez isso mesmo? — disse Harbottle. Ajustou os óculos antes de continuar. — Então suspeito que a intenção deles seja tentar substituí-lo como presidente. E eles não teriam convocado a reunião a menos que estivessem convencidos de que têm maioria no conselho.

— Se tiverem, há alguma coisa que eu possa fazer a esse respeito?

— Eu não saberia a resposta pra isso, presidente; antes preciso consultar os estatutos do banco mais uma vez.

— Mais uma vez?

— Sim, porque talvez eu já tenha chegado a alguma coisa que vai auxiliá-lo em seus esforços.

Alex relaxou em sua cadeira, sabendo perfeitamente que Harbottle não teria pressa.

— Enquanto o senhor estava se familiarizando com as minutas e com as contas anuais do conselho, eu estive envolvido com os estatutos da companhia, leitura fascinante para a hora de dormir, e acho que eu posso ter me deparado com alguma coisa que será do seu interesse. — Ele retirou uma pasta de sua bolsa Gladstone.

— Parágrafo 33b, sem dúvida.

Harbottle se permitiu um meio sorriso.

— Na verdade, não — disse ele, abrindo a pasta —, estatuto nove, subcláusula dois. Deixe eu lhe explicar, presidente — disse ele e começou a ler uma passagem que tinha sublinhado. — Nenhum empregado ou diretor da companhia terá honorários superiores aos do presidente...

A mente de Alex começou a trabalhar, mas logo ficou claro que Harbottle tinha continuado a trabalhar até altas horas da noite.

— Ackroyd pagou a si mesmo a soma ultrajante de 500 mil dólares por ano como CEO, o que também lhe permitiu recompensar seu núcleo íntimo com salários inflados, garantindo assim uma maioria do conselho.

— Então, se eu fosse pagar a mim mesmo um salário mais realista — disse Alex —, digamos...

— Sessenta mil dólares por ano — soprou Harbottle —, insistindo ao mesmo tempo que todas as futuras despesas tinham de ser assinadas pelo senhor, eu suspeito que todos os três iriam pedir demissão muito rapidamente.

— Mas isso se eu sobreviver como presidente.

— Concordo — disse Harbottle. — E, depois do que tenho para lhe contar, talvez o senhor não queira permanecer no posto. — Alex relaxou na cadeira de novo. — O senhor me pediu pra visitar o presidente da Banking Commission, o que fiz ontem à tarde. Não posso dizer que ele estava com muita disposição. Na verdade, ele deixou muito claro depois que estudou a última folha de balanço, que toda a Coleção Lowell teria de ser avaliada por um marchand reconhecido e guardada nos cofres do banco antes que ele a considerasse como um ativo. Ele lhe concederá vinte e oito dias pra cumprir essa obrigação, e eu devo levar a informação pessoalmente caso o senhor deixe de fazer isso.

Alex soltou um profundo suspiro.

— Mais alguma coisa?

— Sim, infelizmente sim. Ele também deixou claro que o sr. Lowell não tinha nenhum direito de lhe legar seus cinquenta por cento das ações do banco, ou mesmo seus cinquenta por cento da Pizzas Elena e insistiu que essas ações sejam também guardadas com o banco como fiança. Ele ainda sugeriu que o senhor poderia considerar incluir seus cinquenta por cento do Elena's pra provar seu compromisso com o banco. Ele acrescentou, contudo, que o senhor não tinha nenhuma obrigação de fazer isso.

— Quanta generosidade da parte dele — disse Alex. — Alguma coisa na coluna dos créditos?

— Sim. Eu anotei as palavras exatas dele. — Harbottle virou uma página de seu bloco amarelo. — "Eu estou convencido de que alguém que conseguiu escapar da KGB num caixote com apenas meia dúzia de garrafas de vodca como sua passagem e seguir em frente pra ganhar a Estrela de Prata será certamente capaz de superar os problemas atuais do banco."

— Como ele tem conhecimento disso?

— O senhor claramente não teve tempo de ler o *Boston* de hoje. Ele publicou um brilhante perfil do senhor na seção de negócios. Ele faz o senhor parecer um cruzamento entre Abraham Lincoln e James Bond.

Alex riu pela primeira vez naquele dia.

— Mas fique atento. Ackroyd é tão cruel e engenhoso quanto Blofeld, e eu não ficaria nada surpreso se ele alimentasse o gato dele com peixes-dourados vivos.

— Eu não acredito que o senhor...

— Ah, eu confesso que sou um admirador do sr. Fleming. Li todos os livros dele, por mais que nunca tenha visto nenhum dos filmes.

O advogado tirou os óculos, pôs a pasta de volta em sua bolsa Gladstone e cruzou os braços; um sinal de que estava prestes a dizer alguma coisa confidencial.

— Posso perguntar como foi a viagem do sr. Rosenthal a Nice?

— Não poderia ter sido melhor — disse Alex. — Com exceção de uma única pintura, toda a Coleção Lowell logo estará armazenada em segurança num cofre, cujo código só eu e o chefe de segurança do banco saberemos, e que não pode ser aberto a menos que nós dois estejamos presentes, com as nossas chaves.

— Essa é realmente uma boa notícia — disse Harbottle. — Mas disse com exceção de uma pintura?

— E mesmo essa está agora em minha posse — disse Alex enquanto entregava a carta da sra. Ackroyd. Depois que o advogado a leu, Alex passou uma pequena pintura para o sr. Harbottle.

— Uma Jackie Azul de Warhol — disse Harbottle. — Devo dizer que isso restaura nossa fé no nosso semelhante.

— Ou na nossa semelhante — disse Alex com um largo sorriso.

— Mas como a sra. Ackroyd se apossou da pintura? — perguntou Harbottle.

— Ela diz que Ackroyd lhe deu a pintura como parte de seu acordo de divórcio.

— E como ele se apossou dela?

— Evelyn Lowell-Halliday seria minha aposta — disse Alex. — Uma recompensa por serviços prestados, sem dúvida.

— O que me dá uma ideia — disse Harbottle. Ele parou por um momento antes de dizer: — Mas, pra que eu possa elucidá-la, vou precisar pedir a Jackie emprestada por alguns dias.

— É claro — disse Alex, sabendo muito bem que seria inútil lhe perguntar por quê.

Harbottle embalou a pintura e colocou-a cuidadosamente em sua bolsa Gladstone.

— Já usei muito o seu tempo, presidente — disse ele enquanto se levantava. — Vou embora.

Alex foi incapaz de conter um sorriso enquanto acompanhava o sr. Harbottle até a porta. Mas, mais uma vez, o cavalheiro idoso pegou-o de surpresa.

— Agora que nós nos conhecemos um pouco melhor, penso que o senhor deveria me chamar de Harbottle.

***

Não foi difícil para Alex descobrir por que Jake Coleman e Doug Ackroyd nunca seriam capazes de trabalhar juntos. Coleman era claramente um homem honesto, decente, sem rodeios, que acreditava que a equipe era muito mais importante que qualquer indivíduo. Ao passo que Ackroyd...

Os dois se encontraram para o almoço no Elena 3, pois Alex tinha certeza de que aquele era o lugar em Boston que Ackroyd e seus comparsas nunca iriam frequentar.

— Por que você saiu do Lowell's? — perguntou Alex, depois que ambos tinham pedido um congressista especial.

— Eu não deixei o banco — disse Jake —, eu fui demitido.

— Posso perguntar por quê?

— Achei que alguém tinha de informar ao presidente que o hábito de jogar de sua irmã tinha saído do controle e que se lhe fosse permitido continuar fazendo empréstimos indiscriminadamente o banco iria falir com certeza.

— Como o Ackroyd reagiu? — perguntou Alex quando duas pizzas crepitantes foram postas diante deles.

— Disse pra eu cuidar da minha vida.

— E você claramente não sabia.

— Não. Falei pro Ackroyd que, se ele não informasse o presidente do que estava se passando pelas costas dele, eu informaria. O que foi o mesmo que assinar minha própria sentença de morte, porque fui demitido no dia seguinte.

— E você contou a verdade pro Lawrence?

— Escrevi pra ele imediatamente — disse Jake —, até marquei uma hora com ele. Mas ele perguntou se ela poderia ser adiada até depois da eleição, e, como faltavam apenas algumas semanas, concordei.

— E você não conseguiu encontrar um cargo adequado desde então?

— Não. Pelo menos não no mesmo nível que eu tinha no Lowell's. Ackroyd garantiu isso.

— Eu fiquei surpreso que ele ainda tenha esse tipo de influência em círculos bancários.

— Ele tem inimigos, não tenha dúvida, mas sempre que me candidatei para um emprego a primeira pessoa com quem eles entravam em contato era com o CEO do último banco para o qual eu tinha trabalhado.

Alex podia quase escutar Ackroyd sussurrando confidencialmente: cá entre nós, o homem não é de confiança. A única palavra nos negócios bancários que teria fechado todas as portas.

— Então, se eu lhe oferecesse um emprego, você consideraria voltar?

— Não. Pelo menos não enquanto Ackroyd ainda faz parte do conselho. Eu não preciso ser demitido duas vezes.

— Mas e se o Akcroyd pedisse demissão?

— Nada no mundo o tiraria de lá enquanto ele ainda tem maioria no conselho, e, enquanto a Evelyn tiver cinquenta por cento das ações, de que adiantaria?

— É provável que você esteja certo — disse Alex —, porque não posso fingir que minha própria posição seja assim tão segura. E, mesmo que isso mudasse, ainda não posso garantir que o banco sobreviverá. Contudo, estou convencido de que, se você subisse a bordo novamente, nós teríamos uma chance muito maior.

— O que o deixa tão confiante disso, quando você nem me conhece?

— Mas eu conheço o Bob Underwood e a Pamela Robbins, e, se esses dois estão dispostos a afiançá-lo, isso já está bom pra mim.

— Isso é de fato um elogio. Portanto, se você for capaz de se livrar de Ackroyd e seus comparsas, ficarei feliz em voltar ao meu antigo emprego como diretor financeiro do banco.

— Não era isso que eu tinha em mente — disse Alex. Jake pareceu desapontado. — Eu estava esperando que você estivesse disposto a assumir a posição de Ackroyd e retornar ao Lowell's como diretor-executivo.

***

— Bom dia, cavalheiros — disse Alex, olhando em volta da mesa para ver apenas uma cadeira desocupada. — Vou pedir ao sr. Fowler que leia as minutas da última reunião.

O secretário da companhia levantou-se de seu lugar e abriu o livro de minutas.

— O conselho se reuniu no dia dezoito de março — começou ele — e entre os assuntos discutiu...

A mente de Alex flutuou de volta para a reunião convocada às pressas e realizada no escritório de Harbottle na noite anterior que tinha durado até as primeiras horas da manhã. Eles tinham chegado à relutante conclusão de que os números estavam contra ele, perfeitamente cientes de que Evelyn estava em Boston. Ele lançou um olhar para a cadeira vazia. Mas, se Evelyn não aparecesse, ele ainda teria uma boa chance de lograr seu intento.

Quando Alex voltou para casa, Anna dormia profundamente. Ele decidiu não acordá-la e sobrecarregá-la com suas notícias. Pôs uma mão sobre seu futuro filho ou filha, um pequeno monte de vida em potencial ávido por sair e juntar-se ao mundo. Ele deitou na cama desesperado por dormir, mas sua mente não repousou nem por um momento, como a de um assassino condenado na última noite antes de ser executado na cadeira elétrica.

Ele retornou rapidamente ao mundo real quando Fowler disse:

— Isto conclui as minutas da última reunião. Há alguma pergunta?

Ainda nenhum sinal de Evelyn.

Não houve nenhuma pergunta, em particular porque todos em volta da mesa sabiam perfeitamente qual era o primeiro item da pauta.

— O item número um é a eleição de um novo presidente — disse Alex no momento em que a porta abriu e Evelyn irrompeu na sala. Alex praguejou quando olhou para a mulher que tanto o cativara quando eles se encontraram pela primeira vez. Ele podia ver por que os homens caíam tão completamente sob seu encanto, ainda que apenas por um curto tempo. Jardine e Ackroyd levantaram-se para cumprimentá-la, enquanto ela ocupava o lugar vazio entre eles.

— Peço desculpas pelo atraso — disse Evelyn —, mas eu precisava consultar meu advogado sobre um assunto pessoal antes de comparecer à reunião.

Que advogado, perguntou-se Alex, e que assunto pessoal?

— Eu estava prestes a solicitar indicações para o posto de presidente — disse Fowler —, após a trágica morte de seu irmão.

Evelyn assentiu.

— Por favor, não quero atrasar vocês — disse ela, sorrindo cordialmente para o secretário da companhia.

O sr. Jardine voltou a se levantar rapidamente.

— Eu gostaria de deixar registrada minha admiração pela maneira como o sr. Karpenko preencheu temporariamente a lacuna enquanto procurávamos um candidato mais adequado pra presidência. Eu acredito que, pro futuro a longo prazo da companhia, essa pessoa seja Doug Ackroyd. Vamos todos relembrar que trabalho notável ele fez como CEO do banco.

— Quase destruiu a companhia — murmurou Bob Underwood alto o suficiente para que os demais membros do conselho o ouvissem.

Jardine ignorou a interrupção *sotto voce* e prosseguiu.

— Eu, portanto, não tenho nenhuma hesitação em propor nosso antigo CEO, sr. Douglas Ackroyd, como o próximo presidente do Lowell's Bank.

— Alguém endossa essa moção? — perguntou Fowler.

— Ficarei feliz de endossar a nomeação — disse Alan Gates, na hora exata.

— Mais um da brigada dos cinquenta mil dólares de despesas por ano — disse Underwood — assegurando que a mina de ouro se prolongue perpetuamente.

— Obrigado — disse Fowler. — Se não houver mais indicações, a única coisa que me resta é pôr a matéria em votação. Os que estão a favor de que o sr. Doug Ackroyd seja eleito como nosso próximo presidente, por favor, levantem a mão.

Seis mãos se levantaram.

— Uma questão de ordem, sr. presidente. — O bem organizado rolo compressor subitamente deu uma parada não programada. — Creio que devo ressaltar — disse Underwood — que, sob a norma 7.9 dos estatutos do banco, nenhum candidato ao cargo de presidente pode votar em si mesmo.

Alex sorriu. Claramente Harbottle não era a única pessoa que estivera varando a noite. Houve alguns murmúrios entre os membros do conselho enquanto Fowler procurava essa norma particular.

— Parece que isso está correto — conseguiu dizer finalmente.

— Bem, olha só! — disse Underwood. — Os nossos pais fundadores não eram tão estúpidos afinal de contas.

— No entanto — disse Fower —, o sr. Ackroyd ainda tem cinco votos. Eu vou perguntar agora: alguém deseja votar contra?

Cinco diretores imediatamente levantaram as suas mãos.

— Alguma abstenção?

— Acho que só eu — disse Evelyn, com sua voz mais inocente.

Ackroyd ficou perplexo, ao passo que Alex não conseguiu esconder sua surpresa.

— Então a votação é cinco votos para cada um, com uma abstenção — disse Fowler.

— Então o que fazemos agora? — perguntou Tom Rhodes, um diretor que raramente falava.

— Eu sugiro que o sr. Fowler leia a norma 7.10 — disse Underwood — e poderemos simplesmente descobrir.

Fowler virou a página com relutância e leu:

— Na eventualidade de um empate, o presidente terá o voto de desempate.

Todos se voltaram para Alex, que não hesitou antes de dizer:

— Contra.

Um burburinho ainda mais alto começou entre os membros do conselho.

Passou-se algum tempo antes que Fowler, mais uma vez checando as normas, perguntasse:

— Há mais alguma indicação?

— Sim — disse Bob Underwood. — Eu proponho que o sr. Alex Karpenko continue como nosso presidente, já que ninguém pode alimentar qualquer dúvida sobre a notável contribuição que ele deu desde que assumiu a cadeira.

— Eu endosso a indicação — disse Rhodes.

Fowler retomou seu papel como árbitro.

— Aqueles a favor, queiram por gentileza levantar as mãos. — Somente cinco mãos se ergueram, já que Alex não podia votar em si mesmo.

Exatamente quando Fowler estava prestes a perguntar pelos que eram contra, Evelyn levantou a mão devagar para se juntar às outras cinco. Fowler não poderia ter soado mais desalentado quando teve de anunciar:

— Declaro que o sr. Alex Karpenko foi eleito presidente do Lowell Bank and Trust Company.

Vários membros do conselho irromperam num aplauso espontâneo, enquanto Ackroyd foi incapaz de esconder primeiro sua incredulidade, depois sua raiva. Ele, juntamente com quatro outros diretores, levantou-se imediatamente do seu lugar e saiu da sala.

— Judas — disse Ackroyd, ao passar por Evelyn.

— Está mais para o Bom Samaritano! — gritou Underwood antes que a porta fechasse bruscamente.

— Eles voltarão — disse Alex com um suspiro.

— Acredito que não — disse Evelyn calmamente. Ela não voltou a falar até ter certeza de que tinha a atenção de todos. — A razão pela qual cheguei um pouco atrasada pra reunião do conselho, cavalheiros — disse ela —, foi que hoje mais cedo recebi uma visita de um policial do Departamento de Polícia de Boston.

Todos os olhos estavam fixos nela.

— Parece que uma Jackie Azul de Andy Warhol foi roubada da Coleção Lowell enquanto Lawrence servia no Vietnã. — Ela fez uma pausa e tomou um gole de água, a mão tremendo para mostrar o quanto ela estava consternada. — Quando o policial me disse o nome do culpado, eu fiquei tão chocada que consultei imediatamente meu advogado, que me aconselhou a comparecer a esta reunião e assegurar que o sr. Karpenko continue como presidente do banco. Eu também senti que não era nada menos que o meu dever assegurar ao chefe de polícia que, quando o sr. Ackroyd vier a julgamento, eu ficarei feliz em fazer uma delação premiada.

Alguns dos diretores assentiram enquanto Alex permanecia perplexo.

— Parabéns — disse Underwood. — Você conseguiu remover sozinha cinco merdas com uma pá.

— Mas eu não compreendo — disse Alex, depois que os risos tinham cessado. — Por que você estaria disposta a me apoiar?

— Porque quem sou eu para discordar da escolha do meu irmão pra presidente? — Nenhum dos membros restantes do conselho acreditou nela sequer por um momento, e todos ficaram ainda mais surpresos com sua declaração seguinte: — E, pra esse fim, eu gostaria de deixar registrado que estou disposta a vender a minha parcela de cinquenta por cento das ações de companhia por um milhão de dólares.

Agora Alex compreendeu exatamente por que Evelyn precisava de Ackroyd fora do caminho. Ele estava prestes a responder à proposta dela quando a srta. Robbins irrompeu na sala e lhe entregou um papelzinho. Ele o desdobrou, leu a mensagem e sorriu antes de se levantar.

— Nada no mundo poderia ter me tirado dessa reunião — disse ele —, mas as palavras "sua mulher entrou em trabalho de parto" certamente podem e vão. — Ele já estava a caminho.

Uma segunda salva de palmas se seguiu, e, quando Alex chegou à porta, se virou e disse:

— Bob, você poderia assumir a cadeira? Acho que não estarei de volta hoje.

— Tem um táxi à sua espera — disse a srta. Robbins quando eles desceram pelo elevador.

O taxi correu como se estivesse na frente da linha de chegada em Daytona. Alex teve de se agarrar ao banco enquanto o motorista virava para cá e para lá no tráfego. Claramente as palavras "ela está em trabalho de parto" criavam outra marcha. Quando o táxi parou cantando pneu em frente ao hospital quinze minutos mais tarde, duas motocicletas da polícia estavam na sua cola. Alex rezou para que os dois fossem pais. Ele puxou a carteira, deu uma nota de cem dólares ao motorista e correu para dentro.

— Seu troco! — gritou o motorista, mas Alex já tinha desaparecido havia muito tempo.

Ele atravessou o saguão até a recepção e deu o nome à recepcionista.

— Unidade da maternidade, 6B, quarto andar — disse ela, checando sua tela e sorrindo. — Sua esposa chegou aqui na hora exata.

Alex correu para o elevador, pulou dentro dele e apertou o número 4 várias vezes, só para descobrir que isso não o fazia se mover nem um pouco mais depressa. Quando as portas finalmente se abriram no quarto piso, ele andou rapidamente pelo corredor até chegar a uma porta com a indicação 6B. Entrou de supetão e viu Anna sentada na cama, segurando uma trouxinha em seus braços. Ela tirou os olhos do filho e sorriu.

— E aqui está o seu pai. O que pode tê-lo atrasado tanto?

— Lamento muito não ter estado aqui a tempo — disse Alex, abraçando-a. — Algo inesperado aconteceu no escritório é uma desculpa muito esfarrapada, mas pelo menos é verdade.

— Conheça seu filho e herdeiro — disse Anna, entregando-o.

— Oi, meu camaradinha. Teve um bom dia até agora?

— Ele está se saindo muito bem — disse Anna. — Mas está muito ansioso pra descobrir o que aconteceu na reunião do conselho.

— Não tem razão pra ficar ansioso, o pai dele ainda é o presidente do Lowell's Bank.

— Como assim?

— Evelyn me deu o voto de desempate.

— Por que ela fez isso?

— Porque ela teve de aceitar que o banco não tem condições de desembolsar mais nenhum dinheiro, e, talvez mais importante, ela não será mais capaz de pôr as suas mãos na Coleção Lowell.

— Por que ela iria ceder tão facilmente? — perguntou Anna.

— Jackie Kennedy veio em nosso socorro — respondeu Alex.

— Não estou entendendo nada.

— Parece que a polícia teve de prender o Ackroyd ou a Evelyn pelo roubo do Warhol, permitindo ao mesmo tempo que o outro forneça delação premiada. Nenhum prêmio pra quem adivinhar o papel que Evelyn escolheu. Ela está tão desesperada que chegou a se oferecer pra me vender suas ações do banco.

— Por quanto?

— Um milhão de dólares. É uma pena que eu não tenha essa quantia de dinheiro no momento.

— Vamos esperar que você não se arrependa disso — disse Anna.

Houve uma batida à porta, e uma enfermeira enfiou a cabeça no quarto.

— Sinto muito, sr. Karpenko, mas tem um guarda de trânsito aqui fora que diz que precisa ver a evidência.

LIVRO QUATRO

36

Sasha

Westminster, 1980

Teria sido melhor se o membro do Parlamento, *o sr. Sasha Karpenko nunca tivesse deixado a União Soviética,* foi a frase de abertura na matéria principal do *Times* naquela manhã.

Sasha se apaixonou pelo Palácio de Westminster desde o instante em que transpôs a entrada de St. Stephen e se juntou a seus novos colegas no Saguão dos Membros. Sua mãe caiu aos prantos quando ele prestou o juramento antes de tomar o seu lugar nos bancos detrás da oposição. Ao segurar a Bíblia, com parlamentares de ambos os lados olhando para ele como se tivesse acabado de chegar de outro planeta, Sasha se sentiu como se fosse o novato na escola.

Michael Cocks, o líder da bancada trabalhista, disse-lhe que mantivesse a cabeça baixa durante os primeiros anos. No entanto, os representantes do partido não levaram muito tempo para se darem conta de que tinham um jovem talento prodigioso em suas mãos, que poderia nem sempre ser fácil de manipular. Assim, quando Sasha se levantou para fazer seu primeiro discurso, até os dois bancos da frente permaneceram em seus lugares para ouvir o membro conhecido por Moscou, como os conservadores se referiam a ele. Mas Sasha já tinha decidido atacar aquele problema no nascedouro.

— Sr. Sasha Karpenko — chamou o presidente da Câmara Legislativa Thomas. A Casa ficou em silêncio, como é a tradição quando um membro profere seu primeiro discurso.

— Sr. presidente, permita-me começar dizendo que honra é para este imigrante russo tornar-se um membro da Câmara dos Comuns. Se o senhor tivesse me dito, apenas doze anos atrás, quando eu era um estudante em Leningrado, que eu estaria sentado nestes bancos antes do meu trigésimo aniversário, só minha mãe teria acreditado nisso, especialmente porque eu já tinha dito ao meu maior amigo na escola que seria o primeiro presidente democraticamente eleito da Rússia.

Essa declaração foi saudada por ruidosos aplausos vindos de ambos os lados da Câmara.

— Sr. presidente, eu tenho o privilégio de representar os eleitores de Merrifield no condado de Kent, que, em sua sabedoria, decidiram substituir uma mulher conservadora por um homem trabalhista. — Ele lançou os olhos através do pavimento, na direção da primeira-ministra sentada no banco da frente do lado oposto, e disse: — Isso é algo que meu partido pretende repetir na próxima eleição geral.

Margareth Thatcher inclinou levemente a cabeça enquanto aqueles sentados nos bancos da oposição berraram sua aprovação.

— Minha adversária, srta. Fiona Hunter, serviu nessa Casa por três anos e sua ausência será tristemente sentida em Merrifield pelos conservadores. Eu não tenho nenhuma dúvida de que ela irá finalmente retornar aos bancos opostos, mas não em meu distrito eleitoral. — Gritos de "Isso!" irromperam daqueles sentados atrás dele, e quando Sasha tirou os olhos de suas anotações não havia nenhuma dúvida de que ele tinha capturado a atenção de toda a Casa. — Alguns membros em ambos os lados da Casa devem se perguntar onde se situa minha verdadeira lealdade. Westminster? Leningrado? Merrifield? Ou Moscou? Vou lhes dizer onde ela se situa. Ela se situa com qualquer cidadão deste país que acredita que o poder da democracia é sagrado e no direito de viver numa sociedade livre universal.

"Sr. presidente, não tenho tempo para rótulos políticos como 'esquerda' ou 'direita'. Sou um admirador tanto de Winston Churchill quanto de Clement Attlee, e os heróis de meus dias de universidade foram Aneurin Bevan e Iain Macleod. Com eles em mente, eu sempre tentarei julgar cada argumento pelos seus méritos e cada membro pela sinceridade de suas opiniões quando eu discordar deles profundamente. Posso ocasionalmente gritar da montanha mais alta, mas espero ter a boa graça de ocasionalmente residir nos vales e escutar.

"As primeiras palavras do representante do partido para mim quando cheguei neste lugar me fizeram sentir como o escolar queixoso de Shakespeare, com sua mochila e brilhante rosto matinal, rastejando como uma lesma relutante para a escola. Ah, posso ver que não sou o primeiro — disse ele. Isso foi recebido com aplausos, com apenas o principal representante do partido trabalhista permanecendo em silêncio. — Ele me aconselhou a só falar sobre assuntos de que tenho um grande conhecimento... por isso os senhores não ouvirão falar muito de mim no futuro."

Sasha esperou que os risos diminuíssem antes de começar sua peroração.

— Que satisfação é para os cidadãos de Merrifield que eles puderam eleger um imigrante russo para sentar nestes sagradas bancos, onde eles são capazes de expressar suas opiniões sobre qualquer assunto sem medo ou favor. Alguém nesta câmara acredita que um inglês poderia tomar seu lugar no Kremlin em termos iguais? Não, é claro que não. Mas eu espero viver o bastante para ver todos vocês desmentidos.

Ele sentou para ressonantes aplausos de ambos os lados da Casa. Para surpresa de todos, um homem de óculos com uma cabeleira branca revolta levantou-se de seu lugar no banco da frente.

— O líder da oposição — disse o presidente.

— Sr. presidente, eu me levanto para cumprimentar o honorável parlamentar de Merrifield por um notável primeiro discurso. — Gritos de apoiado, apoiado! ecoaram por toda a Câmara. — No entanto, eu deveria assinalar para ele que muitos dos que estão sentados nos bancos do outro lado já pensam que eu sou o representante de Moscou. — Vivas e zombarias encheram o ar. — Porém, estou certo de que falo por toda a Câmara quando digo que aguardamos ansiosos a próxima contribuição do honorável membro.

Sasha olhou para a galeria dos visitantes para ver Charlie, sua mãe, Alf e a condessa, todos olhando de cima para ele com despudorado orgulho. Mas foi só quando ele leu na matéria do *Times* na manhã seguinte que o impacto que causara naqueles breves minutos começou a ser assimilado.

Teria sido melhor que o parlamentar sr. Sasha Karpenko nunca tivesse deixado a União Soviética, pois ele poderia ter desempenhado um importante papel ajudando aquele país a abraçar os valores da democracia.

***

— A culpa é minha — disse Sasha. — Eu deveria saber que era um passo grande demais.

— A culpa não é de ninguém — disse Elena. — Fizemos uma votação e só a condessa expressou suas reservas.

— Eu só achei que poderia ser um pouco demais pra Elena enfrentar.

— E acabou que você tinha razão — disse Sasha —, porque devo dizer: as últimas cifras não são uma leitura agradável.

O restante da diretoria se preparou.

— O Elena 3 teve prejuízo pelo sétimo trimestre seguido. Muito embora eu seja um otimista nato, essa é uma tendência que não consigo nos ver revertendo.

— Qual é o impacto financeiro no negócio? — perguntou a condessa.

— Se você somar o preço da compra do arrendamento, os custos originais de instalação e os prejuízos que sofremos até agora — Sasha fez uma pausa enquanto somava as cifras —, chegamos a um pouco mais de £183 mil.

Charlie foi a primeira a falar.

— Podemos sobreviver a um revés como esse?

— Acredito que sim — disse Sasha —, mas não vai ser fácil.

— Qual é a atitude do banco? — perguntou Elena.

— Eles ainda estão dispostos a nos apoiar se concordarmos em fechar o Elena 3 imediatamente e concentrarmos nossa atenção nos Elenas 1 e 2. Embora os dois ainda estejam dando lucro, eles também estão sofrendo devido a algumas das consequências de minha decisão.

— Bem, vamos olhar o lado positivo — disse Elena. — Pelo menos você tem seu salário parlamentar a que recorrer.

— Não por muito mais tempo, eu temo — disse Sasha —, porque, se a Margaret Thatcher continuar na liderança nas pesquisas, será muito difícil para mim me agarrar a Merrifield na próxima eleição.

— Não há um voto pessoal, se seus eleitores sentem que você fez um bom trabalho? — perguntou a condessa.

— Isso não vale muito mais que algumas centenas de votos, e em geral, reservados para rebeldes que votaram contra seu próprio partido. E, se a companhia fosse à falência, eu teria de renunciar e deixar Fiona marchar de volta pro campo em triunfo.

— Nunca devemos esquecer — disse a condessa — que temos de subir uma escada para o sucesso, mas o fracasso é um elevador descendo.

— Então precisamos apenas começar a subir de novo — disse Elena.

Sasha compreendia que, se o Elena's devia sobreviver, seu maior problema seria o coletor de impostos. Se a Receita Federal exigisse seu meio quilo de carne, a companhia teria de ir à bancarrota e dispor de todos os seus ativos. E, se os Elenas 1 e 2 fossem postos à venda, todo mundo nos negócios saberia que se tratava de uma queima de estoque.

Sasha sabia que, se o desfecho fosse esse, ele teria de abandonar sua carreira política e procurar um emprego. Que papel de tolo fizera, exatamente quando pensava que nada poderia descarrilá-lo. Não havia ninguém mais em quem lançar a culpa, por isso ele decidiu encarar o problema de frente.

Telefonou para a Receita Federal e marcou uma hora para ver seu diretor de caso, sr. Dark. Até o nome o enchia de mau pressentimento. Ele já podia visualizar o maldito homem. Baixo, careca, acima do peso, chegando ao fim de uma carreira medíocre de puxa-saco, cujo maior prazer era depositar vidas numa bandeja de saída. Ele provavelmente votava nos conservadores, e não seria capaz de resistir a dizer o quanto lamentava, mas tinha um trabalho a fazer, e não poderia haver nenhuma exceção.

***

Sasha estacionou seu Mini na Tynsdale Street quinze minutos antes da hora marcada, atravessou a rua e entrou num prédio de tijolos de aparência desalmada. O brasão real pendia sobre a entrada, e poderia muito bem estar dizendo *Abandonai toda a esperança, ó vós que entrais*. Ele deu seu nome à senhora na recepção.

— O sr. Dark está à sua espera — disse ela sinistramente. — O escritório dele é no décimo terceiro andar.

Onde mais?, pensou Sasha.

Até o elevador pareceu relutante em fazer a viagem para cima antes de despachar seu único visitante. Sasha saiu para um corredor cinza e se pôs à procura do escritório do sr. Dark. Bateu à porta e entrou numa sala sem janelas e com uma escrivaninha coberta de pastas vermelhas. Atrás da escrivaninha — primeira surpresa — sentava-se um homem da mesma idade de Sasha com um sorriso cordial — segunda surpresa. Ele se levantou e apertou a mão de Sasha.

— Gostaria de tomar uma xícara de chá, sr. Karpenko?

A ideia de um inglês de deixar uma pessoa à vontade antes de acrescentar uma colher de chá de cianeto ao líquido.

— Não, obrigado — disse Sasha, querendo que o carrasco fosse em frente com seu trabalho.

— Não posso dizer que o repreendo — disse Dark, antes de se sentar. — Sei que é um homem ocupado, sr. Karpenko, por isso vou tentar não desperdiçar muito do seu tempo. — Ele abriu a pasta de cima e estudou o conteúdo por alguns instantes, recordando os pontos principais. — Estudei suas declarações de imposto de renda dos últimos cinco anos — continuou Dark —, e, depois de uma longa conversa com o gerente do seu banco, que o senhor autorizou — assentiu Sasha —, acho que podemos ter encontrado uma solução pro seu problema.

Sasha continuou de olhos fixos no homem, perguntando-se qual poderia ser a próxima surpresa.

— O senhor atualmente deve à Receita Federal 126 mil libras, valor que sua empresa é claramente incapaz de pagar no atual momento. No entanto, ao contrário da opinião pública, nós, coletores de impostos, gostamos de salvar empresas, não de fechá-las. Afinal de contas, é a nossa única esperança de recuperar alguma parte de nosso dinheiro.

Sasha teve vontade de rir, mas de algum modo resistiu à tentação.

— Com isso em mente, sr. Karpenko, vamos lhe conceder um período de carência de um ano, tempo no qual o senhor não terá de pagar nenhum imposto. Depois disso, vamos exigir que o senhor restitua a quantia completa

— ele checou a cifra — de 126 mil libras ao longo de um período de quatro anos. Entretanto, caso a empresa gere algum lucro durante esse tempo, cada centavo virá pra Receita Federal. — Ele fez uma pausa antes de olhar para Sasha do outro lado da escrivaninha e acrescentar firmemente: — Eu admito que os próximos cinco anos não serão fáceis pro senhor e pra sua família, mas, caso se sinta incapaz de aceitar esta proposta, não nos restará outra escolha senão tomar posse de todos os seus bens, já que o coletor de impostos é sempre pago completamente antes de quaisquer outros credores. — Ele fez outra pausa e encarou seu visitante. — Talvez queira passar alguns dias considerando sua posição, sr. Karpenko, antes de tomar uma decisão final.

— Isso não será necessário, sr. Dark — disse Sasha. — Eu aceito os seus termos e estou extremamente grato ao senhor por me dar uma segunda chance.

— Eu saúdo sua decisão. Tantos de meus clientes vão à falência e depois abrem um novo negócio no dia seguinte, sem se incomodar com suas dívidas ou os problemas de mais ninguém. — O sr. Dark abriu uma segunda pasta e extraiu outro documento. — Então tudo que lhe resta fazer, sr. Karpenko, é assinar aqui, aqui e aqui. — Ele até ofereceu a Sasha uma caneta esferográfica.

— Obrigado — disse Sasha, perguntando-se se estava prestes a acordar.

Depois que Sasha assinou o acordo, o sr. Dark levantou de sua escrivaninha e apertou sua mão uma segunda vez.

— Eu tão tenho ideais políticos, sr. Karpenko — disse Dark, ao acompanhar Sasha para fora da sala e pelo corredor até o elevador —, mas, se morasse em Merrifield, votaria no senhor, e, embora só tenha jantado no Elena's uma única vez, gostei da experiência imensamente.

— Vá lá outra vez — disse Sasha quando a porta do elevador abriu e ele entrou.

— Só depois que o senhor tiver pago integralmente a sua dívida, sr. Karpenko.

A porta do elevador fechou.

* * *

As perspectivas de Sasha de conservar seu assento não melhoraram depois do muito elogiado triunfo da sra. Thatcher nas Falklands e da obstinada recusa de Michael Foot de ocupar o terreno central. Mas então ele teve um golpe de sorte capaz de mudar a carreira de qualquer político. O sr. Michael Forrester morreu de ataque cardíaco, provocando uma eleição extraordinária no distrito eleitoral vizinho de Endlesby.

A chance de representar um assento conservador seguro pelo resto da vida foi tentadora demais para Fiona Hunter, e poucas pessoas se surpreenderam quando ela permitiu que seu nome avançasse como a futura candidata. Afinal de contas, ela alegou, Endlesby tinha a metade de seu antigo distrito eleitoral.

Fiona venceu a eleição extraordinária por mais de dez mil votos e voltou para assumir seu lugar nos bancos verdes, onde Sasha supôs que a rivalidade entre eles continuaria. O segundo golpe de sorte de Sasha ocorreu quando os membros da Associação Conservadora de Merrifield brigaram entre si para decidir quem seria seu candidato na próxima eleição geral e acabaram escolhendo um conselheiro local que dividiu a opinião até em seu próprio partido.

Depois da eleição geral, Margaret Thatcher retornou para a Câmara dos Comuns com uma esmagadora maioria, apesar de ter sido rejeitada pelos eleitores de Merrifield, que decidiram se agarrar a seu próprio candidato, ainda que apenas por uma maioria de noventa e um.

Mas, como Alf comentou com Sasha, foi Winston Churchill quem disse: "Um é mais do que o bastante, meu caro rapaz."

* * *

Neil Kinnock, o novo líder do Partido Trabalhista, convidou Sasha a ingressar nos assentos para ministros como representante júnior na equipe de relações exteriores, com responsabilidades especiais para os países do Bloco Oriental.

A reputação de Sasha dentro e fora do Parlamento cresceu, e membros de ambos os lados da Casa tornaram-se conscientes de que, sempre que ele se levantava para tomar seu lugar junto à caixa de despachos, os mal preparados se arrependiam disso.

Fiona foi nomeada subsecretária de Estado no Ministério das Relações Exteriores, e parecia destinada a uma longa carreira parlamentar. Entretanto, foi um novo membro conservador recém-eleito que fez Sasha pular de alegria — ainda que apenas na privacidade de sua própria casa.

Sasha admitia que não haveria nenhum amor perdido quando eles se olhavam através do plenário da Casa, mas isso não o impedia de compartilhar um ocasional meio quartilho de cerveja no Annie's Bar com o honorável membro do Parlamento Ben Cohen.

37
SASHA
Londres e Moscou

QUANDO O GOVERNO ANUNCIOU QUE enviaria uma delegação pluripartidária a Moscou para discutir as relações anglo-russas após a eleição de Mikhail Gorbachev como secretário geral, ninguém ficou surpreso com a escolha de Sasha para representar o Partido Trabalhista.

No entanto, Sasha não achou graça ao descobrir que os conservadores tinham convidado Fiona Hunter para chefiar a delegação. Será que isso ocorrera simplesmente porque nada dava a ela maior prazer do que se opor a Sasha quando tivesse a oportunidade?

— Por quanto tempo você vai ficar fora com essa mulher pavorosa? — perguntou Charlie quando Sasha lhe contou a novidade.

— Três dias, quatro no máximo, e não teremos exatamente nenhum tempo pra socializar.

— Não relaxa, nem por um segundo, porque nada daria a Fiona maior prazer que descarrilar sua carreira.

— Acho que no momento ela está mais interessada em promover a carreira dela própria. Está esperando se tornar ministra de Estado na próxima reorganização — disse Sasha ao sair do banheiro.

— Não acredite nisso — disse Charlie. — E, antes que você me abandone, você pensou um pouco mais em nomes pro nosso filho, que deve estar chegando dentro de seis semanas?

— Se for menino, já escolhi o nome dele — disse Sasha, colocando a orelha contra a barriga de Charlie.

— Eu tenho um voto, ou o voto de acordo com a posição do partido é obrigatório? — perguntou ela.

— Você pode escolher entre Konstantin, Sergei e Nicholas.

— Konstantin — disse Charlie sem hesitação.

***

Fiona embarcou no jato da British Airways com destino a Moscou acompanhada de um pequeno quadro de funcionários públicos. Eles tomaram seus lugares na frente do avião enquanto Sasha sentou sozinho no fundo. Ele gostaria de estar chefiando a delegação, e não ser apenas uma sombra.

Depois que os avisos para afivelar os cintos foram apagados, ele se reclinou, fechou os olhos e começou a pensar em seu retorno à União Soviética pela primeira vez em vinte anos. Como o país teria mudado? Será que Vladimir era agora um funcionário graduado da KGB? Estaria Polyakov ainda estacionado em Leningrado? Seu tio Kolya seria o representante sindical das docas e teria ele permissão para vê-lo?

Quando o avião pousou no aeroporto Sheremetyevo quatro horas depois, Sasha viu pela janela uma pequena delegação esperando na pista para recebê-los. Fiona foi a primeira a sair do avião, tirando o máximo proveito da oportunidade para uma foto que ela esperava que seria reproduzida pela imprensa no seu país.

Desceu lentamente os degraus, acenando para um grupo de pessoas do lugar reunidas atrás de uma barreira de metal, mas elas não retribuíram seu cumprimento. Foi só quando Sasha apareceu que elas irromperam de repente num aplauso espontâneo e começaram a acenar. Ele caminhou indeciso em direção a elas, incapaz de acreditar que aquelas boas-vindas eram dirigidas a ele, até que um deles levantou um cartaz com a palavra Karpenko rabiscada nele. Fiona não conseguiu esconder seu desprazer quando um funcionário da embaixada deu um passo à frente para cumprimentá-la.

Vários buquês de flores foram empurrados nos braços de Sasha enquanto ele andava ao encontro deles. Depois ele tentou responder à profusão de perguntas que lhe eram lançadas em sua língua nativa.

— Você vai voltar pra governar o nosso país?

— Quando poderemos fazer eleições disputadas?

— Qual são as chances de uma eleição livre e justa da próxima vez?

— Estou lisonjeado só de vocês saberem meu nome — disse Sasha para uma jovem que não devia ser nascida quando ele fugira da União Soviética.

Ele olhou à sua volta e viu Fiona sendo levada na limusine do embaixador, uma bandeira do Reino Unido tremulando no para-lama dianteiro.

— Posso pegar um ônibus pra cidade? — perguntou ele.

— Qualquer um de nós teria orgulho de conduzi-lo até o seu hotel — disse um rapaz parado na frente da multidão. — Meu nome é Fyodor — disse ele —, e nós nos perguntamos se o senhor estaria disposto a discursar pra uma reunião hoje à tarde. Parece ser a única hora em que estará livre antes que a conferência se inicie amanhã.

— Seria uma honra — disse Sasha, perguntando-se se iria atrair uma multidão maior em Moscou do que a que conseguira reunir no Clube dos Trabalhadores de Roxton.

Durante a viagem para a cidade num carro que nem parecia nem soava como se pudesse realmente chegar a seu destino, Fyodor contou a Sasha que seus discursos eram frequentemente reportados no *Pravda* e ele até aparecia na televisão soviética, tudo parte da política de divulgação do novo regime.

Sasha ficou surpreso, embora soubesse perfeitamente que as autoridades pensavam que, se houvesse a mais ligeira chance de ele retornar à Rússia para disputar uma eleição, a torneira seria rapidamente fechada. De qualquer modo, Gorbachev não parecia estar fazendo um mau trabalho. Enquanto Sasha continuasse sendo uma novidade que o Partido Comunista podia usar como um instrumento de propaganda para mostrar como sua filosofia estava se difundindo através do globo, ele não corria nenhum perigo. Ele podia ouvi-los dizendo: *Não se esqueçam de que Karpenko saiu das docas de Leningrado, ganhou uma bolsa de estudos para a Universidade de Cambridge e se tornou um membro do Parlamento — isso não é prova suficiente de que nosso sistema funciona?*

Quando eles chegaram ao hotel, havia um outro grupo postado em frente ao local esperando no frio penetrante. Sasha apertou mais mãos estendidas e respondeu a várias perguntas. Finalmente ele se registrou na recepção e tomou o elevador para seu quarto. Podia não ser o Savoy, mas estava claro que seus compatriotas haviam abraçado o conceito de que, se estrangeiros viriam a Moscou, era preciso fornecer-lhes pelo menos algumas das comodidades que eles davam por certas no Ocidente. Ele tomou um banho de chuveiro e vestiu seu outro terno, uma camisa limpa e uma gravata vermelha antes de ir para o térreo, onde o mesmo carro e o mesmo motorista estavam à sua espera.

Sasha sentou-se na frente, mais uma vez se perguntando se conseguiriam chegar. Ele olhou pela janela quando passaram pelo Kremlin.

— Você vai morar ali um dia — disse Fyodor quando deixavam a Praça Vermelha para trás e seguiam em frente pelas ruas vazias.

— Quantas pessoas vocês estão esperando? — perguntou Sasha.

— Não temos nenhum meio de saber, porque nunca fizemos nada parecido com isso antes.

Sasha não pôde se impedir de se perguntar se o Alf russo seria capaz de reunir mais de uma dúzia de homens e um cachorro adormecido. Ele voltou seus pensamentos para o que poderia dizer à sua audiência. Se o grupo fosse pequeno, ele decidiu, após alguns comentários iniciais, ele iria apenas responder a perguntas e estar de volta ao hotel a tempo para o jantar.

Quando o carro estacionou em frente à sede da agremiação dos trabalhadores, ele tinha alguns comentários preparados em sua mente. Ele pisou na calçada para ser cumprimentado por uma mulher vestida com o traje nacional russo, que o presenteou com uma cesta de pão e sal. Ele lhe agradeceu e fez uma reverência seguindo Fyodor por um estreito corredor e através de uma porta dos fundos. Ao entrar no prédio pôde ouvir gritos de "Kar-pen-ko, Kar-pen-ko!". Quando foi conduzido até um palco, mais de trezentas pessoas se levantaram e continuaram a entoar "Kar-pen-ko, Kar-pen-ko!"

Sasha fitou a densa reunião e se deu conta de que sua gabolice de juventude, destinada apenas aos ouvidos de seu amigo Vladimir, tinha se tornado um grito mobilizador para inúmeras pessoas que ele nunca conhecera, que, durante gerações, tinham permanecido silenciosas com relação ao que realmente sentiam.

Seu discurso durou mais de uma hora, embora, por ter sido interrompido com tanta frequência por entoações e aplausos, ele só tenha falado na verdade por cerca de quinze minutos. Quando ele finalmente deixou o palco, o prédio ecoou aos gritos repetidos de "Kar-pen-ko! Kar-pen-ko!"

Na rua, seu carro foi cercado, e teve de andar quase um quilômetro e meio antes que Fyodor pudesse passar para a segunda marcha. Sasha suspeitou que, se tentasse descrever o que acabara de acontecer para Charlie ou Elena, nenhuma das duas acreditaria nele.

Sasha sempre quis desempenhar algum papel, por menor que fosse, na derrubada do comunismo e na condução à perestroika, mas agora, pela primeira vez, ele acreditava que poderia viver esse dia. Iria ele se arrepender por não permanecer em sua pátria e defender a Duma? Ele ainda estava ocupado com esses pensamentos quando entrou no saguão do hotel, e rapidamente voltou ao seu mundo. A primeira pessoa que ele viu no saguão foi Fiona.

— Teve uma tarde interessante? — perguntou ele.

— A embaixada arranjou ingressos pro Bolshoi pra gente — respondeu ela. — Nós ligamos pro seu quarto, mas não te encontramos em lugar nenhum. Onde você estava?

Outra pessoa que não teria acreditado nele se lhe contasse, e, talvez mais importante, não iria querer acreditar.

— Visitando velhos amigos — disse ele, pegando sua chave e se juntando a Fiona quando ela andou em direção ao elevador.

— Qual andar? — perguntou ele quando entraram.

— O último.

Ele pensou em lhe contar que esse era sempre o pior andar na União Soviética, mas decidiu que ela não teria compreendido. Ele apertou dois botões, e nenhum deles voltou a falar até que chegaram ao quarto andar, quando ele lhe deu boa-noite.

— Não se atrase pro ônibus de manhã. Nove e quinze em ponto — disse Fiona quando as portas abriram. Sasha sorriu. Uma vez uma menina mandona, sempre uma menina mandona.

— Os russos são famosos por deixar os outros esperando — disse ele ao sair para o corredor.

Ele enfiou a chave na fechadura da porta de um quarto que tinha provavelmente a metade do tamanho do de Fiona. A única compensação era que teria a metade dos insetos. De repente ele se deu conta de que não tinha comido, e por um momento pensou em serviço de quarto, mas só por um momento. Ele vestiu seu pijama e deitou na cama, ainda ouvindo os cantos de *Kar-pen-ko* quando pôs a cabeça no travesseiro, puxou os cobertores sobre si e caiu quase imediatamente num sono profundo.

Seriam as batidas persistentes todas parte de seu sonho, ele se perguntou, mas, quando elas não pararam, ele finalmente acordou. Olhou para seu relógio: 3h07. Certamente não poderia ser Fiona. Ele se arrastou para fora da cama, vestiu seu robe e relutantemente andou em silêncio até a porta.

— Quem é?

— Serviço de quarto? — disse uma voz abafada.

— Eu não pedi serviço de quarto — disse Sasha enquanto abria a porta.

— Eu não estava no cardápio, querido — disse uma ruiva de pernas compridas que também estava de pijama e robe, mas o dela era de seda preta cintilante e estava aberto. — Eu sou a especialidade da noite — disse ela, mostrando uma garrafa em uma das mãos e dois copos na outra. — Eu vim ao quarto certo, não vim, querido? — sussurrou num inglês perfeito.

— Não, sinto muito, mas não veio — respondeu Sasha num russo perfeito. — Mas não deixe de voltar novamente à sete e meia, porque eu esqueci de pedir à recepção para me acordar. — Ele lhe deu um sorriso cordial, disse: — Boa noite, querida. — E fechou a porta silenciosamente.

Ele deitou de volta na cama, pensando que a pesquisa da KGB deixara um pouco a desejar. Alguém deveria ter contado a eles que ele nunca gostara de ruivas. Embora estivessem certos em relação à vodca.

***

Sasha estava entre os primeiros a se sentar no ônibus na manhã seguinte, e, para sua surpresa, quando Fiona subiu a bordo, ela abandonou suas amas-secas e sentou-se ao lado dele.

— Bom dia, camarada ministra — brincou ele. — Espero que tenha tido uma boa noite de sono.

— Pra falar a verdade, tive uma péssima noite — sussurrou Fiona. — Eu encontrei um rapaz encantador no bar chamado Gerald, que me contou que trabalhava na embaixada. Ele subiu ao meu quarto logo depois da meia-noite e eu devia ter batido a porta na cara dele. Mas acho que tinha bebido champanhe um pouco demais.

— Não tem nada de errado nisso — disse Sasha. — Você é uma mulher solteira e atraente, então por que não deveria desfrutar a companhia de um colega fora do horário do expediente? Não vejo como isso despertaria muito interesse além de alguns pervertidos no centro de gravação do Kremlin.

— Não é com o sexo que estou preocupada — disse Fiona —, é com o que eu posso ter dito *après* sexo.

— Como o quê? — perguntou Sasha, saboreando cada momento.

Fiona enterrou a cabeça nas mãos e cochichou:

— Thatcher é uma ditadora sem nenhum senso de humor. Geoffrey Howe é um completo idiota, e eu posso ter dito a ele o nome de dois ou três membros do Gabinete que estão tendo casos com suas secretárias.

— Tão pouco característico de você, Fiona, ser assim tão indiscreta. Mas eu dificilmente descreveria isso como notícia de capa.

— Mas é, quando é com um funcionário da KGB.

— Você não sabe isso.

— Mas eu sei que não tem ninguém chamado Gerald trabalhando na embaixada britânica. Se a história caísse nas mãos da imprensa, eu estaria acabada.

— Talvez não acabada — disse Sasha —, embora pudesse adiar a tão alardeada promoção a que a imprensa está sempre aludindo. Mas somente até que a Abençoada Margareth seja finalmente deposta, o que eu confesso que não parece muito iminente. Mas por que me contar tudo isso?

— Sasha, fala sério. Todo mundo sabe que você tem excelentes contatos na União Soviética. Você acha por um minuto que seu encontro ontem à noite passou despercebido? Você deve ter alguns amigos influentes na KGB.

— Infelizmente, não. Talvez você não tenha notado, Fiona, mas eles são os inimigos.

— Ministra? — disse a voz de um funcionário público pairando acima deles.

— Só um minuto, Gus — disse Fiona. Virando-se de volta para Sasha, ela sussurrou: — Se você puder fazer alguma coisa pra ajudar, eu serei eternamente grata.

E todos nós sabemos qual é sua ideia de eternidade, pensou Sasha quando o ônibus parou de repente na Praça Vermelha.

Fiona liderou sua pequena tropa para ser saudada pelo seu homólogo, que nunca teria adivinhado pelo semblante da ministra que alguma coisa a estava perturbando. Impressionante, pensou Sasha enquanto seguia em seu encalço.

A delegação foi acompanhada através de um vasto conjunto de portas de ferro esculpidas com imagens da Batalha de Moscou. Dois guardas fardados puseram-se em posição de sentido quando eles passaram. A delegação foi então levada por uma larga escada acarpetada de vermelho para o segundo andar, onde foi conduzida a uma enorme sala pesadamente decorada que era dominada por uma longa mesa de carvalho cercada por cadeiras de couro vermelho de espaldar alto que teriam decorado um palácio e talvez outrora o tivessem feito. Eles foram convidados a tomar seus lugares ao longo de um lado da mesa, onde Sasha encontrou seu nome no terceiro cartão a partir da extremidade. Depois que a delegação britânica estava sentada, eles foram deixados esperando por algum tempo antes que os russos fizessem sua entrada, ocupando os lugares do lado oposto da mesa.

Seu anfitrião fez um longo e previsível discurso, que não precisou de tradução. Sasha sentiu que a resposta de Fiona não estava à altura de seu padrão usual. Não que isso importasse muito. Os comunicados finais já tinham sido rascunhados pelos mandachuvas e seriam divulgados na última tarde da conferência, independente do que fosse dito durante os dois dias seguintes.

Para a sessão matinal, eles se dividiram em grupos menores para discutir intercâmbios de estudantes, restrições a vistos e o empréstimo da Coleção Walpole do Hermitage que seria exibida no Houghton Hall. Os russos só pareciam estar preocupados com a garantia de que receberiam suas pinturas de volta.

Foi durante a pausa para almoço que Sasha o avistou postado sozinho no outro lado da sala. Ele vestia uma farda verde-garrafa que ostentava uma fileira de medalhas de campanha, enquanto suas dragonas douradas sugeriam que ele ascendera rapidamente através das fileiras. Sasha teria reconhecido aqueles olhos azuis frios e calculistas em qualquer lugar. Vladimir sorriu e andou deliberadamente na sua direção. Quando estava a meio metro de distância ele parou bruscamente, lembrando um boxeador encarando seu adversário no meio do ringue, esperando para ver qual deles iria desferir o primeiro soco.

Sasha já tinha preparado seu gambito de abertura, embora suspeitasse que Vladimir estivesse no seu há algum tempo, uma vez que o encontro claramente não estava acontecendo por acaso.

— Vladimir — disse ele em russo —, eu estou surpreso por você ter encontrado tempo pra comparecer a uma reunião tão pouco importante.

— Normalmente eu não me daria ao trabalho — disse Vladimir —, mas há algum tempo espero ansiosamente para vê-lo, Sasha.

— Comove-me que Ares tenha encontrado tempo para descer do Olimpo.

— Primeiro, queria parabenizar você por seu sucesso desde que deixou nosso país — disse Vladimir, ignorando a alusão. — No entanto, você não deveria visitar Leningrado. Seu velho amigo coronel Polyakov poderia estar à sua espera. Não é um homem que acredite em perdão.

— Então que alturas vertiginosas você alcançou, Vladimir? — perguntou Sasha, tentando desferir seu próprio golpe.

— Sou um humilde coronel da KGB, estacionado em Dresden.

— Um posto de preparação sem dúvida a caminho de coisas mais elevadas.

— Razão pela qual eu quis ver você. Alguns dos meus homens estiveram em sua reunião ontem à noite. Parece que, se você quisesse retornar e se candidatar à presidência, poderia ser um sério concorrente, o que é, afinal de contas, o que você sempre quis.

— Mas o sr. Gorbachev já fez isso antes de mim, de modo que não há razão pra retornar. De qualquer forma, sou um inglês agora.

Vladimir riu.

— Você é russo, Alexander, e sempre será. Exatamente como você disse pro seu público adorador ontem à noite. E, de todo modo, Gorbachev não vai durar pra sempre. Na verdade, ele pode ir muito mais cedo do que imagina.

— O que você está sugerindo?

— Que nós deveríamos nos manter em contato. Ninguém sabe melhor do que você que oportunidade é tudo na política. Tudo que peço em troca é ser nomeado chefe da KGB. O que não é nada além do que você me prometeu mil anos atrás.

— Eu nunca prometi isso, Vladimir, como você bem sabe. E, de todo modo, minhas ideias sobre nepotismo não mudaram desde a última vez que discutimos o assunto — disse Sasha. — E aquilo foi quando ainda éramos amigos.

— Podemos não ser mais amigos, Alexander, mas isso não nos impede de ter interesses mútuos.

— Vou tomar você pela sua palavra — disse Sasha — e até lhe dar uma chance de prová-la.

— O que você tem em mente?

— Seus rapazes gravaram minha ministra ontem à noite.

— Sim, aquela puta burra foi muito indiscreta.

— Ela é só uma ministra júnior, e poderia ser muito mais útil numa data posterior.

— Mas ela não é nem membro do seu partido.

— Eu entendo, Vladimir, que esse é um conceito que você deve achar difícil de assimilar.

Vladimir não respondeu imediatamente, depois deu de ombros.

— A fita estará em seu quarto de hotel dentro de uma hora.

— Obrigado. E diga a seus agentes pra atualizarem seus arquivos. Eu nunca gostei de ruivas.

— Eu disse a eles que estavam perdendo seu tempo com você. Você é incorruptível, o que tornará meu trabalho muito mais fácil quando você me nomear chefe da KGB. — Vladimir se afastou sem a sugestão de um até logo, e Sasha teria voltado ao seu pequeno grupo, se outra pessoa não tivesse se dirigido ao seu encontro.

— O senhor não me conhece, sr. Karpenko — disse um homem que devia ter aproximadamente a idade de Sasha e estava usando um terno que não tinha sido cortado em Moscou —, mas eu venho acompanhando sua carreira com considerável interesse.

Na Inglaterra, Sasha teria sorrido e tomado o homem pela sua palavra, mas na Rússia... ele permaneceu em silêncio e desconfiado.

— Meu nome é Boris Nemtsov, e acho que o senhor vai ver que temos muito em comum. — Sasha não respondeu. — Sou um membro da Duma, e acredito que ambos compartilhamos da mesma elevada opinião sobre um homem particular — disse Nemtsov, lançando um olhar na direção de Vladimir.

— O inimigo do meu inimigo é meu amigo — disse Sasha, apertando a mão de Nemtsov.

— Espero que com o tempo venhamos a ser amigos. Afinal, haverá outras conferências e outros encontros oficiais em que poderemos nos encontrar casualmente e trocar confidências, sem que ninguém abra um arquivo.

— Acho que você vai ver que alguém já abriu um arquivo — disse Sasha. — Portanto vamos dar a ele a primeira entrada. Eu não concordo com você — gritou ele, alto o bastante para assegurar que todos à sua volta se virassem para ouvir a conversa.

— Então não há mais nada a discutir — disse Nemtsov, que saiu enfurecido sem outra palavra.

Sasha teria gostado de sorrir quando Nemtsov se afastou, mas resistiu à tentação.

Vladimir encarava os dois, mas Sasha duvidou que ele tivesse se deixado enganar.

38
Alex
Boston, 1988

Quando Alex entrou no banco na segunda-feira de manhã, ele não notou o homem sentado no canto do saguão. Na terça-feira, ele registrou a figura solitária por um momento, mas, como tinha uma reunião com Alan Greenspan, o presidente do Banco Central, para discutir as últimas exigências da OPEP sobre os preços do petróleo e o fortalecimento do dólar contra a libra, a figura solitária não permaneceu preponderante em sua mente. Na quarta-feira ele olhou com mais atenção para o homem antes de entrar no elevador. Seria possível que ele tivesse passado três dias sentado ali? Pamela saberia.

— Com quem tenho minha primeira hora marcada, Pamela? — perguntou ele, antes mesmo de tirar seu sobretudo.

— Sheldon Woods, o novo presidente do Partido Democrata local.

— Quanto demos pra eles ano passado?

— Cinquenta mil dólares, presidente, mas é um ano de eleição.

— Tempo de eleição sempre traz de volta lembranças de Lawrence. Por isso vamos elevar a quantia pra cem mil esse ano.

— É claro, presidente.

— Mais algum compromisso agora de manhã?

— Não, mas o senhor vai almoçar com Bob Underwood no Algoquin, e não se esqueça de que ele é sempre pontual.

Alex assentiu.

— Você sabe o que ele quer?

— Pedir demissão. "É hora de pendurar minhas chuteiras", se bem lembro foram as palavras exatas dele.

— Nunca. Ele fica no conselho até cair morto.

— Acho que é disso que ele tem medo, presidente.

— E à tarde?

— O senhor não tem nada, só a sua sessão na academia às cinco. Seu treinador me disse que o senhor perdeu as duas últimas sessões.

— Mas ele ainda me cobra mesmo quando eu não apareço.

— Isso é irrelevante, presidente.

— Mais alguma coisa?

— Só pra te lembrar de que é seu aniversário de casamento e o senhor vai levar sua esposa pra jantar hoje a noite.

— É claro que é. Eu deveria ir até o centro depois do almoço e comprar um presente para ela.

— Anna já escolheu o presente que quer — disse a srta. Robbins.

— Posso saber o que é?

— Uma bolsa Chloé, da Bonwit Teller's.

— Vou comprar uma hoje à tarde. Que cor?

— Cinza. Ela já foi embrulhada pra presente e foi entregue na minha sala ontem. A única coisa que o senhor precisa fazer é assinar isso aqui. — Ela pôs um cartão de aniversário de casamento sobre a mesa dele.

— Às vezes eu acho, Pamela, que você seria um presidente muito melhor que eu.

— Se o senhor está dizendo, presidente. Mas, nesse meio-tempo, o senhor pode assegurar que vai assinar todas as cartas em sua pasta de correspondência antes que o sr. Woods chegue?

Conseguir que Pamela retornasse a seu antigo emprego fora a decisão mais sábia que ele tomara, pensou Alex ao abrir sua pasta de correspondência. Ele leu cada carta com cuidado, fazendo a emenda ocasional e às vezes acrescentando um P.S. escrito à mão. Ele estava considerando uma carta do presidente da Harvard Business School, convidando-o para discursar para os alunos do último ano no outono, quando houve uma batida à porta.

— Sr. Woods — disse a srta. Robbins.

— Sheldon — disse Alex, saltando de trás da sua escrivaninha. — É verdade que já se passou um ano? Posso te oferecer um café?

— Não, obrigado — disse Woods.

— Agora, antes que você diga qualquer coisa, sim, estou ciente de que é um ano eleitoral, e já decidi dobrar a nossa contribuição pro partido em memória de Lawrence.

— Isso é muito generoso da sua parte, Alex. Ele seria um excelente congressista.

— Certamente — disse Alex. — De fato, nem um dia se passa sem que eu lamente a morte dele. Aquele homem literalmente mudou a minha vida, e eu nunca tive uma chance de agradecer de verdade.

— Se Lawrence estivesse vivo, ele é que estaria lhe agradecendo — disse Woods. — Todo mundo em Boston sabia que o banco estava passando por sérias dificuldades antes que você assumisse. Que reviravolta. Ouvi por aí que você será nomeado o banqueiro do ano.

— Grande parte do crédito por isso deve ir para Jake Coleman, que não poderia ser mais diferente de seu predecessor.

— Sim, foi um grande sucesso. Suponho que você soube que Ackroyd foi solto da prisão semana passada.

— Eu soube, e não teria voltado a pensar nisso se ele não tivesse sido visto embarcando para Nice no dia seguinte.

— Não entendo — disse Woods.

— E é melhor não entender mesmo — disse Alex, enquanto assinava um cheque de 100 mil dólares e o entregava a Woods.

— Estou muito agradecido — disse ele. — Mas essa não é a razão pela qual vim vê-lo.

— Cem mil não é suficiente?

— Mais do que suficiente. É só que nós, quer dizer meu comitê, esperávamos que você iria permitir que seu nome avançasse como próximo candidato democrata para senador júnior aqui em Massachusetts.

Alex não pôde esconder sua surpresa.

— Quando você me pediu para me candidatar ao Congresso após a morte de Lawrence — finalmente conseguiu dizer —, eu recusei a proposta com relutância para poder assumir a presidência do Lowell's. Contudo, eu confesso que várias vezes me perguntei se tinha sido a decisão correta e se a política não seria minha verdadeira vocação.

— Então talvez seja hora de você assumir um desafio ainda maior.

— Infelizmente não — disse Alex. — Embora o banco esteja novamente recuperado, eu agora quero levá-lo pro próximo nível e ingressar nas grandes organizações. Com quanto você espera que o Bank of America possa contribuir pra causa democrática?

— Eles já deram 250 milhões de dólares para a campanha.

— Então eu saberei que chegamos lá quando você me pedir a mesma quantia e, mais importante, quando eu não pensar duas vezes.

— Eu prefiro ter 100 mil e você como nosso candidato.

— Estou lisonjeado, Sheldon, mas a resposta ainda é não. Obrigado pelo convite, mesmo assim. — Alex tocou um botão sob sua escrivaninha.

— É uma pena. Você teria sido um senador extraordinário.

— Isso é um grande elogio, Sheldon. Talvez numa outra vida. — Eles trocaram um aperto de mão quando a srta. Robbins entrou para escoltar o sr. Woods até o elevador.

Alex se reclinou na cadeira e pensou em como sua vida poderia ter sido diferente se Lawrence não tivesse morrido — ou mesmo se ele e sua mãe tivessem escolhido o outro caixote. Mas ele logo parou com "o que poderia ter sido" e retornou ao mundo real, pondo um tique no alto da carta enviada pelo presidente da Harvard Business School.

A srta. Robbins tinha acabado de fechar a porta atrás de si quando o telefone tocou. Alex pegou-o e imediatamente reconheceu a voz na outra ponta da linha.

— Oi, Dimitri — disse ele. — Há quanto tempo. Como vai você?

— Bem, obrigado, Alex — disse Dimitri. — E você?

— Nunca estive melhor.

— Fico feliz em ouvir isso, Alex, mas pensei que você deveria saber que Ivan Donokov foi libertado da prisão e está retornando a Moscou.

— Como isso é possível? — perguntou Alex, ficando gelado. — Eu pensava que ele tinha sido sentenciado a noventa e nove anos sem direito a condicional.

— A CIA trocou-o por dois agentes que estavam mofando num inferno em Moscou havia mais de uma década.

— Esperemos que eles não venham a se arrepender disso. Mas muito obrigado pela informação.

— Eu só espero que você não viva pra se arrepender disso — disse Dimitri, mas só depois que tinha pousado o telefone.

Alex tentou tirar Donokov da cabeça enquanto continuava assinando cartas. Seus pensamentos foram interrompidos quando a srta. Robbins voltou a entrar na sala para pegar a pasta de correspondência.

— Antes que eu me esqueça, Pamela, um homem que ficou sentado na recepção nos últimos três dias. Você tem alguma ideia de quem seja ele?

— Um sr. Pushkin. Ele voou de Leningrado na esperança de que o senhor concordaria em vê-lo. Afirma que frequentou a escola com o senhor.

— Pushkin — repetiu ele. — Um grande escritor, mas eu não me lembro de ninguém da minha escola com esse nome. Mas, se ele está tão determinado em me ver, talvez eu deva lhe conceder alguns minutos.

— Ele diz que precisa de umas duas horas. Eu tentei explicar que o senhor não tem umas duas horas antes do Natal, mas isso não o desencorajou, o que me fez me perguntar se ele trabalhava para a KGB.

— A KGB não senta e fica esperando numa recepção por três dias, especialmente quando todo mundo pode vê-los. Por isso vamos ver o coelho antes de atirar nele. Mas me socorre depois de quinze minutos; diga que tenho outra reunião.

— Sim, presidente — disse a srta. Robbins, não parecendo nada convencida.

Alex ainda estava assinando cartas quando houve uma batida suave à porta. A srta. Robbins entrou na sala seguida por um homem que ele achou que parecia familiar e em seguida se lembrou.

— Que prazer vê-lo novamente, Misha, depois de todo esse tempo — disse Alex, enquanto a srta. Robbins saía da sala.

— É bom vê-lo também, Alexander. Só estou surpreso que você ainda se lembre de mim.

— Capitão do time júnior de xadrez. Você ainda joga?

— De vez em quando, mas nunca alcancei suas alturas vertiginosas, por isso não se dê ao trabalho de me desafiar.

— Não me lembro da última vez que joguei — admitiu Alex, que só conseguiu evocar lembranças de Donokov. — Antes que você me conte o que o traz a Boston, como vai minha cidade natal?

— Leningrado é sempre bonita nesta época do ano, como você deve se lembrar — disse Pushkin na língua natal de Alex. — Há até rumores de que não vai demorar muito pra que seu nome seja mudado de volta pra São Petersburgo. Mais um símbolo pra perpetuar o mito de que o velho regime foi substituído.

Ouvir Pushkin falando russo fez Alex se sentir subitamente triste, até um pouco culpado, por ter perdido seu sotaque e agora soar como qualquer outro WASP de Boston. Ele olhou para seu visitante com mais atenção. Pushkin tinha pouco mais de 1,70, com um denso bigode castanho que fazia Alex se lembrar de seu pai. Ele vestia um pesado terno de tweed com lapelas largas, que sugeria ou que ele não tinha interesse por moda, ou que essa era a primeira vez que viajava para fora da União Soviética.

— Meu pai trabalhava nas docas quando o seu pai era supervisor chefe — disse Pushkin. — Muitos dos rapazes ainda se lembram dele com respeito e afeição.

— E o meu tio Kolya?

— Agora ele é supervisor das docas. Mandou lembranças pra você e pra sua mãe.

Eu devo a minha vida a ele, Alex esteve prestes a dizer, mas conteve-se quando lembrou que, se o major Polyakov ainda estivesse vivo, esse era um risco que não valia a pena correr.

— Por favor, transmita-lhe meus melhores votos, e diz a ele que espero ansiosamente nosso próximo encontro.

— Espero que seja antes do que você pensa — disse Pushkin. — Eu vejo ele de vez em quando, geralmente no futebol em sábados alternados.

— Vocês dois de pé na arquibancada, torcendo pelo Zenit, sem dúvida.

— Não tem mais arquibancadas hoje em dia. Todo mundo tem um assento.

— Posso supor que meu velho amigo Vladimir tenha encontrado seu caminho pro camarote do presidente?

— Faz muitos anos que eu não vejo ele — disse Pushkin. — Pela última notícia que tive, ele era um coronel da KGB estacionado em algum lugar na Alemanha Oriental.

— Não posso imaginar que isso seja parte de seu plano a longo prazo — disse Alex. — No entanto, tenho certeza de que você não veio até Boston pra lembrar o passado. O que você tinha em mente quando disse que esperava que eu poderia ver meu tio mais cedo do que pensava?

— Você deve estar ciente de que o novo regime soviético é muito diferente do antigo. O martelo e a foice foram apeados do mastro para serem substituídos pelo símbolo do dólar. O único problema é que, depois de tantos séculos de opressão, primeiro pelos tsares e depois pelos comunistas, nós, russos, não temos uma tradição de livre empresa. — Alex assentiu, mas não interrompeu. — Por isso, nada mudou realmente nesse campo. Quando o governo decidiu vender algumas das companhias mais rentáveis do Estado, não deveria ter sido uma surpresa que ninguém estivesse qualificado pra lidar com uma reviravolta tão dramática. E dramática foi o que ela veio ser, como eu descobri quando minha própria companhia foi posta à venda — disse Pushkin enquanto entregava seu cartão.

— A Companhia de Petróleo e Gás de Leningrado — disse Alex.

— Quem quer que venham a ser os novos proprietários da PGL, eles vão se tornar bilionários da noite pro dia.

— E você gostaria de ser um deles?

— Não. Como seu pai, eu acredito que a riqueza deveria ser compartilhada entre aqueles que tornaram a companhia um sucesso, não simplesmente entregue a alguém que por acaso seja um amigo de um amigo do presidente.

— Qual era o preço solicitado? — perguntou Alex, tentando descobrir se a reunião duraria mais de quinze minutos.

— Vinte e cinco milhões de dólares.

— E qual foi o faturamento da PGL no ano passado?

Pushkin abriu o zíper de uma velha bolsa de plástico, tirou alguns papéis e colocou-os sobre a escrivaninha.

— Um pouco mais de quatrocentos milhões de dólares — disse sem precisar consultá-los.

— E o lucro?

— Trinta e oito milhões, seiscentos e quarenta mil dólares.

— Estou entendendo alguma coisa errada? — disse Alex. — Com essa margem de lucro, a companhia deve valer mais de quatrocentos ou quinhentos milhões.

— O senhor está entendendo tudo, presidente. É só que o senhor não pode esperar substituir o comunismo pelo capitalismo da noite para o dia simplesmente trocando um macacão por um smoking da Brooks Brothers. A União Soviética pode ter algumas das melhores universidades do mundo se você quer estudar filosofia, até sânscrito, mas muito poucas oferecem um curso sério de administração de empresas.

— Certamente qualquer grande banco russo lhe emprestaria o dinheiro se você puder garantir esse tipo de retorno — disse Alex, olhando atentamente para seu compatriota.

— A verdade — disse Pushkin — é que os bancos estão numa situação tão crítica quanto as de todos os demais. Mas eles ainda não vão emprestar 25 milhões de dólares para alguém que ganha o equivalente a 5 mil dólares por ano e tem menos de mil dólares em sua poupança.

— Quanto tempo você tem antes que eu precise tomar uma decisão? — perguntou Alex.

— O prazo final para a negociação é 31 de outubro. Depois disso, ela está aberta pra qualquer pessoa que possa levantar o dinheiro.

— Mas isso é apenas daqui a um mês — disse Alex quando a srta. Robbins entrou na sala preparada para escoltar o sr. Pushkin até o elevador.

— O que convém à KGB, que eu já sei que tem seus olhos sobre a companhia.

— Pamela, cancele o meu almoço, depois entre em contato com todos os membros sêniores da administração e da equipe de investimento e diga-lhes pra largar tudo e comparecer ao meu escritório imediatamente.

— Ok, presidente — disse a srta. Robbins, como se não houvesse nada de inusitado na solicitação.

— Eu preciso também de meia dúzia de pizzas para entrega à uma hora. E, antes que você pergunte, essa é uma decisão que minha mãe pode tomar.

A srta. Robbins não entrou no escritório do presidente de novo até que a reunião tinha finalmente terminado cinco horas mais tarde.

— O senhor perdeu sua sessão de ginástica de novo, presidente.

— Eu sei. A reunião passou da hora.

— O senhor ainda vai levar a sua esposa pra jantar? — perguntou a srta. Robbins, pondo o presente de aniversário na escrivaninha dele.

— Droga — disse Alex. — Diz pro Jake que eu não poderei me juntar a ele e ao sr. Pushkin pro jantar afinal de contas. Diz pra eles que um compromisso mais importante surgiu.

39
Alex
Boston

Evelyn atendeu o telefone e ouviu uma voz familiar, com a qual ela não falava havia muito tempo.

— Eu preciso ver você.

— Por que eu iria querer te ver? — perguntou ela.

— Porque você sabe muito bem que eu não roubei o Warhol — disse Ackroyd.

— Essa conversa está sendo gravada?

— Não, porque eu certamente não quereria que mais ninguém ouvisse o que estou prestes a te dizer.

— Estou ouvindo.

— Eu não desperdicei meu tempo quando estava na prisão e pensei em uma maneira de você ganhar meio bilhão de dólares e envergonhar Karpenko ao mesmo tempo.

Houve uma breve pausa antes que Evelyn dissesse:

— O que eu teria de fazer?

— Só confirma que vou receber dez por cento da transação se nós conseguirmos levá-la a cabo.

— Ainda estou ouvindo.

— Não vou dizer nem mais uma palavra, Evelyn, até ter sua assinatura na linha de baixo. Não esqueci que da última vez que fizemos um acordo eu acabei na prisão.

— Nesse caso, Douglas, você vai ter de voar até o sul da França e trazer o contrato com você.

***

Alex chegou a Marliave dez minutos antes da hora, e estava fazendo alguns cálculos no verso de seu cardápio quando Anna chegou.

— Feliz aniversário, querida — disse ele ao se levantar para beijá-la.

— Obrigada. E aqui está sua pergunta capciosa — disse Anna, sentando em seu canto favorito da mesa. — Faz quantos anos que estamos casados, ou era isso que você estava tentando calcular aí?

Felizmente a srta. Robbins o tinha lembrado pouco antes que ele saísse.

— Treze, mas teriam sido catorze se Lawrence não tivesse me deixado seus cinquenta por cento do banco.

— Você sobreviveu a essa experiência. O que é isso? — perguntou Anna com falsa modéstia.

— Abra e você descobrirá.

— Suspeito que será uma surpresa mais pra você do que pra mim.

Alex riu.

— Vou fingir que já a vi antes.

Anna removeu lentamente a fita vermelha, desembrulhou o pacote e levantou a tampa para revelar uma pequena e elegante bolsa Chloé cinza-clara que era ao mesmo tempo prática e estilosa.

— É tão a sua cara, eu pensei no momento em que a vi — disse Alex.

— Que foi exatamente agora — disse Anna inclinando-se e beijando-o de novo. — Talvez você possa lembrar de agradecer a Pamela por mim — acrescentou quando o maître apareceu ao lado deles.

— Sei exatamente o que quero, François — disse ela. — Salada niçoise e o linguado de Dover.

— Vou querer a mesma coisa — disse Alex. — Já tomei decisões suficientes para um dia.

— Posso perguntar?

— Não posso dizer muita coisa no momento, porque isso poderia vir a ser ou uma completa perda de tempo ou o maior negócio que já cruzou a minha mesa.

— Quando você deve ficar sabendo?

— A essa altura da semana que vem, seria a minha aposta. Momento em que eu devo ter voltado de Leningrado.

— Mas não foi você que disse várias vezes que nunca voltaria à Rússia em quaisquer circunstâncias, principalmente a Leningrado?

— É um risco calculado — disse Alex. — De qualquer forma, penso que seja seguro supor que, depois de todos esses anos, Polyakov deve ter se aposentado.

— Sua mãe me contou uma vez que os oficiais da KGB nunca se aposentam, então o que ela pensa?

— Ela não vai relaxar até que tenha comparecido ao enterro dele. Mas, quando eu prometi ver meu tio Kolya, descobrir como está o resto da família e visitar o túmulo do meu pai, ela relutantemente mudou de ideia.

— Eu não quero que você vá — disse Anna calmamente. — Deixa o Jack Coleman tomar o seu lugar. Ele é um negociador tão bom quanto você.

— Talvez, mas os russos sempre esperam negociar com o presidente. Por falar nisso, há um lugar sobrando no avião, caso você queira ir.

— Não, obrigada. Eu tenho uma inauguração quarta-feira.

— Alguém que eu conheça? — perguntou Alex, satisfeito por mudar de assunto.

— Robert Indiana.

— Ah, sim, eu gosto do trabalho dele. Vou lamentar perder a inauguração.

— A exposição ainda estará aberta quando você voltar. Se você voltar.

— Não é tão mau assim, minha querida. Então será que tenho permissão para saber qual é meu presente de aniversário? — perguntou Alex, na esperança de tornar o clima menos pesado. — Porque não vejo um pacote.

— Era grande demais para eu trazê-lo comigo — disse Anna. — É uma escultura de bronze de meio metro quadrado de Indiana chamada *LOVE*. — Ela desenhou uma imagem no verso do cardápio.

— Quanto isso vai me custar?

— Com o desconto habitual, por volta de sessenta mil. E, se você o der de presente pro Konstantin, ele pode evitar imposto sucessório.

— Então deixe-me tentar compreender isso, minha amada — disse Alex. — Meu presente de aniversário de casamento vai me custar sessenta mil dólares, mas é Konstantin que vai realmente possuí-lo?

— Sim, meu querido. Acho que você captou a ideia. Mas a boa notícia é que agora há uma pequena possibilidade de que você vá pro céu. — Anna fez uma pausa. — Não que você vá gostar de lá.

— Por que não? — perguntou Alex.

— Porque você não vai conhecer ninguém — disse ela quando o garçom voltou com o primeiro prato deles.

— Então o que eu ganho?

— A possibilidade de olhar pra ele pelo resto de sua vida.

— Obrigado — disse Alex. — E eu posso perguntar onde está o beneficiário?

— Está passando a noite com a avó dele.

— Isso significa que a minha mãe tirou uma noite de folga? — perguntou Alex fingindo incredulidade.

— Só metade da noite. Konstantin gosta mais das marguerites de Elena do que de qualquer outra coisa que eu jamais cozinhei pra ele. — disse Anna enquanto terminava sua salada. — E não me venha com esse olhar de *eu também*. Então, que mais você andou aprontando hoje?

— Sheldon Woods veio me ver hoje cedo pra me perguntar se eu estaria interessado em me candidatar pro Senado.

— De quanto tempo você precisou para recusar essa atraente proposta? — perguntou Anna enquanto o garçom retirava seus pratos vazios.

— Eu refleti sobre ela longa e arduamente por vinte segundos.

— Consigo me lembrar da época, não há tanto tempo, em que você era fascinado por política — disse Anna. — A única coisa que você queria ser algum dia era o primeiro presidente eleito de uma Rússia independente.

— E eu confesso que isso seria muito mais tentador que o Senado — disse Alex. Mas tudo isso mudou no dia em que Lawrence morreu — acrescentou quando o garçom reapareceu e lhes apresentou dois linguados de Dover.

— Com ou sem a espinha, madame?

— Sem, por favor, François, pra nós dois. Meu marido não está tomando nenhuma decisão importante esta noite.

— E a gerência imaginou que os senhores apreciariam uma garrafa de Chablis Beauregard para marcar esta ocasião especial, com os nossos cumprimentos.

— Eu deveria ter me casado com você, François, pois está claro que você jamais teria esquecido nosso aniversário de casamento e saberia exatamente que presente me dar.

François fez uma reverência e os deixou.

— Mas quando o Lawrence deixou os cinquenta por cento das ações do banco pra você elas não valiam nada — disse Anna —, e agora devem valer uma fortuna.

— É, mas eu não posso me dar ao luxo de me livrar de nenhuma de minhas ações enquanto Evelyn ainda possui os outros cinquenta por cento, porque nesse caso ela teria controle total.

— Quem sabe ela poderia considerar vender as ações. Afinal, ela sempre parece estar com pouco dinheiro em espécie.

— Muito possivelmente, mas eu não tenho esse tipo de capital disponível — disse Alex.

— Mas, se eu me lembro corretamente — disse Anna —, no dia em que nosso filho nasceu, Evelyn lhe ofereceu suas ações por um milhão de dólares e eu sugeri que você poderia se arrepender de não as ter comprado.

— Mea culpa — disse Alex. — E na época eu cheguei até a pensar em vender o Elena para poder comprar as ações eu mesmo, mas isso teria sido um risco pavoroso, porque, se o banco tivesse quebrado, eu teria acabado sem nada.

— Percepção tardia — disse Anna. — Mas posso perguntar o quanto essas ações estão valendo agora?

— Cerca de trezentos milhões de dólares.

Anna suspirou.

— O banco vai acabar tendo de pagar a ela o valor total?

— Talvez, porque não podemos deixar outro banco se apossar de cinquenta por cento das nossas ações; de outro modo, estaríamos olhando sobre nossos ombros pelo resto da vida, especialmente se Doug Ackroyd acabasse aconselhando-os.

— Talvez você devesse ter concordado em se candidatar ao Senado. Muito menos problemas e um salário garantido.

— Tendo de ouvir ao mesmo tempo as opiniões de milhões de eleitores, em vez das de uma dúzia de membros do conselho.

— Seria um número ainda maior, se você realizasse seu sonho de toda a vida e se candidatasse à presidência.

— Dos Estados Unidos?

— Não, da Rússia.

Alex não respondeu imediatamente.

— Ah — disse Anna —, então você ainda pensa sobre a possibilidade.

— Ciente de que, como em qualquer sono, eu vou despertar — disse Alex quando François reapareceu ao lado deles.

— Posso tentá-la com uma sobremesa, madame? — perguntou ele.

— Não, obrigada — disse Anna. — Nós dois comemos bastante. Aniversários não deveriam ser uma desculpa para engordar. E ele — disse, apontando para o marido — perdeu a sessão de ginástica de novo hoje. Então definitivamente nada pra ele.

François encheu suas taças e levou embora a garrafa vazia.

— A mais um memorável ano juntos, sra. Karpenko — disse Alex, levantando sua taça.

— Eu gostaria que você não estivesse indo pra Rússia.

***

— Eu gostaria que você não estivesse indo pra Rússia — disse Elena quando pôs duas pizzas na frente deles.

— Você e Anna — dizia Alex quando um garçom se aproximou correndo e disse:

— Lamento incomodá-lo, sr. Karpenko, mas sua secretária acaba de ligar para lhe comunicar que houve um problema com os vistos e perguntou se o senhor poderia retornar ao seu escritório assim que possível.

— O melhor é eu ir e descobrir qual é o problema — disse Alex. — Voltarei assim que puder.

Ele deixou sua mãe e um Pushkin de expressão ansiosa para terminarem suas pizzas, enquanto ele rumava rapidamente de volta para o escritório, onde a srta. Robbins estava à sua espera.

— Está tudo de acordo com o plano? — perguntou ela.

— Sim, Misha e minha mãe estavam compartilhando uma pizza quando eu os deixei. Ela pode não saber muita coisa sobre transações bancárias nem de negócios, mas, quando se está no ramo da alimentação por tanto tempo quanto ela, não há muita coisa que você não saiba sobre as pessoas. Alguma coisa importante antes da minha volta?

— A assistente do Ted Kennedy ligou pra confirmar que todos os cinco vistos estarão em sua mesa até às quatro horas da tarde de hoje, e ela também me lembrou de que o senador está se candidatando à reeleição ano que vem.

— Isso vai me custar outros cem mil.

— Eu também consegui para o senhor mil dólares em espécie e o equivalente em rublos, pois cheques e cartões de crédito não parecem resolver muita coisa na União Soviética. A equipe tem uma reserva para o Hotel Europa por cinco noites.

— Uma noite poderia se revelar suficiente.

— E o capitão Fullerton está esperando o senhor no Logan por volta das onze da noite. Ele tem um horário reservado pra onze e meia. Vocês vão reabastecer em Londres antes de voar pra Leningrado. Portanto agora o senhor pode voltar e descobrir o que sua mãe acha do sr. Pushkin.

Alex voltou com toda a calma para o Elena's e, quando chegou, pôde ver sua mãe ouvindo atentamente cada palavra que Misha estava dizendo. A expressão ansiosa retornou ao rosto do russo quando Alex se juntou a eles.

— Um problema com os vistos? — perguntou ele.

— Não, tudo foi solucionado. Espero que tenha gostado da pizza.

— Eu nunca tinha comido uma antes — admitiu Pushkin —, e eu já disse à sua mãe que eu sei onde fica o melhor ponto para abrir o primeiro Elena's em Leningrado. Se você me der licença por um momento, eu tenho de ir e fazer o que vocês americanos chamam de "refrescar-se".

No momento em que ele desapareceu no andar de baixo, Alex perguntou:

— Qual é o seu veredicto, mamãe?

— Ele é puro ouro — disse Elena. — Nem mesmo ouro laqueado. Eu não sei nada sobre gás exceto como acendê-lo e apagá-lo, e aceito que acabo de conhecer Misha, mas eu o deixaria com prazer parado junto de uma caixa registradora aberta.

— Família? — perguntou Alex, não querendo perder um momento antes que Misha retornasse.

— Ele tem uma esposa, Olga, dois filhos, Yuri e Tatiana, que estão ambos esperando ingressar na universidade, mas ele acha que as chances da filha são melhores que as do filho, cujo único interesse parece ser motocicletas. Francamente, Alex, eu não penso que Misha pudesse enganá-lo mesmo que você estivesse dormindo profundamente.

Pushkin reapareceu no alto da escada.

— Obrigado, mamãe. Então parece que estou a caminho de Leningrado.

— Por favor, lembre-se de visitar o túmulo de seu pai, e tente conversar com seu tio Kolya. Mal posso esperar para ouvir notícias dele.

40
ALEX
Boston e Leningrado

ALEX TINHA REUNIDO UMA EQUIPE de quatro chefes de departamento, liderados por Jake Coleman, para acompanhá-lo à Rússia. Todos eram experts em seus campos: serviços bancários, energia, direito contratual e contabilidade. Dick Barrett, chefe do departamento de energia do banco, já tinha passado várias horas com Pushkin e admitia que havia saído fortemente impressionado.

— Aquele homem conhece mais sobre a indústria que muitos supostos consultores especializados; no entanto, ele nunca ganhou mais do que alguns milhares de dólares por ano. Por isso para ele essa é literalmente a oportunidade de uma vida inteira. Ele me lembrou que a Rússia tem vinte e quatro por cento das reservas de gás natural do mundo, bem como doze por cento de seu petróleo. Vou precisar me sentar ao lado dele no avião de modo que, quando pousarmos em Leningrado, eu seja capaz de conservar minha posição de força.

Era Andy Harbottle, o novo advogado da empresa, conhecido como "sr. Lado Negativo", que teria de elaborar o contrato final. Mas não antes que seu pai tivesse dado ao documento seu selo de aprovação.

Jake tinha sido capaz de confirmar que Pushkin não tinha uma grande compreensão de finanças, e advertiu Alex de que eles não saberiam se os números batiam até que tivessem chegado ao QG da PGL e fossem capazes de estudar os livros.

— Como seria de esperar que ele compreendesse algo tão complexo? — disse Alex. — Ninguém jamais recebeu ofertas de negócios em que é possível ter um lucro de mil por cento virtualmente da noite para o dia. O que está acontecendo na Rússia hoje é como a corrida do ouro na Califórnia nos anos 1850, e devemos tirar proveito disso antes que nossos competidores o façam.

— Concordo — disse Harbottle. — E, embora eu seja um indivíduo cauteloso por natureza...

— O filho de seu pai — sugeriu Alex.

— Eu nunca vi alguém aproveitar uma oportunidade como você, e isso pode até vir a ser aquela guinada sobre a qual você fala com tanta frequência e que nos permitirá ingressar nas divisões principais.

— Ou pode quebrar a gente.

— Improvável — disse Harbottle. — Não se esqueça de que temos uma grande vantagem sobre nossos rivais. Nosso presidente é russo e nasceu em Leningrado.

Alex não acrescentou: *e fugiu depois de quase ter matado um oficial graduado da KGB.*

***

Os seis passageiros embarcaram no jato Gulfstream com destino a Leningrado, perseguindo o que Jake chamava agora de "a corrida do gás". Nenhum deles tinha a menor ideia do que esperar. O avião foi reabastecido no Heathrow, onde a equipe desembarcou para esticar as pernas e fazer uma refeição no terminal. Alex teria gostado de ir até a cidade e visitar a Tate, o National Theatre e até a Câmara dos Comuns, mas não dessa vez.

Alex acordou com um susto quando o capitão anunciou que eles estavam iniciando a descida no aeroporto Pulkovo e pediu aos passageiros que afivelassem os cintos. Ele pensou sobre a cidade que deixara todos aqueles anos atrás, também sobre o pai, seu tio e até em Vladimir, que àquela altura estaria provavelmente mais em Moscou do que em Leningrado. Ele tentou empurrar o major Polyakov para os recessos de sua mente e se concentrar no negócio que poderia pôr o banco em outro patamar. Ou seria ele preso antes mesmo que passasse pela alfândega?

Ele olhou pela janela da cabine, mas pôde ver pouca coisa além das luzes do terminal e um céu cheio de estrelas que ele não via desde que era menino.

Suas emoções estavam divididas. Ele não estava seguro de que se sentia feliz por estar de volta, mas, no momento em que desembarcou, foi lembrado do ritmo em que as coisas se moviam na Rússia. Havia um lento, mais lento, e, se você fosse burro o bastante para se queixar, ainda mais lento. Eles esperaram mais de duas horas para ter os passaportes checados, e ele se deu conta de quantas coisas ele dava por certas vivendo nos Estados Unidos. Era imaginação sua ou o inspetor levou ainda mais tempo quando viu o nome Karpenko? Depois eles tiveram de esperar por mais uma hora antes que suas malas fossem liberadas e lhes fosse finalmente permitido escapar.

Pushkin os liderou para fora do terminal até a calçada. Ele levantou a mão no ar e cinco carros imediatamente deram guinadas pela rua, parando diante deles. Alex e sua equipe olharam incrédulos enquanto Pushkin escolhia três deles. Tudo que tem quatro rodas em Leningrado é um táxi, ele explicou.

— Para o Astoria — instruiu ele a cada um dos motoristas escolhidos. — Tratem de não cobrar mais do que um rublo — acrescentou enquanto seus novos associados se amontoavam nos carros à espera.

— Mas isso é só cerca de um dólar — disse Alex, quando Misha se juntou a ele no banco traseiro.

— Mais do que o suficiente — respondeu ele enquanto o carro disparava em direção ao centro. Mais uma longa viagem.

Quando todos tinham se registrado no hotel, estavam exaustos.

— Tenham uma boa noite de sono — disse Jake —, porque vou precisar de todos vocês na melhor forma amanhã.

***

Eles se encontraram na sala de jantar para o café da manhã no dia seguinte, e, embora um ou dois deles parecessem ainda estar lutando com o jet lag, depois que umas duas xícaras de café preto tinham sido esvaziadas e a cafeína entrado em suas correntes sanguíneas estavam todos prontos para seus primeiros serviços.

Jake e Alex partiram para o Commercial Bank para tentar descobrir se poderiam fazer uma transferência bancária de 25 milhões de dólares para Leningrado de repente. Após a experiência no aeroporto na noite anterior, Alex não podia evitar sentir-se um pouco pessimista. Dick Barrett acompanhou Misha à fábrica da PGL na periferia da cidade, enquanto Andy Harbottle saiu para se encontrar com os advogados da companhia para discutir o contrato para a maior e mais complicada negociação com que ele jamais se deparara. Seu pai teria considerado que havia no total zeros demais envolvidos para que ela fosse crível.

Andy já havia preparado o primeiro rascunho de um contrato, mas ele advertiu Alex:

— Mesmo que os russos assinem o contrato, que garantias temos de que algum pagamento será efetivado algum dia? Isso pode ser a nova corrida do ouro, mas com ela foram cowboys, e esses não são nem mesmo os nossos cowboys.

A única estatística que ele foi capaz de confirmar foi que, quando um americano processava um russo nos tribunais soviéticos, ele tinha uma chance de quatro por cento de ganhar a causa.

A equipe voltou a se reunir no quarto de Jake no hotel às seis horas naquela tarde. Jake e Alex relataram que, embora os bancos russos tivessem sido esmagados pelas recentes guinadas de 180 graus na política do governo, foi deixado claro para eles que investidores estrangeiros deveriam ser bem-vindos e, diferentemente de Oliver, estimulados a voltar para uma segunda porção.

Barrett confirmou que tudo que Pushkin havia afirmado sobre a operação no local tinha se provado preciso, embora ele sentisse que o registro de segurança da companhia deixasse um pouco a desejar. Alex não parava de fazer anotações.

— E a folha de balanço? — perguntou Jake, virando-se para o contador.

— Eles não parecem compreender os princípios básicos da moderna prática da contabilidade — disse Mitch Blake. — O que não me surpreende, uma vez que sua economia foi dirigida por amadores partidários por décadas. Mas ainda é a porra do melhor resultado final que eu já vi.

— Então vamos atuar como advogado do diabo por um momento — disse Alex. — Qual é o lado negativo?

— Eles poderiam roubar os nossos vinte e cinco milhões — disse Andy Harbottle. — Mas eu não acho que deveríamos fazer as nossas malas agora.

***

Alex ficou contente por ver a equipe relaxando pela primeira vez durante o jantar naquela noite.

— Você ainda pretende se encontrar com o seu tio pra almoçar amanhã? — perguntou Jake.

— Com certeza. Estou esperando que ele possa me dar alguma informação privilegiada sobre como lidar com o regime atual.

— Você sabe do que esse país precisa? — disse Jake ao cortar um bife duro.

— Que minha mãe abra uma pizzaria na Avenida Nevsky: Elena 37.

— Isso, e depois você deveria se candidatar à presidência. Um russo honesto que compreenda a livre empresa é exatamente o que esse país precisa no momento.

— Esse sempre foi o meu sonho quando eu era menino — disse Alex. — Se meu pai não tivesse sido morto, talvez...

— Talvez o quê? — disse Jake, mas Alex não respondeu enquanto olhava diretamente para a frente. Ele acabara de notar os três homens sentados a uma mesa do outro lado do restaurante. O único medo que ele havia empurrado para o fundo de sua mente estava de repente lhe fazendo frente. Ele não tinha nenhuma dúvida de quem era o homem mais velho, ou de por que os dois capangas sentados ao lado dele estavam lá.

A cruel cicatriz que se estendia ao longo do lado esquerdo do rosto e do pescoço do homem era um lembrete instantâneo de onde ele e Alex tinham se encontrado pela última vez. As palavras horripilantes de Polyakov — Você será enforcado por isto — reverberavam em seus ouvidos. Anna tinha razão, ele nunca deveria ter feito a viagem. Jake e sua equipe eram mais do que capazes de lidar com a negociação sem ele. Mas ele deixou a excitação da caça falar mais alto que o bom senso.

O homem continuou a olhar para Alex, os olhos fixos nele. Alex não alimentava nenhuma dúvida quanto às suas intenções. Enquanto o restante da equipe discutia táticas para o dia seguinte, Alex ficou sentado na beirada de sua cadeira, tenso e alerta enquanto esperava que o major fizesse o primeiro movimento num jogo de xadrez que não tinha probabilidade de terminar em empate.

Alex tocou no cotovelo de Jake.

— Presta atenção — sussurrou ele. — O homem que eu quase matei no dia que fugi de Leningrado está sentado bem na nossa frente, e eu não acredito em coincidências.

Jake deu uma olhada para os três homens e disse:

— Mas, Alex, isso foi mais de vinte anos atrás.

— Olha pra cicatriz, Jake. Você se esqueceria?

— E os dois homens com ele?

— KGB, por isso estão acima da lei. Eles não querem saber como eu vou morrer, só quando isso vai acontecer.

— A gente devia ir pro consulado americano o mais depressa possível.

— Eu não iria passar do portão da frente — disse Alex. — O que é importante é que todos vocês continuem como se nada tivesse acontecido. Se alguém perguntar, diz que fui retido numa reunião, ou que estou visitando meu tio Kolya. Só continuem enrolando. Eu aviso a vocês quando estiver fora de perigo.

— Não deveríamos ao menos ligar pro consulado e pedir o conselho deles?

— Dê mais uma olhada neles três, Jake, e pergunte a si mesmo se eles são o tipo de homens que você convidaria pra almoçar. Esta não é a hora pra conversas diplomáticas.

— Então o que você vai fazer?

— Me passar por um nativo. Eu nasci e fui criado nessa cidade. Você se concentra em fechar o negócio. Eu tomarei conta de mim mesmo.

Enquanto Alex estava falando, um grupo de seis estava sendo conduzido através do restaurante para sua mesa. No momento em que eles passaram entre ele e Polyakov, como uma nuvem bloqueando o sol, Alex escapuliu. Jake virou-se e disse:

— Você notou... — Mas ele não estava mais lá.

Alex não perdeu tempo esperando o elevador, indo direto para a escada. Subiu três degraus de cada vez, olhando constantemente sobre o ombro. Chegando ao sexto andar, destrancou rapidamente a porta de seu quarto, depois trancou-se lá dentro, não se dando ao trabalho de pôr o aviso de NÃO PERTURBE. Ele bateu em seis números no teclado do pequeno cofre no armário, abriu-o e pegou o passaporte e alguns trocados. Apalpou o bolso do paletó para se certificar de que sua carteira, contendo os rublos que a srta. Robbins fornecera, ainda estava lá.

Quando ele ouviu vozes no corredor, correu para a janela e abriu-a. Assim que pisou na escada de incêndio, alguém começou a bater com força à porta. Ele desceu a escada, olhando para cima e para baixo, sem saber ao certo de onde o perigo tinha maior probabilidade de vir. Quando chegou ao degrau de baixo, olhou para cima e viu um capanga olhando para ele da janela de seu quarto.

— Lá está ele! — gritou o homem no momento em que ele caiu na calçada. Os outros três homens estavam parados na entrada do hotel, olhando para toda parte à volta deles, de modo que ele rapidamente tomou a direção oposta. Alex olhou sobre o ombro e viu um dos homens apontando e, em seguida, correr pelos degraus do hotel em sua direção.

Alex virou numa rua secundária e começou a correr, ciente de que seus perseguidores não estavam muito atrás. Ele pôde ver uma rua principal surgindo à sua frente, mas não parou de correr, escapando por pouco de ser atropelado por um bonde. Correu atrás do veículo em movimento, rezando para que ele parasse. Ele parou a poucos metros guinchando, fagulhas voando no ar. Alex desejou não ter perdido tantas sessões de treinamento.

Olhando para trás, Alex viu seus perseguidores dobrando a esquina. Ele saltou através das portas do bonde instantes antes que elas se fechassem, jogou um copeque para o motorista, lembrando-se do quanto tinha pago ao táxi que o trouxera do aeroporto, antes de afundar num assento vazio perto do fundo. Olhou pela janela para ver seu perseguidor, cabeça baixa, mãos nos joelhos, tentando recuperar o fôlego. Alex sabia perfeitamente que dentro de minutos a teia de aranha de agentes da KGB estaria se espalhando pela cidade à procura de um americano usando um terno da Brooks Brothers, camisa branca, gravata azul e mocassins. É muito para passar por nativo.

Ele voltou a sentar-se, ciente do olhar sub-reptício ocasional dos outros passageiros — na Rússia todo mundo é um espião —, enquanto uma sucessão de marcos familiares de sua juventude passava. E então ele se lembrou que dali a duas paradas eles estariam em frente ao principal terminal ferroviário; o fim da linha.

Quando o bonde parou em frente à estação Moskovsky, Alex se juntou à fila de passageiros que saía. Ele caminhou cautelosamente rumo à entrada, desconfiando de qualquer pessoa de uniforme, ou até imóvel. Assim que chegou a uma grande passagem abobadada, ele mergulhou nas sombras, esperando alguns minutos não interrompidos para formular algum tipo de plano.

— Está procurando alguém?

Alex virou-se em pânico e viu um rapazinho esguio sorrindo para ele.

— Quanto? — perguntou Alex.

— Dez dólares.

— Onde?

— A minha casa é logo ali. Se tiver interesse, vem comigo.

Alex assentiu, mas tomou o cuidado de permanecer alguns passos atrás do rapaz enquanto andavam por uma travessa pouco iluminada. E depois, sem aviso, o jovem entrou num bloco de apartamentos do período pré-guerra caindo aos pedaços, não diferente daquele onde Alex tinha crescido. Alex subiu três lances de escada atravancados, antes que o menino abrisse uma porta e o chamasse para dentro.

O menino estendeu a mão e Alex lhe deu dez dólares.

— Você está procurando algum serviço particular? — perguntou o menino, como um garçom oferecendo-lhe um cardápio.

— Não. Apenas tire a roupa.

O menino pareceu surpreso, mas levou a cabo o pedido, até que ficou só de cueca. Alex tirou seu paletó, calça e gravata e vestiu o jeans do rapaz, descobriu que não conseguia abotoar o botão de cima.

— Você tem algum tipo de paletó?

O menino pareceu perplexo, mas levou-o até seu quarto, abriu o guarda--roupa e deixou Alex ver o que tinha dentro. Alex escolheu um moletom largo que fedia a maconha e rejeitou um boné dos New York Yankees. Não havia um espelho para checar a aparência, mas tinha de ser melhor que um terno da Brooks Brothers.

— Agora me escuta com atenção — disse Alex, tirando uma nota de cem dólares de sua carteira. O menino não conseguia desgrudar os olhos do dinheiro. — Sem mais serviços esta noite. Depois que eu for embora, tranca a porta e espera aqui até eu voltar, quando você ganhará mais uma destas. — Ele abanou a nota na frente dele. — Você me entendeu?

— Sim, senhor.

— Só esteja aqui quando eu voltar.

— Eu estarei, eu estarei.

Alex entregou o dinheiro e sem mais palavras deixou o menino de pé, de cueca, parecendo ter ganhado na loteria. Ele esperou até ouvir a chave girar na fechadura antes de descer cautelosamente os degraus e sair para a rua, misturando-se aos locais e entrando na estação lotada. Mas, quando ele estava a poucos metros da entrada, Alex avistou um policial, os olhos procurando em todas as direções. Não foi difícil descobrir quem ele estava procurando. Ele deu meia-volta e foi andando sem pressa para a rua principal. O policial não estava interessado em ninguém que estivesse saindo da estação.

Ele avistou um táxi a distância vindo em sua direção e levantou a mão, esquecendo o que acontecera no aeroporto assim que chegara a Leningrado. O táxi, três outros carros e uma ambulância imediatamente estacionaram junto ao meio-fio, todos querendo lhe dar uma carona. Alex decidiu que a ambulância seria sua escolha mais segura. Ele abriu a porta do passageiro e se juntou ao motorista no banco da frente.

— Pra onde você está indo? — perguntou o rapaz em russo.

— Pro aeroporto.

— Não vai ser barato.

Alex mostrou outra nota de cem dólares.

— Isso deve bastar — disse o motorista, que puxou o câmbio para a primeira marcha, fez um semicírculo ignorando a cacofonia das buzinas que protestavam e partiu a toda na direção contrária.

Alex considerou seu próximo problema. Certamente o aeroporto seria tão arriscado quanto a estação, mas seus pensamentos foram interrompidos quando ele avistou uma viatura estacionada junto a uma barricada mais à frente, e dois policiais checando carteiras de motorista.

— Para o carro! — gritou Alex.

— Qual é o problema? — disse o rapaz, aproximando-se do meio-fio.

— Você não quer saber. É melhor eu só desaparecer.

O motorista não falou nada, mas, quando Alex saltou do carro, ele encontrou a porta detrás da ambulância aberta e um braço estendido o chamando. Ele saltou dentro do veículo e encontrou um segundo homem que usava um uniforme verde de paramédico, a mão esquerda estendida. Alex conhecia esse aspecto e apresentou mais uma nota de cem dólares.

— Quem está te perseguindo?

— A KGB — disse Alex, sabendo que havia uma chance de cinquenta por cento de que o homem ou os detestasse ou trabalhasse para eles.

— Deita aí — disse o paramédico, apontando para uma maca. Alex obedeceu e foi rapidamente coberto com um cobertor. O homem virou-se para o motorista e disse: — Liga a sirene, Leonid, e não diminui. Vamos direto.

O motorista obedeceu ao comando do colega e ficou aliviado quando um dos policiais não só removeu a barreira como fez sinal para eles passarem. Se tivessem parado a ambulância, teriam encontrado o paciente deitado numa maca, sua cabeça envolta em bandagens, só um olho à mostra.

— Quando chegarmos ao aeroporto — disse o paramédico —, pra onde você quer ir? — Alex não tinha pensado sobre isso, mas o homem respondeu à sua própria pergunta. — Helsinque será sua melhor aposta — disse ele. — Eles têm mais probabilidade de checar voos com destino pro Ocidente. Seu russo é bom, mas imagino que você não venha a Leningrado há um tempo.

— Então que seja Helsinque — disse Alex enquanto a ambulância rumava à toda para o aeroporto. — Mas como eu vou conseguir uma passagem?

— Deixa isso comigo — disse o paramédico. A palma aberta apareceu mais uma vez, assim como mais cem dólares. — Você tem alguns rublos? — perguntou ele. — Não quero chamar atenção pra mim. — Alex riu e esvaziou sua carteira de todos os rublos que a srta. Robbins fornecera, o que provocou um sorriso ainda mais largo. Mais nem uma palavra foi dita até que chegaram ao aeroporto, quando a ambulância parou junto ao meio-fio, mas o motorista deixou o motor ligado.

— Eu vou ser o mais rápido que puder — disse o paramédico antes de abrir a porta detrás e pular no chão. Pareceu uma hora para Alex, embora não tenham sido mais que alguns minutos antes que a porta foi aberta de novo. — Eu coloquei você num voo pra Helsinque — disse ele, acenando a passagem em triunfo. — Eu até sei de que portão o avião vai partir. — Ele se virou para Leonid e disse: — Vai pra entrada de emergência e deixa as luzes piscando.

A ambulância partiu de novo, mas Alex não tinha nenhum meio de saber para onde eles estavam indo. Passaram-se apenas alguns minutos antes que eles parassem, quando a porta detrás foi aberta por um guarda num brilhante uniforme cinza. Ele espiou dentro do veículo, assentiu e depois fechou a porta. Outro guarda levantou a barreira, deixando a ambulância avançar.

— Vai pro avião da Aeroflot estacionado no portão quarenta e dois. — O paramédico instruiu o colega.

Alex não gostou do som da palavra Aeroflot e se perguntou se estava sendo levado para uma armadilha, mas não se moveu até que a porta detrás foi aberta novamente. Ele ficou sentado, com medo, ansioso, alerta, mas o paramédico apenas sorriu e lhe entregou um par de muletas.

— Eu terei de substituí-las — disse ele, e só soltou as muletas depois que recebeu outra nota de cem dólares, quase como se soubesse o quanto sobrara a Alex.

O paramédico acompanhou seu paciente escada do avião acima e para dentro dele. Ele entregou a passagem e um maço de dinheiro para um comissário, que contou os rublos dobrados antes de sequer olhar a passagem. O comissário apontou para um assento na fileira da frente.

O paramédico ajudou Alex a se sentar, inclinou-se e ofereceu um último conselho, e depois saiu do avião antes que Alex tivesse uma chance de lhe agradecer. Ele olhou pela janela da cabine enquanto a ambulância se dirigia devagar para a entrada privada, sem luzes tremeluzentes, sem sirene. Ele olhou para a porta aberta do avião, desejando que ela fechasse logo. Mas foi só quando a aeronave decolou que Alex finalmente soltou um suspiro de alívio.

***

Quando o avião pousou em Helsinque, os batimentos cardíacos de Alex tinham voltado quase ao normal, e ele até tinha um plano.

Ele tinha aceitado o conselho do paramédico, de modo que, quando chegou à frente da fila e entregou seu passaporte, havia uma nota de cem dólares inserida onde um visto deveria ter estado. O oficial continuou com cara de paisagem enquanto removia Benjamin Franklin e carimbava a folha vazia.

Depois de passar pela alfândega, Alex se dirigiu ao banheiro mais próximo, onde ele removeu suas bandagens e jogou-as numa lata de lixo. Ele se barbeou e se lavou o melhor que pôde e, depois de seco, vestiu com relutância as roupas do rapaz de novo e saiu à procura de uma loja que resolveria esse problema. Trinta minutos mais tarde, saiu de uma loja de roupas usando calças largas, camisa branca e um blazer. Seus mocassins foram a única coisa que tinha sobrevivido. Uma hora depois Alex embarcou num voo da American Airlines para Nova York e estava desfrutando uma vodca com tônica no momento em que o vendedor deparou com um velho par de jeans, uma camiseta e muletas que tinham sido deixados no provador.

Quando o avião decolou, o comissário não perguntou ao passageiro da primeira classe o que ele gostaria de comer no jantar, ou a que filme ele gostaria de assistir, porque Alex já estava em um sono pesado. O comissário gentilmente abaixou o assento do passageiro e cobriu-o com uma manta.

***

Quando Alex pousou no JFK na manhã seguinte, ele ligou para a srta. Robbins e lhe pediu que deixasse seu carro e motorista prontos para apanhá-lo no momento em que chegasse ao Logan.

Durante o curto voo para Boston, ele decidiu que iria direto para casa e explicaria a Anna e Konstantin por que nunca mais voltaria à União Soviética.

Depois que desembarcou, ficou contente ao ver a srta. Robbins parada do lado de fora do portão de chegada esperando por ele, uma expressão perplexa no rosto.

— É ótimo estar em casa — disse ele ao afundar no banco detrás de sua limusine. — Você nunca vai acreditar no que aconteceu comigo, Pamela, e a sorte que tive por escapar.

— Eu ouvi parte da história, presidente, mas estou ansiosa pra ouvir sua versão.

— Então já contaram do major Polyakov e os capangas da KGB que estavam esperando por mim no restaurante do hotel?

— Seria esse o mesmo coronel Polyakov que morreu um ano atrás? — perguntou a srta. Robbins inocentemente.

— Polyakov está morto? — perguntou Alex com incredulidade. — Então quem era o homem no restaurante com os dois guarda-costas da KGB?

— Um homem cego, seu irmão e um amigo. Eles estavam assistindo a uma conferência em Leningrado. Jake estava prestes a lhe contar que tinha avistado sua bengala branca, mas a essa altura o senhor já estava fugindo.

— Mas e a cicatriz? Ela era inconfundível.

— Era uma marca de nascença.

— Mas eles invadiram meu quarto... Eu ouvi alguém gritando "Lá está ele!"

— Esse foi o porteiro da noite. E ele não invadiu o seu quarto, porque tinha uma chave de acesso. Jake estava logo atrás dele e foi capaz de identificá-lo.

— Mas alguém estava me perseguindo, e eu mal consegui pular no bonde a tempo.

— Dick Barrett disse que não fazia ideia de que o senhor podia correr tão depressa...

— E a ambulância, a barreira na estrada, pra não mencionar...

— Estou ansiosa pra saber tudo sobre a ambulância, o bloqueio na estrada e por que o senhor não embarcou no seu próprio avião, onde teria encontrado uma mensagem de Jake explicando tudo — disse a srta. Robbins quando a limusine saiu da estrada e passou por um portão marcado "Privado". — Mas isso terá de esperar até que o senhor volte.

— Aonde estamos indo?

— Não nós, presidente, só o senhor. Jake telefonou de manhã cedo pra dizer que fechou o negócio com o sr. Pushkin, mas surgiu um problema porque o senhor disse ao presidente do Commercial Bank em Leningrado que o contrato não seria válido sem a sua assinatura.

A limusine estacionou junto aos degraus do jato do banco à espera de seu único passageiro.

— Tenha um bom voo, presidente — disse a srta. Robbins.

LIVRO CINCO

41
Sasha
Londres, 1994

— Ordem! Ordem! — disse o presidente da Câmara dos Comuns. — Perguntas para o secretário de Estado das Relações Exteriores. Sr. Sasha Karpenko.

Sasha se levantou devagar de seu lugar no banco da frente da oposição e perguntou:

— O secretário das Relações Exteriores pode confirmar que a Grã-Bretanha irá finalmente assinar o Quinto Protocolo da Convenção de Genebra, já que somos o único país europeu que até agora não assinou?

O sr. Douglas Hurd levantou-se para responder à pergunta, quando um mensageiro apareceu junto à cadeira do presidente da Câmara e entregou um papel ao representante do Partido Trabalhista de plantão. Ele leu o nome antes de passá-lo pelo banco da frente até o ministro-sombra. Sasha desdobrou-o, leu a mensagem e se levantou de imediato e caminhou nervosamente ao longo do banco da frente da oposição, esquivando-se e às vezes pisando nos dedos de seus colegas, mais ou menos como alguém que tem de sair de um teatro abarrotado no meio de uma encenação. Parou para trocar algu mas palavras com o presidente para explicar suas ações. O presidente sorriu.

— Sobre uma questão de ordem, sr. presidente — disse o secretário das Relações Exteriores, pulando —, não deveria o honorável membro ter pelo menos a cortesia de ficar e ouvir a resposta à sua própria pergunta?

— Isso, isso! — gritaram vários membros dos bancos do governo.

— Não nessa ocasião — disse o sr. presidente sem explicações.

Membros de ambos os lados começaram a conversar entre si, perguntando-se por que Sasha tinha deixado a câmara tão abruptamente.

— Pergunta número dois — disse o presidente, sorrindo para si mesmo.

Robin Cook estava de pé quando Sasha tinha chegado à entrada dos membros.

— Táxi, senhor? — perguntou o porteiro.

— Não, obrigado — disse Sasha, que já tinha decidido correr até o St. Thomas Hospital em vez de esperar um táxi que teria de contornar a Praça do Parlamento e enfrentar meia dúzia de sinais de trânsito antes de chegar ao hospital. Ele estava sem fôlego quando chegou à metade da Ponte Westminster, pois precisou se esquivar para cá e para lá em meio a turistas carregados de câmeras. Com cada passo ele se tornava penosamente consciente do quanto se permitira ficar fora de forma com o correr dos anos.

Charlie sofrera dois abortos desde o nascimento de sua filha, e o dr. Radley os advertira de que essa poderia ser a última chance deles de ter mais um filho.

Quando chegou à extremidade sul da ponte, Sasha correu os degraus abaixo e ao longo do Tâmisa até chegar à entrada do hospital. Ele não perguntou à mulher na recepção em que andar sua mulher estava, porque eles tinham ambos visitado o dr. Radley na semana anterior. Evitando o elevador lotado, ele continuou subindo a escada até a ala da maternidade. Dessa vez parou na recepção para dar seu nome à enfermeira. Ela checou o computador enquanto ele recuperava o fôlego.

— A sra. Karpenko já está na sala de parto. Se o senhor se sentar, não vai demorar muito agora.

Sasha nem sequer procurou um banco, mas começou a andar de um lado para o outro no corredor, enquanto oferecia uma prece silenciosa por seu filho não nascido. Elena não tinha aprovado que soubessem o sexo da criança antes que ela nascesse. Ele podia somente se perguntar por que uma situação como essa sempre o levava a rezar, o que ele não fazia em nenhum outro momento. Bem, talvez no Natal. Ele certamente esqueceu de agradecer ao Todo-Poderoso quando as coisas estavam correndo bem. E elas não poderiam ter estado indo muito melhor no momento. Natasha, que ele adorava, obedecia a cada ordem sua nos últimos quinze anos.

Do contrário, para que servem os pais?, Charlie o ouvira dizendo para um amigo.

Embora eles tenham feito contenção de gastos — outra das expressões de sua mãe — após o fechamento do Elena 3, haviam se passado mais quatro anos antes que a empresa voltasse a dar lucro e o fisco tivesse sido integralmente pago. Elena 1 e 2 estavam agora gerando um lucro confortável, embora Sasha estivesse ciente de que poderia ter ganhado muito mais dinheiro se não tivesse escolhido seguir uma carreira política. A perspectiva de um segundo filho o fazia se perguntar sobre o futuro. Um ministro da Coroa? Ou iriam seus eleitores dispensá-lo? Afinal, Merrifield ainda era um assento marginal, e só um tolo dava o eleitorado por certo. Talvez eles nunca fossem ficar ricos, mas levavam uma vida civilizada e confortável e tinham pouco do que se queixar. Sasha aceitara havia muito tempo que, quando se decide perseguir uma carreira política, não se pode esperar viajar sempre na primeira classe.

Ele ficara encantado com sua promoção a ministro-sombra de Estado no Ministério das Relações Exteriores quando Tony Blair assumiu como líder da oposição. Um homem que parecia ter um defeito incomum para um líder trabalhista: ele realmente queria governar.

Robin Cook, o ministro-sombra das Relações Exteriores, estava pedindo uma política externa ética e disse a Sasha que esperava que ele continuasse lembrando seus homólogos russos de que a riqueza recém-descoberta de seu país deveria ser distribuída entre o povo, e não entregue a um grupo de oligarcas indignos, muitos dos quais só tinham estabelecido residência em Mayfair, mas não estavam pagando nenhum imposto.

Sasha contou a Cook em particular que ele não só acreditava nesses sentimentos mas tinha até chegado a pensar em retornar à sua pátria e disputar a próxima eleição presidencial se as coisas não melhorassem. Embora tivesse ficado feliz ao ver o fim do comunismo, ele não gostava muito do que o substituíra.

Receber alguma informação confiável fora da Rússia nunca foi fácil na melhor das épocas, mas Sasha se tornara amigo íntimo de Boris Nemtsov, que agora era ministro júnior da Duma, bem como desenvolvera um estreito círculo de amigos entre os diplomatas mais jovens na embaixada. Eles se encontravam regularmente em reuniões oficiais, conferências e festas em outras embaixadas, e Sasha logo descobriu que o jovem segundo-secretário, Ilya Resinev, estava até disposto a passar adiante informações fornecidas por seu tio.

Quando o presidente Gorbachev foi substituído por Yeltsin, Ilya informou a Sasha que seu ex-colega de escola, Vladimir, fazia parte do círculo íntimo do novo presidente e estava esperando para ser promovido. Vladimir tinha se aposentado como coronel recentemente quando a KGB foi dissolvida e aliou-se com seu antigo professor na universidade Anatoly Sobchak, que tinha se tornado o primeiro prefeito democraticamente eleito de São Petersburgo. Vladimir foi uma de suas primeiras nomeações como chefe de comitê de relações exteriores e econômicas da cidade. Ilya contou a Sasha que nenhum negócio relacionado a petróleo ou gás na província podia ser fechado sem a aprovação dele, embora Vladimir raramente pusesse sua assinatura no documento final, e ninguém tenha parecido surpreso quando ele mudou de casa três vezes em três anos, sempre para um domicílio mais grandioso, apesar de depender de um salário do governo.

Ilya advertiu Sasha de que se Sobchak fosse reeleito não haveria nenhum prêmio para quem adivinhasse quem seria seu sucessor como o próximo prefeito de São Petersburgo.

— E depois disso, quem sabe onde Vladimir poderia acabar? — indagou Ilya.

Sasha parou de andar de um lado para o outro e olhou na direção da sala de parto, mas as portas permaneciam teimosamente fechadas. Seus pensamentos rumaram de volta para a Rússia, e seu próximo encontro com Boris Nemtsov, que, como um ministro ascendente, planejava visitar Londres no outono, quando atualizaria Sasha quanto à mínima plausibilidade de uma candidatura sua para presidente. Yeltsin tinha desapontado até seus mais ardorosos apoiadores, que sentiam que lhe faltava o zelo reformador pelo qual vinham buscando. E um número grande demais de líderes mundiais estava se queixando em privado de que não podia fazer uma reunião com o presidente russo depois das quatro horas da tarde. A essa altura ele não era mais coerente em nenhuma língua. Durante uma recente escala em Dublin,

Yeltsin não tinha sido sequer capaz de sair do avião, deixando o irlandês Taoiseach parado na pista esperando em vão para cumprimentá-lo.

Sasha olhou as horas pela enésima vez, e só lhe restava ficar imaginando o que se passava por trás daquelas portas fechadas, quando de repente elas se abriram e o dr. Radley, ainda em suas roupas cirúrgicas, saiu para o corredor. Sasha andou ansiosamente na direção dele, mas, quando o médico removeu sua máscara, ele não precisou que lhe dissessem que jamais teria um filho.

***

Sasha se perguntou se algum dia aceitaria a morte de Konstantin. Ele tinha segurado o bebê em seus braços por alguns minutos antes que o levassem embora.

Seus colegas na Câmara dos Comuns não poderiam ser mais compreensivos e solidários. Mas até eles começaram a se perguntar se Sasha tinha perdido seu apetite para a política depois que ele perdeu várias instruções para votar com o partido, e num par de ocasiões deixou de comparecer para suas obrigações no banco da frente.

O líder da oposição conversou com o secretário-sombra das Relações Exteriores e eles concordaram em não dizer nada até que a Câmara retornasse no outono, após o longo recesso de verão.

Elena sugeriu que ambos precisavam de umas férias, o mais longe possível de Westminster.

— Por que não visitar Roma, Florença e Milão — sugeriu Gino —, onde vocês podem se permitir frequentar as melhores óperas, galerias de arte e restaurantes da face da Terra. Pavarotti e Bernini acompanhados por massa infinita e tinto siciliano. O que mais alguém poderia desejar?

— *New York, New York* — sugeriu um outro italiano do rádio de seu carro. Charlie e Sasha decidiram seguir o conselho de Sinatra.

— Mas o que vamos fazer com Natasha?

— Ela não vê a hora de ficar livre de vocês — assegurou-lhes Elena. — De qualquer modo, ela estava ansiosa para acompanhar seus amigos da escola numa viagem a Edimburgo para ver Kiki Dee.

— Então está decidido.

* * *

Sasha começou a planejar férias das quais Charlie jamais se esqueceria. Eles passariam cinco dias no *QE2*, e, ao chegar a Nova York, ocupariam uma suíte no Plaza. Visitariam o Metropolitan, o MoMA e o Frick, e ele até conseguiu comprar ingressos para o show de Liza Minnelli, que se apresentaria no Carnegie Hall.

— E depois vamos voar pra casa de Concorde.

— Você nos levará à falência — disse Charlie.

— Não se preocupe, os conservadores ainda não trouxeram prisões pra quem deve aos bancos.

— Isso provavelmente está em seu próximo manifesto partidário — sugeriu Charlie.

A viagem de cinco dias no *QE2* foi idílica, e eles fizeram vários novos amigos, um ou dois que achavam que o Partido Trabalhista poderia até vencer a próxima eleição. Todas as manhãs começavam com sessão na academia, mas, apesar disso, ambos conseguiram engordar meio quilo por dia. Na última manhã, eles se levantaram antes de o sol nascer e se postaram no deque para ser saudados pela Estátua da Liberdade, enquanto os arranha-céus do horizonte de Manhattan ficavam mais altos a cada minuto.

Depois que se registraram no seu hotel — Charlie o dissuadira de se hospedar na suíte presidencial em favor de um quarto duplo vários andares abaixo —, não desperdiçaram um minuto.

O Metropolitan encantou Charlie com sua amplitude de obras de tantas culturas. Da Grécia bizantina à Itália de Caravaggio, aos mestres holandeses, Rembrandt e Vermeer, enquanto os impressionistas franceses exigiram uma segunda visita. O Museu de Arte Moderna também deliciou e surpreendeu Sasha, que nem sempre conseguia discernir a diferença entre Picasso e Braque durante seu período cubista. Mas foi o Frick que se tornou a segunda casa deles, com Bellini, Holbein e Mary Cassatt para atraí-los de volta muitas e muitas vezes. E Liza Minnelli deixou-os de pé gritando "Bis!" depois que ela cantou "Maybe This Time".

— O que vamos fazer no nosso último dia? — perguntou Sasha quando desfrutavam de um café da manhã tardio no jardim de inverno.

— Vamos ver vitrines.

— Por que não vamos até a Tiffany's e compramos tudo que estiver à vista?

— Porque já estouramos nosso orçamento.

— Tenho certeza de que ainda temos o suficiente pra comprar alguma coisa pra ambas as avós e pra Natasha.

— Então vamos olhar vitrines na Quinta Avenida, mas comprar tudo na Macy's.

— Vamos fazer um acordo — disse Sasha, dobrando o jornal. — Bloomingdale's.

Charlie escolheu um par de luvas de couro para sua mãe, ao passo que Sasha escolheu um Swatch para Elena, a que ela fizera alusão mais de uma vez. E por um preço tão razoável, ela lhe lembrara.

— E pra Natasha? — perguntou Sasha.

— Uma calça da Levi's. As amigas dela vão morrer de inveja.

— Mas elas já estão desbotadas e rasgadas antes de serem usadas — disse Sasha assim que as viu numa vitrine.

— E você diz ser um homem do povo.

Eles estavam em seu caminho de volta para o Plaza cheios de sacolas quando Charlie parou para admirar uma pintura na vitrine de uma galeria na Lexington Avenue.

— É isso que eu quero — disse ela, admirando as cores hipnotizantes e as pinceladas.

— Então você casou com o homem errado.

— Ah, eu não estou tão certa quanto a isso — disse Charlie. — Mas eu ainda pretendo descobrir quanto isso vai lhe custar — acrescentou antes de entrar.

As paredes da galeria estavam repletas de obras abstratas, e Charlie estava admirando Jackson Pollock quando um senhor idoso se aproximou dela.

— Uma magnífica pintura, senhora.

— Sim, mas muito triste.

— Triste?

— Ele morreu tão jovem, quando ainda não tinha cumprido sua promessa.

— De fato. Nós tivemos o privilégio de representá-lo quando estava vivo e esta pintura passou por minhas mãos três vezes nos últimos trinta anos.

— Morte, divórcio e impostos?

O velho sorriu.

— Por acaso a senhora não está no mundo da arte?

— Trabalho como curadora para a Turner Collection.

— Ah, então dê meus cumprimentos a Nicholas Serota — disse ele, entregando-lhe o seu cartão.

Sasha aproximou-se para se juntar a eles.

— Posso ousar perguntar o preço da pintura na vitrine?

— O Rothko? — disse o sr. Rosenthal, virando-se para seu cliente.

— Alex, eu não tinha ideia de que você estava na cidade. Mas você deve saber que a sua mulher já comprou a pintura pra coleção.

— Minha mulher já a comprou?

— Umas duas semanas atrás.

— Não com o salário de um membro do Parlamento, ela não o fez.

Rosenthal ajustou seus óculos, lançou um olhar mais atento para o cliente e disse:

— Peço perdão. Eu devia ter me dado conta de meu engano no momento em que o senhor falou.

— O senhor disse "a coleção" — disse Charlie.

— Sim, a Coleção Lowell em Boston.

— Ora, essa é uma coleção que eu sempre quis ver — disse Charlie —, mas eu achava que ela estava trancada no cofre de um banco.

— Não mais — disse Rosenthal. — Todas as pinturas retornaram à sua casa original em Boston algum tempo atrás. Eu ficarei feliz em organizar uma visita privada para a senhora, madame. A curadora da coleção trabalhava aqui, e eu sei que ela gostará de conhecê-la.

— Que pena, mas estamos com uma reserva pro voo de volta pra Londres hoje mesmo — disse Charlie.

— Uma pena mesmo. Da próxima vez, quem sabe — disse Rosenthal, fazendo uma ligeira reverência para eles.

— Estranho — disse Charlie depois que estavam de volta na Lexington. — Ele obviamente confundiu você com outra pessoa.

— E outra pessoa que teria condições de comprar um Rothko.

— Vamos, é melhor ir andando se quisermos estar no JFK às cinco — disse Charlie. Ela deu um último olhar para a pintura na vitrine. — Você pode imaginar como deve ser possuir um Rothko?

***

— Eu sei, eu sei — disse Sasha — Se Deus nos tivesse feito pra voar, ele teria nos dado asas.

— Não zombe — disse Charlie. — Esse avião está indo rápido demais.

— Ele foi construído pra viajar nessa velocidade. Recoste-se, relaxe e desfrute o seu champanhe.

— Mas o avião inteiro está tremendo. Você não está sentindo isso?

— Isso vai parar no momento em que quebrarmos a barreira do som, e então o avião vai se parecer com qualquer outro, com a diferença de que você estará viajando a mais de mil quilômetros por hora.

— Eu não quero pensar sobre isso — disse Charlie, fechando os olhos.

— E não adormeça.

— Por que não?

— Porque esta será a primeira e última vez que você viajará num Concorde.

— A menos que você se torne primeiro-ministro.

— Isso não vai acontecer, mas...

Charlie agarrou a mão dele.

— Obrigada, querido, pelas férias mais maravilhosas que eu já tive. Embora eu deva confessar que não vejo a hora de chegar em casa.

— Eu também — admitiu Sasha. — Você leu o *New York Times* esta manhã? Parece que os americanos estão começando a acreditar que vamos ganhar a próxima eleição. — Sasha deu uma olhada para ver se Charlie tinha adormecido. Como ele desejaria fazer isso. Ele se virou e olhou para o outro lado do corredor, para ver alguém que reconheceu imediatamente. Teria gostado de se apresentar, mas não queria perturbá-lo. O homem se virou e olhou na sua direção.

— Isso é muito providencial, sr. Karpenko — disse David Frost. — Eu estava dizendo hoje mesmo pro meu produtor que temos de trazê-lo pro nosso programa matinal o mais cedo possível. Estou particularmente interessado em suas ideias sobre a Rússia e por quanto tempo o senhor acha que Yeltsin vai durar.

Pela primeira vez, Sasha realmente acreditou que poderia ser apenas uma questão de tempo antes que ele se tornasse um ministro.

* * *

Sasha apreciou a conferência partidária em Blackpool pela primeira vez em anos. Não houve mais discurso após discurso a partir da tribuna exigindo mudanças que o governo deveria fazer, porque dessa vez os ministros-sombra estavam explicando com riqueza de detalhes as mudanças que eles iriam fazer assim que os conservadores tivessem coragem para convocar uma eleição.

Sempre que saía de seu hotel para caminhar até o centro de conferências, passantes acenavam e gritavam "Boa sorte, Sasha!". Vários jornalistas que no passado não tinham tempo para uma bebida no Annie's Bar estavam agora convidando-o para um almoço ou jantar que nem sempre ele conseguia encaixar em sua agenda. A dura mensagem do discurso de encerramento do líder não poderia ter sido mais clara. Preparem-se para o governo com o Novo Partido Trabalhista. Como todos os demais no salão abarrotado, Sasha não via a hora de John Major convocar uma eleição geral.

* * *

Sasha se sentia culpado porque fazia algum tempo que não visitava a condessa. Sua mãe tomava chá com ela uma vez por semana, e, com o passar dos anos, tinham se tornado grandes amigas. Elena o lembrava regularmente que fora o ovo Fabergé da condessa que mudara a sorte de todos eles. No entanto, fazia meses que a condessa não comparecia a uma reunião do conselho, embora ainda possuísse cinquenta por cento da empresa.

Quando Sasha bateu à porta de seu apartamento em Lowndes Square, a mesma fiel criada atendeu e, pela primeira vez, levou-o até o quarto de dormir de sua patroa. Sasha ficou chocado ao ver o quanto a condessa tinha envelhecido desde que a vira pela última vez. Seu cabelo branco cada vez mais ralo e o rosto profundamente sulcado lhe sugeriram o prenúncio da morte. Ela lhe deu um débil sorriso.

— Venha e sente-se ao meu lado, Sasha — disse ela, batendo na beirada da cama. — Há uma coisa que quero discutir com você. Eu sei o quanto você está ocupado, por isso vou tentar não desperdiçar muito do seu tempo.

— Não estou com nenhuma pressa — disse Sasha ao se sentar ao lado dela — por isso fale com calma. Só lamento fazer tanto tempo desde que a vi pela última vez.

— Isso não tem importância. Sua mãe me mantém atualizada em relação a tudo que você tem feito. A empresa voltou a ter um belo lucro, e eu só espero viver o suficiente para vê-lo se tornar um ministro da Coroa.

— É claro que vai.

— Querido Sasha, eu cheguei à idade em que a morte é minha vizinha de porta, e essa é a razão pela qual pedi para vê-lo. Você e eu temos tantas coisas em comum, em particular uma devoção e um amor pelo país em que nascemos. Devemos muito aos nossos anfitriões britânicos por serem tão civilizados e tolerantes, mas ainda é sangue russo que corre em nossas veias. Quando eu morrer...

— O que vamos esperar que não aconteça logo — disse Sasha, segurando a mão dela.

— Meu único desejo — disse ela, ignorando a interrupção — é ser enterrada perto do meu pai e meu avô na Igreja de São Nicolau em São Petersburgo.

— Então seu desejo será atendido. Por isso, por favor, não volte a pensar nele.

— Isso é tão generoso de sua parte, e eu serei grata pra sempre. Agora numa nota mais leve, caro rapaz, um pouquinho de história que pensei que poderia diverti-lo. Quando eu era criança o tsar Nicolau II me visitou em meu quarto de bebê e, igualzinho a você, sentou-se na minha cama. — Sasha sorriu enquanto continuou a segurar a mão dela. — Desconfio que serei a única pessoa na história do nosso país que teve tanto um tsar quanto um futuro presidente da Rússia sentado em sua cama.

42
Sasha
Westminster, 1997

John Major resistiu até o último momento, finalmente indo para o país no último dia do quinto ano do Parlamento. Mas a essa altura ninguém estava discutindo se o Partido Trabalhista iria vencer a eleição geral, somente quão grande sua maioria seria.

O assento de Sasha em Merrifield não era mais considerado marginal, por isso ele foi conduzido por todo o país para discursar em reuniões em distritos eleitorais que até então raramente tinham visto alguém usando uma roseta vermelha. Até Fiona Hunter, com sua maioria de 11.328 votos no distrito eleitoral vizinho, estava batendo em portas e realizando reuniões públicas como se estivesse defendendo um assento marginal decisivo.

Sasha passou a última semana da campanha entre amigos e apoiadores em Merrifield enquanto esperavam para descobrir o veredicto da nação. Nas primeiras horas da manhã de sexta-feira, 2 de maio, o diretor das eleições legislativas para o distrito eleitoral de Merrifield declarou que o sr. Sasha Karpenko tinha ganhado a cadeira com uma maioria de 9.741 votos. Alf lembrou-o dos dias em que tinha sido em dois dígitos, e apenas depois de três recontagens.

Naquela manhã ele leu a mesma manchete de duas palavras na capa de quase todos os jornais nacionais: VITÓRIA ESMAGADORA.

Quando o último assento foi declarado na Irlanda do Norte, o Partido Trabalhista tinha ganhado uma maioria global de 179 assentos. Sasha ficou decepcionado porque Ben Cohen tinha perdido seu assento, mas teve de admitir, ainda que apenas para si mesmo, que estava feliz porque Fiona tinha sobrevivido por uns dois mil votos. Ele iria ligar para Ben naquele dia para se solidarizar.

Ele ligou a televisão enquanto Charlie cozinhava dois ovos.

— Nada de televisão até que você tenha terminado seus estudos preparatórios — repreendeu-o Natasha, sacudindo o dedo.

— Essa é minha escola preparatória, senhorita — disse seu pai, enquanto eles viam pela televisão um Jaguar preto sendo dirigido lentamente pela alameda em direção ao Palácio de Buckingham, levando um passageiro que tinha um encontro marcado com a monarca. Todos sabiam que Sua Majestade iria perguntar ao sr. Blair se ele podia formar um governo, e ele iria lhe assegurar que podia.

Quando o carro ressurgiu através dos portões do Palácio cerca de quarenta minutos depois, ele seguiu diretamente para o número 10 da Downing Street, onde o passageiro iria residir pelos cinco anos seguintes, além de assumir os títulos de primeiro-ministro e primeiro-lorde do Tesouro.

— Então o que acontece em seguida? — perguntou Charlie.

— Como tantos de meus colegas, estarei sentado junto ao telefone, esperando receber um telefonema do membro do parlamento.

— E se ele não ligar? — perguntou Natasha.

— Ficarei sentado nos bancos detrás pelos próximos cinco anos.

— Não penso isso — disse Charlie. — Nesse meio-tempo, alguns de nós temos de fazer nosso trabalho de cada dia. Não deixe de me ligar assim que souber alguma coisa. E não se esqueça de que vai levar Natasha para a escola esta manhã — acrescentou ela antes de sair para pegar o metrô para Victoria.

Sasha retirou a parte de cima de seu ovo para ver que já tinha ficado duro. Quando Natasha saiu da sala para pegar sua mochila, ele tentou ler os jornais da manhã. História. Como ele queria ler os jornais de amanhã e descobrir se lhe tinham oferecido um emprego.

Natasha enfiou a cabeça na porta.

— Vamos, papai, está na hora de ir. Não posso me dar ao luxo de chegar atrasada.

Sasha abandonou seu ovo na metade, pegou as chaves do carro no aparador e seguiu rapidamente a filha até a rua.

— Eu contei que vou ser a Pórcia na peça da escola desse ano, papai? — disse Natasha enquanto afivelava o cinto de segurança.

— Que Pórcia? — perguntou Sasha enquanto partia.

— Do Júlio César. *Tu és uma verdadeira e honorável esposa, tão cara para mim quanto são as gotas vermelhas que visitam meu triste coração.* — Natasha fez uma pausa, antes de pronunciar o verso seguinte. — *Se isso fosse verdade, então eu deveria saber esse segredo. Admito que sou uma mulher; mas ainda assim uma mulher que Lorde Bruto tomou como esposa.*

— Nada mau — disse Sasha.

— Ainda estamos procurando um Bruto, só para o caso de você não ter nada melhor pra fazer — disse Natasha quando eles chegaram em frente aos portões da escola.

— Não é uma proposta ruim. Te digo hoje à tarde se consigo uma melhor.

— A propósito — disse Natasha quando saiu do carro —, você cometeu um erro de uma palavra.

— Que palavra?

— Você não me disse sempre não seja preguiçosa, criança, pesquise? Tenha um bom dia, papai, e muita sorte!

***

Sasha deixou o telefone tocar três vezes antes de atendê-lo.

— Sasha, é o Ben. Estou só ligando para lhe desejar sorte.

— Lamento que você tenha perdido o seu assento, meu velho amigo. Mas tenho certeza de que voltará.

— Eu duvido. Tenho a impressão de que seu partido ficará sentado nos bancos do governo por algum tempo.

— Quem sabe eles não o enviam pros Lordes.

— Jovem demais. E, de todo modo, é provável que haja uma fila bastante grande na minha frente.

— Vamos nos manter em contato — disse Sasha, ciente de que isso não iria mais ser assim tão fácil.

— Vou deixar sua linha desocupada — disse Ben. — Eu sei que você deve estar esperando por uma ligação do Número Dez. Boa Sorte.

Sasha ainda nem tinha voltado a se sentar quando o telefone tocou de novo. Ele o pegou antes que tivesse tocado uma segunda vez.

— Aqui é o Número Dez — disse uma voz de telefonista. — O primeiro-ministro gostaria de saber se o senhor poderia vê-lo às três e vinte essa tarde.

Vou checar minha agenda e ver se é conveniente, Sasha ficou tentado a dizer.

— É claro — respondeu ele.

Durante a hora seguinte ele fingiu assistir ao noticiário, ler os jornais e até almoçar. Atendeu telefonemas de vários colegas que já tinham recebido as convocações ou que ainda estavam esperando ansiosamente, e de muitos outros, inclusive Alf Rycroft, para lhe desejar sorte. Entre uma coisa e outra, alimentou o gato, que dormia profundamente, e leu o segundo ato de Júlio César para descobrir seu erro de uma só palavra.

Ele dirigiu para a Câmara dos Comuns logo depois das 14h30 e parou no estacionamento dos parlamentares. O policial no portão o cumprimentou assim que o viu. Saberia ele alguma coisa que Sasha não sabia? Ele deixou o Palácio de Westminster logo depois das três e atravessou lentamente a Praça do Parlamento e subiu pela Whitehall, passando pelo Ministério das Relações Exteriores. Estariam os chineses lá dentro esperando por ele? O policial de guarda na Downing Street não precisou checar sua prancheta.

— Boa tarde, sr. Karpenko — disse ele e abriu o portão para deixá-lo passar.

— Boa tarde — respondeu Sasha, quando começou a longa subida do cadafalso pela Downing Street para descobrir seu destino.

Ficou surpreso quando a porta para o número 10 abriu quando ele ainda estava a alguns passos de distância. Entrou na casa pela primeira vez, para encontrar uma jovem à sua espera.

— Boa tarde, sr. Karpenko. O senhor pode vir comigo, por favor? — Ela o conduziu por um lance de escada, passando pelos retratos de ex-primeiros-ministros. O de John Major já estava no lugar.

Quando chegaram ao primeiro andar, ela parou em frente a uma porta, bateu fraquinho, abriu e ficou de lado. Sasha entrou e viu o primeiro-ministro sentado em frente a uma cadeira vazia para a qual ele olhava como se várias pessoas já tivessem se sentado nela. Um secretário, segurando uma caneta no ar, estava sentado atrás dele.

— Estou certo de que isso não seria uma grande surpresa — disse o primeiro-ministro depois que Sasha se sentou —, mas eu gostaria que o senhor se juntasse a Robin no Ministério das Relações Exteriores como seu secretário de Estado. Espero que se sinta capaz de aceitar esse posto.

— Eu ficaria honrado — disse Sasha — e encantado de servir em sua primeira administração.

— Eu também gostaria que o senhor me mantivesse informado sobre o que está acontecendo na Rússia — disse o primeiro-ministro —, particularmente se a sua situação pessoal mudar.

— Minha situação pessoal, primeiro-ministro?

— Nosso embaixador em Moscou me disse que, se o senhor retornasse à Rússia e se opusesse a Yeltsin, acabaria com uma maioria ainda maior do que a que eu tenho. De todo modo, serei eu tentando marcar uma hora com o senhor.

— Mas o Yeltsin só vai disputar a eleição daqui a três anos.

— Sim, mas as pesquisas atualmente mostram que seu índice de aprovação está em um só dígito e continua caindo.

— As pesquisas são irrelevantes, primeiro-ministro. O que importa na Rússia são quantas cédulas acabam na urna, quem as põe lá, e, mais importante, quem as conta.

— Já basta para a glasnost — disse Blair. — Mas tenho a impressão de que ainda assim a sua hora pode chegar, Sasha, por isso, por favor, mantenha-me informado, e, nesse meio-tempo, boa sorte em seu novo trabalho.

O secretário inclinou-se para a frente e cochichou no ouvido do primeiro-ministro. Sasha não precisava que lhe dissessem que o encontro tinha terminado e estava prestes e se retirar quando o parlamentar acrescentou:

— Seu nome está também na lista de ministros que serão convidados a ingressar no Conselho Privado.

— Obrigado, primeiro-ministro — disse Sasha ao se levantar, e os dois homens trocaram um aperto de mão.

Ao sair do escritório do membro do Parlamento, Sasha encontrou a mesma jovem ainda parada no corredor.

— Se vier comigo, ministro, encontrará um carro lá fora esperando pra levá-lo ao Ministério das Relações Exteriores.

Denis Healey dissera uma vez a Sasha que você nunca esquece a primeira pessoa que o chama de ministro. Dentro de uma semana, porém, você pensará que é seu nome de batismo.

Quando Sasha deixou o número 10, ele cruzou com Chris Smith em sua chegada e se perguntou que cargo estariam prestes a lhe oferecer. Ele pisou na calçada, e um homem robusto que dava a impressão de que poderia jogar na fileira da frente de seu time local de rugby se apresentou.

— Boa tarde, ministro, meu nome é Arthur, e eu sou o seu motorista — disse ele, mantendo aberta a porta traseira do carro que esperava.

— Prefiro sentar na frente — disse Sasha.

— É melhor não, senhor. Por motivos de segurança.

Sasha embarcou no banco detrás. Ele não pôde deixar de se perguntar por que ele precisava de um carro, pois o Ministério das Relações Exteriores ficava a apenas algumas centenas de metros de distância. "Razões de segurança", ele podia ouvir Arthur lhe assegurando.

— Posso dar um telefonema?

— O telefone está no braço do banco, ministro. Basta pegá-lo e o senhor estará em contato direto com a central telefônica do ministério. Diga-lhes com quem quer falar, e eles o conectarão imediatamente.

— Imagino que eu precisarei lhes dar o número.

— Isso não será necessário, senhor.

Sasha levantou o braço do banco e pegou o telefone.

— Boa tarde, secretário — disse uma voz —, como posso ajudar?

— Eu gostaria de falar com a minha mulher.

— É claro, senhor, vou pô-la na linha.

Fiona lhe dissera uma vez que é necessário um pouco de tempo para se acostumar com a súbita mudança de estilo de vida de oposição para governo.

— Alô? — disse a voz na outra ponta da linha.

— Boa tarde, aqui quem fala é o muito honorável Sasha Karpenko, secretário de Estado de Sua Majestade no Ministério das Relações Exteriores e da Commonwealth.

Ele esperou que Charlie tivesse um ataque de riso.

— Lamento muito, secretário — disse a voz —, mas sua esposa está fora de sua mesa no momento. Vou informá-la de que o senhor ligou.

— Peço desculpas — começou Sasha, mas o telefone já ficara mudo. — Acabo de cometer minha primeira gafe, Arthur.

— E eu tenho certeza de que não será a última. Mas eu devo admitir que o senhor é o primeiro de meus secretários que consegue fazer isso antes mesmo de chegar ao ministério.

43
Alex
Boston e Davos, 1999

A reunião do conselho tinha transcorrido tranquilamente até que Jake levantou o item final da agenda "Qualquer outro negócio".

— Evelyn quer o quê? — perguntou o presidente, olhando incrédulo para seu diretor-executivo.

— Vender sua participação de cinquenta por cento no banco. Ela está nos oferecendo prioridade.

— Que preço as ações dela poderiam ter no mercado aberto? — perguntou Bob Underwood.

— Quatrocentos, talvez quinhentos milhões.

— E quanto ela está pedindo? — perguntou Mitch Blake.

— Um bilhão.

Um grupo de homens capazes de jogar pôquer durante horas sem mover um músculo facial soltou um suspiro de incredulidade.

— Evelyn sabe perfeitamente que, enquanto ela possuir cinquenta por cento das ações da companhia, ela pode pôr uma arma na nossa cabeça.

— Depois ela pode também puxar o gatilho — disse Alex —, porque nós não temos esse dinheiro disponível.

— Como George Soros disse uma vez, se você possui cinquenta e um por cento de uma empresa, você é o dono; se você possui quarenta e nove, você é seu criado.

— Alguém tem alguma ideia? — perguntou Alex, olhando em volta da mesa da sala do conselho.

— Podemos matar ela — disse Bob Underwood.

— Isso não resolveria o problema — disse Jake pragmaticamente —, porque o seu marido, Todd Halliday, herdaria o patrimônio, e nesse caso teríamos de lidar com ele.

— Nós poderíamos pagar pra ver — disse Underwood. — Ela logo descobriria que ninguém mais está disposto a pagar uma soma tão absurda.

— Eu não teria tanta certeza disso — disse Jake. — O Bank of Boston adoraria pôr suas mãos em nosso portfólio russo, que está agora superando todos os nossos rivais, e eu desconfio de que eles se disporiam a pagar bem mais do que o preço solicitado.

— Por que nós não simplesmente ignoramos essa maldita mulher — sugeriu Blake —, e talvez ela vá embora.

— Ela já previu isso — disse Jake — e decidiu estacionar seus tanques em nosso gramado da frente.

— O que ela planeja usar como munição? — perguntou Alex.

— Os estatutos da companhia.

— Qual em particular? — perguntou Andy Harbottle, que pensava saber todos eles de cor.

— Número noventa e dois.

O restante do conselho esperou enquanto Harbottle virava as páginas de um surrado livro com encadernação de couro. Quando chegou ao estatuto relevante, ele o leu em voz alta.

— Caso um acionista ou grupo de acionistas possua cinquenta por cento ou mais das ações da companhia, ele tem o direito de atrasar qualquer decisão do conselho por seis meses.

— Ela arrolou onze decisões que tomamos durante o ano passado que ela pretende contestar — disse Jake. — Isso levaria o banco a uma paralisação por seis meses, e ela diz que, se não pagarmos, ela virá à reunião geral anual no próximo mês e executará sua ameaça pessoalmente.

— Quem a persuadiu a fazer isso? — perguntou Underwood.

— Ackroyd seria a minha aposta — disse Jake. — Mas, como ele tem antecedentes criminais, ele não pode correr riscos. Por isso teremos de lidar com Evelyn pessoalmente.

— Mas, tendo em vista a relação passada dela com o Ackroyd — disse Underwood —, por que não oferecemos quatrocentos milhões e vemos como ela reage?

— Poderíamos tentar — disse Jake. — Mas temos alguma margem de manobra?

— Seiscentos, e mesmo isso é exorbitante — disse Alex.

— E penso que, como um conselho, teremos de supor que ela vai levar a cabo sua ameaça — disse Jake. — Nesse caso, o Ackroyd vai aconselhá-la a oferecer suas ações ao Bank of Boston por setecentos milhões.

— Ela seria pendurada na forca mais próxima, como foram muitos de seus ancestrais ingleses — disse Underwood.

— Sou eu quem deveria ser enforcado — disse Alex. — Não se esqueça de que uma vez ela me ofereceu seus cinquenta por cento por um milhão de dólares e eu recusei a oferta.

— Estripado e esquartejado — disse Underwood.

— Ainda não completamente — disse Jake. — Ainda temos um ás na nossa manga.

***

— Parabéns — disse Anna. — É sempre especial ser reconhecido por seus colegas.

— Obrigado — disse Alex. — Especialmente porque Davos conta com a presença de todos os jogadores que realmente importam no mundo financeiro.

— Sobre o que eles querem que você fale?

— O papel da Rússia na nova ordem mundial. O único problema é que isso não poderia ter vindo numa hora pior pro banco.

— Evelyn está causando problema de novo?

— Ela está ameaçando monopolizar a reunião geral anual se não concordarmos com suas ultrajantes exigências.

— Talvez devamos cancelar nosso fim de semana em Londres e voar direto pra Davos.

— Não, precisamos de uma pausa, e você passou meses pensando na viagem.

— Anos — disse Anna —, desde que o sr. Rosenthal me disse que eu nunca compreenderia realmente o significado da aquarela inglesa até que tivesse visto os Turners na Tate.

* * *

Depois de fazer uma discreta visita ao mais exclusivo fabricante de perucas de Boston, ele marcou um voo de volta para Nice e pagou em espécie. O agente de viagem também fez para ele a reserva de um quarto no Hotel de Paris, ilimitada, uma vez que ele não tinha como saber ao certo de quanto tempo iria precisar para levar a cabo o seu plano.

Por formação, ele era um microgerente, obcecado por detalhes. Seu herói, o general Eisenhower, tinha escrito em suas memórias que todas as demais coisas sendo iguais, o planejamento e a preparação são o que decidirá quem vence a batalha. Quando embarcou no avião para Nice, ele estava mais do que disposto a confrontá-la em qualquer campo de batalha que ela escolhesse.

* * *

A srta. Robbins reservara um quarto para eles no Conaught, o hotel favorito de Lawrence em Londres. Como eles tinham um longo fim de semana antes de voar para Davos, cada minuto de sua estada tinha de ser justificada.

A National Gallery, a Wallace Collection e a Royal Academy eram visitas obrigatórias, e não desapontaram. O obsedante Shylock de Henry Goodman os fez desejar estender sua visita e ver todas as outras produções no Teatro Nacional. E como podia alguém decidir entre o Museu de História Nacional, o V&A e o Science Museum, a menos que percorresse todos os três correndo?

Anna reservou a Turner Collection e a Tate para a última manhã deles, e ambos estavam parados diante da entrada antes mesmo que a galeria tivesse aberto as suas portas. *Uma vista do palácio do arcebispo*, pintada quando o artista tinha apenas quinze anos, não poderia ter deixado ninguém com alguma dúvida acerca da genialidade de Turner. Mas depois de ver *O naufrágio* e *Veneza* Anna teve vontade de dizer para Alex: Por que você não vai pra Davos sem mim?

Ao se virar, viu-o conversando com uma mulher que não parecia uma turista, e o distintivo que ela usava na lapela sugeria que talvez trabalhasse na Tate. Fazia algum tempo que Anna desejava perguntar a alguém sobre o relacionamento turbulento de Turner com Constable, seu grande contemporâneo e rival, por isso ela caminhou ao encontro deles.

— Sinto muito. — A mulher estava dizendo. — Pensei por um momento que fosse o meu... Que tolice a minha. — Ela se afastou depressa, parecendo embaraçada.

— O que aconteceu? — perguntou Anna.

— Não tenho certeza, mas acho que ela me confundiu com outra pessoa.

— Você está levando uma vida dupla, né, meu querido? — zombou ela. — Porque ela faz exatamente o seu tipo, olhos escuros, cabelo escuro, e parecia extremamente inteligente.

— Eu encontrei umas dessas um tempo atrás — disse Alex, pondo o braço em volta da mulher — e, francamente, uma é mais do que suficiente.

— Estou sentindo que você está ficando um pouco nervoso com relação a seu discurso?

— Talvez você esteja certa.

— Então vamos voltar pro hotel e a gente repassa ele mais uma vez.

Nenhum dos dois notou a curadora chefe da galeria observando-os da janela de seu escritório enquanto eles se dirigiam para Millbank e faziam sinal para um táxi preto. Se não fosse pelo terno da Brooks Brothers e seu sotaque americano, Charlie poderia ter jurado... e então ela lembrou. Poderia ser a mulher que tinha trabalhado na galeria Rosenthal e agora era a curadora da Coleção Lowell?

***

Ele tomou seu lugar na primeira classe e ficou aliviado ao constatar que não reconhecia nenhum dos outros passageiros. Aproveitou seu longo voo pelo Atlântico para repassar sua estratégia muitas e muitas vezes, embora soubesse que precisaria parecer surpreso a primeira vez que se encontrassem. Como com qualquer orador experiente, mesmo os improvisos tinham de ser ensaiados.

Ele se voltou para a pasta pessoal dela, suspeitando que àquela altura ele sabia mais sobre ela até que seus amigos mais chegados. Quando o avião tocou o solo, ele estava se perguntando o que poderia dar errado. Porque sempre haverá alguma coisa que você não tinha previsto. Eisenhower.

Depois que passou pelo controle de passaportes e recuperou suas duas grandes caixas de couro, ele pegou um táxi para o Hotel de Paris, registrou-se e foi acompanhado até a sua suíte. Deu uma generosa gorjeta ao carregador — tudo parte do plano. Ele precisava ser lembrado. Nunca conseguia dormir em aviões, por isso foi direto para a cama e não acordou até as oito horas da manhã seguinte.

Passou o dia se familiarizando com a configuração do hotel, assim como do cassino no outro lado da praça, não que ele alguma vez jogasse. Era importante para ele parecer e soar como um cliente habitual antes que eles topassem um com o outro. E o mais importante de tudo: eram as noites que precisavam ser ensaiadas do começo ao fim.

Na segunda feira à noite, ele jantou sozinho no restaurante do hotel e aproveitou seu tempo ganhando a confiança de Jacques, o maître, a quem deu ainda, para ajudar, mais uma extravagante gorjeta antes de voltar para seu quarto. Na terça-feira, Jacques tinha confirmado que ela e o marido jantavam no restaurante do hotel toda sexta-feira, antes de ir para o outro lado da praça, onde ficavam nas mesas de jogo até de madrugada.

Na quarta-feira, Jacques o transferiu para a mesa vizinha àquela que eles sempre ocupavam, e ele escolheu uma cadeira que o poria de costas para ela. Na quinta-feira, Jacques estava bem ciente do papel que se esperava que ele desempenhasse. Àquela altura, monsieur tinha lhe deixado vários grandes incentivos, e ele previa que, se representasse bem, haveria ainda mais no lugar de onde aquilo tinha vindo.

Na sexta-feira à noite ele estava sentado em seu lugar trinta minutos antes da hora em que a cortina deveria ser erguida. Ele fez o seu pedido, mas disse a Jacques que não estava com pressa.

Os dois entraram na sala de jantar logo depois das oito horas, e Jacques nem olhou em sua direção enquanto acompanhava seus clientes à mesa habitual. Ele continuou a ler o *Wall Street Journal*, pois precisava que ela estivesse ciente de que ele estava sozinho.

Jacques esperou até que os pratos principais tivessem sido retirados antes que a cortina se erguesse para o segundo ato, quando Jacques voltou ao palco para desempenhar seu papel. Ele se inclinou e sussurrou no ouvido dela:

— A senhora notou quem está sentado na mesa ao lado, madame?

— Se você se refere ao senhor idoso que está de costas para mim, não posso dizer que notei.

— É George Soros. Ele costuma me dar uma dica de ação sempre que se hospeda aqui, e em geral ela dobra de valor antes que ele retorne.

— Ele é um cliente habitual, então?

— Ele se hospeda conosco uma vez por ano, madame, apenas por uma semana. Uma chance pra relaxar num lugar em que ninguém o reconhecerá.

— Eu não vou comer sobremesa hoje, Jacques — disse ela. — O meu marido também não.

Todd pareceu decepcionado, porque ele sempre gostara do rocambole de chocolate amargo, mas ele conhecia aquela expressão.

— Como queira, madame — disse Jacques. Ao passar pela mesa vizinha, ele encheu o copo do cliente com água, o sinal de que ele tinha desempenhado seu papel e estava saindo do palco.

Alguns momentos depois, Todd levantou-se e saiu da sala de jantar discretamente. O cliente da mesa vizinha virou uma página de seu jornal e continuou lendo. Evelyn levantou-se, empurrando sua cadeira para trás até que bateu na dele.

— Sinto muito — disse ela quando ele se virou.

— Não foi nada — respondeu ele, levantando-se de seu lugar e fazendo-lhe uma ligeira reverência.

— Meu Deus! O senhor é quem eu penso que é?

— Isso dependeria de quem a senhora quer que eu seja — respondeu ele, sorrindo cordialmente.

— Sr. Soros?

— Então meu disfarce foi desmascarado, madame.

— Evelyn Lowell — disse ela, devolvendo seu sorriso.

Ele fez uma nova reverência.

— Tive o privilégio de conhecer o seu pai — disse ele. — Um excelente homem com quem aprendi muito.

— Sim, querido papai. Eu gostaria que ele ainda estivesse vivo para que eu pudesse buscar seu conselho com relação a um problema que tenho.

— Talvez eu possa ajudar?

— Oh, não, eu não gostaria de impor...

— Minha cara senhora, seria uma honra aconselhar a filha de James Lowell, e talvez em alguma pequena medida retribuir sua gentileza ao longo dos anos. Por favor, sente-se comigo — disse ele, puxando a cadeira próxima a ele.

— Que gentil de sua parte — disse Evelyn ao se sentar.

— Jacques, uma taça de champanhe pra senhora, e eu tomarei o de sempre. — O maître foi correndo. — Agora, como posso ajudar, sra. Lowell?

— Evelyn, por favor.

— George — disse ele enquanto se reclinava na cadeira e permitia que Evelyn lhe contasse calmamente tudo o que ele já sabia entre goles de champanhe, enquanto ele desfrutava um brandy.

— Não é um problema incomum quando se trata de herança — disse ele quando ela havia chegado ao fim de sua história. — Especialmente quando irmãos rivais estão envolvidos. É conhecido como o dilema dos cinquenta por cento.

— Que interessante — disse ela, agarrando-se em cada palavra que ele dizia.

— Há uma solução simples, é claro.

— E qual poderia ser ela?

— Primeiro eu devo lhe perguntar, Evelyn: você pode guardar um segredo?

— Com toda certeza — disse ela pondo uma mão na coxa dele.

— Porque vamos precisar trabalhar em estreita colaboração durante os próximos dias, e eu não gostaria que ninguém, e quero dizer ninguém, saiba a fonte do que estou prestes a divulgar, nem mesmo o seu marido.

— Então talvez seja mais prudente subir para o seu quarto quando não quisermos ser perturbados — disse ela, movendo a mão um pouco mais para cima na coxa dele.

Certamente isso não era algo que Bob tinha previsto, mas se era o que era preciso...

***

A última vez que Alex estivera tão nervoso fora no campo de batalha no Vietnã. E como então, a espera era a pior parte.

Sua primeira ansiedade era que não aparecesse ninguém para ouvi-lo falar. Quando Nelson Mandela, George Soros e Henry Kissinger estavam também no cardápio, era preciso aceitar que na melhor das hipóteses você é a sobremesa. De qualquer forma, os organizadores lhe asseguraram que "O papel da Rússia na nova ordem mundial" era o prato do dia e que a maior parte dos delegados o tinha pedido.

Quando um funcionário bateu à porta da sala dos oradores e lhe disse que era hora de ele ir para os bastidores, Alex não teve nem a coragem de perguntar como estava a sala. Quando finalmente não conseguiu mais suportar aquilo, ele espiou por uma brecha na cortina para constatar que os organizadores não tinham exagerado. O salão estava tão lotado que alguns dos delegados tiveram que sentar nos corredores.

Klaus Schwab levantou-se para apresentá-lo, e abriu seus comentários dizendo aos delegados que Alex Karpenko fora um dos principais banqueiros de investimento na próspera república russa na década anterior, fechando negócios que atordoavam seus rivais mais cautelosos que tinham sido deixados em sua esteira. O Lowell's tinha dado um novo significado às palavras razão, risco e recompensa, tendo assegurado pelo menos um negócio que obteve um lucro de mil por cento em seu primeiro ano, elevando ao mesmo tempo os salários de cada um dos trabalhadores da companhia.

— Nos dias da corrida do ouro — disse Schwab — você precisava subir no trem da alegria e rumar pro oeste. Na Rússia de hoje, é um jato privado, e você tem de rumar pro leste.

Alex ficou aliviado porque Schwab não mencionou também que ele uma vez fugira de São Petersburgo numa ambulância, mas não antes que sua carteira tivesse sido esvaziada por um garoto de aluguel e um paramédico de folga.

O aplauso foi afável quando ele emergiu de trás da cortina para tomar o lugar de Schwab no átrio. O tipo de recepção que dá a entender: vamos esperar e ver como será o discurso antes de fazermos um julgamento.

Alex olhou para os rostos expectantes e os fez esperar por um momento antes de proferir sua frase de abertura.

— Sempre que faço um discurso pro Lions Club, para um fórum de estudantes local, ou mesmo para uma conferência de negócios, em geral estou bastante confiante de que sou a pessoa mais bem informada na sala. Aceitei esse convite sem me dar conta de que todas as outras pessoas na sala estariam muito mais bem informadas que eu.

A risada que se seguiu permitiu-lhe relaxar um pouco.

— O Lowell's Bank vem trabalhando na Rússia com a população local nos últimos dez anos, e o sr. Schwab teve a bondade de me qualificar como um dos líderes no campo. O mesmo banco vem fazendo negócios em Boston há mais de um século, e ainda somos considerados arrivistas. No entanto, no contexto dos negócios bancários de investimentos russos, somos vistos como parte do *establishment* depois de apenas uma década. Como isso pode ser possível?

"Menos de cinquenta anos atrás, Stálin governou um dos maiores impérios na terra. Quando ele morreu, em 1953, foi pranteado como um herói nacional e estátuas foram erigidas até nas menores vilas. O povo se referia a ele afetuosamente como Tio Joe, e no mundo todo, seu nome era mencionado ao mesmo tempo que os de Roosevelt e Churchill. Mas hoje você terá dificuldade em encontrar uma estátua de Stálin em algum lugar da antiga União Soviética, além de em sua própria cidade natal.

"Depois de Stálin, seguiu-se uma série de déspotas não eleitos que tinham se abrigado na sombra dele por anos: Khrushchev, Kosygin, Brezhnev, Andropov e Chernenko; que aderiram todos ao poder até que morreram ou foram removidos do cargo à força. E depois, quase sem aviso, tudo isso mudou da noite pro dia quando Mikhail Gorbachev apareceu em cena e anunciou o nascimento da glasnost, que seria basicamente a política ou prática de um governo consultivo mais aberto e uma disseminação mais ampla da informação.

"A partir de março de 1990, quando Gorbachev se tornou o primeiro presidente eleito da União Soviética, o país começou a mudar rapidamente e, pela primeira vez, empresários foram capazes de operar sem as restrições de uma economia centralizada.

"Contudo, as pessoas que supervisionaram essa transformação eram a mesma gangue de bandidos que tinha dirigido o antigo regime. Como você se sentiria se as chaves do Forte Knox tivessem sido entregues ao líder do Partido Comunista nos Estados Unidos? E isso apesar do fato de que a União Soviética tinha um dos melhores sistemas educacionais do mundo, isto é, se você quisesse ser um filósofo ou um poeta, mas não se você quisesse ser um homem de negócios. Naquele tempo você tinha mais chance de estudar sânscrito na Universidade de Moscou do que de encontrar seu caminho num balanço.

"A Rússia tem vinte e quatro por cento das reservas de gás do mundo, doze por cento de seu petróleo e mais madeira do que qualquer outra nação da Terra. Mas, embora o trabalhador médio não possa mais se considerar um camarada, ele ainda está ganhando menos do que o equivalente a quinze dólares por semana, e poucas pessoas recebem mais do que cinquenta mil por ano. Menos do que meu secretário. Por isso a transição do comunismo pro capitalismo nunca seria fácil.

"Todos nós sabemos que as primeiras impressões tendem a perdurar, por isso eu não deveria ter ficado surpreso quando, depois de ter passado apenas algumas horas de volta à minha pátria, alguns dos problemas da Rússia foram levados para minha casa. Eu estava parado numa esquina tentando pegar um táxi, e não pude deixar de notar que, embora não houvesse nenhuma escassez de BMWs, Mercedes e Jaguars, não havia quase nenhum sinal de um Ford Fiesta ou um VW Polo. A disparidade entre ricos e pobres é mais gritante na Rússia do que em qualquer outra nação na Terra. Dois por cento dos russos ganham noventa e oito por cento da riqueza nacional, portanto quem pode condenar cidadãos comuns por rejeitar o capitalismo e querer retornar ao que hoje veem como os bons e velhos tempos do comunismo? Para que valores ocidentais prevaleçam, aquilo de que a Rússia mais precisa é uma classe média que, por meio de trabalho árduo e diligência, possa se beneficiar da inacreditável riqueza e dos recursos naturais de seu país.

"Isso não significa que não existam grandes oportunidades pra se fazer negócios na Rússia. É claro que existem. Entretanto, se você está pensando em ir pro leste, já te aviso: isso não é pros medrosos.

"O sr. Schwab lhes contou que o Lowell's tinha fechado um negócio que deu ao meu banco um lucro de mil por cento em um ano. Mas o que ele não lhes contou foi que também assinamos três outros contratos em que perdemos cada centavo de nosso investimento, e em um caso antes mesmo que a tinta secasse no papel. Por isso a regra de ouro pra qualquer empresa que esteja considerando abrir uma filial na Rússia é escolher seu sócio com sabedoria. Quando existe o potencial pra um lucro de mil por cento num ano, o burro, o ganancioso e o rematado desonesto vão aparecer como baratas debaixo das tábuas do assoalho. E, caso seu sócio viole um contrato, não se dê ao trabalho de processá-lo, porque o juiz estará quase certamente na folha de pagamento dele.

"Poderia tudo isto mudar para melhor? Sim. No ano 2000, os russos vão às urnas pra escolher um novo presidente. Podemos supor com segurança que eles não vão reeleger Boris Yeltsin, que a essa altura teria sofrido um impeachment em Washington e sido banido pra Torre de Londres."

Risos se seguiram, o humor frequentemente enfatizando a verdade. Alex virou uma página.

— O Partido Comunista, que parecia estar morto e enterrado uma década atrás, se reergueu de novo, e agora está confortavelmente à frente nas pesquisas. Mas, caso houvesse um candidato a presidente cujo principal interesse fosse a democracia e não encher seus próprios bolsos, quem sabe o que poderia ser conseguido?

"Vocês estão vendo na sua frente um russo que fugiu pros Estados Unidos cerca de trinta anos atrás, mas que nos últimos anos retornou regularmente à sua pátria, porque o Lowell's Bank pensa a longo prazo. Espero que daqui a cem anos os Estados Unidos ainda sejam o maior rival da Rússia. Não no campo de batalha, mas na sala de reunião. Não na corrida das armas nucleares, mas na corrida para curar doenças. Não nas ruas, mas nas salas de aula. Mas isso só pode ser alcançado se o voto de cada russo tiver um peso igual."

Seguiu-se uma longa salva de palmas, quando Alex virou outra página.

— Duzentos anos atrás, os Estados Unidos estavam em guerra com a Grã-Bretanha. No último século, as duas nações se uniram duas vezes para lutar contra um inimigo comum. Por que os Estados Unidos e a Rússia não poderiam ter um objetivo semelhante? — Alex abaixou sua voz quase a sussurro. — Espero que haja aqueles entre vocês que se juntarão a mim e tentarão tornar esse ideal possível construindo pontes, e não as destruindo, e acreditando, como qualquer sociedade civilizada deveria fazer, que todos os homens e mulheres nascem iguais, seja qual for o país em que nasçam. Só posso esperar que a próxima geração de russos vá, como a próxima geração de americanos, dar isso por certo.

A audiência, que tinha decidido esperar e ouvir as palavras de Alex antes de se manifestar, se levantou como uma só pessoa e o fez se perguntar, não pela primeira vez, se devia ter tomado o lugar de Lawrence não na sala de reunião, mas na arena política.

— Você foi magnífico, meu querido — disse Anna quando ele saiu do palco. — Mas eu não me lembro daqueles dois últimos parágrafos quando você estava ensaiando seu discurso no banheiro hoje de manhã.

Alex não comentou. E não ajudou em nada que, durante os dois dias seguintes, sempre que ele parava no auditório, em seu hotel, na rua e até no aeroporto, delegados sugeriam:

— Talvez você devesse estar se candidatando a presidente em seu país. — E eles não se referiam aos Estados Unidos.

***

— Você fez o quê?

— Vendi um por cento de minhas ações do Lowell's por vinte milhões de dólares — disse Evelyn orgulhosamente.

— Por que você faria uma coisa tão estúpida como essa?

— Porque vendendo um por cento por vinte milhões eu estabeleci que o verdadeiro valor de meus cinquenta por cento era um bilhão de dólares.

— Enquanto ao mesmo tempo você entregou o controle do banco a Karpenko — disse Ackroyd, cuspindo as palavras. — Eles agora têm cinquenta e um por cento da companhia, enquanto você só tem quarenta e nove.

— Não — protestou Evelyn —, eu não vendi meu um por cento pro banco.

— Então pra quem, posso perguntar?

— Pro George Soros, que estou certa que, você vai concordar, sabe muitíssimo mais sobre atividades bancárias e investimentos do que qualquer um de nós.

— De fato, ele sabe — disse Ackroyd. — Mas como, se eu puder perguntar, você encontrou com o grande homem?

— Eu o encontrei duas semanas atrás em Monte Carlo. Uma feliz coincidência, você não acha?

— Não, eu não acredito que tenha sido uma feliz coincidência, Evelyn. Foi uma armação bem planejada, e você caiu como um patinho.

— Como você pode dizer isso?

— Porque duas semanas atrás George Soros estava em Davos, dando uma palestra sobre o mecanismo da taxa de câmbio. Eu sei porque estava sentado na audiência.

As pernas de Evelyn cederam e ela caiu na cadeira mais próxima. Ficou em silêncio por algum tempo, antes de dizer:

— Então o que faço agora?

— Aceite a proposta do banco de seiscentos milhões de dólares antes que eles mudem de ideia.

***

— A sra. Lowell-Halliday aceitou a proposta do banco de seiscentos milhões de dólares por suas ações — disse o secretário da companhia. — Mas vou precisar da aprovação do conselho antes de poder autorizá-la.

— Mas isso foi quando ela possuía cinquenta por cento das ações do banco — disse Jake. — Graças ao brilhante golpe de Bob, ela agora só tem quarenta e nove por cento, e nós estamos no controle.

— Ofereça-lhe trezentos milhões — disse Alex —, e feche um acordo por quatrocentos.

— Você acha que ela vai concordar com isso? — perguntou Mitch Blake.

— Sem dúvida — disse Alex. — Ackroyd vai convencê-la de que ela não obterá uma proposta melhor em nenhum outro lugar, e, se ela concordar, a boa notícia é que o banco vai acabar não tendo de lhe pagar nem um centavo.

— Como assim? — disse Alan Gates.

— É simples, realmente, mas talvez tenha chegado a hora de Jake contar ao conselho um pouco mais sobre o ás que sempre tivemos em nossa manga.

Jake abriu uma pasta e virou várias páginas antes de chegar ao acordo assinado.

— A sra. Lowell-Halliday fez vários empréstimos ao longo dos anos quando seu irmão Lawrence era presidente do banco. Ackroyd, como CEO, aprovou as transações e, pra conferir à negociação alguma legitimidade, Evelyn concordou em pagar uma taxa de juros de cinco por cento ao ano até que os empréstimos tivessem sido reembolsados. Lamentavelmente para ela, mas felizmente pro banco, ela não devolveu nem um centavo, mas, por outro lado, nunca pretendeu fazê-lo. — Jake virou uma página antes de continuar. — O resultado é que depois de mais de vinte anos de dívida e juros acumulados ela deve atualmente ao banco um pouco mais de 451 milhões de dólares. — Jake fechou a pasta. Um longo silêncio foi seguido por uma salva de aplausos.

— Mas ela ainda deverá ao banco mais de cinquenta milhões — disse Bob —, mesmo se aceitar a proposta.

— Dívida que vamos concordar em cancelar em troca de sua participação acionária de quarenta e nove por cento no banco — disse Jake.

— Bravo — disse Alex, antes de percorrer com os olhos a mesa da sala de reunião. — No entanto, eu ainda quero ouvir os detalhes sobre como Bob conseguiu tornar tudo isso possível.

Os demais diretores dirigiram sua atenção para o membro mais antigo do conselho, que não tinha mais uma cabeleira branca.

— Um cavalheiro nunca deveria ser indiscreto quando uma dama está envolvida — disse Bob—, mas posso relatar ao conselho que a sra. Evelyn Lowell-Halliday não conhece a diferença entre fazer amor e ser fodida. Por falar nisso, presidente, posso me demitir agora?

44
Sasha
Londres, 1999

— O MUITO HONORÁVEL CAVALHEIRO planeja visitar seu outro distrito eleitoral no futuro próximo?

Sasha sorriu, enquanto alguns riram da zombaria, mas ele tinha sua resposta bem preparada.

— Eu posso dizer ao muito honorável membro que não tenho nenhum plano de visitar a Rússia no futuro próximo. Mas estou ansioso para assistir à estreia de *O lago dos cisnes* na Royal Opera dançado pelo Balé Bolshoi. — Ele estava prestes a acrescentar a melhor companhia de balé da Terra, mas achou melhor não.

— Sr. Kenneth Clarke — disse o presidente.

— Da próxima vez que o muito honorável cavalheiro visitar Moscou, ele poderá mostrar ao presidente Yeltsin que, para uma nação que agora posa como uma democracia, o histórico dos direitos humanos de seu país deixa muito a desejar.

Dessa vez os gritos de apoiado, apoiado foram altos e não de brincadeira.

Sasha levantou-se de novo.

— Se o muito honorável cavalheiro puder ser amável o bastante pra trazer à minha atenção quaisquer exemplos particulares que ele tenha em mente, fique certo de que vou investigá-los. Contudo, membros da Câmara podem estar interessados em saber que o sr. Boris Nemtsov, um antigo vice-premiê da Rússia, está sentado na Galeria dos Estrangeiros Ilustres e estou certo de que ele terá ouvido a questão do honorável cavalheiro.

Sasha deu uma olhada para a galeria no alto e sorriu para o seu amigo, que parecia estar se divertindo com seu momento de notoriedade.

Quando as perguntas para o secretário das Relações Exteriores chegaram ao fim e o presidente requereu o negócio do dia, Sasha deixou a Câmara rapidamente e se dirigiu ao saguão central, onde combinara de se encontrar com Nemtsov.

— Seja bem-vindo a Westminster, Boris — disse ele ao apertar cordialmente a mão de seu visitante.

— Obrigado — disse Nemtsov. — Fiquei encantado ao ver você mais do que se defendendo contra a multidão. Embora eu tenha de concordar que nosso histórico em direitos humanos não resiste a um exame atento e me dará um grande prazer contar aos meus colegas na Rússia que eu ouvi o assunto sendo levantado na Câmara dos Comuns britânica.

— Você tem tempo para me acompanhar em um chá no terraço? — perguntou Sasha, voltando à sua língua nativa.

— Eu passei o dia todo desejando isso — disse Nemtsov.

Sasha conduziu seu convidado pela escada acarpetada de verde até o terraço, onde se sentaram a uma mesa com vista para o Tâmisa.

— Então o que o traz a Londres? — perguntou Sasha quando um garçom apareceu ao lado deles. — Apenas chá para dois, obrigado.

— Oficialmente, estou aqui para visitar o intendente de Londres para discutir problemas ambientais que afetam cidades superpovoadas, mas meu principal objetivo é vê-lo e atualizá-lo em relação ao que está acontecendo no front político na Rússia.

Sasha se recostou e ouviu atentamente.

— Como você sabe, a eleição presidencial deverá se realizar dentro de um ano.

— Não muito antes da próxima eleição geral na Grã-Bretanha — disse Sasha.

O garçom retornou e pôs uma bandeja de chá e biscoitos na mesa.

— Yeltsin já anunciou que não vai disputar a próxima eleição, possivelmente influenciado por sua atual taxa de aprovação, que, segundo as pesquisas de opinião, está definhando em torno de quatro por cento.

— Isso é muito difícil de conseguir — disse Sasha, servindo a ambos uma xícara de chá.

— Não se você acorda toda manhã com uma ressaca e está bêbado de novo antes da hora do almoço.

— O Yeltsin tem um sucessor consagrado?

— Não que eu saiba. Mas, mesmo que tivesse, seria o beijo da morte. Não, o único nome no campo no momento é Gennady Zyuganov, o líder do Partido Comunista, e a maioria das pessoas concorda que seria um desastre se voltássemos ao passado, embora a possibilidade não possa ser descartada. Francamente, Sasha, talvez você nunca tenha uma chance melhor de se tornar nosso próximo presidente.

— Mas talvez minha taxa de aprovação também estaria em torno de quatro por cento.

— Estou feliz por você ter suscitado isso — disse Nemtsov, tirando um pedaço de papel de um bolso interno —, porque conduzi algumas pesquisas privadas, que mostraram que você está atualmente com catorze por cento. No entanto, vinte e seis por cento nem sequer conheciam seu nome, e trinta e um por cento ainda não se decidiram. Por isso estamos encorajados. Se você viesse para São Petersburgo e anunciasse oficialmente sua intenção de se candidatar, não tenho dúvida de que esses números mudariam da noite para o dia.

— Eu admito que estou dividido — disse Sasha. — Apenas na semana passada, o *Times* disse num editorial que, se o Partido Trabalhista viesse a vencer a próxima eleição, o que parece extremamente provável, seria bem possível que eu fosse o próximo ministro das Relações Exteriores.

— E após ouvir seu desempenho na Câmara hoje à tarde e sua compreensão de tantos assuntos, francamente eu não estou surpreso. No entanto, eu sugeriria que presidente da Rússia é um prêmio muito maior pra alguém que nasceu e foi criado em São Petersburgo.

— Eu concordo com você — sussurrou Sasha —, mas não posso permitir que meus colegas saibam disso. Além do mais, eu precisaria estar convencido de que tenho uma chance realista de sucesso antes de estar disposto a abrir mão de tudo pelo que trabalhei tão arduamente.

— Isso é compreensível — disse Nemtsov —, mas não seremos realmente capazes de avaliar suas chances até que saibamos quem é seu principal rival.

— Mas você era o vice-premiê — disse Sasha —, por que não se candidata?

— Por que meus índices nas pesquisas não são muito melhores que os de Yeltsin. No entanto, com meu apoio, estou convencido de que você pode vencer.

— É bondade sua dizer isso. Mas Vladimir ainda se poderia provar um problema. Afinal de contas, ele foi vice-prefeito de São Petersburgo, e não gostará da ideia de minha candidatura a presidente.

— Você não precisa se preocupar com Vladimir. Ele deixou São Petersburgo minutos antes do momento em que teria sido preso por apropriação indevida de fundos públicos. Ele desapareceu com destino a Moscou e foi visto pela última vez no Kremlin.

— Fazendo o quê?

— Segundo rumores, ele está trabalhando em estreita colaboração com Yeltsin, mas ninguém sabe ao certo fazendo o quê.

— Vladimir só está interessado em uma coisa, que é tornar-se diretor do FSB.

— Quem eles pensaram que estavam enganando quando aboliram a KGB e ela ressurgiu mais tarde como o Serviço Federal de Segurança? O mesmo grupo de bandidos fazendo o mesmo serviço, até no mesmo prédio — meditou Nemtsov. — Mas, se Vladimir conseguisse se tornar diretor, seria prudente da sua parte não fazer dele um inimigo. De fato, se ele estivesse do seu lado, isso poderia até ajudar sua causa.

— Mas, se ele estivesse do meu lado — disse Sasha —, isso só poderia prejudicar a minha causa. Eu não poderia esperar realizar nada que valesse a pena com ele continuamente olhando sobre o meu ombro. De fato, ele se oporia veementemente às próprias mudanças que eu desejaria fazer como presidente.

— Mas na política — disse Nemtsov — de vez em quando é preciso ceder.

— Ceder é para aqueles que não têm coragem, moral e princípios.

— Você não precisa me convencer, Sasha, de que é o melhor homem para o trabalho, mas primeiro nós temos de elegê-lo.

— Lamento ser tão negativo, mas eu não iria querer me tornar presidente somente para descobrir que uma outra pessoa estava puxando os fios.

— Compreendo. Mas, depois que você conseguir o trabalho, pode cortar esses fios. Lembre-se, não há poder sem posto.

— É claro, você tem razão — disse Sasha. — E eu o informarei assim que tiver tomado minha decisão.

— Você tem alguma ideia de quando poderá ser isso?

— Não vai demorar muito mais, Boris. Mas há uma ou duas pessoas que eu ainda tenho de consultar antes que possa tomar uma decisão final.

— Certamente sua mãe deve estar pressionando-o a se candidatar. Afinal, seu pai gostaria que você fosse presidente.

— Ela é a única na família que é cem por cento contra a ideia — disse Sasha. — Ela acredita firmemente em "um pássaro na mão"...

— Eu não conheço a expressão — disse Nemtsov. — E quanto à sua mulher?

— Charlie está em cima do muro.

— Bem, esta é uma expressão que todos os políticos do mundo conhecem bem.

Sasha riu.

— Mas ela me apoiaria se sentisse que eu realmente queria o posto e acreditasse que eu pudesse ganhar.

— E quanto à sua filha?

— O único interesse de Natasha no momento é alguém chamado Brad Pitt.

— Um político inspirador?

— Não, um ator americano que Natasha está convencida de que se apaixonaria por ela se ao menos pudessem se encontrar. E ela não compreende por que um secretário das Relações Exteriores estrangeiro não pode arranjar isso. *Afinal, qual é o seu grau de importância, papai?*, ela não para de me perguntar.

Nemtsov riu.

— Não é diferente em nossa casa. Meu filho quer ser baterista numa banda de jazz local e não tem absolutamente nenhum interesse em ir pra universidade.

O Big Ben bateu quatro vezes ao fundo.

— Seria melhor eu voltar e me encontrar com meus colegas — disse Nemtsov —, antes que eles descubram por que eu realmente vim a Londres.

— Obrigado por me dar tanto de seu tempo, Boris, e seu constante apoio — disse Sasha enquanto eles caminhavam juntos para o hall central.

— Cada vez que eu o vejo, Sasha, fico mais convencido de que você é o homem certo para ser o nosso próximo presidente.

— Sou grato por seu apoio e vou informá-lo assim que tiver tomado minha decisão.

— Se você retornasse a São Petersburgo — disse Boris —, talvez ficasse surpreso pela acolhida que receberia.

***

— Fico feliz por não ter de tomar a decisão — disse Charlie.

— Mas você tem, minha querida — disse Sasha. — Porque eu sequer consideraria enfrentar um empreendimento tão arriscado sem sua bênção.

— Você levou em consideração o quanto tem a perder?

— É claro que sim. E, como a vitória do Partido Trabalhista na próxima eleição parece quase certa, seria fácil para mim simplesmente relaxar e esperar tornar-me ministro das Relações Exteriores. O risco muito maior seria renunciar à Câmara dos Comuns, voltar pra Rússia e passar um ano fazendo campanha pra me tornar presidente, só para ver alguma outra pessoa abocanhar o prêmio.

— Especialmente se essa outra pessoa viesse a ser seu velho amigo Vladimir.

— Enquanto ele for carregador de Yeltsin, é mais provável que acabe na prisão que no Kremlin.

— Então permita que eu lhe faça uma simples pergunta — disse Charlie. — Se eu lhe oferecesse essas suas posições numa bandeja, presidente da Rússia ou ministro britânico das Relações Exteriores, qual das duas você escolheria?

— Presidente da Rússia — disse Sasha sem hesitação.

— Então você tem sua resposta — respondeu Charlie —, e a minha. De outro modo você passaria o resto de sua vida se perguntando "e se?".

— Você acha que há mais alguém que eu deveria consultar antes de tomar uma decisão tão irrevogável?

Charlie pensou longa e arduamente antes de falar:

— Não faz sentido perguntar à sua mãe porque nós dois sabemos exatamente qual é a posição dela. Ou à sua filha, que está preocupada com outras coisas. Mas eu adoraria ouvir a opinião de Alf Rycroft. Ele é um abutre velho e sagaz, que conhece você há mais de vinte anos e tem aquela rara habilidade de pensar fora da caixa. E, provavelmente ainda mais importante, ele só terá seus melhores interesses no coração.

***

— E a que devo esta grande honra, secretário? — perguntou Alf, acompanhando Sasha através da sala de estar.

— Preciso do seu conselho, Alf.

— Então sente-se. É pouco provável que sejamos perturbados, porque minha mulher, Millicent, está fora fazendo boas ações. Acho que é seu dia no hospital como monitora da biblioteca.

— Ela é uma santa.

— Como é Charlie. A verdade é que nós dois tivemos sorte na loteria do casamento. Então em que posso ajudá-lo, meu jovem?

— Tenho quarenta e seis anos — disse Sasha. — Você costumava me chamar de meu jovem assim que cheguei ao distrito eleitoral mais de vinte anos atrás. Agora ninguém mais me chama assim.

— Espere até você chegar à minha idade — disse Alf —, você ficará apenas extremamente agradecido se alguém o chamar de jovem. Então, quando você ligou para dizer que queria discutir um assunto particular, não foi difícil descobrir o que o estava perturbando.

— E a que conclusão você chegou?

— Naturalmente eu gostaria que você se tornasse ministro das Relações Exteriores, então eu poderia passar o resto de meus dias contando pros rapazes no clube de boliche que eu fui o primeiro a perceber seu potencial.

— Não mais do que a verdade — disse Sasha.

— Eu soube que você era um tantinho especial no dia em que o entrevistamos para Merrifield. Portanto, o que estou prestes a dizer, Sasha, pode causar uma certa surpresa. Eu penso que você deveria renunciar à Câmara dos Comuns, voltar para a Rússia e, se não for uma declaração dramática demais, realizar seu destino.

— Mas isso significaria arriscar tudo, quando há uma opção fácil ainda aberta para mim.

— Concordo, por outro lado, nunca foi seu estilo agarrar a opção fácil. Quando você teve a oportunidade de representar uma cadeira segura em Londres, você escolheu em vez disso voltar a Merrifield e disputar uma cadeira marginal.

— Há muito mais em jogo desta vez — disse Sasha.

— Como havia para Winston Churchill quando ele cruzou o assoalho da Câmara para se juntar aos conservadores, porque certamente nunca teria se tornado primeiro-ministro se tivesse permanecido nos bancos liberais.

— Mas eu passei os últimos trinta anos neste país — disse Sasha. — Assim, em comparação com cruzar o assoalho da Câmara, seria uma espécie de caminhada até Moscou.

— Lênin não pensava assim, e não se esqueça de que ele estava preso na Suíça quando a Revolução começou.

— Você não consegue pensar num exemplo melhor? — perguntou Sasha, rindo.

— Gandhi estava exercendo advocacia na África do Sul quando sentiu o cheiro da revolução no ar e retornou à Índia para ser seu líder espiritual. Portanto, o meu conselho, Sasha, é que volte para casa, porque seu povo vai ver em você o que eu percebi mais de vinte anos atrás: um homem decente, honesto, com convicções inabaláveis. E eles abraçarão essas convicções com alívio e entusiasmo. Mas minha opinião não passa das divagações de um velho.

— Tornadas ainda mais poderosas — disse Sasha —, porque não foram o que eu esperava.

***

Sasha sempre gostava de suas visitas à embaixada russa, em particular porque ninguém fazia festas melhores que o embaixador Yuri Fokin. Haviam passado há muito os dias em que o prédio era cercado por barreiras impenetráveis e poucas pessoas sabiam o que se passava por trás de suas portas fechadas.

Sasha podia se lembrar do tempo em que, se você perguntava que horas eram a um diplomata russo, ele lhe diria a hora em Moscou. Agora o embaixador ficaria feliz em responder qualquer pergunta que você lhe fizesse. Tudo que você teria de decidir era quando ele estava contando a verdade.

Nessa ocasião, contudo, Sasha não estava visitando a embaixada para desfrutar uma tarde relaxada e agradável. Essa seria sua última oportunidade para avaliar suas chances caso decidisse se candidatar à presidência. Entre os convidados, haveria meia dúzia de russos que poderiam influenciar de uma maneira ou de outra, e ele precisava assegurar que falaria com cada um deles. Os outros convidados seriam a mistura usual de políticos, homens de negócios e parasitas, que compareceriam a qualquer festa, contanto que as bebidas estivessem fluindo e houvesse canapés suficientes para assegurar que eles não precisariam jantar depois.

O motorista de Sasha tomou uma rua à direita a partir da Kensington High Street e parou abruptamente em frente a uma barreira que levava a Kensington Palace Gardens, mais comumente conhecido como Embassy Row. Uma longa rua reta orlada com elegantes mansões que raramente chegavam ao mercado.

Um guarda fez continência, e a barreira foi levantada no momento em que ele viu o carro do secretário. Eles passaram por Índia, Nepal e França antes de chegar à Rússia. Um manobrista correu para abrir a porta detrás da limusine. O secretário desceu, agradeceu-lhe e se dirigiu para a embaixada.

A embaixada poderia ter sido uma casa de campo inglesa na virada no século, com seu hall de entrada forrado de painéis de carvalho, relógio de chão e retratos de figuras históricas. Sempre divertia Sasha que não houvesse nenhum sinal de um tsar, ou mesmo de Lênin ou Stálin. A história parecia ter começado, para um dos impérios mais antigos da Terra, em 1991.

Quando Sasha entrou na sala de estar, ele notou que alguns dos convidados interromperam suas conversas e se viraram para olhar para ele; algo a que ele ainda não se acostumara e se perguntava se algum dia o faria.

Ele olhou ao redor da sala repleta e logo identificou quatro de seus alvos. Um deles, Anatoly Savnikov — adido diplomático, seu título oficial; chefe dos serviços secretos russos em Londres, seu verdadeiro trabalho — estava conversando com Fiona. Se aquela não fosse a Embaixada Russa, Sasha poderia ter pensado que ele estava lhe passando uma cantada. Sem dúvida havia uma dúzia de outros espiões na sala que seriam mais difíceis de identificar. A regra do Ministério das Relações Exteriores era bastante simples: suponha que todo mundo é um espião.

Ao se virar, Sasha notou que o embaixador estava mergulhado em conversa com Charles Moore, editor do *Daily Telegraph*. Sasha teria de aguardar calmamente uma boa oportunidade antes de trocar algumas palavras com Yuri, palavras que já tinham sido cuidadosamente programadas.

Ele se aproximou de Leonid Bubka, o ministro do Comércio, na esperança de que ele pudesse mostrar a sua mão, mas Bubka mudava de assunto cada vez que a palavra "eleição" surgia na conversa. Sasha não desistia facilmente, mas Bubka continuou a bloquear toda tentativa de marcar um ponto com a habilidade de Lev Yashin. Quando seu velho amigo Ilya Resinev, o segundo-secretário na embaixada, tocou seu cotovelo, Sasha moveu-se discretamente para um lado e ouviu com atenção o que ele tinha a dizer.

— Você ouviu quem foi nomeado diretor do FSB? — sussurrou Ilya.

— Não me diga que Vladimir finalmente conseguiu!

— Infelizmente, sim — disse Ilya.

— A velha KGB com outro nome — disse Sasha —, sendo dirigida pelo mesmo bando de capangas, vestindo ternos em vez de fardas. Quem ele teve de chantagear desta vez?

— Yeltsin, ao que parece — disse Ilya. — Vladimir lhe prometeu que o que quer que lhe acontecesse como presidente depois da próxima eleição, ele iria assegurar que ele e sua família não iriam enfrentar nenhuma acusação de corrupção ou fraude.

— Então a primeira coisa que eu faria como presidente — disse Sasha — seria demitir Vladimir e deixar claro que ninguém que cometeu um crime grave contra o Estado gozará de imunidade.

— Se você fizer isso, Sasha, vai ter que construir um número muito maior de prisões.

— Que seja.

— Mas tome cuidado pra quem você diz isso, porque o substituto dele está aqui essa noite.

— Qual deles?

— O homem alto e corpulento que está conversando com Fiona Hunter.

Sasha lançou um olhar sobre o ombro de Ilya para ver um homem entregando a Fiona o seu cartão. Alguém que ele iria evitar. Quando se virou, notou que o embaixador estava parado sozinho junto ao consolo da lareira acendendo um charuto.

— Perdoe-me, Ilya. Eu preciso ter uma conversa particular com o seu patrão. Mas obrigado pela informação extremamente valiosa.

Sasha moveu-se rapidamente pela sala.

— Boa noite, Yuri — cumprimentou ele. — Mais uma festa memorável. — Sasha se posicionou com as costas para a parede para assegurar que o embaixador teria de desviar os olhos de seus convidados, de modo que somente os mais determinados ou sem tato iriam considerar interrompê-los.

— Eu o avistei no Bolshoi semana passada — disse o embaixador. — Ainda um de nossos melhores produtos de exportação.

— Gudanov estava magnífico — disse Sasha.

— Temos um problema com ele que talvez eu precise discutir com você, mas este não é o momento. O que eu gostaria de saber, Sasha, é: você já tomou uma decisão?

— Antes que eu responda a essa pergunta, Yuri, eu estaria fascinado por ouvir o que você pensa de minhas chances.

— Como você bem sabe, secretário, não tenho permissão para expressar uma opinião. Eu não passo de um humilde porta-voz para o governo que sirvo. Mas — disse Yuri, trocando de língua —, se eu fosse chegado a fazer apostas, o que evidentemente eu não sou, eu apostaria uma pequena soma na probabilidade de que você será meu patrão nesta época do próximo ano.

— Só uma pequena soma?

— Embaixadores sempre têm de cercar suas apostas — disse Yuri, sem sequer a sugestão de um sorriso.

Sasha riu e se perguntou para quantos outros políticos ele teria dito essas mesmas palavras nos últimos seis meses.

— E eu gostaria de fazer um pequeno pedido — disse Yuri. — Seria útil se eu pudesse ser informado antes que você fizesse qualquer declaração oficial.

— Se eu decidir me candidatar, vou assegurar que você veja qualquer declaração bem antes que eu a libere pra imprensa.

— Obrigado — disse Yuri. — Tenho que pedir outra coisa antes...

— Embaixador, que festa maravilhosa — disse um homem que parecia não ter notado que eles estavam profundamente mergulhados em uma conversa e talvez não desejassem ser interrompidos.

— Obrigado, Piers — disse o embaixador. — Foi bondade sua vir. — O momento passara e Sasha escapulira, uma vez que o editor do *Daily Mirror* não era uma das pessoas com quem ele desejava falar. Ele começou a se dirigir lentamente para a saída, parando para trocar algumas palavras com outros convidados, prestando particular atenção naqueles que lhe falavam em russo, já que os limites de seu distrito eleitoral poderiam estar prestes a mudar. Quando ele lançou os olhos de volta para a sala de estar, viu o homem que tinha evitado de olhos fixos nele.

O relógio no hall tocou uma vez, lembrando a Sasha que ele tinha uma votação na Câmara dos Comuns dali a trinta minutos. Dentro de instantes o partido seria desnudado de políticos de todas as cores quando eles caminhavam de volta para a Câmara para votar segundo a posição do partido, não que Sasha tivesse a menor ideia do projeto de lei sobre o qual estariam votando.

Quando ele pisou fora da entrada da embaixada, seu carro apareceu do nada, e Arthur saltou para abrir a porta detrás. Sasha estava prestes a entrar quando uma voz que ele reconheceu gritou seu nome.

— Sasha! — Ele se virou para ver Fiona descendo os degraus correndo. — Posso mendigar uma carona?

— É claro — disse Sasha postando-se de lado para deixar que sua velha rival se juntasse a ele no banco detrás.

— Boa tarde, Arthur.

— Boa tarde, srta. Hunter

— Eu teria gostado de ficar um pouco mais — disse Fiona quando o carro se pôs em movimento —, mas o chefe não iria gostar se eu perdesse uma votação em que é impositivo votar com o partido. Mas mais importante, Sasha: quando você vai responder à única pergunta que todos no partido queriam fazer?

— E o que eles estavam falando sobre minhas chances? — perguntou Sasha, apelando para o velho truque político de responder a uma pergunta com outra, embora soubesse que Fiona não se deixaria enganar.

— Todos que falavam inglês eram a favor da sua candidatura, assim como metade dos russos, embora um deles — disse ela, tirando um cartão da bolsa —, Ivan Dobokov, certamente não é seu amigo. Ele me fez a mais estranha das perguntas: você algum dia já morou nos Estados Unidos? — Sasha pareceu perplexo. — Eu lhe disse que, pelo que eu soubesse, não. Em seguida, pressionei-o sobre quais seriam as suas chances se você expressasse disposição de enfrentar o desafio.

— E o que ele respondeu?

— Ele reconheceu que você era provavelmente o favorito, mas disse que havia um azarão se aproximando.

— Ele disse o nome do cavalo? — perguntou Sasha, tentando não soar ansioso.

— Ele pensava que um antigo amigo seu chamado Vladimir...

— Ele não é meu amigo — disse Sasha. — Mas, mesmo assim, o único interesse desse homem era se tornar chefe da FSB, e, agora que ele conseguiu isso, não vai querer mais nada, vai apenas se assegurar de que se aferre a seu cargo.

— Essa não era a opinião de Donokov. Na verdade, ele estava bastante seguro de que Vladimir estava também fitando através da Praça Vermelha, seus olhos agora fixados no Kremlin.

— Mas isso não é realista.

— Por que não, se ele tiver conseguido o apoio de Yeltsin?

— Mas por que Yeltsin iria sequer pensar em apoiar um indivíduo com tantos defeitos?

— Parece que a filha e o genro de Yeltsin estavam prestes a ser presos, acusados de fraude, e Vladimir conseguiu de alguma maneira fazer o problema desaparecer. Ouvi dizer que vale muito a pena ver o vídeo de uma garota de programa levando a cabo seus serviços especiais particulares na mesa do escritório do promotor geral.

— Mas isso não é razão pra apoiar alguém que é totalmente inadequado pro cargo de presidente.

— Como você se sentiria, Sasha, se fosse presidente e sua filha pudesse de acabar na prisão por vários anos.

— Eu permitiria que a justiça seguisse seu curso.

— Eu acredito em você — disse Fiona —, o que só prova como eles são sortudos em tê-lo. Mas você está disposto também a sacrificar o Ministério das Relações Exteriores, quando poderia acabar sem nada?

— Donokov disse a você qual é a posição dele? — perguntou Sasha, mais uma vez não respondendo à pergunta dela.

— Não. Mas certamente se ele for o vice-diretor do FSB estará apoiando seu chefe.

— As coisas nem sempre funcionam dessa maneira na Rússia. Então ele ofereceu uma opinião sobre minhas chances? — repetiu Sasha, ainda roendo o mesmo osso.

— Não, mas ele disse que, se você não se candidatar, ele não tinha nenhuma dúvida quanto a quem seria o próximo presidente.

— Eu não posso pensar numa razão melhor para me candidatar — disse Sasha, baixando a guarda. Ele nunca pensaria nem por um momento que Vladimir podia ser um candidato sério, mas aceitava que, se ele se candidatasse, seria uma competição sem limites nem controle, porque luta livre era o único esporte em que Vladimir tinha brilhado.

— Se você de fato se candidatar — disse Fiona, interrompendo seu devaneio —, eu só posso esperar que vença. Você faria muita falta na Câmara dos Comuns e teria sido em um ministro das Relações Exteriores excelente. Mas a Rússia é um desafio muito maior. E, se você viesse a se tornar presidente, as relações com o Ocidente melhorariam da noite para o dia, o que só pode ser bom para todos os envolvidos, inclusive o povo russo.

— É gentil de sua parte dizer isso, Fiona. E, agora que sei a quem eu provavelmente me oporei, eu gostaria de ter uma ou duas de suas habilidades políticas particulares.

— Vou tomar isso como um elogio — disse Fiona enquanto o carro transpôs a entrada dos membros rumo ao Old Palace Yard. Quando Sasha saiu do carro, o sino da divisão começou a tocar, assim eles se separaram e seguiram seus diferentes caminhos.

Irônico, pensou Sasha ao entrar no lobby dos "Ayes", que não tivesse sido o que ele averiguara na festa da embaixada que o ajudara a finalmente tomar sua decisão, mas uma informação colhida no banco detrás de um carro de uma fonte extremamente improvável.

***

Quando Sasha disse a Elena que iria retornar à pátria deles para disputar a presidência, foi como se ela não tivesse ouvido uma palavra do que ele tinha dito.

— É claro, mamãe, eu entenderia se você não quisesse ir comigo.

— Eu vou com você — disse ela calmamente.

Sasha se sentiu a princípio surpreso, depois encantado, e finalmente triste quando ela lhe contou a razão de sua mudança de opinião.

— Eu sinto tanto — disse ele, abraçando a sua mãe. — Tio Kolya era um homem tão bondoso e nós lhe devemos tanto.

— A família me perguntou se você faria a bondade de fazer um dos panegíricos em seu funeral.

— É claro que sim. Por favor, diga-lhes que seria uma honra.

— Sua esposa me contou as últimas palavras de Kolya — disse Elena. — Diga ao Sasha que, se ele é o filho de seu pai, será um grande presidente.

***

Sasha emitiu uma breve declaração para a imprensa aos jornalistas do lobby às dez horas da manhã seguinte.

> O honorável Sasha Karpenko renunciou esta manhã como secretário de Estado no Ministério das Relações Exteriores. Ele irá também deixar o cargo como o membro do Parlamento para Merrifield com

efeito imediato, pois pretende retornar ao seu país natal da Rússia e se candidatar a presidente na próxima eleição.

O primeiro-ministro, falando a partir de Downing Street, respondeu. "O governo perdeu um extraordinário ministro e um formidável parlamentar. Eu espero e acredito que essas mesmas habilidades serão bem aproveitadas quando ele retornar ao país de seu nascimento. E, caso ele seja eleito para o elevado cargo a que aspira, podemos todos esperar uma era positiva das relações anglo-russas."

Lorde Cohen esteve entre os primeiros a ligar.

— Se você está procurando um administrador pra campanha, Sasha, eu ainda estou disponível.

— Eu nunca conseguiria um administrador melhor que você, Ben, certeza.

O antigo vice-premiê da Rússia ligou na manhã seguinte enquanto se barbeava.

— Eu não poderia ter ficado mais encantado com a notícia — disse Nemtsov. — A mídia se derreteu e a primeira pesquisa publicada nos jornais na manhã lhe dá vinte e nove por cento.

— E como Vladimir está se saindo? — perguntou Sasha.

— Dois por cento, e estava a quatro por cento apenas uma semana atrás.

Talvez o maior choque para Sasha tenha sido o número de chefes de Estado e primeiros-ministros que telefonaram do mundo todo nas primeiras quarenta e oito horas para dizer, numa linguagem menos do que codificada: eu gostaria de ter um voto.

Na noite anterior à viagem de Sasha para São Petersburgo, o embaixador russo telefonou.

— Sasha, eu venho tentando entrar em contato com você nos dois últimos dias, mas seu telefone está sempre ocupado. Eu perdi alguma coisa? — Sasha riu. — Meus chefes me instruíram a assegurar que sua viagem de volta pra São Petersburgo aconteça o mais cedo possível. Vamos pôr um carro à sua disposição pra levar você e a sua família ao aeroporto, e instruí a Aeroflot a isolar a cabine de primeira classe do resto dos passageiros pra que vocês não sejam perturbados.

— Obrigado, Yuri, isso é muito gentil, pois tenho dois importantes discursos em que trabalhar.

— Então você quer ouvir a boa notícia primeiro ou a má notícia?

— A boa notícia — disse Sasha, o que o embaixador esperava.

— Mais de cinquenta por cento das mulheres russas pensam que você é mais bonito que o George Clooney.

Sasha riu.

— E a má notícia?

— Você não vai gostar de saber quem o Yeltsin nomeou como o novo primeiro-ministro.

LIVRO SEIS

45

Alex e Sasha

A caminho de Amsterdã, 1999

Alex pegou o telefone em sua mesa.

— Tem alguém na linha chamado Dimitri — disse a srta. Robbins. — Ele diz que é um velho amigo e que não o incomodaria se não fosse urgente.

— Ele é ainda mais antigo que você, Pamela, e é de fato um velho amigo. Ponha-o na linha.

— É você, Alex?

— Dimitri, como é bom ter notícias suas depois de todo esse tempo. Você está ligando de Nova York?

— Não, São Petersburgo. Pensei que você iria querer saber a triste notícia de que seu tio Kolya morreu. — Alex ficou sem fala. Ele se sentia culpado por não ter sido capaz de ver seu tio a última vez que visitara São Petersburgo. — Eu teria ligado pra Elena pra não te incomodar — continuou Dimitri —, mas eu não sabia como entrar em contato com ela no trabalho.

— Você pode me incomodar quando quiser, Dimitri. Vou contar pra minha mãe, porque ela vai querer ir ao velório. Você sabe quando vai ser?

— Na próxima sexta-feira, na igreja do Apóstolo André. Sei que estou avisando em cima da hora, mas, se vocês conseguirem vir, a família está ansiosa para que você possa pronunciar um dos panegíricos.

— Não é aviso em cima da hora pra alguém que salvou a minha vida — disse Alex. — Diga a eles que estou honrado.

— A família ficará tão contente. Você é uma espécie de herói nessa cidade, por isso esteja preparado pra uma festança de boas-vindas.

— Obrigado, Dimitri. Estou ansioso para vê-lo.

Alex pousou o fone e apertou o botão sob sua mesa.

A srta. Robbins apareceu momentos depois, o bloco na mão, a esferográfica pronta.

— Cancela tudo na minha agenda. Estou indo pra São Petersburgo.

***

— É em momentos como esse — disse Charlie com um suspiro exagerado — que eu desejaria que você tivesse um jato particular, de modo que não tivéssemos de nos incomodar com filas intermináveis e empecilhos.

— Poderia, por favor, abrir a sua bolsa, madame?

— Você era submetido a todo esse transtorno quando era secretário, papai? — perguntou Natasha enquanto abria o zíper de sua bolsa.

— Não, mas eu sempre soube que ficaria no governo por um período limitado. Margareth Thatcher disse uma vez que só a rainha pode se permitir ficar habituada com os privilégios de um governo vitalício.

— Mas se o senhor se tornasse presidente...

— Mesmo isso tem um limite estatutário de oito anos — disse Sasha enquanto recuperava sua mala. — A Duma decretou recentemente que um presidente só pode servir por dois períodos consecutivos de quatro anos, e quem pode condenar os russos depois de sofrer séculos de ditadura. Além disso, francamente, oito anos são mais do que suficiente para qualquer pessoa sã.

— A vovó parece um pouquinho abatida — sussurrou Natasha quando eles passearam pelo duty-free. — Eu não me dei conta de que ela nunca tinha estado num avião antes.

Sasha se virou, e sua mãe lhe deu um débil sorriso.

— Eu não acho que essa é a verdadeira razão pela qual ela está tão nervosa — disse ele. — Não se esqueça de que faz mais de trinta anos que ela não volta à Rússia e de que foi o irmão dela que tornou possível pra gente fugir e começar uma nova vida na Inglaterra.

— Você às vezes pensa que teria sido melhor entrar no outro caixote, papai — perguntou Natasha —, e acabar vivendo nos Estados Unidos?

— Claro que não — disse Sasha, passando um braço em volta dos ombros da filha. — Se isso tivesse acontecido, eu não teria tido você pra iluminar a minha vida. Embora eu admita que a ideia me passou pela cabeça de vez em quando.

— Você poderia ter sido um congressista a esta altura. Até um senador.

— Ou talvez minha vida tivesse tomado um rumo totalmente diferente e eu não estivesse nem mesmo envolvido em política. Quem sabe?

— Você poderia ter ficado com aquele jato particular pelo qual a mamãe anseia tanto.

— Não estou me queixando — disse Charlie, enfiando seu braço no de Sasha. — Ao escolher aquele caixote ele também mudou toda a minha vida.

— Queiram todos os passageiros viajando pela British Airways, voo 017 para Amsterdã, por favor, se encaminhar para o portão número catorze, onde o embarque está prestes a começar.

***

Anna olhou para fora da pequena janela da cabine para ver Alex andando pela pista alcatroada, o inevitável telefone aninhado em seu ombro como se fosse um terceiro braço.

— Me desculpa, desculpa — disse ele ao entrar na cabine. — Às vezes queria que o celular nunca tivesse sido inventado.

— Mas não com tanta frequência — disse Anna quando ele tomou seu lugar ao lado dela.

Mal ele tinha afivelado seu cinto de segurança, a pesada porta foi fechada e alguns momentos depois o avião começou a taxiar rumo à pista sul, exclusivamente reservada para aviões particulares.

— Sua mãe praticamente não falou desde que entrou no avião — sussurrou Anne.

Alex olhou para trás; Elena estava sentada ao lado de Konstantin, que estava segurando a sua mão. Ela lhe deu um fraco sorriso quando o jato Gulfstream começou a acelerar na pista.

— Não se esqueça de que meu tio era seu único irmão, e ela teria voltado para vê-lo muito tempo atrás se não tivesse sido pelo major Polyakov parado na pista alcatroada, esperando para lhe dar as boas-vindas.

— Mas ela deve estar alvoroçada com a ideia de retornar à Rússia após tantos anos.

— E apreensiva ao mesmo tempo, eu imagino. Ela provavelmente está dividida entre o medo e o entusiasmo, uma combinação tóxica.

— Como sua vida teria sido diferente se Polyakov tivesse ido à partida de futebol naquela tarde — disse Anna — e você tivesse decidido permanecer em São Petersburgo.

— Todos nós podemos apontar um momento em nossas vidas em que acontece alguma coisa que nos faz seguir numa direção totalmente diferente. Ele pode ser tão simples quanto aquele momento em que você embarcou num vagão e decidiu se sentar ao meu lado.

— Na verdade, foi você que entrou no trem e decidiu sentar do meu lado — disse Anna quando o avião decolou.

— Ou ao escolher em que caixote entrar — disse Alex. — Eu me pergunto muitas vezes...

— Papai, onde vamos parar pra reabastecer? — perguntou Konstantin.

Alex olhou sobre seu ombro e disse ao seu filho:

— Amsterdã. — Vamos fazer uma curta parada lá antes de voar pra São Petersburgo.

***

— Quanto tempo vamos passar em Amsterdã? — perguntou Natasha quando eles andavam pela sala de espera.

— Umas duas horas antes de termos de fazer a conexão com nosso voo da Aeroflot.

— Acha que dá tempo de a gente pegar um táxi até o Rijksmuseum? — perguntou Charlie. — Eu sempre quis ver *A ronda noturna*.

— Eu preferiria não arriscar — disse Sasha. — O prefeito de São Petersburgo me disse que está esperando um grande comparecimento ao aeroporto, e se perdêssemos o avião...

— É claro — disse Charlie, mais uma vez lembrada do quanto o marido estava nervoso. — De todo modo, eu posso sempre visitar o Hermitage enquanto você estiver fazendo campanha, e podemos visitar o Rijks numa outra ocasião.

— Voltando pra casa, talvez — disse Natasha com um sorriso largo.

— Dentro de oito anos, você quer dizer — disse Charlie.

— Vou lhe contar o que vou fazer — disse Sasha. — Se eu me tornar presidente, nós todos iremos passar umas férias em Amsterdã, onde podemos visitar o museu Van Gogh e o Rijks.

— Presidentes russos não tiram férias — disse Elena. — Porque, se tirassem, quando voltassem outra pessoa estaria ocupando seu cargo.

Sasha riu.

— Eu acho que você vai ver que tudo isso mudou, mamãe.

— Eu não confiaria nisso, enquanto seu velho amigo Vladimir ainda estiver por perto.

***

— Como Elena está se sentindo? — perguntou Anna quando Alex voltou ao seu assento.

— Ela gostaria de ter voltado a São Petersburgo anos atrás e agradecido a Kolya adequadamente por ter arriscado sua vida para nos ajudar a fugir.

— Ela o convidou pra visitar Boston várias vezes — lembrou Anna —, mas ele nunca aceitou a oferta.

— Suspeito que Polyakov garantiu que ele não pudesse obter um visto — disse Alex. — Elena sempre disse que teria voltado pra casa com muito prazer para assistir ao enterro daquele homem.

— Depois de todos esses anos, ela ainda pensa em São Petersburgo como sua terra natal — disse Anna. — Você se sente da mesma maneira?

Alex não respondeu.

— Por favor, afivelem seus cintos de segurança — disse o comandante. — Vamos pousar em Amsterdã dentro de cerca de vinte minutos.

— Que pena não termos tempo suficiente pra visitar o Rijks — disse Anna quando o avião iniciou sua descida através das nuvens.

— A última vez que fizemos algo assim — disse Alex — foi depois que voamos de volta de Davos e visitamos o Tate.

— Isso foi antes de Davos, não depois — lembrou Anna. — Minha lembrança duradoura dessa visita é você deitado na banheira do hotel ensaiando seu discurso.

— Quando eu deixei o roteiro cair na água e você teve de datilografá-lo de novo.

— E você adormeceu — zombou Anna — enquanto eu continuava datilografando.

— Parece uma justa divisão de trabalho para mim — disse Alex.

— Então o que se espera que façamos agora. Ah, Jesus — disse Anna quando o avião tocou o solo. — Dar uma olhada na pizzaria do aeroporto e ver o que os nossos concorrentes têm para oferecer?

— Não, eu já descobri que não há nada pra competir com o Elena's em Amsterdã. Contudo, quando sairmos do avião, haverá um carro à nossa espera para nos levar ao Rijks e depois ao museu Van Gogh. Mas só podemos passar uma hora em cada um porque corremos o risco de perder nossa vaga no voo.

Anna lhe deu um abraço.

— Obrigada, querido, duas das galerias que é-preciso-ver-antes-de-morrer do sr. Rosenthal.

— Eu não estava planejando morrer tão cedo — disse Alex enquanto o avião taxiava e parava ao lado de uma limusine que aguardava.

***

Sasha e sua família embarcaram no voo 109 da Aeroflot para São Petersburgo logo após o meio-dia. O comandante saiu da cabine para lhes dar as boas-vindas.

— Eu só queria dizer que é uma honra tê-lo a bordo, sr. Karpenko, e eu, juntamente com minha tripulação, gostaríamos de lhe desejar sorte na eleição. Eu certamente votarei no senhor.

— Obrigado — disse Sasha enquanto uma atenta comissária de bordo os conduzia a seus assentos e oferecia uma bebida a todos. Até Elena ficou impressionada.

A aeronave decolou às 12h21, e, enquanto a família cochilava, Sasha revisava o discurso que pronunciaria ao chegar ao aeroporto. Ele precisava também preparar um panegírico para o velório de seu tio, mas isso teria de esperar até que eles se registrassem no hotel.

— Deixem-me começar agradecendo a todos vocês por essa extraordinária recepção... — Sasha reclinou-se em seu assento e se perguntou o que Nemtsov quis dizer por um grande comparecimento. Voltou a olhar para suas anotações.

"Eu posso ter estado fora por algum tempo, mas meu coração sempre esteve..."

***

Alex e sua família foram conduzidos de volta ao aeroporto logo após as 11h30 da manhã, tendo visitado os dois museus.

— *A ronda noturna* e os *Girassóis* em menos de duas horas — disse Anna quando começava a olhar os cartões-postais que comprara.

O comandante Fullerton assegurara uma vaga para decolar que lhes permitiria pousar em São Petersburgo aquela tarde por volta das 17h30, horário local. Ele ficou aliviado ao ver a limusine do sr. Karpenko avançando pelo portão de segurança alguns minutos antes da hora. Depois que a família estava seguramente a bordo, o comandante taxiou lentamente em direção à pista leste, onde parou de repente e esperou que um voo da Aeroflot à sua frente partisse antes que o controle do tráfego aéreo lhe desse autorização para decolar.

LIVRO SETE

46

ALEXANDER

A caminho de São Petersburgo

FALTAVAM CERCA DE CEM QUILÔMETROS para o destino quando o avião começou a tremer. Só um pouco no início, e depois mais violentamente. A princípio Alexander supôs que não passava de uma forte turbulência, mas quando olhou para fora da janela ele viu que eles estavam perdendo altitude muito rapidamente. Ele se virou para ver como o resto de sua família enfrentava a situação e constatou que eles dormiam profundamente, que pareciam alheios a qualquer problema. Ele teria ido à frente para falar com o comandante, mas apenas se agarrou ao braço de sua poltrona e rezou.

— Mayday, mayday, mayday. Alpha Foxtrot quatro zero nove. Falha do motor número dois, incapaz de manter a altitude, descendo pra três mil metros, solicitar vetores de radar para Pulkovo.

— Roger, Alpha Foxtrot quatro zero nove. Faça seu rumo três três zero graus, o campo de aviação está seis zeros quilômetros à frente, a pista dez à esquerda está sendo desobstruída pra aterrissagem, três mil metros disponíveis. Você vai precisar de serviços de emergência?

— Fique a postos. Não estou conseguindo manter meu rumo nem minha altitude. Estou vendo uma cadeia de montanhas à minha frente.

— Você está a apenas quarenta e dois quilômetros de distância. Está desobstruído para pousar na pista dez à esquerda. Vento de superfície do leste a cinco metros por segundo.

— Quatro zero nove, falha do motor número um — disse o piloto, tentando não soar desesperado. — Incapaz de religar os dois motores. Agora estou planando.

— Você está a trinta quilômetros do campo. Depois que tiver ultrapassado aquelas montanhas, não há nada a não ser savana plana à sua frente. Serviços de emergência estão de prontidão.

— Roger, posso ver um vão nas montanhas. Se eu não conseguir alcançar a pista, vou fazer um pouso de emergência. — Ele apertou um botão para baixar o trem de pouso, mas as rodas não responderam. Ele apertou o botão de novo, mas elas permaneceram teimosamente no lugar. Ele deu um peteleco num outro interruptor enquanto o avião continuava a descer.

— Atenção, aqui é o comandante falando. Estamos prestes a fazer um pouso de emergência. Afivelem os cintos de segurança e assumam a posição de preparar pra choque agora.

Alexander se virou para olhar a família e se sentiu culpado por ter permitido que sua ambição excedesse a segurança dela. Mas mesmo ele não tinha se dado conta de até que ponto Vladimir iria para assegurar que não teria quaisquer rivais sérios para a presidência.

O avião estava girando sem controle, mais baixo, mais baixo, mais baixo, em círculos cada vez menos numerosos, até que finalmente colidiu com a lateral da montanha e irrompeu em chamas, matando a tripulação e todos os seus passageiros.

Uma equipe de elite de soldados paraquedistas russos estava no local dentro de minutos, mas afinal, eles tinham passado horas de prontidão. Depois de localizar a caixa-preta, eles desapareceram de volta na floresta.

Uma outra aeronave continuava o voo para São Petersburgo, sem ideia da tragédia.

***

Quando o avião tocou o solo no aeroporto Pulkovo, Alexander espiou pela janela da cabine hectares de savana plana. À distância, blocos de concreto altos e cinza dominavam a linha do horizonte.

O avião mudou de direção e parou abruptamente em frente ao terminal. Foi só depois que os motores tinham sido desligados que ele ouviu o canto: Kar-pen-ko! Kar-pen-ko! Kar-pen-ko!

Ele se virou para olhar para sua família e lhes deu um sorriso tranquilizador que Elena não retribuiu. A porta da cabine foi aberta, a escada instalada e os degraus baixados para o lugar. Alexander emergiu na pálida e declinante luz solar. Nada poderia tê-lo preparado para o que estava prestes a acontecer.

Ele foi saudado por uma massa de gente, estendendo-se até onde a vista alcançava, todos entoando: Kar-pen-ko! Kar-pen-ko! Ele instintivamente levantou um braço em agradecimento, e um mar de mãos acenou de volta.

No pé da escada estava um grupo para recepcioná-lo, liderado pelo prefeito e sua equipe mais graduada. Quando Alexander começou a descer os degraus, o barulho alcançou um crescendo, e ele não sabia ao certo como reagir a um entusiasmo tão desenfreado. Olhou para trás e viu a família acompanhando-o, sua mãe apreensiva, sua mulher perplexa, ao passo que sua única criança parecia estar desfrutando cada momento.

Quando ele pôs o pé na pista alcatroada, ouviu-se um bramido que nenhum presidente russo jamais experimentara. O prefeito deu um passo à frente e deu um cordial aperto de mão no filho pródigo.

— Seja bem-vindo de volta a São Petersburgo, Alexander. Nem em nossos sonhos mais desvairados previmos esse momento. O chefe de polícia avalia que mais de cem mil de seus compatriotas saíram pra lhe dar as boas-vindas de volta em sua terra natal. Essa demonstração de apoio deveria deixá-lo sem dúvida nenhuma acerca de quantas pessoas querem que seja nosso próximo presidente.

— Obrigado — disse Alexander, incapaz de encontrar as palavras para expressar como se sentia naquele momento.

— Gostaria talvez de dizer algumas palavras para seus fiéis apoiadores? — sugeriu o prefeito. — A maioria dos quais esteve esperando por várias horas.

— Eu não estava preparado para essas boas-vindas — admitiu Alexander, mas suas palavras não podiam ser ouvidas acima dos cantos de "Kar-pen--ko! Karpenko!".

O prefeito o conduziu a uma pequena tribuna que tinha sido erguida na beira da pista. Embora ele estivesse cercado por cem mil pessoas, todas entoando seu nome, Alexander nunca se sentiu mais sozinho em sua vida. Ele teve de esperar vários minutos antes que a multidão se acalmasse o bastante para tornar possível para ele lhes falar, o que pelo menos lhe proporcionou algum tempo para ordenar seus pensamentos.

— Meus compatriotas — começou —, como posso começar a agradecer por uma acolhida tão avassaladora? Uma acolhida que me inspirou a sonhar em seu nome. Mas, pra que esse sonho se torne realidade, vou precisar que cada um de vocês trabalhe também em meu nome.

Mais uma vez, os cantos e gritos irromperam, confirmando sua disposição a fazê-lo. Ele não fez nenhuma tentativa de continuar até que a multidão tivesse se silenciado novamente.

— Há muito tempo eu acredito que a Rússia é capaz de assumir seu legítimo lugar entre as principais nações do mundo, mas, pra alcançarmos isso, devemos finalmente remover as algemas da ditadura e assegurar que a grande riqueza da nação seja compartilhada entre a maioria, em vez de forrar os bolsos dos poucos. Permitam-nos finalmente liberar nosso gênio latente para o mundo, de modo que o mundo não fique mais temeroso de nosso poderio militar, mas se mostre em vez disso assombrado frente às nossas façanhas de tempos de paz.

"Por que os britânicos são descritos como líderes mundiais quando eles são menores que nosso menor estado? Porque luta boxe acima de seu peso. Por que os Estados Unidos são sempre descritos como líderes do mundo livre? Porque não somos livres. Essa liberdade está agora ao nosso alcance, portanto vamos abraçá-la juntos. — Ele levantou os braços alto no ar e passaram-se vários minutos antes que fosse capaz de continuar. Quando baixou a vista sobre os rostos expectantes levantados para ele, tentou não deixar sua adulação influenciar seu julgamento, embora soubesse que uma oportunidade como essa poderia nunca ocorrer de novo e que ele precisava tirar proveito dela. Ele se inclinou para a frente até que seus lábios estivessem quase tocando o microfone, e seguiu-se uma calma que ele se deu conta de que só poderia durar por alguns momentos antes que o encanto fosse quebrado.

— Era meu pai, não eu, quem deveria estar de pé aqui recebendo sua aclamação. Ele arriscou sua vida defendendo essa cidade contra nosso inimigo comum, pelo que uma nação agradecida lhe conferiu a medalha da Defesa de Leningrado. Mas agora enfrentamos um inimigo mais insidioso, que não tem moral, nem escrúpulos, e cujo único interesse é o interesse próprio. Esses foram os homens que assassinaram meu pai porque ele queria fundar um sindicato para proteger os interesses de seus companheiros trabalhadores. Homens cobiçosos, interesseiros que não representam ninguém além de si mesmos.

O silêncio que caíra sobre a multidão era quase palpável.

— Meus compatriotas, eu não retornei a minha terra natal pra procurar vingança, mas pra seguir os passos de meu pai. Inspirado por sua crença em mim, meu único desejo é servir a vocês. Irei portanto permitir que meu nome avance para o mais elevado posto no país e busque tornar-se seu presidente.

A tempestade de aplausos e ovação que se seguiu deve ter sido ouvida no centro de São Petersburgo. Mas, como Marco Antônio, Alexander sabia que não havia nada mais a dizer, pois chegara a hora de ele marchar para o campo de batalha. Ele tinha plantado as sementes da revolução e agora teria de esperar que elas se enraizassem. Enquanto ele deixava o palco em silêncio seus seguidores continuavam a cantar: "Kar-pen-ko! Kar-Pen-ko!"

Parado sozinho atrás da multidão havia um homem elegantemente vestido, de constituição corpulenta, que não se juntou aos aplausos. O recém-nomeado chefe do serviço secreto digitou um número em seu celular, mas tivera de esperar algum tempo antes de ouvir uma voz do outo lado da linha.

Donokov sustentou seu telefone alto no ar para que seu chefe pudesse ouvir melhor a aclamação da multidão.

— Eu estava prestes a emitir um comunicado de imprensa — disse o primeiro-ministro —, expressando minha profunda consternação ao saber das mortes trágicas de Alexander Karpenko e sua família. Uma figura heroica que iria certamente se tornar nosso próximo presidente e desempenhou um papel importante na construção de uma nova Rússia, se me lembro de minhas palavras exatas.

— Um pouco prematuras, eu sugeriria — disse Donokov. — Mas pode ter certeza, primeiro-ministro, que isso está sob controle. Não cometerei o mesmo erro pela segunda vez.

— Pro seu bem, vamos torcer que não — disse o primeiro-ministro enquanto continuava a ouvir a multidão eufórica ao fundo.

— Estou confiante — disse Donokov — de que não vai se passar muito tempo até que você seja capaz de emitir um comunicado de imprensa mais atualizado.

— É bom ouvir isso. Mas ainda vou esperar até que eu tenha pronunciado o elogio fúnebre no sepultamento de meu velho colega de escola, antes de anunciar que vou me candidatar à presidência — disse Vladimir Putin.

Impresso no Brasil pelo
Sistema Cameron da Divisão Gráfica da
DISTRIBUIDORA RECORD DE SERVIÇOS DE IMPRENSA S.A.
Rua Argentina, 171 – Rio de Janeiro, RJ – 20921-380 – Tel.: (21)2585-2000